教育部哲学社会科学研究后期资助项目
受浙江大学文科高水平学术著作出版基金
中央高校基本科研业务费专项资金资助

中国当代文学史料丛书

史料卷

文学史与学科

主　编　吴秀明

本册主编　付祥喜

ZHEJIANG UNIVERSITY PRESS
浙江大学出版社

总　序

吴秀明

　　如果将 1949 年中华人民共和国成立看作当代文学的一个起点,那么当代文学迄今为止已走过风雨坎坷的六十余年历程。六十一甲子,苍黄一瞬间。在回顾和反思这段两倍于现代文学时长的历史时,愈来愈多的人开始认识到当代文学学科构建及其研究"历史化"问题的重要性。而学科构建和"历史化",就有一个文学史料的问题,也离不开文学史料的支撑。

　　众所周知,文学史料是学科构建和学术研究的基础,也是中国传统朴学和西方实证主义的精髓所在。文学史料意识有无确立以及实践的程度如何,不仅直接关系到研究的客观公允与否,而且在学术创新和学科建设中都占有举足轻重的位置。有时候一条史料的发现,可以推翻一个结论。因此,文学史料问题历来受到学界的高度重视,它也成为一门学科成熟的重要标志之一。古代文学研究之所以具有相对较恒定的学术水准,重要原因即此;五四和民国时期的一批学人如胡适、鲁迅、顾颉刚、郭沫若、陈寅恪、陈垣、郑振铎、闻一多、俞平伯以及嗣后现代文学领域的王瑶、唐弢等,之所以为我们留下了带有碑石性质的重要学术成果,也可从中找到解释。

　　应该承认,由于社会历史环境的制约和"贵古贱今"学术观念的影响,当代文学领域长期盛行的是"以论代史""以论带史"的研究理路;轻史料重阐释,将研究(包括立论和论证)建立在日新月异的"观念创新"而不是客观实在的文献史料的基础上,已成为主导这个学科的基本取向。这样一种研究理路在学科发展的某一特定阶段——如 20 世纪 80 年代即人们通常所说的"新时期",或许在所难免,且具有某种历史的必然性和深刻的合理性。因为那时刚走出"文革",累积的问题实在太多,思想观念的封闭、僵化和滞后问题显得很突出。所以在此情形之下,人们才高度重视并彰显思想观念的解放,并将其当作时代的中心任务;而思想观念的解放,它的确也给当代文学学科的确立和发展提供了很好的契机和重要的精神动力。但不必讳言,这样一种与文献史料"不及物"的研究及其空疏的学风,它本身是有问题的。一俟进入 90 年代,当人文知识分子由"广场"返回"岗位",其所存在的"思想过剩"和"理论泛滥"问题就显得更加突出。为什么当代文学研究领域中热点不断,却往往旋生旋灭,很快被历史所抛弃?为什么不少著述率性而为,无章可循,其研究往往变成无征可信的个人哲思冥想?对史料的漠视,不能不说是其中的一个"脆弱的软肋"。这也从侧面反映当代文学研究的浮躁和学科的不成熟。

　　针对上述这种状况,我认为在当前有必要强调和提出"当代文学史料学"问题,并藉此呼吁在这方面应该师法古代文学,从它那里寻找和借鉴有关的学术资源。王瑶先生早在 1979

年谈到"必须对史料进行严格的鉴别"时,就指出"在古典文学的研究中,我们有一套大家所熟悉的整理和鉴别文献史料的学问,版本,目录,辨伪,辑佚,都是研究者必须掌握或进行的工作"①。以后,马良春、樊骏、朱金顺等还对此作过更专门深入细致的探讨,提出了一系列很好的建议。② 最近几年,现代文学领域接连召开数次颇具规模和影响的学术研讨会,更是形成了一股不可小觑的"新思潮"。所有这些,对当代文学无疑是一个挑战,同时也为它提供了一个很好的参照。我们不赞同在当代文学研究中生搬硬套古代文学、现代文学史料的标准,却主张和倡扬从它们那里吸纳长期以来形成的、行之有效的学术规范和治学之道。已逾"甲子"的当代文学不是很年轻了,它留下了较之过去任何时代更为丰富复杂且永无止境的文学史料;其中有的还可堪称为"活态的文学史料",它留存在不少当代文学亲历者身上。而这些人因年事渐高,加上其他各种因素,不少史料实际处于随时可能湮灭的紧迫状态,可以说,抢救当代文学史料的工作已刻不容缓。

大量事实表明:目前,当代文学研究又处在一个重要的"十字路口",如何将"思想"与"事实""阐释"与"实证"融会贯通,从根本上改变上述所说的"思想过剩"和"理论泛滥"的弊病,这是一个需要我们严肃认真对待的问题。而从学科的角度讲,随着研究工作的深入,也是鉴于以往的经验教训,不少当代文学研究者已逐渐意识到单纯依靠或引进某种理论"漂浮物"是远远不够的,离开了真实可信的史料,正如恩格斯早就批判过的,这样研究所得的"历史至多不过是一部供哲学家使用的例证和插图的汇集罢了"③。其最终的结果,则不可避免地使"历史本质将被阉割,她的科学价值便不复存在,学科生命也随之窒息"④。

正是从这个意义上,我认为,"理论阐释"尽管在现实和未来的当代文学研究中仍将发挥它的重要作用,作为一种治学的方法和理念,它与"史料实证"之间的关系也不一定如我们想象的那样水火不能相容;但是就目前当代文学学科建设和研究现状来看,我们不得不对后者投以更多的关注,并认为它应从原来比较单一的"崇拜意义"或比较抽象的价值衡估的范式中走出来,向着包括"史料实证"在内的更加多元立体、更加开放宏阔的天地挺进,并把尊重历史客体、重视实证作为治学的基础,置于首位,在研究的思路、格局、向度和方法上进行一次带有革命性意义的重要调整。显然,这种调整对当代文学学科及其研究来说,不是个别局部和枝节的修残补缺,而是带有整体全局性质的一次重要的"战略转移"。它所内含的意义,不亚于20世纪八九十年代耳熟能详的"重写文学史"运动——如果说"重写文学史"运动所体现的"观念创新"是当代文学研究的一次意义重大的"战略转移",那么现在提出并强调对史料的重视则可说是研究的又一次重要的"战略转移",它表明当代文学研究在经过十余年的酝酿积蓄后,又进入一个新的历史阶段,正面临着一种新的、艰难而又美丽的蜕变,有望在整体学术水平和层次上有一个大的提升。

当然,这样说并无意于否认我们在这方面所取得的成绩。应当看到,60多年来特别是

① 王瑶:《关于中国现代文学研究工作的随想》,《中国现代文学研究丛刊》1980年第4期。

② 马良春:《关于建立中国现代文学"史料学"的建议》,《中国现代文学研究丛刊》1985年第1期;樊骏:《这是一项宏大的系统工程——关于中国现代文学史料工作的总体考察》,《新文学史料》1989年第1、2、4期;朱金顺:《新文学资料引论》,北京语言学院出版社1986年版。

③ 《路德维希·费尔巴哈和德国古典哲学的终结》,《马克思恩格斯选集》第4卷,人民出版社1972年版,第225页。

④ 《文学评论·编后记》,《文学评论》2006年第6期。

近 30 年来,我们也陆续出版了一些文学资料,包括 20 世纪 80 年代由茅盾作序、众多大专院校合作编撰的《中国当代文学研究资料丛书》(现已出版近 80 种),也包括新世纪由孔范今等人主编的《中国新时期文学研究资料汇编》、洪子诚主编的《中国当代文学史·史料选》、路文彬主编的《中国当代文学史料文论选》、吴秀明主编的《中国现当代文学作品与史料选》(当代文学卷)等。但毋庸讳言,其存在的问题是突出的,也相当严峻:一、尚未普遍形成文学史料的自觉意识,崇拜理论、迷信主义而轻视史料仍有相当的市场;二、有关的文学史料工作,迄今基本停留在收集、整理和汇编的层次,且比较简单和零碎,明显滞后于研究,真正的研究似尚未有力地展开。

已有研究者注意到,当代文学史料尽管散落在各类图书馆、档案馆、纪念馆和各种杂志、文集、选本以及大量的拷贝、影像资料中,它们与当代近距离乃至零距离以及与政治几乎处于同构的存在,给我们的搜集、鉴定和整理带来为古代文学、现代文学所没有或鲜有的不少麻烦。这在一定程度上影响和降低了人们对它的积极投入,并由此及彼影响了对研究对象更加准确的把握。但正如福柯所说的,吊诡的是,这些历史档案并非如人们想象中的杂乱无章,那些看似混乱的资料堆积,其实就是一种有意图的历史分析。从本质上讲,史料的搜集、整理和编选就是建立在对历史"还原"基础上的一种再叙述,一种重返历史现场的再努力。所以,当研究者通过自己的搜罗爬剔的艰苦努力,从着重"观念创新"转向重视"史料证实",将过去被隐匿或遮蔽的材料重新发掘、整理并公之于众,他实际上已越过官方或主流所设定的界限,不仅恢复了非主流话语和声音的旺盛生命力,而且有效地"拓宽当代文学的视域,重新梳理当代文学的历史线索,使当代文学的研究不再是对现代政党的真理性及文艺政策的研究,而是可以放在 20 世纪中国革命多重的历史抉择,放在全球性左翼文化的总体格局之中,客观和重新检讨当代文学的历史贡献及其教训,这样的研究在今天不仅不是梦想,不是虚拟的现在,而成为一种可能"①。这也说明当代文学史料校注、辨伪、辑佚、考订、整理、编纂,并非是简单的剪刀加糨糊的纯粹技术性工作,它内在地体现了编者的史识及其重构历史的动机。

当然,今天谈当代文学史料问题,不能满足于一般的呼吁,而应该在全面清理和总结既有成绩的基础上有一个整体通盘的考虑和实施计划。史料搜集、整理和编选不同于通常的个体化的学术研究,它相对比较适合于"集体合作";而当代文学史料量大面广、丰富复杂的存在,也需要动员更多的有志者共同参与,需要投入很多的人力和物力,才有可能完成。当代文学史料与古代文学、现代文学史料之间有共同性,也有自己的独特之处。这里所说的独特,从纵向来看,大致可分"政治中心时代"和"经济中心时代"两个阶段;而从横向来看,大体则又分为两种不同的情况或曰两种不同的存在方式:

(一)一种当代文学史料,随着时间的推移,特别是政治意识形态的日趋松动和开放,虽未至禁忌尽除,却陆续公开或披露,它事实上已为学界所广泛接受,并对当代文学研究产生了影响甚至深刻的影响。这里包括官方、半官方的,也包括民间的。如中共中央党史研究室历经十六年编写的《中国共产党历史》《杨尚昆谈新中国若干历史问题》、薄一波的《若干历史重大决策与事件的回顾》、胡乔木的《胡乔木回忆毛泽东》、李锐的《大跃进亲历记》、李之琏的

---

① 程光炜:《"新时期文学"的再叙述》,《文艺报》2006 年 10 月 28 日;同时参考程光炜:《文学想象与文学国家——中国当代文学研究(1949—1976)》,河南大学出版社 2005 年版,第 185 页。

《共和国重大事件决策实录》、周扬的《答记者问》、张光年的《文坛回春纪事》、王蒙的《王蒙自传》、邓力群的《邓力群自述》(未刊)、贾漫的《诗人贺敬之》、梅志的《胡风传》、周良沛的《丁玲传》、朱正的《1957年的夏季:从百家争鸣到两家争鸣》、韦君宜的《思痛录》、涂光群的《五十年文坛亲历记》、邵燕祥的《人生败笔——一个灭顶者的挣扎实录》、陈为人的《唐达成文坛风雨五十年》、郭小惠等的《检讨书:诗人郭小川在政治运动中的另类文字》、聂绀弩的《脚印》、廖亦武的《沉沦的圣殿》,等等。前者(即官方、半官方的),由于出自政要亲笔或其子女亲属之手,带有政治解密的特点,不仅在"浮出地表"之初的当时格外引人瞩目(初披露时还带有某种震惊的效果),而且对当时乃至于今的文学研究和文学史写作产生深刻的影响。后者(即民间的),最具代表性的,恐怕要数被文学史家挖掘并命名的"潜在写作",这一带有个性化的概念尽管有不同的看法,但它的源于史料的提出的确扩大了文学研究的内涵和外延,为当代文学及文学史研究拓展了空间。当然反过来,概念本身也富有意味地照亮和激活了史料的收集、整理和阐释,这是一个双向互动的过程。① 此类史料主要集中于"十七年""文革"两个阶段,它很好地起到了"记录着特定时期现代作家的生存状态和心理状态,怎样想、怎样说、怎样做的思维方式、语言方式和行为方式"的作用。② 这也从一个侧面反映和说明这两个阶段文学政治化的特点尤为突出,文学在生成、传播和接受的过程中,它备受政治意识形态乃至政治权力的干预;而与之相对应,文学在备受干预的同时,也遭到了来自作家和民间或显或隐的抵制。

(二)还有一种当代文学史料,广泛存在于各类档案馆、出版物、图像音响资料,包括自传、回忆录、书信、日记、手稿、报告、讲话、批示、访问、传说、口述、录像、录音、实物、照片之中,它与版本学、目录学、图书情报学、文物博物馆学、新闻传播学、计算机以及现实的政治、历史、经济、文化等连结在一起,牵涉收集、整理、编写、保管、出版、传播等各个环节,形成一个非常复杂的系统。但由于诸多原因,有的露出"冰山的一角",有的沉潜或半沉潜于历史深处尚未跃出水面,若明若暗;即使初露端倪,也有很多不确定,还留下大片空白,需要进行鉴别、整理和拓展。应该说,当代文学史料的存在,更多是属于这种情况。它也是构成目前我们进行文学史料研究的主体和主要内容。有关这方面,笔者10年前在与人合写的一篇文章中曾将其归纳为八个方面、六种表现,并认为它在搜集、发掘和整理上存在六大困难。③ 这里恕不赘述。需要强调和补充的是,在所有这些文学史料中,与重大政治事件关涉的文学史料的搜集相对最难也较为棘手,也许现在它还不具备足够的条件,还没有到"把历史的内容还给历史"的时候,其中有的甚至长久封存在具有保密性质的档案馆,不会向公众开放。但这不应成为我们裹足不前、消极等待的理由。相反,它应成为激发我们学术探秘的内在动力。当代文学史料在当下的意义,最具意味和价值的也许就在于此。它的可行性和可能性,也只有作这样理解,才比较切实。

本丛书编选始于2010年,目的是想通过努力,为广大文学研究者提供第一手的史料,为

---

① "潜在写作"的文学史料及其相关情况,可参见刘志荣的《潜在写作 1949—1976》,复旦大学出版社2007年版。

② 邵燕祥:《人生败笔》,河南人民出版社1997年版,第2页。

③ 参见吴秀明、赵卫东:《应当重视当代文学史料建设——兼谈当代文学史写作中的史料运用问题》,《中国现代文学研究丛刊》2005年第5期。

当代文学学科建设做点实实在在的基础性的工作,同时也为构建"当代文学史料学"作必要的准备。本丛书编选,主要强调史料的立体多维及其自身的独立价值,因此,进入我们视野的,除代表性或权威性论文外,颇多的是有关的文件决议、讲话报告、书信日记、思潮动态、会议综述、社会调查、国外(海外)信息等泛文本史料。这也是我们这套丛书的独特之处,它可藉此将我们的思维视野投向被一般文学史所忽略了的更隐秘然而往往对文学更有决定性作用的细枝末节,包括具有"中国特色"的一体化体制,从这个角度对当代文学史料进行全面系统而又富有意味的梳理和呈现。当代文学在 60 多年行进过程中,自身的确已累积了相当丰沛的史料。为了回应历史,也为了现实及未来发展的需要,现在是可以而且应该考虑"史料学"的问题了,有必要编选一套与其丰富存在相谐的、有特色的大型史料丛书。这也是时代赋予我们的一种责任。

迄今为止的文学史料基本都是按照"作家或文体"的思路进行编纂的,本丛书基于对当代文学史料的理解,当然也是为了打破这种传统的编纂思路和范式,有意在这方面进行尝试和探索,选择了"公共性文学史料""私人性文学史料""民间与'地下'文学史料""台港澳文学史料""影像与口述文学史料卷""文代会等重要会议史料""文学期刊、社团与流派史料""通俗文学史料""戏改与'样板戏'史料""文学评奖史料""文学史与学科史料"等 11 个契入点,也就是 11 册,用这样一种带有"主题或专题"性质的体例来编纂当代文学史料。因为是尝试和探索,缺少更多的成功经验的借鉴,也限于自身的视野和学识,肯定存在不少问题或缺憾疏漏之处,包括史料的来源可靠性与内容真实性,史料的内涵与外延,史料的层次与结构,乃至史料的分类,等等。事实上,在整个编纂的过程中,针对上述问题,我们也在进行着调整。我们恳望得到业内同行和广大读者的批评指正,以便将来有机会加以弥补,把它编得更好,更周全些。史料编纂,从根本上讲,就是为史料的呈现寻找一个合适的"箩筐",如果这个"箩筐"有碍于史料的呈现,那么就应及时调整这个"箩筐"而不是史料本身。总之,一切从史料实际出发,更好地还原和呈现史料,追求其多元性、学术性、前沿性的价值,是本丛书编纂的目标所在。

五年前,也就是 2010 年,我曾以"中国当代文学文献史料问题研究"为题申请国家社科基金重点研究项目,获得批准。在完成该项目的过程中,有感于史料的重要而又搜集不易,遂萌生了编纂一套大型文学史料丛书的动念。于是,在确定了该丛书的基本构架和思路之后,就邀请马小敏、方爱武、付祥喜、邓小琴、刘杨、杨鼎、张莉、南志刚、郭剑敏、黄亚清、傅异星(以上按姓氏笔画排序)等 11 位中青年学者加盟,主持各分册的编纂工作,并任分册主编。本丛书是我们大家通力合作的产物,一定程度上,它可以看作是国家社科基金重点研究项目"中国当代文学文献史料问题研究"的衍生物。需要指出的是,本丛书的出版,得到了教育部哲学社会科学研究的后期资助和浙江大学文科高水平学术出版基金的资助,浙江大学副校长罗卫东教授和浙江大学出版社有关领导鲁东明、袁亚春、黄宝忠等也给予了大力的支持。借此机会,我谨代表丛书编委会深表谢忱。曾建林、叶抒、傅百荣、宋旭华等责编,为本丛书的顺利出版付出了很大的心血,他们的严谨踏实及其对历史高度负责的精神,令人感动,在此也一并致谢。

2015 年 2 月 13 日于浙大中文系

编选说明

近年来，中国当代文学研究取得了非常突出的成绩，一些领域的研究成果已引起国际学术界的瞩目。但是，中国当代文学学科水平的整体性提升仍然是一项艰巨的任务，需要我们去认真关注、深入探究的问题还很多。特别是当代文学史写作与学科建设方面的诸多问题，依然没有解决，对于一些根本性问题，更是众说纷纭。在此，我们想特别提出当代文学史与学科发展最基础的问题——文献史料建设，于是编选了本卷资料。

中国当代文学史与学科建设，反映在中国当代文学研究中，可归属于学术史范畴。这种学术活动，虽以中国大陆为主体，却也不能忽视海外中国当代文学研究。因此，我们在编选这一卷史料时，在凸显中国大陆主体作用的同时，也予以全球视野下的观照。

本卷所选史料，大都散见于各种中文报刊，有的是档案文献，或者内部资料，有的则选自相关论著。所有史料，大致按照发表的时间先后次序编排。由于某些文章属于长篇宏论，限于本卷篇幅，根据其文献史料价值和影响程度，采取以下编选原则：重要文献收入全文，次要文献节选，不大重要但部分内容有史料价值或有影响者则摘录。

下面，就所编选的史料之大体分类并作简要说明。

一是文件与规定。

这里收入的是官方（主要是教育部）颁发的关于中国当代文学史编写、对当代文学学科起到重大影响的文件与规定。中华人民共和国成立初期，教育部对高等院校文科教材编写的影响，已受学者重视。但少有人注意到教育部颁布的相关文件与规定，起先它们对中国文学史教材编写的影响并不大。虽然高等学校响应教育部号召，积极引进苏联教材，以苏联为蓝本修订教学大纲，但是中国文学、历史、教育史等文科专业教材，仍需要靠自己编写。而有领导有计划地全面开展自编教材工作，要从1956年算起。这年1月，高教部发出《高等学校教材编写暂行办法》要求组织高校教师，"密切结合中国实际情况，编写适合中国高等学校的教科书、教学参考书"。从此，高等学校自编教材有步骤、有计划开展。据1957年初的初步统计，高等学校自编教科书虽然数量不多，但讲义已有3400多种，其中，文学类约170种。最早的几种中国当代文学史教材，便是在这种背景下出现，如华中师院中文系编著的《中国当代文学史稿》（写于1958年，1962年由科学出版社出版），山东大学中文系编写的《1949—1959中国当代文学史》（山东人民出版社1960年版），北京大学中文系1955年编写的《中国现代文学史当代部分纲要》（内部铅印，未正式出版）等。由此可见，高教部《高等学校教材编写暂行办法》等文件规定，是了解、研究中国当代文学史不可或缺的资料。

二是事件与问题。

中国当代文学史与学科的发展，突出反映在一定时期发生的学术事件和引起学界关注和热议的问题上。比如，开始于1988年的"重写文学史"，在学界引起的争论，至今未休。正是在这场持久而浩大的"重写文学史"的讨论、实践中，当代文学史和学科建设中许多重要、关键的问题得到解决。鉴于此,本卷选录了四篇文献,以基础文献为主,同时兼及对"重写文学史"的质疑,以便通过不同文本之间的对话再现当年"重写文学史"事件的轮廓。除了"重写文学史"之外,我们还选取了另外几个在当代文学研究中比较有影响的"事件与问题",它们分别是"当代文学史宜否入史""二十世纪中国文学与整体文学观""'再解读'与海外中国当代文学研究""重返八十年代"。

三是评价与探索。

"评价"指的是对中国当代文学作品的整体评估,这是事关当代文学及其学科地位的重大问题。对当代文学史与学科发展的"探索",则显示了这门学科获得新的发展的可能,预示了该学科的发展前景。毋庸置疑,这两方面(评价与探索)的文献史料十分丰富,从中梳爬、遴选若干,呈现出来供研究者阅读、使用,是很有意义的。限于篇幅,我们仅选取四个重要且广受关注的问题,即当代文学的评价、"十七年"文学评价、"红色经典"的价值、当代文学学科建设及其探索。

四是时间与空间。

就中国当代文学史与学科而言,从时间和空间两个维度展开的相关文献史料令人印象深刻。从时间维度来说,当代文学史的上下限问题,长期存在较大分歧,这一点透露了这门学科尚未稳定,仍有很大的不确定性,由此甚至引发了对当代文学史入史、当代文学学科合法性的一些质疑。在此背景下,打通现、当代文学的呼声被重新提及,引起热议。再从空间维度来看,存在的问题更多,也更严重。那些长期被遮蔽或被忽视的少数民族文学、港澳台文学以及通俗文学,能否入中国当代文学史以及怎样入史,成为当代文学史与学科发展中必须解决的重要问题,也由此产生一些有价值的相关文献资料。

最后需要说明的是,上述四类史料,虽有一定代表性或有一定的影响,却不能反映中国当代文学史与学科建设的各个方面。比如,海外中国当代文学史与学科史料,仅收入数篇,这显然只是冰山一角。限于篇幅,一些有价值的文献资料,或者忍痛全文放弃,或者只能节选、摘录。因此,就本卷而言,挂一漏万,颇有遗珠之憾。只好期待将来,携手有志于此的学界同仁共同补缺!

付祥喜

2013 年 2 月 26 日

目 录
CONTENTS

第一编　文件与规定

关于实施高等学校课程改革的决定 …………………………………… 政务院（003）

高等学校教材编写暂行办法 ……………………………………………… 高教部（005）

《中国新文学史》教学大纲（初稿）…………… 老 舍 蔡 仪 王 瑶 李何林（007）

关于各高等学校组织翻译苏联教材制定计划时应注意的事项的指示 ……… 教育部（014）

关于组织交流高等学校教师编写的讲义的几项规定 …………… 高等教育部（017）

关于改变制订教学计划、教学大纲办法的通知 ………………… 高等教育部（019）

关于高等学校文科教学方针和教材编选工作的报告 …………… 中央宣传部（021）

关于高等学校文科教材编选情况和今后工作意见的报告 ………… 周 扬（025）

中国语言文学一级学科简介 ……………………………………………… 贺桂梅（029）

第二编　事件与问题

（一）当代文学能否写史

当代文学不宜写史 ………………………………………………………… 唐 弢（036）

关于"当代文学史" ………………………………………………………… 施蛰存（037）

当代文学应该写史 ………………………………………………………… 晓 诸（040）

（二）"20世纪中国文学"与新文学整体观

"二十世纪中国文学"三人谈·缘起 ……………… 陈平原　钱理群　黄子平（042）

"二十世纪中国文学论"批判 ……………………………………………… ［韩］全炳俊（048）

新文学史研究中的整体观 ·· 陈思和（055）

（三）重写文学史

关于重写文学史专栏的对话 ··························· 陈思和　王晓明（064）

历史视野中的"重写文学史" ························· 王晓明　杨庆祥（071）

"重写文学史"：个人主体的焦虑 ······························ 张颐武（083）

关于"重写文学史"的辨析 ···································· 罗守让（092）

（四）"再解读"与海外中国当代文学研究

我们怎样想象历史 ································· ［美］唐小兵（108）

重写中国文学史

    ——王德威教授访谈之一 ················ ［美］王德威　苗　绿（118）

"再解读"：文本分析与历史解构 ······························ 贺桂梅（123）

"再解读"研究述评 ·· 周　薇（128）

"再解读"的再解读

    ——唐小兵教授访谈录 ················ ［美］唐小兵　李凤亮（135）

（五）"重返八十年代"

怎样对"新时期文学"做历史定位？

    ——重返八十年代文学史之一 ····························· 程光炜（146）

重返八十年代：为何重返以及如何重返

    ——就"八十年代文学研究"接受人大研究生访谈 ············· 李　杨（154）

"重返八十年代"与当代文学史论述 ····························· 王　尧（163）

第三编　评价与探索

（一）当代文学评价

对中国当代文学 60 年的评价 ·································· 陈晓明（172）

王蒙、陈晓明为何乐做"唱盛党"？ …………………………………… 肖　鹰（179）

当代文学一片凋零？

　　——如何评价当代文学 ………………………………………… 杨利景（183）

当代文学：基本评价与五个面影 ………………………………… 李建军（185）

"莫言热"背后，如何确立当代文学价值？ ………………………… 傅小平（189）

论"二十世纪中国文学" ………………… 黄子平　陈平原　钱理群（193）

（二）"十七年文学"评价

文学评论与价值取向

　　——从"十七年文学"的评价谈起 …………………………… 张　炯（206）

当代文学史写作及相关问题的通信 ………………… 李　杨　洪子诚（211）

"十七年文学"研究的学科史意义 ………………………………… 曾令存（224）

关于"十七年文学"的评价问题 …………………………………… 王彬彬（229）

"十七年"文学：如何进入文学史？ ……………………………… 杨利景（233）

（三）"红色经典"评价

"红色经典"：虚假的命名？ ……………………………………… 刘　勇（242）

论"红色经典"的经典性意义和经典化定位 ……………………… 杨经建（246）

"史诗性"与"红色经典"的文学价值评估 ………………………… 阎浩岗（252）

红色经典及其当代境遇

　　——当代文学的红色传统与当代变异 ……………………… 王学谦（260）

（四）学科建设与探索

我们为何犹豫不决 ………………………………………………… 洪子诚（268）

一个人与一个学科 ………………………………………………… 曹文轩（272）

当代文学学科的认同与分歧的反思 ……………………………… 程光炜（277）

当代文学学科建设与史料意识的自觉 …………………………… 吴秀明（285）

首都师范大学《文学评论》编辑部"中国现当代文学学科建设及教学改革研讨会"纪要

　　……………………………………………………………… 李宪喻（290）

文学的身份认同：民族的还是国家的？

　　——与陈国恩教授商榷 ……………………………………… 付祥喜（303）

第四编　时间与空间

（一）当代文学时间：分期问题

关于建构百年文学史的几点意见和设想 …………………………………… 丁　帆（314）

近代、现代与当代文学的历史分期须重新划定 ……………………… 高旭东（321）

欧美中国现当代文学研究的历史分期………………………………… 杨　肖（332）

认真求实，共同探索

　　——中国近、现、当代文学史分期问题讨论会纪实…………………………（340）

（二）当代文学空间：入史问题

关于中国当代文学史中"少数民族文学"的"历史叙述"问题……………… 席　扬（350）

少数民族文学怎样"入史"………………………………………………… 陈国恩（360）

多民族文学史的编写问题 ………………………………… 曹顺庆　付品晶（363）

台港澳文学如何入史…………………………………………………… 方　忠（368）

台港澳文学与文学史写作

　　——再谈 20 世纪中国文学的整体视野 ……………………… 刘登翰（374）

台港澳文学史叙述与中国当代文学史空间维度………………………… 王金城（381）

海外华文文学不能进入中国现当代文学史 ………………………… 陈国恩（388）

世界华文文学对于中国现当代文学学科建设的作用和价值（节选）

　　——以战后中国文学转型为例 …………………………………… 黄万华（392）

"海外接受"文学史写作的可能 …………………………………………… 刘江凯（397）

分论易　整合难

　　——现代通俗文学的整合入史研究 ……………………………… 范伯群（401）

中国现代通俗文学的"现代性"和入史问题 ……………………………… 汤哲声（408）

文学史书写中的通俗文学地位论辩………………………………………… 范水平（413）

第一编

文件与规定

关于实施高等学校课程改革的决定

政务院

（一）中华人民共和国的高等学校的宗旨，为根据中国人民政治协商会议共同纲领关于文化教育政策的规定，以理论与实际一致的教育方法，培养具有高度文化水平，掌握现代科学与技术的成就并全心全意为人民服务的高级建设人才。

（二）一年来，全国高等学校的教育内容，已经经过了初步的改革，也收到了一定的成效，但现有高等学校课程中相当大的部分还不是新民主主义的，即还不是民族的、科学的、大众的，还不能符合新中国建设的需要。因此全国高等学校的课程，必须根据共同纲领第四十六条的规定，实行有计划有步骤的改革，达到理论与实际的一致。一面克服"为学术而学术"的空洞的教条主义的偏向，力求与国家建设的实际相结合，这是我们现有高等学校主要的努力方向；另一面要防止忽视理论学习的狭隘实用主义或经验主义的偏向。

（三）全国高等学校应根据共同纲领第四十一条和四十七条的规定，废除政治上的反动课程，开设新民主主义革命的政治课程，借以肃清封建的、买办的、法西斯主义的思想，发展为人民服务的思想。

（四）高等学校应以学系为培养专门人才的教学单位，各系课程应密切配合国家经济、政治、国防和文化建设当前与长期的需要，在系统的理论知识的基础上，实行适当的专门化；应根据精简的原则，有重点地设置和加强必需的和重要的课程，删除那些重复的和不必需的课程和内容，并力求各种学科的相互联系和衔接。在删除重复和不必需的课程和内容时，必须经过深思熟虑和多方面的讨论，决不可轻率从事。各校开设课程应按照国家建设的实际需要，不应因人设课。

（五）为加强教学与实际结合，高等学校应与政府各业务部门及其所属的企业和机关，建立密切的联系。高等学校的教师应与上述部门的工作、生产和科学研究，作适当的配合；应该有计划地组织学生的实习和参观，并将这种实习和参观，作为教学的重要内容。政府各业务部门为了有效地培植国家建设人才，应以通过教育部，协助高等学校的教学、实习和研究，作为自己部门本身业务的构成部分。对于实习学生，各业务部门负有与教育部共同领导的责任。

（六）为适应培养大量建设人才的需要，各高等学校应视其具体条件，在教育部领导下，协助各建设业务部门，设立各种专修科、训练班或函授班，其课程与各有关业务部门商订之。

（七）高等学校各系应分别规定修业年限，以三年至五年为原则；每学期的实际授课时间以满十七周为原则，学生每周实际的学习时间（包括自习及实验）以四十四小时为标准，最多不得超过五十小时。课外活动时间，每周以不超过六小时为原则。

（八）提高师资的质量和培养新的师资是实施课程改革的关键，因此全国高等学校的教师应努力加强自己的政治学习、业务学习及研究工作，应就各项主要课程，组织教学研究指导组,由教师实行互助,改进教学的内容与方法;应有计划有步骤地加强高等学校内研究部或研究所的研究工作,并以此作为培养我们国家的高等学校师资的主要场所;应大大加强对助教及研究生的指导和关心,鼓励其积极学习和研究的精神,培养他们成为新中国高等学校的良好教师。

(九)用科学的观点和方法编订为新中国高等学校所实用的教材,是实行课程改革的重要条件。因此在中央人民政府教育部领导下,成立高等学校教材编审委员会,根据共同纲领第四十一、四十二、四十三、四十四、四十五、四十六及四十七条规定的精神,有计划有步骤地编译各项适用的教材和参考书。今后各学校各系各科的教材除外国语文系科外,应逐步做到一律用本国语文。

(十)全国高等学校应根据上述原则,并参考第一届全国高等教育会议中所讨论的各种课程草案,就各校的具体条件,制订各校可行的课程及教学计划草案,报请中央人民政府教育部批准实行。

(十一)本决定由中央人民政府教育部报经政务院批准后公布施行。

(原载《人民教育》1950 年第 5 期)

高等学校教材编写暂行办法

高教部

（1956 年 1 月 18 日印发）

一、中华人民共和国高等教育部、教育部（以下简称高等教育部、教育部）为了组织学校教师在学习苏联高等学校教材基础上，并结合中国实际情况，编写切合我国高等学校用的教材，以保证教学需要、提高教学质量，特制订本暂行方法。

二、一般高等学校教材由高等教育部负责组织编写，高等师范学校教材，由教育部负责组织编写，高等医药学校和高等艺术学校的教材，分别由卫生部和文化部组织编写，必要时约请其他有关业务部门协助。

三、高等学校教材分为教科书和教学参考书两类，一般按教科书、教学参考书分别组织编写。凡适合教学要求，内容适合于作为讲课课本用的，可批准为教科书；不适合作为教科书，但内容有教学参考价值的，可批准为教学参考书。目前编写教科书的条件不足的课程，可适当地组织编写一部分试用教材。

一般高等学校的教科书（包括试用教材）和教学参考书应由高等教育部批准。高等师范学校的教科书（包括试用教材）和教学参考书，应由教育部批准，但目前高等医药学校和高等艺术学校的教科书（包括试用教材）和教学参考书，暂分别由卫生部和文化部审查批准，其他各业务部门所组织编写的教学参考书暂分别由各该部门负责审查批准，均通知高等教育部。

初出版的教科书一般先准予试用，试用结果良好时，再批准作为正式教科书。

四、经高等教育部、教育部、卫生部、文化部或其他业务部门规定编写教材的教师，可将编写教材所需的时间列入自己的工作日内。必要时经学校同意，可以减免教学工作量。

五、高等教育部、教育部、卫生部、文化部的编写教材计划确定后，将所组织编写的教材名称、编者姓名等通知有关出版社，出版社即与约定的编者签订约稿合同，并与编者密切联系，协助编者解决编写过程中所发生的问题。决定出版时，另签订出版合同。凡约定的编者应提高内容提要、估计字数、交稿日期等，作出计划，报直接领导的部门并抄致高等教育部。

六、编者按计划完稿时，应将稿件按本办法的规定先送有关部门审查，有关部委托评阅人或组织审查委员会审查，并征求出版社的意见。按审查结果，分别批准作为教科书、试用教材或教学参考书，交出版社加工出版；如审查后认为不适合于作教材时，出版社可以分别跟据具体情形，或作一般书籍出版，或退回编者修改。

七、为使稿件易于整理付排，其文字、格式均应按照出版社的要求办理。名词术语应尽可能采用中国科学院编译局编订的统一名词，以求得一致。

八、高等学校教科书（包括试用教材）及教学参考书的稿费与审查除均由出版社按照稿费标准支付,高等教育部对教材质量特别优良的编者应给予奖励,奖励办法另订。

凡集体编写的教材其稿费分配办法由编者协商决定,编者与出版社签订约稿合同时,由出版社支付一部分稿费。

九、本办法自公布之日起试行,如有未尽之处,当随时修正。

（根据高等教育部文件刊印）

《中国新文学史》教学大纲（初稿）

老　舍　蔡　仪　王　瑶　李何林

　　中央教育部组织的文法学院各系课程改革小组中的"中国语文系小组"决定依照部定在1951 年 6 月以前，把中文系每一课程草拟一个教学大纲，以便印发全国各校中国语文系。其中"中国新文学史"一课的教学大纲草拟工作，由老舍、蔡仪、王瑶和我（原定有陈涌同志，他因忙未能参加）担任。因为大家都忙，我们只在一块商讨了两次：第一次根据蔡仪、王瑶和东北师大中文系张华来三同志所拟的三份大纲，交换了一些意见；会后再由我参照这三份大纲，草拟一个大纲，第二次即讨论这个大纲，略加修改通过。而大家认为第三、四、五编内有关作品各章的那样分类和所列举的那些作家，是否妥当，是否挂一漏万，实成问题。但又觉得有这些小标题，比仅有笼统的诗歌、小说、散文、戏剧的每章大标题，对于有些人也许有些帮助。所以决定把这些小标题抽出来，作为"附注"放在后面，仅供参考（我们呈交教育部一份，是这样办的）。这里我没有把它们抽出来，而是在每一章标题下面加注一句"本章各节小标题，仅供参考"：这当然由我一人负责。

　　由于这个大纲是四个人在极短的时间内，匆忙地草成，粗滥是在所难免的；所以不但希望全国"中国语文系"的有关教师同志们提出意见，而且还盼望文学界的同志们也能注意、研究和批评，以便将来修改。

李何林

1951 年 5 月 30 日

绪　论

第一章　学习新文学史的目的和方法
　第一节　目的
　　一、了解新文学运动与新民主主义革命的关系
　　二、总结经验教训，接受新文学的优良遗产
　第二节　方法
　　一、辩证唯物论和历史唯物论
　　二、马列主义的文艺理论和毛泽东的文艺思想
第二章　新文学的特性
　第一节　新文学不是"白话文学"、"国语文学"、"人的文学"、"平民的文学"等等
　第二节　新文学是新民主主义的文学
第三章　新文学发展的特点

第一节　无产阶级思想领导的发展

第二节　新文学运动的统一战线的发展

第三节　大众化（为工农兵）方向的发展

第四节　新现实主义精神的发展

第四章　新文学发展阶段的划分

一、五四前后——新文学的倡导时期（1917—1921）

二、新文学的扩展时期（1921—1927）

三、"左联"成立前后十年（1927—1937）

四、由"七·七"到延安文艺座谈会讲话（1937—1942）

五、由"座谈会讲话"到"全国文化大会"（1942—1949）

第一编　五四前后——新文学的倡导时期（1917—1921）

第一章　五四前夕的文学革命运动

第一节　文学革命运动发生的原因

一、鸦片战争以来的新的社会基础

二、在这新基础之上的旧民主主义的文学改良运动

三、新文化运动，无产阶级思想及十月革命的影响

第二节　文学革命的理论及其斗争

一、胡适主张的批判

二、陈独秀、钱玄同、刘半农、周作人等的主张

三、他们的斗争——"王敬轩"、"国故"、林纾、严复等

第三节　文学革命的实绩

一、鲁迅的《狂人日记》、《孔乙己》、《药》和《随感录》的意义

第二章　倡导时期的创作

第一节　五四运动对新文学的影响

第二节　这一时期的创作

一、诗歌

二、散文

三、小说

四、戏剧

第二编　新文学的扩展时期（1921—1927）

第一章　中国共产党的成立与这一时期的社会政治情况

第一节　马克思主义的传播和中国共产党的成立

第二节　这一时期的社会政治情况及其和新文学的关系

第二章　文学研究会和创造社等的殊途同归

第一节　革命的小资产阶级文学家的苦闷、彷徨与转变

第二节　文学研究会诸人的理论和其创作
第三节　创造社诸人的理论和其创作
第四节　和他们近似的其他作家
第三章　鲁迅和其有关的作家
第一节　鲁迅的前期作品和其在新文学史上的地位
第二节　和他有关的作家
第四章　与封建的和买办的思想斗争
第一节　与"学衡"派的斗争
第二节　与"甲寅"派的斗争
第三节　与"现代评论"派的斗争
第五章　"革命文学"的萌芽和生长
第一节　1923 年《中国青年》几位作者的主张
一、指出工农兵是革命的主力，主张知识青年应走向工农兵
二、批判"为艺术而艺术"与"为人生而艺术"的思想，主张文学应该为革命服务
三、反对写空想的革命文学而不从事革命斗争；主张深入工农兵，写工农兵生活
四、主张革命文学的统一战线
第二节　郭沫若、蒋光慈、郁达夫、成仿吾等的主张
第三节　鲁迅前期的文学主张

第三编　"左联"成立前后十年(1927—1937)

第一章　本时期的社会政治和文学的情况
第一节　蒋介石反动政权与人民的斗争
第二节　"九·一八"以后的新的情势
第三节　文学方面的大略情况
第二章　革命文学或"无产阶级文学"运动
第一节　创造社和太阳社的主张
第二节　与鲁迅茅盾的论争
第三节　"左联"的成立和其主张
第三章　与反对派的斗争
第一节　与资产阶级的"新月"派斗争
第二节　与法西斯的"民族主义文学"斗争
第三节　与虚伪的"自由人""第三种人"斗争
第四节　与封建余孽的"复兴文言"斗争
第四章　理论在论争中发展
第一节　强调"进步的世界观"的正确及其偏向
第二节　机械唯物论的错误和纠正
第三节　"写最熟悉的题材"的偏向
第四节　大众文艺——大众语——新文字(拉丁化)

第五节　新现实主义的成长
第五章　救亡文艺和抗日民族统一战线运动
第一节　"九·一八""一·二八"后的救亡文艺
第二节　"国防文学"论者的主张
第三节　"民族革命战争的大众文学"论者的意见
第四节　抗日民族统一战线的初步成立
第六章　本时期的诗歌(本章四节小标题仅供参考)
第一节　暴露与歌颂(蒋光慈、郭沫若等)
第二节　技巧与意境("新月"派、"现代"派)
第三节　中国诗歌会(蒲风、王亚平等)
第四节　新的开始(臧克家、艾青、田间等)
第七章　本时期的小说(本章六节小标题仅供参考)
第一节　热情的憧憬(蒋光慈、华汉、丁玲等)
第二节　透视现实(茅盾、叶绍钧、王统照等)
第三节　城市生活的面影(老舍、巴金、张天翼等)
第四节　农村破产的影像(魏金枝、沙汀、叶紫等)
第五节　东北作家群(萧军、萧红、舒群等)
第六节　历史小说(鲁迅、郭沫若、郑振铎、郭源新等)
第八章　本时期的戏剧(本章三节小标题仅供参考)
第一节　剧院和剧本(田汉、适夷、洪深等)
第二节　结构、对话、效果(曹禺、李健吾、袁牧之等)
第三节　国防戏剧(于伶、章泯、夏衍等)
第九章　本时期的杂文、报告、小品(本章四节小标题仅供参考)
第一节　杂文(以鲁迅这十年内的杂文为主)
第二节　报告文学的发生和发展
第三节　游记(朱自清、郁达夫等)
第四节　散文小品(如茅盾、丽尼、何其芳等)及其没落(如林语堂、周作人等)
第十章　不灭的光辉
第一节　鲁迅的伟大成就
第二节　鲁迅所领导的方向

第四编　由"七·七"到"延安文艺座谈会讲话"(1937—1942)

第一章　抗战与文学的抗战
第一节　新的情势与新的组织(叙述抗战开始的情势,"全国文协"成立及其活动)
第二节　"文章下乡,文章入伍"(叙述文艺工作者特别是戏剧界为抗战服务的事实)
第二章　通俗文艺和大众化问题
第一节　五四以来的新文学服务于抗战的局限性
第二节　通俗文艺的大量制作

第三节　大众化问题的讨论

第三章　"民族形式"问题的论争

第一节　民族形式问题发生的原因（国内的、国外的）

第二节　几种不同的主张

第三节　这几种主张的偏向

第四章　理论斗争与不良倾向的纠正

第一节　与"战国策派"和"抗战无关论"的斗争

第二节　与"反对暴露黑暗"和"为艺术而艺术"的斗争

第三节　与"王实味的文艺观"斗争

第四节　公式主义和客观主义的纠正

第五章　本时期的诗歌——为祖国为歌（本章五节小标题仅供参考）

第一节　"战声"的传播（郭沫若、冯乃超、高兰等）

第二节　"人的花朵"（艾青、田间、柯仲平等）

第三节　"七月诗丛"及其他（胡风、绿原等）

第四节　抒情与叙事（力扬、沙鸥、袁水拍等）

第五节　"诗的艺术"（老舍、方敬、冯至、卞之琳等）

第六章　本时期的小说（本章四节小标题仅供参考）

第一节　后方城市生活种种（茅盾、巴金、靳以等）

第二节　变动中的乡镇和农村（沙汀、艾芜、丁玲等）

第三节　战争与人民（丘东平、孔厥、路翎、郁如等）

第四节　新人与新事（碧野、田涛、骆宾基等）

第七章　本时期的戏剧（本章三节小标题仅供参考）

第一节　抗战与进步（田汉、洪深、老舍、曹禺）

第二节　敌区与后方（夏衍、陈白尘、于伶等）

第三节　历史故事（郭沫若、吴祖光、阳翰笙、欧阳予倩等）

第八章　本时期的报告、杂文和散文（本章三节小标题仅供参考）

第一节　抗战初期报告文学的成绩

第二节　杂文（"野草"丛书等）

第三节　散文

第五编　从"座谈会讲话"到"全国文代会"(1942—1949)

第一章　苏区文艺活动的优良传统（补叙）

第一节　古田会议在文艺工作方面的决定

第二节　农村和部队里面的文艺活动

第三节　苏区作品的特点

第二章　"延安文艺座谈会讲话"的伟大意义

第一节　确定了"为工农兵"的方向

第二节　解决了普及与提高的关系

第三节　确定了小资产阶级作家彻底改造的重要性

第四节　其他问题的解决

第三章　与反动倾向斗争和"主观"论战

第一节　与色情倾向市侩主义和美帝文艺影响斗争

第二节　对萧军的斗争

第三节　"主观"问题论战

第四章　人民文艺的成长和"全国文代大会"

第一节　解放区新人民文艺的成长

第二节　蒋管区民主运动和文艺运动的情况

第三节　"中华全国文学艺术工作者代表大会"的意义

第四节　毛主席文艺方向的伟大胜利

第五章　本时期的诗歌（本章三节小标题仅供参考）

第一节　工农兵群众诗

第二节　叙事长诗（李季、田间、阮章竞等）

第三节　政治讽刺诗（马凡陀、绿原、臧克家等）

第六章　本时期的小说（本章第六节小标题仅供参考）

第一节　新的农村面貌（赵树理、康濯等）

第二节　土改的反映（丁玲、周立波等）

第三节　部队与战争（刘白羽、孔厥等）

第四节　工厂与生产（草明、李纳等）

第五节　腐败与新生（谷柳、老舍等）

第六节　烦闷与愤怒（沙汀、艾芜等）

第七章　本时期的歌剧和话居（本章三节小标题仅供参考）

第一节　新歌剧（柯仲平、贺敬之等）

第二节　新话剧（胡丹沸、陈其通等）

第三节　国统区话剧（陈白尘、茅盾等）

第八章　本时期的报告、杂文、散文（本章三节小标题仅供参考）

第一节　报告文学（华山、刘白羽等）

第二节　杂文（冯雪峰、聂绀弩、朱自清等）

第三节　散文（解放区与国统区）

（以上各章标题下所注"本章×节小标题仅供参考"一句，乃因我们觉得这样分类和所列举的作家，是否妥当，颇成问题。）

教员参考书举要（初稿，请大家补充，修改）

一　总集

1　中国新文学大系（其中十篇"导论"另有"中国新文学大系导论集"印行）

2　人民文艺丛书

3　五四文艺丛书（中央文化部编，即将陆续出版；其中已编选完成的各册的"序言"，多已发表，可参考）

4　抗战前出版的著名作家的"自选集"、"选集"

二　论文

1　毛主席在延安文艺座谈会上的讲话

2　整风文献

3　鲁迅三十年集

4　乱弹及其他（瞿秋白著）

5　表现新的群众时代（周扬）

6　"剑、文艺、人民"（胡风著）及胡风其他论文

7　中华全国文学艺术工作者代表大会纪念文集

8　民族形式讨论集（胡风编）

三　历史

1　论民主革命的文艺运动（冯雪峰作）

2　论文学的工农兵方向（雪苇著）

3　近二十年中国文艺思潮论（李何林编著）

4　中国抗战文艺史（蓝海编著）

5　中国新民主主义革命史（胡华编）

注：这个书目，是王瑶同志起草，交大家讨论通过后，又由我增改了一些。其中第三部分"历史"内五种是王瑶同志原提，第一部分"总集"我加了二、四两种，并把《批评论文集》《民族形式讨论集》《文代大会纪念文集》三书移在第二部分"论文"内，这应由我一个人负责。

李何林

（本提纲由老舍、蔡仪、王瑶、李何林共同起草，

原载 1951 年 7 月《新建设》第 4 卷第 4 期）

关于各高等学校组织翻译苏联
教材制订计划时应注意的事项的指示

教育部

（1952 年 11 月 27 日）

为学习苏联先进科学技术经验，改革教学内容，提高教学质量，有计划有步骤地翻译苏联高等学校教材，已是刻不容缓的艰巨工作。

我部拟统筹全国高等学校教材的编译工作。首先翻译一、二年级基础课的教材及某些必要及有条件解决的专业课教材，而后再逐步翻译其他各种课教材。此项工作必须组织全国各高等学校及有关机关人力，有计划有步骤地进行。

为制订 1953 年全国高等学校教材编译总计划，要求你校按照目前学校已有俄文书籍及具有翻译能力的人力，结合你校需要，制订你校的教材编译计划草案。制订计划草案时希注意以下几点：

（一）应采适当方式向各有关系科及教研组的全体同志进行动员，使他们充分体会翻译苏联教材对于当前的教学改革工作所具有的重大政治意义，及其对本组本系科教学工作的重要性与必要性。

（二）应尽可能减少具有翻译能力的同志们其他工作的负担，使之能集中较多力量及时完成翻译工作，纠正把翻译工作和教学工作对立起来的错误看法。

（三）计划草案的时间范围，自即日起至 1953 年 12 月底止。

（四）计划草案中应列举拟译的俄文及中译书名，作者俄文及中译名，该书出版的年月、版次，出版机构及批准机关，适用于哪些系科专业，系第几年级的课程，全书页数若干，担任翻译者的姓名（如系小组集体翻译，请注明谁是小组长），何时开译，预定何时可以译完。

（五）要求对翻译工作采取严肃认真态度，译笔务求忠实通顺，反对任意删节及整句整段脱离原文的意译。

（六）如具有翻译能力的人员，各方面条件不强，可考虑成立翻译小组，包括业务较强、俄文较好及中文较好的三种人，以集体力量合作译校。

（七）翻译计划草案希至迟于 11 月底报部。

（八）如有人能翻译但无适当书籍，或有应译书籍但无人能翻译的情况，希即与我部联系，以便设法统筹解决。

（九）为有效地进行此一工作，学校应成立一统筹计划及领导全校教材编译工作的机构，并将该项机构的负责人报部备案。

随文附发"高等学校苏联教材翻译情况参考资料"，供你校制订计划草案时的参考。关于稿酬、审校、出版等制度我部将加行规定，通知你校执行。

兹随文寄发"中央人民政府教育部关于翻译苏联高等学校教材的暂行规定"一件，作为你校进行翻译教材时的依据。

附件：关于翻译苏联高等学校教材的暂行规定

一、为了使高等学校教材具备正确的立场和观点，使之适合新中国建设之需要，培养合乎规格的高级建设人才，在高等学校院系调整思想改造学习之后，有计划有步骤地翻译苏联高等学校教材，以逐步提高教学质量，乃是当前高等教育迫切的政治任务之一。

二、翻译苏联高等学校教材的工作，由中央人民政府教育部（以下简称本部）成立高等学校教材编审委员会（以下简称编委会）统筹掌握，组织全国高等学校及其他有关单位的现有人力，进行翻译工作。在编委会正式成立前，暂由本部高等教育司行使职权。

三、由于人力资源和时间等条件限制，在最近一年内（1952—1953 年）首先以翻译苏联高等学校一、二年级基础课程的教材为主，同时照顾到一些急迫需要的专业课程教材，以后再逐步扩大范围，完成全部主要学科教材的编译工作。

四、各校（院）应根据本部规定的总方针总要求及本身的具体条件，制订各该校（院）的翻译计划草案，报请编委会审核批准后施行。

五、由于目前全国的翻译质量不高，因此，在组织翻译时，应尽可能发挥集体力量。对于能力较强的翻译工作者，可以采取"合译互校"办法，进行工作；对于能力较弱的翻译工作者，应采取"个别阅读，共同讨论，专人执笔，集体校订"的办法，组织小组进行工作，在小组中应包括熟习业务、通晓俄文以及中文较好的人，共同合作。

六、为了保证译本的质量，避免浪费人力，各书于开译前，须先试译一部分（以一万字左右为准），通过校（院）方转送编委会，经编委会审查核准后，再行正式开译。

七、为争取时间，避免积压，及减轻校订者负担，校准翻译的书稿，应分章送请各该校教研组（或专家）校订（如各该校条件不够时，可直接将原书原稿送交编委会审校），译稿于校订完竣后，由各该校有关教研室主任或系主任签字盖章，连同原书送交编委会审查。

八、译稿应注意下列几点：

1. 翻译工作应采严肃认真态度，译笔务求忠实通顺，反对任意删节及整句整段脱离原文的意译。

2. 译稿应一律用简明通俗的语体文。

3. 译稿须用原稿纸缮写清楚（自然科学译稿须从左到右缮写），并加注出版总署所规定的标点符号。

4. 学术名词及人名地名，应前后一致，尽可能用国内已正式确定者及通用者，学术名词，应采用中央人民政府政务院文化教育委员会学术名词统一工作会公布的各种名词及中国科学院所定各种名词草案，以求统一。如系新创名词，应在其后加注原文，译稿后应附名词对照表。

5. 译稿应注意原文书名、作者，适用于哪些系科专业，出版单位、年月及版次。

九、凡经编委会审查批准的译稿，均以"中央人民政府教育部推荐高等学校教材试用本"的名义予以出版。

十、稿酬办法规定如下：

1. 稿酬采定期报酬制。定期报酬之期限为两年，在此期限内，不论印数多少，支付稿酬一次，期满续印时，再支付稿酬一次，稿酬率应递减 20％，直至递减至 40％为止。

2. 稿酬暂定每千字人民币 3 万元至 8 万元，脱产或部分脱产的翻译工作者，每月应翻译的字数,由编委会通过校方与译者协商决定。凡超过商定数字者,其超过的数字得根据上述标准致送稿酬。

3. 各业务部门及学会等交来之译稿,如经审查合格,亦得依照规定,支付稿酬,其稿酬之处理,由各该单位自行决定。

4. 在特殊情况下,经核准翻译之书籍,译完一部分(3万字以上)之后,得由学校代向编委会申请预支部分稿酬,待全书译完并付印时,再行结付。

5. 重版时因原书有修改等情况而作必要之修订者,应支付修订费,其确数视具体情况决定之。但因翻译上有错误或文字不通顺而修订者,为原译者应有的责任,不再支付修订费。

6. 审校费分校订费及审阅费两种。校订系指就全部译稿逐句对照原文加以修订者,每千字稿酬以5000元至3万元为标准。审阅系指对全部译稿参照原文审读一遍,就译文是否正确通顺可用,提出意见,每千字稿酬以2000元至5000元为标准。

7. 稿酬及审校费数目,由编委会决定,但各该校(院)主管首长,或有关单位负责人,于签送译稿时,得对稿酬及校订费提出初步评定的具体意见。

十一、书稿字数的计算法如下:

1. 正文:按译稿页数乘以每页行数,再乘以每行字数。计页数时白面不计;计行数时,页数号码不计;不足一面者,亦依全面计算之,题目占行与空白行均不扣除;译者序言及名词对照表、附录等皆按正文计算。

2. 插图:简单插图由译者用黑墨正确描出,附贴译稿内,按正文计算。铜版图及较复杂的插图,于译稿内留出适当空白位置,将图号图名及所附说明,译成中文写于稿底上,计算文字数字时,该图所占空白位置须扣除之,图号图名及说明,则随同文字计算之。

3. 公式:为节省译者抄写时间及排印便利计,公式最好自原书剪贴于译稿上,其所占位置,皆按正文计算。

4. 数表:正文内简单数表,按正文计算字数;较大数表,占原书半页以上者,于译稿内,将表号、表名、表头说明译出,并按原表所占位置大小,留下空白,不必重抄,此项空白,于计算字数时须扣除之。

十二、本规定于公布日起施行,如有未尽之处,随时由本部修订之。

根据教育部文件刊印

关于组织交流高等学校教师
编写的讲义的几项规定

高等教育部

（1956 年 10 月 18 日）

为了繁荣学术著作、丰富教学内容、提高教学质量、减轻教师各自编写讲义的负担，并为开展自编教科书创造有利条件，及时组织交流高等学校教师编写的讲义，具有重要的作用。为此，特作如下几项规定：

一、各高等学校对本校教师编写的讲义，都负有及时交流的责任。各学校或其他单位可以直接向有关学校洽取需要的讲义，以供参考或采用。印发讲义的学校可以收回必要的费用。

二、各高等学校教师编写的质量较高的讲义，如需要公开出版交流时，可以参照"高等学校自编教材出版分工暂行规定"采取下列方式向有关出版社推荐公开出版。

1. 由学校负责审查后以"某某学校讲义"或一般书籍向有关出版社推荐，出版社根据讲义质量和出版力量考虑出版。

2. 由学校或编写人向有关出版社推荐或由出版社自行组稿，经出版社审查后以"高等学校讲义"或一般书籍出版。

高等学校教师编写的质量较高的讲义，如果出版社审查出版时，认为其中有够教科书标准的，可以向我部及有关部门推荐，经审查合格后，作为教科书或教学参考书出版。

出版社和学校及编写人在出版讲义工作中可以直接建立联系，或制订联系办法，以利工作。每学期结束前，学校可将本校教师编写的质量较高的讲义样本寄给各有关出版社参考。

在公开出版讲义工作中，学校或编写人除向中央有关出版社推荐出版外，各省、市有关出版社如有条件，可以就近接洽出版事宜。有条件的学校也可自行公开出版。

三、高等学校向出版社推荐出版的讲义时，应慎重挑选，认真审查，保证一定质量。讲义的内容要求可以参考"高等学校教材编写暂行办法"、"高等学校教材奖励试行办法"（待发）的有关规定及出版社规定的具体要求办理。出版社对公开出版的讲义，应作必要的审查和编辑加工，以提高出书质量。

四、推荐公开出版的高等学校教师编写的质量较高的讲义时，应由学校将编写人所写的内容提要和讲义样书各一份，连同推荐的意见，一并寄出版社参考。

编写人可以直接向有关出版社推荐讲义，推荐时最好附有编写人委托有关专家学者所提的意见，供出版社参考。

五、凡已公开出版交流的讲义，如经教学实践证明教学效果良好时，可由我部或有关部门委托编写人逐步修订改编成为教科书、试用教科书或教学参考书。

六、凡已确定公开出版的质量较高的讲义，出版社应纳入出版计划，支付编写人稿酬。

委托审查人审查时,应给予审查费。讲义出版后,由新华书店预订发行,以供应需要。

七、各高等学校于每学期结束前,应将本校下学期教师编写的讲义目录(包括讲义名称、编写人姓名、内容提要、适用专业、完成日期等)报我部,以使编印高等学校交流讲义目录,供各校或有关单位参考。各校应及时印发本校教师编写的讲义目录,供他校或有关单位预订时参考。

高等师范学校、医药学校、艺术学校和体育学校于每学期结束前,应将下学期教师编写的讲义的情况,直接报教育部、卫生部、文化部和体育运动委员会,并抄致高等教育部。

八、本规定自公布之日起试行,如有未尽事宜,当随时修改。

(原载《中华人民共和国国务院公报》1956 年第 47 号)

关于改变制订教学计划、教学大纲办法的通知[*]

高等教育部

（1957 年 6 月 6 日）

自 1952 年进行院系调整和教学改革以来,在中央提出的"学习苏联先进经验与中国实际情况相结合"的方针指导下,各种专业都由我部组织各校教师,陆续制订了统一教学计划,颁发各校实行,并相应地制订了一部分统一教学大纲。由于全体教职员工的积极努力,这些统一教学计划和统一教学大纲,在过去几年的教学改革工作中起过一定的积极作用:(1) 基本上贯彻了以马克思列宁主义为指导思想与掌握先进科学技术相结合的社会主义的教育方针。(2) 明确了各个专业的培养任务和目标,保证学校培养人才具有一定的规格。(3) 加强了教学工作的计划性和学生所学知识的系统性。(4)各校在执行统一教学计划中培养出一些担任新的课程的师资和适应国家建设需要的新专业的干部,推动了薄弱和空白学科的发展,为今后教学和研究工作的开展提供了一定的基础。因此,应该肯定,在过去几年中实行统一教学计划、教学大纲取得了一定的成绩。但是,在统一教学计划、教学大纲的制订和执行办法上都存在着不少缺点,主要是:(1) 虚心学习苏联先进经验是应该的,但是我部过去对苏联培养专门人才的方法及其所要求的条件缺乏全面深入的研究,在制订教学计划时过分强调了以苏联相应专业的教学计划为蓝本,对如何吸取我国原有的好的传统和结合我国目前实际情况以及各个学校的具体条件都很不够,有硬搬的偏向。(2) 教学计划中课程门类及周学时数偏多,教学大纲的内容有些偏重,使学生不能巩固、掌握所学知识,这样就加重了学生的学习负担,妨碍了对学生独立思考、独立工作能力的培养。(3) 在教学计划和教学大纲的执行上,有统一过多、限制过死、要求过急的毛病,妨碍了学校领导和广大教师的积极性和创造性的充分发挥;有些教学环节规定得过于烦琐和机械,有些课程的开设,特别是对专门化的开设和对作毕业论文、毕业设计的进度,要求过急,这样,既增加了教师工作的紧张程度,也不利于保证教学效果。(4) 教学计划的修改和变动过多过快,给学校和教师的工作增加忙乱,陷于被动。以上这些缺点给学校工作带来不少困难,也引起了一些不良的后果。

现在教学改革已经基本上告一段落,各校已积累了很多经验,教师的政治思想水平和业务水平都有了很大的提高,因此,我部对学校的领导方式也应该相应地有所改变。为了更充分地发挥学校和教师的积极性和主动性,兹决定:(1) 从下学年起,各类专业各个年级的现行统一教学计划一律改为参考性文件。今后各校各专业的教学计划,都由学校根据我部所订关于各类专业教学计划的基本原则,按照现行学制和专业的设置,经过一定程度自行制订与执行,并报我部备案。(2) 我部以前所颁发的各类课程的教学大纲都作为参考性文件,各

---

[*]　教育部、卫生部、文化部、体育运动委员会所属各高等学校是否适用本通知,由各该主管部门自行决定。

校可根据各该教学大纲的基本要求,正确贯彻"百家争鸣"的方针,自行修订,目前还没有部颁教学大纲的课程,各校应自行编写。教学大纲的修改本和新编写的教学大纲,均应报我部备案。

　　各类学校和专业制订教学计划所应遵循的基本原则,随通知附发,希按照执行。各类专业政治理论课的具体开设方案,我部正在研究中,俟确定后另行通知。

（根据高等教育部文件刊印）

关于高等学校文科教学方针和
教材编选工作的报告

中央宣传部

根据中央关于解决高等学校教材问题的指示,我们会同教育部和文化部从四月十一日到二十五日在北京召开了高等学校文科和艺术院校教材编选计划会议。参加会议的有老教师、老专家和青年教师,有校院长和系总支书记,还有中央一级和省市宣传、文教部门的同志,共计二百九十八人。其中党外人士约占三分之一。会议开始由周扬同志作了报告。会议过程中,定一、康生同志还同部分党外专家举行了座谈。会议结束时,定一同志讲了话。

会议研究和总结了几年来文科教学工作的状况和经验,认为教育革命的方向是正确的,成绩是巨大的,但在工作中也存在不少的问题和缺点。会议就有关文科教学的若干带根本方针性的问题,如培养目标,教学、劳动和科学研究三者的正确结合,各种课程的比重和相互联系以及如何在文科教学中贯彻执行百花齐放、百家争鸣的政策等重大问题进行了热烈的讨论。在经过党内外充分民主讨论,逐步达到统一认识的基础上,修订了文科七种专业(语文、历史、哲学、政治、政治经济学、教育、外语)和艺术院校七类专业(戏剧、音乐、戏曲、电影、美术、工艺美术、舞蹈)的教学方案的草案,并且相应地订出了二百二十四门课程的教材编选计划,包括教材二百九十七种(其中文科一百二十六种,艺术一百七十一种)。

这次会议是成功的,普遍反映中央抓教材很及时,开会方法民主,虚实结合,充分发扬了自由讨论、团结合作的精神,调动了大家的积极性。会议前一段着重务虚,许多党外老教师说出了在民主党派"神仙会"上也没有讲过的心里话。后一段,转入教学方案和教材编选计划的具体讨论,大家在讨论时,十分认真,逐字逐句推敲,敢于发表和坚持不同意见,经过反复协商以后,在主要问题上,又都取得了一致认识。对接受编书任务,大家的表现都很积极。许多老教师反映,他们参加这次会议,确实感到心情舒畅。

会议着重讨论了以下几个问题:

(一)关于培养目标的问题,主要也就是红与专的关系问题。经过教育革命、红专辩论,进一步明确了培养"有社会主义觉悟的有文化的劳动者"这一教育的总目标,根本扭转了以往轻视政治、只专不红的倾向。但又发生了忽视知识的现象,不恰当地强调培养所谓普通劳动者。有些同志不理解应当教育学生以普通劳动者的姿态,即以真正平等的态度对待劳动人民、和劳动人民打成一片,同时在专业知识上又必须不同于普通劳动者,才能符合国家的需要。而且对学生提的政治要求往往和对党员的要求一样高。经过讨论,进一步明确了高等学校文科的基本任务是培养理论、文化等方面的红色的专门人才。在政治方面,首先要求学生具有爱国主义和国际主义精神,愿为社会主义、共产主义事业奋斗。这是最基本的政治立场。同时要求学生通过马克思列宁主义、毛泽东著作的学习和一定的生产劳动、实际工作的锻炼,努力树立工人阶级的阶级观点、劳动观点、群众观点、辩证唯物主义观点。在学校中,必须对学生积极进行共产主义世界观的教育,但不能要求每个毕业学生都具有完整的马克思主义的世界观,只能引导学生向这个方向努力。在专业方面,要求学生具有基本理论知识、基本历史知识、基本社会知识并受过基本技能的训练(特别是写作能力的训练);要明确认识,只专不红,固然不对,只红不专,也是无用的。

为了正确处理红专关系,会议还进一步研究了所谓"白专道路"这个问题。现在"白专道路"的概念使用过滥,喜欢读书而不大喜欢参加某些集体活动的学生,往往被批评为走"白专道路",以致在学生中造成不敢读书,不敢钻研学问的不正常风气。因此,会议除了对于红的标准作了规定之外,并明确提出,红和白都是政治概念,只有反对社会主义、坚持个人主义才能算白。我们认为,如果一个人在政治上是反对党和社会主义的,那么就应当批判他政治反动,而没有必要说他是"白专",没有必要把"白"和"专"联系在一起。"白专道路"的说法,容易使人产生误解,以为"白"和"专"有什么必然的联系,或者以为非"红"即"白",而把那些在业务上比较努力,但政治上进步较慢或政治上还在转变过程当中、处于中间状态的人,也指为走"白专道路"。因此我们建议,今后不要再用"白专道路"这个名词来批评学生,这样做比较有利。

(二)关于贯彻执行教学、劳动、科学研究三结合而以教学为主的方针问题。教育革命以后,强调了劳动锻炼、政治锻炼,学生不仅要有书本知识,而且要有实际知识,比较彻底地克服了旧教育中理论和实际脱离的恶习。这是一个很大的变化。但是,又发生了劳动过多、政治活动过多、集体编书活动过多而上课过少的现象,以致基本理论知识、基本历史知识和基本技能的训练有所削弱。有些学校甚至不敢提以教学为主。有的学校,四年中上课时间只有一年左右。在学校里,停课是经常现象;或者虽未停课,但因各项活动过多,教学时间没有保证。针对这种情况,会议认为,必须坚决执行中央早已提出的以教学为主的方针,并对各项时间的分配作了规定:在全部时间中,除寒暑假外,教学时间应不少于百分之七十,生产劳动时间应占百分之二十左右(艺术院校学生还可以少一些),学生参加科学研究时间应占百分之十左右。

会议讨论了政治理论课程在文科教学中的重要性,认为不在于多,而在于质量。规定政治理论课程的学时占总学时的百分之二十左右,艺术院校占百分之十左右。政治理论课程分为哲学、政治经济学、政治学、中共党史四门,艺术院校可只上马克思列宁主义概论(讲授马克思主义的三个组成部分)和中共党史两门。此外,还有思想政治教育,主要是向学生做国内外形势、党的政策和共产主义道德品质教育的报告。在政治理论课的教学过程中,要注意结合学生的思想,引导他们用马克思列宁主义的立场、观点、方法去观察问题、研究学问,不断地同修正主义和资产阶级思想斗争,同时要反对教条主义的倾向,防止片面性和绝对化。

会议还讨论了文科教学里如何正确处理理论和史(观点和史料)、古和今、中和外等关系问题。有一个时期,有文科的教学里有过为史料而史料、忽视近代和当前现实问题、不重视研究本国等错误倾向。后来,又出现了另一方面的倾向。在历史教学里,"以论带史"的口号,流行很广,讲历史,不重视史实,变成了"以论代史"。有的历史系三年级的学生说不出中国历史上朝代的更迭。我们认为,研究历史,应该从史料出发;马克思主义的一般原则,只能是研究的指南,而不能是研究的出发点。应该鼓励人们应用马克思主义的基本原理去深入研究史料,探求具体的结论和具体的规律。在各种课程里,应当努力做到观点和材料的统一。

历史课程必须力求应用正确的观点来叙述比较充实的史料,既要反对罗列现象和烦琐考证,又要有必要的具体材料和考证,反对空发议论,拿几个现成公式去到处套用,乱贴标签。在古和今的关系上,有的地方,反对厚古薄今,变成了忽视对古代的研究。在某些历史,例如中国文学史教学中,古今时间的比例,过去是六比一,一九五八年以后,变成了一比一,即"五四"以前"五四"以后各占一半。有的中文系五年级学生,不知道唐宋八大家的名字。有的哲学系讲孔、老、墨,只有四小时的时间。为了改变这种情况,这次会议对于有关课程的古今比例,重新作了调整和安排,上古、中古、近代史和现代史的比例大致定为三比一。在中和外的关系上,会议认为,今后要继续强调研究中国,克服过去不重视研究本国的倾向,同时,又必须加强对外国的研究,包括对敌人和对朋友的研究。要注意吸收外国进步文化,学习国际的先进经验。在这次会议制定的有关专业教学方案中,设置了研究世界历史、世界政治、世界经济、世界文学等问题的课程;并规定了各专业至少必修一种外文。

此外,会议还讨论了在艺术教学里如何正确对待继承民族艺术遗产和学习外国艺术成果的问题。会议认为,在艺术教学中必须加强对民族民间艺术的学习,使前人所创造的、为群众所喜闻乐见的一切艺术形式,都能够得到继承和发展,比如对我国有特别造就的山水、花鸟画,近年来有些忽视,这次会议提出要重视培养这方面的后继人才。在会议修订的各专业教学方案中,都增设了有关民族民间艺术的课程。同时,艺术院校也要认真学习外国的一切优秀艺术,注意培养这方面的专门人才。对学习外来艺术专业的学生(如油画、芭蕾舞),首先要求他们系统地掌握所学专业的基本知识和基本技能,通过较长时期的艺术实践,才能逐步地融会贯通,有所创造,自然而然地做到"民族化"。

对生产劳动问题,会议进一步明确了学生参加生产劳动的目的在于养成劳动观点、劳动习惯和获得一定的生产知识,帮助改造世界观,而不应该单纯地把学生当劳动力使用。

为了培养学生的独立研究能力,会议认为组织高年级学生适当参加科学研究工作是必要的,但是应该服从于教学的要求。科学研究应该以个人钻研为基础,发扬集体协作的精神。在科学研究中,既要发挥教师的指导作用,又要发挥学生的积极性和创造性。

(三)关于百花齐放、百家争鸣问题。会上不少老教师认为近几年学生对教师太不尊重,言下颇有愤慨。他们指出在学生和青年教师对老教师的学术批判中有不少简单粗暴的现象,百花齐放、百家争鸣的政策没有很好贯彻执行。有的学校批判的面过宽,教师受到批判的百分之六十以上。在学术批判中,学术问题和政治问题、人民内部矛盾和敌我矛盾常常混淆不清;不允许讲相反的意见。对受批判者往往采取全盘否定的态度。教师讲课,要先经教研室集体讨论通过,这种做法,实际上形成了学术问题上也采取少数服从多数的原则。老教师的作用没有得到充分发挥和应有的重视。

我们认为在高等学校文科教学和科学研究中,必须坚决贯彻执行百花齐放、百家争鸣的方针。要贯彻执行这个方针,应该坚持三条原则。第一,学术领域要党领导,而不是由某一个党派来领导。第二,各个学派,在党的领导下,互相合作,互相尊重,互相探讨,互相学习,而不是互相攻击,互相排斥。第三,要尊重劳动人民,向劳动人民学习,而不是看不起劳动人民。只有这样做才有利于学术的发展,有利于马克思列宁主义的发展,有利于团结人民内部同敌人进行斗争。在具体措施上,应当:(1)允许教师按照自己的学术主张和见解讲课;集体备课,主要是集思广益,而不能作为集体通过、少数服从多数的手段;(2)举办专门问题的学术讲座,邀请不同学派不同见解的学者讲学,并在有条件的学校开设讲授唯心主义思想学说的课程,借以扩大学生眼界,锻炼他们的辨别力;(3)鼓励广大师生参加校内外各种学术问题的讨论,提倡旗帜鲜明而又实事求是的态度,保证批评和反批评的自由,培养革命性和科学性相结合的学风。

(四)关于教材问题。教材是保证教学质量,提高教学效果的关键,也是这次会议所需要解决的中心问题。建设文科教材是一个长期的任务,而目前又迫切需要在尽可能快的时间内解决主要的教材,因此对教材质量的要求不能太高。只要材料比较充实,观点大体妥当,尽可能做到观点和材料统一;叙述简明、扼要,比较适合学生的程度和教学的要求;就可以了。尽量反映对于现状和历史比较成熟、比较肯定的经验总结和研究成果,不成熟、不肯定的东西不写进教材,以保持教材的相对稳定性和科学性。首先解决文科各主要专业的主要课程的论和史的教材以及有关的参考资料。在计划编选的一百二十六种文科教材中,属于论的三十五种,属于史的三十四种,重要资料选本五十七种。资料中包括一小部分反面材料。

教材的编选,采取分题包干的办法。一种教材主要委托一个地区或单位负责,必要时也可以吸收少数外边的人参加。多数教材由新老专家几人至十几人协作编选,也有个人单独编选的。为了组织、推动教材的编选工作,按文科七种专业和艺术校院七类专业,分别成立了十四个教材编选工作组。此外,还准备聘请全国有关的专家、学者,组成文科和艺术院校各专业的教材编选委员会,对编选的教材进行审议和修改。

这次会议制定的各种教学方案和教材编选计划的草案,已印发各有关学校和部门征求意见,以便继续修订。教材编选工作,立刻调集力量,动手编选,争取在一年内能把文科的主要教材编选出来。

以上报告,当否,请批示。

中央宣传部

一九六一年五月十九日

(中共中央文献研究室编:《建国以来重要文献选编》

第 14 册,中国文献出版社 2011 年版)

关于高等学校文科教材编选情况
和今后工作意见的报告

周 扬

（1962 年 5 月 5 日）

中央书记处并

总理：

高等学校文科教材编选工作，从去年 4 月文科教材编选计划会议结束以后开始，迄今已有一年。现将这一阶段工作情况报告如下：

（一）文科教材编选计划经多次修订增删，除共同政治理论教科书的编写已另有安排外，现在确定编选的有中文、历史、哲学、经济、教育、政治教育、外语等方面 14 个专业所需要的教材，共 273 种。其中教科书 130 种，参考教材 143 种。按专业分，中文 34 种，历史 34 种，哲学 35 种，经济 25 种，教育 29 种，政治教育 16 种，外语（包括俄语、英语、德语、法语、西班牙语、日语、印地语、阿拉伯语）100 种（请参看附件）。教科书一般都是新编选的；参考教材则包括译自社会主义和资本主义国家的有参考价值的课本和学术著作，以及选辑的一些反面资料（主要是现代资产阶级反动学者和修正主义的资料），其目的在使学生扩大眼界，增长知识，知己知彼，有所借鉴和比较。

这些教科书和参考教材，多数是委托有关高等学校和研究单位负责组织人力编选；有 20 多种教科书，则从各高等学校和学术研究机关抽调了近 300 人，分别在北京、上海两地集中编选。截至今年三月底止，在教科书中，全书或分册已出版和已付印的有中国文学史大纲、中国历代文论选、外国文学作品选、中国史稿、中国历史文选、中国历代哲学文选、形式逻辑、外国教育史和各不同专业用的俄语、英语教科书等共 15 种，预计 8 月前可以完稿的 18 种，今年年底可以完稿的 22 种，三项合计共 55 种，占计划编选的教科书总数的 42%；其余的将在今后两三年内陆续完成。参考教材的编选计划布置较晚，故大都未定完稿期限，但是由于其中相当大的一部分是翻译外国著作以及选辑资料，比自己编写究竟容易一些，估计在两三年内也可大体完成。艺术院校计划编选的教材约 190 种，编选工作也在进行中，当另报告。

去年工作开始时，我们曾提出文科的教材建设既是一个限期完成的任务，又是一个长期的任务。从这一阶段工作看来，文科教材的编选工作，的确需要一个较长的时间。旧中国的高等学校，许多教材是搬用或抄袭欧美资本主义国家的东西。解放以后，大量采用了苏联的教材（有不少是来华专家编的），自己编写的很少。1958 年以后，教育革命，解放思想，青年人集体编了不少教材，出现了一种新气象，但由于对旧遗产和老专家否定过多，青年人知识准备又很不足，加上当时一些浮夸作风，这批教材一般水平都低，大都不能继续采用。这一次文科教材编选工作就是在这样一个基础上开始的。我们在总结过去经验的基础上，重新制定了文科各专业的教学方案，集合新老力量，重新编选教材。目前，有些专业（例如政治、法律、部门经济等)因课程设置和教学方案还没有完全定下来,教材编选工作尚未开始。已经编出的教材许多还需要经过一段时间的试用之后,收集意见,加以修改,使之逐步完善,才能成为比较稳定的教科书。要建设一整套既符合教学实际需要又具有较高水平的文科教材,不是短短几年之内所能完全解决的,需要有更长的时间和更多的努力。文科教材建设同整个学术建设是密切联系的。教材的水平反映着整个学术界的水平,同时通过教材的编选和讨论,又有助于活跃学术空气,推动学术研究、人才培养,促进学术水平的提高。因此,我们认为,多花一些时间和力量在这上面,是需要的。

(二)已经编出的各类教材,虽然质量高低不一,但一般比过去各校自编的都有所提高:材料比较充实了,空洞抽象的议论减少了;在观点和资料的结合上也有了一些进步。但编选过程中问题不少,主要是:掌握资料还很不够,在运用马克思主义观点上简单化和贴标签的现象还不能完全避免。我们在编选工作过程中,对教材质量,反复提出以下几点要求:

第一,要以马克思列宁主义、毛泽东思想为指导。文科的许多学科有很强的阶级性,其中的不少内容同革命斗争和社会主义建设有密切联系,有些还是马克思主义的基本组成部分。因此,编写文科教材时,必须努力运用马克思列宁主义、毛泽东思想的立场、观点、方法,占有资料,分析问题,研究问题;充分利用中外马克思主义学术研究的优秀成果;反对修正主义,同时克服教条主义。在教材中,正确的立场、观点、方法,不仅表现在正确的论断上,而且要表现在知识的正确选择和介绍上。论断必须有材料作依据。摘引马克思主义经典著作中的某些词句,把马克思主义的现成结论作为套语,空发议论,乱贴标签,不但不能起教科书应有的传授知识的作用,而且首先是违反马克思主义的。正确运用马克思列宁主义观点,处理人类长期积累起来的有关文化知识,做出科学的论断,不是容易的事,需要长期的刻苦钻研。鉴于我国目前学术界的状况,还不能要求每一本教材都具有完备的马克思列宁主义的观点,勉强要求只能助长庸俗化、简单化的倾向。因此,要采取实事求是的态度,对教材质量只能要求逐步提高。只要挑选的资料是适宜的、可靠的、有用的,观点是比较正确、比较进步的,就可以说达到初步要求了。由于各类教材的性质不同,具体要求还应该有所区别。如对理论性强的教材与对技术性强的教材,要求就不应该一样。但不论哪一种教材,都必须具有比较丰富的知识材料,并对这些材料进行具体分析,然后得出比较正确的结论,力求观点和资料统一。

第二,注重中外古今,不可偏废。研究现实问题,研究我国革命和社会主义建设的规律问题,研究当前世界人民革命斗争的经验及社会主义和资本主义两种思想体系的斗争问题,在文科教学中应占一个特殊的重要地位。但是,教材中所介绍的,应当是比较成熟的经验总结和比较肯定的研究成果。时事问题和当前政策问题,应向学生作专题报告,或结合有关课程讲解,不要轻易写进教材。教材的任务,一般来说,只是阐明已有的经验总结和已经探索清楚的规律,不要把一些还不成熟的、还不肯定的经验和意见当作定论、当作规律来介绍给学生。同时,为了使学生得到比较全面的知识,既要介绍中国的今天,也要介绍中国的昨天和前天,既要介绍中国,也要介绍外国。对于外国知识的介绍,我们过去做得不够,今后应大大加强。在这次教材编选工作中,我们强调了关于外国的语文、历史、哲学、经济、政治等方面知识的介绍,特别注意到关于亚洲、非洲和拉丁美洲各国知识的介绍。

第三,教科书的叙述方法要力求简明生动,要有科学的论证、要有分析和比较,既能使学生发生兴趣,又让教师有补充发挥的余地。对一些重要理论问题的说明,需要把有关这个问题的古今中外的各种主要学派和观点,正反面的意见,先扼要地介绍给学生,然后再加以分析、评价和判断,说明为什么这个正确,那个不正确。不能只介绍一方面,就简单地说只有这个正确,其他都是不正确的。既要反对虚伪的客观主义,也要反对武断。只有这样,才能使学生获得较为全面的观点,锻炼独立思考的能力,学会正确的判断。

总之,我们对教材的要求,是既要注意政治性和革命性,又要注意知识性和科学性,并使两方面较好地结合起来。我们认为,提出以上要求是必要的,是可以逐步做到的。

(三)经过一年来的实践,对如何组织编选教材的工作,我们有以下几点意见:

第一,必须坚持党内外新老专家合作的原则。过去几年组织青年集体编书,取得一些好的经验;缺点是对老专家否定过多,没有注意调动老专家的力量。实际上今天我国的学术界,掌握书本知识比较多的还是老一代的专家,因此,如何对待老专家,如何使青年和老专家团结合作,就成为一个关系到文化遗产的继承和学术事业发展的重大问题。由于过去几年思想改造和学术批判中发生了一些简单粗暴的现象,青年和老专家之间存在着一定紧张的不正常的关系,要做到真正的团结合作,还需经过一段努力。在我们工作初期,曾经有些青年对老专家不够尊重,要求偏高,往往只看到他们思想立场、生活作风上的某些缺点,看不到他们知识和治学经验比较丰富的长处;有些老专家则只看到青年知识不足又不虚心的一面,看不到他们勇于进取的优点。因此,我们既注意调动老专家的积极性,同时也要继续发挥青年的作用;提倡青年要向老专家学其所长,老专家要关心青年,培养青年,彼此互相尊重,团结合作。

第二,在编书过程中必须保证学术争论的自由。由于学术见解不同,在集体编书过程中,争论是不可避免的,也是有益的。在学术问题上绝不能采取少数服从多数的办法。为了既要完成编书任务又要保证学术争论的自由,我们采取了以下的措施:(1)提倡由学术见解相同或接近的人合作编书,人选最好由主编挑选,这样效果较好。结合要根据自愿原则,不愿合作的人就不勉强组织在一起。同时也提倡个人写作,鼓励写一家之言。同一门课程,可以因学派不同和合作条件不同而同时组织编写几本教材。例如中国哲学史一课,我们既组织集体编写一本,又鼓励冯友兰教授个人写一本,冯的积极性很高。(2)已编出的教材初稿,印发有关专家,特别是不同学术见解的专家,广泛征求意见,展开学术讨论,然后根据讨论结果作适当的必要的修改。我们鼓励不同学术见解的争论,但反对宗派、门户之见。(3)既统一组织编选教材,也提倡和鼓励各高等学校,研究机关和专家个人编选教材。不论采取什么方式编选的教材,经过审定,只要质量好,都可以选为通用教材。

第三,集体编书必须实行主编负责制度,以保证每本教材观点的一贯性和完整性。自愿结合的集体编书,是一种好的写作方式,问题在于运用是否得当。过去几年,集体编书经验中有好的一面,缺点在于过分强调集体,强调所谓"大兵团作战",强调短期突击,忽视个人作用,尤其是忽视主持者和骨干力量的作用。我们认为,精神劳动必须以个人独立钻研为基础,必须重视个人研究和个人写作,只有在这个基础上实行必要的集体协作,才能获得成效。为此,作了几项具体规定:(1)集体人数不能过多,一般3人,5人,至多10人,8人。(2)凡集体编选的书,都要有主编。全书的编选和争论的问题,主编有最后决定之权。个人不同意见可以保留,必要时还可在书上适当说明。(3)主编和所有写作的人都在书内列名,以尊重编选人的劳动,明确责任。这段工作实践证明,要使主编制度真正发挥作用,关键在于主编是否所托得人。因此,选定主编要格外审慎。

为了更好地保证教材质量,我们还规定了审阅办法,教科书付印前由一至二人负责审阅。审阅人可以由主编提出,也可以由他人推荐,经主编同意。审阅人也要在书内列名。

第四,必须建立由专家组成的专业组,分别领导各专业的教材编选工作。这次编选的教材,数量很大,门类很多,为了便于具体贯彻学术政策,进行学术领导,我们建立了中文、历史、哲学、经济、教育、政治教育、外语等八个专业组。每组由十几位党内外专家和部分优秀青年组成,并设组长一人,副组长若干人,负责经常的具体领导工作。专业组的主要任务是:(一)拟定本专业的教材编选计划;(二)对本专业的教材编选工作进行学术指导,解决编选工作中的重要问题;(三)组织书稿的讨论、审查;(四)搜集教材使用中的意见,组织进一步修订的工作。我们认为,建立这样的组织十分必要,但它能否发挥作用,关键则在于组长。从这一段工作情况来看,各组在组长领导下,一般都发挥了良好的作用。现在,各组组长由下列同志担任:中文组——冯至,历史组——翦伯赞,哲学组——艾思奇,经济组——于光远,教育组——陈元晖,政治教育组——许立群,外语一组——李棣华,外语二组——季羡林。

第五,需要统一计划和调动组织全国的学术力量。过去几年,由于没有总的领导和计划,各校自编一套,互不合作,又不调动研究机关的力量,花费力量很大,效果不好。鉴于这种情况,我们认为,需要在统一的计划和领导下,调动全国的学有专长的专家和优秀的青年,进行教材的编选工作,有些书还要抽调人力集中编选。虽然,有些专业和学科,由于基础十分薄弱,甚至毫无基础,编选教材相当困难,势必需要较长的时间,但如不及早组织力量着手进行,就更难改变目前这种状况。集中一批人在一定时间内专门从事编选教材的工作,不免和学校当前的教学工作发生某些矛盾,但从长远看,这样做是完全必要的。

以上报告当否,请予指示。

周 扬

(根据国家教委档案处提供的文件刊印)

中国语言文学一级学科简介

一、学科概况

"中国语言文学"即中华民族的语言和文学,指中国汉族和各少数民族的语言和文学。

中华民族在商代就有了成熟的文字体系,迄今为止,汉语言文字学和少数民族语言文字学均有辉煌的建树。中华民族的文学远在文字产生之前就已经出现了口头创作,文字出现后的文学作品更是浩如烟海。中国历代存世文献十分丰富,对中国文学及文明的繁荣和发展做出了重要贡献。中国语言文学的成就,对中华文明的进步产生了巨大影响,也成为人类文化宝库的重要组成部分。在漫长的历史发展中,中国语言文学形成了独具特色的传统,对中国和世界文明都产生了深远影响。

中华民族历来重视语言文学的教育和研究。从先秦至清代,中国的传统教育就以语言文学为重要内容。及至清末"西学东渐"后建立现代意义上的大学,语言和文学也是最早设立的学科。1981年国务院公布了首批博士和硕士学位授予单位及学科专业点,实施《中华人民共和国学位条例》,中国语言文学学科的硕士、博士学位研究生教育得到了迅速发展,形成了多层次的研究生教育体系。

二、学科内涵

中国语言文学的教学和研究是我国社会主义精神文明建设的重要组成部分。这一学科的建设与发展,对于弘扬民族优秀文化传统,增强文化认同,提升民族自豪感和凝聚力,提高各族人民的文化素质,确立中国文化的世界地位和开展国际文化学术交流等,都具有重要意义。

中国语言文学学科以马克思主义为指导,以所属各研究方向的基本知识、研究方法为教学和研究的主要内容,既植根于中国语言文学的优秀传统,也面向世界语言文学的发展趋势,同时积极借鉴其他相关学科的研究方法及成果,梳理、分析和研究本学科的基本现象,总结其发展规律。

中国语言文学学科以中华民族的语言和文学的历史、现状与发展趋势为主要研究对象,同时注重从跨国、跨语言、跨文化的角度审视中国的语言和文学现象。既正确把握中国语言文学自身的发展脉络和主要规律,也通过中国语言文学与其他国家、其他民族语言文学的联系和比较,加深对世界各民族语言文学共性和个性的认识。

中国语言文学一级学科现设置文艺学、语言学及应用语言学、汉语言文字学、中国古典文献学、中国古代文学、中国现当代文学、中国少数民族语言文学、比较文学与世界文学等研究方向。这些学科相互联系和渗透,从不同角度考察、整理和研究中华民族的语言文学现象,并同相关学科密切联系。

三、学科范围

中国语言文学各研究方向的主要研究范围如下:

1. 文艺学。该学科是研究文学的性质、特点及其发生、发展规律,给文学实践以理论指导的学科。文艺学研究范围包括文学理论、文学批评、文学思潮、中国古代文论、外国文论等,以及文艺美学、文艺民俗学、文学人类学、文化批评等。评议组建议更名为文艺理论。

2. 语言学及应用语言学。该学科分为理论语言学与应用语言学两个方向。理论语言学侧重于语言的基本理论研究,通过对中国语言的历史和现状的研究,并与外语作比较,探索人类语言的共同规律和跨语言交际的规律。应用语言学侧重于语言文字学在各个领域的应用研究,包括语言政策与规划、语言教学、第二语言习得、翻译理论与实践、社会语言学、心理语言学、计算语言学等。

3. 汉语言文字学。该学科主要研究从上古到现代的汉语口语系统与文字系统的演变规律、结构特征和现实状况,分为现代汉语和汉语史两个方向。研究领域包括现代汉语语音学、语法学、语义学、语用学、修辞学,以及传统的文字学、音韵学、训诂学等。现代汉语方向侧重于普通话和方言的研究,与语言学及应用语言学学科联系紧密。汉语史方向侧重于研究语音、语法、词汇和文字等的历史演变,与历史文献学、考古学和古代文学联系紧密。

4. 中国古典文献学。该学科是对传世文献和出土文献进行整理、研究和利用的专门学科,包括目录学、版本学、校勘学以及古籍数字化研究等内容。

5. 中国古代文学。该学科以中国古代文学及其发展的历史为研究对象,包括历代作家作品、各种文学体裁的演变、文学流派、文学思想、各个时期文学的传承关系等。近代文学也是该学科的重要组成部分。

6. 中国现当代文学。该学科以中国现当代文学及其发展的历史为研究对象,包括作家作品、文学理论、思潮流变、文学流派等,同时探讨文学与中国社会转型、文学与意识形态、文学与外来文化、文学与大众传媒等问题。评议组建议更名为中国现代文学。

7. 中国少数民族语言文学。该学科主要研究对象是中国少数民族语言、文学(口头传承)、文献,包括与汉语言文学及跨境民族语言文学的关系。研究内容包括少数民族语言、文学、文献的历史与现状,探索其自身特点、发展规律及社会功能。

8. 比较文学与世界文学。该学科以全球性视野和跨国别、跨学科、跨文明的研究方法,研究世界各国文学、区域文学和国际文学关系史及文学比较。

中国语言文学一级学科下的民间文学、国际汉语教育、计算语言学等,在我国一些高校已成为类似于新研究方向的独立分支学科。

四、培养目标

中国语言文学一级学科的人才培养目标,共同点是要培养专业基础扎实、知识面宽广、实践能力强、思想素质高的中国语言文学专业人才。

中国语言文学的人才培养目标,按学士学位、硕士学位和博士学位,分列如下:

1. 学士学位:专业基础知识全面,综合素质良好,具有较强的语言和文字表达能力,富于知识和思想创新精神,具有一定的外语水平和计算机知识,具备进一步深造的基础和从事相关工作的能力。获得本学科学士学位者,能攻读高一级的学位,也能从事基础教育和高等院校或研究部门的教学辅助工作,新闻出版和现代传媒单位的记者、编辑工作,以及各级机关和企事业等单位的文字和行政工作。

2. 硕士学位:专业基础知识全面、扎实,综合素质优秀,具有较强的语言和文字表达能力,富于知识和思想创新精神,具有独立解决实际问题的能力,具有较高的外语水平和计算机知识,具备进一步深造的基础和从事相关工作的能力。获得本学科硕士学位者,能攻读高一级的学位,也能从事中国语言文学及相近学科的教学科研工作和文化宣传、新闻出版和现代传媒等方面的相关工作,以及各级机关和企事业等单位的文字和行政工作。

3. 博士学位:全面掌握本学科范围内坚实宽广的基础理论和系统深入的专门知识,充分了解本学科的前沿动态,并能开展独立、深入、富有创新意义的学术研究工作。获得本学科博士学位者,应是具有创新思维的高级专门人才,具备在高等学校和科研机构的中国语言文学学科或相近学科从事教学和科研工作的能力,也能适应其他相关领域的工作。

五、相关学科

与中国语言文学一级学科相关的学科有:外国语言文学、历史学、哲学、考古学、民族学、社会学、民俗学、心理学、新闻传播学、艺术学、计算机科学技术等。

(国务院学位委员会办公室、教育部研究生工作办公室编:
《授予博士硕士学位和培养研究生的学科专业简介》,
高等教育出版社 1999 年版)

第二编

事件与问题

（一）当代文学能否写史

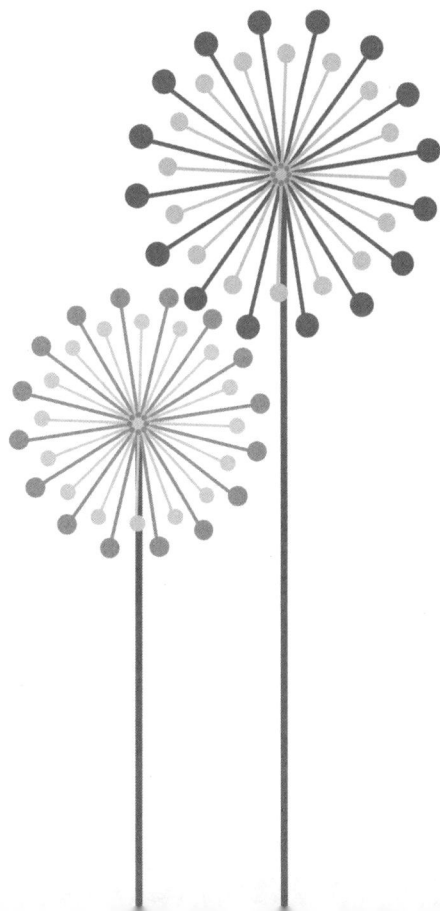

当代文学不宜写史

唐　弢

　　我以为当代文学是不宜写史的。现在出版了许多《当代文学史》,实在是对概念的一种嘲弄。不错,从时间上说,昨天对今天来说已是历史,上一个时辰里发生的事情也可说是这一个时辰里同类事情的历史;但严格地说,历史是事物的发展过程,现状只有经过时间的推移才能转化为稳定的历史。现在那些《当代文学史》里写的许多事情是不够稳定的,比较稳定的部分则又往往不属于当代文学的范围。

　　尽管分期的起讫时间各不相同,许多国家一般都有古代文学、近代文学和现代文学的区分,我们还多了个当代文学。为了表示和国际潮流合拍,因此,在 Modern Literature 之外,又提出了 Contemporary Literature。这不是杜撰的,西方确定有这样的称谓。不过据我了解,这个"当代"(Contemporary)含有"当前"的意思,指的是眼前正在进行的文学,和我们说的当代文学不一样。我们的当代文学从中华人民共和国成立算起,网罗了三十几年的历史。难道说,三十年前的文学还是当前的文学,五十年代文学到了八十年代还是眼前正在进行的文学吗?把这些归入现代文学的范围,倒是比较合适的。换一句话说,它们已经不是当前的文学,它们可以算作历史资料,择要载入史册了。

　　历史需要稳定。有些属于开始探索的问题,有些尚在剧烈变化的东西,只有经过时间的沉淀,经过生活的筛选,也经过它本身内在的斗争和演变,才能将杂质汰除出去,事物的本来面目逐渐明晰,理清线索,找出规律,写文学史的条件也便成熟了。我这样说,并不是认为当代文学(即当前的文学)不重要,相反,我主张更多地注意当代文学,每一个从事文学工作的人都要注意当代文学,应当用《当代文学述评》代替《当代文学史》,在促进当代文学发展过程中,我以为写述评比写史更重要,因为,这可以引起关注,展开讨论,取得更准确和更有效的解决。

　　为什么会有这样的区别呢?这里只就文章体裁的性质说一说个人的意见。我认为史是收缩性的,它的任务是将文学(创作和评论)总结出规律并加以说明,即使不是规律也容易让人觉得这已经是定论;述评则是开拓性的,它只是提出问题,介绍经过,客观地叙述各方面的意见——当然也包括执笔者自己的意见和倾向。这样做,对于正在探索的问题,对于尚未成熟的想法,对于不断演变着的当代文学本身的发展过程,都会产生催化或者推动的作用。

　　对学术思想采取包容的态度,不为当时的文学做结论,有利于展开百花齐放、百家争鸣的方针。当代文学,则又何必急急忙忙地为它写史呢?

（原载《文汇报》1985 年 10 月 29 日）

关于"当代文学史"

施蛰存

一、当代事,不成"史"

十月二十九日《文艺百家》争鸣栏刊登了唐弢同志的《当代文学不宜写史》。十一月十二日,又刊登了晓诸同志的《当代文学应该写史》。这样,这个问题就"争"起来了,我也想参加一"鸣"。

我同意唐弢同志的建议,当代文学不宜写史,因为一切还在发展的政治、社会及个人的行为都没有成为"史"。根据这个世界学者不成文的公认的界说,我也认为不宜有一部《当代文学史》。

当代文学不宜写史,并不是说当代文学不应该做记录和评述。可以有详细的记录,但都只是史料;可以有评述,但都只是一家之言,不成定论。史料和一家之言,都不是"史"。我书架上有三本俄苏文学史,第一本是米尔斯基的《俄罗斯文学史(一八八一年止)》。第二本也是米尔斯基写的《当代俄罗斯文学(一八八一——一九二五)》。第三本是斯屈洛夫写的《苏维埃俄罗斯文学》。这三个书名正好说明了唐弢同志的观点。米尔斯基的第二本书记述了他同时代的俄罗斯文学情况,他就不用"史"字为书名。"当代"与"史"是有矛盾的。再说,米尔斯基的"当代",到今天已不是"当代"了。这个状词只有很短暂的时间性,我也以为不宜采用作区别时代的名词,尤其不宜用作书名。斯屈洛夫的书名也不用"史"字,因为苏维埃俄罗斯还存在。

晓诸同志似乎没有理解唐弢同志的概念,他以为"当代文学不宜写史"就是不宜对当代文学有所记录或评述。可见他对于"史"的概念还不很明确。这里顺便提到晓诸同志文中所引用作证的一些例子。司马迁并没有把他的著作称为一种历史书。《史记》的原名只是《太史公书》,后人称为《史记》,意义是"太史公的记录",这个"史"字是官名。《汉书》是东汉时班固所作,这时西汉早已过去,东汉还未结束,不能说"两汉早已过去"。晓诸同志又说:"《汉书》中的汉武帝以前部分,明显地不如《史记》写得好。"这正好说明司马迁写的不是"历史",而班固写的是已成定论的"历史"。北齐时,魏收编写了一部"当代史"《魏书》,有许多主观主义的偏见,甚至诬蔑好人,后世称为"秽史"。从这两个例子看来,当代人记录当代事,可能写得好,也可能写得不好,但两者都不成"史"。这就是唐弢同志所说"稳定"的意义。至于已写成的史书,也会有后世人的翻案,那是另外一件事。刘昫作《旧唐书》,欧阳修、宋祁作《新唐书》,就是这样的例子。但是对这两部唐书的评价,到今天还不能说谁高谁低。

总之,我同意唐弢同志的意见,凡是记载没有成为历史陈迹的一切政治、社会、个人行动的书,不宜误用"史"字。

一九八五年十二月二日

二、"当代"已经过去?

本月初,我替唐弢同志助了一阵,把他提出的"当代文学不宜写史"的观点讲讲清楚。我的文章发表后,有许多人来信表示同意,我以为这件事可以结束了。不意今天看到吴倩同志的文章《过去事,就是史》(见《解放日报》十二月二十三日),他对我的意见提出了"异议"。这样一来,这个问题似乎还不能了结,还可以"争鸣"下去。虽然我不想再参加这一"争鸣",可是,箭在弦上,也就不得不发。于是写了此文,请编辑同志浪费一个版面,使我这些意见有机会再就教于读者。

"当代事不成史",我以为是正确的。吴倩同志说:"过去事,就是史。"我承认也是正确的。我们这两个观点,孤立起来理解,都是对的。但吴倩同志以他这个观点为矛,来攻我这个观点做的盾,却失败了。因为吴倩同志所得到的战果是:"当代已经过去。"吴倩同志分明说:"当代文学的过去的事实已有三十五年,为什么不能写当代文学史呢?"可见吴倩同志以为从一九四九年到一九八五年属于"当代",是过去的事了,因此,可以写"当代文学史"了。现在我请问:一九八六年以后,将属于什么"代"呢?

唐弢同志和我的概念,是以"代"为基点,吴倩同志的概念是以"事"为基点。所以他说:当代中也有过去的事。但是吴倩同志没有分清楚双方概念的区别。"纳粹德国"这个政治事实已成"过去",也就是我所谓这个政治行为已停止"发展",所以可以写《纳粹德国史》。(但我还怀疑这个副标题是译者加上去的,原著只是《第三帝国的兴亡》。正如《巴黎公社史》的原著书名也没有"史"字。)

用《纳粹德国史》和《伯罗奔尼撒战争史》(此书原名也不用"史"字)来说明可以写《当代中国文学史》,这是思维逻辑的混乱。吴倩同志此文中暴露了不少概念不清楚的地方。在学术性的讨论中,我们总应当对各个有关名词使用学术性的概念。例如吴倩同志说:"什么是历史? 历史学家认为,过去的事实就是历史,记载过去的事实的书籍便是历史……"这四句话,有好几个问题。如果是一个历史学家,他决不会如此"认为"。"过去的事实就是历史",这是一般人的常识,《现代汉语词典》里不妨这样解释。但一个历史学家决不会作出这样的定义。首先,"历史"这个名词是日本舶来品,中国史学家向来不用。它只是一个常识性名词。中国史学家的所谓"史",并非只有"过去的事实"一个条件。文艺批评家说杜甫的诗是"诗史",并不是说明他的诗记录了"过去的事实",更重要的是说明他的诗忠实地记录了当时的政治、社会、民情的现实。其次,"历史书"也是一个常识性的名词,但这个名词不等于史学家所谓的"史籍"。在史学家的观念里,"记载过去的事实的书"不一定"便是历史书"。《汉武内传》、《世说新语》、《开元、天宝遗事》、《明皇实录》、《红羊佚闻》,这一大堆都是"记载过去的事实的书",但都不属于学术上所谓的"历史书",在图书分类上,它们仅属于"子部"而不能入"史部",因为它们的记载并不忠实可信,论点也不能取得公众的认可。它们只能代表个人的观点,所以还是"一家之言"。其三,在史学家的观念里,"历史书"还不限于记载过去的"事实"。《水经注》、《元和郡县志》,三"通",它们仅仅记载山川、城市、典章、制度,都没有"事实",但它们都被列入"史"部。由此可知,吴倩同志所依据的"历史"和"历史书"的定义是很不够的。

唐弢同志的文章只着眼于一个"史"字,我的前一篇文章已兼顾到"当代"这个名词。不过我没有侧重提出我的观点。现在我应当在这里补充说明。我以为现今我们把文学史时期划分为"近代"、"现代"和"当代"三个时代，这是很不适当的。主要的理由是没有明确的时间、时代观念。每一个人都有他的"当代"。古人的"当代"，是今人的古代，父亲的"当代"是子女的现代。如果司马迁、陶渊明、韩愈、苏东坡、元好问各人都写一部"当代文学史"，我们会有多少"当代文学史"？而且，我们所谓的"当代"，是一个特殊的概念，只能用于中国大陆。全世界没有第二个国家以一九四九年之后为"当代"。如果用我们的断代法，那么苏联就应该以一九一七年为"当代"第一年，可是苏联人没有这样做。苏联人写的"当代文学史"，如果从一九一七年叙述起，我们的译本要不要改为"现、当代苏联文学史"？

再说，既然台湾是我国的一个省，我们写当代文学史当然应该包括台湾文学在内。那么，台湾文学为什么应当以一九四九年起划为"当代"？将来我们编写港澳文学，又如何划分现代和当代？

近代、现代、当代，这三个名词只有笼统的概念，它们所代表的时代观念是随人随时而异的。我们决不能划定一个年份作为它们的开始时间。

吴倩同志又提出了一个使人糊涂的问题。他问：文学研究会的一些老作家，在现代文学史中是不是就得把他们除名？我说，吴倩同志问错了。他应该问：在当代文学史中是不是就得把他们除名？按照现在的时代划分方法，如果一个文学史家在三十年代写一部"现代文学史"，那么，我说，应该把他们除名。因为，在当时，他们属于"当代"。

如果今天有人写一部"现代文学史"，他们就不必除名，但他们的文学活动只能写到一九四九年。在"当代文学史"中，他们也应当写进去，但只能从一九四九年叙述起。请问："这样做行吗？"

一九八五年十二月

[附记]

一九八五年，有人建议写"当代文学史"，唐弢见了，写了一篇文章，以为当代文学尚未成史，故不宜称"当代文学史"。这个见解，本来不错，却想不到有人出来驳议。于是，我也写了一文，为唐弢助阵。我们的话说得很明白，可以释疑了，岂知还有人提出"异议"，反映了我们的青年人对于"史"的观念，很不正确，因而又写一文，再作解释。此文寄去报社，未见刊出，而编者已发表了一篇结束辩论的文章，对双方论点，不作判断，就此一刀砍断了这一场辩论。

现在我把两篇文章一起编存在这里，为此事留一个记录。

（原载陈子善、徐如麟编：《施蛰存七十年文选》，上海文艺出版社1996年版）

当代文学应该写史

晓 诸

"历史需要稳定",只有"稳定的历史"才能写入历史书,这是唐弢同志主张"当代文学不宜写史"的基本观点(见《文汇报》十月二十九日唐弢《当代文学不宜写史》)。对此,我们有些不同想法。我国"二十四史"的第一部《史记》,从我国远古传说写起,一直写到司马迁生活着的"当前"。《史记》中的《今上本纪》,就直接写当时的皇上汉武帝,而《汉书》写作时,两汉早已过去。历史已经"稳定",但《汉书》中的汉武帝以前部分,明显地不如《史记》写得好。所以问题不在于能不能写当代史,历史是否已经"稳定",而在于史家有没有掌握充分的史实,能否站在历史的高度,意识到历史的内容,发现和揭示历史的真实进程及其规律。如果史家做不到这一点,即便历史再"稳定",他也写不好历史。

马克思主义创始人马克思更是写当代史而且是写最新当代史的典范。巴黎公社失败后的两三天,他就写了巴黎公社史即《法兰西内战》。马克思并没有等到巴黎公社"稳定"后再写巴黎公社史。

从根本上说,"历史需要稳定"的提法是不能成立的。历史是客观存在,只有一个如何正确地把握历史、理解历史、表述历史的问题,不存在主观上"需要"它"稳定"就可以"稳定"的问题。秦始皇、武则天、明太祖的一生,早已成为历史,但他们的历史从来也不曾"稳定"过。

具体到能否为当代文学写史的问题,我们知道中华人民共和国一成立,王瑶同志就写了《中国新文学史稿》,而且很快出版了。而当时的新文学史写的不折不扣是中华人民共和国成立前的当代文学(到后来,人们才把一九一九—一九四九年的新文学史称为现代文学史)。以后,叶丁易、刘绶松等同志也都写了这一时期的文学史。但当时,谁也没有说过"新文学不宜写史"。因为新文学既已有三十年的历史,那么也就可以写史,应该写史。新中国成立至今已有二十六年,当代文学的成就和失误,经验和教训,其内容远超过前三十年;而且当代文学的发展有其不同于现代文学发展的特殊规律。既然如此,为什么"当代文学不宜写史"呢?

唐弢同志认为,"只有经过时间的沉淀","事物本来面目逐渐明晰,理清线索,找出规律","写文学史的条件"才"成熟"。其实,写历史,写文学史,不存在什么"条件"是否"成熟"的问题。中国封建社会延续了二千多年,但中国封建社会始于西周还是始于春秋战国之交,还是始于秦汉,还是始于魏晋,至今仍未"清晰",就说现代文学史吧,鲁迅何时转变为共产主义者、两个口号之争的功过是非等等,能不能说"事情"的"本来面目"已经"清晰"了呢?恐怕不能这样说。但唐弢同志还不是照样主编了现代文学?可见,要等到"写文学史的条件""成熟"了以后才写的说法,无论在理论上还是在实际中都是说不通和行不通的。只有通过当代文学史写作的反复实践,才能弄清楚当代文学历史的"本来面目","理清线索,找出规律"。

(原载《文汇报》1985 年 11 月 12 日)

（二）"20 世纪中国文学"与新文学整体观

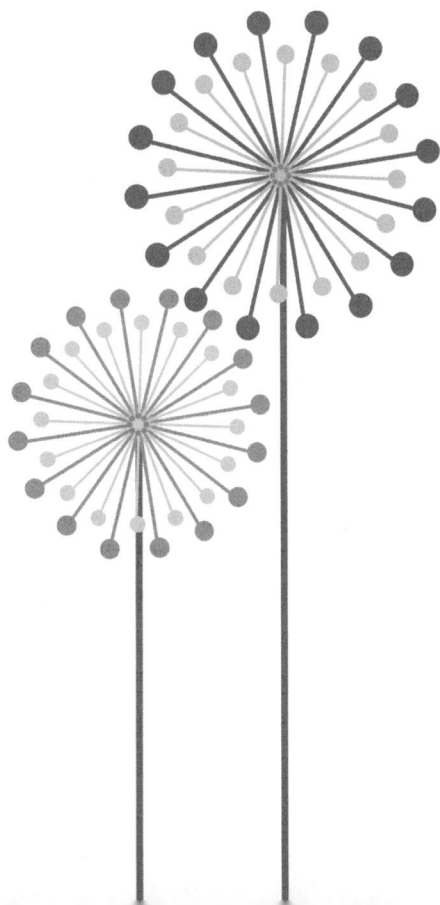

"二十世纪中国文学"三人谈·缘起

陈平原　钱理群　黄子平

编者按　陈平原、钱理群、黄子平三人今年五月联名在中国现代文学研究创新座谈会上宣读了一篇论文——《论"二十世纪中国文学"》,建议在文学史研究中建立一个"二十世纪中国文学"的概念:"所谓'二十世纪中国文学',就是由上世纪末本世纪初开始的、至今仍在继续的一个文学进程,一个由古代中国文学向现代中国文学转变、过渡并最终完成的进程,一个中国文学走向并汇入'世界文学'总体格局的进程,一个在东、西方文化大撞击大交流中、从文学方面(与政治、道德等其他方面一起)形成现代民族意识(包括审美意识)的进程,一个通过语言艺术来折射并表现古老的民族及其灵魂在新旧嬗替的大时代中新生并崛起的进程。"本刊拟围绕这个理论构想发一组谈话录,分缘起、世界、民族、文化、美感和文体、方法六篇,陆续发表,希望能引起读者的关注和讨论。

陈平原　"思想史即思想模式的历史。"旧的概念是新的概念的出发点和基础。如果旧的概念、旧的理论模式已经没有多少"生产能力"了,在它的范围内至多补充一些材料,一些细节,很难再有什么新的发现了,那就会要求突破,创建新的概念、新的模式。我们的现代文学史研究也面临这种状况:最明显的一个特征就是,作家越讲越多,越讲越细。唐代文学三百年,我们才讲多少位作家? 当然年代越近,筛选越不易。可是三十年的现代文学,拼命挖出不少作家来谈,总体轮廓反而模糊了。在原有的模式里,大作家已经谈得差不多了,只好"博览旁搜",以量取胜。你看勃兰兑斯的《十九世纪文学主流》谈的作家很少,但历史线索很清楚。

黄子平　用材料的丰富能不能补救理论的困乏呢? 如果涉及的是换剧本的问题,那么只是换演员、描布景、加音乐,恐怕都无济于事。

陈平原　所以我们提出"二十世纪中国文学",就不光是一个文学史的分期问题,跟一些研究者提出的"百年文学史"(一八四〇——一九四九),或者近代、现代、当代中国文学的"打通",跟这些主张也有所不同。我们是要把"二十世纪中国文学"作为不可分割的有机进程来把握,这就涉及建立新的理论模式的问题。

黄子平　涉及"文学史理论"的问题。在我们的概念里,"二十世纪"并不是一个物理时间,而是一个"文学史时间"。要不为什么把上限定在戊戌变法的一八九八年而不是纯粹的一九〇〇年? 如果文学的发展,到二十一世纪,它的基本特点、性质还没有变,那么下限也不一定就到二〇〇〇年为止。问题在于这个概念的基本内涵是什么,是不是从我们怎样形成这个概念谈起,这样也比较亲切一些,因为在文学史研究中碰到的困难、苦恼、危机感,大家都是相通的。

钱理群　我最早"切入"这个概念是做毕业论文的时候,我的题目是综合比较鲁迅和周作人的思想发展道路。从什么角度来比较？当时选取了好几个角度，最初是从人道主义的角度，发现不行，太狭窄了；后来又从知识分子道路的角度考虑，还是不能够概括。最后是从列宁的话里得到启发，他讲到二十世纪是以"亚洲的觉醒"为其开端的。我从这个角度来确定鲁迅的历史地位和历史作用，认为鲁迅就是二十世纪中华民族崛起的一个代表人物。

黄子平　"亚洲的觉醒"这里就已经蕴含了二十世纪和世界革命这样一些概念了。

钱理群　对，我觉得，既然历史的大趋势和历史任务是这样，那么鲁迅毕生都是为了促使中华民族在现代的崛起，可以说他是二十世纪世界范围内的文化巨人，他既是本世纪"民族魂"的代表，又是新的"民族魂"的铸造者。开头当然是从世界革命的角度、政治历史的角度考虑比较多，慢慢地意识到东、西方文化的大撞击是一个根本性的内容。它可以把很多重要的问题"拎"起来考虑，逐渐形成一个非常明确的"东、西方文化撞击"的概念，找到一个比较准确的历史坐标。另外一个感觉是搞现代文学史的人都普遍意识到的，觉得新时期文学和五四时期的文学有很多相似之处，是一个更高阶段上的发展。比如"改造国民性"的线索，就一直延伸到新时期，如果切断了，就讲不清楚。当然还有一个因素是受李泽厚那本书的影响——

陈平原　《中国近代思想史论》。

钱理群　是我读研究生期间读到的感觉比较有分量的一本书。他里边提到中国近代以来的时代中心环节是社会政治问题。我觉得这个特点从近代、现代一直延续到当代。尤其是对文学的发展，影响很大，文学的兴奋点一直是政治。这就显示出一个时代的完整性，也就是说，对二十世纪整个中国文学的发展来说，许多根本的规定性是一致的。

黄子平　我是从搞新时期文学入手的，慢慢地发现很多文学现象跟五四时期非常相像，几乎是某种"重复"。比如，"问题小说"的讨论，连术语都完全一致。我考虑比较多的是美感意识的问题。"伤痕"文学里头有一种很浓郁的感伤情绪，非常像五四时期的浪漫主义思潮，我把它叫作历史青春期的美感情绪。文学中的美感意识，它是一个很内在的问题。美感这种东西，实际上就是对世界的一种比较深层的理解。它跟一时代的哲学、直观的经验、心理氛围，都有联系。美感的相像或者一致，它总是说明了许多问题的，至少其中蕴含的"历史内容"有相通之处。后来我做毕业论文的时候，考察新时期文学中的喜剧意识、悲剧意识和悲喜剧意识——

钱理群　你又追溯到鲁迅，追溯到五四时期的文学……

黄子平　我觉得一种现代的悲剧感贯穿了整个二十世纪中国文学，是古代文学所没有的。为什么会这样呢？往深里一想，就感到是由于一种共同的"意识到的历史内容"，提出来的历史任务一直要求完成，至今仍在寻求解决的办法、途径。因为我们从小就学辩证法学得比较多，我就想如果把新时期文学和五四新文学看作两个高潮的话，这之间是不是有一种——

陈平原　（笑）否定之否定！

黄子平　对，一种否定之否定的现象。既然它是一种螺旋式的上升，那就带有一种整体性。可是我们的专业之间隔着一条杠；现代文学，当代文学，就把这个螺旋给切断了。研究起来就有许多毛病。同时我又发现，搞现代文学的也好，搞近代文学的也好，都跟我们搞当代文学的一样，都各自感到自己的研究对象的某种"不完整"，好像都在寻找一种完整性，一种躲在后面的"总体框架"。那么这种完整性是什么呢？开始只是朦胧的感觉，后来经过讨论,才一步步明确起来,它就是我们所说的"二十世纪中国文学"。

钱理群　你可能主要从审美的角度考虑得比较多……

黄子平　后来我又搞过一段文学体裁,即文体方面的题目,比如说短篇小说的艺术发展,一下子又追溯到鲁迅那里去了,而且还不是五四时候的小说,而是他在一九一一年冬天写的《怀旧》。这篇小说虽然是用文言文写的,但完全是现代的短篇小说。无论从结构、视点、情绪各方面,跟当时世界文学的发展,跟世界短篇小说的趋势是完全"同步"的,这跟本世纪初他们周氏兄弟一块儿译《域外小说集》有关系。短篇小说的现代化至少从《怀旧》就开始了,一直延伸到现在,一条很清楚的线索。从文学艺术形式本身来看文学发展的整体性,我觉得更说明问题。

钱理群　小说形式我也注意过一段。当时王蒙提出小说观念的更新,引起很热烈的争论。我正在研究萧红,萧红不是提出过"小说学"的问题么?从萧红就一直追溯到鲁迅,鲁迅对现代小说形式的问题很早就提出一些精彩的见解。我就感觉到当代文学提出的很多问题并不是什么新鲜问题——

黄子平　(笑)早已有之。

钱理群　这就构成一条历史线索,联系起来可以看得很清楚。而且它为什么会反复提出来,一提出来就还是觉得很新鲜?那就是历史任务还没有完成,没有办法回避。中国历史发展的一个特点是反复性强,文学史也是这样,来回折腾。我还想代你(黄子平)补充一点,你是怎么"介入"到这个概念中来的。就是你那篇谈《当代文学中的宏观研究》的文章,是比较早从方法论方面提出来,在当代文学的研究中也要有一种"史"的角度,要从单纯的文学批评中跳出来,寻求文学研究的历史感。其实我们搞现代文学的是从另一端来接近这个概念的。对我自己来说,我是很不愿意搞纯学术的研究的——

陈平原　(笑)现实感太强!

钱理群　对,我们都是属于现实感比较强的人。要是把我埋在过去的事情里我一点兴趣都没有,要是跟现实不相联系,那我们何必去研究它。我把这种研究叫作"从当代想现代",就是从当代文学中发现问题,再追溯到现代文学去挖掘历史的渊源,是一种"倒叙"的思维方式。

黄子平　"人体解剖是猴体解剖的一把钥匙。"历史总是由现实的光芒来照亮的。

陈平原　从两端来接近这个概念:搞文学史的寻求一种现实感,与文学现实联系较紧密的寻求一种历史感。我听老钱说,林庚先生研究楚辞,就是着眼于五四新诗的发展来研究的,还有吴组缃先生研究中国古代小说,也是着眼于五四。这可能是北大的一个很好的传统。八一年的时候我跟黄子平通信,就讨论新时期文学和五四新文学的关系,我跟他说,他从"一九一九看一九七九",我是从"一九七九看一九一九"。要研究五四那段时期的作家,没有感情介入是不行的,你很难理解他们。六十年前的事,多少有点隔膜。幸好我们也经历了一九七九年的一次思想解放,从"七九"来看"一九",比较能够根据自己的体验,来理解五四时代的作家,理解他们的心态,他们为什么会写那样的小说和诗歌,为什么会有那么多的苦闷、彷徨。

黄子平　那后来你怎样搞到"近代"去了?

陈平原　我研究五四时期的文学,发现东、西方文化的撞击是一个大问题,很多现象都是从这里发生的。一系列的争论,比如"中体西用"啦,"夷夏之说"啦,"本位文化论"啦,"民族形式"啦,总是离不开一条主线,即怎样协调外来文化和本民族文化的矛盾。于是我就追溯中国人自觉地学习外来文化是从什么时候开始的。一开始是追溯到一八四〇年鸦片战争,但是后来发现从学习"船坚炮利"转到学习政治经济法律再到学习文学艺术,是一个漫长的历程,是到了戊戌变法以后,才开始全面介绍文化艺术。以前虽然承认这也不行,那也不行,可是毕竟"道德文章冠全球"。这时候才发现文学上也有许多可以学习的东西,文学观念开始转变。五四时期的许多问题,比如国民性批判,白话文运动,诗体解放,话剧的输入,等等,其实都是从戊戌之后开始的,尽管到五四才彻底、不妥协地掀起高潮,但是窗口是从那时打开的。而且,在这样的文化大撞击中对民族文化重新检讨重新铸造,使传统文学产生一种"蜕变",这样的进程一直延续到现在,贯穿整个二十世纪的中国文学。当然达到这样的认识是我们反复讨论之后才有的。开始只是感到研究范围需要扩大,慢慢上升到一些新的概念,最后有可能上升到理论的模式。

黄子平　我写《当代文学中的宏观研究》时,想到的是一个文学形象的问题。当时讨论得很热烈的是路遥的《人生》里的高加林,还有张辛欣的《在同一地平线上》的那个"他"——"孟加拉虎"。我觉得在当代文学中这样的形象好像是全新的,但是现代文学里是很多的。其实这是一个世界性的文学形象,始于文艺复兴时期莎士比亚笔下的哈姆雷特,渐渐地由西向东,德国的浮士德啦,法国的于连·索黑尔啦,俄国文学中的"多余的人"啦……如果不从宏观的角度,或者马克思所说的"世界历史"的尺度,很难讨论清楚。

陈平原　这里其实包含了两个方法论方面的问题,一个是总体文学的意识,一个是比较文学的意识。从文学形象的变迁、衍化也可以很鲜明地抓住"世界文学"形成的历史线索。

钱理群　"世界文学中的中国文学",这个概念也是逐渐形成的。原来我们的视野也是比较窄的,所谓"东、西方文化的撞击",其实心目中就是中国文化和欧美文化。后来考虑到与中国近似的情况,比如印度、日本、东南亚,还有非洲,最后,拉美文学也进入了我们的视野——他们的"文学爆炸"近年介绍了不少,我们才发现它们的文学也是都在上世纪末八十到九十年代发生了突变的。反过来看欧美文学,也是在同一时期产生了对自身传统的反叛,这些反叛明显地从非洲黑人文化,从东方文化汲取了灵感。这就形成了"世界文学"的概念。

黄子平　这也就证实了马克思恩格斯在《共产党宣言》里所说的,由于"世界市场"的形成,"世界文学"也形成了。这样,也就证明了"二十世纪中国文学"的一个重要内涵,它是中国文学走向并汇入"世界文学"的一个进程,或者用鲁迅的说法,中国人"出而参与世界的文艺之业",是从上世纪末本世纪初开始的。

钱理群　我觉得这里文学史的观念有一个逐步的变化。从这几年现代文学的研究状况来看,最早是拨乱反正,提出不要用"无产阶级文学"的标准要求新民主主义革命时期的文学,要用"反帝反封建"作为标准来研究现代文学。范围一下子扩大了许多,以前不能讲的作家作品、文学现象,只要是"反帝反封建"的,都可以讲了。但这还只是用比较宽泛一点的政治标准代替原先过于褊狭的政治标准。某些文学现象,以前从这个角度去否定它,现在还是从这个角度去肯定它,评价可能不同,甚至对立,标准是一样的。比如曹禺的话剧《原野》,原来说它歪曲了农民形象,现在就说它还是写出了农民的反抗,等等,还是那个标准。后来严家炎老师在一篇文章里最早提出了中国文学的现代化是从鲁迅手里开始的,他用了"现代化"这样一个标准,打开了思路……

黄子平　"现代化"这个概念就包含了好几层意思:由古代文学的"突变",走向"世界文学",或者用严老师的话来说,是"与世界文学取得共同语言"的文学,等等。

钱理群　还有民族文化的重新铸造。这个命题就逐渐完善起来,提出"既是现代的,又是民族的",这样一个进程是从鲁迅手里开始的。当然我们把它向前追溯到戊戌,但是很清楚,我们的概念的形成是跟着这几年现代文学研究的路子一起走过来的。

陈平原　文学史的观念改变了。以前的文学史分期是从社会政治史直接类比过来的。拿"近代文学史"来说,从一八四〇年鸦片战争到一八九八年戊戌变法,半个多世纪里头,几乎没有什么文学,或者说文学没有什么根本的变化。就像你说的,还在那里描舞台布景或者换演员,换剧本是九十年代才开始的。政治和文学的发展很不平衡。还是要从东、西方文化的撞击,从文学的现代化,从中国人"出而参与世界的文艺之业",从文学本身的发展规律,从这样的一些角度来看文学史,才比较准确。

黄子平　时代、世界、民族、文化、启蒙、艺术规律,构成了概念的一些基本内涵。

钱理群　还有一个"过渡"的内涵。

陈平原　对,"二十世纪中国文学"是从古代中国文学向现代中国文学转变、过渡并最终完成的一个进程。我觉得古代中国文学是纯粹的中国文学,将来外来文化被我们很好地吸收、消化、积淀下来,变成我们自己的有机成分了,也可能又出现纯粹的中国文学,夹在这中间的始终有一点"不中不西"的味道。

钱理群　这可能是一个方面。另一个方面是,搞我们这个专业的人,总感到这一段的文学不太像文学,而且文学家总是在关键时刻很自觉地丢掉文学,很自觉地要求文学不像文学,像宣传品就好了。好几次都是这样,"革命文学"初期是一次,抗战初期是一次,五十年代初期是一次,当时郭沫若很自觉地写《防治棉蚜歌》……

黄子平　搞文学的人总是觉得心中有愧,总是问我搞这个到底有什么用,总是一再宣布自己并不是什么文学家。

陈平原　从近代就开始了。康有为说"一谈文人便无足观",认为文学是最无用的。后来梁启超突然又把文学捧到决定一切的地位,"欲改良群治,必自小说界革命始;欲新民,必自新小说始"。两个极端,其实都是一个出发点,就是要求文学能够"经世致用"。

钱理群　这样是不是就构成两段"纯文学"之间的一种过渡?

黄子平　鲁迅曾经设想,无产阶级"占权"之后,即掌握了政权之后,有可能产生"无利害关系的文学"。这是很乐观的一种设想。不过现在对文学自身的艺术特征是越来越重视了。

钱理群　看来我们是从两个方面逐渐形成"二十世纪中国文学"这么一个概念的:一个方面是从研究的对象出发,从各自具体的研究课题出发,寻求能够更好地说明这些课题的理论框架,先后发现了一些总体特征,然后上升到总体性质;另一个方面,就是从方法论的角度,寻求一种历史感、现实感和未来感的统一,意识到文学史、文学批评、文学理论三者的不可分割,这样就有可能使文学史的研究成为一门具有"当代性"和"实践性"的学科。是不是这两个方面?

陈平原　从旧概念到新概念,直觉思维,或者叫作灵感思维,很重要。问题积聚到一定程度,突然一个总体轮廓呈现出来,虽然很多细部还不清楚,但就是感觉倒是那么回事儿。

钱理群　直觉思维产生飞跃。像我们提出"二十世纪中国文学"的总主题是改造民族的灵魂,提出总体美感特征是一种现代的悲剧感,其核心是"悲凉",这都是经过"飞跃"才提出来的,材料里边从来没有这种提法。这跟那种"爬行"的研究方法不同。没有材料一句话都不敢说,恐怕不行。林庚先生提出"盛唐气象",当时很多人不以为然,其实那也是一个飞跃,现在大家都用"盛唐气象"这个概念了。

黄子平 爱因斯坦说过:"真正可贵的因素是直觉。"光靠推理,连自然科学都不能有所发现。人文科学也是要通过一系列假说来向前发展的。问题在于设想提出来以后,就要用进一步扎实的工作来补充、修正、完善甚至更改我们的概念。

(原载《读书杂志》1985 年第 10 期)

"二十世纪中国文学论"批判

［韩］全炯俊

（韩国忠北大学中文系）

一、二十世纪中国文学论的意义

二十世纪中国文学论是 1985 年 5 月在"中国现代文学研究创新座谈会"上最初提起的。钱理群、黄子平、陈平原在这次座谈会提出二十世纪中国文学这概念，经过两个月，到同年 7 月把它改成题为《论"二十世纪中国文学"》的论文在 1985 年第 5 期《文学评论》上发表了。

这篇文章引起学界很大的反响。"二十世纪中国文学"这概念马上扩散，特别是被比较年青的学者热烈支持。例如陈思和在《中国新文学整体观》韩国语版序文里把中国现代文学研究史分为三个时期，第三时期设定为从 1985 年以后称为中国"'二十世纪文学'研究时期"（陈，7）。[①]

我们可以概括二十世纪中国文学论的肯定性意义如下。

第一，它把中国现代文学史全过程看成一个有机性整体，而脱离了近代、现代、当代三分法，而后者向来是对中国现代文学研究的桎梏。

第二，它解体了文学史认识上把文学史还原为社会政治史，按照社会政治史规定文学史的顽强习惯，提示了从文学本身认识文学史的可能性。

第三，如陈思和所说，它的"无定型的文学本体"使研究者"可以投射各种主体认识，作出各种自由注释"。陈思和说，"'二十世纪中国文学'的命题的提出，不但解放了现代文学的研究对象，也解放了研究者自身"（陈，8）。

第四，它把 1898 年开始的士大夫文学改良运动与 1917 年开始的新文学运动之间的关系认定为连续性关系，把 1898 年设定为中国现代文学起点，为中国现代文学起点论开放新的格局。它把中国现代文学与中国古典文学之间的关系定为断裂，但跟之前的断裂论很不同，认为一种像胎儿通过断裂脐带成为从母体独立的个体似的作为"深刻的联系"的断裂，以提示两者之间的关联。

第五，它设定作为大体系的世界文学与作为小体系的中国文学之间的关系这构图，突出中国现代文学形成和展开对于世界文学所持的同步性，认为中国文学跟世界文学一样具有同等资格成为世界文学的一部分，超越了对于西洋文学的劣等心理及盲目排击西洋文学的

---

① 指陈思和：《中国新文学整体观》韩文版，青年社（汉城 1995 年）。后面数字是指引文页码，以后的同类说明不再加注。

态度。

第六,它打破文学理论、文学史、文学批评三个部类的割裂,试图紧密联系三者。

二十世纪中国文学论可以说在中国现代文学研究史上是确实有其开创性的。而近十年来中国现代文学研究随着二十世纪中国文学论开放的道路,产生了令人刮目的成果。

可是,上述二十世纪中国文学论肯定性意义不过是相对性的。它们都各有问题,带着一些偏向。不少问题虽已克服,有的问题却恶化,有的偏向深化,产生歪曲,因而需要批判。1985 年以后的进展或是变化固然需要检讨,但首先需要批判性地阅读作为其母胎乃至原形的是《论"二十世纪中国文学"》,因为以后变化的萌芽大都已经潜在母胎乃至原形中。我们的批判不是非难,只是求客观化、相对化而已。首先要说明我们的批判基本上是在同志的立场上出发的。

二、批判

(1) 二十世纪中国文学论理论的核心正在有机整体这个概念上。把中国现代文学认为一个整体的时候,重要的是整体性内容是什么。"二十世纪文学"这个命名不过是一种不具内容规定的命名,它只单纯指二十世纪这时间概念。因而是可能确保某种开放性的,将其开放性与从来文学史认识上狭隘规定性(就是新民主主义革命时代—现代文学;社会主义时代—当代文学)联系起来看,可以说是对其狭隘规定的一种解放(正如陈思和所表现的)。可是如果它跟命名上的中立性符合,除了时间概念以外不包含什么内容规定,那么二十世纪中国文学论会真的成为一种空洞的论议。然而二十世纪中国文学论自然跟其命名不同,是含蓄着一定内容规定的。

它认为二十世纪中国文学是一个现在还在进行着的过程。什么是进行着?"一个由古代中国文学向现代中国文学转变、过渡并最终完成"(文学评论,3)[1]的工作是进行着。我们觉得这个陈述有语病,有些奇怪。因为我们注意"完成"的宾语是什么这个问题。吴福辉说明,"他们认为本世纪的中国文学与世界文学一样,是在东西文化的大撞击、大交流中生成,并最终完成由'古典'向'现代'的过渡的"(三人谈,111)[2]。由此观之,把"转变、过渡"看作"完成"的宾语在汉语语法上是自然的。可是这样读解让我们觉得非常奇怪。为什么?这样读解,那就是中国现代文学还是未完成的状态,二十世纪中国文学并不是中国现代文学本身而是走向中国现代文学的过渡性存在,对于这种思想,我们觉得奇怪。我们认为二十世纪中国文学,其展开过程本身,而且甚至这里面的弱点及限制也都包括,它本身正是中国现代文学。我们全然想不起它是一种过渡的这种想法。

在二十世纪中国文学论中的中国现代文学显然是一个理念型概念。我们认为二十世纪中国文学如同二十世纪韩国文学分明是"近代文学",即中国语的"现代文学"(因为中文"现代"是价值概念,而韩文"近代"也是价值概念)。其实二十世纪中国文学论把现代文学分为两个层次:实际的现代文学和理念上的现代文学。而且,它想象一个有缺陷的实际的现代

---

① 　指《文学评论》1985 年第 5 期,后面数字指引文页码。以后的同类说明不再加注。

② 　黄子平、陈平原、钱理群《二十世纪中国文学三人谈》,人民文学出版社 1988 年版。后面数字指引文页码,以后同类说明不再加注。

文学走向无缺陷的理念型的现代文学的进程。

其过程时间是二十世纪,所以其过程的名字称为二十世纪中国文学,我们不能不说这样的时间性命名真是为图一时方便的。几年后二十一世纪到来,那时这个命名不是很荒谬吗?其实其命名不是偶然性的。首先也许是因为考虑与从前的近代、现代、当代三分法混同的可能性,可是从深层的意味看来,其命名是由它把现代文学二元划分为实际的现代文学和理念型的现代文学来考察产生的。我们可以推测这样一个脉络:由实际的现代文学走向理念型现代文学的进程,把它叫作现代文学有什么不自然,所以用中立性名称更好。

从更深层的意味来看,在其命名里面意识上或是无意识中隐蔽着对于现代及现代性的正面省察回避的意图。命名适合与否只是微小的问题,然而这意图绝不是微小的问题。把现代文学分为理念型和实际两种,这区分事实上其本身标识抱持着对于现代及现代性的分明的立场。其回避的意图与其立场成为同一铜钱的两面。这就是典型的现代主义的面貌。在这里有走向完成的线条性进步的过程(虽有时是曲折的,但全体上具有确固不动的方向性),在其过程的终末上有作为一种乌托邦的完成。实际上其完成永远不会到来,存在的只是对于现代化的确固不动的乐观信赖。其信赖的确固不动可能是无反省的另一个表现,或可能是一种虚伪意识的发现。对于其乐观信赖的实际内容是什么,我们在下面再论。

(2) 二十世纪文学论提示了从文学本身认识文学史的可能性,从在中国的中国现代文学研究史的脉络看来,这提示应当获得非常高的评价。例如,它把 1898 年士大夫文学改良运动看作古代中国文学全面的深刻的断裂的开始,根据在于其运动中"从文学观念到作家地位,从表现手法到体裁、语言、变革的要求和实际的挑战都同时出现了"(文学评论,5)。而且,二十世纪中国文学成为一个有机整体其根据也在于文学内的性格。第 2 节在主题思想方面,第 3 节在美感方面,第 4 节在文体方面说明其根据。二十世纪中国文学从主题思想方面看是以"改造民族的灵魂"为总主题的"真挚的文学,热情的文学,沉痛的文学",从美感方面看是"悲凉"的文学,"激昂"和"嘲讽"这两种相反的美感色彩错综的文学,从文体方面看是艺术形式在整个文学进程中辩证发展(例示一些两相对立的如:雅与俗,普及与提高,"主义"与"艺术",宣传与娱乐,民族化与现代化等)的文学。对于这样的说明具体我们细部上可以提出各种异议,也可在整体上作出别的说明。例如,以"改造民族灵魂"为总主题的说明有理,但是也可以以萧君和所提出的"改造客观世界"(三人谈,121),孙玉石所提出的"人的解放"(三人谈,125)等修整或补充,而且"悲凉"这美感特性也可以用萧君和所提出的"悲愤"、"悲壮"来补充。

然而我们在这里要问的是别的。把关心转向文学内部好是好,但现在却逆向地忽视文学与文学外部的关系。虽然不是完全无视或完全排除,像对主题思想、美感、文体的说明一定程度上伴随着社会政治的说明,但社会经济的关系,可以说是完全没有给予说明。这在社会主义时代可以谅解原因,可是在以前的半殖民地半封建时代及进入资本主义的市场经济的新时期,资本的运动与文学内部的关系显然是我们在生活整体里面认识文学时,不能忽视的本质上的重要问题。

在文学理论上二十世纪中国文学论不能超越雷·韦勒克(Rene Wellek)式稳健素朴的文学主义:文学史记述应依据文学的标准。揭示韦勒克式文学主义的限制已经很久了,我们从结构主义的,符号学的,解释学的,接受美学的,后期结构主义的,以及最近兴起的认知科学的,或是新马克思主义的等等各种脉络新提起深深检讨文学史记述上不能不面对的质问：例如文学史是什么,使得文学作为文学的性格即文学性是什么,文学史记述的对象是什么等等。其检讨会深化对于在后期资本主义时代中文学的存在条件的洞察。总之,所谓文学性绝不是超时代的固定不变的东西,而是随着时代变化而变化的东西,社会经济的脉络就是在其变化深层中起作用的最重要的脉络之一。其脉络不是还原性的脉络,而是内化到文学,最终内化到文学性层次的这样的脉络。二十世纪中国文学论像是有意地遗漏社会经济的脉络,也与对现代化的乐观信念不无关系。

(3) 对于以 1898 年为二十世纪中国文学即现代文学的起点可能有很多争论。谈论现代起点不但是在中国,而且在任何非西欧地域也是不容易解决的论争性难题。实际上,起点问题在其本身意味上并不太重要,只是太执着时,容易沦于非生产性的形式理论。起点论也许如起源论一样其本身是虚构性的论议,可是,起点论的难点所包含的肯定性意义就在于它可能逆向地显出由一个时代到下个时代的移行不是一个单纯的而是复合的、不是线条的因而是曲折的过程。尤其是在二十世纪中国文学论中,起点问题成为一个关键——按照怎样把握起点,其现代性内容跟着也便不同。这里重要的是起点论应当与对于现代性的本质上的论议做有机的结合。

1917 年说往往闭锁于西洋文学的移植这构图,相反地把起点溯及于 1917 年以前的看法,大体注目现代自生的发生,认为自生的发生因西欧帝国主义的文化侵略受挫折,而从 1917 年开始歪曲形态的现代。两种看法在认为 1917 年新文学运动是西洋文学的移植这点上是共通的。比较来说,二十世纪中国文学论的 1898 年说很有独特性。它既不把 1898 年看作自生的发生,也不把 1917 年看作西洋文学的移植(这种看法成立的原因在它以独特的方式涉及世界文学的概念。这世界文学概念下面再论)。它说,1898 年是与古代文学全面断裂开始的年度,1919 年是其断裂完成的年度。换言之,从 1898 年到 1919 年是二十世纪中国文学成立的准备期。这准备期进行由古代文学向现代文学的移行。这时可以提起一个问题即：把其移行期归属于哪里？理论上因为移行本身是二重性的,所以可以归属于其前也可以归属于其后。二十世纪中国文学论把它归属于二十世纪,但也可以归属于十九世纪。不论归属于哪里,1898 年前后的差别和 1917 年前后的差别,首先必须明瞭化。但二十世纪中国文学论把移动期归属于二十世纪,强调 1898 年前后的断绝而对 1917 年前后的断绝表示沉默,将只说明完成与古代文学全面的断裂。实际上 1898 年前后的断裂不是根本上的。白话文是已经古来存在的,诗、小说、散文也是古来存在的体裁,尤其是文学改良运动世界观,根本上是士大夫的世界观。它是如文字的表现一样的改良运动即当面对西欧帝国主义的威胁而对内的不能再隐蔽的封建社会矛盾膨胀时,它企图克服其危机,但保存着士大夫阶级的支配体制。我们不同意把这个改良运动看作资产阶级改良运动。虽然历史上这阶段多层面混乱错综,但不能因表层上的错综就混同深层里的基本特性。有时也可以注目其运动的二重性即封建的保守性与近代的进步性的错综,可是这看法也应当强调 1917 年前后的差别。1917 年前后的断绝是根本性的。在这里,白话文显然是现代的白话文,体裁是现代的体裁,新文学运动世界观是市民的世界观。新文学运动十年来最大的课题是与 1898 年以来文学改良运动的末流斗争,这是不可忽视的事实。

虽然是同一的 1898 年说,但是如何把握二十年间移行期与其前、与其后,关系到其起点论的实质内容会有不同。二十世纪中国文学论的 1898 年说虽着眼于古代文学断裂,但因相对地忽视 1917 年前后的差别,反而造成将断绝的契机往上溯及的可能性。将这断裂视为一种脐带式断裂,能确保可以发掘传统与现代之间深层关系的理论基础,可是断裂契机越往上溯自然会越重视内在的发展的契机,所谓传统与现代之间深层关系也会倾向于强化内在的发展论的方向。应当说明在非西欧地域的现代移行,内在的发展论是非常具诱惑性的,可是偏向一方的结果便会是国粹主义。

(4)对世界文学概念的独特设定是二十世纪中国文学论的最大优点也是最大缺点。现在资本主义世界市场正在全面实现,国家、民族疆界正在急速消失,任何国民文学、民族文学不放在世界文学的关系中观察,就不能正确把握其面貌。现在的情况甚至在显现作为制度的国民文学的正体正在解体的征兆。可是尽管情况如此,世界文学概念仍是暧昧模糊。它是某种普遍的实体,还是多数国民文学、民族文学的单纯集合,或是真正单纯一些的外国文学的总称?

二十世纪中国文学论中世界文学概念几乎近于普遍的实体概念。它借歌德与马克思的言述例证实现世界文学已经在十九世纪前半叶已有预见,诊断二十世纪符合其预见的是世界文学初步形成的时代。在这里发出一个微妙的陈述。

国别文学纳入世界文学的大系统之后获得了一种"系统质",即不是由实体本身而是由实体之间的关系来决定的一种质。(文学评论,4)

这是说明在世界文学初步形成的二十世纪,国别文学怎样与世界文学结成关系。按照这说明,世界文学是一种体系,由一些国别文学实体之间的关系形成的一种体系。二十世纪国别文学应当进入其体系中,或者说国别文学不能在其体系之外这说法可能更适合。因为形成了世界文学的话,那就已意味着任何一个国别文学都已经在体系里面。国别文学进入世界文学,即进入多数国别文学的关系网以获得从来没有的新质,这似乎像是相当有要领的说明似的。可是,从其他言及世界文学的几处看来,世界文学实际上是以一个普遍的实体显现的。

(1)如果把"世界文学"作为参照体系,那么,除了个别优秀作品,从总体上来说,二十世纪中国文学对人性的发掘显然缺乏哲学深度。(文学评论,7)

(2)(……)正是这一切,使得二十世纪中国文学既具有与同时代的世界文学相通的现代悲剧感,又具有自身独特的悲凉色彩。(文学评论,9)

随手取来上两条例文,在这里的世界文学是各种国别文学中共通,因而可以认为是无异于一种普遍的文学倾向的。实际上它是普遍的实体还是关系网这问题,虽然微妙,但不是深刻的问题。

问题正在于:世界文学是谁主导的?还是内部上相互同等的关系里成立的?歌德或马克思的言论里,世界文学是以西洋文学的主导性为前提的世界文学。实际上西洋文学进入二十世纪扩散到非西洋地域国家,对现代文学的形成起了决定性作用。非西洋地域国家形成现代文学不论是移植西洋文学,还是采纳西洋文学,还是与西洋文学的相互作用,无疑西洋文学对于其形成起了决定性的作用。当然近二十世纪末情况已有相当程度的变化。西洋文学的主导性显然弱化了,非西洋地域文学的地位向上,有时非西洋文学对于世界文学潮流起了主导的作用。若冷静观察,二十世纪世界文学其内部的主导性,分为两个阶段似乎更符合实际。

二十世纪中国文学论把第二阶段的情况扩散为全体的面貌来理解。这样做,成功地脱离从前的对于西洋文学的劣等心理。可是这不符合于事实。下述二十世纪初西洋文学与世界文学状况的一段话,看来几乎就像是意图性的误解。

> 当着世界的文学艺术已经克服了当"欧洲中心主义",开始用各民族的尺度来衡量各民族的艺术的时候(⋯⋯)(文学评论,5)

这种世界文学现象的开始显现,最早也是第二次世界大战以后的事情。说中国文学在二十世纪初与同时代的世界文学具有同步性,那么,其同步性就是除西洋文学外,与非西洋地域文学的同步性。它们共有一个在文化的殖民主义的攻势里被编入西洋文学所主导的世界文学的过程。

我们也可以谅解,是为了确保有机整体性而做出这样意图性的误解,可是不对的还是不对的。实际上是西洋文学主导的世界文学(以贯彻文化的殖民主义为其内容),却说是相互同等的关系网的世界文学(西洋文学也只是其中一部分),其本身仍是一种文化的殖民主义意识形态的傲慢而已。我们很小心使用世界文学这个用语的理由就在这里。继续引用上述陈述如下:

> 我们却可能误以为旧的就是好的,无法挣脱三千年陈旧的内部的桎梏。(文学评论,5)

由这陈述来看,可以说二十世纪中国文学论透彻于反封建脉络,而在反帝国主义(及反殖民主义)的脉络上,其问题意识却相对的脆弱。

有关所谓世界文学还要指出的一点是,二十世纪中国文学论太忽视社会主义文学。中国文学与二十世纪初世界文学具有的同步性,严格地说,是与非西欧地域文学的同步性。它的样貌主要是采纳十九世纪西洋文学(这已经是一个世纪以前的东西)。而在 1920 年代末开始探究的普罗文学或社会主义文学,是与世界文学同步的。它是具有泛世界同时代性的。其探究具有很多潜的可能性是我们不能否认的。其可能性虽然在社会主义国家陷没于斯大林主义、日丹诺夫主义的深渊,但在西洋,其范围虽有限制性,却达成了各样宝贵的果实。需要的是对于其可能性为什么和如何陷没于日丹诺夫主义的深渊这个问题作深深省察,并再探索其在现在的可能性而不是否认其存在或把它置之度外。

三、对现代化的乐观及其危险性

以上对四个主要方面做了检讨,省略枝微末节,我们可以得到下面的结论。从总体上来说,二十世纪中国文学论以对现代化很大的乐观为其基本的视角。其乐观产生走向作为理念型的现代文学的进程这概念,因而忽视对于作为现代的内容的现代性的深刻批判和省察。这乐观自然连着进入新时期以后中国现代化的路线。这现代化的实际内容就是活性化资本主义市场经济及编入于资本主义世界市场。在这里,资本主义的矛盾不能不作为一个新问题抬头。不仅劳资间矛盾,贫富差距增大,更有甚者还出现劳动的异化,意识的事物化等一些问题(1985 年那时还不太深刻,而现在显然已经成为深刻的问题)。二十世纪中国文学论漠视这些问题。其漠视也许是意图性的漠视,其漠视固然强调了文学内部(这有道理),却无视文学与社会经济的关联(这没有道理)。

今天,现代性再成问题的理由在于"资本主义—现代/社会主义—现代以后"这明快的图式被世界史实际的展开所破坏。在这里,就算能有确认现代的肯定性的立场,但那并不妥当。在任何一个时代,文学要对于自己时代的普遍性或认为是普遍性的问题,提出疑问,认识其时代的矛盾,赋予语言以表现。现代文学在追求现代和追求克服现代这两个相反指向的共存里面存在和运动是极自然的。所以需要的是,立足于其二重性,把从现代开始到今天仔细考察,批判认识概括性意味的现代性。

二十世纪中国文学论抱持对于现代化的乐观展望,把其现在性展望逆投射于过去因而在理解文学史上犯了错误。我们说文学史应当常常新写的时候,意味着不能只在过去的脉络里看过去的文学事实,反而应当由现在的立场再构成。换言之,应当了解说明过去的文学事实怎样冲击现在,怎样被现在再构成。可是在这里,过去的文学的事实应当不丧失客观性,不应当被现在的再构成损伤其客观性,从而使后代读者们不断重新认识和扩大其意味。

对外来看,资本主义世界市场里还深刻的存在着资本主义的矛盾。资本主义世界市场不是互惠平等的空间,而是一个苦痛的空间——国家间抑压关系,发展和低发展的不均衡状态,后进国对先进国政治经济的从属等复杂错综着,二十世纪中国文学论也忽视这点。它却有着对于中国在资本主义世界市场里上升到主导性地位的乐观。其乐观产生于二十世纪文学,特别是二十世纪前半期的世界文学的奇妙的意图性误解。这意图性误解不是有关摆脱殖民主义的,相反地,与新帝国主义、国粹主义的,尤其是与在东亚内部的中国主导性的隐秘欲望难道就没有什么关系吗? 就算这样的欲望在构成二十世纪中国文学论时没有意识、无意识上的作用,可是我们可以说其理论体系里面隐有一个可能孕育这种欲望的构造。

东亚地域国别文学从开始向现代移行起具有同步的历史经验。在这里,日本实际上相当有例外性。至少,从清日战争及俄日战争到军国主义的日本的经验成为一个帝国主义的现代的特例,与中国和韩国经验的第三世界的现代确然对立。我们得把西欧的(帝国主义的)现代性与东亚的(第三世界的)现代性辨别考察。西欧的现代性与先发资本主义及帝国主义结合,东亚的现代性与后发资本主义及殖民地(新、旧)结合,所以其内容显然不同。但是必须以包括这二种不同现代性的世界意义上的现代性为前提。与其说所谓现代性有两种,不如说有普遍的现代性的两面,其一面是西欧的现代性,另一面是第三世界的现代性。世界史告诉我们这两面的相互关系就是一种表里关系。再说,如果没有后发资本主义及殖民地,那么,先发资本主义及帝国主义也不会成立。在这里,以为只有西欧的现代性是真正的现代性,第三世界的现代性是残废畸形的现代性或是还没到真正的现代性的这种看法是不对的。因为第三世界的现代性也已经是普遍的现代性之两面中的一面。反而须要探索的是有没有超越其两面中的第三条道路。社会主义的探索即为其一例,可是它在二十世纪末遭到严重挫折。当然,情况在二十世纪末有了非常大的变化,经过新殖民地时代以后,资本的国际化及世界市场全面实现并稀释了从前的帝国主义/殖民地构图。同时反现代主义理念抬头,这意味着现代的两面现在消失其境界,全面相互浸透着,其相互浸透使得问题更复杂,使得资本主义世界市场成为更反人性、更苦痛的空间。我们就站在这样的位置,所以研究文学的我们得把追求现代和追求克服现代这二重课题,不但在自己国家文学内,也在东亚文学内,更在世界文学内作互惠平等的探究,其基础将会是批判的、知性的、国际连带性的吧!

(原载《文艺理论研究》1999 年第 3 期)

新文学史研究中的整体观

陈思和

一、整体观的提出

　　源远流长的中国文学长河,至本世纪初发生了一次影响深远的变故。不仅时代的河床改变了它的流向和流速,而且,由于外来文学新源流的汇入使水质也有所改变。五四以后,中国文学传统的生命力以崭新的面貌开始了新的发展历程。到今天,又有了近七十年的历史。

　　五四以来,中国的政治生活发生了巨大的变化。人们习惯以政治的标准对待文学,因此把新文学史拦腰截断,形成了"现代文学"与"当代文学"的概念。这实际上是一种人为的划分,它使两个阶段的文学都不能形成一个各自完整的整体,妨碍了人们对新文学史的进一步研究。

　　从中国现代文学研究的现状看,前几年,随着政治上拨乱反正和实事求是思想路线的深入,本来被左的影响肢解得残缺不全的现代文学,终于恢复了比较完整的原貌。蒙冤含辱的作家、作品重新受到肯定,被遗忘了的作家、作品重新成为研究对象,就是一些过去不敢问津的作家、作品也得到了应有的评价。这一切可以说是前几年现代文学研究的主要成绩。可是,当大量历史遗留的空白被填补以后,现代文学的研究似乎出现了穷尽的兆头。于是,比较的方法引起了研究者的注意,追究西学东渐,西卉东植的历史演变,研究中国现代作家的创作风格在形成过程中的外来因素等等,又从横向上开拓了现代文学的研究范围,从而改变了单一的和孤立的作家作品研究所采用的思维方式。然而,由于现代文学被局限在一个非常狭小的时空范围之内,研究对象的封闭性仍然不可避免地造成研究者过于密集、研究视野大受限制、研究方法陈旧等等弊端。

　　从中国当代文学研究的现状看,由于在研究领域中斩断了与现代文学的历史联系,许多文学源头在研究者心目中不甚了了,而"当代"时间下限的无限止延伸,又给人一种学科发展不稳定的感觉。尽管当代文学也有三十多年的历史,但至今还被认为对它只能作评论而不能作史的研究。把当代文学,尤其是新时期的文学与以前的文学割裂开来,自然只能在零星的碎片中进行孤立的研究,也自然只能是鉴赏性的或阐释性的批评。近来关于当代文学要进行"宏观研究""综合批评""系统分析"的呼声,正反映了摆脱这种局限的革新要求。

　　我以为,无论是现代文学研究还是当代文学研究,要得到进一步的深入和发展,在纵向上打破以一九四九年为界线的人为鸿沟是势在必行的。应该把本世纪第一个十年为开端的新文学看作一个开放型的整体,从宏观的角度上把握其内在的精神和发展规律。现代文学的研究者要处处着眼于现代文学对后来文学的影响,以历史的效果来验证文学的价值,使现代文学在时间上的有限性与文学影响的无限性结合起来,避免前人走惯了的封闭型的研究道路;当代文学的研究者要处处用历史的眼光来考察每一种新出现的文学现象,每一个新产生的文学流派,以及每一部新发表的优秀作品,把它们看作新文学整体的一部分,分析它们从哪些传统中发展而来;研究它们为新文学整体提供了哪些独创的因素。那么,对当代文学的史的研究就不难逐步成熟起来。

二、新文学是一个开放型的整体

文学创作是一种人类的精神活动,它既是来源于社会生活,是社会生活的反映,又具有相对独立的发展规律,有其自身的历史继承性与发展特点。根据社会发展史,或者政治史来划分文学的时期,显然不能很好地体现文学发展规律。一九四九年标志着中国革命由新民主主义阶段进入社会主义阶段的伟大转变,但从文学史的角度看,它的意义仅仅在于使解放区的文学运动推广到全国范围。一九四九年以后的文学在性质、指导纲领、作家队伍等方面基本上都延续了解放区文学的套路,在相当长一段时间内没有发生根本性变化。这说明现代革命史的分期不一定要与文学史的分期相一致,文学有自己的道路,它的分期应该依据于对作家、作品、读者三个方面进行综合考察的结果。

如果我们不是专以作家的年龄或作品的类别为标准,而是将作家群与创作倾向综合起来作比较,五四以来的新文学史,可以划分为六个特征不同的层次。

第一个层次形成于五四初期。作家代表有鲁迅、郭沫若、沈雁冰、郁达夫、周作人、叶圣陶等,思想文化方面的代表有陈独秀、李大钊、胡适之、蔡元培等,他们生活在两个世纪之交,一方面看到了封建制度以及传统经济方式的式微,一方面又接受了外来文化的影响。社会生活的急剧变化,使他们离开了传统仕途,开始与社会发生较密切的直接联系。从辛亥革命到五四运动,他们都留下了积极行动的足迹。文化观念的急剧变化,使他们在接受传统文化熏陶的同时,也吸取了大量西方文化的营养,从而在知识结构上形成学贯中西、学识广博的特点。但是,他们身上的传统影响与外来影响冲突也特别尖锐。大多数人对传统都持反对的态度,却又不可避免地在自身保留着传统的烙印;对外来文化的东渐,他们是十分欢迎的,但又处处表现出精芜不分的弱点。他们的作品,由于阅历与学识两方面都有丰富的积累,一般都带有浓厚的理性主义与启蒙主义的色彩。

第二个层次形成于三四十年代。主要作家代表有巴金、老舍、曹禺、艾青、丁玲、夏衍、沈从文等。他们中有不少人来自农村,但多数聚集在城市生活,直接接受了五四新思想的教育。他们一般都偏重于接受外来文化的影响,只有少数人才对传统文化中的某一部分感兴趣。抗战后期,他们中出现过一些努力将东西方文化融汇起来的迹象。与上一个层次相比,这一层次的创作没有那样渊博、恢宏和富有哲学气质,但更富有感情的敏锐性与生活的具体可感性。作品的数量与质量都是可观的。由于能从作家的具体生活环境与特殊文化修养出发,他们的创作形成了独创的艺术风格与艺术流派,标志着五四文学的成熟。

第三个层次形成于抗战后期的解放区。主要的作家代表有赵树理、周立波、孙犁、柳青、李季等,他们都生活在抗日民主根据地。有的来自白区的左翼文艺队伍,更多的来自抗日战争的第一线。毛泽东同志的《在延安文艺座谈会上的讲话》发表后,我们党对文艺工作的领导有了系统的理论、方针、政策。这一代作家正是在党的领导下从事文学创作的。除个别人外，他们大多数人与中国传统的民间文化关系较密切，并能了解人民大众的欣赏水平与美学趣味，因此，他们的创作成了文艺与工农大众之间的桥梁。他们的作品反映了无产阶级领导下的人民革命斗争，尤其是农民革命，因而弥补了五四新文学在表现工农群众方面的不足，开了社会主义文艺的先河。

第四个层次产生在五六十年代。主要作家代表有杜鹏程、郭小川、杨朔、梁斌、吴强、杨沫、茹志鹃等。他们都来自工厂、农村、部队等社会主义建设第一线，年龄差距很大。一些比较年长的作家在三十年代就发表过作品，而比较年轻的则都是新中国成立以后才培养起来的。他们主要师承苏联文学和中国传统的民间文学、通俗文学，创作出一批质量较高的反映各个革命时期斗争生活的作品，为中国的社会主义文学奠定了基础。这些作品继承与发扬了解放区文艺的经验，在民族化、群众化的探索上取得了进一步的成就。

第五个层次形成于七十年代，但真正在文学史上发生影响的作家、作品却是在粉碎"四人帮"以后。主要的作家代表有王蒙、刘宾雁、流沙河、邓友梅、张弦、高晓声、陆文夫等。他们属于五十年代学生出身的知识分子群，与新中国同时成长。他们思想敏锐，富有理想主义，文学上的师承是多方面的，有苏联文艺的影响，也有其他西方文艺的影响。他们最早力图表现社会主义社会内在矛盾，不幸的命运没有把他们摧毁，反而加强了他们的社会责任感与根深蒂固的理想主义。他们的创作，包括那些重放的或迟放的鲜花，坚持现实主义的创作原则与丰富多彩的艺术表现手法，为开创社会主义的新时期文学做出了贡献。

第六个层次形成于七八十年代。主要作家代表有张承志、邓刚、钟阿城、贾平凹、王安忆、李杭育、舒婷等。他们大多数是从"十年浩劫"的苦难中走过来的，经历了人生的种种教训，常常带着年轻的、尚未成型的人生观来思考那些严肃而重大的人生问题。他们虽然没有上一层次的作家那种坚定的理想主义，但思想活泼、感情真率，艺术追求也不拘一格。他们的创作还很难说都已拥有成熟的风格，但确已表现出相当扎实的生活积累与文化积累。在艺术师承上他们不仅对外来文化表示兴趣，而且也对民族文化抱有热情，表现出一种要把现代意识与民族文化融合起来的趋势。这一文学层次与我们的时代同步，显示了新时期文学发展的未来与希望。

这六个层次中间，前后跨越的作家为数不少。但一般来说，每一个层次都拥有自己的作家群。如果我们作进一步的观察的话，还可以发现每两个层次的作家群在素质上基本相近。第一、二层次的作家群主要来自小资产阶级知识分子，他们在文学上表达了中国人民反帝反封建的新民主主义革命的要求和愿望。对黑暗现实的批判精神以及对光明理想的追求，都体现了我们党所领导的革命事业给予他们的直接与间接的影响。他们的不足之处主要在于对革命斗争实践比较生疏，对革命主体工农生活比较隔阂，由此构成了这一时期文学创作的内在矛盾：新民主主义文学的使命感与实际表达能力的不统一。第三、四层次的作家群主要来自革命实践，也有的直接来自工农队伍。他们是在《讲话》的指引下拿起笔来写作的，作品中常常表达了对党对社会主义事业的忠诚信念，对党的路线、方针、政策的满腔热情和对社会生活的崇高理想。这一时期的创作解决了前一时期创作的内在矛盾，在表现革命中心与革命主体方面取得了一定的成绩。但由于作家思想文化素养的差异，创作成就的不平衡，又加上各种"左"的干扰，使许多作家的创作才能无法充分发挥，这就构成了文学的社会功能与文学自身功能分离这样一个新的内在矛盾。第五、六层次的作家群都是经历了坎坷的命运仍坚强地生存下来握笔写作的。他们的主要成分是受过革命教育，又经历了实际磨难的知识分子。他们的作品表达了中国人民经受浩劫和灾难以后，对人生，对未来，对国家和人民命运的种种思索和追求；从各个侧面反映了社会主义社会中人们丰富复杂的精神面貌。在艺术上他们呈现出各种各样的个性，体现出在党的十一届三中全会以来正确路线指引下社会主义文艺繁荣昌盛的发展趋势。这一时期的创作以巨大的丰富性与生动性纠正了前一时期的不足，显示出更加灿烂的前景。它所存在的新的内在矛盾有待于这一阶段文学运动的进一步发展和对它展开进一步的分析研究。

在作家与作品发生变化的同时，新文学的读者群也有着相应的变化。第一、二文学层次的读者群，主要是在五四新思想影响下的小资产阶级知识分子，包括学生和有一定文化程度的小市民；第三、四文学层次的读者群，一开始就被明确地规定为工农大众，新中国成立以后又增加了学生、市民等其他劳动人民；第四、五文学层次的读者群，已经不光是狭义的工农兵，文艺恢复了为全民服务的功能。读者群的多层次，也促进了文学创作的多样性与不稳定性。

由此可见，作家、作品、读者三位一体所构成的不同的文学层次，在不同的时间与空间中互相继承、补充、发展、更新，相成相依，形成了中国新文学史的开放型整体。各个文学层次的异同现象揭示了文学发展的客观规律：每两个层次构成文学史上的一个阶段，它们分别从 1919 年、1942 年、1978 年开始。这三个发展阶段，在中国思想文化史上，都产生过举足轻重的影响。正如周扬同志在 1979 年所作的一次学术报告中指出的："本世纪以来，中国人民经历了三次伟大的思想解放运动，五四运动是第一次，延安整风是第二次，目前正在进行的思想解放运动是第三次。"事实证明，每一次思想解放运动，必然会带来文学上的蓬勃发展，开创一个文学的新阶段。

六个历史层次、三个发展阶段，构成了一个开放型的整体。唯其是一个整体，它所经历的每个阶段都为解决前一阶段所存在的内在矛盾而产生，又都为自身矛盾的新发展而被后一个阶段所取代。它们之间存在固定的内在继承性，以不断的变化、更新来完成新文学自身的平衡。唯其是开放型的，这一整体还将在不断的发展中日益完善自身，使我们面对未来。因此研究新文学就既要总结过去所走过的道路，又要开拓与发展未来的事业。

正因为文学的整体是开放型的，它所隶属的每一个文学阶段，也同样具有开放的特性。我之所以只指出每一个文学阶段的上限年份，而不谈它们的下限年份，正是考虑到这个特性。任何一个文学阶段所包含的作家、作品、读者都不会简单地被否定、被淘汰、被消灭。即使在它已经逐渐失去了时代的中心地位和社会影响以后，也还是能在一个较长的时期内存在并发挥影响。同样，新的文学阶段的兴起，也绝不是以前一阶段的简单否定者的面貌出现的。它产生于前一阶段无法解决的内在矛盾之中，又作为前一阶段的合法继承者而执行自己的历史使命。毛泽东同志在促使第二个文学阶段形成中所从事的理论活动，最杰出的贡献就是把五四新文学运动的无产阶级性质从理论的高度上阐发出来。在他以前的无产阶级文学运动领导者，却总是把五四新文学说成是资产阶级的文学运动，从而对它采取形而上学的否定态度。如果从整体上去把握新文学史的发展特性与规律，我们就会对文学在变化和更新过程中产生的种种现象持更为心平气和的态度，得出客观公允的评价。

三、传统与发展

　　人类的文学艺术就审美价值而言,只有发展变化,没有新旧更替。严峻的时间对于它常付出特殊的情意。古希腊的神话史诗、中国古代的唐诗宋词,无论经过多少岁月的磨蚀,始终像初生的婴儿一样充满着活力,总是给人以新鲜的情趣;同样,现代艺术,无论其如何怪诞,如何费解,只要还有人理解,它也总是属于文学传统的部分。正如艾略特所断言:"一种新艺术作品之产生,同时也就是以前所有的一切艺术作品之变态的复生。"这就是传统的力量。文学不管怎样革新,总无法摆脱自身的文化背景与文化传统。艾略特把历史的意义看作是具有永久性的因素,认为历史不但包括过去,还包括现存的过去影响。每个作家在写作时,除了他所处的时代的背景对他有制约以外,过去——整个文学传统也同时制约着他,组成了一个"同时间的局面"。文学传统也不是遥远的僵死的存在。它永远是一种与现实紧密联系的、处于流动状态的过程。就像河水汩汩不断地从源头流出以后,必然要受到种种自然环境的制约,河床也时刻影响着河流的急缓流变一样。文学艺术只有置身于这种过程之中,才不会僵化,不会变成没有生气的古董。正是这种发展的力量,使文学生生不息,永远保持着新鲜活泼的生命力。

　　传统与发展,构成了文学整体观的两端。传统的相对稳定性,是识别一国文学与别国文学、一地区文学与别地区文学的根本标准,它偏重于考辨文学的继承性与共同性;发展的轨迹,体现了文学史的运动过程,它偏重于研究每一时期、每一作家的独创之处或与前代文学的相异之处。凝聚与变异相交而成的坐标,是文学整体研究所依据的主要框架。文学发展的轨迹实质上也是传统变异的轨迹。传统的稳定性是作为文学整体而存在的,但每一部新作品的产生,每一种新的外来影响的冲击,都可能促使这个整体内部固有的结构发生变动。经过一番内部调整和重新组合,新的因素在传统的庞大体系中占一席地位,然后再归于稳态。但是在事实上,发展是不停顿的,随着新的文学作品绵绵不断地产生,文学整体也处于不断的自我调整之中。因此,我们对文学作整体的考察时必须看到:传统是发展中的传统,发展又是传统在各个时代的变态。

　　虽然中国新文学是以叛逆者的姿态载入史册的,但在它的基因里,又何尝缺少传统的古老血液?任何一个现代作家所贡献的全部创作成果,又何尝具备绝对意义上的创新?新文学发展史业已证明,不管六个历史层次怎样互相交替,不管三个发展阶段怎样互相取代,也不管时代给文学打上怎样不同的烙印,它们之间总是存在着一些稳定的因素,显示出传统的力量。

　　不妨从一个文学流派的变迁来看看传统与发展的关系。二十年代,乡土文学与抒情文学中分化出了以冯文炳(废名)为代表的田园抒情小说。冯文炳是陶渊明的崇拜者,他的小说以描绘自然状态下人性的纯朴与美,反衬现实社会的丑恶为特征,寄感情于田园之中。三十年代,沈从文把这一流派推向了高峰,他进一步把大自然的原始状态与近代的社会文明对立起来,追求一种通过自然本色反映出来的由山水美、人情美构成的艺术境界。由于过分追求自然的神秘与原始性,由于回避现实生活的重大课题,这一流派在后来也出现过一些夏朵勃里盎式的消极浪漫主义倾向。但在抗日民族战争爆发后,这一流派的健康因素在第二个文学发展阶段中重新得到了发扬。从《白洋淀纪事》到《风云初记》,孙犁以浓郁的乡土风光,优美的儿女情调,成功地发展了田园抒情小说的艺术魅力,并且注以时代风云与革命激情,完全扫除了这一流派原有的消极因素。直到第三个文学阶段开始,私淑孙犁的作家仍不在少数。然而,孙犁的风格毕竟是属于战争年代的,在劫后余生的八十年代的中国,即使孙犁本人也不再写《荷花淀》那样的篇章了。他的追随者自然也面临着选择。贾平凹可以说是孙犁的最好继承者,在他最初的小说集《山地笔记》中,有不少作品算得上是这一艺术流派的成功摹品。可是标志他艺术走向成熟的,却是他的《商州初录》。这部蕴含着丰富哲理的笔记小说中,处处留下了魏晋文学的精神气韵,有些地方甚至表现得过于直露。如《桃冲》一篇,写渡船老汉在轻舟自横的境界中吟哦"采菊东篱下,悠然见南山"的细节,虽未必恰当,但读者不难体会到作者夫子自道的用心。这又使我想起青年作家李杭育笔下的那个迎着葛川江夕照,孤寂地划着一只破船的渔佬儿。这个背时英雄的形象很接近海明威《老人与海》,但在他的身上,却能体会到一种中国文化的特征。他不具备桑提亚哥那样超越时空的高度抽象的意义,正相反,在他倔强与不妥协的个性背后,体现了一种不屑争世的独善其身的内在精神。而这种精神,正是陶诗中所体现出来的最优美动人的情致。尽管,贾平凹未必师承冯文炳,李杭育未必师承孙犁,孙犁也未必师承陶渊明,但是一根若隐若现的线把他们联系在一道了。仿佛是一条五彩长带,每一段都抹有不同时代的色彩,纵是陶渊明,又未尝不是传统美学境界的一个窥探者呢?

这个例子表明了传统力量的深刻性,同时它又告诉我们一个独具风格的作家的可贵之处,并不在于模仿了传统,而是在于创造出了传统的"变态"。沈从文不同于冯文炳,贾平凹不同于孙犁,他们都是在转益多师中实现了继承与独创的统一、传统与发展的统一。

文学的整体观不但适用于宏观的研究,它对具体的作家作品研究具有同样的意义。传统的角度,有助于我们测定研究对象在整个文学整体中的位置,以便对它做出最准确的把握;而发展的角度,则能引导我们更好地认识研究对象所拥有的独创意义,对它的价值做出恰如其分的评价。方法不同,会导致研究结论的相异。一个作家虽然著作等身,但一无独特的贡献,对这样的作家,从整体观的角度来研究,就不会被批评家的情绪亢奋所左右,偏爱的感情色彩也会黯淡得多。因为研究视野开阔容易促成主观因素的减弱,而使研究结果更接近客观实际。

文学的整体观作为一种研究方法,它不同于孤立的对研究对象作就事论事的评论分析,也不同于简单地对两个研究对象进行比较,它是把研究对象放入文学史的长流中,面对着文学的整体进行历史的全面的科学分析。孤立的文学研究是一种单向型的研究,它能细致入微地深入研究对象内部,最大深度地阐释它的内在含意,但是由于单向视线的局限,它只能依靠主观的渗透来评价对象,主观色彩特别强,因此最好的批评往往是鉴赏性的批评。比较的文学研究是由三条视线组成的,研究者所面对的有三者:研究对象甲、研究对象乙,以及甲乙两者的关系。由于两者关系的千变万化,使批评者固有的批评模式失去力量,能够比较接近研究对象的本体,但它的局限仍然很大,因为它的研究结果只是在两者的比较中体现出来,不可能是全面的整体的认识。整体的文学研究所面对的不仅仅是两个平列的研究对象的关系,而是研究对象在文学史的长流中的关系。它也需要作分析,那是对研究对象内在的含意与整个文学传统的关系的分析;它也需要作比较,那是指研究对象与文学整体的比较,所以它的视线必然是多向的,完整的。

作为一种方法论,整体观将结束新文学史研究中人为割裂所造成的"鸡犬之声相闻,老死不相往来"的局面,它的意义在于从历史的宏观上对六十多年新文学的文学现象作出恰如其分的解释与评价,指导发展未来文学的创作,帮助作家更好地理解传统与创新,从而改变我们目前出版的文学史专著仅为作家作品论汇编的偏向。从这一意义上说,新文学史的整体观,是值得我们研究工作者所重视的。

(原载《复旦学报》1985 年第 3 期)

（三）重写文学史

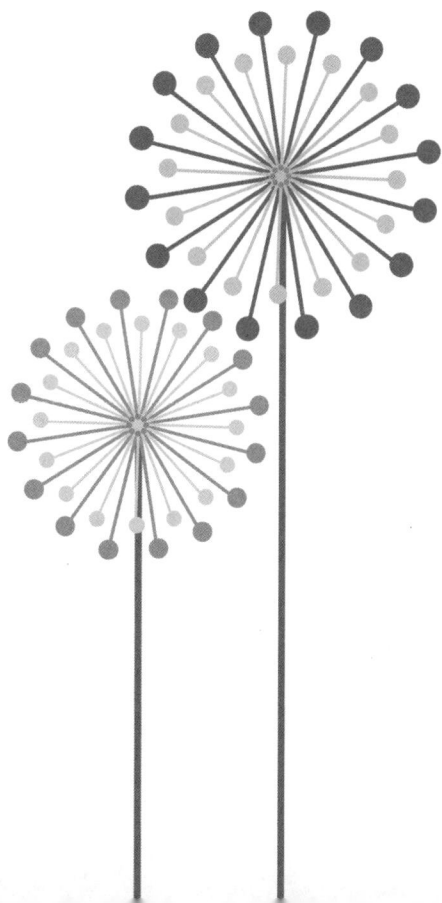

关于重写文学史专栏的对话

陈思和　　王晓明

　　陈思和（以下简称陈）："重写文学史"这个重新研究、评估中国新文学重要作家、作品和文学思潮、现象的专栏，今天出台了。开设这个专栏，希望能刺激文学批评气氛的活跃，冲击那些似乎已成定论的文学史结论，并且在这个过程中激起人们重新思考昨天的兴趣和热情。自然，目的是为了今天。我们相信，观念与观念的撞击、交锋和争鸣，最终会如燧石敲击出真理的火花。另外，从新文学史研究来看，它决非仅仅是单纯编年式"史"的材料罗列，也包含了审美层次上对文学作品的阐发评判，渗入了批评家的主体性。研究者精神世界的无限丰富性，必然导致文学史研究的多元化态势。文学史的重写就像其它历史一样，是一种必然的过程。这个过程的无限性，不仅表现了"史"的当代性，也使"史"的面貌最终越来越接近历史的真实。所以，我们今天提出"重写文学史"，主要目的在于探讨文学史研究多元化的可能性，也在于通过激情的反思给行进中的当代文学发展以一种强有力的刺激。

　　王晓明（以下简称王）：确实是这样。在正常情况下，文学史研究本来是不可能互相"复写"的，因为每个研究者对具体作品的感受都不同。只要真正是从自己的阅读体验出发，那就不管你是否自觉到，你必然只能够"重写"文学史。如果大家对中国新文学的整体评价都一模一样，那倒是怪现象了。从这个意义上说，今天提出"重写文学史"，已经是太迟了，早在几年前，就应该澄清这个问题的。

　　陈：我们希望本专栏的文章能够在以下两个方面多作努力：一是以切实的材料补充或者纠正前人的疏漏和错误，二是从新的理论视角提出对新文学历史的个人创见。但是我们也想提请大家注意，尽管我们力求科学的严谨准确，但事实上，包含真理的新观念有时也可能与谬误纠缠，片面有时也会和深刻、真理之间有一些内在的同一性。为了有助于问题的深入探讨，本栏也可能会出现一些从"习惯"的尺度看来不尽完善但确具真理颗粒的文章。

　　陈：关于"重写文学史"专栏办到今年年底的专辑收盘，这个想法是去年夏天专栏开办时就定下来的，现在就是最后一次了。这不是说关于这个题目已经无话可说，或无法再说，倒是因为这个话题在学术界已经引起了热烈的争论和普遍的关注，已经产生出许许多多的赞同、支持、反对的意见。既然要讲的话太多了，特别是前一阶段似乎成了不少报刊的热门话题，那就不必也不应由我们这个单薄的专栏来包打天下，或者说，专栏的结束意味着"重写文学史"的工作将在学术领域里更为深入和细致地展开。

　　王：其实，在 1985 年北京召开"中国现代文学研究创新座谈会"以后，"重写文学史"的工作就已经开始了。这本来是一项有明确的专业范围的学术活动，但从我们这个专栏开办以来，由于新闻媒介的报道和社会上各种读者的关注，它竟然成了文学理论界的一个热门话题，而且对"重写文学史"这个提法本身，也产生了一些非学术的歧义，至少在我个人看来，我们当初对这个提法的理解，和后来一些讨论者对它的理解，是有很多差异的。所以，今天我们作为专栏主持人的最后一次对话，是不是就先来谈谈我们自己对"重写文学史"这个提法的理解？这五个字实际上是包含了三层意思：第一是"重写"，第二是"文学史"，第三是"重写文学史"。

陈：我记得最初对这个提法有分歧意见的，是"重写"的提法不妥，最好是用"另写""改写"，也有的认为应该提"修改文学史"。

王：这些提法似乎有一个共同点，就是都不愿意说"重写"这个词，好像觉得"重写"就是用一种新的独断论来代替旧的独断论，颇有点"把颠倒的历史再颠倒过来"的味道。这其实是误解。"重写"的意思很简单，就是把你今天对现代文学的新的理解写下来。从道理上讲，我们自己每天都有变化，对人生也好，对文学也好，我们的认识也都会发展，只要你的思维尚未终止，你对世界，包括过去的文学，就总会有新的理解，这是非常自然的事情。你有了新的理解，当然就应该地把它写下来，所以，我实在看不出我们有什么理由要回避"重写"这个词。

陈：在本专辑里有王富仁一篇文章，他谈了"重写文学史"有两种含义：一种是广义的，一种是狭义的。所谓广义的重写文学史，是每一个研究文学史的人都应该做到的。中国现代文学不过七十多年，许多研究者本身就参与了这个与生活同步的文学运动和文学创作，只要他把自己整个身心投入到学术对象中去，由自己的生命感受中来体会文学和人生，他的研究结论一定是个性的、有创造性的，因而总是对前人成果的发展，如果从学术的意义上说，这就是重写。每一个人所写的文学史，都不能不是"重写文学史"。所谓狭义的，我的理解是指在我们面前有一本以前的文学史，我们对它不满意，所以要修正、补充、发展前人的著作，也有些地方需要推倒重来，这也是正常的。每一个人在写文学史著作时，他的潜意识里总是隐藏着对前人著作的不满意，这样才能写出表达自己见解的书来。如果对前人的书都全盘接受，那就如你过去所说的，是抄写，或复写。

王：正常的文学研究，必然包括各种各样的重读、重写和重新阐释。所以说，重写与改写、另写没有什么本质上的区别，任何学术活动都是在对前人成果的扬弃和批判上进行的。

陈：说到底，文学史是当代人对文学发展历史的一种整合。那么我们的现代文学史是在什么样的背景上整合出来的？把新文学史（或说现代文学史）作为高校中文系的一门基础课程是从五十年代初开始的，由是产生第一批现代文学史的教材，也是第一批现代文学史的研究著作。因为这门学科一开始就有把教学与科研紧密结合的特点，它不可避免地包含了双重性质。首先它是建国初期整个意识形态的一个组成部分，当时的情况是这样：一个新的国家刚刚诞生，上层建筑及其意识形态都在为巩固政权而展开工作，政治、教育、历史、哲学、法律、文学等社会科学领域都参与了这项工作，即通过各种途径向人们描绘中国革命是怎么走向胜利的，人民共和国是经过了怎样艰苦的斗争建立起来的。现代文学史从这个意义上讲具有教科书的性质，是有鲜明的目的与严格的内容规定的。但它同时还有另一种属性，那就是学术性，或者说是把现代文学作为一门独立的科学，去寻求现代中国人的审美经验是如何形成的，总结白话文学七十年来在创作上的成功经验与不足，这就需要学术上的探索和审美上的体验。真理是需要经过反复检验的，科学研究只能是充分个性化的，探索的。我觉得，在特定历史和时代条件下教科书式的文学史与学术研究的文学史是不太一样的，至少在性质上，方式上，具体形式上都不太一样。

王：你说的这种教科书式的文学史阐述，本身并无可厚非。就中国现代文学史的教科书来说,政治标准必然要讲,但是,自从五十年代中期开始,随着极"左"思潮的影响逐渐加深,这种注重政治标准的做法也逐渐发展到了一种畸形的地步,就是简单化地把中国现代文学史看作是一部在文学方面的政治思想斗争史,形成了按照政治标准将作家"排座次"的评判习惯。在这种情况下,政治理论成了唯一的出发点,只有在这种理论框架本身发生变动的情况下,现代文学史的阐述才会发生变化。一个突出的例子,就是"文革"期间对现代文学史的"重写",即那种"鲁迅走在金光大道上"的教科书的出现。我想,大概正是因为以往的现代文学研究中只出现过这种政治性的"重写",有些人才会习惯性地认为,你在今天提倡重写文学史,就说明你的政治立场发生了变化,是要用一种新的政治理论框架来取代原有的框架,因此,很自然就会断定你是在政治上离经叛道,甚至会产生那种要对"重写文学史"进行政治批判的热情。这实在是一种误解。

陈:中国具有悠久的政治和文化传统,它根深蒂固地使人们相信,一切文学史的描述仅仅只是"一些阶级胜利了,一些阶级消灭了"的历史在文学上一一对应的简单反映。所以我们今天讨论"重写"这个提法时,赞成者与反对者的思路都没有摆脱这种传统思维模式。为数不少的人都以为所谓"重写"文学史不过是把过去否定批判的作家作品重新加以肯定,把过去无条件肯定的东西加以否定。就好像我们都在烙饼一样,讨论者往往把话题集中在该不该翻动这个饼(有人说应该重写,有人说不应该重写),都忽略了讨论烙饼的另一个问题:怎样才能把饼做得更可口。你说得对,我们过去读的文学史,特别是在五十年代中期以来日益严重的"左"的路线影响下写成的文学史,大都以文学领域的政治思想斗争为主要线索和脉络,而把文学的审美功能和审美标准放在从属面、甚至是可有可无的位置上。由五十年代中期到文革,这个"文学史"的空白越来越多,不要说许多在历次政治运动中被迫害的作家以及他们的作品遭到禁止,而且许多地区性文学也无法研究。计算一下,三十年代的沦陷区文学,四十年代的国统区文学,五六十年代的台湾香港文学,都无法整合进这个文学史体系中去。从十一届三中全会到现在,随着冤假错案的平反昭雪与政治路线的拨乱反正,文学史的这个方面的内容又越来越多,内容的扩大必然带来新的矛盾,按照原来的体系框架无法解释以及正确评价这一切文学史内容,它无法自圆其说。

王:譬如有些作家在文学史上的主要成就表现在艺术性方面,放在以政治作为主要甚至唯一标准的文学史框架中,他们会变得不伦不类。

陈:沈从文去世前曾对一部文学史著作把他的名字夹在萧军、萧红与骆宾基当中感到愤愤然,其实就是因为沈从文所持的文学史标准与那部著作的标准不一致。平心一想,沈从文一定会释然了,如果算政治账的话,恐怕他连骆宾基也望尘莫及。(王:好像不是骆宾基,而是蒋牧良。)可以再查一下吧,那是沈从文给王渝的一封信里提到的,具体是谁倒不重要,它本身反映了一个很典型的问题。这几年人们对文学史的标准已经有所变化了,再坚持只用一种狭隘的政治标准来评判作家会是多么贫乏。

王:咱们实际上已转入"名词解释"的第二个层次,就是"文学史"的含义。你刚才谈到的那种现代文学史的教科书,实际上已经不是严格意义上的"文学史"。它的出发点是政治理论,着眼点在现代文学的那一个政治意义的侧面,用的也主要是政治思想分析的方法,我觉得,这样的文学史从其主导方面来说,应属于政治学研究的领域。中国现代文学既然是中国现代历史的一个组成部分,大家就都可以拿它来做自己的研究材料,你文学史家可以用,思想史家可以用,我政治学家当然也可以用。倘若严格地从政治理论出发来研究中国现代作家和作品,那这样的研究也自有其政治学上的价值,这是没有问题的。但另一方面,这种政治学的现代文学史研究,并不能代替那种从文学角度进行的现代文学史研究。因为中国现代文学除了有那个政治性的侧面之外,还有它作为艺术的本身的那个侧面,而且在我看来,这个作为艺术的侧面应该是中国现代文学史研究的主体部分。我们所说的"重写文学史"一词中的"文学史",正是指这种宽泛意义上的文学史,它既有政治的一面,更有艺术本身的一面,以及与此有关的其他许多侧面。既然着眼的对象本身就不同,那从文学角度进行的现代文学史研究的方法也就必然要和那种政治学的方法不同,它的出发点不再仅是特定的政治理论,而更是文学史家对作家作品的艺术感受,它的分析方法也自然不再仅是那种单纯的政治和阶级分析的方法,而是要深入运用各种不同的方法,尤其是审美的分析方法。我觉得,区分这两种不同的文学史研究,一种是侧重政治性的,一种是审美的、综合性的,是非常重要的事情,它们各有自己的存在价值,我们过去经常把它们混淆起来,甚至以前者代替后者。

陈:讲到底,还是恩格斯评论歌德时所讲的,我们不是用道德的、党派的观点评论歌德,而是要用美学的、历史的观点评论歌德。我倒是觉得前一种观点也不失为一种批评标准,但与后一种是不同的。这两种不同标准、不同观点,可以构成两种完全不同的文学史。本专辑发表刘纳的论文,就是从历史的美学的观点重新整合了五四初期的一段文学史,材料还是原来的材料,但标准不一样,得到的感受则是新鲜的,有启发性的。

王:它们各有各的不可替代的价值。

陈:正是鉴于目前文学史研究中把这两种批评标准相混淆——因为今天人们谈中国现代文学中的政治思想史的时候,他们在主观上并不是把它作为这样一种定义来谈的,而是把它作为整体的文学史标准,这是概念的混淆,标准的混淆。我们现在提出"重写文学史"是希望严格地在历史和审美的标准范围内谈这些问题。这里的区别非常清楚,在政治的观点下的文学史研究,只能在政治的统一认识发生变化以后才必然地、不得不进行重写;而历史的审美的观点下的文学史研究,它本身就是一种个性化的,不断纠正前人见解的学术活动,没有扬弃与批判,就没有学术的进步。"重写文学史"的学术动机和实际效应,不过是在原有的政治教科书式的标准旁边另外讨论一个或一些研究标准,而不是取而代之,更不存在推翻以往文学史的政治结论,把过去的文学史定论统统翻过来的意思。

王:这实际上是两个完全不同的研究角度,它们的对象、出发点和研究标准都是不同的。打个比方,就好像一是造屋,一是架桥。桥和屋都是人们所需要的,但你不能用造屋的方法来架桥,也不能反过来,把架桥的方法搬去造屋。如果说我们以前经常是在用造屋的方法来强行架桥,并且说这就是架桥的唯一方法,那我们今天提出"重写文学史",就是要区分清楚:造屋和架桥是两种并不相同的事情,不能把它们混为一谈。

陈:我们现在提出"重写文学史"实际上正是在文学史研究的性质发生改变的时期,是现代文学史作为一门独立的学科逐步走向成熟的时期。这种结果在近十年来学术研究发展中是必然会发生的。我们不妨回顾一下,这十年来,在十一届三中全会以后,广大现代文学史研究工作者做了哪些事。一是原始材料的丰富积累;在1985年以前,现代文学的主要成果体现在社科院文学所等单位联合编撰的两套资料集上,一套是中国现代文学研究资料,一套是中国当代文学研究资料,这是一项规模巨大、内容繁复的资料收集工程。通过这次实践,原来政治教科书式的文学史所整合的体系被打破了,大量的资料收集不但开拓了人们的学术视野,也树立起一种不同于过去通行的观点的研究标准。二是 1985 年以后的学术活动,一大批中青年学者从新获得的丰富的文学材料中不但产生了对具体作家作品作出新的阐释的热情,也自然而然地产生了重新整合现代文学史的要求。1985 年学术界讨论"二十世纪文学"就是一个标志,重写文学史是顺理成章提出来的。从大背景上说,这一发展变化正是文学史研究领域坚持了十一届三中全会路线的结果。试想一下,没有肯定实事求是的精神,怎么可能收集并出版如此规模的研究资料集? 没有肯定思想解放路线,怎么可能冲破原来左的僵化教条的思想路线,在政治教科书式的文学史以外确立新的审美批评标准? 怎么可能为那许多遭诬陷、遭迫害的作家作品恢复名誉和重新评价? 我们只要是用向前看的立场观点,满腔热情地肯定三中全会的思想路线,而不是用倒退到"文革"甚至倒退到五十年代中期的眼光来审视这十年现代文学研究工作的发展,就很好理解我们现在所走的这一步。

王:这就已经说到释名的第三个层次了。有些同行看了我们这个专栏的文章,觉得它们大都是在作"微观"研究,分析一些具体的作家作品和理论现象,就有些不满意,认为太缺乏那种"史"的宏观气势,有人更明确提出,希望能尽快拿出一部新的文学史来。但是,我们所理解的"重写文学史",并不是指很快地拿出一部新的文学史来,更不是指很快地拿出一部"最好"的文学史来。我们现在想做的,或者说现在能做的,只是澄清以往文学史研究中的那些混淆和错觉,把文学史研究从那种仅仅以政治思想理论为出发点的狭隘的研究思路中解脱出来。也可以这样说吧,是为那种历史的审美的文学史研究,为那种研究能够在将来大踏步地前进,做一些铺路的工作。

陈:对,我们今天所做的工作,都是围绕着一点,就是对原来现代文学史上的各种结论,提出某种质疑,或者说提供一种怀疑的可能性。这种怀疑的可能性,我们是在我们所谈的历史的审美的文学史这一范畴里提出来的,是对过去把政治作为唯一标准研究文学史的结果的怀疑。怀疑是任何科学进步的前提,但怀疑不等于否定,这是很明了的。我怀疑一种现成的结论,但这个结论不一定就是错的,它通过被质疑、被重新评估以后,仍然证明它是对的,管用的,那么它同样可以在学术领域中站住脚,应该被认可。如果那些结论在质疑中暴露了某些自身的缺陷,得到了应有的修改,或重新评价,甚至淘汰,那原本是学术进步的表现,也应该被理解。而且怀疑可以多种角度,我们专栏不过是提供了其中一个角度而已。

王:对。所以我想,现在就要想很快地拿出一本新的现代文学史,与以前的文学史都不一样,那恐怕是很难的。我们对以往文学史研究的结论还没有展开充分的质疑和检验,那种研究标准混淆不清的局面还没有得到澄清,你怎么可能写出新的文学史来? 硬要写,就还是只能像以前那样自相矛盾:把几种标准混淆在一起……(陈:非驴非马)是非驴非马。只有在分清两种不同的文学史研究之后,还得加上有正常的学术环境,人们才可能写出真正富于创见的新的文学史,真正"历史的和审美的"现代文学史。

陈:不过这里有一个问题要补充一下,就是我们所说的历史和审美的观点两者是不可分的。文学史研究必须有历史的视角,考察文学发展现象所含有的历史文化内容。如果离开了历史而谈审美,这当然也是一种文学批评的标准,但很难构成文学史研究。光用审美的视角回顾文学史,看到的也许如茫茫云海上的几座群山之巅,只是抽去了时间意义的一些零星的孤立的文学高峰,却无法寻找出它们之间的联系。而且,这点不解释清楚的话,恐怕会引起误解,误以为我们是在提倡什么"纯而又纯的美",而排斥文学史上的非文学因素,特别是政治、社会的因素了。

王：这个问题应该讲清楚。我们对人类生活中的政治因素，不能理解得过于简单。在我看来，人类生活中的政治因素至少有这样两个层次：一个是观念的层次，表现为各种系统的政治理论和明确的政治信仰，以及由这些理论和信仰指导的政治活动；另一个是情绪性的心理的层次，表现为各种模糊的"政治无意识"，存在于人的各种情绪和下意识冲动，包括人的审美情绪当中。就拿现代作家来说，不但他的党派立场和政治信仰，是具有政治意义的，就是他的文学作品，甚至他的作品的艺术形式，也同样包含和凝结着政治意义，只不过这种政治意义不是作为独立的成分单独存在，而是作为艺术创造的有机部分，与其他各种因素混合在一起。因此，那种一听见提倡"审美"研究，就以为是在排斥政治因素的想法，其实是很大的误解。对文学作品的审美分析，不但本身必然包含着对政治因素的把握，而且这种对文学作品的深层政治意义的把握，往往有时还比那种光只盯着政治观念的政治性分析，在政治学的意义上更深刻一些。

陈：也许，历史的审美的观点主要体现为一个视角。其实中国五四以来的新文学运动本身是与政治现实斗争分不开的，我们过去的研究工作，包括我们的论著，从来就没有排斥或回避过这一点，我们说巨大的历史内容，即从人类文化的进步性，从中国社会的进步性的角度来考察过去文学史现象的意义，这就是最大的政治。

王：也可以这样说，单是拿观念来解释我们生活中的政治因素，那实际上是把政治的丰富内容简化了，也把它对人类生活的深刻影响浅化了。

陈：是不是可以这样理解，刚才我们区分的两种文学史，如从政治的角度来写的文学史，实际上是从政治立场出发，把文学当作政治主张的注脚，或者是某种政治理论演绎的工具。我们所谈的历史的审美的文学史就是从历史审美的角度谈包括政治在内的中国文学的发展史。

王：说到历史，我立刻想到了"历史主义"这个词。我看到有好几种对"重写文学史"的评论意见，都认为"重写文学史"是过多地强调了当代性，而缺少"历史主义意识"。

陈：我觉得对历史主义这个词也要作具体分析。什么是历史主义？有的研究往往是望文生义。巴勒克拉夫在《当代史学主要趋势》中解释历史主义，指出它曾是德国史学界的一种流行观点，核心是强调历史发展中独特的，精神的和变化的领域，研究"个别事实"，历史学家只有通过直觉才能理解历史。这样的历史主义显然是唯心主义的。还有一种解释，那是指哲学意义上的历史主义，即历史唯物主义，强调从人类物质生产活动的角度来考察历史事件的进步性与反动性。现在人们用的历史主义，有点这种意思，但又不很像，他们似乎是说：对文学史上的许多现象，文学作品的价值，应该把它们放到当时的历史环境下，确认它们在当时起过的进步作用，由此来肯定它们在文学史上的地位，而不能站在今天的认识水平上抹杀它们的价值。这个话一般地看是不错的，谁也不会不同意。但如果说，站在今天的认识水平上对历史现象作重新评价就是反历史主义，那我是不能同意的。因为人们对历史的认识，总是在发展变化的，人们总是用批判的眼光去看待历史，这本来就符合历史主义的，关键只在于人们在时间上离历史事件的距离愈远，往往对历史事件的真实面目看得更客观，更全面，因为参照系不一样的，人处于具体历史环境下的时候，不能不受到此时此地气氛的感染，主观因素可能更强烈一些，而时间隔得越远久，参照系不但包括此时此地的因素，还加入了时间的一维，即检验历史事件在以后的岁月中产生怎样的效应。在这个意义上，当代性与历史性是不矛盾的。

王：经你这样一分析，我们就可以看得很清楚，有些强调"历史主义"的观点，实际上是把当代性和历史主义看作两个彼此对立的东西，这无论对当代性还是对历史主义，恐怕都有很大的误解。比方说吧，我做一件事情，然后当场写下来，这"写"本身，就已经是一种事后的追述，并不是那原来的"做事情"了。从这个意义上讲，我们所知道的过去的任何一段历史，都不过是前人或我们自己对这历史的一种描述，要完全复原过去的历史现象，在逻辑上是不可能的。因此，那些我们以为是客观历史的东西，实际上都只是前人对历史的主观理解，那些我们以为是与这"客观历史"相符合的"历史主义意识"，实际上也只是前人的"当代意识"而已。举一个现代文学史上的例子，就是蒋光慈。对他的创作的评价，我知道至少就有这样两种：一是三十年代中期出版的《中国新文学大系》的编选者，如鲁迅、茅盾、朱自清等人，无论是小说卷、诗歌卷还是散文卷，都没有收入蒋光慈的作品，在各自的长篇导言里，也都不提他的名字，显然是认为他不够格；另一个是五十年代中期以后出版的现代文学史教科书，大都给蒋光慈相当突出的篇幅，热烈地推崇他的作品，包括 1927 年以前的作品的思想意义。这两种评价截然不同，可你能说它们谁是从当代意识出发，谁又是从历史主义意识出发吗？它们实际上只是体现了评价者各自不同的当代意识罢了。如果说在这不同的当代意识当中，谁的时间最早，就最具有历史主义意识，我想那些责备我们缺乏历史主义意识的论者，大概也不会同意吧。

陈：还有一种情况是历史现象本身包含着复杂的内涵。譬如说，老作家巴金在五四时期曾接受无政府主义，并宣传过它。在五十年代，他为此受到了姚文元等人的批判，姚的逻辑是：无政府主义是反动思潮，巴金信仰过无政府主义，所以巴金就是反动的，巴金的作品也都是反动的。他甚至连《家》都不放过批判。到了八十年代，研究者一般不再这样看问题了，他们从当时的具体情况出发，认识到无政府主义思潮虽然有反动的一面，但在五四初期的特定历史条件下，主要体现了一种强烈的反强权思想，而在当时，中国社会的强权就是封建军阀强权，帝国主义侵略的强权，于是无政府主义才吸引了许多知识分子。这样对无政府主义的看法也许更全面一些，对巴金早期思想与作品的认识、注释也不一样了。从历史的角度来讲，无政府主义思潮的复杂性是客观存在的，就看你是从怎样的一种角度来理解，来整合。这种理解与整合的出发点，实际上只能是一种当代性的参照系，或者是五十年代的当代性，或者是八十年代的当代性，没有一成不变、与当代完全隔绝的历史。现在强调历史主义的人们，多半是把从五十年代的"当代性"整合出来的历史认定为"客观历史"，认定是不朽的，不允许任何变更，这倒是真正离开历史主义了。

王：我们刚才是谈了"重写文学史"的释名，政治性和审美性两种不同标准的文学史研究，以及所谓历史主义与当代性的关系。实际上，这只是近来"重写文学史"讨论中表现得比较明显的几个问题，也可以说是理论性并非很强的问题。就学术领域来讲，更值得我们注意的恐怕是另一些问题，譬如文学史研究的主观性，或者说主观性与科学性的关系，等等。讲清这些问题，是不容易的，但也因为这样，我们的兴趣就更大。可惜这一次时间不够，只有留待以后再来讨论了。

（根据录音整理）

（原载《上海文论》1989 年第 6 期）

历史视野中的"重写文学史"

王晓明　杨庆祥

一、80 年代语境中的"重写文学史"

杨庆祥：王老师您好，我的博士论文做的是 80 年代"重写文学史"思潮研究，在我的论文中，"重写文学史思潮"不仅仅是你和陈思和老师在 1988 年提出的"重写文学史"的口号和专栏，而是包括 80 年代初的历史重评，"20 世纪中国文学"的提出在内的整个 80 年代的"重写"事件，您是这一历史事件最重要的参与者之一，所以就这个机会想和您聊聊，请教一些相关问题。

王晓明：你看了哪些相关的材料？ 如果你把"重写文学史"理解为一个"事件"，一个问题就是，这个"事件"的主体是谁？

杨庆祥：材料看了不少，主要是《上海文论》的"重写文学史"专栏的全部文章，你和陈思和老师的全部著作，以及这些年来讨论"重写文学史"的相关著作和论文。

你提到的"事件"主体，在我看来，首先它是一些具体的个人，比如说"20 世纪中国文学"是陈平原、黄子平、钱理群三人，"重写文学史"有你和陈思和。但另外一方面，我不想仅仅局限于这些个人，实际上它是一代学人对这样一个事件的参与，大部分是出生于 50 年代左右的学人，除了钱理群老师年纪大一点外。我觉得你们这一代人的知识型构，你们的一些身体的体验，可能都会构成你们对"重写文学史"这一事件的态度，我觉得这个很重要。当然，虽然是作为一个"事件"来研究，但是我在我论文的"结语"和"前言"里面，都会把它作一些理论上的提升。就是说这是一代知识分子的参与历史的方式之一，不过是具体体现在"重写文学史"这一个案上面。

王晓明：其实好像还不只是一代人，也包括上一代的老先生，我们背后都是有老先生在后面支持的。

杨庆祥：对，这些老先生我都会涉及，尤其是你们这一代和这些老先生们这一代之间的异和同，是我处理的一个重要的问题，比如说北京严家炎、唐弢、王瑶等和钱理群他们在很大程度上是不一样的，有很多差异。但上海这方面材料我知道得很少，而且你们在文章里面提得不是很多。

王晓明："重写文学史"不光对我们当时所有参加的人——陈思和与我只是主持一个栏目——对所有参加的人来说，都是以当时广泛的讨论为基础的，但这种广泛的讨论大部分都没有形成一种文字性的东西。其实就跟人文精神的讨论一样，有大量的私下的讨论。我记得我最早听到钱理群他们说要搞"20 世纪中国文学"是 1983 年，我在一个文章里面提到在北大未名湖钱理群向我讲述他们的构思，你看过没有？

杨庆祥：看过，钱老师跟你讲那个事情。

王晓明：我知道他们有这个明确的想法最早是那个时候。后来他们三个人写出《论"二十世纪中国文学"》的文章还是在两年以后。

杨庆祥：对，1985年。

王晓明：当时所有参加讨论的人都没有把这个事情仅仅看作是一个文学的事情。这牵涉到当时的中国现代文学的特色，我们所有这些人会去做现代文学研究，大概有很大一部分人是读了鲁迅，还有一些人可能会喜欢一些现代的作家，但是主要的是鲁迅，鲁迅的书所内含的那种关怀和介入现实的精神气质，对我们影响很大。

杨庆祥：这里就涉及一个"五四观"问题，你的"五四观"是什么样子的？这个问题很大，你可以谈小一点。

王晓明：我们当时的"五四观念"，差不多是共通的，一个看法就是说现代中国走了一条与五四传统不同的路。五四新文化运动是向西方学习，然后抗日战争起来了，打断了这个国家现代化的道路，一路走到了"文革"。现在反过来了，"文革"失败了，又重新回到五四：我觉得这是80年代大多数人的共识。所以钱理群等人提出的"20世纪中国文学"，其实是有一个对于现代性的、现代化的正面的看法，就是说中国要现代化，文学也要现代化。

杨庆祥：我觉得我们现在讨论的"五四"，实际上是80年代建构起来的"五四"。你们对五四的建构实际上是和你们对"文革"的态度是有着密切联系的。

王晓明：对，就是你怎么理解"文革"的问题。"文革"对我们来说，是从"延安整风""延安讲话"一路过来的。所以那个时候我们把它看作是一个跟五四不同的东西。今天对"文革"的看法要比那个时候进步非常多了，而这个进展的转折点，主要是因为几个事件，一是1989年，一是"苏东"解体，一个是1992年的市场经济改革。因为这些事情，我在90年代以后的想法，跟80年代不同了，是不同的两种世界观。80年代的世界观就是认为中国应该从前现代向现代转变。

杨庆祥：向英美学习？

王晓明：当时倒没想过仅仅只是学英美，主要是如何学现代化。现在看来，80年代大致可以分为前后两期，前期就是从1979年开始到1982年，那几年基本上知识界所关心的是政治的民主化，文化的开放，思想的开放。至于经济这方面，基本上不考虑。所以我们80年代初读得最多的书，是东欧的马克思主义者的，也就是欧洲社会民主主义的书，并没有明确的要向西方、向英美倒，想得比较多的还是用改革来建设社会主义，用民主来建设社会主义。这是80年代前期，关心的主要是政治跟文化、精神。

到80年代中期开始转了。转的原因很复杂，这时一系列的事情，使我们对社会非常怀疑。而就在这个时候，西方现代的思想理论大规模进来了，这与媒体的发展变化有关，比如电视成为一个主要的传播媒介。

杨庆祥：1985年"文化热"就开始了。

王晓明：对，"文化热"，然后一路下去，到了是否要走英美的道路，如何看待黄色文明和蓝色文明。我们当时的世界观基本上就是在这样一个过程当中慢慢地形成。我们对于现代化的理想其实是比较模糊的，只是比方说政治民主，言论开放，人民生活富裕起来，自由，大概是这些。

杨庆祥：这都是当时的大环境，也就是说，"重写文学史"实际上是一系列激进的思想的一个延续。你们当时提出"重写文学史"是比较激进的,因为它里面有一个彻底否定"左倾"文学这样的一个趋势。

王晓明:对,因为当时"重写文学史"就是要否定原来的文学史。

杨庆祥:能不能详细谈一下你和陈思和在《上海文论》上主持"重写文学史"专栏的具体酝酿过程。

王晓明:《上海文论》是上海社会科学院文学研究所的一个刊物。主编是徐俊西。徐俊西当时主要从事文艺理论研究,思想比较开放,另外还有一个人,就是编辑部主任毛时安,实际上杂志是毛时安具体在编。然后就在那里讨论,说是想要办一个响亮点的栏目。徐俊西是复旦中文系的老师,陈思和是复旦中文系毕业的,所以他就找了陈思和。我跟陈思和是很好的朋友,我们当时都很年轻,都是大学里的青年教师,那个时候很多事情都一块做,所以找我们俩一块去。

我记得有一天下午是在上海社科院《上海文论》编辑部的一个房间里面,我们三个人,毛时安说要我和陈思和两个人来编一个关于文学的栏目,但是要想出一个具体的题目。大家讲啊讲啊讲,想不到好的题目。后来我说了一段话,我的意思是说,我们其实想做的就是要一个重写文学史啊什么什么的,我说了一通,陈思和反应很快:"那就叫'重写文学史'吧。"我说的时候是无心的,是他把这五个字拎了出来。他这么一说,大家都觉得好,就这么定下来了。

定下来以后,因为我刚才说过,之前关于文学史有非常多的讨论,我们就分头约稿,比如说陈思和向复旦大学的朋友约,我是向华东师大的朋友约。有一部分稿子是已经写好的,我记得当时李劼已经有一个很长的文章,是李劼、陈思和、我三个人一起讨论,李劼执笔写的,重新来评价"五四"以来的新文学,有点像"二十世纪中国文学"这样一个东西。那个时候还没想办这个栏目,我们三个人就是在一起讨论,后来是李劼起的第一稿,陈思和和我修改。这篇文章后来就发在这个专栏里,好像没有全文发,我和陈思和也没有署名。

前面两三期出来,后面的稿子就自动来了。我们基本上是两种方式,一种是对具体的作家作品的分析,但是对具体作家作品的分析要求是通过讲一个作品来讲一个比较大的文学史问题,我记得蓝棣之谈《子夜》的文章就跟当时通行的讲法完全不一样。然后还有戴光中对赵树理现象的一个反思的文章……

杨庆祥:还有一篇是关于柳青的《创业史》的。

王晓明:这是一类。然后另外一类的是对整个的文学史的纵观的分析。李劼那个是比较长的一篇,我记得还有徐麟的一篇。我们大概这样陆陆续续发表了不少文章,慢慢这个栏目影响就出来了。第二年在镜泊湖召开了一次讨论文学史观念的会议,南北的学者聚集在一起,形成南北呼应的局面。会后,《中国现代文学研究丛刊》也发表了一系列的文章来跟我们呼应。

杨庆祥:开了一个"名著重读"的专栏是吧,钱理群说这是他们跟你们约好的。

王晓明:从我个人来说,我最早跟钱理群有一个约定,就是说他们在北京搞,我们在上海搞。但是这个约定要看条件的,正好有这个《上海文论》。因为陈思和跟我一直的想法都是很接近的,还有我们非常多的周围的朋友,大家都有类似的想法。一旦有这样一个栏目作为阵地,大家很容易聚集起来。那个时候发文章没有现在那么功利,要评职称,要干嘛干嘛的,那时候根本没有评职称的概念。

当时还用了一个形式,这就是"主持人的话"。"主持人的话"有一些是陈思和写的,有一些是我写的,所以从文字上看得出来,有一点不一样的。

杨庆祥:对,这个问题我还想问你,你们当时是如何分工的?有没有产生什么分歧啊?

王晓明:通常的方式就是稿子来了,看我们两个人谁有空,另外谁这个时候对这个文章内容比较熟悉。第一次我记得是我们两个人一人写一点,后面有的是我写,有的是他写,倒不一定,实际在当中具体协调的是编辑毛时安,大家合作非常之顺利。

这个专栏的前面几期,基本都是乘的顺风船,各方面评价都很好。

杨庆祥:你们大概是1989年停刊的。

王晓明:嗯。我们最后停了。这里有个事很好玩的,我不知道可不可以说啊。

杨庆祥:可以,没关系。我会斟酌的。

王晓明:那个时候我跟陈思和这样的在当时属于要解放思想的青年学者,肯定就是有一定"问题"啦。那个时候的上海市政府、上海市委有一个制度,就是市委书记隔两个月要和各方面的人士座谈一次,叫作"双月座谈会"。当时的上海市委书记是朱镕基,但是这个"双月座谈会"的人选,谁参加,是由各部门、各机关负责人决定的。那么这次正好是轮到了文艺座谈会,是由市委宣传部来安排人选的,当时《上海文论》的主编徐俊西同时担任市委宣传部的副部长,分管文艺。所以由他确定了一个名单,都是中老年学者,唯独陈思和跟我比较年轻。这个会我记得当时是八九月份召开的吧,然后名单就在报纸上登出来,说"朱镕基与谁谁谁座谈",参加座谈会的有20来个人吧。这个很重要,这个东西发表之后,至少就暗示了我们这两个人没有"问题"。

杨庆祥:这是保护你们啦。

王晓明:对,徐俊西他肯定是想保护我们。不然的话我们在各自的学校里就会有麻烦,不知道会有什么麻烦,因为那个时候的大学、文学界,有一些思想比较"左"的人,对解放思想很反感,所以他们会写批判文章来攻击我们,一旦出了这样的批判文章,学校里就很难处理的。所以客观来说是这个消息挽救了这个栏目,使这个栏目还能够继续出到1989年的年底。虽然可以靠徐俊西的支持撑一段时间,但是我们已经知道,不可能编多久了。当时我们就想,这个事情要怎样顺利地收场,既不要马上就停,还要把话说圆。大概是1989年的9月,毛时安、陈思和跟我三个人跑到南京,请江苏作协安排了一个旅馆,我们在那个旅馆里准备最后一期稿子,所以最后一期稿子特别多。

杨庆祥:对,《上海文论》的最后一期是关于"重写文学史"的专刊。

王晓明:对,我们就是想体面地结束,因为稿子也比较多嘛。这个专刊我跟陈思和要代表主持人写一个比较长的类似于总结性的东西,毛时安也要代表编辑部写一个。我们三个人倒是费了一番心思写这个东西,我们三个人白天讨论,讨论完之后,毛时安是才子,他就出去玩,然后晚上他回来,一个通宵就写出来了。我跟陈思和比较笨,在房间里不停地想,最后总算也写出来了。我们当时基本的想法是把"重写文学史"基本的立足点定在审美和对文学史应该有个人的理解这两点上,这两点当时还是可以公开发表的。我们本来是想更往前说的,比如强调对原有的文学史的否定,但是最后我们退回到文学史应该多样化这一点上面来。

杨庆祥:就是说审美那个东西实际上是有策略性的成分存在的。

王晓明:当然啦。

杨庆祥：我还一直想问你这个"审美原则"是怎么来的，是不是从康德或者形式主义那里来的。因为我看了专栏里面的很多文章，总是从"功利"和"非功利"这两个二元对立的角度去分析文学作品的。前几天我还问了陈思和老师，我说你们这个"功利"和"非功利"是不是受到康德的影响，他也说不是，他说主要是从恩格斯那里来的。你今天又提供了另外的一个思路，就是说里面有策略性的一面。

王晓明：当时这个"功利"的意思，就是指文学艺术成为宣传机器，当工具。

杨庆祥：对，是工具，要把这个工具解放出来。

王晓明：以当时我们的认识水平，我们首先想到的是审美。所以在80年代，审美、纯文学是有强烈的政治含义的，是政治概念。

杨庆祥：我记得《子夜》当时是讨论得比较激烈的一个作品，在1982、1983年左右，唐弢和王瑶提出不同的意见，他们说，你们把茅盾的《子夜》说得地位这么低，把张爱玲抬出来打茅盾，压茅盾，你们无非就是要贬低"左翼文学"的地位。那么你们当时是不是也有这个想法在里面？

王晓明：有。

杨庆祥：其实我现在读《子夜》，我还是觉得写得很好的，不是像蓝棣之、汪晖他们说得那么糟糕。我记得刊发蓝棣之的《一份高级的社会文件》那一期的"主持人话"有这么一段，好像是陈思和老师说的，他说茅盾写《子夜》的目的是为了回答当时的"托派"，这是一个社会问题，哪里用你们文学家来回答？他说文学最重要的是怎么去写，而不是写什么。

王晓明：这个都是当时比较流行的说法。

杨庆祥：嗯，是挺流行的。"先锋文学"起来的时候不也是这么讲的吗？就是说我们要强调怎么写而不是写什么。

王晓明：这个都是有针对性的。

杨庆祥：当时我感觉上海不是有个新潮文学批评圈子啊，你们和吴亮、李劼、程德培他们关系都特别好，包括《上海文学》周介人、蔡翔等等。我就想你们当时的"重写文学史"的一些思路是不是和新潮文学批评有什么关系？

王晓明：当时上海年轻的是两拨人。一拨就是原来作协培养的年轻人，主要是通过《上海文学》杂志李子云、周介人他们培养的，就三个人，吴亮、蔡翔、程德培。他们在报纸上、杂志上写文章比较早，大概在1978年，1980年、1981年开始。他们都是搞当代文学批评的，给当时文学界一种很新的感受，原来文学评论可以这么写，以前的文学评论都是受苏联的影响，很枯燥的，他们的思路不同，很清新。

另外一拨人就是复旦和华东师大这一批人，就华东师大来说，有夏中义、宋耀良、许子东、毛时安等等，李劼和胡河清等则还要更晚一点。还有就是当时在华东师大读书的南帆、殷国明，反正一大批！陈思和他们复旦也有一大批。我们这批人呢，都是从学校里出来的，做现代文学研究出来的。大概是到1985年前后这两拨人开始合流。

杨庆祥：嗯。那时候"寻根文学"起来了。你们之间互相肯定还是有一些影响的吧？会经常在一起讨论，彼此的文章会互相传阅，等等。所以我曾经写过一个关于"重写文学史"的文章，发表在《文艺研究》上面，里面我就大胆提出了这个观点，就是说我认为"重写文学史"和"先锋文学"是有一定关联的。现在在你这里求证了。

王晓明：当然是这样的。

杨庆祥：当时新潮批评家的观点比你们的更激进，比如说李劼就说当代文学应该从1985年开始，明显你和陈思和可能都不同意这个观点。你能不能谈谈这个？

王晓明：当时他是个比较激进的人。

杨庆祥：他是用现代派的观点，现代主义文学的标准作为衡量标准。

王晓明：他认为现代主义的文学才是文学。

杨庆祥：你们肯定不会认同这个观点。

王晓明：嗯。因为我们会认为鲁迅就是现代主义，要讲现代主义，那就要从鲁迅开始。

杨庆祥：对，好像李劼说你们这一拨人这样传承下来的：就是从鲁迅，到胡风，到贾植芳，钱谷融，然后再到你们。你们继承的是这个传统。

王晓明：陈思和是受贾植芳影响很深的。

杨庆祥：对，那你呢？

王晓明：我也受钱先生的影响。但是钱先生和贾先生的风格不一样。钱先生给我们的影响是那种对于审美和文学的感动，而贾先生给陈思和的是……

杨庆祥：是学术上的严谨，比如史料工作？

王晓明：主要不是这种东西，而是一种知识分子的精神气质。这种气质是从胡风那里过来的。

杨庆祥：我还知道当时你们去北京开了个会，北京的像唐弢、王瑶他们很支持你们嘛。记得王瑶当时还写了一篇文章叫作《文学史应该后来居上》。

王晓明：对。

杨庆祥：但是我发现上海的学者，像贾植芳、钱谷融他们都没有发言，至少是没有文章出来。为什么？

王晓明：这是由他们个人性格的一些区别决定的吧。因为王瑶先生是现代文学研究界的等于像领袖一样的人物，他是很清楚他对现代文学研究负有责任的，所以他要出来推动这个东西。钱先生是比较洒脱的人。钱先生不光是对这个事情不表态，所有事情（都这样）。他不是一个喜欢参与这种公共事情的人。但他们私下里都会议论支持，他们其实是发挥了很大影响。但是他们不会写文章来讨论这些事情。

杨庆祥：当时不是有老中青嘛，三代学者，你们都是青年学者。中间这一代的，北京就是严家炎、樊骏。上海中间那一代是谁？好像提得很少，上次我问陈思和老师，他说这事不可说，我就不知道到底为什么弄这么玄乎。

王晓明：还不仅仅是这个问题。因为上海这方面跟北京有点不太一样，上海的中年一辈的学者，在"反右"和"文革"当中受的摧残比较厉害，很多很好的人当时就不能继续读书了，不能做研究了。

杨庆祥：讲到这个我就想问一下，我发现上海从中国的现代史上来看，就处在一种很奇怪的地位，我觉得一直在承担那种解构的角色。比如30年代的"左翼文学"，后来的通俗文学，包括"文革"，上海是最严重的地方。然后一直到80年代改革开放，"先锋文学"也是从上海出来的。其实"伤痕文学"也是从上海卢新华提起来的。你看钱理群他们把"20世纪中国文学"提出来，后面就没有下文了，就是说没有再研究了，只是一个很宏观的概念。但是你们的"重写文学史"是非常有解构性的，很具体。我就想这个是不是和上海的文化性格有关系。

王晓明：当然有关系。因为上海的文化性格相对来说比较活泼一点，比较容易尖锐。

杨庆祥：我个人在阅读你们的"重写文学史"专栏刊发的一系列文章,觉得你们的一个主要目的是想把"当代文学"取消掉,就是说把"十七年文学"和"文革文学"加以否定,直接把80年代文学对接到前面三四十年代文学上去。

王晓明：是有这个想法,因为我们当时觉得"十七年文学"和"文革文学"很差嘛。

杨庆祥：对,但是现在你肯定不会这么想了。因为最近我看了你在上海大学博士生课堂上组织了两次讨论,一个关于周立波的,一次是赵树理的。不过你还是比较诚恳的,你说你现在还是不喜欢赵树理,但是你发现赵树理还是很重要的。

王晓明：对。一讲到趣味的问题,改不过来了。我之所以认为赵树理他们值得分析是在一个新的文学意义上讲的。如果要回到文学就是个人的审美的趣味上,我仍然不喜欢。

杨庆祥：那你觉得如果要现在写一部《中国现代文学史》,有没有一个理想的范本,那你觉得最好的文学史应该是什么样的?

王晓明：那是想过很多很多的。不过当时我们不会有"范本"的概念,因为强调的是个人写作,有一度我曾经设想过要写一个第一人称的文学史,就是"我怎么看怎么看怎么看"。

杨庆祥：对,当时王雪瑛写了一篇《论丁玲的小说创作》,你觉得特别好。因为她一直就是用"我"去看待、分析丁玲的。这与80年代的"主体论"啊,知识分子那种精神气质高扬有关的吧,其实很强调独立的精神。

王晓明：其实"重写文学史"背后有一个"主体性"的问题。

杨庆祥：刘再复的"主体性"。

王晓明：还有批判性。强调要脱离被拿去做政治工具的文学史,反对教条主义等等,这些都是最基本的。每一个时期都会有一个学科特别突出来承担批判的功能,80年代最早在整个的人文领域里面承担这个功能的是现代文学,后来文艺学上来了,再以后就是哲学,最后是史学。而现在,说老实话,现代文学学科又面临新的问题,死气沉沉。

杨庆祥：对。我在博士论文里面会讨论这个问题,现代文学学科通过80年代这样一系列的建构后,它把一些问题变成了知识,那么它就没有办法再继续推进了,其实最终还是要寻找问题。目前的现代文学研究很封闭,三流以下的那些作家啊杂志啊都已经研究过了,接下来该怎么办?

王晓明：1985年提出的"20世纪中国文学"是一种新的研究范式,但是这个研究范式今天成为主流的研究范式,可以说大多数现代文学研究基本上是在这个框架里面展开的。如果说有什么新的研究范式可以冲破这种研究范式,我个人觉得就是文学研究和文化研究相结合的范式。

杨庆祥：对,我觉得也是。

王晓明：需要引入文化研究的方法,重新来讨论现代文学和现代中国的关系。广义的现代文学和中国的整个现代的历史是紧密结合在一起的,这两者之间的关系,应该是中国现代文学研究的主要对象。因为一个基本的事实是,今天中国还没有走出现代历史,我觉得这是一个基本的问题。那么要做这个研究,你必须要引入文化研究,所以新的研究范式大概是在这个地方,有可能引起新的突破。

杨庆祥：对,包括你们这些学者的角色的转换,我觉得也很重要。比如说你,我觉得是转变得比较剧烈的一个学者,类似于那种向公共知识分子方面转。比如我看到你对各种公共事件,比如奶粉事件啊,你都会发表一系列的见解。

王晓明：我们那有一个网站。

杨庆祥：对，当代文化研究网。我经常去看。因为现在"介入"其实是一个很大的问题，要不要介入，以什么样的方式去介入。

王晓明：当时的中国现代文学研究的介入性都很强的。我举个例子，当时的《十月》杂志，好像是1980年还是什么时候，就请吴福辉、赵园他们几个人在这个上面轮流写现代作家的作品分析。我记得当时吴福辉分析的是施蛰存的小说《春阳》。这个文章被作家广泛阅读。很多作家之所以会了解到中国30年代曾经有一个现代主义的文学，是通过严家炎、吴福辉他们这些研究者的。这个东西对现代主义文学、对先锋派文学的兴起，有很重要的影响。所以当时的现代文学研究，不是为了研究而研究，而是直接参与到当代社会的问题建构中。

杨庆祥：但是1985年以后就好像有个变化了。我记得我问过钱理群老师，他说他1985年以后就不读当代的作品了，因为他对"先锋文学"的作品已经不感兴趣了。

王晓明：其实这可能跟他的个人趣味有关。就我个人来说，我觉得1985年之后的文学向内转了，转到个人，转到语言，这些是比较复杂的现象，它有前进和后退两重含义。后退就是说，他们当时自以为是更激进，因为当时主要的目标是要反对教条主义。可是反教条主义，就要反它的哲学本体论的基础，哲学的教条主义是从黑格尔那里来的，其哲学的本体论是强调事情是有确定性的。

杨庆祥：就是有因有果的。

王晓明：不光是有因有果的逻辑关系，它还必须是确定的因果。比如说你就是个很确定的人，你有你的特质、特点、本质，这本质在哪儿？就在你身上。大约在1985年前后，我们很多人看了大量的文学以外的书，当时我们看书看得很乱，大量看的不是文学书，而是别的书，甚至是物理学书。我记得当时有个说法叫波粒二重性，意思是基本粒子就是物质最小的东西，分到最小，你就搞不清楚它到底是一个粒子，还是一种波。如果是粒子的话，那说明它有一个东西存在。而如果是波呢，它就不是什么具体的物质，而是某个东西的一种功能。如果说那个粒子就代表了物质，那个波代表了精神，就是说物质的东西分到最细微的时候，你就说不清楚它到底是精神还是物质。这个看法对我们影响非常大，因为这个是现代物理学的基本东西，也就是说所谓物质的确定性，已经被现代物理学打破了。那么如果物质都没有确定性，唯物主义从何而来。

另外就是索绪尔的语言学进来了。从他的《普通语言学教程》我们了解到一个东西的特质、本质，不取决于它自己，而取决于它跟周围东西的关系，后来解构主义就是把这个逻辑推到极端，就变成解构主义了。这些理论进来之后对我们影响都很大，所以改变了文学理论，从开始的强调形式，进一步强调不确定性。所以你看"先锋文学"很重要的一个内容就是它是没有确定性的，可以是A，可以是B，什么都不知道，模模糊糊搞不清楚。这些东西在当时在理论上有非常积极的作用，就此而言，它是一种前进。但是同时它也包含了一个后退，就是它越来越转向个人的东西，而知识分子应该关心的问题，公共问题啊，民生问题、政治问题，反而不关心了。这种原来在80年代带有明显的反叛性东西，到了90年代就成了逃避的理由。

80年代"先锋文学"的写作在整个中国作家里面是少数，大概不到百分之十的，他们真正成为一个多数人的写作是在90年代，这种90年代后的退到个人，它是一种不合作，和现实不合作，但是它也是逃避的，这两方面都要看到。

杨庆祥：我总觉得 80 年代的个人和 90 年代的个人有很大的区别。

王晓明：是不一样的。

杨庆祥：我看到"重写文学史"专栏里面对"经典作家"批评得非常厉害，"鲁郭茅巴老曹"里面除了鲁迅、巴金，其他的都被批判了。这么做的目的是不是要重构一个经典谱系？

王晓明：我们当时没有很明确要重构经典谱系这个想法。但是我们肯定是有一个想法，就是批评原来的那个经典谱系，这个很明显。

杨庆祥：因为你们觉得原来那个经典谱系……

王晓明：是有问题的。因为 80 年代是一个老作家被不断发现的时代，比如说沈从文、萧红，包括再晚一点的张爱玲啊，等等。而且当时我们对于"革命文学"和"左翼文学"非常不喜欢，这也应该说是一个成见，带着这个成见去理解那些革命的文学，你是不会喜欢的。因为我们对"文革"的记忆太坏了，所以我们不喜欢这个东西。

杨庆祥：我们这些出生于 20 世纪 80 年代的人没有经历过"文革"，我曾经去看过样板戏，觉得很好。我觉得比现在的很多艺术啊、小说要好得多。

王晓明：这个我觉得很有意思，就是说渐渐对"文革"的理解会多样起来。

二、90 年代以来的社会转型和文学转型

杨庆祥：可以说 80 年代的知识语境和话语方式都是在"文革"这个潜文本的参照之下建立起来的，其基本姿态是建立在对"文革"否定的基础上的，90 年代以来，中国的社会发生了很大的变化，很多不同于 80 年代的新的问题出现了，那么，你现在对"文革"的认识有何变化？

王晓明：我常常想，为什么中国今天会持续向"右"转，变成一个对于弱势群体特别严酷的社会，为什么会这样？ 如果我们用"左翼"的概念，或者用压迫者和被压迫者这个区分来讲的话，中国的整个现代思想，一开始它的主流就是从一个被压迫者的立场看问题。因为当时的中国在世界上是一个被压迫的国家，所以中国人的现代思想一定是不喜欢被压迫的，不喜欢人压迫人的环境，都希望国家强大。所以从那个时候开始，中国现代思想的主流一直是"左翼"。但是这个"左翼"是广义的，比方说中国现代史上最重要的两个政党，（改组以后的）国民党、共产党，都是按照布尔什维克的模式建立起来的。什么时候中国向"右"转，大约是在 80 年代中期以后。

杨庆祥：也就是说 1994 年你们发起"人文精神大讨论"的时候，是不是跟这些想法有关系？

王晓明：那时候没想那么清楚。

杨庆祥：没想那么清楚，但是模模糊糊觉得这个社会出了问题？

王晓明：就是这个社会不是我们所想要的。记得 1993 年我们在《文汇报》开会的时候，就有一个学者笑眯眯地跟我说，你们知识分子真烦，现在这个市场经济不是你们当年要的嘛？ 你们不是要现代化嘛？ 现代化来了你们又受不了了。当时我对这话特别不以为然，我觉得我们 80 年代所渴望的不是眼前的这个现实，但又说不清。所以"人文精神大讨论"只是一个初步的讨论。

杨庆祥：把你们当时的那种困惑和迷茫表达出来了。

王晓明：嗯。虽然用了"人文精神"的概念，但具体的问题和内涵并没有想清楚。

杨庆祥：但是我觉得你们当时对体制还是保持了一种反思，这和当时北京的一些主张"后现代主义"的学者还是不太一样。

王晓明："后现代主义"是肯定现实的。

杨庆祥：对，肯定现实的。而且"后现代主义"把先锋文学经典化了，先锋文学我觉得到了90年代以后就变成一个体制内的写作了。

王晓明：这要看你怎么理解体制了。

杨庆祥：就是它被市场承认了，它也被主流承认了。像张艺谋、余华他们的作品和电影。

王晓明：其实是走向了某种妥协。

杨庆祥：对，就是某种妥协。因为我听吴亮以前说80年代批评家对先锋文学有个很高的期待，就是觉得它表达了一种言说的异质空间，它展现了一种可能性。但是90年代以后我发现这个可能性就没有了。它不仅被中国的意识形态同化了，而且它也被世界资本市场同化了，通过展示中国元素获得国际承认，实际上是进入了一个资本的逻辑，这是很成问题的。

我记得你们在搞"人文精神大讨论"的时候，你们用的那个原则，还是80年代"重写文学史"的时候提出的"审美"，强调审美，就是说人活着一定要有审美的东西，不能像一个动物一样。

王晓明：要有精神性的东西。

杨庆祥：对，这是从鲁迅开始就过来的。

王晓明：我现在也没完全改，改不了了。

杨庆祥：其实可能在我们这一代人看来，这个可能是有些偏执。

王晓明：我承认这一点，比如我对文学有种特别的感情，甚至可以说是文学崇拜。我是把文学看得比较高的，而且现在已经改不了了。

杨庆祥：你们那一代人，包括我导师程光炜，还有李陀等人，都把文学看作是很特别的一个精神资源。我们就完全不是这样了，我们觉得文学和经济学、政治学没有什么区别，我们把它当成一个职业，不把它当作精神上的一个资源，这是很大的差异了。那你现在还关心当下的文学创作吗？

王晓明：我还是很关心当下的文学写作的，因为我还是觉得，可能是我的偏见吧，在今天这样一个时代，文学应该有它非常重要的力量，不过现在文学没有做到这一点。

杨庆祥：是啊，我觉得这几年的文学让我很失望。

王晓明：因为文学是我们人类比较大型的活动当中比较不受资本逻辑支配的一种，它的规则跟我们社会现在主导型的规则是不一致的。当然，主导型的支配规则也想要支配文学，这主要通过文学市场来展开。但是文学活动本身到目前为止还保留着一些不一样的规则。我觉得抵抗这个现实社会的主要的东西就是来自于你要有跟它不一样的规则。你跟它一样，再怎么跟它斗都没有用。

杨庆祥：我有时候经常看些期刊发表的作品，这几年来我就没有看到非常让自己欣赏的文学作品。我就感觉出了个什么问题呢？我觉得现在的文学写作，它越来越"文学"了，很多作家的写作面对的对象要么是批评家，要么是所谓的文学青年，我觉得文学写作不应该是这样的。文学写作应该面对更多的人。

王晓明：对呀。

杨庆祥：它要和历史发生摩擦，要回答最重要的精神问题。但是我们现在的文学不是这样的，一句话，就是格局很小。

王晓明：蔡翔的一句话讲得很好，他说当代中国人的生活有很多重大的问题，这些问题既是当代中国人的问题，也是整个现代中国的问题，也跟整个世界问题相通。那么现在中国各个学科，经济学、社会学、文学，你一定要在这一类问题上面，能够有一个跟其他学科对话的能力。你没有这个能力，就搞不好。中国当下文学现在就是缺少在这些问题上跟其他学科对话的能力。

杨庆祥：对，你看今天你们开会，你们会提到鲁迅、茅盾，为什么呢？因为他们的这个文本很丰富，和很多问题相关。它不仅仅是文学的文本，而且是一个社会的文本，是个政治经济学的文本。所以在过了一百年以后，人们可能还要谈到它。但是如果你仅仅是一个就文学而文学的一个东西，那么就可能很快就会失效。我觉得现在的作家他们本身是有问题的，没有看很多的书，也没有去进行更深入的思考。

王晓明：嗯，这个你说得很好。你看全世界其他国家（美国是例外），每当出现什么重大问题，你总能听到作家的声音，这些作家的声音还不一样。一方面是作家的声音自己不一样，另一方面作家的声音一定是跟别的方面的人是不一样的。就是说文学有自己对这些问题的看法。今天的中国的作家没声音了，比较好的是韩少功，但其他那些人呢？作家对当代中国当代问题没有声音，说不出有意思的话来，那是文学最致命的问题。

杨庆祥：我想起80年代的时候曾经有一个话题，就是认为现代文学研究要"破关而出"才能真正返回自身。我觉得当前的文学创作和文学研究也是这样的，文学要先不"文学"，然后才能真正"文学"。

王晓明：有道理。

杨庆祥：我从2004年到现在读过的最好的小说是村上春树写的《海边的卡夫卡》，后来我觉得可能是我个人的偏见，因为我是1980年出生的嘛。后来李陀说他也最喜欢那部小说，我就想很奇怪啊，他都60多岁了。后来想，这是因为所有的人，不管他是不是文学青年，看了这个小说以后，都能触动他心里某种东西。因为他把个人的体验和社会的重大历史，比如二战啊，日本的投降啊，都纳入这个文本里面，我就觉得这就是一种非常高超的小说，真正好的小说就应该是这样的。

王晓明：我读过大江健三郎跟莫言的对话，莫言是中国当代作家里面少数写得最好的作家之一，大江健三郎很欣赏莫言。但是他们两个的对话我觉得区别很大，大江不断在谈一些大的问题，而莫言呢，总是谈自己的小说，小说里的人物，他的经历，我相信莫言不会对其他问题没有看法，他会有看法，但是他就不说，他是一个很"贼"的人，低调得甚至可以说近于油滑，总是自己把自己严严实实地包裹起来。

杨庆祥：你不是有一段时间研究中国作家的心理障碍嘛，这个肯定是有关系的。

王晓明：对，他就是把自己包裹起来。作家其实就是应该说是乱说话，被人骂，这没关系，他们现在就是自我保护意识很强，当然也可能是因为他们的确没有想好。其实你要了解一个作家，最简单的办法就是看他们读了哪些书。

杨庆祥：对。我觉得作家的阅读是有过滤的。比如说莫言他曾经跟我们有一个对话，说他看了西方的现代派文学以后才开始写先锋小说。但是我觉得他只是看到了现代派的一面,就是语言、形式的一面。其实现代派的一些经典作品,比如说福克纳的《喧哗与骚动》、普鲁斯特的《追忆似水年华》、乔伊斯的《尤利西斯》,其背后有一个非常强大的历史传统,圣经啊,国家啊,民族啊,这些问题都构成文本的一个重要维度。但是我们的先锋小说好像就很缺少这样的关怀,仅仅是学到了它的一面,所以我觉得是被过滤掉了。

王晓明:这个可能跟80年代以来形成的一个文学的基本传统有关系。这个传统其实就是尽量地把人抽象化、非社会化。这个东西在当时有它的对抗性,因为当时的社会化和具体化是被教条所覆盖的,所以要从这里逃出来。但是其实应该是逃出来以后重新回去创造不同的社会化、不同的历史化,而不是这样一直抽象化。

杨庆祥:也可以用你的话讲,80年代以来又形成了一个新的意识形态,而且进去就出不来了。文学对这个世界有独特的认识和批判的很少。当然也有一些批判的东西,像最近几年的"底层文学"。

王晓明:我觉得这还是一个整体的问题,不是个别的。80年代以来所形成的整个的文学的风气、氛围有比较大的缺失。如果从这方面来讲,我觉得80年代的"重写文学史"也有它的短处。

杨庆祥:对,"重写文学史"中你们把茅盾、郭沫若等等都否定了,这是很有问题的。你们片面地强调审美,强调怎么写。同时又树立了一批新的经典,比如说张爱玲成了一个不可动摇的经典。然后到现在你会发现一个问题,不管是女作家,还是女文学青年,都是一副张爱玲腔调,这是非常恼火的。

王晓明:关键是张爱玲她是有大的悲哀在后面的,这个悲哀没法面对,她就来咀嚼个人的生活的小悲欢。现在问题是,90年代以后那个大的忧患没了。

杨庆祥:对,就是学到点皮毛嘛,就是她的语言。

王晓明:所以也是写不好的,学也学不好。我对张爱玲是不看好的,我觉得她跟沈从文不是一批人,我觉得有大小的区别。

杨庆祥:对,我觉得张爱玲就一两个作品是很好的,其他东西很一般。我觉得现在对她的文学史定位还是太高了一点。

王晓明:当然,但是她是个有才华的人,跟其他作家相比,还是有其独特的地方。

杨庆祥:我比较尊重自己的阅读感受,我就觉得《子夜》是很不错的,它里面有很大气的东西。

王晓明:茅盾是一个很有才华的作家,但他的小说写得不够好。但他是个大才,他的才华比巴金大。

杨庆祥:对,他的东西比较粗糙。所以我认为当下的作家不要怕粗糙。现在你发现当下的作家写东西,很多人写得很精致,很好看。

王晓明:但它就是小。

杨庆祥:对,一看就是气不足。我觉得写小说应该有气场。你要把这个气场把握住,有一个大的眼光在里面。要不然我们为什么要去读小说呢? 做什么事情都可以。

王晓明:是的。

(原载《南方文坛》2009 年第 3 期)

"重写文学史"：个人主体的焦虑

张颐武

一

"重写文学史"一直是处于"新时期"文化中心的命题。它在当时激起了强烈的反响和不断的讨论与争议。与"重写文学史"直接相关的"中国现代文学"这一学科也一直处于"新时期"文化与思想嬗变的中心。"重写文学史"似乎是"新时期"话语建构其"知识"的合法性的最重要的资源，它提供了一个急剧变动的时代所迫切需要的历史的深度，为当时的历史情势提供了一个阐释的孔道。"重写文学史"既是一场浪漫的、充满了幻想性的历史叙述的运动，又是建构一种"现代性"的个人主体的合法性的理论性的运动。"重写文学史"的意义并不在于它"真实"地再现了五四以来或整个 20 世纪中国文学的发展史，而是它提供了一个特殊的阐释策略和独特的话语欲望，它所表现的那种征服历史的狂放与冲动具有那种"新时期"文化的特殊的焦虑。"重写文学史"中重要的并不是它再度发现了 20 世纪以来的中国文学史，而在于它投射了"新时期"的独特的语境。当"新时期"本身业已成为历史的今天，重新审视"重写文学史"，并不意味着对于"历史"及其"重写"给予校正或质疑，而是凸显那一特殊的语境是如何支配及影响了那一宏伟的"重写"的工程的，而这一"重写"的工程所生产的"知识"又是如何成为那一特定时代的语境的表征的。在这里，对"重写"的重写并不是像当时的话语那样仍是"现代性"支配之下的不同选择的对立，而是建构在对其话语基础的反思之下的；不是对旧有"知识"的再度替换，而是对这些"知识"赖以存在的那些前提的反思；不是一种话语取代另一种话语，而是对业已存在的诸多"话语"与"知识"进行新的追问。在这里，那种来自于"现代性"的整体性地穷竭一切知识的欲望业已被一种更为冷静的、更为平和的反思与对话所取代。我们似乎在"后新时期"的文化转型与学术发展中发现了足以支撑我们对"重写文学史"的整个过程进行反思的前提。历史业已将我们带到了一个不同的空间之中，我们毕竟获得了进行新的审视的机遇和权利。"重写文学史"所建构的话语业已可以回归历史，在我们的反思之中获得不同的意义，成为我们的新的"知识"的一部分。

二

所谓"重写文学史"，一般来说有两个含义。一是指"新时期"以来人们对于 20 世纪以来的中国文学史的再认识，这一过程自 1978 年"实践是检验真理的唯一标准"的大讨论起业已开始。在现当代文学领域之中这一过程发展得极为迅速。人们对一系列作家、作品及批评理论进行了再评价，使得"中国现代文学"研究在中华人民共和国成立之初建构的基本话语发生了巨大的转变,"现代文学"的经典知识谱系业已被更替。这个过程是贯穿于整个"新时期"之中的。二是特指由 1988 年第 4 期开始至 1989 年第 6 期为止,在《上海文论》杂志上持续一年半时间的专栏。① 这一专栏在当时也产生了一定的影响,且使"重写文学史"作为一个专有名词,不再泛指对于古今中外的任何"文学史"的"重写",而是特指对于中国现当代文学的历史的"重写"。"重写文学史"作为一个"新时期"文化史中的特定概念被彻底固定于中国现当代文学的领域之中了,它的意义被十分明晰地具体化了。但《上海文论》所设置的专栏,其理论主张及具体分析均只是投射了"新时期"以来"重写文学史"的实绩,是对于近十年的努力的归纳,而非新的领域的开拓。正像当时"重写文学史"的两个倡导者坦率承认的:"其实,在 1985 年北京召开的'中国现代文学研究创新座谈会'以后,'重写文学史'的工作就已经开始了。这本是一项有明确的专业范围的学术活动,但从我们这个专栏开办以来,由于新闻媒介的报道和社会上各种读者的关注,它竟然成了文学理论界的一个热门话题。"② 这些论述显然不甚准确。因为这一"重写"的过程自 80 年代初就已开始,而这一过程也早已引起了广泛的关注。这一论述夸大了这一专栏的作用,但毕竟可以看出他们仍将"重写"的过程追溯到了 1985 年。而毛时安的论述显然更为确切,他认为:"重写文学史是党的十一届三中全会路线在文学研究领域的逻辑必然",并认定"从文学史角度否定文化大革命就必然牵涉文化大革命前的文学史,牵涉文学史中的作品、作家、文学现象和事件的再认识再评价。要彻底否定文化大革命就必然要重写文学史。"③ 这一论述将"重写文学史"与"新时期"文化的联系阐发得十分明确,虽有过于政治化的色彩,但毕竟将这一重写的过程追溯到了 80 年代初,还是有一定价值的。但《上海文论》的专栏有效地利用"新闻媒介"进行炒作,使这一过程趋于通俗化,其将这一"新时期"文化的表征推向极端,变为一种流行文化,还是起了一定的作用的。

综上所述,我们在对"重写文学史"这一话语进行研究时,应对于它在整个当代文化中的作用及其在"新时期"文化发展中的意义做出全面的估价。情况十分清楚,使用这一概念的广义方面,将它理解为整个"新时期"文化对于中国现当代文学的学科话语加以"重写"的努力还是恰当的。正像《上海文论》"重写文学史"栏目的主持人所指出的:"本专栏反思的对象,是长期以来支配我们文学史研究的一种流行观点,即那种仅仅以庸俗社会学和狭隘而非广义的政治标准来衡量一切文学现象。毋庸讳言,这种史论观正是在 50 年代后期的极左政治和学术氛围里,逐步登峰造极,最后走向自己的反面的。'重写文学史'也正是在这样一个前提下,对以往的文学现象进行反思和重评。"④ 这一目标显然不是《上海文论》的专栏所能承担的,而这一专栏所发表的 40 篇有关文章也显然仅仅是"新时期"有关研究的延续或重述。因此,从一个较广泛的进程的角度来分析"重写文学史"对于从 50 年代以来形成的现当代文学话语的"重写"是比较恰当的。

"重写文学史"所面对的乃是一个自 50 年代初形成的中国现代文学研究的体制与话语,及由此派生出来的在中华人民共和国新中国成立 10 周年左右的 50 年代末期形成的中国当代文学研究的体制与话语。无论是从所谓"史论观"的角度,还是对具体作家作品的评价都

---

① 陈思和:《关于编写中国二十世纪文学史的几个问题》,《天津社会科学》1996 年第 1 期。

② 《上海文论》1989 年第 6 期,第 4 页。

③ 《上海文论》1989 年第 6 期,第 77 页。

④ 《上海文论》1989 年第 5 期,第 30 页。

是针对这一总体性的话语的。这就需要我们对那套话语的形成和发展及其基本形构稍作分析，就可以对"重写"的背景有所了解。

在提出"中国现代文学"这一学科命名之前，学术界一般将五四以来的中国文学称为"新文学"。王瑶曾指出：胡适在 1922 年发表的《五十年来中国之文学》的最后一节中，曾"略讲文学革命的历史和新文学的大概"，而以总结的态度系统地研究中国现代文学的，应该是朱自清的《中国新文学研究纲要》。① 另据任访秋回忆，在 1943 年，河南南阳前锋报社即印行了他所著的《现代文学史讲稿》（上册）。② 这似乎是"现代文学"概念较早的作为文学史概念的应用。1950 年 5 月教育部通过《高等学校文法两学院各系课程草案》，规定"中国新文学史"是各大学中国语文系的主要课程之一，并指明其基本范围及要求是"运用新观点，新方法，讲述五四时期到现在的中国新文学的发展史，着重各阶段的文艺思想斗争和其发展状况，以及散文、诗歌、戏剧、小说等著名作家和作品的评述"。③ 1951 年 5 月推出了由老舍、蔡仪、王瑶、李何林讨论而成的《"中国新文学"教学大纲》（初稿）。这个大纲虽是"四个人在极短的时间内，匆忙的草成"④的，却已勾勒出了教学与研究的基本框架。而收入这一大纲及李何林（三篇）、张毕来（一篇）、丁易（一篇）的文章的论文集《中国新文学史研究》也已具备了完备的历史叙述框架。与此同时，1951 年北京开明书店出版了王瑶的《中国新文学史稿》（上卷）。1952 年新文艺出版社出版了蔡仪的《中国新文学史讲话》。1953 年，任访秋推出了《中国新文学史稿》（河南大学出版社）。1955 年张毕来推出了《新文学史纲》（作家出版社）。1957 年，刘绶松出版了《中国新文学史初稿》（作家出版社）。通过这一系列具有教科书特征的"文学史"的写作，现代文学的学科规范已基本上建立了起来。而中国当代文学的学科规范亦在王瑶的《中国新文学史稿》的 1953 年修订版中有了一个起步，他指出："（下册）原拟写至 1949 年 7 月'全国文学艺术工作者代表大会'的召开为止，但因为直到今年二月（指 1952 年——引者注）才初步写竣，那时就感觉到新中国成立以来的文艺方面的成就和面貌已有许多应该写入书中，……因此遂决定另写一部分'新中国成立以来的文艺运动'，附于本书下册之后。"⑤ 而中华人民共和国成立以后的文学发展的研究在新中国成立 10 周年前后进入了高潮。作为一个民族国家的文化建构的重要组成部分的当代文学史的研究，在毛泽东有关"厚今薄古"的论述的号召之下，迅速展开。在 1958 年第 9 期的《文艺报》上，邵荃麟发表了《文学十年历程》的长文，认定这 10 年的文学乃是我国历史上第一次多民族文学的共同繁荣。毛星于《文学评论》1959 年第 5 期发表《对十年来新中国文学发展的一些理解》一文，也认定新中国文学是"五四"文学的发展与延续。邓绍基、贾文昭、卓如于 1959 年第 22 期《科学通报》杂志发表了题为《建国十年来文学简述》的论文，也对这一时期的文化状况进行了介绍。此后，一批中国当代文学的历史著作也陆续出现。到 60 年代中期时，当代文学作为一个特指"新中国文学"的概念已经基本固定下来了。这其中北京大学中文系 1955 年级文学专业学员和部分青年教师合写《中华人民共和国文学史》，并铅印出版了《中国现代文学史当代文

---

① 《中国现代文学三十年》，上海文艺出版社 1987 年版，第 2 页。

② 任访秋：《中国新文学史稿·后记》，河南大学出版社 1953 年版。

③ 王瑶：《中国新文学史稿·自序》上册，新文艺出版社 1954 年版，第 1 页。

④ 《中国新文学史研究》，新建设杂志社 1951 年版，第 1 页。

⑤ 王瑶：《中国新文学史稿·修订小记》上册，第 3 页。

学部分纲要(初稿)》。1960年,山东大学中文系中国当代文学史编写组编写了《1949—1959年中国当代文学史》(山东人民出版社)。1962年,华中师范学院中国语言文学系所著的《中国当代文学史稿》出版(科学出版社)。1963年,中科院文学研究所编写组的《十年来的新中国文学》出版(作家出版社)。这些著作的出现,喻示了当代文学作为学科已从现代文学之中分离出来。人们在强调其连续性的同时,也开始关注其差异性。两个作为"重写文学史"的"对象"或"目标"的学科经过这样的过程建构起来。这一建构的过程明显地体现出两个方面的特点。首先,这一过程乃是与社会主义国家的建构与发展过程相同步的。它明显地受到国家意识形态的支配与决定。这种"文学史"的书写可能是一个"国家主体"的自我塑形。它的性质与功能均在自身形成的过程之中被明确定位。其次,在这一过程中,中国现代文学在最初阶段一直包含着从五四到新中国成立后的文学发展的全过程,且往往用"新文学"的更为广泛的概括加以描述,而随着新中国成立10周年纪念的展开,"中国当代文学"被推到了历史叙述的前景位置上,中国现代文学/中国当代文学的分别设定被明确了。于是像"新文学"这样的叙述虽还保留了下来,却已不甚重要了。中国现代文学/中国当代文学被确认为两个互有联系、又有所不同的学科。

在这两个学科的基本话语中,有三个最基本的叙述策略:

首先,中国现代文学/中国当代文学的发展过程被阐述为一个向"国家主体"的本质趋近的过程。中国现代文学被叙述为向新国家迈进的文学,它是在一个旧中国的语境之中,在与国内外敌人的斗争之中向一个新的国家的文化迈进的过程。因此,《新民主主义论》有关中国社会发展的描述就被认定为"文学史"的基本理论框架。正像王瑶在《中国新文学史稿》中明确指出的:"中国的新文学史由五四到文代大会恰好三十年,随着新中国的开始,以后将另起一个新的时期,将会有更其灿烂丰硕的果实的。"[1]而这一期待在《十年来的新中国文学》这一权威性的著作中得到了论证。这部著作从四个方面论述了这个时期的成就:"首先,新中国的文学具有我国过去的文学历史上从未有过的新的精神和新的内容。"在这里,英雄人物的塑造被认为是最突出的成就。"其次,我国文学的风格和形式,有了符合劳动人民要求的重要的发展,这就是进一步的民族化和群众化。""再次,我国已有了一支以工人阶级为骨干的作家队伍。""最后,文学作品的读者对象,文学在社会生活中的地位、作用和影响,也发生了有利于劳动人民的重大的新的变化"。[2]而其具体论述中也时常将"新中国文学"视为"文学史"发展的最高阶段,如在讨论小说时,该书指出:"我国古典文学,小说遗产丰富,现代新文学中,也有像鲁迅那样的大师。但现代形式的新小说,虽然对我们来说已有数十年的历史,却从来还没有像这十年中这样蓬勃发展。"[3]这些表述都提供了一个来自"国家主体"合法性的论证。在这里,文学被视为"国家主体"之本质的展开。因此,文学发展有了一个由现代文学向当代文学进化的历史观。

其次,由于这种文学乃是对"国家主体"的无限的趋近,因此它强烈地批判和否定"个人主体"的作用。它提供了一个具有集体想象的文学作为文学发展的前景。中国现代文学被叙述为最终走向这种"集体性"的文学,它是在对"个人性"的不断批判之中建构自身的。而

---

① 王瑶:《中国新文学史稿·绪论》上册,第22页。
② 《十年来的新中国文学》,作家出版社1963年版,第21—24页。
③ 《十年来的新中国文学》,作家出版社1963年版,第29页。

当代文学则提供了一种"集体性"的文学。正像《十年来的新中国文学》一书所指出的:"时代的要求,劳动人民极为丰富和极为动人的斗争,给作家提出了重大的任务,也给作家提供了宽广的天地,要求原先囿于个人狭小圈子的作家,冲破个人的小圈子,从身边琐事和个人悲欢中解放出来,从表现自我,表现资产阶级和小资产阶级的思想感情,改变为表现劳动人民。"①而这一论点实际上是周扬在《文艺战线上的一场大辩论》中的著名论点"资产阶级的个人主义和无产阶级的集体主义是无法调和的"②的引申。在这里,集体性/个人性的二元对立中,前者乃是被肯定的和认同的,而后者则受到了严厉的批判。这导致了如"重写文学史"的倡导者们所困惑的现象:"举一个现代文学史上的例子,就是蒋光慈。对他的创作的评价,我知道至少有这样两种,一是 30 年代中期出版的《中国新文学大系》的编选者,如鲁迅、茅盾、朱自清等人,无论是小说卷、诗歌卷还是散文卷,都没有收入蒋光慈的作品,在各自的长篇导言里,也都不提他的名字,显然是认为他不够格。另一个是 50 年代中期以后出版的现代文学史教科书,大都给蒋光慈相当突出的篇幅,热烈地推崇他的作品,包括 1927 年以前作品的思想意义。"③这种评价的变化无疑显示了话语的不同,这种"集体性"话语显然与"国家主体"的特殊性相联系,而"个人性"话语则与所谓"普遍人性"相联系。

第三,与上述两方面直接相关,50 年代以来建构的"文学史"话语均强调社会、政治含义的支配作用,强调意识形态的主导性,而对于审美或艺术方面强调较少。这种内容/艺术的二元结构被确定下来。

五十年代以来的"文学史"话语从上述三个方向上建构了一套有关五四以来中国文学的阐释框架。而所谓"重写文学史",实际上是对这三个方向上所建构的一系列二元对立的"颠倒"。

三

"重写文学史"的基本知识框架及话语模式应该说是由两篇重要文章建构起来的。这两篇文章奠定了"重写文学史"的存在前提及条件。这两篇文章一是赵祖武发表于 1980 年的《一个不容回避的历史事实——关于"五四"新文学和当代文学的估价问题》,二是曾逸发表于 1985 年的《论世界文学时代》。这两篇文章从总体上所提供的"史论观"一直是"重写文学史"的基本依据,而这两篇文章所限定的范围一直支配着"重写文学史"的发展。

赵祖武的文章发表甚早,所提出的问题是直接针对那一经典性的"进化"史观的,它以一种看似"经验论"式的列举法质疑由现代文学进化到当代文学的发展模式的"本质论"。赵祖武直接提出:"本着尊重历史、实事求是的精神,把三十年的当代文学同'五四'新文学相对照,我们认为前者并没有真正地、完全地继承后者的传统,而是在一定程度上歪曲了这一传统。"④他提出了三个基本的叙述模式。

一是由作家方面进行的对比。他指出:"同'五四'新文学人才辈出、群星灿烂的情况相

①　《十年来的新中国文学》,作家出版社 1963 年版,第 17 页。

②　周扬:《文艺战线上的一场大辩论》,作家出版社 1958 年版,第 11 页。

③　《上海文论》1989 年第 6 期,第 9 页。

④　赵祖武:《一个不容回避的历史事实》,《新文学论丛》1980 年第 3 期,第 5 页。

比,当代文坛的作家队伍有两个明显反常的现象:第一是'识途老马止步不前',就是说,一大批在'五四'新文学史上有所建树的老作家,解放后未能写出超越他们解放前代表作的作品。第二是'巧妇难为无米之炊',就是说,大量解放后涌现的新作家,才华横溢、经历丰富,却未能赶上和超过以鲁迅、郭沫若和茅盾为代表的'五四'前辈作家。"①而他所列出的郭沫若、茅盾、巴金、曹禺等人的创作的前后期差异,一直是"重写文学史"的热门研究题目,而其研究的成果也未超出赵祖武提出的解释。而赵祖武更从"艺术"的角度发出了严厉的质问:"有谁的名字像鲁、郭、茅等人那样在全世界读者中有口皆碑?有谁的作品像《阿Q正传》、《子夜》等杰作这样的具有永恒的文学价值?又有谁创造了如同'阿Q'、'凤凰'、'祥子'、'吴荪甫'等那种能引起人类普遍共鸣的艺术典型?"赵祖武也持有一种"进化论"的立场,但却是以质疑的方式出现的,"假如当代文学真正全面继承了'五四'传统,势必产生出更杰出的文学大师。可是事情却不是这样"。他认定"这正是违背'五四'新文学传统的一个必然结果"②。

二是由"作品"方面,赵祖武提出了两点对"当代文学"的质疑:"第一,前者的重要人物几乎都是形象高大的无产阶级英雄,后者则是小人物。""第二,当代文学许多作品的思想性往往是显而易见的,而'五四'新文学代表作的思想意义却显得隐蔽、含蓄,耐人寻味"。③ 在这里,"小人物"及"隐蔽、含蓄,耐人寻味"变成了与"个人性"及"审美""艺术"相联系的合法性的标准。作者也由此组织起一个反向的二元对立的模式。

三是由"文艺斗争"角度的分析。他认为五四时期的文艺斗争促进了文学的发展,而当代文学的论争则是一种破坏性的和无益的争斗。

赵祖武几乎涉及了"重写文学史"的所有的方面。他在历史观上提供了一个"退化"的和"下降"的历史而"重写"了50年代以"进化"与"上升"为前提的文学史。他在文学观上提出了以"小人物"为中心的,"个人性"的文学观。在意识形态/艺术的二元对立中,他选择了"隐蔽、含蓄,耐人寻味"的所谓"艺术"的方面。这些对旧的二元对立的"颠倒"的叙述,给"重写文学史"提供了基本的理论话语。此后的"重写"几乎都是按照这一模式运作的。

曾逸的《论世界文学时代》,乃是80年代表了当时研究水平、汇集并展示了在"中国现代文学"领域中新崛起的一代人的研究成果的论文集《走向世界文学——中国现代作家与外国文学》的导言④。这本论文集所探讨的是"中国现代作家与外国文学"的关系。这不仅喻示了研究方向与兴趣的转变,也意味着话语的转型。而曾逸的文章则概括了这一研究方向转换的意义。他提出了一个异常清晰的"现代性"的"普遍人性"的理论作为中国现代文学研究的理论基础。这无疑将赵祖武由"经验论"的视点通过现代文学/当代文学的比较而提出的观点进一步成功地理论化了。曾逸以歌德的"世界文学"的理论为前提,提出了一个异常明确的"普遍性"的理论。

曾逸的见解包含两个方面内容。一是从文学角度提出的,他认为:"二十世纪上半叶,以

---

① 赵祖武:《一个不容回避的历史事实》,《新文学论丛》1980年第3期,第5页。
② 赵祖武:《一个不容回避的历史事实》,《新文学论丛》1980年第3期,第7、8页。
③ 赵祖武:《一个不容回避的历史事实》,《新文学论丛》1980年第3期,第8—9页。
④ 这本书几乎收入了后来被归纳为"现代文学研究第三代",支配了80年代后期文学研究的一批学者的论文,它似乎意味着"第三代"的"出场"。有关"第三代"的讨论,参见尹鸿、罗成琰、康林《现代文学研究的第三代:走向成功与面临挑战》,《文学评论》1989年第5期。

印度、日本、中国等亚洲国家的现代文学的形成和发展,以及第二次世界大战后非洲等世界其他文化区域的现代文学的诞生为标志,世界文学总体宣告诞生——世界范围内的各民族文学,以欧洲文艺复兴以来的人文主义文学思潮为基础,在文学观念、创作方法、批评原则、艺术风格、美学理想等方面,取得了在求同存异中进行相互交流和融合的世界性的共同语言。"①而由此出发,曾逸强烈地认同于一种普遍的,超越历史和文化的文学的统一的评价标准。二是将"五四作家群"认定为"他们不再像他们的前辈那样,仅仅作为一个国家、一个民族、一个社会、一个等级或一个家族成员而确认自己的存在——他们意识到自己是人类的一分子,是一个具有个性权利和自由人格的大写的'人'"②。曾逸同时提出了一个十分浪漫而理想化的人类审美发展的理论。他认为,人类经历了一个由早期的"审美个体化"向以民族为单位的"审美群体化"而最终发展到现代的新的"审美个体化"的过程。由此,他提出了一个极具世界主义色彩的结论:"人类未来的一体化世界文学时代将是人在审美方式上的个体化时代,将是文学在世界结构上的一体化的时代。"③一种大众的"普遍人性"与"个体"化的"个人主体"的想象凝结为一种对于文化普遍性的激烈的诉求。这篇足以作为文化宣言式的长篇文章所包含的正是"重写文学史"的理论的前提和基础。

赵祖武和曾逸的文章都提供了一个"重写文学史"的基本框架。赵祖武指明了此后研究的若干方向,像80年代后期"重写"的诸多作家作品论都延续了其分析的基本模式,并由此展开分析。曾逸的文章则提供了一个巨大的理论合法性,一个来自五四传统内部,又在西方话语中居支配地位的"普遍性"的文化理论,被曾逸加以详尽的阐释之后,变成了"重写"理论的前提。此后的众多的"重写"的实践皆来自这一前提。

此后一直在"文学史"领域中进行的"重写"实践,则一直贯穿着两个策略:

第一,"重写"的基本策略乃是淡化中国现代文学/中国当代文学的学科差异,认定二者的连续性大于断裂性。这一立场的意图亦十分明确,乃是试图"取消"中国当代文学的学科合法性,以此来确立一种"退化"及"下降"的过程的存在。无论是"打通"现代文学/当代文学的呼吁,还是"新文学整体观"的论说,或是"二十世纪中国文学"等较有影响的新的"文学史"模式,无一不提出这一阐释策略。有论者指出:"对二十世纪整个中国文学的发展来说,许多根本的规定性是一致的",而在其中将"新时期文学和'五四'新文学看作两个高潮"④。而陈思和的表述则更为直率:"人们习惯于以政治的标准对待文学,把新文学史拦腰截断,形成了'现代文学'与'当代文学'的概念。这实际上是一种人为的划分,它使两个阶段的文学都不能形成一个各自完整的整体,妨碍了人们对新文学史的进一步研究。"⑤而此论者更套用李泽厚有关"六代知识分子"的论述⑥,将五四以来的新文学史"划分为六个特征各异的文学层次"⑦。这种以作家的年龄段进行的极为板滞的划分显然缺少话语与理论的依据,而仅是一种即兴的表达。应该指出,把50年代以来形成的"文学史"表述为"拦腰截断"显然是极为简

---

① 《走向世界文学》,湖南文艺出版社1986年版,第22页。

② 同上书,第43页。

③ 同上书,第70页。

④ 陈平原、钱理群、黄子平:《二十世纪中国文学三人谈》,人民文学出版社1988年版,第29、30页。

⑤ 陈思和:《中国新文学整体观》,上海文艺出版社1987年版,第1页。

⑥ 李泽厚:《中国近代思想史论》,人民出版社1979年版,第470—471页。

⑦ 陈思和:《中国新文学整体观》,上海文艺出版社1987年版,第2—6页。

单的。我只想举出两个例证来说明这一点。一是《十年来的新中国文学》一书指出：毛泽东的"讲话"所指明的道路，"在全国解放前，解放区作家已朝着这个方向、沿着这条道路前进，并获得了重大的成就。解放后新中国文学也仍是沿着这个方向和道路前进的"。① 而陈思和所提出的现代当代不可分的依据也正是："1949 年以后的文学，在其性质、指导纲领、作家队伍等方面基本上都延续了解放区文学的范围，在相当长一个时期内没有发生根本性变化。"② 当时划分两种不向学科建制的理由竟又成了合并它们的理由，其论点的仓促和简单是显而易见的。二是吴圣昔在 1960 年就提出：一部现代文学史著作，应该是 40 年来现代文学的重要作家作品、文艺思想斗争和文艺运动的综合述评和经验总结。现代文学史最好以 1919—1949 年为一部，开国后的十年文学为另一部，可作续编。③ 这些论点显然早已考虑到了"整体观"理论的基本思路，且比起那种简单的合并更为明智。由此可见，这种合并论的所谓"整体观"在学术史上没有任何意义，但作为"新时期"的一种话语欲望的投射还有它的特殊的、不可否认的价值。在这里，这个整体的连续过程正是一个不断"下降"乃至"退化"的过程，是一个五四传统不断丧失的过程。而"新时期"反而终止了这一过程，提供了对五四的回归。陈思和指出："从五四新文学批判旧文学到解放区文学中容纳了旧文学的某些因素，中国现代文学完成了一个大圆圈。""随着中国革命的胜利，新文学朝着逆反方向继续发展。""新时期文学在最初几年仿佛又回旋到了五四时期的新气象。"④这种"下降"与"退化"的表述成了最为核心的话语。

第二，这一"重写"亦导向了对五四及整个现当代文学的来自"个人主体"的"普遍人性"的诉求。于是，在集体性/个人性，思想/艺术的两大二元对立中，"重写文学史"均凸显了后者的中心地位。正像《上海文论》的专栏的两个主持人所言，这是一场"翻烙饼"的活动。他们认为："讨论者往往把话题集中于该不该翻这个饼。"⑤这也就明显地显示了这一"重写"的实践乃是由"新时期"的"个人主体"话语出发所进行的对固有的二元对立的颠倒。无论是对作家作品的估价，还是对思潮运动的反思，我们均可以看出这种由"个人主体"话语出发，由"普遍人性"出发的"重写"的进程。这个进程也有一些极明显的话语的背景。一是李泽厚对五四以来中国文化史的"启蒙"/"救亡"的二元对立的解释。这一解释提供了"重写"的思想史及哲学的背景。二是夏志清在冷战时期的 50 年代写于美国的《中国现代小说史》，这一小说史提供的对"普遍人性"的肯定及"新批评"式的艺术读解无疑也是这一"重写"的重要依据，而它对若干具体作家的解释也强烈地影响了"重写文学史"的作家作品评价。

综上所述，"重写文学史"乃是一个贯穿于整个"新时期"中国现代文学/中国当代文学研究领域的运动。它起步于"新时期"发端之时，结束于"新时期"结束之时。它提供了一个来自"个人主体"话语的历史阐述模式。它的具体结论的对错并不重要，而是它提供了一个不同于这一学科建立时期所建构的"文学史"的另一选择。这一选择所提供的话语和知识极大地改变了中国现当代文学研究的方向。

---

① 《十年来的新中国文学》，第 3 页。
② 陈思和：《中国新文学整体观》，上海文艺出版社 1987 年版，第 2 页。
③ 吴圣昔：《谈谈中国现代文学史的分期问题》，《复旦》1960 年第 1 期。
④ 陈思和：《中国新文学整体观》，第 44—45 页。
⑤ 《上海文论》1989 年第 6 期，第 5 页。

四

50 年代对中国现当代文学史的书写及 80 年代对它进行的"重写",是两种不同的"话语"与"知识"在不同语境中的展开。这也是"现代性"的不同选择间的冲突,是对在"现代性"话语内部的"国家主体"/"个人主体"的不同的"伟大叙事"的冲突。在这里,这两种"文学史"话语都适应了当时的语境,成了这一语境的表征。在这里,第三世界"民族"及"社会"在"发展"过程之中的不同的路向之间的不同选择的差异被凸显得十分清晰。一方面,像"民族"、"集体性"、"国家"等与文化的特殊性有关的选择体现于 50 年代的文学史书写之中,它体现了一种对于特殊群体的强烈认同感;另一方面,像"个人"、"人性"等与文化普遍性相联系的选择则体现在 80 年代的重写之中,它体现了一种对于文化普遍性的强烈认同。由这两个方向构筑了一系列的二元对立,形成了某种形而上的逻辑。而这些逻辑均包含着对于"西方"话语的认同与回应。无论是特殊性或普遍性的寻求都是"现代性"的结果。在这种"文学史"话语的转换中,我们可以发现,"民族国家"/"个人主体"的二元对立结构一直是支配我们思想的中心话语。"民族国家"话语寻找着民族的自我本质,寻找一种空间归属与认同感的策略;而"个人主体"的寻求则是对个人被压抑的地位的反思,力图"赶超"一种普遍性的价值。这种二元结构彰显了尽管"写"/"重写"之间存在尖锐的二元对立,但其中心仍都是对于"现代性"的狂热寻求,只是由于时空定位的侧重不同而呈现出不同的形态。

在这里,我们所需要的不是在这两种文学史之中选择其中之一,而是对二者进行新的思考,超越固有的二元对立,以一种新的"元历史"对二者进行反思,以期提供新的洞见。在这里,"重写"及"写"均给我们留下了一些新的反思的"点":

首先,无论是"写"还是"重写",都对构成自身的知识前提缺少反思,而是确认自身的话语天然合法。

其次,二者均相信"历史"具有绝对的"真"及绝对的线性发展的过程。"真"的文学史完全是可以通过叙述发现的。

其三,二者都确认自身对于文本的读解的可靠性,相信能指/所指之间的透明的直接相关性,因此均直接认定自身的评价的可靠性。

而目前处于"后现代"/"后殖民"语境中的我们所应做的,绝不是对于历史的肯定/否定的结论的发出,而是对于特定语境的仔细的省察与反思。正像福柯所指出的:我们必须"从历史的脉络去检视哪些事件塑造了我们,哪些事件帮助我们认知到所谓'自我主体',就是正在做,正在想,正在说什么"①。在这里,反思西方话语及中国知识分子在整个"现代性"的发展过程中的作用,追问和反思既有的知识与话语,正是处于"后新时期"的我们的责任所在。而"重写文学史"正是我们进入那既成的"知识"与"话语"的孔道之一。这里的工作无非是一个开始而已,它只是对于未来的深入的分析提供了一个初步的探索。

(原载《天津社会科学》1996 年第 4 期)

---

① Paul Rabinow, ed. *The Foueault Reader*, New York: Pantheon Books,1984,P. 46.

关于"重写文学史"的辨析

罗守让

1988 年第 4 期《上海文论》开辟了一个"重写文学史"专栏,撰写《编者按》,刊出《主持人的话》。同期和下一期的刊物,接连发表了《关于"赵树理方向"的再认识》《"柳青现象"的启示》和《论丁玲的小说创作》3 篇文章,"重评"了中国新文学史上有代表性的 3 个重要作家及其作品,"重写"了他们及其创作在文学史上的意义和地位。"重写文学史"就这样从理论到实践被正式提了出来。一年多来,文艺界围绕着"重写文学史"展开了热烈的讨论和争鸣,并由此涉及更多的作家、作品和文学现象。而在不同认识、意见的讨论和争鸣中,有关理论上的阐释和论述也更加清晰、明朗和完整。笔者亦曾撰文就具体作家作品的评价问题加入这一场讨论和争论。"重写文学史"这股思潮反映出来的文艺思想上的分歧,是深刻的、重大的、原则性的。因此将讨论和争论深入进行下去,不但必要而且很有意义。它将把我们对真理的认识不断地引向纵深,将进一步帮助人们澄清某些文艺问题上的理论是非,以便更好地推动社会主义文艺事业的发展和繁荣。

一

首先需要讨论的一个问题,是文学史可不可以重写,应不应当重写的问题,以及如何认识和理解重写,在什么样的思想指导下、什么样的感情心态下去进行重写的问题。

一般地说,人们对文学现象、作家作品、艺术本质、创作规律的认识和把握,总是由浅入深,由简单到复杂,从不无疏漏、偏执到更为全面和准确;特殊地说,对五四以来的新文学发展的历史的研究,在相当长的一段时间内,确曾受到"左"的政治观点、思想路线的束缚;视野不够开阔,方法趋于单一,对"人"的评价有时未必客观、公允,"史"的发掘亦未必全面、深入。有此两端,新中国建立之后,文学史的研究工作虽然取得了可观的成绩,但总的情况并不能使人满意。正因为这样,文学史就必然地处在不断地被重写的过程之中。我们正处在新的改革、开放的历史条件下,思想解放运动的洪流正荡涤着思想文化领域中一切冬烘僵化、因循守旧、无所作为的庸人习气和懒惰作风,我们需要也有条件写出我国新文学衍变过程和发展面貌的完整、真实的历史,写出一部乃至若干部更全面、更正确、更深刻而又更具个性色彩的中国新文学发展史。

但是,从原则上肯定重写文学史的意义和价值,并不意味着我们同意《上海文论》"重写文学史"的理论主张。《上海文论》对于"重写文学史",显然有它自己的特殊的解释和界说。其间所暴露出来的指导思想、感情心态,不但片面、偏执,而且有着明显的认识上的错误,表现出一种不良的倾向。对之有加以辨析和批评的必要。

归纳起来,这种片面、偏执乃至错误,主要具体表现在以下几个方面。

（1）对以往文学史研究的彻底抹杀和否定的虚无主义态度。

"重写文学史"专栏主持人之一的陈思和同志以十分轻蔑的口吻宣布，新中国成立后的文学史研究著作，除了王瑶先生的《中国新文学史稿》属于"开山之作"以外，其余一无所取。老一代学者（自然也是只有王瑶先生在外）留给今天的青年一代学者的只是一种"僵固了研究者的思维能力"的"固定的思维模式"。因此，"重写文学史"必须"强调从我开始，从零开始，而不是某种修修补补的'改写'，只有把一切研究都推到学术起跑线上，才能够对以前成果作一番认真的清理"。① 在陈思和同志，还有另一位专栏主持人王晓明同志看来，只有他们进行的工作，才是"第一是'重写'，第二是'文学史'，第三是'重写文学史'"。过去的、别人的文学史著述，包括从 50 年代开始的作为高等学校中文系的一门基础课程的一批又一批现代文学史教材，都没有资格称为文学史，而只是"政治理论成了唯一的出发点"的"文学方面的政治思想斗争史"。他们声称："从政治的角度来写的文学史，实际上是从政治立场出发，把文学当作政治主张的注脚，或者是某种政治理论演绎的工具"，"它的出发点，着眼点在现代文学的那一个政治意义的侧面，用的也主要是政治思想分析的方法……这样的文学史从其主导方面来说，应属于政治学研究的领域"。② 或者更甚，"用极'左'的政治观点来编造和篡改文学史"③。

陈思和与王晓明同志在这里无疑是对新中国成立以来的文学史研究工作作了最彻底、最直截了当的否定和抹杀。但是，这种否定和抹杀是不够实事求是的，因而也就是简单粗暴的，无法令人信服。文学史是什么？是文学发展的历史，是对文学创作、作家作品从思想上和艺术上的分析和叙述，通过这种分析和叙述，发现各种文学现象之间的相互联系，文学迁演变化的内在规律，从而勾勒出文学演变的历史的清晰面貌。文学，是一定社会生活内容的文学，也是一定思想倾向的文学，当然文学的本质特征又是审美的，是审美的形式和富有社会意义的思想内容的统一。完全脱离和隔绝了思想和政治，无所谓文学，自然也就更谈不上有文学史和文学史的研究。新中国成立以来关于新文学史的研究，我们确有某种强调政治思想、忽视艺术特征的缺陷和失误，倘就个别情况而论，文学批评标准向政治方向的倾斜也曾严重到了只要政治、不要艺术的程度。然而总体地看，无论在对于作家作品的分析，还是在对于文学发展历史的描述中，是既注重了政治倾向，又顾及到了艺术审美特征的，是从政治和艺术的统一、内容和形式的统一上去进行的。文学史的研究工作虽有偏颇、缺陷，乃至错误，但总的说来，成绩仍然不容忽视，而且缺点、错误在不断地被克服和纠正之中。何尝是整个文学史的研究蜕变成了文学的政治学的研究，何尝是新中国成立以来几十年除《中国新文学史稿》之外，一部能够被称作是文学史的著作也没有？从 50 年代到 80 年代，多种文学史著作出版、发行，供人阅读，被作为大学教材或参考材料，竟是文学史研究工作上的一页空白，有反而不如无吗？陈思和、王晓明同志攻其一点，不及其余，将缺陷无限夸大，对成绩彻底抹杀，一是表明了在思想感情的深处，对政治，对文学、文学批评与政治的关系，怀有一种深深的厌弃和偏见（这一点下面接着就要讲到）；二是表现了一种学术研究工作中的虚无主义态度。这种虚无主义的态度其实是理论上的幼稚和浅薄。从事学术研究，不尊重前人的

---

① 《关于"重写文学史"》，《文学评论家》1989 年第 2 期。

② 《关于"重写文学史"专栏的对话》，《上海文论》1989 年第 6 期。

③ 《关于"重写文学史"》，《文学评论家》1989 年第 2 期。

成果,骂倒一切,否定一切,不是难成大器,便是走偏方向,误入歧途。须知,"重写文学史"是不能建立在这种虚无主义的态度之上的。所谓"从零开始"不过是自欺欺人而已。

(2)对文学的政治倾向性,对五四以来中国现代文学的革命历史道路和革命传统,采取怀疑和批判的态度。

文学的意识形态性质,从根本上决定了文学的社会性,在阶级社会和阶级存在的社会里,也就必然地具有阶级性、政治倾向性乃至党性等等。这是最基本的、起码的文学常识,也就是规律。中国现代文学的新民主主义性质,又决定了现代文学和特定的时代政治的深刻联系,其主流属于无产阶级领导的人民大众的反帝、反封建的革命事业的一个组成部分,反映着这一革命的要求,并且逐步向着社会主义方向前进和发展。作为审美形态的文学,它当然需要按照美的规律反映现实、塑造形象、表现感情,但它又无法从根本上脱离特定的时代政治背景遗世而独立。或浓或淡,或隐或显,或直接或间接,文学总是渗透并包孕着一定的政治内容和与政治有着关联的社会道德伦理内容、人性人情内容。可是一个时期以来,思想界、文艺界一些人宣传、鼓吹文艺脱离政治或者称之为"淡化政治",竟成为一种时髦。而由此出发,批判"五四"以来中国现代文学的革命的发展道路,否定现代文学的革命传统,也就成为一种理论上的新创造、学术上的新发现。影响最大的莫过于李泽厚先生。他在《中国现代思想史论》一书中,率先提出了所谓政治救亡压倒思想启蒙,政治需要规范和挤压文艺发展的论点。他说:"在近代中国……政治斗争始终是先进知识群兴奋的焦点。其他一切,包括启蒙和文化,很少有暇顾及。"对于延安整风运动以来的直至80年代的中国文艺历史,对于从40年代起逐步成为文艺的指导思想的毛泽东文艺思想,李泽厚先生作了这样的论断:"……显然,这都不是从文艺特别不是从审美出发,而完全是从政治需要出发,从当前的军事、政治斗争要求出发。"言词最为张狂的莫过于夏中义同志。他断言"毛泽东文艺思想的全部基本论点也是其内核的派生物,这内核用一句话来概括:就是坚持文艺从属于政治,亦即片面强调文艺的政治实用功能,偏偏忘了文艺的本性是审美。"他宣称新中国成立后40年的文艺历史,前29年是审美本性的"迷失期",后11年是"探寻期"。所谓"探寻","就是要把文艺从政治腰带上解下来"。① 这样一种观点,实际上也是"重写文学史"专栏主持人的观点,至少相互之间是心气相通。陈思和同志在一次讨论会上,谈到"五四"时期进步文艺和鸳鸯蝴蝶派的斗争,谈到革命文艺唤醒民众的工作,声称"这种作法本身是非文学的,甚至是对文学的破坏";谈鲁迅,不谈鲁迅作品对于现实人生的反映,和包含在这种反映中的清醒的现实主义的战斗精神,而大谈所谓"人类本体学的问题",鼓吹鲁迅的伟大和作品的价值,就在于"很难说它针对现实生活中的某种具体事物",而"是在一种很高层次上谈对人类本体的认识","涉及人类的永恒的东西"。把鲁迅歪曲和装扮成一个远离现实斗争的局外超人和玄想家,一个"写梦,写得很美"的纯艺术、纯审美的文学家。然后对中国现代文学发展的历史做出这样一种悲天悯人的总结性归纳:"鲁迅是孤立的,他的传统没有延续下来,其后出现了'文学为人生'、为'无产阶级大众的文学'……一步步把文学彻底地纳入政治斗争轨道。在一定的历史条件下,这些都可以视为历史的需要、革命斗争的需要,但这不是文学,'它与文学本身是抵牾的。这就是艺术与非艺术的关系。"②什么现代文学史,什么文学的现实主义的历史道

---

① 《历史无可避讳》,《文学评论》1989年第4期。
② 《评论家的对话》,《人民日报》,1989年2月14日。

路,什么无产阶级领导下的人民大众的反帝反封建的文学,都被陈思和同志在这里一笔抹杀和勾销了。有的只是"非文学"与"非艺术"的历史,只是"对文学的破坏"的历史。

(3)鼓吹脱离政治和现实人生的纯审美的文学批评标准和文学史标准。

在对政治、对文学与政治的关系的深深的厌弃中,在对中国现代文学的革命历史道路和革命传统的坚决排斥和激烈批判中,"重写文学史"的提出者们实际上在鼓吹一种脱离政治和现实人生的纯审美的文学批评标准和文学史标准。他们评论作家作品,排斥政治因素,漠视其对于现实人生的反映和表现。连鲁迅那样的革命文学家、文化革命的旗手,公开宣布自己写小说是为了"改良社会",为了"揭出病苦,引起疗救的注意";公开宣称是"遵奉""革命的前驱者的命令"而写作,所写的是"遵命文学",①一到了"重写文学史"的论者笔下,也失去了政治色彩,其创作也没有了时代气息,只剩下审美的传统了。他们论述文学运动、思潮和文学流派,不但斥责"为无产阶级大众的文学",而且连"文学为人生"也在批判之列。这就是说,不但左翼作家联盟该受斥责,左翼文学、无产阶级革命文学"不是文学",连文学研究会也该受批判,"为人生的文学",现实主义文学也"不是文学"。所以现代文学史上,审美的传统"没有延续下来"。他们"重写文学史",就是要把这样一种"今天对现代文学的新的理解写下来",就是要"从文学角度",运用"审美的分析方法"去进行现代文学史的研究,"去寻求现代中国人的审美经验是如何形成的,总结白话文学 70 年来在创作上的成功经验与不足",他们称之曰:"当代人对文学发展历史的一种整合。"②这种"重写"必须摆脱已有的文学史的"思维模式","从零开始";这种"重写"将从根本上"改变这门学科原有的性质",使文学史"成为一门独立的、审美的文学史学科"。③

这种对于中国现代文学的"新的理解",这种意欲改变文学史学科"原有的性质"的"重写",到底建立在什么样的思想基础、原则标准之上,难道还不够清楚吗?所有一切都告诉人们:"重写文学史"的论者们,《上海文论》"重写文学史"专栏的主持人,在这里提出了一个脱离政治和现实人生的纯粹审美的文学批评标准和文学史标准。

需要说明的是,陈思和、王晓明同志并不肯爽快地承认这一已经清楚不过的事实,反而申明自己无意于提倡"纯而又纯的美",反而申明自己遵从的是恩格斯的美学的、历史的观点。这实在使人啼笑皆非。恩格斯的美学的、历史的观点,是一种从思想和艺术的统一上考察和评价文学的观点。美学的观点主张分析文艺作品必须考察其是否按照美的规律塑造艺术形象,文艺作品的艺术形象是否合乎美的规律;历史的观点则是用来考察文艺作品是否历史地、真实地、具体地反映了社会生活和时代现实。恩格斯提倡较大的思想深度和意识到的历史内容,同莎士比亚式的情节的生动性和丰富性相融合;认为文艺要表现无产阶级的革命斗争;赞扬同时代作家的创作的社会主义的思想倾向。恩格斯的美学的、历史的观点和"重写文学史"的论者的观点相去何止十万八千里。拉扯上恩格斯并不能帮助陈思和、王晓明同志掩饰文艺思想上的错误,反而更加鲜明地显示了其实际上确是在鼓吹脱离政治和现实人生的纯审美的文学批评标准和文学史标准的错误。

人们不禁要问,对政治和文学的关系,对中国现代文学发展的历史,对文学批评和文学

---

① 分别见鲁迅:《我怎么做起小说来》和《〈自选集〉自序》。

② 《关于"重写文学史"专栏的对话》,《上海文论》1989 年第 6 期。

③ 《关于"重写文学史"》,《文学评论家》1989 年第 2 期。

史写作应该遵循什么样的标准,抱有这样一种十分片面、偏执的感情心态,有着这样一种显然是有害的、错误的思想认识,《上海文论》如何去"重写文学史",又要将一部中国现代文学史"重写"成什么样子呢? 这完全不是什么"要对'重写文学史'进行政治批判的热情",而是心中产生的实实在在的困惑和疑虑。

二

事实证明我们的困惑和疑虑不是多余,更不是无的放矢。"重写文学史"离不开对具体的作家作品,尤其是重要的代表性作家作品的重新评价。这种重新评价是"重写"的具体化,也是它的最基础的、第一步的工作。"重写"的基本原则、指导思想、感情倾向,在这种作家作品的"重评"中率先鲜明地表现出来。因此考察和审视"重评"将为我们判断、鉴别"重写"提供可能和依据。而透过"重评"看"重写",自然就成为我们需要讨论的第二个问题。不幸的是,这种考察和审视迫使我们不能不更加坚信,《上海文论》所提出的"重写文学史"代表了近年来泛滥于文坛的一股错误的文艺思潮。人们在"重评"中看到了什么呢? 看到的是对于构成时代主旋律、现代文学主潮的无产阶级革命文学和新中国成立后革命现实主义文学的肆意贬损和否定!

现代文学从"文学革命"发展到"革命文学",几十年之间经历了激烈、复杂的斗争。既有各种思想、文艺思潮交替、更迭、消长的斗争,还有国民党反革命的文化围剿和打破这种围剿的血与火的斗争。"现代"一词无疑具有时间概念的意义,即凡在此时间内,不论敌、我、友,不分左、中、右的文学,都属于现代文学史研究的范围。唐弢同志的意见是有道理的、正确的。他说:"我赞成文学史家视野放得开阔一些,凡是现代文学(新文学)范围以内的,只要艺术水准够得上,可以左、中、右作家都写,决不能像过去一样,将一部文学史写成左翼文学史。"[1]但是,"现代"一词又不只是一个时间的概念,而包含着特定的时代内涵。现代文学的发生和发展,既伴随着社会革命的发展而进行,又体现着时代革命的历史内容。正如毛泽东同志指出的:"在'五四'以前,中国的新文化,是旧民主主义性质的文化,属于世界资产阶级的资本主义的文化革命的一部分。在五四以后,中国的新文化,却是新民主主义性质的文化,属于世界无产阶级的社会主义的文化革命的一部分。""所谓新民主主义的文化,一句话,就是无产阶级领导的人民大众的反帝反封建的文化。"[2]在反对旧文学、建立新文学的历史过程中,文学革命的队伍不断分化和重新组合,马克思主义及其文艺理论广为传播,并日益为更多的先进的知识分子所接受。无产阶级文学和处于无产阶级领导影响下的革命民主主义文学,始终是现代文学的大潮,而左翼文学运动及解放区的文学运动又是引导潮流前进的潮头。革命民主主义的文学逐渐增长着社会主义的因素,向着社会主义方向发展,并转换着自身的性质,最终汇入到无产阶级革命文学的洪流之中。所以尽管无产阶级的革命文学在其发展过程中经历过矛盾和曲折,出现过缺点和错误,它却代表着中国现代文学的发展方向,代表着未来。延安文艺座谈会后,在毛泽东同志《讲话》的指引下,革命文学逐渐克服早先的幼稚和浮躁,步履日益坚实有力,获得长足的发展,亦是不容抹杀的事实。没有无产阶级革

---

① 唐弢:《关于重写文学史》,《求是》1990 年第 2 期。

② 《新民主主义论》。

命文学,党领导下的工农革命斗争就得不到描写;没有解放区文学,革命斗争从失败走向胜利的历史趋势,党领导下的以武装革命反对武装的反革命,以农村包围城市进而夺取城市和全国胜利的这一中国革命的重要特征,就得不到表现。无产阶级革命文学为主要是替旧时代唱葬歌和挽歌的旧现实主义文学增添了新的资质和色泽,推出新的形象系列,开辟出新的艺术世界,使现代文学更加无愧于自己的时代。撰写现代文学史,固然凡现代文学范围以内而又艺术上有所成就的作家,皆可纳入,然而又必须通过"史"的叙述展示出这样一种文学发展的规律、道路和前途。所以唐弢同志在提出"可以左、中、右作家都写"的同时,紧接着又说:"其实没有右,没有中,怎么显得出左呢? 这正如没有左,没有中,也显不出右一样,文学史应当是一部全面的但又十分精炼的文学发展史。写到思想上左、中、右的消长,艺术上不同流派的沿革,再加上题材的更易,创作方法的交替……"①这个意见显然比较全面、辩证。他赞成重写文学史,批评了过去文学史的缺点和错失,希望能有"一部较好的中国现代文学史,一部较为成熟的实事求是的中国现代文学史"②。但是他的意见并不包含着对于无产阶级革命文学的轻视和否定。他的意见值得一切有志于重写文学史的无论老一代学者还是青年一代学者的思考和采纳。

可是,《上海文论》的"重写文学史"的提出者们,某些"重写文学史"的论者们,可就不同了。他们通过对具体作家作品的"重评",肆意地贬损和否定无产阶级革命文学,贬损和否定作为这种革命文学的延续和发展的新中国成立后的革命现实主义文学。《关于"赵树理方向"的再认识》《"柳青现象"的启示》《论丁玲的小说创作》《一个高级形式的社会文件——重评〈子夜〉》(最后这篇刊《上海文论》1989 年第 8 期),就是这种"重评"文章的代表作品。我们不妨对其作些剖析。

赵树理是在《讲话》的指引下,在解放区成长起来的著名作家。他顺应时代的要求,将现代文学史上以农民和农村生活为题材的文学创作推向了一个新阶段。是赵树理首先既将农民作为革命的主力军来歌颂,又写出革命的胜利怎样改变了中国农村的面貌和农民的命运;人们也首先是从赵树理的小说,才真切地感受到文学对于享受到战斗胜利的欢乐和翻身解放的喜悦的农民的描写,感受到中国农村因革命而经历的巨大的历史性变化;同时又充分地感受到农村革命的艰巨性、长期性和复杂性。赵树理的小说在文学的民族化和大众化方面取得了十分可喜的成就。他真正地改变了"衣服是劳动人民,面孔却是小资产阶级知识分子"③这样一种文学长期和劳动人民,特别是和农民隔膜的状况,将文艺和革命、和人民的结合推进了一大步。他的作品具有真正的中国作风和中国气派,为人民群众、特别是为广大农民所喜闻乐见。然而,经过"重评家"戴光中同志的一番"再认识",这一切都翻了个个儿。戴光中同志认定赵树理在内容上提倡"问题小说论",艺术上主张"民间文学正统论"(赵的原话实际上是"以民间传统为主"),从理论到创作,简直不值一哂。其创作只会"使富有教养的艺术家微笑摇头","被精于鉴赏的审美家"视为"小儿科"。而赵树理创作的民族化和大众化,乃是一股使现代小说发展方向"发生逆转","背离整个世界文学的发展潮流"的"逆流"。这样一"重评"和"再认识",赵树理便被置于可怜可笑的小丑地位,受尽了批评家的轻侮和

---

① 唐弢:《关于重写文学史》,《求是》1990 年第 2 期。

② 唐弢:《关于重写文学史》,《求是》1990 年第 2 期。

③ 《在延安文艺座谈会上的讲话》。

嘲笑!

然而,问题还不止于此,戴光中同志还将一个40年代由人提出,实际上影响有限的"赵树理方向"的口号夸大,进一步展开批判。既指责"赵树理方向"是一个"强加"的虚假口号,又对其所谓的消极作用作出十分危言耸听的描述。认为流毒深广,不但祸及于当时及以后,而且直达于今天,祸及"中国新文学的发展轨迹","妨碍新时期文学的进一步发展"。这样,赵树理就不只是可怜可笑,而且可悲可叹了!简直成了文学史上的反派角色,罪莫大焉!因为"赵树理方向"虽由人册封,而根源仍在赵树理及其创作。但是说穿了,"赵树理方向"又是什么呢?无非是赵树理在实践《讲话》的文艺的工农兵方向上取得了突出成就,解放区的文艺界有关领导人号召向他学习而已。向赵树理学习,像他那样深入生活,热爱农民群众,并用文艺去描写他们和表现他们,有什么大错呢?

在"重评"的批评家看来,赵树理不行,该批。柳青又如何?柳青长期扎根农村,和农民生活在一起,学习在一起,劳动在一起,急农民之所急,想农民之所想,心心相印,休戚与共。举家迁居陕西长安县(今为西安市长安区)皇甫村,一住14年,要不是"文化大革命"弄得家破人亡,他还会长期住下去,沉在"生活的学校"里一辈子。①他为社会主义的文学奉献出了呕心沥血的长篇小说《创业史》。这是一部恢宏的史诗性巨构。作家将农业合作化运动放在广阔的社会背景下和纵深的历史画图中去表现,揭示出这一场革命的深刻的历史渊源,显示了它的复杂性、艰巨性与胜利的必然性。小说历史地、真实地、具体地展现了我国农村社会主义革命的过程,艺术的笔触却始终围绕着人物形象的塑造展开,作品的主题体现在人物性格和人物彼此错综复杂的关系之中。作品塑造出一系列富有个性特征的艺术形象,几乎包括了农村各个阶级和阶层的典型。历史画面的广阔和艺术笔触的细腻相结合,细节描写和心理刻画的精确与不可遏止的政治激情相融合,饱满的时代精神和浓郁的地方风情相统一,构成了独具特色的作家个人风格。《创业史》虽然不无缺陷,时代风气所使然,某种"左"的思想的因素在作家意识和感情的深处确乎存在,并在创作中表现出来。但是,作品所达到的概括生活的深度和广度,其所具有的生活的容量和艺术的容量,使《创业史》成为新中国成立后社会主义文学最优秀的长篇小说之一。然而,在"重评"的批评家宋炳辉同志的认识上,可就完全是另一回事了。成就与缺点比较,《创业史》更多"局限和教训"。对其思想艺术作分析,更发现《创业史》局部上、细节上富有生活气息和不乏真切生动,但在根本上却是一部公式化、概念化的作品。"单一的政治视角把作品中的人物和行为全部纳入阶级阶层的矛盾和斗争的框架中,使人感到作品所有的叙述都趋于一个结论,而这个结论是'先验'地在作品之上高挂着的,这就是表现'党的指引和历史发展必然要求的一致性'。""作品的情节展开,从根本上失去了偶然性和独特性。一切都是经过精心设计的。惨淡经营的多样化和差别化,并未脱离文学形式对政治运动直接模拟的樊篱,根本上还是人物性格的单一化,人物配置的类型化和情节安排的程式化。"被人称道并成为文坛佳话的柳青长期扎根农村的创作生活方式,也被认为是"在'先验'的理论框架的规范中面对生活,生活经过这套框架的筛选,丧失了它的原生状态的丰富性、复杂性"。作家因此丧失了"独立自主性",文学因此成为"证明政治理论"的文学,"听话的文学"。如此这般,从思想到艺术,从生活到创作态度、方式,《创业史》

---

① 柳青认为作家一生要进三个学校,即"生活的学校,政治的学校,艺术的学校",见柳青:《生活是创作的基础》。

都是一部不足取的、失败的作品。通过"重评"，新的批评家又轻而易举地抹去了新文学史上一位著名作家，社会主义文坛上一部产生过广泛而深远影响的优秀作品。

对于革命作家作品来说，"重评"就是贬损，就是否定。就是将一切已有的文学史结论颠倒过来。似乎过去的文学史结论不是严肃的文学批评和理论探讨的凝聚和总结，应该统统推翻。这些年来，革命文学家也真是"运交华盖"，谁都难免"重评""重写"的劫数。茅盾和丁玲，这样在国内外广有影响的革命文艺运动的老战士，鲁迅当年曾向埃德加·斯诺介绍的"最优秀的左翼作家"①，一样概莫能外。

先看看"重评"是如何评论丁玲的吧！王雪瑛同志的《论丁玲的小说创作》一文认为，丁玲是人格分裂的具有"双重性格"的人。残酷的革命斗争，尤其是曾经被捕的狱中生活，摧垮了丁玲的精神和意志，使她对生活怀有一种"阴郁的情绪"，思想上压着"一座冰山"，承受着"沉重的精神负荷"。两个"自我"在丁玲的灵魂深处搏斗，"一个是热情、利落、面向新生活的'我'，另一个却是敏感、孤独、压抑，困于冰山之下的'我'"。她的奔赴延安，似乎也不是主动地投向革命，而是寻求个人感情出路和心灵解脱的"别无选择"。《上海文论》负责人之一的毛时安同志认为，这是"王雪瑛对于丁玲创作心理的透视"，是一种新的"研究方法"和"研究视角"。② 我却以为，这实在是对丁玲思想、性格、人格的歪曲乃至诋毁。纵观丁玲一生，生活遭际充满罕见的人生劫难，却于艰难困苦中决不屈服，对共产党和共产主义始终忠贞不渝，为中国革命和中国革命文艺事业奋斗终生。其胸怀坦荡，其情操高洁，其行为光明磊落！丁玲当然不是完人，也不是天生的革命家和革命文学家。她和阶级敌人斗争，和各种恶势力、错误倾向斗争，也经历了自己战胜自己、自己改造自己的斗争，在改造客观世界的同时改造自己的主观世界，直至完全皈依革命，融入人民。对这样一位革命文艺老战士，凭什么断言她是一个人格分裂的"双重性格"的人！这种断言不是歪曲和诋毁又是什么？

由于思想观点、感情立场不同，对丁玲的创作特别是她的文学道路也就有了完全不同的认识。明明是创作道路从小资产阶级民主主义向无产阶级革命方向的转变，是前进和提高，王雪瑛同志却认为是每况愈下的不断的大滑坡；明明是不断地从时代的潮流中汲取题材、主题、思想和激情，不断地丰富和发展艺术个性，王雪瑛同志却认为是艺术个性逐渐衰落、丧失，乃至最后彻底丧失；《太阳照在桑乾河上》是丁玲转换创作的内容和形式之后新的收获，是作家创作上的一个高峰，王雪瑛同志却认为是失败的作品。王雪瑛同志最后这样总结了作为文学家的丁玲的一生："以《莎菲女士的日记》那样独特的创作为起点，却以《太阳照在桑乾河上》这样概念化作品为终点：丁玲的这一条创作道路，除了使人感到惋惜和悲哀，还能给人们怎样的启示呢？"然而，实实在在，使人感到惋惜和悲哀的不是丁玲及其创作，倒是标榜"重写文学史"的批评家。出于错误的文学批评标准，出于思想上的极端的偏执，是如此深深地从根本上扭曲了，几乎是中伤和诋毁了新文学史上一位著名的革命作家，一位对无产阶级革命文学做出了重要贡献的作家。

同样的情况表现在对茅盾的《子夜》的评论上。蓝棣之同志的《一个高级形式的社会文件——重评〈子夜〉》，简直是一篇奇文。"奇文共欣赏，疑义相与析"，值得认真阅读、仔细领会。稍具现代文学史常识的人都知道《子夜》在文坛上的价值、意义和地位。这种里程碑式

---

① 埃德加·斯诺：《活的中国》，文洁若译，湖南人民出版社 1983 年版。

② 毛时安：《不断深化对文学史的认识》，《上海文论》1989 年第 6 期。

的地位不是由谁可以"钦定",也不是任何人可以"钦定"得了的。《子夜》的地位是由它自身的思想艺术成就决定,也只能由这种成就决定。正如朱自清先生所说:"说取材、思想和气魄,都是中国新文学划时代的巨制,这才是站在时代最尖端的作品,没有办法,我们只有跟它走。"①蓝棣之同志不是说只有政治家瞿秋白(其实同时又是文学家、翻译家、文艺理论家)称赞《子夜》,而"真正的文学家对其评价显然是有保留的"吗? 朱自清先生大概有资格算作"真正的文学家"吧! 而且是并无"重评"的批评家所特别厌弃的左翼政治色彩的文学家。其实,就连反对新文学的学衡派代表人物吴宓也曾对《子夜》很是佩服,称赞其"结构最佳","表现时代动摇之力,尤为深刻";"写人物之典型性与个性皆极轩豁,而环境之配置亦殊入妙";"笔势具如火如荼之美,酣恣喷薄,不可控搏"云云。②吴宓纯从形式、技巧着眼,本不足为训,但却也从另一面说明了《子夜》的艺术成就是得到人们公认的共识。《子夜》既以其战斗的思想的锋芒,又以其现实主义艺术的巨大魅力,显示了无产阶级革命文学创作的成熟,不愧为一部划时代的文学巨著。然而,蓝棣之同志的"重评"却从根本上否定了《子夜》,批评它"追求伟大,但缺乏深刻的思想力量,也未敢触及时代的尖锐政治课题,追求气魄宏伟,但风格笨重;追求严谨结构,但过于精巧雕镂,有明显的工匠气;追求革命现实主义,但导致了主体性大大削弱";甚至认为《子夜》只是素材的堆砌,简直还够不上是艺术;是"主题先行",是"宣传品"和"形象化的论文";因而"是一次不足为训的文学尝试","是一部高级形式的社会文件"。"从《蚀》到《子夜》,从文学本身看,是一个大退步。"这不是一种信口开河的、极不严肃的奇怪的批评,又是什么呢?

更严重、更离奇的信口开河,还表现在对于作家创作心理的毫无根据的、纯属异想天开的揣摩猜测。我们已经领教过王雪瑛同志的"创作心理的透视"了,再来领教一次蓝棣之同志的吧! 根据他的"透视",吴荪甫"寄托"着"茅盾的政治境况与文坛境况","吴荪甫就是茅盾";《子夜》创作的"深层心理"和"深层动因",乃是"茅盾在政治上所受到的压抑,政治才能不能得到施展,转而在文学创作上找寻施展政治才能抱负的机会"。在"重评"的批评家眼中,茅盾不是一个革命作家,而是一个政治上和文学上双重失意,在夹缝中讨生活的落难知识分子和落魄文人。"从政治上说,他处在教条主义与取消派之间,从文学上说,他处在激进的创造社、太阳社与落伍的作家群之间,——你看,这是不是多少有些像吴荪甫被夹在买办金融资本与工农运动之间呢?"同样,在"重评"的批评家看来,文学创作也不是茅盾的事业和追求,而是一块谋取新的飞黄腾达的敲门砖,作家借此要重新敲开政治的大门,所以心目中的"潜在读者"就是政界要人,"他的作品是写给党的政治领导人看的"。

文学批评蜕变成了体现某种本质上属于阴暗心理的玄想臆测,蜕变成了天方夜谭式的奇文,人们还能说什么呢? 人们只能替所谓"重评"悲哀,替"重写文学史"悲哀! 然而,在这种对于无产阶级革命文学的不负责任的肆意贬损和否定中,"重写文学史"的片面、偏执和谬误,也就暴露得更加充分了。

---

① 据吴组缃:《敬悼佩弦先生》,转引自《茅盾研究论文集》,第459—460页。

② 据茅盾:《〈子夜〉写作的前前后后》。

三

一段时间内,"重写文学史"形成一种颇为可观的势头。在对新文学史上重要作家作品的重新评价中,在对革命文学的贬损和否定中,"重写文学史"的提出者和论者们显然企图将"重评"这种文学批评,从个别归结到一般,从现象上升到理论,提出某种带有普遍性的和规律性的文学新观念和文学史新结论。他们提出了什么呢? 概括地说就是两论,一曰政治妨害创作论,二曰思想进步、创作退步论。对此,有进一步讨论和剖析的必要。

先看政治妨害创作论。戴光中同志严厉批判赵树理的"问题小说",指斥其"无非是关注现实的重大社会问题,政治问题,旗帜鲜明地表现作家的政治评价和道德倾向",而"问题小说"的根本弊端,在于"为政治服务",在于"实践了《讲话》精神"。宋炳辉同志认为作为作家的柳青并不缺乏艺术才华,也不缺乏生活体验,《创业史》的失败在于"作品被夸大了的理论体系笼罩着全篇"。什么"理论体系",自然就是政治思想体系,具体来说,就是马克思主义、毛泽东思想。批评家声称作家对于马克思主义、毛泽东思想的信仰是"非科学的、简单化的信仰主义"。政治既使作家堕入蒙昧盲从的"信仰主义",又使作品"处处表现出一种选择的内在矛盾性:总体把握的失当和艺术细节描写的生动性",还使作家的深入生活无法突破"虚假的不健全的理性思维方式",而为其所拘囿,以致不敢正视生活的全部真实。王雪瑛同志断言丁玲的艺术个性全在于"自我体验和自我分析"。这种"自我体验和自我分析","并没有多少深刻的理智内容,并不以对现实社会的某种明确的分析为前提","常常是情绪性的,甚至首先是一种模糊暧昧的下意识骚动"。丁玲创作向着革命文学的发展,"是出于非审美的因素",是"趋时",因而是对自己艺术个性的背弃。《太阳照在桑乾河上》,"只有那一个纯粹政治性的主题,而这样的主题是其他许多作家都已经写过,以后还有更多的作家将来要写的"。无产阶级政治介入丁玲的创作的结果,使"她由倾听自己的心声转变为图解现成的公式:她的创作变了质"。陈思和同志完全同意蓝棣之同志对《子夜》的批评,并且认为:"《子夜》的创作一开始就出了毛病,如茅盾所说的,他写《子夜》就是为了回答托派的……托派争论的是一个社会政治经济发展的问题,本应通过理论争辩去解决,何尝需要一个小说家来凑热闹了? 再则,《子夜》作为一本现代都市小说,它的对象是市民,这些读者看看老板舞女觉得蛮新鲜,又何尝有兴趣来听你解答社会经济学甚至中国有没有资本主义的大问题?"所以,"弄得像一份'社会文件'。"①……如此等等。总之,从"重写文学史"的观点来看,这些新文学史上的大作家、著名作家,无一不栽倒在政治上,无一不是因为革命的政治妨害了创作。

政治妨害创作不只是损害了一个一个的作家,而且祸害了整个新文学 70 余年的发展历史,祸害了整个文学事业。《上海文论》1989 年第 3 期又一篇徐循华同志的重评《子夜》的文章《对中国现当代长篇小说的一个形式考察》,就是从这样一个角度立论的。该文提出了一个"关于《子夜》模式"的问题。所谓"《子夜》模式",说穿了就是政治妨害创作模式。徐循华同志对于《子夜》的责难和蓝棣之同志如出一辙。他的发明在于将《子夜》称作"伪长篇",在于认定从《子夜》开始,中经 40 年代,到新中国成立后的 17 年,再到粉碎"四人帮"以后的历史新时期,长篇小说的创作都表现出"政治对文学的辖制"。其具体表现为:"以政治理论(包

---

① 陈思和:《主持人的话》,《上海文论》1989 年第 3 期。

括政策）为长篇小说概括生活和描绘人物的主要依据"；"'主题先行'的创作方法终于发展成一种固定的创作原则"；"非'我'即'敌'"的"'二元对立'的机械思维模式牢牢地'积淀'于作家的心理机制中"。于是，《子夜》以降，包括《太阳照在桑乾河上》《暴风骤雨》，直至《红旗谱》《青春之歌》《创业史》《山乡巨变》《艳阳天》《李自成》，再至《冬天里的春天》《东方》《许茂和他的女儿们》《将军吟》，等等，一股脑儿，一大串儿，莫不被批评家一一批判。结论是："中国的许多现当代作家似乎还不具备创作长篇小说的结构能力。"这等于说，政治妨害创作的结果是中国无作家，中国无文学。

将政治与文学的关系看成纯粹的妨害与被妨害，"辖制"与被"辖制"的关系，不但是简单的、片面的，而且是错误的。我们需要对问题作具体分析。一是要看是什么性质的政治，也要看是什么性质的文学；二要看具体处理两者的关系的方针、政策和措施是否正确，是否符合文艺的特征和规律。革命的政治对于反动的文学无疑是要妨害的，反之也一样。而革命的政治对于革命的文学、进步的文学，从总的方面来看，则是促进的关系，指导其发展，引导其前进。中国的新文学就是在革命的政治（新民主主义的政治和社会主义的政治）的指引下，走过了 70 余年的发展道路，而蔚为大观，而有今天的繁荣和兴旺景象。但是当政治本身发生偏差和失误，或者不能正确处理与文艺的关系，违背文艺特征和规律，强行干涉不应该干涉的方面，则政治之对于文艺也会起促退的消极作用，影响文艺的正常发展和繁荣。人们一再批判、深为厌恶的"左"的思想路线及其对文艺的危害，就是这种情况。在新文学史上，"左"的错误曾经一度成为一种有害的倾向，新中国成立后 17 年里也存在这种情况。对这种"左"的倾向不应该放松警惕性，是完全必要的，今后也是一样。但是并非因此就应当反对甚至取消文艺的政治倾向性，而走入另一个就其实质来说是右的极端。文艺根本上不能脱离政治，革命的政治是革命文艺的思想的指导，也是今天社会主义文艺健康发展的保证。"重写文学史"的论者们几乎一致地严厉批判"文艺为政治服务"的口号，仿佛新文学发展过程中的全部弊端和缺陷都由此而来，仿佛文艺根本上不可以也不应该为政治服务。这其实并不完全正确。我们认为，作为文艺发展的总方针、总口号，"为政治服务"的提法不科学，而以为为政治服务就是为具体的政治事件、临时性的政治任务和体现一定政治内容的某项政策服务，即所谓"写中心""演中心""唱中心"，则是一种误解。以为任何形式、体裁、风格的文艺创作，都应该具有强烈的政治性主题，包含强烈的政治内容，以为文艺的社会功能就只是政治思想教育这样一个方面，这无疑将使文学的题材狭窄化，内容单一化，风格固定化，也不利于文学的发展。实践证明，将"为政治服务"作为文艺的总方针并不恰当，存在种种弊端。所以党中央决定不再提"文艺为政治服务"的口号，而代之以为人民服务，为社会主义服务的口号，这是完全正确的。然而不提"为政治服务"的口号，并不意味着文艺可以脱离政治，也并不意味着取消了文艺对政治的促进作用。可见，从根本上反对文学与政治的紧密联系，认为新文学发展的一切弊端皆源自此种联系；认为政治妨害创作的观点，是既不符合文学史事实，在理论上也是完全站不住脚的。从根本上说，这不是什么文学新观念，而是曾经出现于新文学发展历史的各个阶段，特别是 30 年代，被鲁迅及革命文学家一再批驳过的旧观念。现在不过是旧话重提，以旧充新而已。

再看所谓思想进步、创作退步论。这实际上是政治妨害创作论的又一种形式和又一角度的论证和说明。不过政治在这里主要是指作家的政治思想和世界观，而创作则着重于从作家的文学道路上去考察，是从思想和创作的关系上，在对作家的创作道路的纵向分析和考察中，去发展和深化政治妨害创作的论点。既然政治妨害创作的论断是错误的，所谓思想进步、创作退步的说法，自然也就只能是经不起事实和理论检验的谬说。它不过是"重写文学史"的提出者和论者按照自己的偏见制造出来的虚假的神话。

首先，所谓"'思想进步、创作退步'的何其芳现象是发生在跨现、当两代文学史的老作家身上的一个普遍现象"①，只是一种主观的杜撰。

何谓"何其芳现象"？指的是何其芳在从一个唯美主义的小资产阶级作家向无产阶级的优秀文化战士的转变过程中，艺术上未能随着思想的进步而同步前进，思想和艺术之间出现了某种不平衡，艺术个性有着某种程度的失落。这样的问题本身并不值得大惊小怪。一般地说，思想和艺术之间出现矛盾，二者未能同步发展，本来就是一种比较普遍的现象；特殊地说，发生在何其芳身上并非无法理解。他从国统区来到延安，对新的生活不够熟悉，以后因为具体的工作条件和环境，他始终生活在机关，生活在上层，未能长期地、真正地深入到工农兵及其斗争生活中去。这样他要为新生活歌唱，就心有余而力不足，艺术上也未能更上一层楼。他在本质上是个性柔和婉约的抒情诗人。为剧烈动荡、如火如荼的革命斗争生活所鼓舞，他力图调整、丰富和发展自己的艺术个性，以便使自己的歌声更宏伟雄壮一些。他取得了若干成功，写出了一些好诗。但他并不总是获得成功。旧有的风格失去了，新的风格又没有形成和成熟。尔后，因为种种原因，包括工作需要这样重要的原因，他的精力转向了理论批评。诗人、散文作家的何其芳多少有些失去了光彩，理论家、学者的何其芳却焕发出了新的光华。这么一个复杂的情况是需要具体分析的，对何其芳的评价也特别需要实事求是。将他的文学道路笼统地归结为"思想进步、创作退步"，未必就十分准确和恰切。他的最好的诗歌恐怕还得算后期的《生活是多么广阔》《我为少男少女歌唱》这样的作品，同时某种标语口号的倾向却也是这一时期的产物而为前期诗歌所没有。然而，何其芳却被"重写文学史"的论者紧紧抓住不放大做文章。刘再复率先提出"思想进步而艺术退步的反差现象""反映出……带有普遍性的时代性的苦闷"的问题；②应雄同志大谈他的"人格分裂"、理论的"二元性"、文体的"二元特征"；③王彬彬同志在《上海文论》1989 年第 4 期发表长篇论文《良知的限度》，展开对于"作为一种文化现象的何其芳文学道路批判"，将何其芳的文学道路归结为"从'玩具论'到'工具论'的转变"，严厉批判其后期创作"把文学完全变成某种政治目的的奴仆"。何其芳作为一个作家，从他奔向延安的那一天起，"获得了'政治生命'"，而"其艺术生命已经枯萎了"。这样评价何其芳，难道是公正、客观的吗？推而广之，将所谓"何其芳现象"说成是"发生在跨现、当两代文学史的老作家身上的一个普遍现象"，根据在哪里呢？

据说根据是有的。有"茅盾现象""丁玲现象""老舍现象"，等等。他们都是思想上进步了，创作上退步了。所谓"茅盾现象""丁玲现象"，我们在前面已经作了分析，纯属子虚乌有，根本不能成立。且看"老舍现象"吧！王行之同志于 1989 年 1 月 21 日在《文艺报》撰文《我论老舍》，提出了这个问题。他对老舍在新中国成立后的文学创作采取了基本否定的态度。王行之同志认为，老舍前期，即 1932—1949 年间，是"艺术丰收的作家黄金时期"。这一时期的老舍，"政治上无党无派，艺术上自成一派"，他对旧中国的批判"是超越了很容易羁绊人的

---

① 应雄：《二元理论、双重遗产：何其芳现象》，《文学评论》1988 年第 6 期。

② 《赤诚的诗人，严谨的学者》，《文学评论》1988 年第 2 期。

③ 应雄：《二元理论、双重遗产：何其芳现象》，《文学评论》1988 年第 6 期。

政党倾向的界限,对整个民族痛下针砭的"。而老舍后期,即 1949—1966 年间,老舍却"在'狂喜'、'万岁'声中,出现了明显的艺术大滑坡"。这一时期的老舍,"信任、崇拜领袖人物,自觉听从他们的教导",即老舍的思想有了政党倾向,成了共产党领导下的社会主义作家。于是,"把极其可贵的独立的批判精神以及作家的历史责任感轻易泯灭或异化了。情感的信赖代替了理性的思考,使老舍本来十分清醒勤快的头脑变得懒惰、迟钝了,不,似乎他也习惯了用自己的思想去诠释别人的思想,相信真理已被别人说尽"。

批判似乎振振有词,剖析似乎相当深入。可惜,经不起事实的验证。

凡是多少熟悉一点文学的人都知道,老舍在新中国成立前是著名的小说作家,新中国成立后是著名的戏剧作家。他的《骆驼祥子》《四世同堂》是现代小说史上的传世之作,而《龙须沟》,特别是《茶馆》却把当代戏剧提升到一个新的高度。曹禺称《茶馆》是"深刻的经典作品","使中国话剧艺术在国际上焕发了夺目的光彩"。① 这样一种不同时期双峰并峙的局面,怎么可以说是"艺术大滑坡"呢?

从思想倾向和艺术成就看,老舍在新中国成立后的创作,社会内容更饱满,思想感情更健康,艺术品位更纯净。被王行之同志热烈赞颂的《猫城记》作为一部讽喻小说,无疑具有自己的特色,然而由于作家世界观的局限,其对于生活的反映却不无缺陷。在对旧中国的强烈批判中,又有着对于革命的不正确描写。而新中国成立后的剧作,却构成对新的时代、社会、生活和人民的高亢歌赞。就是描写那些"政治运动"的现实生活,也仍然显露出对于戏剧艺术及其审美特性的执着追求。在审美价值和功利价值的天平上,老舍的剧作有时发生过过分向功利方向的倾斜,但这并不是主流。这在一个作家的整个创作生活中往往也是很难避免的。老舍在新中国成立前的创作也不见得篇篇都是艺术的精品。从总体看,他在新中国成立后的文学创作不但不逊色于前期,而且超出了前期。

老舍曾经申言自己的剧作是"一切都从生活出发"②,又说,"事实没法子假造出来,我看见了什么,在作品中才能反映什么,剧本是社会生活的镜子啊!"③当有人诬蔑他是"专听共产党的号召,作了应声虫"时,他义正词严地回答:"应声吗? 应党之声,应人民之声,应革命之声,有什么不好呢? ……我应了声,我才有了一点新的认识、新的理想、新的责任心、新的力量。"④从作家的思想认识上考察,新中国成立后老舍的创作是建立在思想认识和生活体验一致的基础之上的,既从革命的需要出发,又从生活出发,二者统一融合起来,这才构成了老舍的创作和戏剧艺术。凭什么断言老舍"清醒勤快的头脑变得懒惰、迟钝了",只是"用自己的思想去诠释别人的思想"?

"老舍现象"和所谓"茅盾现象""丁玲现象"一样,只是主观的杜撰,心造的幻影。它们不但不能证明"思想进步、创作退步"的理论和这一理论的"普遍性",反而驳斥了这一理论,指出这一理论的"普遍性"的荒谬和虚无。

其次,从"思想进步、创作退步"引申出来的作家世界观、思想消极和不正确,反而有利于创作的观点,是根本错误的、完全不能接受的。

---

① 《老舍的话剧艺术·序》。
② 《我怎么写〈春华秋实〉剧本》。
③ 《最值得歌颂的事》。
④ 《老舍剧作选·序》。

　　说起来真难以令人相信,而这却是白纸黑字的事实。在说明了"《蚀》可以成为经典作品",从《蚀》到《子夜》是文学的"大退步"之后,蓝棣之同志写道:"通观中外文学史,作家世界观的矛盾,思想的消极方面与不够'正确',都不影响一个作品成为经典作品……被一个时代认为'正确'的作品,其生命力往往是短暂的,因为所谓'正确'会很快因时间地点条件而转化,带有很强的时间性,而矛盾和困惑常常是超越时空的。'正确'的都是简单的,而伟大的常常是复杂的,充满矛盾与困惑的。矛盾就是真实,矛盾就是存在,矛盾就是活力与魅力。可是,写《子夜》时的茅盾不矛盾了,变得'正确'了,因而也就不再是茅盾自己了。"这真是一段妙文,值得仔细玩味。还要学习政治,学习马克思主义、毛泽东思想吗?还要向社会学习、向生活学习,在改造客观世界的同时加强主观世界的改造吗?还要提高思想水平,将对事物的真理的认识不断地导向高级和纵深吗?统统没有必要了,不但没有必要,反而有害。因为思想正确,只能写出简单的、肤浅的、没有生命力的作品,思想不够正确、存在消极和错误,世界观充满矛盾,则有可能写出好作品、经典作品。多么新鲜的观念!文学观念的更新,文学的主体性发挥到这种地步,真是叫人叹为观止了!

　　然而惊叹之余,也就产生了疑虑:为什么作家思想不正确,世界观充满矛盾和消极面,反而有利于创作,反而能够写出经典作品来?中外文学史上的大作家,例如托尔斯泰、巴尔扎克、曹雪芹、鲁迅,他们不朽的作品是凭了这一点写出来的吗?

　　世界观和创作的关系问题,是一个复杂的问题。世界观和创作方法之间存在矛盾和不一致,思想和创作并不是直接的、简单的对应关系。恩格斯就曾认为现实主义曾经帮助巴尔扎克战胜政治偏见写出伟大的作品。因此从文学史上看,世界观、思想上有缺陷的大作家是有的,这样的大作家终于写出了伟大的作品这样的文学现象也是存在的。但在这种文学现象中,艺术的实践,忠实于生活的创作态度却在一定程度上帮助作家纠正、克服了世界观、思想上的消极面,而加强、发展了其中固有的积极面。这和鼓吹世界观矛盾、思想不正确反而有利于创作,反而能够写出经典作品完全是两回事。而对于社会主义的文学来说,正确的思想,马克思主义,毛泽东文艺思想,永远是指引它前进的指针,是它保持正确的方向的保证,是推动它走向发展和繁荣的动力。所谓"思想进步、创作退步"的理论,所谓世界观矛盾、思想消极和不正确,反而有利于创作,反而能够写出好作品的理论,是根本错误的、有害的,也是我们不能接受的。

　　这篇关于"重写文学史"的辨识和分析的文章篇幅已经拉得相当长了。在为本文的写作准备和写作的过程中,我十分鲜明地感觉到,"重写文学史"的提出者和论者们的根本错误在于对政治的厌弃,在于对文艺表现革命政治的反感,在于对文艺和政治的不可脱离的关系的怀疑、批判乃至近乎取消主义的态度。因此,关于"重写文学史"问题的讨论,在某种程度上说,乃是一场关于文艺和政治关系的讨论。这种讨论对于发展社会主义的文学艺术来说,无疑是必要的、有积极意义的。重写文学史一定要端正指导思想,社会主义的文学一定不能脱离政治,事实上也无法脱离政治。这就是我们的结论。

1990 年 11 月 24 日

(原载《文艺理论与批评》1991 年第 2 期)

（四）"再解读"与海外中国当代文学研究

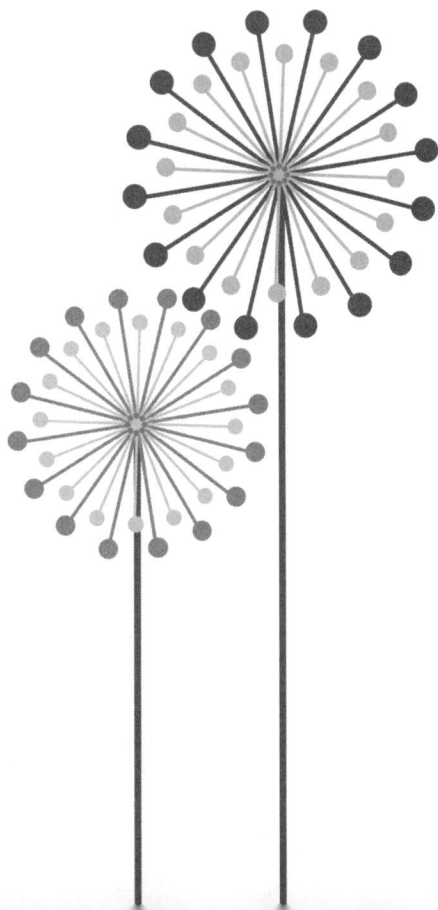

我们怎样想象历史

[美]唐小兵

一、大众文艺

如果说现代"通俗文学"这一概念更多的是认指此种文学形态的娱乐功能和消遣性质，凸现其在形式和内容两个层次上的广泛的流通性，那么，"通俗文学"所体现的实际上是市场经济的逻辑；其所追求的最终是文学作品的交换价值化，与商品的运作方式是同构同质的。因此，通俗文学作品可以说是城市/市民文化的必然产物。"通俗文学"住形式及内容上的"平民化"（democralization 或布莱希特所说的 plebeianization）和"社会性"（sociability）既可以具有激进的社会政治意义和能量，也可以固结为规约性主流意识形态——这一相左的象征性功能或许可以作为不同社会发展趋向和历史状态的参照指标：例如陈独秀大声呼吁的"平易的、抒情的国民文学；新鲜的、立诚的写实文学；明了的、通俗的社会文学"，实际上表达的是（在现代民族—国家这一政治地域性范畴以内）对现代城市文化和商品经济的向往，否定的正是前资本主义的文化生产和消费方式（"雕琢的、阿谀的贵族文学；陈腐的、铺张的古典文学；迂晦的、艰涩的山林文学"）——也就是说，"文学革命"最初投射的是一个平民化、等值化的现代市民社会，亦即"今日庄严灿烂之欧洲"。[①] 而在阿多诺、霍克海姆所痛斥的现代"文化工业"和大众传媒里，通俗文学和好莱坞的电影正是通过完全的商品化而包容、化解"艺术"及"社会成员"的积极思维和抵抗意识，从而保证并且强化"管理型社会"所必需的"社会共识"——"文化工业提供给人的面包只不过是僵硬的分类所做成的石头"。[②]

需要仔细地和"通俗文学"区别开来的，尤其在中国现当代文学史上，是"大众文学"这一概念，或者更准确地说，"大众文艺"，因为在"大众文艺"和"通俗文学"之间，我们 可以看

---

① 陈独秀语，《文学革命论》（1917），见张若英编：《中国新文学运动史资料》，光明书局 1934 年版，第40—44 页。关于"文学革命"运动发生的历史环境和条件，罗家伦在《近代中国文学思想的变迁》一文中指出，第一是由于经济生活的改变。第二是由于世界大战的影响。第三是由于对国内政治的十位。第四是由于学术的接触渐近。陈独秀在《答适之——讨论科学与人生观》一文中亦明确肯定现代生产方式和城市文化对平民化白话文的需求："常有人说白话文的局面是胡适之、陈独秀一班人闹出来的，其实这是我们的不虞之誉。中国近来产业发达，人口集中，白话文完全是应这个需要而生而存在的。"以上引文均见陈子展《文学革命运动》，阿英编：《中国新文学大系（第十集）：史料·索引》，良友图书 1936 年版，第 22 页。

② Max Horkheimer 和 Theodor Adono, *Dialectic of Enlightenment*, 英译 John Cumming（New York：Continuum, 1988), p. 148。又见该书第二章"Enlightenment as Mass Deception", pp. 120—167。

到两种几乎完全不同的文化生产、价值认同和历史想象。①"大众文艺"之所以较"大众文学"更为贴切，是因为前者概括了对文化及其生产过程的一次大面积重新定义，"文学"与"文字"在这一变动过程中并没有被给予显赫的地位，反而被视作次要的、甚或需要扬弃的因素，而"文艺"却因为其对人类艺术活动和象征行为的更全面的囊括而吻合新定义中所隐含的价值标准和行动取向。在现代中国，"大众文艺"的实践及其最壮阔的展现自然是我们现在需要认真考察的"延安文艺"，因为在"延安文艺"里，五四新文学运动中一直孕育着的，在30年代明确表达出来的"大众意识"才真正获得了实现的条件以及体制上的保障，"大众文艺"才由此完成其本身逻辑的演变，并且同时被程序化、政策化。②

重构"大众文艺"这一概念在新文学发展史上盘根错节的变迁，也许最终涉及的将是文学话语（以及更广泛意义上的象征行为）在现代民族—国家的营建过程中不可或缺的意识形态功能；"大众意识"仍然反映出现代社会对奠基性意义的寻求和认同。在眼下的讨论中，我们需要明确强调的是"大众文艺"所偏重的"行动取向"以及"生活与艺术同一"的原则，因为"大众"作为意义载体在新文学话语中的出现，是与新起的社会运动和历史主体密不可分的，尤其是与20年代后期内战中涌现出来的农民力量密不可分的。1928年北伐失败之后，成仿吾提出的"从文学革命到革命文学"，便宣布至此为止一直是文学运动的"主体"的知识阶级必须重新认识自己和历史：

> 如果我们还要挑起革命的"印贴利更追亚"（intelligentsia）的责任来，我们还得再把自己否定一遍（否定的否定），我们要努力获得阶级意识，我们要使我们的媒质接近农工大众的用语，我们要以农工大众为我们的对象。③

作为对这样一个口号的呼应，创造社1929年便创办了期刊《大众文艺》，但这样一种以农工大众为"对象"的革命文学势必遇到一系列理论上的矛盾和实践上的困惑。1930年"左翼作家联盟"在上海成立，指出进步的艺术家和诗人"不能不站在无产阶级的解放斗争的战线上，攻破一切反动的保守的要素，而发展被压迫的进步的要素"④。为了实现"左联"所规定的"中国无产阶级革命文学的新任务"（1931），"大众化"成为必由之路：不仅仅是作品语言的大众化，而且也包括作家在生活上大众化或无产阶级化。

这里，不可忽略的是理论家、活动家瞿秋白的关键作用。除了在一系列重要文章《大众文艺现实问题》（1931），《普洛大众文艺的问题》（1932）里阐明"大众文艺"的性质并提出具体

---

① 魏绍昌在分析和民国相始终、并且与"五四"新文学保持对峙的鸳鸯蝴蝶派时认为，这类文学作品主要以沿海城市市民为主要读者对象，其变迁深受市场的支配。在其长达四十年的历程中，"为什么鸳鸯蝴蝶派始终能和新文学长期并存在同一个时代同一个环境里呢？其实原因也很简单，那就是鸳鸯蝴蝶派始终是一个自抱主张自成体系自立门户的流派，是一个可以不必依附于新文学的流派，是一个一贯拥有自己的发表出版园地和自己的读者群的流派。如果说新文学是河水，那么鸳鸯蝴蝶派就是井水，两者分别具有各自的来源，各自的用途，且可满足各自的需求"。魏绍昌：《我看鸳鸯蝴蝶派》，中华书局1990年版，第47页。

② 毛泽东对"最广大的人民大众"的规定（工人、农民、兵士和城市小资产阶级）以及由此而衍生的"工农兵文艺"是"大众文艺"政策化的一部分，是从"运动"向"体制"转化过程中必然的结果，也可以说是"大众文艺"的合理发展。参见附录《语言·方法·问题》。以下两段讨论爱荷华会议后补写。

③ 张若英编：《中国新文学运动史资料》，光明书局，1934年版，第380—387页。

④ 《左联理论纲领》，见丁易：《中国现代文学史略》，作家出版社1955年版，第70—71页；关于"左联"时期"大众化"讨论及瞿秋白的贡献，参见该书第二章第二、三、四节，第68—93页。

建议和方案以外,更重要的是瞿秋白的实践活动本身。1934 年 2 月,这位从苏联归来的共产党人离开上海到达江西瑞金"中华苏维埃共和国",就任工农民主政府教育部长和苏维埃大学校长,并且领导了"高尔基戏剧学校"和苏区的工农戏剧运动。瞿秋白个人的这一次战线转移,从城市到农村,从国统区到苏区,从知识精英到群众领袖,从创作思辨到文艺运动,从间接影响读者到直接实现政治效益,无疑具有深远的范式意义和号召性。"大众文艺"作为文化革命运动正是以这样一个大的文化迁移为历史背景。

延安文艺,亦即充分实现了的"大众文艺",实际上是一场轰轰烈烈的文化革命运动,含有深刻的历史必然性和久远的乌托邦冲动。这一场大规模、有组织的文化革命的滥觞应当追溯到 20 年代末期江西苏维埃政权倡导下的戏剧运动、民歌搜集,纵贯了后来的抗战文艺、解放区文艺以及工农兵文艺。具体意义上的"延安文艺"(1937—1945)不仅引发了一系列民众性文艺实践(群众写作运动、街头诗运动、戏剧运动、秧歌运动,以及以"文化人"为骨干的"西北战地服务团""战歌社""抗战文化工作团""烽火剧团"),不仅促成了大批刊物杂志(《文艺突击》《文艺战线》《大众文艺》《新诗歌》《边区文化》),而且也留下了有经典意义的作品(《白毛女》《穷人乐》《高干大》《王贵与李香香》《李家庄的变迁》)和相当完

图 1 《延安"鲁艺"校景》(木刻,1941),力群

备的理论阐述。延安文艺是新兴的政治军事力量不可缺少的一个环节,同时也依靠这一逐渐体制化的权力机构,建立起新的话语领域和范式,规定制约新的文化生产。延安文艺又是抗日民族战争总动员的一部分,但通过激发强烈的民族意识和反帝精神,延安文艺同时也帮助普及了新的政治、文化纲领,从而为更大规模的社会变革提供了语言、形象和意义。

图 2 《我的母校——延安"鲁艺"》(木刻,1945),刘蒙天

　　由此,我们必须同时把握延安文艺所包含的不同层次的意义和价值,亦即其意识形态症结和乌托邦想象:它一方面集中反映出现代政治方式对人类象征行为、艺术活动的"功利主义"式的重视和利用,①另一方面也表达了人类艺术活动本身所包含的最深层、最原始的欲望和冲动——直接实现意义,生活的充分艺术化。从这个角度来看,延安文艺是一场含有深刻现代意义的文化革命,这不仅仅是因为我们可以从中看到"大众"作为政治力量和历史主体的具体浮现,并且同时获得嗓音,而且也是因为这场运动隐约地反衬出对以现代城市为具体象征的市场经济方式的一种集体性抵抗意识,尤其是对资本主义生产方式所带来的"感性分离"、价值与意义的分割所催发的无机生存的下意识恐慌和否定。

　　因此,延安文艺的复杂性正在于它是一场反现代的现代先锋派文化运动。如果我们这样把握这场运动的多质结构,当时很多理论上的命题和实践上的困惑或许可以得到新的解释,甚至可以说在很大程度上,当时的焦虑来自前现代的、农业式感觉方式与现代的、城市文化之间的历史性冲突碰撞。对此,延安文艺的理论家们是有充分的认识的:

　　　　战争给予新文艺的重要影响之一,是使进步的文艺和落后的农村进一步地接触了,文艺人和广大民众,特别是农民进一步地接触了。抗战给新文艺换了一个环境。新文艺的老巢,随大都市的失去而失去了,广大农村与无数小市镇几乎成了新文艺的现在唯一的环境。这个环境虽然是比较生疏的,困难的;但除它以外也找不到别的处所,它包围了你,逼着你和它接近,要求你来改造它。过去的文化中心既已暂时变成了黑暗区域,现在的问题就是把原来落后的区域变成文化中心,这是抗战现实情势所加于新文艺的一种责任。②

在关于"艺术家"或曰"文化人"的讨论中,"文艺工作者"改造自己和自己作品面貌的要求具有如此强烈的号召感染力,正是因为在这一口号后面许诺了新型的艺术家与其作品,以及艺术家与其作品接受者的关系。这种新型关系的最大诱人处就是艺术作品直接实现其本身价值的可能,亦即某种存在意义上的完整性和充实感,以及与此同时的对交换价值的超越。在这里,生活本身就是艺术,艺术并不是现代社会分层和劳动分工所导致的一个独立的"部门"或"机构"。正如孙犁在论及"宇宙观、实践、创作"三者关系时所说(1938):

　　　　在这里,我们强调地主张写作和生活统一的重要性……我们要求着一个作家同时就是一个工人,一个农夫或一个战士,在可能的范围内,我们希望文学和劳动再统一起来,融合起来。我们反对把写作看成特殊工作的倾向,它应该和一切生产部门结合起来

---

　　①　见毛泽东《在延安文艺座谈会上的讲话》(1942):"世界上没有什么超功利主义,在阶级社会里,不是这一阶级的功利主义,就是那一阶级的功利主义,我们是无产阶级的革命的功利主义者,我们是以占全人口百分之九十以上的最广大群众的目前利益和将来利益的统一为出发点的,所以我们是以最广和最远为目标的革命的功利主义者,而不是只看到局部和目前的狭隘的功利主义者。"载《中国解放区文学书系:文学运动/理论编》,胡采主编,重庆出版社1992年版,卷二,第913页。该丛书以下简称"解放区文学"。

　　②　周扬:《对旧形式利用在文学上的一个看法》,1940年,"解放区文学",卷二,第1338—1339页。又见《晋东南文化界第二次代表大会上的报告提纲》(1941?),"解放区文学",卷一,第702—703页:一、敌后文化第一个形态是农村的。二、敌后文化的第二个形态是战争动员的。三、敌后文化的第三个形态是统一战线的。四、敌后文化的第四个形态是面对敌人的奴化宣传作肉搏战的。五、敌后文化第五个形态是走向新民主主义的道路的。

　　叫生产决定着创作，叫创作润泽着生产，一个作家除开他会运用笔杆以外，他还应该运用步枪、手榴弹、锄头或木做的锯斧。①

　　在西欧的先锋派文学和艺术运动中，达达主义同样表现出取消"艺术"这样一个独白存在的"机构"的欲望。"先锋派的目的是把艺术重新融合进生活实践，而正是在先锋派的抗议声中揭示了在（艺术的）自律和其缺乏任何实际效果之间有必然的联系。"②西欧先锋派激进的政治意识是要使已经成为市场机制一部分的艺术非机构化，走出象牙塔，重新回到生活实践中去；延安文艺在"落后的农村"这样一个环境里则是要竭力阻止艺术游离于政治效应之外，使其始终直接属于社会生产和再生产的有机的一部分。换言之，延安文艺正是通过功利主义式地与前现代的农业社会的认同而剥露出现代自律性艺术可能的弊端和致命的弱点，也反衬出以城市平民为读者群的"通俗文学"（鸳鸯蝴蝶）的商品性质。

图 3　《朗诵诗》（木刻，1938），卢鸿基

图 4　《文工队员下连队》（木刻，1946），杨涵

　　这就构成延安文艺的"反现代性现代先锋派"的精神特质，也就是我们提及的久远的乌托邦冲动和意识形态的历史性汇合。正是在这样一个混合体中，我们可以开始体会到"现代"所蕴含所激发的矛盾逻辑和多质结构，我们才可能想象出为什么延安曾经会使如此众多

---

　　① 孙犁：《现实主义文学论》，《解放区文学》卷二，第 1276 页。

　　② Peter Burge, *Theory of the Avant-Garde*, trans. Michael Shaw, Minneapolis：Minnesota UP, 1984，p. 22.

的"文化人"心驰神往的同时也焦虑痛苦。其之所以是反现代的，是因为延安文艺力行的是对社会分层以及市场的交换—消费原则的彻底扬弃；之所以是现代先锋派，是因为延安文艺仍然以大规模生产和集体化为其最根本的想象逻辑；艺术由此成为一门富有生产力的技术，艺术家生产的不再是表达自我或再现外在世界的"作品"，而是直接参与生活、塑造生活的"创作"。因此，"文艺工作者"虽然没有获得只有市场经济才能准予的"自律状态""独立性"或"艺术自由"，但同时却被赋予了神圣的历史使命、政治责任以及最有补偿性的"社会效果"。换言之，艺术自由的代价是艺术的结构性无效应，而这二者正好都是延安文艺决定牺牲和拒绝的。这是历史的选择，自然含有历史的必然和合理性，尽管当时不无各种方式的质疑和抵制。1939年5月出版的《文艺突击》"革新号"这样描述"今天文艺界的总的趋向"：

> 文艺界愈来愈更与抗战有关，为着共同参加到抗战的工作中间，文艺界在全国的范围里空前广泛地团结起来，文艺界到前方和民众中去组织，文艺大众化的努力，旧形式的利用与新形式的探求，新的作家与新作品的产生，这一切的活动，都向着一个总的目标走去：为抗战，为建国，文艺和抗战，文艺和政治，有着多么密切的关系？在现在已经不是理论的问题，而成了事实的存在了。①

既然延安文艺的运作模式是"集体生产"而不是"等价交换"，其中心存在价值是"改造生活"而不是"理解现实"，那么，延安文艺既可以是"大众化"的（普及），也可以是"化大众"的（提高），但根本的出发点是与"大众"认同，并且为"大众"提供一个强化主体意识的自我镜像，而不是一面将"大众"客体化、对象化的镜子。"真正有价值的艺术创作，都是战斗者的创作，都是社会战斗的一种特殊形式。它不是静观现实的死的镜子，而是要在战士的地位上反映现实，要有推动和变革现实的力量。"②因此，"大众"在这种文艺活动中并不是从陌生化的角度来观看自己，而是确认自身的无限和万能；与此同时，艺术是通过"集体创作"而实现的，艺术家，如果还依稀可辨的话，只应该是和工人、农民、匠人同行的"执笔"。诗人严辰这样论述"被大众所化"（1942）：

> 在未来的新社会里，及在今天的新环境里，已经完全是集体主义了。只有集体才有力量，只有集体才能发展，非个人时代可代替的。在诗歌上发现个人的东西，早已不再为人感兴趣，从天花板寻找灵感，向醇酒妇人追求刺激的作品，早就被人唾弃，早就没落了。只有投身在大时代里，和革命的大众站在一起，歌唱大众的东西，才被大众所欢迎。那么，企图把个人和大众划分开来的想头根本是要不得的了。除了为人家，还有什么个人的价值？除了大众化，还

图 5　《改造西洋景》（木刻，1940 年），石鲁

---

① 《文艺界的精神总动员——代革新号创刊辞》，《解放区文学》卷一，第 268 页。
② 艾思奇：《旧形式运用的基本原则》，《解放区文学》卷二，第 1310 页。

有什么别的诗歌的存在与出路呢？[①]

由于这样一个无所不包的"大众"被确认为历史的主体，同时也承担着全部的意义和价值，诗人与"大众"的认同在使前者获得正当的政治身份和可辨的社会面目的同时，也曲折地满足了一种更普遍更隐秘的"回归母体"的欲望。当一种对成人世界的稚儿性恐惧转化成政治能量时，便表现为对现代社会的支离感和劳动分工的原始拒绝。所以，在延安文艺的话语体系里，大众化的过程也即是诗人不断的自我克服，或者说稚儿化的过程，而传统文艺形式的重新发现和利用则反衬出诗人在本体意义上的肢解消失，或者说进一步标明了诗人已转化成一项功能，退缩为"大众"这一硕大母体的自然延伸。

恋母情结的理性升华使"大众"同时伸展为意义的起源和意义的归结：延安文艺以这样一个伸缩吐纳的集体化历史主体为其核心想象域，决定了文艺实践必然是行为导向，而不是思辨导向，存在规范是他律而不是自律，叙事逻辑是平面联结而不是纵深探求。由此出发，我们可以进一步区分"大众文艺"和"通俗文学"，并且同时考察其他社会象征行为。如果说"大众文艺"的理想状态是诗人和听众同时认同于一个想象性的集体化历史主体，是诗人和听众双方相互间自我镜像的积极投射和映证，那么"通俗文学"，由于市场的中介和商品经济对"交换价值"的崇拜，推动的却是一个客体化、甚至物化的过程。也就是说，在"通俗文学"的生产过程里，作家的写作以"再现"而不是"认同"为出发点，目的则是提供能为最大数量读者（消费者）或者接受或者幻想的"现实"；与此同时，读者在阅读过程中获得的快感和愉悦最终取决于在多大程度上读者发现自己在被观看，并且意识到自己早已是某一客观现实的一部分，一成员。[②] 因此，"通俗文学"的叙事模式必然是对平民的、日常的生活的肯定，是对细节的推崇甚至张扬。而西欧的现代主义文学，作为对通俗文学及其密切映照的中产阶级自满心态的反抗，正是要从个体的角度来揭示这种细腻的日常生活的平庸和脆弱。[③] 延安大众文艺，则不仅仅要克服通俗文学的客体化成分，也要摈弃现代主义的个人化政治，因此大众文艺的具体形式就包括了放弃"长篇的体裁，复杂性格心理的描写，琐细情节的描写"等（周扬语）[④]，转

图 6 《庆胜利》（木刻，1948），牛文

---

① 《关于诗歌大众化》，《解放区文学》卷二，第 1390 页。

② 例如，1933 年 9 月 1 日，范烟桥主编的鸳鸯蝴蝶派刊物《珊瑚》刊出一组征集各地读者"为什么看小说"的意见，南通的"玉懑"答道："（1）为转移不良的心境而看。（2）为消磨枯寂的人生而看。（3）为调剂苦闷的生活而看，（4）为明了神秘的社会而看。"见魏绍昌：《我看鸳鸯蝴蝶派》，第 9—10 页。

③ Fredric Jameson（詹明信），*The Political Unconscious：Narrative as Socially Symbolic Act* Ithaca：Cornell UP，1981，"Romance and Reification：Plot Construction and Ideological Closure in Joseph Conrad"，pp. 206—280。

④ 《对旧形式利用在文学上的一个看法》，《解放区文学》卷二，第 1337 页。

而强调戏剧、曲艺、民间文艺以及带有狂欢节色彩的集体欢庆活动。

　　通俗文学的叙事最终必须呈现一个屡经周折后的平衡"状态",现代主义的感觉追求的是不可探测的"深度",大众文艺则自觉地投入一个"过程",一场历史性全方位的变迁。能为这一意识形态提供最佳叙事范式的,是集体的"救亡"和"革命"。"救亡"和"革命"之所以会成为大众文艺的经典叙事范式,是因为这二者都可以是缓解个人存在意义上的焦虑或者无聊的途径,亦即提供了超越现代主义和通俗文学的方法。在很大程度上,克服奠基性终极意义和有效应、可叙述的实践行为之间的分离甚至矛盾,是现代集体性政治文化运动的起点,也是解决个人存在危机的契机之一。从"意义"与"行为"这一根本冲突出发,我们可以得到如下一个符号学意义上的表意矩形。

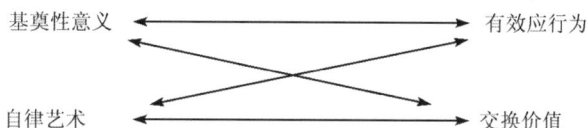

　　这个矩形展示的是各个不同意义项之间的逻辑联系和相互作用。意义和行为构成不可排解的"矛盾","交换价值"却是这一矛盾体之外的第三项,既非意义也非行为,只是"意义"的负值衍生或者戏仿;同样,"艺术"的现代特征正是其"无效应性"和"纯粹性",也必然是"交换价值"的对立面。而每两个意义项的结合与调和,便使我们获得这样一个综合性图解,也可以说是我们分析解读至此的总结:

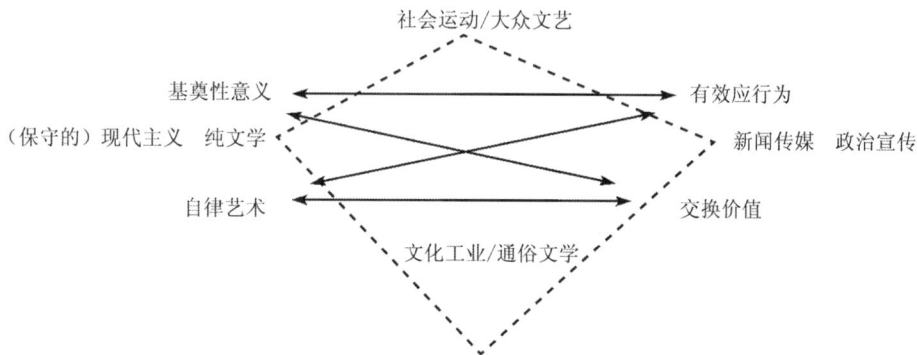

二　再解读

　　在延安大众文艺的发展过程中,由于对传统、民间文艺形式的利用已不仅仅是形式问题,而且也涉及大众文艺的认同和社会功能,在大众文艺运动内便发生了一场围绕着对"五四"新文学传统的检查和重新评价的讨论论争。当时的理论家艾思奇的判断是:

　　　　"五四"文学运动的口号,是提倡平民的写实的文学,而反对贵族的山林文学,它否定过去的与民众生活无关的旧文艺,想把它改造成唤醒民众的工具。"五四"是中国的一个很大的启蒙运动,然而当时的新文学运动,一开始就是包含它的发展的限制。首先,这运动并不是建立在真正广大的民众基础上的,主要的是中国的力量薄弱的市民阶级的文艺运动,它并没有向民间深入。其次,它对于过去的传统一般是采取极端否定的态度,因此它的一切形式主要是接受了外来的影响,域外来的写实主义的形式,而忽视了旧形式的意义。新的文艺,一开始就有了这样的矛盾:一方面有现实主义和平民化的要求;另一方面,生活在广大的民众之外的作者和外来的写实形式,不能达到真正的现实主义和平民化的目的。①

对于这样一种分析,周扬提出了不同的看法:

> 如果不是我的偏见,新文艺无论在其发生上,在其发展的基本趋势上,我以为都不但不是与大众相远离,而正是与之相接近的。"五四"的否定传统旧形式,正是肯定民间旧形式,当时正是以民间旧形式作为白话文学之先行的资料和基础。就是当时新文学之最激烈最顽固的反对者的梅光迪,也不能不承认"文学革命自当从民间文学着手"。虽然当时关于"民间""平民"的概念带有很大的限制性,但总是向民众接近了一大步,为文学与民众接近的斗争,是"五四"的一个光荣战斗传统,应当由我们来继续和发扬的。②

在这里,引起我们的兴趣和注意的并非新起的大众文艺对五四新文学传统的分析准确与否,而是这种新的叙述、新的阐释和新的阅读行为本身。(毋庸置疑,这两段引文都是对"五四"传统极富说服力的重读,虽然可能片面,但揭示出了新文学传统的内在局限和张力)正是通过对历史的不断的重读,现时的关注和焦虑才有可能得以表达甚至排遣。在重读过程中,原有的概念(例如"民众")逐渐获得新的内涵,历史的经验(例如"白话文学"运动)被转化为开放性的、需要重新编码的"文本",而这一重新编码,不但可以帮助揭示出隐秘其中、甚至"自然化"了的矛盾逻辑和意识形态,同时也把历史的印记深深烙进阅读行为本身。

一旦阅读不再是单纯地解释现象或满足于发生学似的叙述,也不再是归纳意义或总结特征,而是要揭示出历史文本后面的运作机制和意义结构,我们便可以把这一重新编码的过程称作"解读"。解读的过程便是暴露出现存文本中被遗忘、被压抑或被粉饰的异质、混乱、憧憬和暴力。因此解读的出发点与归宿必然是意识形态批判,也是拯救历史复杂多元性、辨认其中乌托邦想象的努力。这里所说的"历史"并不一定指涉时间意义上的过去,也可以而且往往包括被历史限定了的现在,所以解读与其说是在时间轴上建立可叙述的连续性,不如说是在空间意义上拓展、调整和联结诸种阐释的可能。解读,或者说历史的文本化的最深刻的冲动来自于对历史元叙述的挑战,对基奠性话语(foundational discourse)(关于起源的神话或历史目的论)的超越。所谓基奠性话语所建立的终极意义从来就是绝对的所指,是信奉的宗旨而不是解读的对象,而反基奠性的运作逻辑则决定了解读的解构策略和颠覆性。从这个意义上看,延安文艺对"五四"新文学的重读仍然是不完全的解读,原因正在于其过于完整、过于急切地认同于新起的超越性所指"大众"。

解读活动的反基奠特性可以充分地解释为什么在对现代社会的后现代式反省中,文学批评,尤其是文学理论,常常杂糅了政治理论、哲学思辨、历史研究、心理分析、社会学资料、人类学考察等等话语传统和论述方式;与此同时,文学理论也为这种种不同的学科领域提供了新型的范式和语言。也许更恰当的一个名称是"文化研究",因为在这样一个综合性话语领域里,人类行为(社会的、心理的、想象的、文化的)所产生和维持的象征意义及结构性张力

---

① 《旧形式运用的基本原则》,《解放区文学》卷二,第1314页。
② 《对旧形式利用在文学上的一个看法》,《解放区文学》卷二,第1336页。

成为了解读的对象。解读的批判价值正在于其不懈地组合和重新组合,编码和重新编码已存的文本,并由此出发把历史的文本归还给历史,始终拒绝将任何表意过程镶嵌或钉死在某一基奠性意义框架或母体上。因此,当代文学理论的密集型迸发和快速周转有其具体的意识形态意味。正是通过理论的多层次多形态的弥漫性繁衍,一统的基奠性权威话语被置换、瓦解并且分化了。然而,从一个更抽象、更哲理化的层次上观察,理论或者是更具体的解读,作为一种解构性话语实践,正是以日益渗透社会每一根纤维的商品经济这一似乎不可超越的总基奠为背景、为反基奠的基奠的:理论的发达或者解构潮的高涨,恰好反衬出市场的稳固及其对人类批判能力的最终意义上的遥控。

这样一个只有在把社会整体充分抽象化之后才能达到的宏观观察并不导致我们否认理论的历史属性和必要性,恰恰相反,正是这样一个整体意识帮助我们,在理论或者解读实践的自我意识及其产生条件之间,把握住理论的政治无意识层面。换言之,这里的思辨过程便是通过对整体的高度抽象描述,甚至合理想象,从而获得对直接经验和现象的批判性理解,建立起必要的距离感。这也就是詹明信所竭力提倡的"认知意义上的描图"(cognitive mapping),其中心追求便是要在表面上无序、多质和流动的文化现象、社会生活之下发现并且描述起决定作用的经济方式以及政治运作。

我们也可以将这种批判的努力称作"否定性辩证思维",即不懈地追寻为什么关于整体的概念总是会从我们的认知活动的过程中逃脱。如果我们从这个角度再回到关于理论和基奠性话语的讨论,我们就可以进一步肯定我们已得出的结论:基奠性话语的弱化正可以看作基奠性结构日益牢固这一事实在意识形态层面的反题式表现。再做进一步的逻辑推断,我们也许可以认为,基奠性话语是主流并且盛行的时候,正是社会生活缺乏基奠性结构,该结构或者已无可挽回地崩溃,或者正挣扎着形成的过渡性阶段。或许正是这两个假设性结论之间的联结点,可以作为本书的思辨背景:对中国现当代大众文艺作品的再解读一方面回溯性地揭示出基奠性结构的匮乏及其在文化形态中的反题式表现,另一方面则折射出一个新的社会基奠正在或已然形成。具体地说,"大众文艺"几十年间的权威和正统地位正是为了弥补"社会主义经济基础"的脆弱和艰难,而现在进行的对大众文艺的解读,以及新兴通俗文学对大众文艺的离叛和戏仿,都逐一地指示出一个以市场调节为关键的生产方式的形成到位。也正因为面临这样一个转型过程,使《再解读》以及其所体现的批判努力面临深刻的历史困境:两种不同的社会组织原则和意识形态相互取消的同时又相互补偿。

如果把《再解读》作为一个具体可读的文本,我们会发现这里的大部分篇幅仍在尽力解构一个已经迅速变得遥远的时代,仍在揭示一系列话语、影像和观念的结构性张力以及隐含其中的乌托邦冲动。这是我们必须以"纸船明烛照天烧"的精神奉献给我们自身历史的挽歌。但如果我们把《再解读》看作一个使历史文本化的解构过程,我们就会同时解读我们的现在,因为我们身处其中的现在也许是现代的基奠在中国真正开始建立,并且需要当作实存的问题(而不是观念的争辩)予以认真审视的时代。在这个意义上,我们希望《再解读》提供的不仅仅是书名和若干论文,而且也是一种文本策略,是对中国现当代文化政治、社会历史的一次借喻式解读。

由此出发,我们才可以着手新的开放型文化的建设工作。

([美]唐小兵:《再解读》,北京大学出版社 2007 年版)

重写中国文学史

—— 王德威教授访谈之一

［美］王德威　苗　绿

　　"重写文学史"一直是上世纪80年代以来中国现当代文学研究领域的热点话题。如何重写一直在被重写的文学史？在国外汉学界语境下现当代文学史写作又有怎样不同的思考向度？对比其他文明的文学史，中国文学史的写作有何借鉴？笔者在哈佛大学访学期间，有幸参与了著名现当代中国文学研究学者、哈佛大学东亚语言与文明系王德威教授主办的有关"现代中国文学史"写作的研讨会，会后与王德威教授交流了相关话题。

　　苗　绿：我们知道您近来在编写一本《现代中国文学史》，这是哈佛大学出版社的一个项目，从20世纪80年代就开始了，专门针对世界上几个文学大国书写文学史，而您被选中书写中国文 学史，所采取的书写时段是从19世纪末晚清以来到当下的现代中国文学史。您将以120个 关键时间点整合牵连出整个现代文学史。想听您谈谈这些年来对文学史的理解和理想中文学史的做法？

　　王德威：以中国学界尤其以大陆学界为背景，来讲文学史一直是一个重要的工程。中国二十年变化很快，现代文学是年轻的学科，近年来也发展迅速。从中国大陆的观点看来，文学史与政治国家建设息息相关，美国的同事问题方向和姿态都不同，他们觉得文学史没有那么重要。哈佛大学出版公司已经做了法国和美国的文学史，但没有变成事件，虽有书评只在圈内议论沟通。放在中国大陆的语境里兹事体大。教学与政治外，更有中国人的历史观里如此看重文学史，"文史不分"是我们的传统。不仅是当代的政治、教学需要，以及作为泱泱大国，文学史有文化的装饰性。而是在中国的本体论（Ontology）上，文学和历史边界不清晰，直到近现代，学者也关注这个问题。章太炎在1906年界定"文学"时，认为"任何以写在书簿上的文字的记录都可以称之为文学"。章太炎的立论貌似迂腐，好像是文学本源论的观点，与王国维和鲁迅在1908年的说法不同。但是"激进的诠释学"（Radical Hermeneutics）的做法，看起来保守，但有他的诉求。真正提醒了我们文学和文字的历史传承的复杂性和本身的物质性。他讲文字、书簿、记载恰恰和日后被架空的大叙事的文学史是相反的。这就引导我们思考什么是文学史的问题。文学史是一块块的存在还是叙事？显然我们担心的问题就是大叙事。这就回答了中国历史上"文"、"史"交错的问题。

　　苗　绿：中国文学史放在当代的语境里是"文学"和"史"、"政治"纠缠住一起，很难理清，尤其是1949年以后，大陆称之为"当代"的文学阶段。

　　王德威："当代"从《新民主主义论》开始和政治是平行发展的。做文学史要对"文学"利"史"的概念充分尊重和理解。现当代为坐标，近代就很少涉及。"文学"、"史"加"现代"，三个区块如何看？文学史在形式上是自相矛盾的概念，文学史是一个大叙事。但是难道有了这个人叙事以后就安身立命了么？或者说文学史应该是在图书馆里由无数的大小作品累计而成的状态,而非一本教科书;文学史是巴金、茅盾、老舍作品累计起来的一个存在,那是文学史真正探查的对象。现在的焦点变成了文学史作为一个大叙事。这是一个很有趣的现象。文学史在中国大陆有其政治理念和诉求的必要性,这在国外是不可思议的。中国大陆人都理解"当代文学史"的典型性、起承转合、合法性、前瞻性、回顾性等。

苗　绿:您认为您想做的文学史的目标读者是谁? 它与教学的关系是什么? 在中国大陆,我国对文学史的认识,部分是和教学相关。

王德威:现在文学史成了教学的任务。隐含的问题是学生看了文学史的叙事后,有没有兴趣、必要把构成文学史的实际作品拿出来梳理,毕竟那些作品才是文学史发生和实际存有的状态。这是一个根深蒂固的矛盾所在。"现代"、"文学"、"史"三个词都是现代的发明,"现代"不用说了是现代的。"文学"是 19 世纪 90 年代出现的,德国美学运动发生之后,最近200 年把文学当成以文字为主的审美的文化的作业,文学作为一种教程和教材是 19 世纪末20 世纪初,经过清朝和清廷的开明知识分子、维新知识分子相互磋商后产生的。1904 年和1905 年都有学案,清朝政府、京师大学堂要做各种课程安排,都是有历史记录在案的。林传甲的《中国文学史》写于 1904 年,他才 20 岁。另有胡适写于 1922 年的《中国现代文学史》。现代文学史变成教程过去是大文学史,是 1928 年朱自清在清华大学开课。一旦历史化后就没有让人觉得是有安身立命或是千秋大业的意义,线索梳理后平心静气。问过陈平原,包括名称就是或者有文学史诉求的著作,国内从 1920 年代到现在起码有 3000 种。许子东说在1979 年后,光当代文学史大文学史就有近 80 部,数量可谓惊人。而美国最近 20 多年几乎没有文学史,除了 1969 年夏志清的《中国现代小说史》,在英文世界就再也没有了。不是说我们不关心,而是我们需要什么样的文学史? 有无必要大叙事? 这里已失去教学的目标和对象,这里不会有人来上课。我如果开一门课叫"中国现代文学史",可是我现在叫"Bussiness for Romance in Modern China"("现代中国的罗曼史")就来了 80 几个人,人家以为我会讲什么八卦。当然我也讲了鲁迅与朱安、许广平,但我真正讲的还是现代文学史,从鲁迅一直讲到当代,但变成"活色生香",与人、私人生活、创作有关,这是千百种做法之一。所以考虑到文学教学,我们在哈佛也没有文学史。因而哈佛这个文学史怎么定位变得令人疑惑,这或许是一本高级普及读物;这是给任何对中国现当代文学文化有兴趣的读者的参考——随时参考,并不是从头看到尾。比如,翻到 1918 年或是参考鲁迅就看一章鲁迅。

苗　绿:我很想知道,在别的文明语境下,文学史如何书写? 哈佛大学出版公司同一个项目的德国和法国的两本文学史也是这么写的吗? 从中得到的启发是什么?

王德威:所以现在的问题是用哈佛的规则,不是我发明的。我要做的就是打破大叙事,所有都解散。用张爱玲的话就是"什么都解散了才好"。在某个意义上,我还是有策略的,其中当然有中国语境的考量。相对于中国国内的大叙事,解散本身产生的思考的动力和政治上的隐喻自然就在那里。其中当然有某种意义上所谓政治的承担。法国、德国的文学史,他们的处理是 1000 年的文学史。尤其是德国是一个新的国家,只有广义的日耳曼文学,时间跨度是从最初写他们国家的文学开始。然而,中国 3000 年没办法做。这与在时间的分别上要做的现代中国文学史是不一样的。而美国文学史相反只有 200 多年,其主编开宗明义地讲这个国家是新的,任何东西都是新的,文学是可以被发明的。美国文学史使任何事情成为可以讨论的一部分,广播谈话、电影、总统间的私人通信,日常化的、流行的都有,就是要展现其开国的气魄,这对中国读者是不可思议的。我很喜欢这种气势,展现了美国独立的、创造的精神,虽然都用编年的方式,美国与德国、法国不同。出版公司基本需要维持编年的基础,但中国文学史是 3000 年,不可能从头到尾,选择现代文学史只能从 19 世纪到当代。

另一个,我们不是开国文学史,20 世纪就有两个"开国",还借了一个晚清。博杂性上比美、法、德更胜一筹且需要断代。从编年史的形式上,必须承认给了我们想象的空间,过去想象写文学史的话,难道我要写大叙事的么?是用海外观点,难道要写到与中国与美国的抗衡?文学史对我来说,一直是有没有必要写的问题。国内的学者在不同语境里不断地写。我觉得假装客观的文学史,是以很可疑的形式提讯息,不如 Google、维基百科更有趣,文学史不需要变成辞典。不在中国国内,我们资料有限,无论大叙事还是编年史都有自己的标准和想象。

苗　绿:大家觉得文学史是相对客观的创作,但必定有个人、有个体意识形态,您对个体意识形态的处理有无警醒?

王德威:一方面不可避免,另一方面因为有这种限制才能使你有一家之言,所以我不觉得有真正的冲突。但你用的字很好,警醒,过去是没有警醒的。过去是按照国家的意志,1951 年王瑶在做文学史的时候是全心全意地把国家、文学合二为一的。我们现在多了后现代的包袱,没有一个是超然的、透明的伟大叙事,它是众声喧哗。叙事有一个伦理的规则,写文学史一定要有意识形态,就是要有一个自我批判的自觉:我的局限在哪里?我想要的是什么?先问自己,问明白了再书写。这样的文学史也许缺乏一种宏观叙事的、君临天下的声势,而且现在这个文学史以目前做的方式,我们预计可能有 120 个时间点等于是有 120 个声音,但最后难道是我说要来众声喧哗吗?那未免太可怕了。当然我无从规避主编的立场和个人思考的身影。文学和历史的变动中,什么是现代/非现代,什么是非现代/传统?这点我特别有兴趣。各种空间的交错,包括内与外、华文与汉语汉文、边界与中心等各种文类之间的协商非常重要。我会用自己的方式做出来再找别人写,因为自己要有一个完整的拼图。接下来是大家最关心的翻译(translation)的问题:旅行(travel)以及跨文化(transculturation),这是 21 世纪的特色,21 世纪以前的文学你可以说是文艺混杂体的,但是这个翻译与文化、传媒转借和旅行的问题,在 21 世纪以前是没有发生过的,没有如此纷繁复杂的现象。

苗　绿:关于写作的问题:您现在是以时间点来划分,每个时间点用 2500 个字描述一个有意味的文学事件,来串起这个文学史,怎么描述这些时间点?标准是什么?

王德威:第一条,来龙去脉先讲清楚,空间有限,你怎么用一个事件、一个文物、一个文本、一个理念,但最后都回到时间本身。要怎样以小见大、借题发挥,然后极限地运用篇幅来讲出一个比较大的问题。所以对每一个参与写作者都是一个极大的考验。有人说 2500 字太容易了。就像哈佛总编说自己一个周末就可以写出来了,结果法国那本文学史编了十几年也没编出来。我仍然相信能写出一个深入浅出的文学史。例如,如果是哈金写 1918 年 5月 2 号鲁迅的《狂人日记》的细读文本,要用一个作家的立场来思考、想象鲁迅在八九十年以前写作《狂人日记》的心情和他所面临的问题及其不能解决的问题,会非常有文学性。因此最基本的要求是把故事讲好,必须把起承转合讲清楚。然后再谈你的批评观点。如果从非常解构的观点来讲,任何一个时间点都可以进入历史,但是我们来做当然有策略性,我自己和撰写者都找最有意义的关键点,这些点都锁定了一个时空。过去做五四文学,1919 年 5月 4 日是个关键点,但我选择了 1922 年 8 月沈从文到达北京的那一天作为关键点,因为我觉得那个时间点其实透露了很多的意思,一个外省的青年到了文化的重镇,新的学问对他的影响,漂流、从乡土到都市等等问题接踵而来,而沈从文在以后 60 年里精彩万状的生命冒险就从这个点开始。所以这个点不是随便选的,它牵涉了书写者和编纂者的用心,也就是说牵涉了其宏大的历史观点。我们这部文学史只有 120 个点,当然在里面做了很多策略性的操作。

苗　绿:参与写作的人也会是有文学批评家、作家、历史学家,还会有其他人?

王德威:也许有像史景迁这样的外国中国研究者,也有哈金这样的海外作家,还有国内作家,比如北岛。朦胧诗这个点有谁会比北岛讲得更好?包括讲朦胧诗的起源,讲大字报贴在墙上,然后他出国。回到本体论,这个东西会让人觉得有点文学味。

苗　绿:您怎么来规定事件的代表性、共识度、容量还有文体的多样化?

王德威:文体多样化可能顾不了。比如说"文革"的话,我们顶多有三到四个入口(entrance),当然肯定有一个是样板戏。一个重要的会引起争议的事件,通常会安排两到三个入口,比如 1956、1957 年这两个点是刻骨铭心的。

苗　绿:做文学史有时候是不讨好的,怎么把握典型性?比如有人提议写入中国共产党建党的这个时间点,您可以选很多类似的,但难以兼顾。也许会有质疑,有了建党的点,那 1949 年开国那天你为什么不选呢?

王德威:我们可以说 1949 年 10 月 1 日,毛泽东的文稿也是一种文类,但我恐怕找不到这么犀利的人来分析蒋介石和毛泽东的文稿,但可能分析 1949 年夏天第一次中国文艺工作者大会那个文本。我觉得必须做取舍,剔出没有真正跟文学实际相关的东西。编文学史一定会被骂,会有人质疑张爱玲有这么多伟大的时刻,你怎么选这个不选那个。我们这部文学史一定要落实到具体某个日期,其实是有时间理念的基础,是把历史还原到时间的分秒。这是 20 世纪的观念,即下性、当下性。第二点,用本雅明的理论来讲,"要让历史的每个日期都还原它的容貌"。而我现在要把这典型的文本还原出它本来的面目,所以在不可分割的那个点上,我怎么把那个故事拿出来,把那个叙述的力量拿出来,让叙述再赋予时间某一种生命或辩证的能量。一定要问我的话,理论上还是有某种程度的说法。

苗　绿:您以前说过任何的文学史学理论,一旦是一种全然的叙事,那么势必里面就会包含一种自我结构和自我设限的因子。刚才讲了您的构想,有没有一个心理认知,觉得您的文学史可能是被自己限定了,有些问题是做不到的,且是没办法触及的。

王德威:一旦采取一个策略,已经没有那个求全的野心了。还没出发其实就用自我设限的方式知道自己的局限了。但是我必须要安慰我自己,设限是一个绝对的问题。我们甚至用本体论的观点来讲清楚,人就是在一个时间里的动物,你没有办法,我们都在奔向死亡。为什么我们需要有诗歌,用神秘的语言来打开我们永远打不开的一种黑暗,它让我们灵光一现,让我们知道至少在自身的局限之外可能有更多的、更伟大的宇宙苍穹。文学史写作的意义,海德格尔给了我们启示。每一个点希望至少打开一个窗户,大概知道有一个更伟大的全貌在那里,那也只能想象,不见得能够企及。完全可以想象,如果上面提到哈金写鲁迅现在只有 2500 字,若有 800 页的篇幅他可以讲出什么样的东西来?他鼓动读者去想。给你一个出发点,通过这个窗户你看到什么东西,你必须要自己去想。这样的历史观可能跟国内的文学大趋势不一样。

苗　绿:我过去曾经一度认为文学史有一个功能就是展现作家的心灵史。但是刚才听您所讲,我有所改变。

王德威：心灵在某一方面讲其实还是蛮唯心的，不是说每一个大作家我都去挖掘他的心灵，而是说在文学史里面作为一个读者怎么样有效地参与，然后有一种想象的对话。可以想象那些心灵，但那些心灵不会直接在我的眼前出现。

苗　绿：您的目标是通过文学史来打开很多窗户。您现在的文学史还没有"终"，倒是有了从晚清的开始。

王德威：这书可能到 2015 年才会出，也许就是"终"。开始也是一个问题，从晚清开始我都觉得很难做。因为在德、法跟美国那里文学史基本都没有开始，他们的做法都是起源是从文明最开始。我们是现代的，是一个断代史。我想到的开头绝对不会以政治事件开始。

苗　绿：您可以要一个开放式的开头。

王德威：我绝对会有一个点是龚自珍回家。龚自珍被罢官回家，在路上写《乙亥杂诗》。另一个点是《镜花缘》。还有几个点我现在还没有想清楚，这关系到中国现代文学史的源头问题。不管怎么开始，古典跟现代其实是同时开始的，每一个现当代文学的主题都是唐宋。

（原载《长城》2012 年第 7 期）

"再解读"：文本分析与历史解构

贺桂梅

上世纪 90 年代以来，一种以经典重读为主要方法、被宽泛地称为"再解读"的研究思路，最先由海外的中国学者实践，逐渐在现、当代文学研究领域引起广泛注意。这种研究把西方上世纪 60 年代之后的各种文化理论——包括结构主义—后结构主义、精神分析、后殖民理论、后现代主义、女性主义、西方马克思主义等——引入当代文学研究实践中。借助于理论自身对语言或哲学再现性本质的越来越深、越来越系统化的怀疑"[1](P42)，侧重探讨文学文本的结构方式、修辞特性和意识形态运作的轨迹，对于突破社会—历史—美学批评和"新批评"这种上世纪 80 年代"主流"批评样式，把文学研究推向更具体深入的层面，产生了较大影响。这种思路的代表作包括：唐小兵主编的《再解读——大众文艺与意识形态》①（香港：牛津大学出版社，1993 年）和黄子平的《革命·历史·小说》②（香港：牛津大学出版社，1996 年）。相关的研究思路也体现在李扬的《抗争宿命之路——"社会主义现实主义"（1942—1976）研究》（长春：时代文艺出版社，1993 年），王晓明主编的《批评空间的开创：20 世纪中国文学研究》（上海：东方出版中心，1998 年）以及李陀的论文《丁玲不简单——毛体制下知识分子在话语生产中的复杂角色》（《今天》1993 年第 3 期）等著作中。由于体现这一思路的重要论文集以"再解读"为名，因此也被宽泛地称为"再解读思路"。需要补充说明的是，"再解读"可以说是上世纪 90 年代现、当代文学研究的一个重要倾向，其研究对象并不局限于上世纪 40—70 年代，例如戴锦华对上世纪 80 年代女作家作品的系列重读③，孟悦的《历史与叙述》主要分析的是新时期重要作家④，刘禾、黄子平等的重读也涉及现代文学史上的重要文本。只不过因为《再解读》和《革命·历史·小说》的主要重读对象，是上世纪 40—70 年代的文学经典（或广义的左翼文学作品），并且把解读的总体对象指认为"历史元叙述"或"基奠性话语（foundational discourse）（关于起源的神话或历史目的论）"[2](P25)，或更明确地，是研究"革命历史"的虚构叙述形成的"一套弥漫性基奠性的'话语'"[3](P2)，因而，再解读的思路主要为重

---

① 《再解读》中的许多文章曾发表于 1991—1992 年间的《二十一世纪》（香港）杂志上。本书的"代导言"和关于《暴风骤雨》《千万不要忘记》的重读等 3 篇文章，后来又收入唐小兵的论文集《英雄与凡人的时代：解读 20 世纪》（上海文艺出版社 2001 年版）。

② 这一论著的大陆版改名为《"灰阑"中的叙述》，由上海文艺出版社 2001 年出版，内容上有细微变动，即删去了港版第 6 章的"小说与新闻：'真空'向话语的转换"，加进了《语言洪水中坝与碑——重读中篇小说〈小鲍庄〉》作为大陆版的第 9 章。

③ 这些系列论文包括《"世纪"的终结：重读张洁》（《文艺争鸣》1994 年第 4 期）、《真淳者的质询——重读铁凝》（《文学评论》1994 年第 5 期）、《池莉：神圣的烦恼人生》（《文学评论》1995 年第 6 期）等。

④ 孟悦：《历史的叙述》，陕西人民教育出版社 1991 年初版，1997 年再版。这本书对刘心武、王蒙、莫言、张洁、林斤澜等 5 位作家进行了解构式分析。

新理解 20 世纪中国左翼文学与文化(尤其是作为左翼文学的"当代形态"的 50—70 年代文学)提供了新的研究视野。

再解读思路的重要成果体现在文本分析上。《再解读》一书一共收入了 10 篇论文,重读了萧红的《生死场》、丁玲的《在医院中》和《太阳照在桑乾河上》、周立波的《暴风骤雨》等现代小说,《白毛女》《千万不要忘记》等现代戏剧,以及《青春之歌》《红旗谱》《上海姑娘》等电影文本。《革命·历史·小说》则对《林海雪原》《烈火金刚》等"革命历史小说"进行了重新阐释。这一研究思路基本上是选择一个特定的文本,呈现文本的修辞策略、叙事结构、内在的文化逻辑、差异性的冲突内容或特定的意识形态内涵在文本中的实践方式。重读的对象都不被视为封闭的文艺作品,而被视为意识形态运作的"场域",也就是交织着多种文化力量的冲突场域。如唐小兵这样解释他所理解的"重读":"一旦阅读不再是单纯地解释现象或满足于发生学似的叙述.也不再是归纳意义或总结特征,而是要揭示出历史文本背后的运作机制和意义结构,我们便可以把这一重新编码的过程称作'解读'。解读的过程便是暴露出现存文本中被遗忘、被压抑或粉饰的异质、混乱、憧憬或暴力。"[2](P25)黄子平的理解与此相似:"解读意味着不再把这些文本视为单纯信奉的'经典',而是回到历史深处去揭示它们的生产机制和意义结构,去暴露现存文本中被遗忘、被遮蔽、被涂饰的历史多元复杂性。"[3](P2)——因此,这些研究尽管是对具体文艺作品的细读,但已经不是新批评或结构主义批评意义上的"细读",而包含了"两个层面",即"一是细致的内层精读,一是广泛的外层重构",而对文本进行"外层重构"则是"努力在文本与其语境之间建立其意义的联系。这里的语境并不是实物性的具体存在,而是多层次、多形态的意义网络"。[4](P6—7)

这实际上就是把文学作品放到更为复杂的历史语境和文化建构过程之中,探讨它在社会文化中的位置、它如何与更大的历史话语建立起联系、如何"象征性"地呈现特定历史情境中的文化逻辑和文化理念。刘禾的《文本、批评与民族国家文学》更具体地提出,"重写"现代文学史必须把现代文学放置在"民族国家"这样一个论述空间中,包括作家、文本、文学批评、文学史书写在内的全部文学实践都必须纳入研究视野,因为正是这些实践"直接或间接地控制着文本的生产、接受、监督和历史评价,支配或企图支配人们的鉴赏活动,使其服从于民族国家的意志",只有从这样的文本生产机制中来看待现代文学的性质,才能摆脱那种在"现代文学自身的批评话语"中寻找答案的"狗逐其尾,自我循环"的"怪圈"。[5](P295—299)

从具体的文本操作层面上来说,"再解读"研究主要包括了这样几种方式:一种是考察同一文本在不同历史阶段的结构方式和文类特征上的变化,辨析不同文化力量在文本内的冲突或"磨合"关系。比如孟悦的《〈白毛女〉与"延安文学"的历史复杂性》①,比较了歌剧《白毛女》、电影《白毛女》和"革命芭蕾舞剧"《白毛女》这样三种形态,呈现不同文化力量在文本内"交锋与会合"的问题。孟悦认为歌剧《白毛女》基本上是以"一个民间日常伦理秩序的道德逻辑作为情节的结构原则","民间伦理逻辑"的运作和"政治话语"之间的相互作用,表现在"政治力量最初不过是民间伦理逻辑的一个功能。民间伦理逻辑乃是政治主题合法化的基础、批准者、权威";而影片《白毛女》则"以市井流行文艺中富于悲欢离合的娱乐性形式翻译并转换了歌剧所表现的乡土伦理原则","情"与"巧"的原则取代了"伦理"原则;而舞剧《白

---

① 孟悦:《〈白毛女〉与"延安文学"的历史复杂性》,原载《今天》1993 年第 1 期,收入《再解读》时更名为《〈白毛女〉演变的启示——兼论延安文艺的历史多质性》,牛津大学出版社 1993 年版,第 171—188 页。

毛女》中，"政治话语的运作大大压抑了非政治的声音，大部分非政治的细节被删除掉了"——通过对《白毛女》不同文类形式的分析，研究者希望能够避免对"延安文艺"作简单化的理解，而"去挖掘潜伏在文艺为工农兵服务的政治口号下，不同话语、不同文化之间摩擦互动的历史"，因此，"《白毛女》以及许多革命文学作品本身在很大程度上是这种摩擦互动的结果，而不仅是政治话语压迫的工具"。从文本的不同文类形式进行分析的另外一篇较为成功的文章，是刘禾的《一场难断的山歌案：民俗学与民族国家文学》，比较分析了歌舞剧《刘三姐》和电影《刘三姐》的异同，并由此重新思考"民间（口头）文学、官方（通俗文学）、市民（消费）文学、大众视听媒介、少数民族等概念及实践之间的断裂、冲突与历史联系"①。

"再解读"的第二种分析文本的方式，是讨论作品的具体修辞层面与其深层意识形态功能（或文化逻辑）之间的关联。比如黄子平的《病的隐喻与文学生产——丁玲〈在医院中〉及其他》，讨论的是"革命"的社会实践与"疾病"这一社会病理学概念之间的隐喻关系，《革命·历史·小说》的部分章节则分析革命历史小说如何借助"绿林传奇"的故事模式和宗教修辞，作为小说语言和情节结构的主要形式，从而把政治话语实践于文学的叙述层面。戴锦华对电影文本《青春之歌》则作了更为生动的分析："女主人公林道静与她所拒绝、所委身、所爱恋、所追随的男性之间的关系，……成为知识分子道路这样一个特定命题、特定的历史与现实困境的'想象式解决'的恰当方式。"②论文挖掘了文本的修辞层面，即一个女性的婚恋经历和文本的意识形态功能，即小说被用来作为一个"小资产阶级知识分子走向革命"这样一个政治命题的修辞策略之间的关联，进而考察文本如何通过女性形象与知识分子形象的类比，有效地消解特定历史时期关于知识分子问题的话语困境。这种"有趣"的发现，不能不说得益于研究者对结构主义和叙事学理论的熟悉，对文本结构方式的敏感，从而把一个看似完整而生动的故事"拆解"开来，呈现其进行"编码"的方式，以及这种编码策略所掩盖或压抑了的问题，并暴露其中隐藏的深层文化逻辑。

"再解读"的第三种文本分析方式，则试图把文本重新放置到产生文本的历史语境之中，通过呈现文本中"不可见"的因素，把"在场"/"缺席"并置，探询文本如何通过压抑"差异"因素而完成主流意识形态话语的全面覆盖。这方面相当精彩的文章是唐小兵的《暴力的辩证法——重读〈暴风骤雨〉》。这篇文章首先提出"暴力"的含义，即"彻底取消所有其他意义，完全抹杀构成意义所必需的差异和界定（时空的、社会的、语言的、人体的）"，接着从《暴风骤雨》的写作方式、语言形态和象征形态等三个层面，讨论这篇小说作为政治理念的"转述式文学"，如何"在最表层也是最深刻的意义上，回响和阐释着主流意识形态，服务于体制化了的'象征秩序'。③ 唐小兵认为，"暴力革命的核心逻辑"，正在于这种绝对取消差异的运作逻辑，因而从小说创作动机"预设的普遍论断"到小说本身的"周到图解"再到小说批评的"归纳复述"，成为一个"语义大循环"。从小说语言形态上来说，其中的"农民语言"仅仅是一种"附辅

---

① 刘禾：《语际书写——现代思想史写作批判纲要》第五章，第 121—122 页，天地图书有限公司 1997 年版。这篇文章后收入王晓明主编的《批评空间的开创：二十世纪中国文学研究》。

② 戴锦华：《〈青春之歌〉：历史视城中的重读》，《电影理论与批评手册》第三部分第五章，第 210 页，科学技术文献出版社 1993 年版。这篇文章收入《再解读——大众文艺与意识形态》。

③ ［美］唐小兵：《暴力的辩证法——重读〈暴风骤雨〉》，原载《二十一世纪》（香港）1992 年 6 月号，第 11 期，后收入《再解读——大众文艺与意识形态》。

性、装饰性的符号",真正进入作品的"结构组织和表意过程"的,则是体制化了的意识形态性主导话语。而从象征层面来考察,小说中以"暴力"为语法的身体语言,正是"暴力革命使人成为工具"的过程的具体呈现。——通过对小说文本的详细分析,《暴力的辩证法》一文认为,支配着上世纪 40—70 年代的"想象逻辑"的,正是这样一种"暴力的辩证法",它导致了一种保守而非革命的文学形式,是对"文学革命的终极否定"。黄子平在分析"革命历史小说"时,则从"题材"的规范性着手,认为"题材"这样的概念主要不在于"硬性规定了'应该写什么'",而主要是"暗示""什么不可以写"。[3](P10—11) 如果把纳入作品的题材内容和所谓的"题材禁区"对照起来看,便可以知道所谓"真实"实则是一种把"差异"等级化的话语分配过程。因而,"当代叙述的秘密不在于凭借弥天大谎瞒天过海,而在于界定'真实'的标准,分配享受'真实'的等级差序"[3](P4—5)。——这种把"在场/缺席"、"差异/同质"、"虚构/纪实"、"中心/边缘"并置的方法,正是解构主义思路的具体实践。研究者通过暴露文本和主导话语如何抹平、掩盖"差异",呈现的是话语运作过程中的权力关系。

总体而言,"再解读"研究为重新读解当代(乃至 20 世纪)的重要文本和文学现象,提供了颇为有效的研究方法和思考角度。一个最为明显的"成效"是,这种研究思路能够呈现被视为"一体化"时期的各种文学力量和文学形态之间的关系,能够呈现这一时期文学(文化)的多层次内容,以及这些有差异的文学内容或冲突或融合的编码过程,从而暴露看起来很"光滑"、"铁板一块"的文本中蕴涵的缝隙和矛盾。这无疑是一种更为有效地"深入历史情境"的研究方法,也是上世纪 90 年代以来产生了较大影响的一种研究路向。

但迄今为止,相关的研究仅止于对具体文本进行重读,尚未形成更"完整"的研究论著。这首先因为研究者基本上采取的是一种"解构"的思路,把文本视为"纵贯各层次社会活动的意识形态症结"[6],亦即文本被视为一个意义网络交织的"点",也就是刘禾所说的"小题大做,举例说明"[5](P299)。"再解读"思路在很大程度上被视为上世纪 80 年代中后期"重写文学史"思潮在上世纪 90 年代的延伸,如《再解读——大众文艺与意识形态》的第一篇"序言"即是刘再复的《"重写"历史的神话与现实》,直接把"再解读"纳入"重写文学史"的进程中。《今天》杂志从 1991 年开始设立了"重写文学史"专栏,陆续发表相关文章,"再解读"的许多论文也多处提到如何在"重写文学史"的思路上进行深化和展开的问题,因此,"再解读"思路主要着眼于如何"瓦解"上世纪 40—70 年代的"体制化"叙述。唐小兵、黄子平在序言或论著中将这种体制化叙述表述为"历史元叙述"或"弥漫性、基奠性的'话语'"。与"重写文学史"思潮不同的是,"再解读"思路不希望"仅用一种叙事去取代或是补充另一种叙事"[5](P295),或将40—70 年代的体制化文学史叙述看作是"纯粹的政治运作的产物"而进行简单的"拒绝和批判"[7],而希望追问诸多文学问题的基本前提,考察文学运作的编码过程及其裂隙。因而,"再解读"实际上是一种以瓦解 40—70 年代的主导叙述根基和前提的解构性工作。选择从具体的文本分析入手,无疑有助于从"边缘"处解构"神话",从而举重若轻地完成解构的工作。但有趣的是,"再解读"诸篇论文无一不是从"大"理论问题入手,并通过文本重读后再次回到大问题。这些问题牵涉诸如"民族国家文学""民间文学与主流文人(通俗)文学""新文化、通俗文化,以及新的政治权威""时间观""革命的核心逻辑",以及"现代性"问题等。这或许可以视为德里达式的"把一个具体的事例作为说明一个普遍结构或逻辑的例证",或福柯式的提供"一个具有普遍意义的思考文本和话语的框架"[8](P11,P14)。"再解读"思路的诸多论文的主要问题并不在于单篇论文本身,而在于这些论文为什么形成了如此相近的研究思路,以及这种思路遗漏或有意忽略的另外一些与理论不相容的文学史事实。正如一篇反省电影研究范式的文章所说的,这些论文的出发点和研究工具仍旧是一种"宏大理论",从理论到文本的分析过程,就是"从理论走向特殊的个案","以证明某种理论的地位并将其作为中心任务来完成"。这种方法一方面有可能"失掉那些与其他假设相抵牾的部分渊源",另一方面研究者常常对他们提出的理论加以"寓言式或比喻式"的表达,而遗漏了具体文本自身的复杂性或暧昧性。① 这大概是为什么"再解读"文章大都是"文本中心论"式的文本重读的原因。也可以说,指出"再解读"思路不能形成更为复杂、完整的历史叙述,并不一定是要做"伪哲学的抽象"叙述,不是"从问题的提出到术语的使用,乃至作出的结论,都往往着眼于某种理论的统一性,并受其限制"[5](P299),而是如何摆脱理论本身的限定性,从文学历史自身的脉络,完成对历史过程的描述。因而,这不是"解构"思路本身的问题,而是理论阐释的限度与历史叙述复杂性之间如何更好地融合的问题。从另一方面来说。"再解读"主要是要打碎40—70年代的体制化叙述,揭示其中的矛盾和裂隙。研究者对问题的探讨也仅止于这一层面。至于这一时期的文学(文化)如何建构起这样的历史叙述,在建构过程中经历了怎样的冲突和调整,最终是什么因素导致了这种叙述的"无效",这些问题则并未成为"再解读"关注的问题。这大概正是"再解读"仅仅提供了新的研究的可能性的"启示"或研究个案,而不能完整更为完整的历史叙述的更主要原因。

(原载《海南师范学院学报》(社会科学版)2004 年第 1 期)

参考文献:

[1][美]F.杰姆逊.后现代主义与文化理论[M].张文定,译.北京:北京大学出版社,1997.

[2]唐小兵.我们怎样想象历史(代导言)[A].再解读——大众文艺与意识形态[C].香港:牛津大学出版社(中国)有限公司,1993.

[3]黄子平.革命·历史·小说[M].香港:牛津大学出版社(中国)有限公司,1996.

[4]唐小兵.英雄与凡人的时代:解读20世纪[M].上海:上海文艺出版社,2001.

[5]刘禾.文本、批评与民族国家文学[A].王晓明.批评空间的开创:二十世纪中国文学研究[M].上海:东方出版中心,1998.

[6]唐小兵.暴力的辩证法——重读《暴风骤雨》[J].二十一世纪(香港),1992(11).

[7]孟悦.《白毛女》与"延安文学"的历史复杂性[J].今天,1993(1).

[8][美]J.卡勒.当代学术入门:文学理论[M].李平,译.沈阳:辽宁教育出版社,1998.

① [美]大卫·鲍德威尔:《当代电影研究与宏大理论的嬗变》,收入鲍德威尔和卡罗尔主编的《后理论:重建电影研究》,麦永雄等译,中国社会科学出版社2000年版,第26—28页。

"再解读"研究述评

周 薇

"再解读"思路在很大程度上被视为 20 世纪 80 年代"重写文学史"思潮在 90 年代的延伸,着眼的是如何"瓦解"40—70 年代的"体制化"叙述。不同的是,"再解读"思路不希望"仅用一种叙事去取代或是补充另一种叙事",或将其看作"纯粹的政治运作的产物"而进行简单的"拒绝和批判",而希望追问文学的诸多基本前提,重新编码文学运作过程并呈现其裂隙。[1]

20 世纪 90 年代以来,"现代化"话语逐步演变为一个"现代性"的知识视野,对于"现代化"的单一的本质化的理解逐步转变为一种多元的、复杂的具有批判性和反思性的"现代性"知识。海外李欧梵、王德威、刘禾、孟悦以及国内汪晖、李杨等人对于现代性的重新理解和反思,对"以现代为目标"的"重写文学史"的基础和前提提出了质疑。[2] 从"现代化"到"现代性"的延续来看 我们也有理由认为"再解读"是"重写文学史"的进一步深化。

那么究竟什么是"再解读"? 洪子诚认为,"再解读"指的是 90 年代的一种批评活动,也是一本书的名字——由唐小兵主编的《再解读:大众文艺与意识形态》。论文撰写者多为学院出身,并有不同程度的西方现代理论背景。论文的撰写与编辑,不仅为了对涉及的文本重新阐释,而且更与"现代文学史的重构"相关。"再解读"其实是文学史研究的经常、普遍的活动。如果它是一种有系统的工作,则是文学史重构的组成部分,是更新文学史图景和描述方法的一种试验。[3]

一直致力于"再解读"研究的学者贺桂梅认为这种研究把西方上世纪 60 年代之后的各种文化理论——包括结构主义——后结构主义、精神分析、后殖民理论、后现代主义、女性主义、西方马克思主义等,引入当代文学研究实践中。借助于理论自身"对语言或哲学再现性本质的越来越深、越来越系统化的怀疑",侧重探讨文学文本的结构方式、修辞特性和意识形态运作的轨迹,对于突破社会历史美学批评和"新批评"这种上世纪 80 年代"主流"批评样式,把文学研究推向更为具体深入的层面,产生了较大影响。[4]

"重写文学史"并不狭义地针对"十七年文学"但在"专栏"开辟近两年的时间里,围绕"重写"在《上海文论》发表的 22 篇文章中有 12 篇都是关于"十七年文学"的,这些文章几乎囊括了"十七年"时期主要的作家作品与文学现象。贺桂梅指出:"再解读"的主要特色在于文本重读,重读的对象是已经被过去的文学史经典化了的一些重要作品,如《太阳照在桑乾河上》《暴风骤雨》《林海雪原》等现代小说,《白毛女》《千万不要忘记》等现代戏剧。[5] 对于作为"重写文学史"的深化的"再解读"再解读那些五六十年代"红色经典"无疑有相当大的阐释空间,并且很有研究价值。因此,本述评研究的对象范围缩小为对"十七年""红色经典"进行再解读的学人、著作和论文。

一、唐小兵[6]的"再解读"研究

似乎可以把唐小兵看作"再解读"之父。他是这样解释他所理解的"重读"的:"一旦阅读不再是单纯地解释现象或满足于发生学似的叙述,也不再是归纳意义或总结特征,而是要揭示出历史文本背后的运作机制和意义结构,我们便可以把这一重新编码的过程称作'解读'。解读的过程便是暴露出现存文本中被遗忘、被压抑或粉饰的异质、混乱、憧憬或暴力。"[7]唐小兵、刘禾等人外语上有优势,上世纪八九十年代出国学习,非中文系出身的背景使得他们往往更加敢于下判断。他们的判断更明显和更多是基于"话语",而不是体验或者说经验,如唐关于延安文艺性质的断定,说它是一场反现代的现代先锋文化运动,很显然,他的判断是自上而下的,更多的是理论的想象。[8]唐小兵是用"被历史限定了"来描述"现在"的困境的,他"解读"文本的出发点之一是"拯救"历史的复杂多元性。因此,他有更明显的"拯救者"心态,即以"拯救"历史来"拯救"被其限定了的"现在"。[9]

2008 年 5 月,在北大中文系的讲座上,唐小兵再次论述了"再解读"与《再解读》。他说:"'再解读'的一个基本操作方式,我认为就是去做批评的批评,但这个后设的批评不应该忘掉了原来的文本,而恰恰是为了把更丰富、更深层次的意义带回到文本。……这本书(《再解读》)在总体上实际上是运用了西方带有左翼色彩的理论,来对很明显的是从左翼传统里产生出来的文学、文艺作品进行解读。是从带有某种批判意识的角度进入,而这种批判意识所针对的恰好是一种体制化了的左翼传统,因此带有一种自我剖析的意味。……从'大众文艺'这个观念引发下来,发现文学还不够,还需要对其他的文化产品进行研究,进行考察。这次出增订版,我有意识地收录了两篇关于美术作品的文章,以弥补初版时的一个不足。"[10]

二、黄子平[11]的"再解读"研究

黄子平认为:"解读意味着不再把这些文本奉为单纯信奉的'经典',而是回到历史深处去揭示它们的生产机制和意义结构,去暴露现存文本中被遗忘、被遮蔽、被涂饰的历史多元复杂性。"[12]

黄子平、孟悦等学者成名于上世纪 80 年代,他们更喜欢采用以文论先入为主的方式来建构问题,从而表达自己的观点。[13]

智性的批评、生命的体悟是黄子平的研究风格。[14]他(黄子平)力图离开简单、粗陋的政治、美学评价,把对象放到"历史深处",揭示文本的"生产机制"和"意义结构"。这种考察是双向的:一方面是小说如何讲述革命,参与这种叙述的"正典化";另一方面是革命如何规约、改变我们想象、虚构、讲述革命历史的方式。由此,把分析引向对文本的"生产机制"和"意义结构"的关注上来。[15]在《"灰阑"中的叙述》中,黄子平显然也关心 50—70 年代中国大陆的"革命历史小说"讲述什么,但他更关注的是那些"革命历史"是怎样被讲述的。[16]

黄子平的《革命·历史·小说》深入到意识形态权力管辖最严格的"革命历史小说"内部,希望摆脱权力叙事的阴影,表达自己对现实和未来的关切。所以分析"文学形式与革命、政治之间的互动关系",成为他讨论"革命历史小说"的基本出发点。黄子平的文学史研究最大贡献在于力求呈现历史的多元性,正视历史现象以及文学与历史关系的复杂性,从而寻求对话与反思的可能。[17]

　　作为方法,黄子平的实践告诉我们,结合叙述理论与批评者本身对历史和时空的体验或意识对中国的文本进行"解读"是可行的,并且有其必要性。黄子平是用"仍然刺痛人心"来描述"现在"的,这除了是批评者在批评过程中有更多个人情感的流露外,还进一步说明了"解读"对于黄子平来说不仅是一种"拯救",也是一种"自救",他要"治疗"的"心痛",既是属于整个民族,也是属于他个人的。[18]这也是黄子平"再解读"研究的目的和价值所在。

三、李杨[19]的"再解读"研究

　　与黄子平重"结构—功能"的"现代性"研究相比,李杨的研究更趋近于新历史主义立场。《抗争宿命之路》沿袭"叙事""抒情""象征"(话语类型)的思路把1942—1976年中国文学"社会主义现实主义"放置在20世纪中国现代化这个特定的历史情境中进行"谱系学"分析,探寻"十七年文学""形式的意识形态"。李杨认为"'社会主义现实主义'的发生发展与中国对西方的回应——反抗有关,文学从叙事到抒情再到象征的变化,显示了意识形态的深刻变革";在"现代性""叙事"的脉络上,"十七年文学"实际上是一种继续和发展,它是20世纪中国文学在特定历史情境下最集中地体现现代民族与国家主体性的一段文学;这"十七年"文学话语的不断转换,是政治权力不断运动交替的必然结果;"十七年文学"从"叙事"到"抒情",其"形式的意识形态"本身便是一个深刻的话题。[20]而他的《50—70年代中国文学经典再解读》一书则构成了与历史的诗学对话。他所标举的杰姆逊的"始终历史化",就是将文本历史化,这是李杨式的历史化解读所依据的或者试图建立起来的一种诗学观念。在这里,"互文本"这个词被看作是文本解读"再现"历史语境的关键词。他还提出一种独特的批评方式,这"是一种仿佛颠倒了'由外及内'的社会历史批评的'由内及外'的方式——不是研究'历史'中的'文本',而是研究'文本'中的'历史'"。但是,在这部著作当中,作者过于匆忙地打造了八部小说"环环相扣"的递进式的关系,却忘记了"互文本"纠缠在一起的语言关联。[21]

　　李杨所理解的"再解读",不是"批评",而是"对批评的批评"是一种反思性的工作。他一直把"解构"视为"重构"的基础,"解构"本身就是"重构"和"建构"——如果你把这种"再解读"历史化,而不是本质化,你就能理解这种看起来非常学术化的工作与时代之间的内在关联。它就不是只对"过去"发言,而是对"当下"发言。[22]

四、贺桂梅的"再解读"研究

　　与上述三位"再解读"研究者不同,贺桂梅既对具体作品进行研究,也对"再解读"这个文学文化现象本身进行研究,这种双重视野或许能够使她更为清晰、客观地阐释"再解读"。"《再解读》对我的意义首先就是语言学转型。书中对待文本的方式,不再是调动你的经验、情感去感悟那个文本,而是一个类似于编码、解码的过程,好像是很理性的一个操作过程。另一个我学的东西是如何在一个文本中发现解构的策略,就是从一个文本里怎样去发现那些'没有说出来'的东西,从一些'在场'的因素里去发现一个'不在场'的东西,然后把这两者放在一起,看看所谓叙述是如何被建构和被生产出来……我们不能以一种非历史的态度对待理论,也不能以一种超历史的态度对待40年代至70年代这段独特的历史。"[23]

　　这些年轻学者对百年中国文学史的研究与前辈学者的研究迥然不同,尤其是在"十七年"研究上。他们以崭新的"现代性"观念来观照 20 世纪历史的性质,从"现代性"与"反现代性"的冲突与依存、从文学作为"民族与国家的寓言"等观念重新书写文学史。他们认为:解放区文学、"十七年文学"及"文革文学"并非像某些论者说的那样,是封建专制主义的产物,而是一种非常"现代"的文化形态。即是说,新时期以前的文学并非是"现代化"的倒退,而是"现代性"文化在特定历史时期的表现形态,也就是唐小兵提出的"反现代的先锋派的文化运动"。[24]

五、其他"再解读"研究

　　贺桂梅把"再解读"分为这样几种方式:讨论作品的修辞层面与深层意识形态功能(或文化逻辑)之间的关联;考察同一主题在不同历史时期文本结构和文类特征上的变化,辨析不同文化力量的冲突或"磨合"在文本中留下的"痕迹";试图把文本重新放置到产生文本的历史语境之中,呈现文本中"不可见"的因素,探询文本如何通过压抑"差异"因素而完成主流意识形态的全面覆盖。[25]参照这种分法,我们可以大体上将那些对十七年"红色经典"作品进行再解读的文章(主要指除《再解读——大众文艺与意识形态》《革命·历史·小说》《50—70 年代中国文学经典再解读》之外散见于各学术期刊的文章)分为如下几类:

(一) 讨论作品的修辞层面与深层意识形态功能(或文化逻辑)之间的关联

　　程光炜[26]认为《青春之歌》在小说的叙事结构、人物安排中,有一个将"日常生活"戏剧化,将革命内容与传统婚恋故事两个文本重新拼接组装的写作过程。这表明这种政治功利性的文学反而可能有一个复杂的"形成史"和文本的上下文。

　　梁燕丽[27]从叙事学的角度来重新解读《红豆》。他认为作者与叙述者的关系,叙述者与故事的关系以及它们所提供的进入内心的方式——即视角问题,是不容忽视的一种有意味的形式。这构成一种总体话语与个人话语矛盾的叙述方式。

(二) 考察同一主题在不同历史时期文本结构和文类特征上的变化,辨析不同文化力量的冲突或"磨合"在文本中留下的"痕迹"

　　程光炜[28]认为《林海雪原》中存在传奇小说的逻辑与现代革命的逻辑,这两种运作程序的交锋最终确实达成了某种妥协:由一个下层民间造反的故事的修改和发展,最后被加上了一个现代革命的结局。经小说改编而成的现代革命京剧《智取威虎山》经历了这样一个由"量变"到"质变"的过程:剧情被压缩,"非政治"叙事也随之被压缩;同时人物形象设计和关系发生变动;还增强了现代革命京剧"表演性"的成分;为把《智》剧修改得更有"阶级性",原作中具有江湖游侠色彩的传奇内容被换成了充满阶级仇恨的内容。

(三) 试图把文本重新放置到产生文本的历史语境之中,呈现文本中"不可见"的因素,探询文本如何通过压抑"差异"因素而完成主流意识形态的全面覆盖

　　於可训[29]提出由于丁玲所经历的土改存在着历史性的特点和复杂的影响因素,故而其创作就较少受一些现成的政策条文的约束,较多地获得了一些独立思考和独立判断的自由度,一些人物形象具有了比较鲜明的个性特征,始终保持了一种生活的实感和原生状态。但

在政治与政策的关系的处理上仍然留有许多这个年代政治与文学难以抹去的历史痕迹。

王宇[30]认为从某种程度来说,《青春之歌》实际上是对20世纪国内独特的历史语境中女性社会身份的文化想象。文章提出在意识本文中卢嘉川和江华是林道静的革命同志、导师、恋人,但在潜意识本文中,他们事实上扮演着"代父"的角色。他们和"代母"们秉承了崭新意识形态的秩序与法,并向林道静灌输之。在"代父""代母"们的背后是拥有真正权威的却未出场的"象征之父""党父""政父",在逐渐认同的过程中,林道静的自我得以建立,成为"象征之父"合格的女儿——党的女儿。这个抽象的阶级身份的具体命名,是叙事最终要确认的主人公终极的身份,也是主人公唯一的身份。除此之外,可以察觉《青春之歌》深深潜伏在阶级、政治话语背后的性别立场。

傅书华[31]认为农民在面对自己力图改变现实的各种努力最终失败后,他们为土地改革这样的能够切实改善农民现状的高效率的根本变革所吸引,从而坚定不移地走互助合作的这条道路成为他们必然的选择。"个体"在不知不觉中失落了自己的主体性,放弃了自己的独立思考,而一味听凭"整体"的意志行事。梁生宝就是这样一个"个体",而事实上,虽然梁三老汉和郭世富由于历史形成的种种重负后觉悟,但他们融入"整体"的路向却基本一致。从这个角度说,与梁三老汉相比,梁生宝的形象还是更富于典型性的。

(四)摆脱政治语境羁绊后的新发现,新的时代语境下的再解读

傅书华[32]提出林道静的身份(出身、教育、性别)使得《青春之歌》具有了个体成长的普适性。而对于余永泽出于个体安危而对社会暴力行为的恐惧,对群众浪潮的个体性疏离,个体面对社会的温和姿态,并不能像原作品那样给予简单的否定。在21世纪的中国,经济基础发生了从传统向现代的根本性变革,从而与渐进性、建设性的现代经济现代民主社会相应的英美文化思想则成为今天重要的思想文化资源。而此时对余永泽这样的英美派知识分子形象的重新阐释成为必然。

杨丽芳[33]认为如果用今天的文化观念去观照50年代邓友梅的小说《在悬崖上》,便会得出与以往不同的结论:作品中的技术员"我"并非"迷途知返"的典型,而是回归传统伦理道德"以理驭情"的悲剧形象。作品中的"妻子"并不是新型的妇女,最终仍然向传统道德观念屈服。加丽亚由自我情感主导行动,因而活得坦诚轻松,这种形象在当时的女性形象塑造中确实难能可贵,所以不应贬而应褒。

(五)引入新的理论阐释作品

郭宝亮[34]认为《铁木前传》是一篇"亚对话"小说。所谓"亚对话"小说,就是说孙犁还不像陀思妥耶夫斯基那样具有明确的对话意识,而是在创作意识上对主流意识形态话语所规定的元叙事话语产生了朦朦胧胧的怀疑,因而产生思想矛盾,并在这种矛盾中形成自己看似不和谐的叙事,由三条各异的线索构成了小说的有机整体。

沈光明[35]用女性主义理论来加以再解读,他认为《红色娘子军》和《白毛女》在原创的基础上经过多次修改成为"样板"之后,吴青华和喜儿等女主角除了外壳已无任何女性特征。她们走过的道路大致如下:代表党的男人引路→投入斗争→得到解放→不断斗争→成为党员→变成女英雄。这是男性叙述主体给女英雄划定的位置。而且样板戏中的女英雄都不涉足爱情和婚姻,都是没有个人情感生活的人。总之样板戏虽然塑造了女英雄形象,但她们只

有男性化外部特征而没有独立的主体位置,这是对女性自我的彻底否定,完全是男性主导话语的产物。

结语

"再解读"作为"重写文学史"的进一步深化,主要表现在"再解读"提供了新的视角和新的理论上。这同时也带来一些问题,这一点在《再解读》的代导言《我们怎样想象历史》中也有所表现。程光炜认为再解读的一些海外学者很少使用文学史材料,他们判断问题和研究现象,主要依据的是当前时尚的理论。他们推导问题时,往往不是凭借材料的根据,而是通过理论的预设和大胆的假定,这样一来,有时得出的结论就很难有说服力,而且也较为浮泛。因此再解读主要是研究文学史、作家作品的一种理论姿态,而不是研究文学史和作家作品的有效方法。[36]总之,"再解读"提倡重回历史文本、与历史对话,倡导一种追问和反思的精神,他们主要研究一种从编码到解码(解构)的过程。不足之处在于研究者们往往从大的理论假设入手,不太重视材料。

2008年,当四名得力主将一起重新回望"再解读"时,他们的看法更为中肯。李杨倡导一种文化研究,("再解读")这种回到文学文本,并不是要从文学的"外部研究"回到以"文学性"为目标、进行形式和结构上的技术分析的"内部研究",而是一种仿佛是颠倒了"由外及内"的社会历史批评的"由内及外"的方式,它不是研究"历史"中的"文本",而是研究"文本"中的"历史"。换言之,它关注的不是"历史"如何控制和生产"文本"的过程,而是"文本"如何"生产""历史"和"意识形态"的过程。

唐小兵总结道,"再解读"作为一个方法或工程所包含的似乎自相矛盾的预设,即我们认为或者说证明了这些作品是值得去解读的,但同时我们也要说明这些作品有鲜明的意识形态性,与具体的历史环境和意义话语密不可分。换句话说,意识形态批判实际上都是有一个潜在的价值判断的。表面上是超历史或非历史的态度,最后都还是被历史决定的,还是为了达到一个历史的目的。在这个意义上,"再解读"不可能是绝对的、无所不能的方法,而应该是和具体的文化批判、文化建设相辅相成的。[37]

总而言之,从"重写文学史"到"再解读"是一个循序渐进的发展过程,它在中国现当代文学研究界产生了极大的反响。这个进程中虽不免瑕瑜互现,但经过研究者们不倦地探索和彼此思想碰撞火花的闪现,我们对现当代文学史有了进一步的思考,我们获得的更多是创新的体验与探索的勇气。在这个宏大的学术背景下,我们将继续努力前行。

(原载《吉林师范大学学报》2010年第1期)

参考文献

[1] 贺桂梅.重审"再解读"[N].社会科学报,2002(2).

[2] 旷新年."重写文学史"的终结与中国现代文学研究转型[J].南方文坛,2003(1).

[3] 洪子诚.近年的当代文学史研究[J].郑州大学学报(哲社版),2001(2).

[4] 贺桂梅."再解读"文本分析和历史解构[J].海南师范学院学报(社会科学版),2004(1).

[5] 唐小兵.再解读——大众文艺与意识形态[M].香港:牛津大学出版社(中国)有限

公司,1993.

[6] 唐小兵.我们怎样想象历史(代导言)[M].唐小兵.再解读——大众文艺与意识形态.香港:牛津大学出版社(中国)有限公司,1993.

[7] 程光炜,孟远.海外学者冲击波——关于海外学者中国现当代文学研究的讨论[J].海南师范学院学报(社科版),2004(3).

[8] 陈顺馨.灰阑中的解读——读黄子平《革命·历史·小说》[J].当代作家评论,2001(2).

[9] 唐小兵,黄子平,李杨,贺桂梅.文化理论与经典重读——以《再解读——大众文艺与意识形态》为个案[J].文艺争鸣,2007(8).

[10] 黄子平.革命·历史·小说[M].香港:牛津大学出版社(中国)有限公司,1996.

[11] 杨红.智性·生命——由《革命·历史·小说》看黄子平的批评风格[J].贵州民族学院学报(社科版),1999(1).

[12] 洪子诚.近年的当代文学史研究[J].郑州大学学报(哲社版),2001(2).

[13] 曾令存."十七年文学"研究与"历史叙述"的重构[J].海南师范学院学报(社科版),2003(2).

[14] 王光明.问题文学史[J].读书,2004(1).

[15] 李杨.抗争宿命之路[M].长春:时代文艺出版社,1993.

[16] 周志强.历史的诗学对话——评李杨《50—70年代中国文学经典再解读》[J].文艺研究,2004(6).

[17] 古远清.百年中国文学中的当代文学研究[J].海南师范学院学报(人文社科版),2001(6).

[18] 程光炜.《青春之歌》文本的复杂性[J].江汉论坛,2004(1).

[19] 梁燕丽.《红豆》的叙事方式——兼谈当代文学50—70年代的叙事问题[J].黎明大学学报.1997(1).

[20] 程光炜.《林海雪原》的现代传奇与写真[J].南开大学学报(哲社版),2003(6).

[21] 於可训.一部书的命运和阐释的历史——重读《太阳照在桑乾河上》[J].江汉论坛,2003(12).

[22] 王宇.性别·政治:《青春之歌》的叙事伦理[J].社会科学,2003(4).

[23] 傅书华.探寻面对"整体"的"个体""踪迹"——重评《创业史》[J].海南师范学院学报(社科版),2005(1).

[24] 傅书华.林道静、余永泽形象意义的再解读[J].社会科学论坛,2004(7).

[25] 杨丽芳.理智与情感的较量——对《在悬崖上》人物形象的再解读[J].黄河科技大学学报,2001(4).

[26] 郭宝亮.孙犁的思想矛盾及其艺术解决——重读《铁木前传》[J].河北师范大学学报(哲社版),2004(1).

[27] 沈光明.男性主导话语的产物——样板戏对女性自我的否定[J].贵州师范大学学报,2001(2).

"再解读"的再解读

——唐小兵教授访谈录

［美］唐小兵　李凤亮

　　唐小兵,1964 年生于湖南邵阳,1984 年毕业于北京大学英语系,后赴美留学,1991 年获杜克大学文学博士学位。先后任教于美国科罗拉多州大学、芝加哥大学、南加州大学,现为密执安大学讲座教授。主要研究领域为 20 世纪中国文艺运动、中国先锋艺术,出版有《全球空间与现代性的民族主义论述——梁启超历史思想论》《中国现代:英雄的与日常的》《中国先锋派的起源——现代木刻运动》《英雄与凡人的年代》等中英文著作,主编或联合主编了《现代中国的政治,意识形态与文学话语——理论介入与文化批判》《探寻当代东亚文化》《再解读:大众文艺与文化理论——詹姆逊教授讲演录》。2008 年 4 月,在美访学的李凤亮教授与唐小兵先生进行了长篇访谈,内容涉及其学术经历、视觉现代性、"再解读"策略、海外华人学者等。本刊特请采访者整理出有关"再解读"研究策略的部分,以飨读者。

一、"再解读":问题与语境

　　李凤亮(以下简称"李"):我们集中谈谈您的"再解读"策略吧。应该说由于您的几本英文书在国内大多数人都看不到,所以大家更熟悉的是您的这个"再解读"。您主编的《再解读》一书 1993 年在香港出版时,就在海内外学界产生过不小的轰动;2007 年由北大出版了增订版,仍然引起大家的关注,甚至形成了一种所谓的"'再解读'学术现象",当然也带来了一些争论。当年怎样想到要提出这样一种研究策略? 它的出场语境是什么? 是否受到了某些特别因素的触动? 跟当时的"重写文学史"思潮有没有联系呢? 换言之,这件事为何能在海外率先提出来?

　　唐小兵(以下简称"唐"):"再解读"的提出,确实和国内《上海文学》80 年代首先提出"重写文学史"有一定关系,当时包括王晓明、陈思和在内的一批上海学者提出"重写文学史",很大意义上是要把五四到 80 年代的整个文学史衔接起来,不要再像"文革"刚结束时那样将文学史分成截然分明的几段,因为那完全是一种断裂的历史观。"重写文学史"就是要把 20 世纪文化发展的内在逻辑展现出来,所以我在 90 年代初提出"再解读"时,跟国内文学研究语境的变化是有联系的。其次,当时参与"再解读"的一批学者,除了刘再复、戴锦华等人外,其他大多数人都是在美国大学的比较文学系或东亚系里受过训练的年轻学者,他们的成果很大程度上反映了西方文学批评的一些方法,比如更强调具体文本的分析,更强调中立化、学术化的语言,这些在当时的国内可能很有新鲜感。再次,我当时提出"再解读"的一个明显意图,就是觉得五六十年代的一些文化产品在 80 年代末的历史语境中没有得到应有的关注,只是到了后来,这些作品才又通过影视等形式重新引起人们的注意。从姜文的《阳光灿烂的日子》到很多红色经典,都反映出五六十年代产生的大众文艺作品对人们的影响是深远的;甚至后来出生的人重温那个时代的文艺作品,都还能感觉到它们的强烈冲击力。在当时的情形下编《再解读》,其实我有一个强烈的意识:如果不是将这些作品作为纯粹审美的对象,而是放到思想史、文化史层面上来看,那么它们是有其历史价值的。在这方面,我从法兰克福学派对文化产业的批判中吸取了不少思想资源。法兰克福学派所批判的对象是以好莱坞为代表的娱乐产业、文化工业,但我从中看到了大众文化怎样在形成社会共识时发挥作用,怎样在一个所谓开放的社会中去制造不光是文化上的认同,同时还形成政治价值上的一致,这个对我有很大影响。我用这些思路去看五六十年代的中国文学,发现抛开它的意识形态内容,就其社会运作层面来看,这一时期的文学有其独特功能。在1993年的香港版里,我还做了一个附录,把五六十年代流行的文艺作品罗列出来;现在看来那确实是一个很不全面,也很幼稚的附录,但其用心,正是要把那些迅速沉没的东西打捞出来,拒绝遗忘它们。

正因为受"文化工业"这个概念的启发,后来我在90年代后期提出了"资本主义现实主义"和"社会主义现实主义"的可比性,指出其实二者之间有很多的同质性,可以说是互为镜像的。比如你看美国街头的香水、电话广告,它隐含的逻辑实际上是一种美好生活的乌托邦活动,这和社会主义宣传画宣扬一种更美好的生活,从逻辑、语言到对人们内在欲望的呼唤方面都是一致的,这两个东西在某种意义上都是现代大众社会的产品。社会主义的宣传形式,其实和资本主义通过市场、欲望的调节控制一样,也是实现大众社会控制一种方式。"再解读"在这个意义上是先走出了一步。我们做这个东西,不光是再解构我们自己的文化经历,更重要的是,这种"再解构"的回顾,能够使我们换一个角度来看当下的文化,便不会沉浸在其中沾沾自喜,很麻木地庆祝消费文化的到来,而是以一种更具历史性、批判性的态度去看待当下的文化现象。

李:您刚才对资本主义和社会主义两类"现实主义"、两种"大众文化"的比较很有意思。近十几年来,虽然中国社会、经济、文化发展了,但原来的社会主义、现实主义还是以各种各样的面貌存在着,每年有大量的出版物,而且"红色经典"的再包装、再消费也相当惊人。另一方面,大量消费型的文化形态(如果这也算是传统意义上的资本主义的话)也风起云涌。目前的文化格局是耐人寻味的。

唐:在中国,这两种文化形态是并存的。很有意思的是,它们在意识形态上也许是对立的,但在运作方式上却有共同性,所以并不矛盾。这样一个政治体、经济体为什么能够存在?这个在西方一些政客看来有些不可思议。实际上你仔细了解一下就会发现,它在很多层面上是对大众社会现实的回应,而且中国的大众社会某种意义上是一个绝无仅有的、特别典型的大众社会,如果仅从数量上来看的话,它比美国、欧洲都更典型。到底哪个更大众?显然是中国。13亿人口的社会和3亿人口的社会不是同一个数量级上的。

李:"再解读"作为一种研究策略或思路,其实可以运用到更广泛的文学批评中,而不只是20世纪40—70年代的"红色经典"。但您当时为何更多偏重于分析这些"红色经典"呢?

唐:一个很重要的出发点,就是因为像《暴风骤雨》《太阳照在桑乾河上》这样一些"经典"作品,一出版就被一种很强势的诠释方式所制约,这种阅读方式通过文学史、大学教材、文学批评等形式延续下来。"再解读"就是要把这种阅读作品的方式再解读一次,它是对阅读的阅读，而不是强求回到文本原初的精神上去，因为这种回到文本原初精神的假设有很多漏洞，是站不住脚的。我们要做的，就是对一部作品的强势阅读进行解构，展现出为什么会出现这样一个阅读过程。《暴风骤雨》就是很典型的例子——这部作品本身就规定了怎么样被解读，当时的政治语境也就规定了它只能那样被阅读，即作为整个土改工作的指导手册。而我的想法，是要把这个作品构成的复杂性、它的象征意义、它想达到的目的以及达到目的的过程中所包含的很多矛盾和张力，出版以后诸多强势话语对它的定位与制约，从多个层面把它展现出来。我并不认为这样的"再解读"是很完整的解读方式，也不认为它能回到周立波当时写作的原始状态——在经过结构主义、后结构主义、解构主义训练的学者看来，这是很虚妄的一个概念；我更多的是要把文化生产机制、强势话语运作过程展现出来，把外围解读和对文本内在张力的阅读连接起来，充分展现出过程的多面性和复杂性。

　　李：这种"再解读"本身可以看作是一种批评史、思想史的反思方式。我在中山大学做博士后时，曾听程文超教授谈到文本的"裂缝"，很受启发。你越是把某个文本经典化，越强调其完美性，它本身包含的裂缝可能就越大。另外我注意到《再解读》里您收录的论文，所研究的对象并不限于文学文本，还有电影、戏剧和美术。这是出于什么考虑？除这些之外，"大众文艺"中还应有哪些形式受到关注？比如说革命歌曲。

　　唐：大众文艺的形式确实很多，像70年代大力提倡的群众曲艺活动，如相声、快板等很多民间的或土洋结构的东西，各地区每年都要组织文艺汇演，汇演以后还有调演，调演以后还要上省里演出，最后还有进京汇报演出，等等。但跟文学等相比，国内对这些大众文艺形式的研究比较边缘化，在美国就更少有人去做，可能是因为这些大众文艺形式没有被经典化有关系。至于为什么把小说作为现代文学研究的一个经典对象，这个话题展开来谈会非常有意思。其实即使是红色经典中的小说，在西方学术界里面也很少有人做。迄今为止，关于赵树理的研究成果我在美国只见到一篇，是收在一本书里面的。我知道目前张旭东的一个研究生正在做一个关于赵树理的论文。赵树理是一个很有意思的现象，而在英文世界里对他的研究是很不够的，所以这次编辑《再解读》增订版时，我把贺桂梅关于赵树理的一篇很有价值的论文收了进来。尽管如此，我仍觉得《再解读》不可能做一个很全面的工作，记得90年代初编这本书时有很大的偶然性，发现不同的学者在做这些事情，我就把它们收集起来放在一起，因为有些文章没有收，还得罪了一些人。我觉得如果这个方法对大家有一定的影响，吸引其他年轻学者去做这个工作，就已达到它的效果。

　　与此相关的另外一个问题也很有意思。我最近一直在想：30—70年代这段时间的中国现代文学，有一个很大的特点，就是它完全是跨媒体的。一个故事或一个形象可能源自于小说，后来被不断翻译成戏剧、电影、宣传画、连环画、地方戏曲以及其他曲艺形式，而目前不管中文还是英文学术圈，对这个跨媒体的研究还远远不够。其实跨媒体首先是个文化现象，它是和国家的计划经济、政治意识形态相联系的：在特定的历史阶段，一个基本的政治信息、价值观念常常要全方面地得到贯彻、宣传、渗透，于是跨媒体的现象就会自然而然地出现。从另外一个角度看，当代资本主义社会也有类似的现象，比如好莱坞电影产业就常和快餐业、玩具业挂钩，《蜘蛛侠》电影一放映，在麦当劳吃快餐的小孩子就可以得到蜘蛛人这样的玩具，这个视觉现象还通过广告画等其他形式对人们产生冲击。上个星期来南加州大学参加"中国电影百年"研讨会的新西兰学者Paul Clark写了一本新书《文化大革命史》，书中提出一个与此类似的说法：中国人早在20世纪六七十年代就已经在做今天麦当劳做的事情，就是对同一个产品进行多媒体的大众文化形态的生产。虽然社会主义和资本主义大众文艺的动机不太一样,但它们都对大众生活和人们的意识形态形成渗透,从这一点讲有很多共通之处。

二、"再解读"与西方文学理论

李:留学出来的人,大都掌握一套理论武器去解读过去的经典。比如黄子平先生的《革命·历史·小说》、许子东先生的《为了忘却的集体记忆——解读五十篇文革小说》,还有您的《再解读》,做的都是"解码"的工作。你们有很多相似的经历,所以也有人怀疑,这里面是否受到西方理论方法(比如解构主义)的影响太深?

唐:现在你拿《再解读》来看,里面收录的论文并没有一个一以贯之的理论。这一批学者受到的影响可能并不只是某一种理论,而是一种切入问题的思维方法,那就是面对具体文本,从一个小的点铺开来,而不是过去的那种大叙述——从国际形势讲到国内形势再到本单位,这是"再解读"作者们较为共同的地方。同时我也觉得没有必要把"再解读"神话化,其实我在 2007 年增订版的后记里也提到,这些文章是参差不齐的,包括我自己的文章在内的一些论文也还有些偏执,分析并不全面,还存在着某种意识形态性。对国内的学术界而说,"再解读"的最大意义可能就在于:提醒大家当年一批作品很值得用一种不同于我们习惯了的眼光回头去看。像赵树理、柳青这样一批作家,他们作品所反映的时代与今天的中国社会已十分遥远,对他们的解读其实有一种历史考古的冲动在里面。我觉得"再解读"最大的影响不一定体现在方法上,而是一种批评意识或问题意识,提醒人们注意现实跟历史的关系,并进而去发掘它、阐明它。

李:我想起了詹明信先生一个很著名的说法,就是"历史的文本化"和"文本的历史化"。"再解读"的学者注意到了"历史的文本化",他们分析历史叙述过程中的各种矛盾、错位与张力,但会不会对"文本的历史化"审视不够呢?换句话说,是否会因为特别重视理论话语,而忽略文本当年产生的具体历史语境,或者忘却了对自身今天发言的历史位置的反思?

唐:我也听到过这样的批评或质疑。不过据我理解,国内学界对理论至上态度的质疑,其出发点并不是很一致,而且 80 年代以来的这 20 多年,学术界对理论的看法也有了很大变化。80 年代末 90 年代初,不管是从西方到中国去的教授,还是到西方学习后返回的中国学者,开口闭口都是理论,其学术优势的建立很大程度上是凭借与当时流行的理论挂钩。这一点跟美国大学英文系当时的情况一样,老一辈学者和年轻学者之间的矛盾,常常就反映在对理论的态度上:年轻学者把理论作为范式,老一辈学者则不断提醒他们光有理论是不行的,还必须有对历史的研究,必须要坐冷板凳,在这个意义上讲,的确存在理论被神化的情形。

不过《再解读》里的文章并不是靠理论先行。我并不否认这些作者在其他文章里可能有这样的做法,即不是从文本本身探讨问题,而是着重于介绍一些西方理论;其实国内也有一些这样的学者,他们一辈子做的事情就是不断翻译当下的理论,而不是对中国文学文本做深入的研究。这些工作也有一定的必要性,因为没有他们的介绍,很多话说不清楚。如果说今天《再解读》还有什么影响的话,恰好是它不光引介理论,更有对问题的提出,比如戴锦华、孟悦还有我的一些文章,都提出并探讨了一些问题。当然,问题的探讨有时借鉴了一些西方理论话语,但绝不是以解释西方话语为中心的,有时甚至完全是以一些中文文本为对象或话题,直接生发出一些问题。比如我解读《千万不能忘记》,完全是从剧场的空间设计,引发出对当时社会主义时代工业化的想象,探讨工业现代化带来的生活焦虑等,并在一个注脚里论及所谓福特生产方式。这种写法,应该说并未给那些对理论不抱好感的人提供"理论崇拜"的佐证,也并未反映出所谓不同学术传统的较量,或者年轻一代学者跟老一辈学者对学术话语和利益的争夺。至于说到历史感,我觉得《再解读》也不缺乏。其实在 1993 年写的香港版前言及 2007 年的北大版后记中,我都一再强调:作为一个人文学者,最重要的就是对历史的同情感。我们对已经发生的事情,应该去了解和思考其为什么发生,而不是对其一味拒绝,或做轻易的道德评判。我主张很沉着地进入历史。今天我仍感到特别庆幸的是,我进入中国现代文学文化研究之初,一开始做的是梁启超的历史话语研究。在某种意义上,我和很多研究中国现代文学文化的同代及隔代学者的不同点,可能正在于我会在更深的层面上进入对历史的理解、把握。很多海外学者对中国现代史缺乏基本的了解和同情,在他们的研究中不难看出西方主流理论的傲慢以及对现代中国的蔑视。而对我而言,正因为有了对梁启超的研究,有了对那段历史的把握、捕捉、抚摸,才造成了我对后来中国现代史的一种深刻同情。

李:2007 年您重访北大中文系时与黄子平一起参加了李杨组织的关于"再解读"的学术座谈会,后来这个座谈的整理稿《文化理论与经典重读》发表在《文艺争鸣》2007 年第 8 期上。我注意到贺桂梅在发言中反思"再解读"作者的理论态度时,称之为有点像处理一个不需要反省的、超越历史的、类似原则或公理那样的东西,"比如说,在用福柯、用詹姆逊、用结构或解构主义的时候,可能我们今天读得更多了之后就会去关注这些理论自身的语境,以及这种理论的对话对象或回应的历史问题,但这样的问题意识似乎还没有成为再解读正面讨论的问题"。她认为"不能以一种非历史的态度对待理论,也不能以一种超历史的态度对待 40 年代至 70 年代这段独特的历史"。您怎么看待这种质疑?

唐:我觉得贺桂梅的判断是准确的,但她的这个表述,更多的可能是针对目前国内仍存在的对理论的盲目崇拜,即认为理论是万能的,掌握了理论就掌握了话语权,就是和国际接轨了,这种认知当然是很肤浅的。前两天我接到一个朋友来信,他说他听到一个谣言,即我现在完全抛开文学理论而转做历史研究了。他这么问,可能是因为 90 年代我的学术形象就是理论兴趣很高的一个年轻学者,比如当时我喜欢讨论后现代主义话语,后来发表的一些文章也带有很强烈的后结构主义色彩。但说回来,我对理论的兴趣一开始就和某些学者不一样,在我看来他们完全是为理论而理论,从来不做历史资料的研究。有的人可以拿一部电影,不管是《黄土地》也好、《孩子王》也好,从本雅明、弗洛伊德说起(所谓正题),作一些细而又细的影像分析(也许是反题),最终又回到证明、发展或者扭曲本雅明、弗洛伊德理论的合题,这个和一般研究生的论文没有差别,因为研究生在学理论语言之初,为了表明读了哪本书,往往先把理论复述一番,然后找一些例证,最后得出一些结论,搞标准的正反合三段论,也可称为洋八股。这样做下来,其实文本和理论之间并没有内在的联系,常常回答不了为什么要用这个理论去对应这个文本这样一个问题。我对这样一些学者的最大质疑就是:他们的资料研究在哪里?

三、文学史写作的批判意识

李："再解读"批评策略的重要一步是发现文本的"裂缝"。那么"裂缝"如何才能够被发现？

唐：这个就要看研究者的批评意识了。梁启超说过，写历史的话要写一部"信史"，但"信史"其实不一定是"良史"。要写一部好的历史，作者得有才气，得有灵感，能看到别人看不到的地方。另外，对历史要有广泛的理解，不光能看到当代的东西，对身处其中的社会有一个敏感，同时对文本的初始语境也有一种敏感，这两种敏感放在一起，你就会发现其中的历史的变迁和张力。所谓发现"裂缝"也就是要意识到，在哪个层面上原来的差异被一套话语或者解释机制抹平了，变成了相同点。这就像一个有经验的建筑工人，进入一间房子，一眼就能看出哪些开过缝、进过水的地方已经被粉刷过了。这一点我觉得是和批判意识的训练、兴趣的培养有关系的。

李：批判意识中是否饱含了一种对既成结论及解读方式的颠覆意识？

唐：对，但如果仅有这种颠覆或挑战意识，为了颠覆而颠覆、为了挑战而挑战，则会造成一些其他问题。如果我们有对当下现实的敏感，观察到了一些问题，或意识到了很多裂缝，然后再用这套观察、意识去设身处地地设想另外一个环境下可能存在的问题，以及当时解决这些问题的方法，就会很有意思。阿尔都塞有句话对我启发很大，他要求我们不断想象某个历史文本是如何想象和解决当时的现实问题的，也就是说，任何历史文本在某种意义上都是为了解决当时环境中所遭遇到的一些甚至可以说没法解决的问题。那么，通过一种想象方式，把原来那个问题挖掘出来，这可以说是"再解读"批评策略的一个基本冲动。比如说《暴风骤雨》，它当时要解决什么问题呢？就是不光要发动群众，同时还要避免发动群众中出现的问题；要宣传土改，同时也要帮助土改工作队避免土改过程中出现的一些问题。所以我们应该去追问过去文本想解决的是一个什么问题，这个问题可以是个人生存状况上的，比如鲁迅的《故事新编》某种意义上是个人生存焦虑的一种反映；也可以回答集体身份认同上的问题，比如身份、民族、国家等等；还可以回答一个哲学上的问题，比如艾青的诗。

李：李欧梵教授曾几次谈到史华慈（Benjamin Schwartz）"把问题置入语境"这一研究概念对他的影响，我想与您这里所谈的有异曲同工之妙。另外，在《再解读》一书里面，您和黄子平都提到了"十七年文学"的现代性问题，这是研究"十七年文学"最早出现的有关十七年文学特质的论断，而对"十七年文学"的现代性研究目前已经成为国内的一个热点，说得夸张一点，它已经成了一个"现代性的话语场"，您能详细谈一下您对"十七年文学"现代性的理解吗？

唐：在我看来，"十七年文学"只能是一个策略性、技术性的概念，把它跟前后完全切割开来不能说明很多问题，而且那样做的话，人为的因素很明显，显得很突兀。从"十七年文学"往前看，像陈思和提出的从30年代一直延续到50年代的"战争文化"概念，我觉得是很有说服力的一个说法；50年代的抗美援朝战争，其实是和抗日战争、解放战争联系在一起的，它对整个文化心态的影响是很深刻的。从"十七年文学"往后看，它和"文革"的关系也不是截然分开的，五六十年代的很多文学形式、运作方式、表述语言都为后来"文革"的出现作了准备。所以我觉得在文学史研究，"十七年文学"应该向两头打开。

但"十七年"恰好是社会主义文学的一个"经典"时期。"文革"的波澜壮阔及对日常生活的冲击、悬置，决定了它不是一种正常形态；相比之下，"十七年文学"构成了经典的社会主义文学形态，在那之前还没有社会主义体制，"文革"之后市场社会又来了。从某种意义上讲，对"十七年文学"的解释、再认识是和对当下社会的批判、反思联系在一起的，所以它既是一个学术性问题，同时也包含了意识形态和价值判断问题。至于对"十七年文学"的研究现在为何能够被允许，我认为可能跟当代中国对意识形态的关注不像以前那样紧有关。以经济为发展重心的社会运作机制，对学术、文化上的一些问题可能会采取置之不理的方式，这也是西方资本主义的一个运作特点——在美国，大学教授可以讲很多话，但没有什么作用。其实，90 年代以来包括"人文精神讨论"在内的诸多文化事件，都反映出中国现代知识分子的一个深刻焦虑，那就是现在说话没有太大作用。从正面看，这显示了一种自由；但反过来也说明了知识分子社会功能的消失。但如果你既要有社会功能，又要完全的自由，某种意义上是不可能的，那样你就把自己放到了执政、社稷那个层面上去了，就要承担很多后果，而这些后果并不是每一个知识分子都可以想象、意识得到，或者说是愿意承当的。

李：王德威教授、张旭东教授在访谈中也都曾谈起过 90 年代以来中国知识界的角色与功能问题。他们认为虽然不能和 80 年代相比，但相比较于美国，他们还是比较认同国内知识界对社会的介入、所能发挥的建设性作用。他们觉得在美国知识界基本上看不到这种作用。

唐：美国这一点特别明显。在美国，反智主义倾向有一个很深的传统：知识分子你说什么都可以，但没有人听你的。在法国、德国等具有相对浓厚的人文传统的知识界可能会好一些。

李：您 2007 年曾在《文学评论》写过《怎样写一部开放型的文学史》一文，赞许陈思和先生的《中国当代文学史教程》。我记得 2008 年 1 月您在暨南大学演讲时，也曾表示过在英文世界撰写一部完整的 20 世纪中国文学史的期望，按照您的理解，文学史写作应该采取怎样的思路呢？如果要您写，会是怎样一个写法？像"再解读"这样的批评策略，能够在新的 20 世纪中国文学史写作中起到一种什么作用？

唐：我对陈思和教授主编的《中国当代文学史教程》很感兴趣，原因就是它的可操作性很强。这本教材基本上是以作品、文本为线索，文学的流派、历史阶段、发展的转折点，都是通过经典的文本去切入和分析的。传统的中国现代文学史已经太多了，我觉得现在要写的话，就应该把它作为一个大学生真正可以使用的教材去做；它不同于以往的地方，就是应该以文学作品解读为主，要使大学生能够真正静下心来读一两篇鲁迅的小说，读一两首艾青的诗，读一两篇丁玲的小说，把它们读懂读透读进去，这样远比让他们去读一个一以贯之的文学史要有效，因为那样一个抽象、空洞的历史，对大学生人生经验的丰富没有太多作用。学生在某种意义上很抽象地接受一些结论，这对他们如何面对一些大是大非的历史问题或者复杂的个人情感问题都没有什么帮助。比如如何理解丁玲《在医院中》这样一篇小说所包含的焦虑、它所反映的一个青年妇女进入社会碰到的各种问题，让学生学会对这个大的环境有所把握，其对大学人文教育的贡献远远比学一遍文学史更大。陈思和教授的《中国当代文学史教程》教材提供了一个很好的范式，就是以作品为切入点同时也以作品为归结点，中间可以容纳很多东西。在某种意义上，"再解读"也是采取这样的方式，就是以作品为切入点同时也以作品为最后的归结点，中间可以容纳很多诗学的、心理的、历史的、哲学的东西，让学生真正体会到文学阅读是很有意思的,是充满想象的,而不是一个呆板的、死记硬背的背书。

李:您说的这个问题在国内从中学到大学都存在,文学教育的整体缺失已成为近年来人文教育反思的一个热点话题,不少学者都认为,把学生从应试教育中解放出来,培养他们对文学文本基本的审美兴趣、欣赏能力是最重要的。但对您所认可的这种文学史写法,我也注意到一些不同的看法。比如李杨在《当代文学史写作:原则、方法与可能性》中曾指出《中国当代文学史教程》的"盲视",他认为,《教程》是把"潜在写作""民间意识"放置在主流文学的"他者"位置上的一种二元对立的文学史写作,是以边缘颠覆中心,"《教程》对'潜在写作'与'民间意识'的认同是对'主流文学'的否定为前提的"。在他看来,这样一种写作思路会让"许多我们曾经熟知的文学史现象竟然又在不知不觉间沦入到历史苍凉的雾霭之中,成为文学史上新的'失踪者'";我们因之失去了"把特定时代里社会影响最大的作品作为这个时代的主要精神现象来讨论"的可能性。您怎样看待这两种文学史写作思路的矛盾呢?

唐:李杨这篇文章我看过,这篇文章有好几个层次。其中,他对陈思和"民间意识"的批评和讨论,我是赞同的。我觉得陈思和的"潜在写作"概念还不是很清晰,我在自己写的书评中也提出过质疑。我觉得这些概念一方面很具启发性,但另一方面引出来很多问题,好像有点把"民间"神圣化了,变成了一个无所不能、承载了拯救功能的他者。其实"民间"恰好是中国现代性一直想努力克服的东西,而这种克服也并非是武断的、无根据的,所以"民间"究竟是一个什么东西,陈思和没有完全说清楚。李杨提出"新的失踪者",这个说法蛮有意思。如果根据陈思和那个《教程》,以潜在写作、民间意识等选择标准来判断,有一些当时影响很大、造成一代人政治认同和历史想象的作品确实是没有办法进入文学史,从这个意义上讲,任何一种历史写作都有其选择性,都不可能是完整的历史再现。这就涉及文学史写作的多元化问题。如果你能用潜在写作、民间意识为基本框架编一个文学史教材,那么你也可以以影响力最大、代表性经典性最高作为另外一个文学史写作的框架。所以,能提出"新的失踪者"这样一个问题本身是好的,弥补的方式并不是去否定《教程》这样一个写作模式,而是以另外一个取景框来对文学史进行再现。这两个讨论恰好提醒我们:原来大一统的宏大叙事,造成的不光是一些"失踪者",更造成我们"看不到"失踪者这样一个后果;如果说已有的新的写作模式能够让我们意识到有"失踪者"的话,它更积极的一个效果是让我们再写一部另外的文学史,让一些失踪者重现,回到我们的视野中来。所以,我觉得这两个类型的文学史观,不管是陈思和已写的还是李杨想写的,和原来大一统文学史观之间的分歧远远比这两个新的文学史之间的分歧要大。

李:在您广义的"再解读"视野中,延安文艺实际上是一个带有乌托邦冲动的社会实验,是一场"反现代的现代先锋派文化运动",埋下了后来先锋派的一些种子。把延安文艺作为中国先锋派的起源,这个观点很新鲜。您思考的出发点是什么?

唐:这又回到对"先锋派"的理解问题。在20世纪中国的最后20年,"先锋派"一词其实有其特定的指向,它是和西方现代主义艺术上狭义的先锋派相联系的,追求形式上的不断突破,以挑战现存的艺术形式。像1989年在中国美术馆举办的"中国现代艺术展",以及后来很多艺术表现等等,都被认为是比较正宗的中国当代先锋派艺术。对于先锋派有很多理解,对我影响最深的就是受法兰克福学派直接影响的德国学者彼得·比格尔。在《先锋派理论》这本书里,他对20世纪20年代先锋派的两个基本理解给我深刻印象。一是认为先锋派不光是形式上的创新(这一点上,先锋派和现代主义的追求目标是一致的),先锋派要挑战的是现存艺术体制,而不只是艺术风格。19世纪垄断法国艺术界的是沙龙形式,与沙龙体制相对立的先锋派主张的就是走出沙龙,把艺术放在生活环境里面、新的经验里面,这就要有新的展览方式、新的艺术语言、新的艺术群体、对"艺术家"新的定义等等。这就是挑战现存艺术体制。比格尔对"先锋派"的第二个定义,是认为先锋派某种意义上是对市民社会以美学自律为基础、把生活和艺术切割开来的美学意识形态的深刻挑战,"为艺术而艺术"的美学意识形态恰好是先锋派要挑战和克服的,先锋派的一个基本使命是要把艺术回归到生活中去,使生活和艺术真正实现统一,而不是像唯美派那样认为生活和艺术是切割开来的。比格尔的这两个观点给我很大启发和影响,从90年代初期写《再解读》那个序言到最近完成的这本关于左翼木刻的书,我都是以这两点作为先锋派的基本定义。通过这两点来看的话,先锋派不仅在延安,就是在整个20世纪30年代中国左翼文艺运动里面都是很明显的;而20世纪后期的那种先锋派并不是真正意义上的先锋,而只是一种艺术形式上的先锋,某种意义上它是要进入或者说回归到国际艺术的现存体制中去。

(原载《小说评论》2010 年第 4 期)

（五）"重返八十年代"

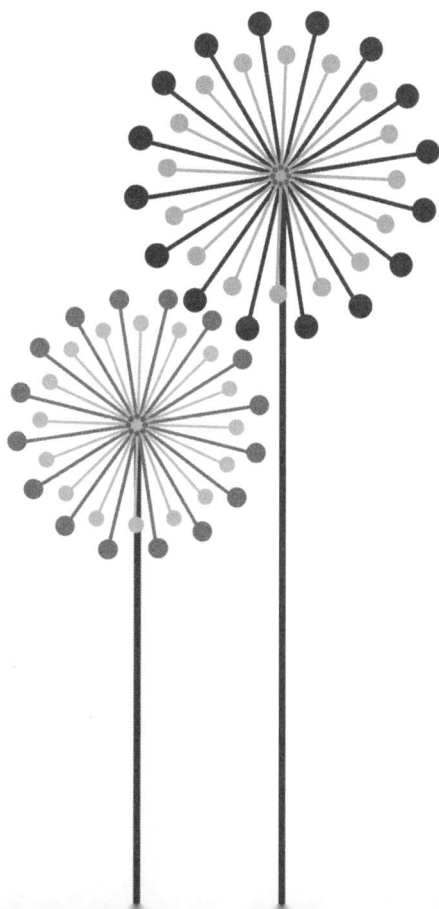

怎样对"新时期文学"做历史定位？

——重返八十年代文学史之一

程光炜

在今天学界，"新时期文学"已成为一个重要的文学史概念。翻阅各种学术著作和论文，"新时期文学"一词出现之多、之频繁，都给人留下了极深的印象①。人们似乎相信，"新时期"不光确指一九七八年以来的这一历史阶段，而且也是表明这一阶段文学性质、任务和审美选择的一个最根本的特征。更何况是，它被视为一种对"十七年文学"和"文革文学"清算、反拨、矫正和超越的文学形态，具有显而易见的"历史进步性"，充分显示出当代文学对"文学性"的恢复与坚持的态度。

一、关于"时间"周期的不同看法

"新时期文学"作为一个历史周期究竟应该有多长，是指七十年代末到八十年代初？还是可以一直"延伸"下去？比如，它是否是指一九七八年到现在的所有文学现象？例如，不再需要设置什么"边界"，而将这一概念继续地无休止地沿用？至今没有一个定论。然而，这并不表明，关于新时期文学周期的"表述"不存在分歧。

八十年代出版的几部重要的文学史著作，例如张钟等的《当代中国文学概观》、朱寨主编的《中国当代文学思潮史》和中国社会科学院文学所集体编写的《新时期文学六年》等，比较倾向于把"新时期文学"看作一个时间的"神话"。他们认为，一九七九年全国第四次文代会标志着当代文学史的"重大转折"，在中国当代文学史上"构成了一个界线分明的历史阶段"。新时期文学由"政治型向社会型转变"，"是文学的一次大的解放"，表明作家"获得了独立的地位"；同时，"文学向人学的回归"，说明它从长期习惯于对社会生活的外部形态的再现，即写运动本身，转而注重从社会生活的内在形态上表现人，即写人的命运，人的精神过程，"这就把中心点放在写人上了"。按照上述历史的"转变""转折"，他们确信，新时期文学的思想和艺术水平不仅已超过建国初期的十七年，即使自五四新文学运动以来，也是"从未有过的"，"关于当代文学思潮的新势态，可以用鲁迅先生的一句名言概括：这就是'文学自觉的

---

① 在我主持人大复印资料《中国现当代文学研究》的最近几年间，"新时期文学"一词曾大量涌现在我备用、选用或不用的论文中，这一概念被用来概括二十世纪七十年代末以来将近三十年间的"中国当代文学"，似乎已被大多数研究者所习惯、所接受。

时代'的到来!"①

与这种将"新时期文学"的历史周期未加限制"放长"的做法大同小异的,还有当时的几位年轻批评家,如吴亮、黄子平、季红真和王晓明等人。与前者相比,他们的文学批评多了一些"理智",与之同时,他们在当时所面对的文学形态,也比新时期初期略显复杂。但我们仍然可以从中听到这样一些意见。在他们看来,"新时期文学"将会经历一个漫长的"过程"。所以,"批评即选择",它意味着"创新""个性",而"对所有文学的首肯,必须导致批评的衰落";他们认为,新时期文学的"意义",即在它揭示了一个道理,即"文明与愚昧的冲突"会是一个长期的过程,因此,"新时期小说"必然会在"巨大的苦乐"中,将这一冲突"由简单到复杂","衍生出一系列丰富的形态";他们还认为,在新时期,文学进步的"意义"就在于,它"除非推出'更新换代'的东西","小修小补"则"意思不大"。所以,主张作家们应该"不断变换自己的叙述方式",为语言的创新"展开一场苦战"。在这里,"创新""选择"等批评术语,表明了他们对"新时期"文学的基本见解,即文学的价值就在于"新",而"新"才能推动文学不断发展,而"新时期文学"因此就是这么一个不断延伸的时间的过程。实际上,这种"进化论"的意识,直到他们后来的文学批评和研究中也没有真正弱化。②

在九十年代后出版的中国当代文学史中,"新时期文学"的概念却遭到了不同方面的质疑。例如,洪子诚的《中国当代文学史》用"思想解放"和"开放时期"的概念代替了"新时期"的概念,对其后的文学现象,则称之为"八十年代文学""九十年代文学"等。孟繁华、程光炜的《中国当代文学发展史》也停止使用"新时期文学"这一经典说法,而改用"八十年代"、"九十年代"等中性的时间概念来称谓这一时期的文学③。这表明,"新时期文学"作为一个时间神话受到了怀疑,研究者更愿意把"新时期"当做一个一般的时间概念来运用。他们认为,任何文学都是"阶段性"的,有历史的上限和下限,而不能代替、指称所有的文学现象和作家创作。然而,尽管没有直接出现"新时期文学"的措辞,但从他们的表述来看,这个"新时期"仍然是存在的,主要存在于七十年代末到八十年代初这一阶段。因为,所谓"思想解放""开放时期"一说,已经表明了作者对上述说法的某种默认。

问题在于,上述研究者为什么会拒绝"新时期文学"这一时间神话?我以为,至少可以从一个方面找到其思想线索:九十年代后,随着大众文化对文学市场的进一步侵蚀、变形和矫正,掩藏在浪漫主义、理想主义文学表述中的八十年代文学的"日常""凡俗"的性质,逐渐呈现在人们面前。也就是说,"时间"的链条出现了崩裂,显现出其不连贯、相互错位的一面。

① 张钟等:《当代中国文学概观》,北京大学出版社 1986 年版;朱寨主编:《中国当代文学思潮史》,人民文学出版社 1987 年版;中国社会科学院文学所:《新时期文学六年》,中国社会科学出版社 1985 年版。在他们的著作中,"新时期"被看作是对"十七年"和"文革"文学的一种"突破",但到底这种突破和超越将要持续多长时间,有没有"下限"和"终点",他们却没有论述,当然也不会作任何界定。

② 吴亮:《文学的选择》,浙江文艺出版社 1985 年版;黄子平:《沉思的老树的精灵》,浙江文艺出版社 1986 年版;王晓明:《所罗门的瓶子》,浙江文艺出版社 1987 年版;季红真:《文明与愚昧的冲突》,浙江文艺出版社 1986 年版。这些批评家八十年代的"文学观",集中体现在这一套批评丛书中,在此过程中形成的为文态度,似乎并没有从以后的"看文学"的方式和视野中真正消除。

③ 洪子诚:《中国当代文学史》,北京大学出版社 1999 年版;孟繁华、程光炜:《中国当代文学发展史》,人民文学出版社 2004 年版。从他们对"文学史"的叙述看,他们主张不应在"进化论"的线索中,而应该从"一般时间"的线索中看待本时期文学的发展和变化,主张用冷静、客观的姿态"重返"文学史当中。

人们注意到,对七十年代末以降二十余年的文学,尤其对诸多文学现象之间的冲突、矛盾和差异,再使用整体性的叙述方法,并试图找出某些发展"规律"已经显得徒劳。当然,这只代表一部分文学史研究者的看法,其他的研究者也许并不这么看。

比如,同一时期出版的陈思和的《中国当代文学史教程》一书①,就仍在坚持使用"新时期文学"的概念。我们注意到,这一概念在书中公开出现的频率虽然不高,但它被潜在地替换为许多同义反复的其他概念,并出现在专章、专节的标题中,例如,"复苏""反思""尊严""苦难""文学的责任""呼唤理想""精神升华""美学追求""美好诗情""审视""反叛""反省""承担""撞击"和"理想的确立",等等。在"潜在"的意义上,它们其实都是"新时期"的同义词,或者说,"新时期文学"作为一种文学评价标准,仍然被当做一个稳定的叙述线索,贯穿在这部文学史著作的始末。在作者看来,"新时期文学"不仅是一个文学史的知识,而且也可以作为文学史的叙述方式被贯彻在对这一时期文学的考察、描述之中。这说明,作为一个重要的文学史概念,"新时期文学"在研究者那里依然具有较大的影响力,它对文学史的叙述、框架,仍旧具有一定的支配作用。上述现象同时也表明,"新时期文学"一说,很难在短期内固定下来。

二、权威话语的描述

由于资料的繁杂,是谁最先提出"新时期文学"概念的,今天已很难查考。不过,我们可以采用"知识考古学"的方法,对有代表性的重要表述作一番描述,并对之进行一些力所能及的比较性的分析。

一九七九年十月三十日在第四次全国文代会上所作的著名《祝词》,对"新时期"文艺进行了新的界定。根据当时的文化"语境",报告人对文艺与政治的关系作了"淡化"处理,指出:"党对文艺工作的领导,不是发号施令,不是要求文学艺术从属于临时的、具体的、直接的政治任务,而是根据文学艺术的特征和发展规律,帮助文艺工作者获得条件来不断繁荣文学艺术事业,提高文学艺术水平,创作出无愧于我国伟大人民、伟大时代的优秀文学艺术作品和表演艺术。"但是,强调"百花齐放"、"创作自由",并不表明要脱离"任务"和"时代"。于是,报告人在稍后发表的《目前的形势和任务》一文中又作了重要补充,强调:"我们永远坚持百花齐放、百家争鸣的方针。但是,这不是说百花齐放、百家争鸣可以不利于安定团结的大局。如果说百花齐放、百家争鸣可以不顾安定团结,那就是对于这个方针的误解。"

在同一次"文代会"上,周扬明确提出了"新时期文艺"的重要概念。按照预先统一的"口径",他在《继往开来,繁荣社会主义新时期的文艺》的报告中对这一概念作了解释,认为:第一,文艺与政治同属于上层建筑,都决定于经济基础。它们彼此之间不存在第一性与第二性、谁从属于谁的问题。所以,"文艺从属于政治"的命题是不科学的;第二,"文艺为政治服务"也不符合文艺历史发展的实际。但他又认为,革命文艺当然应把配合正确的政治即人民的政治当做自己的重要社会职能之一;第三,坚持"从属论"和"服务说",势必把一定的政治需要作为创作的前提,这就颠倒了文艺与生活的关系,导致了创作上的公式化、概念化。显

---

① 陈思和:《中国当代文学教程》,复旦大学出版社 1999 年版。这部文学史著作出版后,在学术界产生了显著影响。

然,周扬的观点是对《祝词》观点的沿用和维护,他当然不可能走得更远。值得注意的是,"新时期文学"的任务、性质和历史限度在这里已经形成,以后许多理论管理者、批评家的"解释"都未超出上述两个报告。

我们发现,出于对长期以来"极左"文艺路线"拨乱反正"的政治需要,上述两个报告对过去那种僵化的态度作了妥协的、退却式的处理,它们希望通过改善与文学艺术家的关系,把双方之间紧张不安的状态调整到"团结一致向前看"的状态之中。所以,不再提"文艺从属于政治"的提法,并将文艺服务的范围由"政治"扩大到"人民"这个包含的阶层和内容更为广泛的方面。但这种"宽容"也容易产生"误读",从而对大的文坛格局形成威胁。也许是注意到上述意见有一些松弛的倾向,在一些观点、角度和提法上容易产生模糊的理解,因此可能出现"导向"上的问题及其他顾虑。一九八〇年一月二十六日,《人民日报》在其发表的社论《文艺为人民服务,为社会主义服务》中,对前者又作了一定程度的调整、补充和确认,指出:"文艺为政治服务"在历史上起过积极作用,但也存在着理论和实践上的缺陷,因此,"文艺为人民服务,为社会主义服务"这个口号"概括了文艺工作的总任务和根本目的,它包括了为政治服务,但比孤立地提为政治服务更全面、更科学"。因为,"它不仅能更完整地反映社会主义时代对文艺的历史要求,而且更符合文艺规律"①。

《祝词》使我们不能不想到,它对文艺"现状"的估计是出于对历史教训的沉痛反思的。在它看来,"新时期文艺"身负着表现"伟大人民"和"伟大时代"的文化使命,是声援、支持"改革开放"强国战略的重要的一翼。在它的表述中,对文艺界寄予着很大的希望,也多多少少透露出一些好感和友善。所以,从中不难看出,它希望将"新时期文艺"的"边界"划分得更宽松一点,希望改变以往那种过于固定化的做法,对文艺采取一种"粗线条"的管理方式。从八十年代后现代派文学、寻根文学和先锋文学的竞相登场,从而一度形成那种"百舸争流"的繁荣局面看,上述态度的确是起到了某种鼓励、助长和保护的作用。

值得注意的是,周扬在《继往开来,繁荣社会主义新时期的文艺》中的意见不光是"历史反思"的结果,他还重提了他在三十年代的那些文艺主张。我们知道,那时周扬虽然坚持文学的阶级性,认为文学具有参与现实斗争的基本功能,但他也主张文学应该"形象化"地表现历史生活,应该重视文学创作的规律,以及它与"文学遗产"的联系等。在五六十年代,这种主张之所以有过挫折和起伏,是因为它在对"文艺与政治"关系的"度"的掌握上出现困难所导致的。与《祝词》的宏观视角比较,周扬更关心的也许是文学创作的具体操作过程,是将文艺政策落实到作家个人这么一个更为细化也更加复杂化的过程。但周扬对"新时期文艺"的基本见解,依然是在文化政治的维度之中,不过,对其从中流露的将其"泛化"的迹象也需要留意。

如果说,《祝词》和《继往开来,繁荣社会主义新时期的文艺》多少还有些"个人叙述"的痕迹,那么《社论》在叙述风格上更偏向于对"集体叙述"的选择。在这种叙述中,作者往往处于"匿名"状态。但这并不表明,《社论》没有自己的立场和态度,恰恰相反,它的态度和意见甚至比高一级的个人叙述更具有权威性、稳定性。人们几乎都要承认,"两服务"的观点不仅给

---

①　在八十年代,新的文艺政策喜欢通过"社论""评论员文章"和"录音讲话"的传播方式,向文艺界传达、暗示其变化和调整的重要信息。所以,研究八十年代文学史,不能不注意到其所包含的文化含量和权威信息,也就是说,应该对当时文学作一些"外部研究"。

"新时期文学"作了最终定位,成为后来许多人的共识,而且我们今天在看待、认识这一时期的文学面貌和走向时也都很难说真正脱出了上述"判断"。例如,一九九九年出版的朱栋霖、丁帆、朱晓进的《中国现代文学史》(下册)就曾有过这样的表述:"新时期文学奠基是从对过去尤其是十年'文革'中所推行的极'左'的文艺政策、文艺观念的凌厉批判起步的。在时代政治倡导的拨乱反正、思想解放的大潮中,新时期文学担当了先锋角色。"它还明确表示:"新时期文学的进步是和时代政治的转折进步密切联系在一起的……"正是由于后者,促进了"我国的文学事业开始走向全面复苏"①。

毫无疑问,"祝词""报告"和"社论"是在七八十年代之交那种特定的语境中提出的文学主张,它们虽然是以"拨乱反正"的姿态出现的,但其历史性格、心理逻辑和运作方式与传统的风格并无本质不同。在九十年代,鉴于"环境"大变,新时期文学"继往开来"的计划基本落空,其历史延伸遇到了可以想象到的困难。但反过来我们可以注意到,朱栋霖等人的《中国现代文学史》(下)尽管有意在借用文化政治的表述,然而它却带有学理的企图——在某种意义上我们更愿意将它看作是文化政治的消解。其实,在实际上,即使它想重返七八十年代的文学语境,但这种"重返"却更多地表露为一种夸张的姿态。问题在于,当人们希望长期以来形成的文学观念对文学创作实践具有永远不变的指导意义的时候,新的文化环境可能会以各种方式阻止、淡化和稀释这一愿望,使其难以迈过新历史的门槛;而另一些人打算以"恢复"传统的说法来"矫正"当下表述的混乱状况时,"过去"也已经关上了自己的大门(即所谓的"时过境迁")。由此可以发现,在文化动荡的年代,即使连最权威的关键词,也处在一种摇摆、变动和走样的状态之中。

三、所指的多义性

曾几何时,我们对"新时期文学"的历史定义曾经深信不疑。但今天发现,人们对它的"解读"实际上存在着很大差异。在此,不妨列举一些文学史研究界具有代表性的观点。

一九八七年,刘再复在《论新时期文学的主潮》中明确指出:"由于中国的具体国情,政治的命运确实给文艺的命运以巨大的影响,我们在探讨新时期文学时,否认这一点就不可能进行科学的分析和评价。"②在这里,作者强调的仍然是文艺与政治的关系。

但是,在一九九九年版的《中国当代文学史》的"前言"中,洪子诚却对这种思维方式提出了批评,他认为,"笼统地用'新文学'加以涵盖,可能会导致文学的各自的'性质'不能凸现,削弱文学发展的目的性表达"。因为,它的使用,"不仅是单纯的时间划分,同时有着有关现阶段和未来文学的性质的指认和预设的内涵"。

在张钟等人的《当代中国文学概观》一书中,作者认为"新时期文学"与"十七年文学"是一种"断裂"的关系,他们指出:与十七年文学相比,文学已由"长期以来的专一的政治视角",转向"开阔的社会视角",由对文学的教化功能的要求,转向多样的审美功能的需要。在他们看来,新时期文学已经是一种完全不同于以往文学的文学审美形态。

孟繁华、程光炜的《中国当代文学发展史》却认为,"新时期文学"与"十七年文学"之间的

---

① 朱栋霖、丁帆、朱晓进主编:《中国现代文学史》(上、下),高等教育出版社 1999 年版。
② 刘再复:《论新时期文学的主潮》,见《论中国文学》,作家出版社 1988 年版,第 261 页。

历史联系是复杂的和多线索的,它们会因不同作家的历史处境和个人体验而呈现出"多样"形态,而不能用一种固定的观点来概括。例如"归来者"的创作,由于这些作家纠正冤假错案的先后,以及获得新的荣誉和地位的不同,其创作心态并不像人们想象的那么"一致"。有的虽说属于"反思文学","潜意识里还在受为政治服务的流行文学观点的约束",而有的却"较多受到五四传统的启发",能与流行文学主题保持一定距离。因此,主张通过"知识考古学"的考察,将其中和谐或矛盾、大体接近与有冲突的现象做更符合历史史实的梳理。

陈思和在《中国当代文学史教程》中,对"新时期"的当代文学所进行的是另一角度的考察。他认为,鉴于中国二十世纪文学是一个"开放性"的整体,和许多未来社会的理想"还有待于实践中以科学态度和科学方法来检验",所以,"反映了这一历史阶段精神特征的中国当代文学充满了曲折和不稳定性"。他同时认为,如果缺乏对台、港文学的研究,对当代文学的评价和定位也会把握不准。

在上述"解读"中,"新时期文学"指的显然不是同一个文学概念,由于分歧的存在,它在文学史中的位置所处的历史面貌模糊、价值指向犹豫的状态,就不会令人意外。但这种状态无疑加大了我们了解和辨析"新时期文学"的认知的难度,同时使我们与文学史之间,出现了相互警觉和怀疑的关系,以及一种不信任的"缝隙"。如果说文学史写作仍然可以看作是一种历史叙事的话,那么,文学概念的建构,文学史分期的形成,以及研究者对它们的确认和使用等等,不是一个那么容易形成高度一致的工作。当然,如果展开更深入的观察,使之成为一项更有效的研究工作,就需要"重返"评论者们当时的文化语境和文化立场,对其"社会身份"与"批评立场"作比较细致的剥离、缝合和较为复杂的分析。

由于八十年代文化环境的特殊性,对文学的评论和研究实际更大程度地显示为一项政治性的工作。因此,"政治正确性"往往是赋予一个批评者的社会身份某种"合法性"的前提条件,与之相适应,他们在评价文学时得出的结论就不能与国家的态度出现分歧。所以,"由于中国的具体国情,政治的命运确实给文艺的命运以巨大的影响"的观测点的确立,"新时期文学"实际是与"十七年文学"的一种"断裂",因此是一种更高文学形态的观点,就无出乎当时的历史逻辑。但需要辨析的是,在此过程中,研究者往往又以强调自己的"审美功能"而悄悄地实现与政治的有限度的"剥离",于是他们把"回归五四"确定为实现这一目的的基本理路。也就是说,他们所寻求的是一个更"人性化"的"新时期文学",一种虽然强调"政治正确性",但又偏向艺术自我的"社会身份"——但这种努力只能使其陷入左右为难的状态。这种状态,也许正好印证了霍斯金·麦克夫的说法:在现代各种权力制度中,有一项规则"一直在起作用","就是把一切纳入不断的考试及评级之中,这也就是可审度性原则"。"人总希望取得第一,害怕一分不值。怎样去证明自己呢? 只有靠表现及客观的评审",于是,"就出现了可审计性的双重约束力"。[1]

但这种讨论并不表明九十年代的文学史研究就意味着是一种历史的"进步",我觉得它与八十年代文学研究的主要区别恐怕只是学者观点分歧的进一步加剧。而这一情况正好显示"新时期文学"概念不稳定性的"本初状态"。比如,有的人强调它是一个开放性的"整体",它的"曲折和不稳定性",主要是由于这一阶段"许多未来社会的理想"还缺乏明晰、稳定的因素所造成的;有的人认为,"新时期文学"这个概念之所以难以固定,与"归来者"作家群内部

---

① 沃勒斯坦等:《学科·知识·权力》,生活·读书·新知三联书店1999年版,第96页。

差异所产生的紧张和分歧有较大的关系,在"原初"的意义上,它其实本身就是一个分裂的、充满张力的文学概念;有的人则指出,"新时期文学"一词,来自"现阶段和未来文学的性质的指认",它首先是先验性的"预设"的结果,带有强迫人们接受的意图。由此我意识到,正是八十年代文学的"政治正确性",压抑了关于"新时期文学"的多样的"解读",在外观上给人一种"整体性"的感觉。但是,在九十年代,当"政治正确性"的压力突然间不再存在的时候,"新时期文学"概念的多义性便绕过社会理念的强大壁垒,与九十年代文学研究的多种维度实现了文化联姻,从而导致了这一概念的更为剧烈的动荡。

四、文学史"归属"的问题

通过以上论述,我不由地发现,"新时期文学"其实是一个摇摆不定和不确定性的文学史概念。它还缺乏作为文学史中心概念的必要的认知基础,以及由此而考察和研究诸多文学思潮、作家作品现象的能够在更多的人那里"众望所归"的出发点。

从文学史的上、下限来看,"新时期文学"并没有(实际任何文学史概念恐怕都没有)可以无限制延长、放大和扩张的权力。作为对一段历史状况的"文学性"的表述,它应该有自己的话语方式和话语的限度,有自己比较清晰的思想范畴和能够划定的想象的园地。但在许多人那里,"新时期文学"却变成了超出文学史意义的"泛文化"的概念,变成了各种互相矛盾的知识堆积在一起的垃圾堆。因此,这就造成了它与"八十年代文学""九十年代文学""当代文学"等概念之间的概念偷换和混用。换句话说,当它作为一种强势的文学史概念企图覆盖"八十年代文学""九十年代文学"和"当代文学"时,而后者业已凸现的现象和类型则会激烈地反抗它,最终破解这一巨大的时间的神话。但是,当它退缩回来,回到八十年代初这一阶段时,那么,它赖以存在的历史基础也将会随之而产生严重的动摇。因为人们会问:什么是"新时期文学"?它是一个合乎学理的文学史称谓吗?如果今天换作"八十年代""九十年代"等常态的时间观念来指认文学真实的存在状态时,它是否还有存在的价值?如此等等,都需要我们认真的考量和重新研究。所以,韦勒克、沃伦指出:"在许多伟大的小说中,人物们的出生,成长,直到死亡,人物性格在发展,变化,甚至可以看到整个社会的变动(如小说《福尔赛世家》《战争与和平》等),或展现一个家族的连环发展的盛衰兴亡史(如《布登勃洛克一家》)",但他们警告说:"小说是必须严格地采用时间这一维的空间的。"①

由此不难想到,当人们企图以"文化政治"的概念来指认"新时期文学"时,他们实际给它加进了许多个本来不应该由它独自承担的巨大的社会文化概念,例如,"平反昭雪""拨乱反正""团结一致向前看""文艺与政治""从属论""服务说""第一性""第二性""人民""百花齐放"等等。就是说,"新时期文学"被强行拉出了文学史的框架,而变成了一个大于文学史的概念;确切地说,人们实际已不再把它当做一个文学史概念来看待,而把它作为一个文化政治史的概念来解读了。的确,如果从中国的"具体国情"出发,这样的理解实际是不难接受的。但这样一来,"新时期文学"的文学史"归属"就将成为一个问题。

因为,如果你拿它指认七十年代末到八十年代初这一个历史时期的文学现状姑且还不算离谱,但如果去指认在此以后所有的文学创作和作家现象,那么就会破绽百出,暴露出缺

① 韦勒克、沃伦:《文学理论》,生活·读书·新知三联书店 1986 年版,第 240 页。

乏科学性和客观性的缺点。这样说，并不是要将"文学"与"政治"对立起来来认识，也不是企图通过强调"文学性"来建立一个脱离历史环境的批评立场。我是想说，当我们纯粹从"文学史"的角度"重返""新时期文学"，并试图将它作为一个文学史概念来认识的时候，在上述意义上它作为一个比较贴切的文学史概念是难以立足的。

海登·怀特说："雅格·巴曾使我们想起了现代历史理论不断有意让我们忘记的一些真理：即，作为所有这些学问的主题的'历史'只有通过语言才接触得到，我们的历史经验与我们的历史话语是分不开的，这种话语在作为'历史'被消化之前必须书写出来，因此，历史书写本身有多少种不同的话语，就有多少种历史经验。"①

从九十年代后诸多文学史著作对"新时期文学"的"解读"看，由于历史书写所衍生出的若干种不同的话语方式，这些话语在"叙述"它的叙述对象时，自然就塑造出了不同的"新时期文学"的"形象"来。在八十年代的文学批评中，"新时期文学"被构造成了一个"苦难"的、"悲剧性"的形象，因为，它和大众和人民的切身利益及历史感受有着相当密切的联系。所以，它以正剧的形式宣告了"十七年文学"的终结，并以不容置疑的历史形象被置于历史的博物馆中。但是，在九十年代后的一些文学史"叙述"中，它的上述"高大形象"经历了一个拆解的过程。在一种略带反讽和"客观"到近于冷酷的叙述中，那种"苦难形象"受到了不经意的嘲笑、挖苦，那神话般的历史想象，出现了意想不到的"坍塌"，就像一堆突然间哗哗拉拉倒下去的多米诺骨牌。一些文学史叙述更希望将它由"宏大叙事"还原为"日常叙事"，通过对当时作家和创作的"原生态"的修复、呈现和描述，还其以"文学史"的本真面目。当然这样一来，"新时期文学"的宏伟姿态也难免会摇摇欲坠，难以坚挺地支撑下去。其实，即使是那些比较认可"新时期"说法的文学史，在关键价值的认同上也暗中打了一些折扣。它们虽然还坚持所谓"新时期文学"的叙述立场，但却在背地里对其历史取向作了重大的历史修复和变向，其突出事例，即是凸现其作品的"文本"意义。通过文本分析，文本的复杂性大于了文学史的复杂性，它忽然僭越了自己的"本分"，试图对文学史的真实性加以某种挑剔和批评。于是，在我看来，这是一种更为厉害的对"新时期文学"固有形象的"破解"——因为，它更相信文本的"个别性"，而不再相信文学史的"整体性"了！

于是，我不禁发现，仅仅在二十多年间，"新时期文学"这一文学史概念就经历了那么多次的颠覆、增删、质疑和重述，我们已经很难再把它放回到当时的"语境"之中。毋宁说，它经历了"历史"的多次重大改写，它的文学史形象也呈现出了深刻的伸缩、变形和扭曲的现象。如果说，"文学史"是一只篮子，那么，身体早已充分变形了的"新时期文学"是不是还放得进去，已经是一个问题。由此不难想到另一个问题："新时期文学"是否还适合概括这近三十年的文学现象？它是一个确切的文学史概念吗？假如这已成为一个问题，那么，我们该怎样进行下一步的工作？

二〇〇四年十二月十二日

（原载《当代作家评论》2005 年第 3 期）

---

① 　海登·怀特：《后现代历史叙事学》，中国社会科学出版社 2003 年版，第 292 页。

重返八十年代：为何重返以及如何重返

——就"八十年代文学研究"接受人大研究生访谈

李 杨

学生 A：最近一段时间，"重返八十年代"突然变成了一个非常时髦的话题，一些刊物上开设了相关专栏，查建英编的那本《八十年代访谈录》还上了畅销书榜，我们很想听听李杨老师对这个命题的看法。听程老师说，您已经看过我们在"八十年代文学研究"课上写的一些文章，您觉得我们哪些地方有待加强呢？

李杨：关注八十年代文学人的确越来越多，但人们进入这个话题时的问题意识却并不相同。有的是为了"怀旧"，有的是为了"研究"，有的则是为了"反思"。就我自己的工作目标而言，应该说主要是在后一个层面，也就是在"反思"的意义上展开的。那么，什么是"反思"呢？我读到一些在座的同学写的文章，总的感觉还是不错的。比如有的同学研究张洁的《爱，是不能忘记的》，有的讨论张贤亮小说中的性描写的文学史意义，都写得很有新意，很有才气，比从前我看到的许多研究八十年代文学的文章要好得多。但这种"研究性论文"与我理解的"重返八十年代"还是有着不小的距离。自八十年代以来，对八十年代文学的研究从来没有停止过，在任何一部中国当代文学史写作中，八十年代都是最重要的部分。那我们为什么要提出"重返八十年代"这个口号呢？套用福柯的那句大家都已经非常熟悉的话：重要的不是作为研究对象的年代，而是确立研究对象的年代。也就是说，为什么八十年代文学会在今天重新变成一个问题，一个我们必须重新面对的一个问题。或者说，我们是在何种问题意识的驱使下"重返"，这是必须弄清楚的。"重返"意味着我们已经不在"八十年代"——有的同学可能会觉得这种说法非常可笑，我们现在已经是在二十一世纪了，当然已经不在二十世纪八十年代了。但是，在我看来，我们中的大多数人实际上仍生活在八十年代，就是说，八十年代建立起的观念仍然是我们理解这个世界的基本框架。也就是说，今天我们对文学的理解，对文化政治的理解框架仍然是八十年代奠定的。正是基于这一认识，就我的工作目标而言，是将八十年代重新变成一个问题，也就是将那些已经变成了我们理论预设的框架重新变成一个问题。

我个人的工作目标其实非常具体。对我而言，所谓的"重返"是为了与八十年代以来的主流文学史和文学批评观念对话，也是与主宰文学史写作和文学批评的哲学历史观念对话。主宰八十年代主流文学史叙述的基本观念是所谓的文学自主论，所谓文学回到自身，文学摆脱政治的制约回到自身，以及建立在这种文学自主论之上的文学发展观。这种文学史观将"文革"前后的文学理解为一种对立关系，理解为"文学"与"政治"的关系，我要解构的，就是这种高度本质化的二元对立。也就是说，我们提出的"重返"，是试图通过将我们这一代人自认为亲历和熟悉的八十年代重新陌生化，以九十年代以后的知识与八十年代对话。而不是要仅仅停留于对八十年代一些经典作品的再分析，或是写出比八十年代的批评家更精彩的评论文章。概而言之,在我的理解中,我们的工作不是"重写文学史",而是对八十年代文学史、文学批评的一些前提、一些理论预设进行反思。

学生 B:李老师,我最近读过您写的一篇文章《重返"新时期文学"的意义》,很受启发,您又和程老师一起主持了"重返八十年代"这个专栏。但我们知道您这些年一直从事五十一七十年代以及左翼文学研究,现在怎么忽然对"八十年代文学"产生了兴趣,这种转变是怎样发生的,二者之间有什么联系吗?

李杨:其实对于我来说,"八十年代文学"与"五十一七十年代文学"是同一个问题:我的工作目标是反思文学与制度的关系。在某种意义上,我对八十年代的反思可以视为我的"五十一七十年代文学"研究的延伸。九十年代初,我开始关注"五十一七十年代文学"的时候,同行很少。那时候大家都沉醉于"新时期文学"的"光荣与梦想",觉得"五十一七十年代文学"没有价值,不是"文学"而是"政治",根本不值得研究。最近这几年,情况发生了变化,"五十一七十年代文学"研究变得热闹起来,文章多了起来,但这些研究关注的主要还是"五十一七十年代文学"与制度的关系,研究政治对文学的规约,比如"五十一七十年代文学"的"一体化"过程,等等。这些研究不能说全无意义,但至少存在一种危险,就是重新被纳入并强化八十年代的知识谱系,即通过将"五十一七十年代"文学政治化和非文学化,来强化"八十年代文学"与"五十一七十文学"的对立,将二者的对立理解为"文学"与"政治"的对立。要化解这种二元对立,我觉得有两种方式是非常有效的,一种是从审美的角度进入五十一七十年代的文学问题,讨论"五十一七十年代文学"的"文学性"——因为在我看来,仅仅关注文学制度对文学的组织和规约的过程,可能会忽略文学作品所特有的情感、梦想、迷狂、乌托邦乃至集体无意识的力量,而这些元素并非总可以通过制度的规约加以说明,相反,这样的文学会反过来生产和转化为制度实践。这是我近年一直在做的工作。除此之外的另一种方式,就是通过"重返八十年代",揭示"八十年代文学"的政治性。我始终认为,只有在充分揭示八十年代文学的"政治性"的前提下,才能有效化解"八十年代文学"与"五十一七十年代文学"的对立,并进而质疑"八十年代"与"五十一七十年代"的对立,乃至"文学"与"政治"的对立。

学生 C:谈到政治对文学的"规训",我们一般马上会想到五十一七十年代文学。比如建国初期的三大批判运动,对电影《武训传》的批判,对《红楼梦研究》的批判,对胡风"反党集团"的批判,等等,这些大家都非常熟悉。还有对萧也牧创作倾向的批判,对路翎《洼地上的战役》的批判,对"干预生活"口号的批判等等。还有更激烈的反右运动和"文化大革命"。相比较而言,要理解八十年代文学的政治性可能要困难得多。

李杨:这确实是问题的关键。如果政治对文学的"规训与惩罚"指的是主流意识形态对文学的要求,规定作家如何写和写什么,那么,八十年代针对文学的规训同样无所不在。我想从两个层面谈这个问题,一个是"文学制度",另一个则是"政治无意识"。首先我觉得八十年代以来我们讨论文学问题的时候,对这一时期文学制度的作用注意不够。什么东西构成文学制度呢?除了文艺政策和文艺斗争,除了作协、文联这样的文学组织,还应当注意文学出版、文学评奖、文学批评、文学史写作这些文学活动的制度功能。对作家来说,哪些是可以写的,哪些是不能写的,该怎么写,根本就不是作家自己能够确定的。文学制度在塑造和规约着文学的形态。不按照这种规约写,你的作品根本发表不了,即使发表了也没人注意,更不可能上《人民文学》和《诗刊》,更不可能获奖,或被中央人民广播电台播出,或被写入当代文学史。现在的作家在《人民文学》上发表一篇作品可能不会太当回事了,但当时却是石破天惊的大事,是足以改变一个人一生命运的大事。写了一篇有影响的小说,你就可以被从乡下调到县文化馆工作,接下来,还可能去市作协省作协,还可能上北京……现在的年轻人已经很难理解这种文学带来的成名成家的感觉了,但在五十至七十年代,在八十年代,写作—文学一直是知识青年们改变自己命运的重要的方式。因此,要解读八十年代文学的意义,就不能不思考这种文学制度对文学创作的影响。也就是说,我们不能仅仅在文学的内部讨论文学,而应该把八十年代的文学放置在一个更开阔的语境中加以理解。正是通过这些制度的规约,文学——文学史才变成了我们今天看到的样子。也正是在这个意义上,我一直告诫我的学生不要通过文学史去了解当代文学,因为我们今天在文学史中看到的,并不是历史本身,而是对历史的叙述,是文学史观——意识形态对历史的解释与虚构。陈思和先生曾经研究五十—七十年代的"潜在写作",其实"潜在写作"同样存在于八十年代文学之中,许多作品因为不符合"政治正确"而被抛弃、被遗忘、被批评,成为"文学史上的失踪者",而我们的工作,就是要把这些被压抑的"文学"重新打捞出来。我关注的是,在八十年代开始的中国当代文学的知识构造过程中那些被不断遗失和扭曲的东西,那些被忘记或被改写的知识和思想。在某种意义上,中国当代文学的体制化的过程,是以这些知识和思想的被遗弃和改写作为条件和代价的,以至于我们后来对许多事物的理解是想当然的,是未加质疑的——而这些东西,是不是真正消失了呢?它们是否依然作为我们的"他者"继续存在着?或许它们被转换了角色之后,就藏身在"我们"中间。如果是那样,它们对我们、对中国当代文学(包括对自身知识构造)的认识和理解又发挥着怎样的作用?

在这个层面,我觉得我们现在能做的工作非常多。八十年代的一些重要的文学制度的功能还有待重新呈现。比如《人民文学》《诗刊》这样的刊物就值得作为重要的个案进行分析,还有《文艺报》、中国作家协会的功能,以及《作品与争鸣》这样的刊物主导的文艺批评,还有《苦恋》,反精神污染、反资产阶级自由化等文艺运动,"歌德与缺德"之类的讨论,人道主义与异化问题的争论,"启蒙与救亡"这样的元叙事乃至"重写文学史""二十世纪中国文学"等等文学史叙述模式的建构,《时代的报告》这样的左翼刊物的命运,文学评奖,以及一些经典作品选本的编撰与出版,还有当代文学史的写作,一些重要的批评家和批评群体的形成与发展,等等,都是值得重新探讨的问题。我建议同学们重新回到那段历史中去,看看这样的历史叙事是怎样建构起来的,是通过什么样的修辞与隐喻建构起来的。做这种知识考古的工作有什么意义呢?有的同学可能会觉得自己没有亲身经历,不容易对那个时代产生感情,但在我看来,这恰恰是你们的优势,因为我们的工作是"重返",是把"八十年代"重新变成一个问题。而在许多八十年代的亲历者那里,八十年代被自然化了,非历史化了。他们根本不具备这种反思的能力。

除了"文学制度"层面的诸多问题,我觉得"政治无意识"层面的问题更容易被忽视。为什么一提起"规训与惩罚",我们就会想到五十—七十年代文学呢?这是因为五十—七十年代的规训采用的都是看得见的外在的力量,比如开批斗会啊,把作家批评家投进监狱啊等等。这些都是外在的暴力,一目了然。八十年代的"规训"为什么不容易辨析呢?那是因为八十年代的规训主要采取的不是这种外在的暴力形式,而是采取内在的方式实施的。所谓的"内在"方式,除了前面我们谈到的这些可能不为我们自觉的文学制度,还有一种重要的方式就是意大利马克思主义理论家葛兰西所说的"认同"。在安东尼奥·葛兰西那里,观念、机构和他人的影响并非通过外在的控制而是通过内在的"认同"来实现的,而这种"认同"并不取决于"事实",而取决于"建构"——通过言说和语言的运作,通过记忆和遗忘的选择,让外在的知识、思想、意识形态与政治转化为你的内在的要求。

我可以从我自己的阅读经验谈起。我自己是伴随着八十年代文学长大的。七十年代后期,我读高中,然后上大学。很长一段时间,我是标准的文学迷——其实那个时候,没有人能够抗拒文学的诱惑。像我身边所有的人一样,我为每一部作品的出现而激动不已。《班主任》《伤痕》《爱,是不能忘记的》《芙蓉镇》等等。我还偷偷给张洁写过信——不过没有勇气寄出。我们班有个同学胆子比较大,给许多作家写信,结果竟然收到了舒婷和戴厚英的回信。那可了不得,这个同学马上成了我们学校最有名的人,我们都很崇拜他。现在我还清晰地记住中学最后两年和读大学的时候星期天早晨去邮局等新来的杂志的情景,《北京文学》啊,《人民文学》啊,《诗刊》啊,不仅看,而且还真的感动,常常被感动得热泪盈眶。真的觉得那些悲欢离合的故事写的就是我自己(或我身边的人)的故事,表达的是我自己的感受。觉得自己真正生活在一个幸福的时代。但现在回过头来一想,仔细一想,就觉得不对啊,这些故事同我的经验根本没关系啊,右派的故事,农民的悲惨故事,知青的故事,被极左政治迫害得家破人亡的故事,缠绵的爱情故事,都与我个人的经验无关,与我周围的同学无关,与我的家人无关,但为什么我会觉得这些故事都与我自己有关,并且还被激动得死去活来呢? 为什么自己要把自己讲到一个与自己的经验无关的故事里面去,讲到一个"想象的共同体"里面去呢? 现在我才明白,我被规训了,只是这种规训采用的方式不是批斗会、忆苦会,而是靠文学的情感,靠政治无意识领域建构的"认同"。

对"政治无意识"进行了深刻阐发的是杰姆逊。杰姆逊把"政治无意识"理解为一种"遏制策略"(strategies of containment)。在他看来,置身于意识形态中的个人主体往往意识不到意识形态的强制性,他们相信自己是自立的主体,从而把那些想象性的再现关系当做理应如此的真实关系。在杰姆逊看来,这其实是相当危险的事,因为意识形态遏制的东西实际上就是历史和社会现实本身,即人们在特定的现实境遇中的真实的阶级处境和社会关系。正是在这一意义上,杰姆逊认为,一旦我们认识到一切事物都是社会性和历史性的,而且在终极意义上,一切事物都是政治的,我们就能从这里找到突破口,从必然性的强制中找到解放的途径。这意味着,意识形态批判就是对意识形态或者社会历史本身的解密化过程。

在福柯那里,西方社会主要不是由军队、警察这些权力方式来结构,而是由一些泛化的微观权力所维系的。而分析微观权力的运作、关系、机制以及与国家机构的策略目标的关系便构成福柯政治解剖学的任务。在西方殖民历史中,为西方建构霸权地位的不仅是国家机器对殖民地的政治、军事和经济方面的控制,更重要的还在于由教育、家庭伦理、宗教等一系列文化体制所形成的文化霸权。这正是杰姆逊指出的"晚期资本主义"的文化特征。杰姆逊将资本主义的全球化过程分为三个阶段。第一阶段是所谓的国家资本主义或市场资本主义的阶段,依靠军事占领,建立殖民地。第二阶段是垄断资本主义阶段,国家市场向世界市场扩张,托拉斯,大的全球垄断企业控制全球的经济命脉,把你纳入全球不平等的政治经济体系。第三阶段,则是文化资本主义、信息资本主义阶段。资本主义靠什么来征服你,靠生活方式,靠好莱坞、广告、流行音乐、美国职业篮球之类的"美国生活方式"来征服你。这其实是一种比政治殖民、经济殖民深刻得多的殖民运动。因为前者占领的是你的意识世界,后者占领的是你的无意识世界。

类似于杰姆逊和福柯等人的理论对我们"重返八十年代"是很有启发的。八十年代其实出现过许多"影响了一代人"的作品,文学在八十年代对社会的影响力其实与五十—七十年代非常近似。正是在这一意义上,我觉得许多八十年代的重要作品都值得重新阅读。比如张洁的《爱,是不能忘记的》以及引起的相关讨论,还比如《班主任》《芙蓉镇》这样的作品,都值得重新分析。我自己就很想重新分析礼平的《晚霞消失的时候》,这是那个时代我们非常喜欢的一部作品,喜爱程度绝不在《班主任》《芙蓉镇》这类作品之下,但八十年代以来的当代文学史对这部作品基本不提,为什么不提呢?是因为这样的作品用八十年代的知识解释不了,讲不到八十年代的文学史框架里面去。在我看来,这样的作品尤其值得重读,它里面隐藏了太多的东西,太多的被八十年代知识所压抑的政治无意识。这样的作品其实非常多。

学生D:在八十年代的前期,"伤痕—反思文学"出现的时候,许多评论家认为文学摆脱了政治的干扰回到了自身,今天看来这种判断当然是非常幼稚的——今天的研究者能够毫不费力地读出这一类作品的政治性。所以现在的文学史一般认为八十年代的"文学回到自身"并非始自"伤痕—反思文学"或"知青文学",而是始于八十年代中期出现的"寻根文学"或"先锋文学"。您同意这种看法吗?您是否认为,"寻根文学"与"先锋小说"也具有您所定义的那种"政治性"呢?

李杨:我和这种观点的基本差异是持这种观点的人总认为有一个"文学自身"。先前他们说"伤痕—反思文学"是文学自身,后来发现连自己也说服不了,就退一步说"寻根文学"或"先锋文学"是文学自身。其实,将八十年代中期作为"政治"与"文学"的分界线仍然是徒劳的。如果这种理论分析不足以说明问题的话,我们不妨选择一部作品来讨论这个问题。阿城的《棋王》怎么样?这应该是公认的"寻根文学"的代表作品。《棋王》问世以来,几乎没有人讨论这部作品的政治性。评论家普遍认为这是一部充分展示道家文化风范,弘扬"高蹈"(这个词没错吗?现汉词典上没查到)及"无为"人生姿态的文本。阿城本人也认可这种解读,因为这样的解读同他意识层面的"寻根理论"是相辅相成的。因为按照批评家和文学史家的解释,"寻根文学"的最终落脚点还是向民族传统文化的皈依。比如说,捡烂纸的老头是"道"的代言人,而这种至高无上的道的承载体被幻化为一本"不知是哪朝哪代"的棋谱。王一生出身低贱的母亲磨出了被赋有道家意味的"无字棋",王一生在九人大赛中威风凛凛像个出世的智者一般获胜……所有这些都充满了传奇般的神秘意味。这样的解释听起来似乎很有道理。但最近几年我因为要给本科生上课,多次重读这部作品,却发现在这个"去政治化"的寻根故事背后仍隐含着一个非常清晰的政治叙事。这部小说是一个由"我"讲述的"棋王"王一生的故事。"我"是一个知识分子家庭出身的青年,这与作家钟阿城的自身经历有关。阿城是著名电影评论家钟惦棐的儿子,钟惦棐一九五七年被划为右派之后,阿城受连累进入社会底层,"文革"前后,在云南插队。而王一生出身于一个城市贫民家庭,他母亲解放前是"窑子里"的下层妓女,后来做了人家的小妾,那家人老欺负她,她又跟一个人跑了。刚一解放,那个人就不见了,才跟了他现在的父亲。王一生的父亲爱喝酒,手里有点钱就喝,还骂人,家里又穷。王一生就是在这样的环境中长大的。王一生与"我"相逢在乱世,上山下乡的火车上。小说一开始,"我"和王一生就处在一种对话关系中。"我"是一个知识分子。读过杰克·伦敦的《热爱生命》,知道巴尔扎克的《邦斯舅舅》,曹操的《短歌行》,小时候还看过荷兰画家伦勃朗的名作《夜巡》。而王一生只知道下棋,雕虫小技,还贪吃。一开始"我"对于王一生有着一种不自觉的精神优越感,这是典型的"启蒙者"和"被启蒙者"的关系。"我"对于世俗世界,对于"吃",一开始是抱着居高临下的态度的,试图以人文理想、理性、自由等思想完成对世俗的超越。"我"不厌其烦地给王一生讲故事,讲《热爱生命》,讲《邦斯舅舅》,并对自己这种讲述持有觉醒者般的优越感。但"我"的启蒙努力在王一生坚如磐石的世俗生活信念面前显得软弱无力,知识分子一厢情愿式的启蒙冲动没有得到想象中的回应。王一生听到这种教诲式的故事之后,只用了一句话就把其中的形而上吁求消解掉了。他说:"再讲个吃的故事?"在"被启蒙者"那里,启蒙者的思想非但没有得到回应,还被误读、弱化为对形而下世界的躯体满足。这几乎是一个类似于《药》那样的启蒙者不被民众理解的故事。但随着王一生的世界的逐渐展开,"我"的这种自信完全丧失,最终完全臣服于这个全新的、让人震撼的精神世界。在王一生逐渐展现的精神境界中,我一步一步发现自己的"小"。用王一生的话来说:"你哪儿知道我们这些人是怎么一回事儿?""你们这些人好日子过惯了,世上不明白的事多着呢!"

　　小说给人印象最深的,是对王一生的两大嗜好,也可以说是人生目标的"吃"与"棋"的书写。首先是"吃":王一生自幼家境贫寒,在饥饿中长大,所以一切生存的欲望都集中在"吃"上。他饥不择食,吃相极恶,并把"吃"本身作为生活哲学的基点。这在小说中有许多精彩的描写,如他把《热爱生命》与《邦斯舅舅》都当成写"吃"的小说,把教育小孩节约的故事也当成"吃"的故事,还详细询问别人一天没吃饭的详细经过,等等。他对于"吃"只有最低限度的追求——用他自己的话说是"实在",食物的好坏固然不计较,就是数量也只要"半饥半饱"就行了,超过这些在他看来就是"馋",就是奢侈。接下来是"棋":"呆在棋里舒服"是他的生动写照,"何以解忧,惟有下棋","棋"对于他来说不仅是一种消遣,而且是一种精神的逃逸或追求,他对于棋有一种专注和献身精神。这种境界,启蒙知识分子不容易了解。因为下棋只是一种技艺,迷失在下棋中当然是玩物丧志。但王一生的"棋"却是一个象征性的装置。他其实最终超越了棋,当他最后取消了棋谱、棋子而进入盲棋的境界时,棋对他来说便成了一种纯粹精神的形式,他也由此"得意忘言"(不是"得意忘形"吧),摆脱了物质束缚进入了一个自由的精神世界。这是一个自足的世界,在作品中王一生说:"就是没有棋盘、棋子,我在心里就能下,碍谁的事啦?"作品中的"我"问王一生:"假如有一天不让你下棋,也不许你想走棋的事儿,你觉得怎么样?"王一生说:"不可能那怎么可能?我能在心里下呀!还能把我脑子挖了?"在棋的世界里,王一生是自由的。王一生的世界是一个什么世界呢?是下层劳动人民的世界。只有在劳动人民中间,才真正的自由。这种写法,这样的主题,相信大家都不陌生。小说对底层、民间价值的崇尚,对高雅、智慧、高贵、知识的拒绝和嘲讽,对底层、民间、小人物的无节制的张扬,这是什么主题呢?是"卑贱者最聪明,高贵者最愚蠢",是民粹主义的主题,是《青春之歌》和《红旗谱》的主题。对贫穷和简朴的赞扬历来是民粹主义叙事最重要的元素,知识分子如何涤去了知识附带的罪恶,在劳动人民中获得历经炼狱一般的重生,不正是五十一七十年代文学的基本主题吗?从鲁迅、郁达夫等五四一代知识分子,一直到左翼文学的无产阶级阶级意识,到延安时期的大众化文学,再到五十一七十年代针对知识分子的"改造"与针对知识分子的"再教育"运动,民粹主义始终是二十世纪中国政治中最重要的环节。阿城通过出身于知识分子家庭、热爱杰克·伦敦和巴尔扎克、向往精神生活的小说叙事人"我"与在"吃"与"棋"这种凡俗生活中生存的贫民子弟王一生之间两种不同人生观的撞击,写出了"我"对"民间"凡俗生活意义的发现、臣服与认同,再现了知识分子在民众中获得生命意义的历史命题——这样的思路,当然与我们在文学史中看到的八十年代背道而驰。

　　小说最终完成的主题,是"我"从王一生身上,发现了生活的真谛。小说细致地描写了这个转变的过程,完成了王一生的英雄叙事,也完成了启蒙者与被启蒙者的位置转换,小说对王一生的歌颂,是对下层人民的歌颂,相应地,也就成了对自我的批评。在小说棋战的高峰,社会等级颠倒了:"平时十分佩服的项羽、刘邦都在目瞪口呆,倒是尺横遍野的那些黑脸士兵,从地上爬起来,哑了喉咙,慢慢移动。"这些都写得非常传神。小说最后写冠军老头亲赴棋场,是为了完成对王一生境界的揭示。这个老头还是一个世家后人,颇有几分古风,朗声叫道:"后生,老朽身有不便,不能亲赴沙场。命人传棋,实出无奈。你小小年纪,就有这般棋道,我看了,汇道禅于一炉,神机妙算,先声有势,后发制人,遣龙制水,气贯阴阳,古今儒将,不过如此。老朽有幸与你接手,感触不少,中华棋道,毕竟不颓,愿与你做个忘年之交……"正是通过这样的描写,小说完成了"造神"——完成了王一生"由人到神"的书写。

《棋王》的确不是直接写政治,而且作者也在意识层面有意地远离政治。虽然小说中的故事发生在"文革"时代,但"文革"只是《棋王》故事的远景。对"文革"的描述只有小说开始的寥寥数行:"车站是乱得不能再乱,成千上万的人都在说话。"但这只是背景。小说的故事与这个大时代没有什么关系。但是,一方面是这部发生在"文革"的故事看不到太多的时代的影子,巨大的"文革"被推到远景,"火车站的喧腾都安静下来……","我"与王一生开始凸显出来,而另一方面,小说又在不经意间将我们顽强地带临那个困扰、折磨了我们近一个世纪的政治主题。

《棋王》对下层人民的这种理解,很容易让人联想起张承志笔下永远不能被超越的"人民"。比起阿城这样在无意识中回到民粹主义的作家相比,张承志是一直坚持自己的民粹主义立场的"死不悔改"的红卫兵作家。这种"红卫兵意识"在张承志、梁晓声的小说中"昭然若揭",弥漫在"知青文学"中的"回归"情绪书写的是对"新时期"现实的拒绝与对逝去的岁月的怀想,是对被高度形式化与审美化的"青春""理想""激情"的皈依。张承志做过红卫兵,也做过下乡知青,草原的生活经历使他接触到纯朴的牧民,同时也保护了他心中的那一方净土。这段经历后来成为张承志许多小说的基本场景,一些基本概念也因此被不断重复,比如神话、母语、不死的传统、殉道和献身精神等等。用张承志的话说:"我们这一代年轻作家由于历史的安排,都有过一段深入而艰辛的底层体验。由于这一点而造成的我们的人民意识和自由意识,也许是我们建立自己的文学审美和判断的重要基础。"

刚才这位同学问的是"寻根文学"的政治性。我为什么不直接谈"寻根文学"而是选择一部作品来谈这个问题呢?是因为我不想直接对"寻根文学"发言。因为"寻根文学"本身是一个文学史范畴,它是在一个文学知识谱系中获得意义的。这种谱系以此来描绘"文革"后中国文学的走向:从伤痕文学、反思文学到知青文学、现代主义、寻根文学,再到先锋文学,从新时期文学到后新时期文学,文学不断地回归自身,等等。我始终觉得这样的叙述是靠不住的。要把众多相互矛盾的思想全部讲到一个框架里去,就得舍弃和删除很多东西,简化许多东西,当然也得曲解许多东西。"寻根文学"就是这样为这种虚构的文学史秩序服务的文学史概念。如果我们通过文学史去理解所谓的"寻根文学",好像的确存在一个整体性的、作为"新时期文学"发展的更高阶段的"寻根文学",这种文学史的叙述好像的确头头是道,你不容易看出这种分裂。但如果你不是通过文学史,不是借助这些现在的历史预设,而是重回历史现场,重新阅读这些文本,这些文本马上会变得异常陌生。你就会发现,当代文学史中的"寻根文学"原来是一个暧昧不明、漏洞百出的概念,你怎么可以把阿城的《棋王》、韩少功的《爸爸爸》、王安忆的《小鲍庄》放在一起定义和归纳呢?有人就认为"寻根文学"是继续进行文化批判,是第二次文化启蒙,是对"文革"的再批判。持这种观点的人常常会以《爸爸爸》为例子,认为韩少功以大写意的方式塑造的丙崽,是一个新时代的阿Q,是作家对"国民性"的批判。与此相反,在同样被视为"寻根文学"代表作的《小鲍庄》和《棋王》中,批评家又看出了对传统文化的赞美和回归,对儒、道文化强大生命力的阐扬,对敦厚、善良、吃苦、耐劳等民族文化精神的诗一般的肯定与传达,等等。连"寻根文学"的代表作品都差距这么大,那么,我们把大量其他作家纳入这个框架岂不是更没道理!

批评家评价"寻根文学"的时候,常常依靠作家们自己的解释,偏偏"寻根文学"又是八十年代文学中既有创作又有宣言的文学运动。阿城等作家们真的宣称"寻根文学"的最初动因就是想以"寻根"的文本来弘扬民族的地域文化,弥合由五四新文学运动形成的"文化断裂带",但作家自己的理解其实也是靠不住的。我最近读查建英对阿城的访谈,就觉得阿城对自己和这个世界的理解一点都没加深。二十年前他不知道自己为什么写了《棋王》,二十年后他仍然不知道。所以我一直觉得做文学批评,不要太相信作家的话。作家和批评家从事的完全是不同层面的工作。

其实,今天重读许多当年被称为"寻根文学"的作品,我们都不难发现许多当年被我们压抑到无意识深处的革命记忆。有一个问题,好像一直不为研究者注意,那就是这种所谓的"寻根文学"与"知青文学"的关系。为什么写"寻根文学"的都是知青作家,而八十年代文坛上影响力唯一可以与知青作家抗衡的"五七作家群"却从来不写"寻根文学"? 为什么知青需要"寻根"而"五七族"根本不需要?"五七作家"为什么能够毫无障碍地走向日常生活,走向人性,走向资本主义,而知青一代人仍然会觉得"生活在别处",在新世界中感到迷茫和绝望——在许多人被这个时代裹挟着前行的时候,仍然有人发觉这不是我们要的世界! 他们要的比这个世界能给予他们的多得多。这与"五七"一代人与"知青"一代人的知识谱系以及他们在八十年代不同的政治地位有什么关系? 能否将知青的这些作品视为"精神重建"的一次努力? 这些都是值得重新探讨的问题。还有被反复讨论的拉美魔幻现实主义对这类"寻根"的中国作家的影响,也留下了太多的问题。比如一直被我们忽略的拉美文学的政治性,这涉及中国作家对"寻根"的理解,中国作家在非西方的文化认同中寻找资源,是被八十年代主流意识形态压抑的政治无意识的一次释放,或者不过是以现代化为名——文学现代化为名的西方化或全球化的另一种形式? 我觉得这些命题都应该成为我们不断"重返八十年代"的动力。

至于"先锋文学"的政治性,同样也可以在这一层面加以理解。在杰姆逊的《政治无意识》中,政治视角不是一种与精神分析或神话批评的、文体的、伦理的、结构主义之类的批评方法并列或可以相互替换的一种方法,而是"作为一切阅读和一切阐释的绝对视阈"。"先锋文学"当然也在这个视阈之内。在北大中文系的课堂上,我曾经让同学们讨论这个话题,结果不是特别理想。许多同学费力地到马原、余华、格非的小说中寻找作家的政治意识,比如说余华热衷于写暴力,学生就说余华在表达"文革"记忆,先锋小说家写人与人之间的陌生感、疏离感,有的同学也认为这是对革命的反思。这样的分析当然也不是没有道理。但文学的政治意义并不仅仅局限在文本之内,我们还应该讨论"先锋文学"在整个文学史叙述中的功能与意义。许多年前,在北大我曾遇到一位研究中国文学的美国汉学家,他的研究对象是八十年代中国的现代派与现代主义思潮。我们知道,关于这个问题,八十年代的中国评论界曾经有过一个著名的讨论,那就是中国的现代派是不是"真的"现代派。有人认为中国还不是现代社会,不可能出现真的现代派,所以就有了"伪现代派"这个提法。这个美国学者是研究现代主义的专家,所以我很想听听他的看法,他回答说,对于中国的现代派是不是"真的现代派"这样的问题我不关心。我来中国研究中国的现代派,是想了解八十年代的中国为什么会出现一场被称为"现代派"的运动,为什么中国作家和批评家要以"现代派"和"现代主义"来命名自己的文学创作和文学批评,我想了解这场运动的发生意味着什么……我觉得这位汉学家的思路直到今天对我们仍然具有启发性,这是典型的知识考古学的思路。在这一意义上,对"先锋文学",我们也可以提出同样的问题。对"先锋文学"的研究,仍然需要坚持杰姆逊在《政治无意识》开篇就提出的"永远历史化"的原则,把"先锋文学"放置到二十世纪八十年代特定的中国社会政治语境中去加以理解,考察"先锋文学"的诸多"文学"理念与八十年代中后期的文化政治的内在关联。在这方面,我仍然要推荐柄谷行人编著的《日本现代文学的起源》。柄谷行人说,他之所以要写这本书,就是要表达他对当时"正在走向末路"的"日本现代文学"的不满。对"现代文学已经丧失了其否定性的破坏力量"的直观感觉,使他意识到"赋予文学以深刻意义的时代就要过去了"。而他尤为不满的是这个日益丧失否定性的"文学"却成为六十年代左翼政治运动失败后知识分子的退路,有意无意地把"外面的政治"与"内面的主体"对立起来,使得"文学"被视为主体免受伤害、独善其身的避难所、"自我""表现"的工具。可这种对立在作者看来是虚幻的,它的不证自明恰恰是"现代文学"掩盖其真实起源的结果。

我觉得许多研究者之所以在理解八十年代文学的"政治性"这个问题上有障碍,一个核心的问题是因为人们习惯将"政治"与"权力"当成了一个负面的东西,尤其对于"文学"来说是一种负面的力量,因而也就将权力当成一种可以经过努力来加以摆脱的东西。这还是中了"文学自主性"的毒,老是将"文学"与"政治"或"权力"对立起来,老把"政治"当成一个一心要强暴文学的恶霸。其实在福柯那里,权力是一个"生产性"(productive)的概念,而不是一个否定性的概念。也就是说,福柯反对以一种本质上否定的方式来对待权力,在他看来,权力不是某个组织、集体或者个人的所有物,权力渗透于社会的所有层面之中,产生了各种各样的关系,而不仅仅是简单的支配关系。权力来自四面八方,它无处不在,正是权力的结合或者纷争才构成了巨大、复杂而纷繁的形式本身,社会机制正是权力的战略形式。按照这样的逻辑,没有一种社会装置能够置身于权力之外,当然也包括"文学"——在这一意义上,我对八十年代中国文学政治性的探讨,就不是探讨"文学"与"权力"或"政治"的关系,而是说"文学"本身就是一种权力,一种政治。只有在这一意义上理解"政治"与"文学",我们才能够化解"文学"与"政治"的二元对立。在这一基础上,我们对文学的政治性的思考,就不会只论证到文学的政治性为止——在思考文学的政治性的同时,我们还应该思考政治的文学性。

(原载《当代作家评论》2007 年第 1 期)

"重返八十年代"与当代文学史论述

王　尧

如果把"重返八十年代"①视为近几年来的一个文化事件,也许不会有什么争议。在知识界少有较大规模"集体行为"的情形下,2006 年查建英《八十年代访谈录》、甘阳主编的新版《八十年代文化意识》出版,给原本进行中的"重返八十年代"工作推波助澜,一时呼声鹊起,应者云集,蔚为思潮。但在短促爆发后又很快趋于平静,此情形和九十年代以后的一些讨论、思潮和事件一样。这个时代已经长久没有那种相对耐心持久、饱满结实的思想收获期。在"重返八十年代"的浪潮逐渐回落时,在学理和问题的层面上讨论"八十年代"以及重返"八十年代"也许更有意义。

在有了"思想解放运动""新启蒙""文化热""方法论热"和"小说革命"以后,"八十年代"成为二十世纪最重要的历史时期之一。因此,无论是八十年代行进中的及时评论,抑或八十年代之后的不断阐释(种种阐释不能都视为"重返"),关于八十年代的论述始终是当代文学界一个持续的话题。在八十年代,文学、哲学、美学以及史学发挥了"先锋"的作用,这也是当时的一大特色。九十年代以后,经济学、政治学、社会学等已经迅速发展,但有明确"重返八十年代"意识的还是以人文学者居多,其中,文学研究界已有不少系统的成果问世。② 我们还注意到,在九十年代末期,不少八十年代文学创作的中坚力量开始"重返八十年代"。1999 年岁末,韩少功的一篇谈话录《反思八十年代》触及的一些话题也是近两年来文学研究界"重返八十年代"讨论到的关键问题③,不少作家都不同程度地对八十年代的文学创作有所反思。相对于许多学科在"重返"中的缺席,文学界的写作者和研究者表现得更为活跃,"重返八十年代文学"事实上是重返八十年代这个事件中的主要部分。"重返八十年代"这一巨大的任务显然不是文学界能够独立完成的,但文学的敏锐,恰恰又是其他学科无法替代的。

"八十年代"之所以成为思想生活和学术研究中的一个问题,并不只是在当代文学史论述中它已经成为一个"断代",不只是在"八十年代"发生过程中我们对"八十年代"的解释便已存在分歧,甚至也不只是因为新的知识谱系为我们阐释"八十年代"提供了新的可能,重要的是"八十年代"所包涵的问题是与之前的历史和之后的现实相关联,这些问题发生在八十年代,却有"前世"和"今生"。在来龙去脉中"重返八十年代",既是一个研究方法问题,在某

---

①　在二十世纪尚未结束时,我们通常会说"八十年代",新世纪后又通常会说"二十世纪八十年代",为了叙述的方便统一和尊重约定俗成的习惯,本文通称为"八十年代"。

②　如程光炜的系列论文以及他和李杨在《当代作家评论》上主持的"重返八十年代"专栏等。有些论文,虽未明确说"重返八十年代",但对八十年代文学、九十年代文学的演变等论述深刻透辟,如南帆的《四重奏:文学、革命知识分子与大众》,蔡翔的《何谓"纯文学"》《专业主义和新意识形态》等。

③　韩少功在这篇访谈录中对八十年代启蒙中思维的简单化等问题多有反思,在这前后,韩少功的一些思想随笔以及他与笔者的对话录等八十年代的诸多重要问题都有新的见解。

种意义上说也是一种"世界观"的确立。如果"重返八十年代"只是"反思"和"再解读"八十年代文学本身,那么这样的重返不仅局促,而且也缺少洞察历史变革的宏阔视野和支点。因此,我以为需要尝试在中国当代文学史的论述中"重返八十年代"。

和"八十年代"相关联的一个概念是"新时期"。有争议的"新时期"曾被分割成"八十年代"和"九十年代"两部分,也有以"后新时期"终结"新时期"的命名。我们可以暂时搁置关于这些概念的争议,就表述的内容来说,"八十年代"作为"新时期"的一部分应当是没有疑问的。与"新时期"紧密关联的则是"文革",当我们讨论八十年代文学时,势必牵涉"新时期文学"与"文革文学"的关系问题,也无疑会连带"十七年文学"。这一关联性的研究,也正是当代文学史论述中的一个薄弱环节。叙述和揭示这两者之间的关系,是讨论八十年代文学的一个前提,也就是说,我们首先要关注"八十年代文学"是如何发生的。九十年代以后文学写作的变化以及文学批评的分歧,其实仍然没有能够避开"新时期"与"文革"相关联的若干重要问题,新世纪关于"纯文学"的争论,既是重返八十年代文学,也是回到"文革"结束后文学的基本问题上。

我们通常是在否定的意义上阐释"新时期"与"文革"的关系的。在八十年代以后的文学批评和文学史论述中,"文革"始终是一个显现的或者潜在的参照系,因此而有"拨乱反正"。于是,"八十年代"作为文学史的"断代"意义也即彰显出来。这样的论述经由对"文革文学"的否定,将贯穿在"十七年文学""文革文学"和"新时期文学"中的一些基本问题搁置起来,这是当代文学史论述的"断裂"。在二十世纪中国文学研究中,关于"现代文学"与"当代文学"的关联研究,关于"十七年文学"与"文革文学"的关联研究,包括"新时期文学"与"五四文学""十七年文学"与"延安解放区文学"的关联研究,都有鲜明的意识而且富有成果。但是关于"文革"和"新时期"的关联研究却始终没有深入下去,因此,就提出一个问题:文学是如何从"文革"过渡到"新时期"的?另外一种方式,是从"文革"时期的社会思潮和文学思潮中挖掘积极的因素来论述"新时期"到来的必然性以及历史断裂中的进步力量。比如,对极"左"思潮的抵制和反抗,包括"朦胧诗"在内的"地下文学"或者"潜在写作"等都在文学史的论述中获得了积极的评价,这些论述虽然未必都是着眼于"关联"研究,但多少弥补了当代文学史论述中的"断裂"。

因此,在我们的视野和叙述中,八十年代文学的"新"是和此前的文学表现出截然相反的路径,用南帆的话说,"人道主义、主体、自我、内心生活是文学理论撤出激进主义革命话语的通道"①。这条通道如果用简单的概念来加以描述,那就是"纯文学","纯文学"集纳了八十年代文学的最基本方面。在今天的种种当代文学史中,关于八十年代文学的论述虽然不尽相同,但从"纯文学"的概念出发选择和评价八十年代文学是相同的尺度。因此,对"纯文学"的反思,实际上即是对八十年代文学及前后相关问题的反思。②围绕"纯文学",我们可以牵扯出更多相关、类似的概念:人性、个人主义、形式、新启蒙、现代派、先锋、寻根、知识分子、精英等。在这样的通道之中,无论是创作还是批评,有许多过去耳熟能详并且是思想生活、审美活动中被搁置甚至被遗忘的许多概念和词语:革命、阶级、世界观、社会主义文化、工农

---

① 南帆:《四重奏:文学、革命、知识分子与大众》,《文学评论》2003 年第 2 期。

② 关于"纯文学"的讨论,可以视为"重返八十年代",而且是一次深度重返。李陀在《漫说"纯文学"》以及蔡翔在《何谓"纯文学"》中已有论述。

兵创作、样板戏、史诗等。这样的状况,事实上也包含了一种二元对立的结构:激进主义革命话语与纯文学。

在今天的语境和知识谱系中,我们已经发现当年以及在后来一段时期里,对八十年代文学的处理过于简单了。纯文学的历史不仅不是八十年代文学的全部,纯文学自身的复杂性也非文学史论述中的那样单纯。同样不可忽略的问题是,从八十年代中后期开始,已经无法对八十年代文学做贯穿到底的概括,而曾经认为已经解决了的问题或者因为纯文学的胜利而被搁置的一些问题在"市场""全球化"的背景下又重新抬头。发展的路径不同,但问题的基本面仍然在那里:政治、革命、社会主义文化、文学体制、阶级和阶层、世界观、宏大叙事、工农兵写作、知识分子和大众等又以旧貌新颜与人们相遇。毫无疑问,所谓八十年代延续在九十年代和新世纪之中,只能是笼统的说法。当人们和那些死而复生的问题再次遭遇时,就不能不承认,八十年代和我们的想象并不一致。

巨大的落差在九十年代的变化之中。张旭东在为《幻想的秩序》所作的自序《重返八十年代》,用比较多的篇幅在谈"八十年代"与"九十年代"之关系。"'八十年代'这个'未完成的现代性规则'已成为'后新时期'都市风景中无家可归的游魂。"因此他有一个"信念":"九十年代学术思想不但是八十年代'文化讨论'的发展,更包含着一个文化思想史上的未完成时代的自我救赎。"这个理想的状态是:"如果八十年代西学讨论为某种隐晦的'当代中国文化意识'提供了一个话语空间,那么九十年代中国文化批评的题中之义就是:通过对西方理论和意识形态话语的细致分析去破除思想氛围的幻想性和神话色彩,从而为当代中国问题的历史性出场及其理论分析提供批判意识和知识准备。"①张旭东揭示了从八十年代到九十年代的演变轨迹:"'文革'后中国的社会欲望在寻找其象征的表达时发现了'西方理论',而这种'欲望化的象征'的物质规定性和意识形态内容都要求将其自身以'审美'方式重新创造出来。然而八十年代文化热和西学热所带有的强烈的审美冲动和哲学色彩无法掩盖这样一个事实:'文革'后中国思想生活追求的世俗化、非政治化、反理想主义、反英雄主义的现代性文化。这种世俗化过程及其文化形态在如今的'小康社会'或'社会主义市场经济'中获得了更贴切的表现。但在历史展开之前,其抽象性和朦胧性却找到其美学的本体论的形式。在这个意义上,八十年代变成了九十年代的感伤主义序幕,正如文化热暴露出一个反乌托邦时代本身的乌托邦冲动,标志着一个世俗化过程的神学阶段。"以援西入中的方法论来阐释八十到九十年代的变化,这是一个重要的角度。如果承认到目前为止我们自己的文艺理论和批评武器大致来自西方的话,那么,我们也可以用这段文字来解释九十年代以来的文学何以会有这样的面貌:世俗化、反理想主义、反英雄主义、反宏大叙事等。

但是从八十年代中后期经九十年代再到新世纪,在知识分子与历史和现实所构成的复杂场景中,文学写作的复杂性已非一种理论和方法可以阐释。"纯文学"在后来的发展无论是自身还是它的语境都发生了重大变化,我们已经失去了从一个角度来论述文学发展路线的可能。就写作实践而言,在文学一方面表现出世俗化、非政治化、反理想主义、反英雄主义等现代性文化特征的同时,精神性、理想主义、英雄主义和宏大叙事仍然作为八十年代的一

---

① 在张旭东看来:"支持这种由西(学)返中(国问题)的理论探索路径和文化普世主义态度的是一种开放进取的精神,是敢于超出'自我同一性'樊笼,在'他者'中最大限度地'失掉自我',以便最大限度地收获更为丰富的自我规定的勇气和信心。"

个传统延续下来,而处于"中间"状态的以及反映了后现代文化特征的创作也呈现了另外的面貌,从八十年代过来的莫言、王安忆、韩少功、贾平凹、张承志、张炜等一批作家的创作都出现了一些异样的素质。对这些作家的评论已经不能按照八十年代的"纯文学"的尺度来衡量。于是,一种批评的困窘就出现了:九十年代以来我们对这些作家的批评常常停留在八十年代的理解之中,而这些理解现在看来只能是我们观察和评价八十年代文学的一种框架。

文学在九十年代的变化其来有自。在"新写实"的命名之后,我们就再也不可能统一地论述八十年代文学了,这种状况其实在以"伤痕文学""反思文学""改革文学""寻根文学""先锋文学""新写实主义"来叙述从七十年代末到八十年代的文学时业已存在。在这样一个以时间为线索的现代性叙述中,八十年代文学的丰富性和复杂性已经被简单处理了。比如说,在这样的叙述中,汪曾祺的小说常常必须"单列";高晓声"陈奂生系列"之外的小说就不被重视;如果只把韩少功、王安忆、贾平凹的小说归属到"寻根文学",他们的非"寻根"创作也常常被忽略,等等。许多作家被剪裁了,许多在思潮之外的创作被批评界忽视了。在这样的序列中,"寻根文学"与"先锋文学"也被视为对立的思潮,这两种思潮在回应西方现代性时的复杂关系被简单化理解。

回溯八十年代文学写作的路径,可以发现文学"方法论"的同一性和差异性始终是并存的。"援西入中"可以说是八十年代作家的一个共同选择,具体到"先锋文学"和"寻根文学"思潮,其实不仅是"先锋文学","寻根文学"也与"现代主义"有密切的关系,就文学史论述"典型"的"寻根"作家韩少功的《爸爸爸》来说,我们不能否定这篇小说是"现代派"。在既往的论述中,常常为了突出思潮的特征而舍弃了作家和文本的其他要义。"先锋文学"的往后退其实也是"方法论"的调整,而更多的包括"寻根"作家的创作早已开始了"方法论"的调整。这个调整,便是作家对中国传统叙事资源的重视。在创造性上认识本土资源的意义,在被我们贴上鲜明标签的作家如莫言、韩少功、贾平凹、格非、林白等人那里都有"革命"性的论述,特别是他们的一些作品给我们前后判若两人的印象,如《檀香刑》《生死疲劳》《马桥词典》《暗示》《秦腔》《人面桃花》等。

这似乎表明,"纯文学"的边界其实在八十年代就远比我们现在的文学史论述更为广阔。"纯文学"在九十年代以后的遭遇并非"纯文学"本身有多少致命伤,它在八十年代的基础上呈现了汉语写作的新的可能性,只是因为它在整个社会结构中的位置发生了变化,它的价值并未边缘化。在这个变化中,"纯文学"的部分"虚假影响"开始消失(我们应当承认文学在八十年代的影响有些是虚假的),同时作家和批评家也还没有能够找到和现实相对应的方式。在文学的"乱花"之中,"纯文学"之外的创作也挤压"纯文学",文坛因此纷扰。当以"纯文学"的标准对待其他创作时,其态度颇有点像新文学时期对待"通俗文学"一样。所以,在坚持"纯文学"的基本价值并且也"与时俱进"时,可能需要以"大文学史"观来看待文学的格局。

如果顺着前面张旭东所描述的那个轨迹,我们可以认为,九十年代以后的"世俗化"过程是八十年代现代化想象展开后的必然。在知识界同样有人对八十年代的理解着重在理想主义而不是社会欲望方面,因此在不得不承认这个现实时,又将如何对待"市场""世俗化""大众"等问题作为考验知识分子品格的关键。当年,知识分子对计划经济的挣脱、对市场经济的向往,是与"新启蒙"和"纯文学"的核心价值相吻合的,通常把市场视为自我实现、民主自由的"归宿"。那时对市场经济的想象和向往忽略了市场经济作为一种体制给人带来的负面影响。消费主义等新意识形态不仅世俗地解释了知识分子倡导和坚守的那些精神准则,而且彻底冲击了知识分子在八十年代现代化想象中确立的身份和话语权以及知识分子话语曾经具有的普遍意义。① 九十年代人文精神的提出和讨论就是在这一背景下直接产生的。

这样，知识分子"批判的话语文化"遭到挑战，知识分子处理现实问题的能力也遭到挑战，部分知识分子甚至改弦更张，而"纯文学"的处境和演变、作家的困惑与选择也只是这个大格局中的一种。这一状况是否只是因为"市场"和"新意识形态"的冲击？是否只是因为有了"市场"和"新意识形态"，我们才会发出"知识分子都跑到哪里去"的感叹？这是以八十年代文学为中心在整体上论述当代文学史时必须考虑到的问题。

在曾经有过的思想共同体中，"新启蒙"和"纯文学"很大程度上是针对专制主义而产生的，这是八十年代许多思想和设计的基本背景，也是知识界和文学界的共识。"新启蒙"的夭折以及"纯文学"在九十年代以后的危机，在许多论者那里归咎于知识分子和文学处理现实问题的能力。这并不是问题的全部，因为，当代中国历史中的问题显然不是用"专制主义"能够简单表述清楚的，当把"新启蒙"或者"纯文学"的出发点局限在反抗专制主义及相关方面时，尽管这个出发点是必要与合理的，但已经出现了疏忽当代历史复杂性的危险，出现了疏忽社会主义文化复杂性的危险；疏忽了这些复杂性，"批判的话语文化"无疑在形成之时就有诸多先天不足。

"新启蒙"和"纯文学"即便在八十年代也曾和现实构成过紧张的关系。在这个紧张的关系中，当年"纯文学"的倡导者和实践者们，现在也坦陈"去政治化"背后的策略考虑，一些研究者把这种策略看成是以一种"政治化"的方式"去政治化"。现在或许能够看出当年"纯文学"去政治的片面，而且也可以从种种文本中分析出"政治"的意义，但显然不能忽略在当时"去政治化"的背景。这样的价值判断是不能模糊的。如果当时没有回到文学自身这样的期许，文学是不可能从阴影中走出的。这正是文学与当时语境的复杂关系之一。就文学而言，这里涉及政治与审美、个人与社会、内容与形式等诸多关系，而最为核心的问题，是对文学的社会主义文化背景的认识。但与此同时，"去政治化"的持续操作，又引文学于歧途。文学作为社会主义文化想象和实践的一部分，对"十七年文学""文革文学""新时期文学"许多根本性问题的认识都与社会主义文化的演进密切相关。当不断把"现代性"这个概念引入文学史研究时，如何定义中国文学的现代性、特别是如何定义社会主义的现代性是至关重要的。尚塔尔·墨菲在《政治的回归》中说："关于社会主义理想，问题似乎就在于与现代性的规划密切相关的进步这个观念上。在这一方面，到目前为止一直关注文化问题的后现代讨论已经开始转向政治。"他因此认为"现代性必须在政治的层面上加以界定，因为正是在这里，社会关系才得以形成并被象征性地安置"②。

显然，当在文学史论述中考察文学的文化语境时，已经无法将八十年代文学的背景孤立起来，它与之前之后的关联，正是"经典社会主义体制"形成和变革的全过程。借用了雅诺什·科尔奈的概念，他对苏联和东欧"社会主义体制"的论述，特别是对"政治改革"的论述，

---

① 知识分子话语的"普遍意义"其实在一定程度上也是被夸大的。"普遍"存在与"新启蒙"与"思想解放运动"一致或者"共名"的状态，"新启蒙"与"思想解放运动"的区别在今天看来是必要的，否则，我们很难理解八十年代中后期知识分子与现实关系的变化以及知识分子自身的分歧。李陀在和查建英的谈话中对此有提醒的揭示。

② 尚塔尔·墨菲：《政治的回归》，江苏人民出版社 2005 年版，第 50 页。

对理解中国的社会主义文化颇有启示。[①] 在当代文学史的论述中,如果我们把"八十年代文学"置于社会主义体制的形成与变革之中加以考察,可能会使文学当代历史的复杂关系有更多的揭示,而这些,正是我们的文学史所缺少的。

(原载《江海学刊》2007 年第 5 期)

---

① 雅诺什·科尔奈《社会主义体制》(中央编译出版社 2007 年版)认为:"传统的官方意识形态中的某些观念在改革阶段还是被完整地保存着,其他思想领域则经历了反复无常的修正。变化主要发生在对私有财产和市场功能的看法上。""经典社会主义体制试图树立起一种英雄式的牺牲精神。但在进行时,意识形态已将英雄观念替换成了享乐主义观念。执行纪律的观念开始淡化,转面提倡要为人民提供物质刺激。""与经典意识形态相比,改革时期的官方意识形态是一座一致性要差得多的精神大厦,它包含许多内在的矛盾性。"

第三编

评价与探索

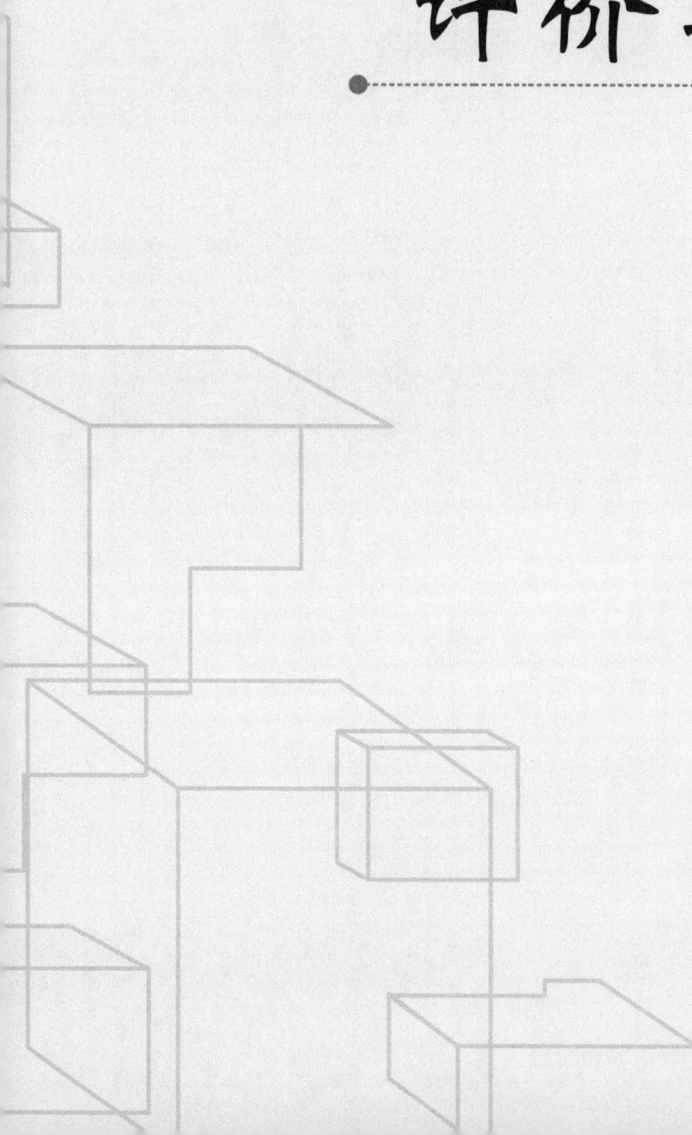

（一）当代文学评价

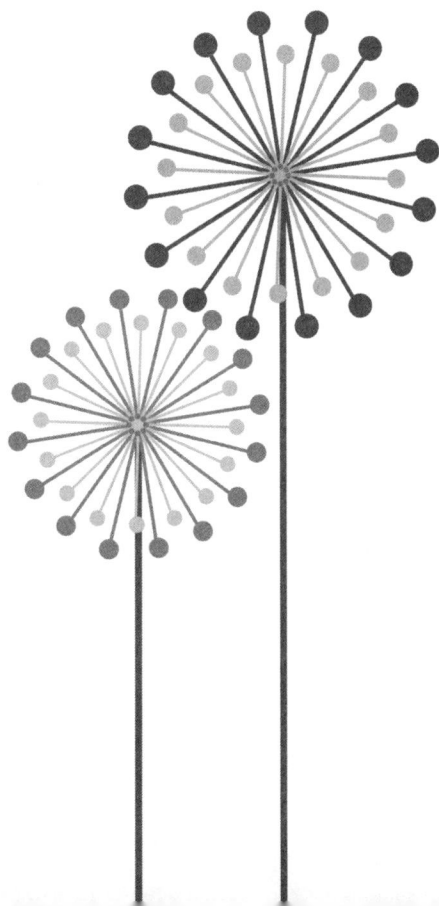

对中国当代文学 60 年的评价

陈晓明

一、我很不同意顾彬的评价

我们要反思中国当代文学的困境,但在反思之前,我们也反思我们的反思。罗素说,笛卡尔的怀疑主义怀疑一切,但从不怀疑怀疑本身。也就是说,我们的反思的依据是什么? 我们根据什么来下断语我们要反思中国当代文学? 我们根据什么要说我们的当代中国文学出了严重的问题,或得了不治之症?

今年 11 月 1 日我在人大的一场关于"中国文学与当代海外的互动"的圆桌会上的发言,提出在梳理和评价中国当代 60 年的文学时,要有一点中国学者自己的立场,招致有些同行的激烈批判。但我以为这些批判,完全没有顾及我讨论问题的前提和逻辑。我发言的题目是《中国当代文学 60 年:开创、转折、困境和拓路》。说得清清楚楚,是指我在讨论中国当代文学 60 年的历史时,我们应该持有的立场和方法。由此我评价中国当代文学,并不是一个衰败的历史,而是这 60 年的文学发展到今天,当下的文学成就可以说是达到过去没有的高度。这个"过去"是指这 60 年框架里的过去。但批评者却搬出《红楼梦》、鲁迅等等来说事,这是有意混淆黑白。另一方面,我明明说得很清楚,"有一点"中国学者自己的立场。这是建立在我们学习西方的知识一百多年的前提下,我们个人也有相当投入的学习的前提下,在评价文学——语言的特性、母语的特性如此鲜明和重要的艺术种类时,有勇气给出自己的立场并作出自己的判断。我们这些说母语的人,总是能够体验到汉语的特点,体验到母语的精微和审美特性,理应对母语建构起来的文学作品有自己的理解,有自己的判断力和发言权,何以不能自己对当代中国文学作出判断? 一定要由海外带着意识形态偏见和并不阅读汉语作品的汉学家来作权威论定? 这是我提出要有一点中国学者自己的立场的基本语境。肖鹰说他那天去人大是去"捍卫和保卫顾彬",其志可嘉,其态却可笑,看上去更像是挟天子以令诸侯。顾彬在中国乃是贵宾,所到之处,前呼后拥,国人趋之若鹜,哪里还需要捍卫和保卫? 我倒觉得顾彬先生本人是一个颇为直率且朴素的学者,作为一个认真的学者(我推测——如果推测失误,那我自认倒霉),我以为他更需要坦率的对话与批评,而不是虚张声势的捍卫和保卫。保镖是一个危险的职业,弄不好就成为打手了。

无须避讳,我提出这种立场和观点,显然是针对顾彬先生的。都以为顾彬先生这二年对中国当代文学的批评是振聋发聩。其实,自 90 年代媒体兴起,对中国当代文学的质疑就不绝于耳。更早些,在海外一批的中国作家(这里我就不一一指名),基于另一种立场,在那时对 90 年代初及以后的中国大陆文学有一种贬抑的评价,其后面的潜台词就是:1989 年以后,中国大陆没有文学,中国大陆的文学从此在海外。他们的理由主要是:在中国大陆公开出版的刊物上发表的作品不算文学。我不知道他们的观点是否或者在多大程度上影响过顾彬先生，但愿没有影响到。对中国当代文学的批评，其实是自80年代后期以来就存在的言论，1988年，王蒙先生就发表过文章《文学失却轰动效应之后》。那时认为文学走向低谷，因为文学再难有振臂一呼的效应。但也是在那时，中国文学向内转，出现了马原、残雪、莫言，以及更年轻的先锋派作家群，苏童、余华、格非、孙甘露、北村等人的写作。迄今为止，我还认为他们在那个时期创作的作品把汉语文学创作推向一个崭新的艺术高峰。90年代，中国媒体兴起，晚报、周报和各种小报铺天盖地，骂别的不行，骂文学的自由是绰绰有余的。于是，一哄而上，形成势力强大的骂派批评。谁要是不骂，就不是批评；谁要不把中国的文学现状说得一团漆黑，就是缺乏良知，就是缺乏艺术眼光。后来，网络兴起，形势逼人，人们已经很难正常、客观地说话，更不用说下些肯定性的断语。

所以，批评中国当代文学，并不是顾彬先生的独一份，也是中国大陆的媒体惯用的姿态，顾彬先生只是被媒体抬出来作为最有分量的代言人而已。

恰恰是这些批评，促使我思考，到底我们应该如何评价中国当代文学？中国文学到底存在什么问题，哪些是真问题，哪些是伪问题？那些提问的依据是什么？

这就不只是要去评价当今的中国文学。90年代以来，或21世纪以来的文学，甚至，社会主义中国创建以来的文学，今天都要重新审视，这才能理清我们今天的问题，才能看清他们的依据和我们自己的道路。

因此，我们今天来清理或评价中国当代文学，就要有清醒的学理的立场，也应该有中国自己的立场。

为什么说要有中国的立场？多年来，我对中国人只能做中国的学问，人文科学和社会科学也要本土化，用中国方法做中国的学问等说法，深表怀疑。但直到今天，我们评价中国文学，却没有中国理论批评研究者自己的观点立场，这又不得不反省。所谓"重写文学史"其实是在夏志清等海外中国研究观念的阴影底下匍匐前行。夏志清的《中国现代小说史》重新发掘张爱玲、沈从文以及钱锺书的文学史地位，无疑有其价值，重写文学史也在80年代后期直至90年代打开了中国现当代文学研究的新的空间。但我们毕竟要看到，"重写"只是把被压抑的被放逐的作家重新召回，抬高；而把原来的主流意识形态确认的文学压抑下去，给予政治性的封闭，这与此前的封闭不过调了一个包。在"重写文学史"的纲目下，解放与封存几乎是平分秋色。中国现有的文学史写作观念无法阐释社会主义主流革命文学的正当性和合理性。不管是延续过去的左的红色神圣性，还是用右的障眼法，除了将其抬到政治的祭坛上，没有别的去处。其实，重新解读50至70年代的文学，也是海外及国内更年轻一代研究者的举措，但总体来看，还并未找到更加中性化的中国的阐释方式，其依据的主要还是西方马克思主义或"新左派"的路数。理论的内在张力还并不充足。

到底是基于理论、新的知识谱系，还是基于一种立场？我想立场当然要寄寓于前者，没有理论、没有知识谱系，那种蛮干的立场只会沦为自说自话。但信念总是要有的，没有对自身历史的认识，没有一种肯定性的认识，我们的历史将一片空白，最多就是一些边边角角的货色，或者热衷于捕捉一些漏网之鱼。这样的历史是成不了大气候的。我们怎么去理解毛泽东创建社会主义文化的理想，那种乌托邦的理想，这就要在现代性的激进方案的框架中去阐释。也才能理解那么多的知识分子、作家、诗人、戏剧家投身于那样的文化创造。它虽然夹杂着太多的挫折，夹杂着太多的谬误，但那种创造的欲望，那种创建一种为广大民众的文学的梦想,创建一种包含着社会主义理念而又和中国民族风格相结合的文学——那确实是一种全新的梦想,确实是在西方之外,另搞一套的雄心。那是值得我们重视的中国现代性的经验。

作为研究中国文学的学者,我们面对世界文学的框架,我们有没有对中国当代文学的价值的发言权?中国文学60年的历史,我们有没有办法在世界文学的框架中来给它确立一个价值?我们有没有办法去看待和评价它?我们没有办法在世界文学的价值体系中解释这60年。我们把这60年,分为前30年、后30年。前30年分为"十七年"和"文革"10年;而后30年还要再切一刀,80年代、90年代,而21世纪不知道怎么办才好。我们没有办法进行历史通盘考察,我们贬抑一些阶段,或抬高一些阶段,但运用的价值参照和理论框架是不统一的,由此我们的观点是混乱的。我今年也出了一本文学史(即《中国当代文学主潮》),也是试图在这么多的文学史中再找到自己的立场。我觉得那几部非常重要的文学史,如洪子诚先生、陈思和以及顾彬先生出版的文学史都对90年代以来的文学史写作提供了新的经验。顾彬先生对中国现代文学的研究我是有较多的肯定的,尽管对他的立场和观点我依然有批评,但我对他的学术功力和研究的方法保持了敬佩。但他对中国当代文学的评价我是不太同意的,甚至很不同意。这也触发我去思考,到底什么是我们对中国文学的研究,中国学者对中国的20世纪或者60年来的文学史有多大的阐释能力?到底要持有什么样的观点和立场?我这里用四个关键词来把握这60年来的文学史:开创、转折、困境与拓路。

二、仅用"政治化"来概括那个时期的文学是不公平的

首先说到"开创"的问题。这就是我们如何评价1949年(或更早些1942年)以后的中国当代文学,这是我们不能回避的难题。中国在那个时期那么多的文学家,甚至有些人是抛头颅洒热血,为中国文学献出了一切。而我们如果仅仅是用"政治化"来概括这个时期的文学,用"集权专制"底下的意识形态的附属品的文学来给予定位,这对那个时期的人是不公平的。我们现在重读《红旗谱》《创业史》《野火春风斗古城》《青春之歌》等作品,我觉得那不是仅用"政治"二字可以封存住的。在那样的语境中,中国作家对文学的那种想象和表达依然有其独到之处,那种表达今天读起来还是有令我们激动和佩服的地方。我在上课时,随便在《创业史》中抽取出一个场景,一段描写,即使是现在的80后学生都十分欣赏。他们说想不到那时的文学写得那么精彩,那时描写的人物并不亚于现在的文学水准。当然,历史背景不一样,有很多被"政治"这个概念完全遮蔽的东西,我觉得今天可以用新的理论理解和阐释它。并不是回到左派旧有的立场,或者政治正确的老路,而是要在更广阔的现代性的视界上重新审视这段历史。在这一时期,毛泽东的文艺思想对马克思主义的当代化做出了多少贡献?毛的创新体现在什么地方?这并不是我们现有的理论解决了的问题。有这么多的作家和理论家在1949年之后,回应毛泽东的《讲话》表达的文艺思想,企图创建一个中国社会主义的现代文化,这是一个很大的野心。这个野心不管它最终失败了还是造成了很多悲剧,但毛泽东提出的社会主义文化的想象,一方面给中国的民族国家的建构提出了宏大的形象,另一方面试图与中国民族传统风格联系起来,创建人民群众喜闻乐见的中国气派的作品——这一理想是西方现代性所不能概括的,只有在现代中国激进化方案中才能解释。历史选择了赵树理。开始是确立了赵树理方向,但他先是承担起来,后来却难以继续。在世界现代性的文

化谱系中,中国的文化/审美现代性,是要重新或者单独给予定位的,这个定位谁来完成？只有中国学者自己来完成。不能完成此项任务就是对历史不负责任。

80年代后期及90年代,夏志清的《中国现代小说史》影响非常大,"重写文学史"的口号是受了他的影响。他解放了我们的想象,但如果抱着夏志清不放,就是我们的不是了。在八九十年代他领跑,带着我们看到另一片风景,应该肯定。但今天还要跟着他跑可能就要有所警惕了。改革开放30年了,我们应该长大了,我们应该感激西学为我们与世界知识和思想文化融合提供了宏大而开放的平台,但我们现在总要找到自己的道路。这并不是拒绝西方,恰恰是在广博地吸收西方的知识和思想的基础上,为世界贡献出中国的思想。至少在对中国文学的评价上,在一个如此富有民族语言特性的文化样式上,发出中国的声音。

可以说,西学东渐有近200年的历史,这是任何一个西方的民族所不能比拟的。进入现代以来,实际的情形是,中国人非常开放、非常激进、非常乐观,并不是西方某些汉学家所造成的流行印象,说中国人保守狭隘,不思进取。世界上哪一个民族像中国人以这么大的胸怀、这么大的气魄广泛地吸收西方呢？没有。要有面向西方开放和学习的胸襟,也要开始产生在汲取西方理论的基础上,对中国的经验给予更加独特而深入的阐释。在把中国的社会主义经验纳入西方的现代性,纳入世界现代性的范畴的同时,释放出中国社会主义文学的现代性的异质性意义。这样的异质性,不只是亦步亦趋地按照西方的现代性文学给出的标准,而是有中国历史经验和汉语言的文学经验,以及文化传统的三边关系建构起来的异质性。尤其是在社会主义的政治文化与社会主义文化之间也要建构起异质性。

第二个是关于"转折"的问题。我觉得"文革"后的80年代是一个转折,这是我们的文学史普遍的看法,但在哪一点根本的意义上去认定它转折,却非常需要理论的切入点。其实我们的文学并不仅仅是修复了文学和现实的关系,它有很多新的点。我想说它重建了文学和现实的关系,这是五六十年代的乌托邦关系解体之后的更具有直接性的现实关系。如果说50、60年代是乌托邦式的想象,毛泽东一直都不满意50、60年代的文学,终于在"文革"期间将那些作品视为"毒草"。当代文学和五四文学的联系在50年代并不都是断裂的,包括《青春之歌》。80年代的文学重新建立跟现实的关系,有两个要点让我感到富有开创性,因而,转折也是开创。这就是一个"创伤性的自我"和"可能性的自我"的问题。80年代一直在困难地书写这两个"自我"。为什么我强调"创伤性的自我",这是因为中国现代以来都是现实主义占据主流地位,而五六十年代文学创建的革命历史叙事的乌托邦体系,实际上是试图建立一个革命的浪漫主义。也就是说,中国的浪漫主义重建被革命"篡夺"了,革命在浪漫主义还没有建立时,就匆忙急切地建立了"革命的浪漫主义"。这使中国进入现代时期缺乏浪漫主义文化。我们看一看,中国现代从1919年的五四以来,是浪漫主义和现实主义激烈抗争时期,结果是现实主义占据了上风。文学走向了民族/国家想象,关于个人的自我情感并不充分,或者说没有比较深刻地建立起来。所以中国试图以一种革命文学的关系来建立和开创浪漫主义。在80年代,我觉得有一些新的基础出现,"创伤性的自我"和"可能性的自我",我觉得这正是历经历史创伤后的自我重建的两个要点。这两点也是80年代的中国重建和师从五四以及和西方现代关系的关键点。

三、中国文学仅参照西方小说的经验，永远不会达到令人满意的状态

第三是"困境"问题。这里有内与外。内，是指中国现实条件内部和文学内部；外，是指来自外部的一直起规范作用的世界性语境。关于"世界性语境"问题，我们面对着西方迄今为止给我们提供的美学的标准，不管是汉学家还是主流的西方语境，西方现代性的美学实际上既引导着当代中国的文学前行，也对其构成强大的压力。

80年代以后的中国文学，虽然包含着断裂、反叛与转折，但并不能完全归结为回归到世界现代性的体系中去，并不能简单理解为回到世界文化的语境中就了事。还是要牢牢记住，中国的文学经验。没有这一点，我们就无法在自己的大地上给中国文学立下它的纪念碑，也就是我们永远无法给出中国当代文学的价值准则，因为，依凭西方的文学价值尺度，中国的文学永远只是二流货色。

西方给予中国的美学尺度，无疑引导、敦促中国现代文学进步、成长、壮大。从文学革命到革命文学，这都是西方现代性引导的结果。

中国现代白话文学追逐西方一个多世纪，自梁启超1906年创刊《新小说》，发表所谓"欲改良群治，必自小说革命始，欲新民必自新小说始"（《论小说与群治之关系》）的观点，中国小说奉西方小说为圭臬。但中国自现代以来，其实一直走着自己的激进现代性之路，在文学上也同样如此。中国的小说终至于以宏大的民族国家叙事为主导，从文学革命的现代性文化建构到建构起中国革命文学，文学与民族国家建立的事业完全联系在一起。这其实是西方的现代性文学所没有的经验，并不能完全以西方为准则。只要一以西方现代世界性或人类性文学经验为准则，中国的现代文学就陷入尴尬，尤其是走向共产革命的文学。夏志清和顾彬等就不愿承认这样的历史也是文学的历史；他们宁可把它看成是中国作家受政治压迫的历史的佐证（这可以从夏志清的《中国现代小说史》和顾彬的《20世纪中国文学史》中读出）。

西方的小说根源在于它的浪漫主义文化，现代主义、后现代主义依然与这个传统发生关联，反叛也是关联的一种方式。我们没有这样的文化根基，永远无法生长出西方浪漫主义传统下形成的现代小说艺术。直至今天，我们一写到城市，我们的文学就力不从心。要么空泛，要么虚假。但我们在乡土叙事一路却有独到之处。所以，如何适应他们的标准是我们最大的困境，如果没有我们自己对自身文学的认识及其建构美学准则，我们的文学永远只是二流货。所以我认为困境是一个内与外的体现，内和外到今天都面临着极限，西方给我们施加的美学的标准也压得我们喘不过气来，我们用那样的标准看自己的小说永远是差了一大截，永远是不对称的。但我们没有想到差异性的问题，我们没有勇气、没有魄力建构异质性。

如此历史情势下，我们何以不能看到另一种文学的历史呢？中国现代以来的文学，未尝不是开创另一现代性的道路。一方面要依循西方现代性的美学标准，另一方面要有中国自己面对的现实条件，这二者关系紧张。借助政治之力，后者要强行压制前者。直至"文革"后，这一历史被翻转。但90年代之后，其实西方的现代小说在60年代就面临困境，如巴斯以及苏珊·桑塔格所言，小说的死亡，先锋文学或实验文学再也难有花样翻新……这一美学上的枯竭，何以中国今天还要遵循？

几乎100多年过去了，这样的规训和尺度，中国臣服于它已经够久了——我们姑且承认这些臣服是必需的。但今天，一方面是客观，西方文学本身给出的可能性已经极其有限了；

另一方面是主观,中国的文学累积的自身的经验也已经有一些了,仅就这些也难以为西方汉学家和翻译家识别了。中国为什么不能开辟自己的小说道路?法国当年有它的新小说,中国为什么不能有另一种新小说?为什么不能有汉语的新小说?历史实际表明,中国的文学仅参照西方现代小说的经验,永远不会达到令人满意的状态。

汉语的独特性,汉语的非透明性语言特征,汉语如此悠久的传统,现代白话何以没有继承中国传统的语言?这都是不实之词的指控。利用中国古典来贬抑中国当代,这与用西方的绝对标准来贬抑中国如出一辙。

南美的文学受到西方的承认,并不是因其语言文化的独特性,说穿了是马尔克斯、博尔赫斯们接受的都是西方现代文学教育,他们都用西方的语言(西班牙语、法语或英语等)写作。帕慕克虽然用的是土耳其语,但他的西方语言和文学修养完全融进西方文化。只有中国这些土包子作家,半土不洋,他们的文学经验完全超出西方的经验。如此独异的汉语,如此独异的现代白话文学,何以不会有自己的语言艺术呢?何以只能变成另一种语言让外人评判才能获得价值呢?

内的压力也到了极限,它包括:数字化的生存和大量的机械复制的文化,网络的写作和娱乐至死的形式,原创力与阅读枯竭的现实,以及小说或诗性的修辞方法的枯竭。在今天汉语小说花样翻新的可能性在什么地方呢?

四、今天,并不是一个颓败的结局,而是有一定数量的大作家,一定数量的大作品

第四是"拓路",这是对我们未来面向的理解。我以为今天的中国文学是达到了过去未曾有的高度,这是严格限定在我理解这 60 年的中国文学发展历程的视野中。我说这句话在整个中国当代文学研究界是不会有人同意的。我是孤掌难鸣;在今天我会更加的孤立。其实唱衰中国当代文学是从 90 年代以来在中国主流的媒体和中国的批评界就存在的。因为 90 年代退出批评现场的一批人也认为中国再也没有好的文学。兴起的媒体也围攻文学这一个场所,因为媒体是要骂才有人看。他们觉得骂文学最安全,骂别的很困难也不专业,所以到处是骂文学的。所以顾彬先生的言论正好中了中国媒体的计,至少和他们是"一拍即合"。这么有分量的汉学家,一个德国人,代表着世界文学水准的人说这样的话,所以媒体一下子就把它渲染得无边无际。于是很长时间我们都不敢说中国文学好。我今天还是要为当代汉语小说说点肯定性的话,那就是当代汉语小说经历这 60 年的发展变化,抵达了它过去未曾有的高度。尽管说,这 60 年未必是线性发展进步的,不同阶段也有不同的文学的特点,但这 60 年的历史到今天,并不是一个颓败的结局,而是有一定数量的大作家,一定数量的大作品。一个时代的文学,不可能有那么多的作品都是极其优秀出色的作品,大部分作品当然只是寻常之作。要看它到底有没有几部可以称得上是大作品的东西,有没有可以称得上是大作家的家伙。一个时代最好的作家有几个,最好的作品有几部,这个时代的文学就立起来了。这里,我依然是持着谨慎的态度,只举出几位作家的几部作品来谈论。

1. 汉语小说有能力处理历史遗产并对当下现实进行批判。例如阎连科的《受活》……

2. 汉语小说有能力以汉语的形式展开叙事;能够穿透现实、穿透文化、穿透坚硬的现代美学。如贾平凹的《废都》与《秦腔》……

3. 汉语小说有能力以永远的异质性,如此独异的方式进入乡土中国本真的文化与人性深处,如此独异的方式进入汉语自身的写作,按汉语来写作。如刘震云的《一句顶一万句》……

4. 汉语小说有能力概括深广的小说艺术。如莫言从《酒国》《丰乳肥臀》到《檀香刑》《生死疲劳》……

我强调要有中国的立场和中国的方式,并不是要与西方二元对立,更不是要抛开西方现有理论知识及其美学标准另搞一套,而是在现有的我们吸收西方理论及知识如此深重的基础上,对由汉语这种极富有民族特性的语言写就的文学,对它的历史及重要的作品,作出中国的阐释。这与其说是高调捍卫中国立场,不如说是在最基本的限度上,在差异性的维度上,给出不同于西方现代普遍美学的中国美学的异质性价值。

(原载《北京文学》2010 年第 1 期)

王蒙、陈晓明为何乐做"唱盛党"?

肖　鹰

编者按: 在 11 月 1 日北京第二届世界汉学大会上,针对德国汉学家顾彬对中国当代文学的"垃圾"评价,北京大学教授陈晓明提出"中国文学达到了前所未有的高度"的看法,遭到与会的清华大学教授肖鹰的反驳。11 月 7 日陈晓明在本版发表文章《中国文学达到了前所未有的高度》,又遭到北师大教授张柠发文予以还击(见 11 月 14 日本版)。几番来回,当事人之一的肖鹰给本版发来如下长文,对陈晓明等人(包括王蒙的"中国文学处在它最好的时候"的论断,见 10 月 24 日、31 日本版)"唱盛"中国当代文学的做法提出质疑——

今年 10 月,著名老作家王蒙在欧罗巴的法兰克福以一句"中国文学处在它最好的时候",在异国打破了中国文坛创作沉寂平淡的局面。这句话在出口转内销之后,11 月又由著名批评家陈晓明在本土高调翻唱为"今天的中国文学是达到了前所未有的高度"。两位之说,在当下中国文坛,掀起了"唱盛"新高潮。

一、王蒙"最好论"开堂皇的国际玩笑

"中国文学发展很快,读者的口味发展得也很快,但不管对中国文学有多少指责,我只能说,中国文学处在它最好的时候。"(2009 年 11 月 7 日《羊城晚报》)王蒙此话传回到国内,在网上招致了一边倒的抨击。王蒙很委屈,深怨同胞大众受了媒体的误导,对他的抨击是"闭着眼睛瞎诌"。他向媒体辩解说:"我是在法兰克福作的演讲,面对的是德国人。我所指的,是作家的生存环境、写作环境,否则的话,不存在时期好坏的划分。你说唐诗好还是《诗经》好? 你说中国诗歌最好的时期,是唐朝还是《诗经》的时期啊?《红楼梦》好,能说晚清是中国文学最好的时候? 莎士比亚的剧本好,莎士比亚时期就是最好的时期? 只有大外行才去评论。"(2009 年 11 月 1 日《北京青年报》)

我们应当接受王蒙的补充说明,因为它不仅让我们明确了所谓"中国文学处在它最好的时候",不是指别的,而只是"讲作家的生存环境、写作环境",而且,它还让我们懂得"只有大外行才去评论"不同时期的创作(作品)是否"最好"。

但是,王蒙在法兰克福的原话的确难免被人理解是从创作(作品)立论的,因为除非特别说明,除了王蒙自己心中明白,他人是不可能将王蒙的"最好"论断理解为"只是"在就"作家的生存环境、写作环境"说事的。听王蒙的讲话,不要在 A 时听了,就在 A 时下判断,一定要耐心等待老人家在 B 时的补充申辩出来之后,并且挨到 C 时再作判断——如果王老在 C 时没有新的言论了;否则,就必犯"闭着眼睛瞎诌"的判断热急病。这是我们应当吸取的"教训"。

"作家的生存环境、写作环境"如果真让"文学处在它最好的时候",应当最有利于作家的创作,最可产生文学精品。但是王蒙确实不能以自己和同行的创作业绩来说服人们认可"这最好的时候"。身为个中人,王蒙的"最好"论是否暗含了当下中国作家自我批评的意味呢?应当是没有的,这从王蒙自己回国后的申明中看得很清楚。实际上,当今不少在生活上"小资化"和"权贵化"的中国作家,不仅不能出精品,反而正以趋炎附势和吹捧媚俗败坏中国文学的历史盛名。

当然,处在"最好的时候"未必就应当创作最好的文学,因为反例是,王蒙提及的莎士比亚和曹雪芹都无幸生活在这"最好的时候",他们的创作却是人类不朽的杰作(依照王蒙的说法,我们也不用"最好"来判断莎、曹)。换言之,作家生活环境的好与坏,与作家创作成果的好与坏无因果关系。晚年王蒙是以幽默行世的,无论置身庙堂还是江湖,老先生的举手投足,都富含幽默精神。但他不从创作与作品立论,而只着眼于当下中国作家们的"生存环境、写作环境",如此论说"中国文学处在它最好的时候",不仅不切题,而且立意之低,竟然堂皇地向国际社会宣讲,实在是在庄重的场合开中国文学的国际玩笑——远离国人能接受的幽默了。以王蒙在中国当代文坛之尊,开这个国际玩笑,实在是不慎重、不严肃。

二、陈晓明"高度说"达到空前"唱盛"高度

不知是因王蒙言论引起的是非触发了灵感,还是两心相印而和谐共鸣,陈晓明继王蒙之后,在其余音未绝之际,以"中国文学达到前所未有的高度"与王之"最好"论唱和。

陈晓明为他的"高度说"列举了四个论据。在此试析之:其一,"有能力处理历史遗产并对当下现实进行批判",这不就是说作家具有批判现实主义的叙事能力吗?有这个能力就达到了"中国文学前所未有的高度"?难道说此前自《诗经》以来的数千年中国文学都是在批判现实主义的水平线下挣扎吗?其二,"有能力以汉语的形式展开叙事;能够穿透现实、穿透文化、穿透坚硬的现代美学",前半句不过是指作家能用汉语写小说,这也能算是当下中国作家的一个"标高"?而且还是中国文学"前所未有的高度"?(当然,在世界范围中,更多的作家不能用汉语写小说,因为他们根本就不会使用汉语!)后半句用三个"穿透",细想起来不过是指某些作家可以写一些非现代非现实非古董的文学。其三,"有能力以如此独异的方式进入乡土中国本真的文化与人性深处,以如此独异的方式进入汉语自身的写作",这句话中的两个"如此独异"是与什么相比较、如何得出来的?陈晓明没有说,我们就不妄加揣测了,只是以"独异"怎么就能树立为"前所未有的高度"呢?比如,鲁迅笔下的阿Q是独异的,他就比曹雪芹笔下的刘姥姥高了吗?其四,"有能力概括深广的小说艺术","深广"的尺度是什么?中国尺度?西方尺度?世界尺度?"概括"又如何实现?把作品搞成"概括"世界或中国的"写作大全"的"中药铺"?(上文引"陈四点"见2009年11月7日《羊城晚报》)

与王蒙出身作家不同,陈晓明是中国新时期的文艺学博士出身。陈晓明虽然后来以文学批评家为业,但远在求学时代就对始自康德、黑格尔,至海德格尔、萨特,而终于德里达一线的西方现代大哲下过深功夫(2009年11月11日《中华读书报》)。他能在王蒙自我否定之后再唱"今天的中国文学是达到了前所未有的高度"的高难绝调,靠的不是文学的底子,而是这一线哲学的底子。因此,陈晓明有能力直接拿当下中国作家的作品说事。然而,陈晓明对今天的中国文学所达到的"前所未有的高度"的四点概括,在其看上去很美很理论的表面下,

却留下了给人彻底扑空的大缺陷。（这是陈晓明挑战学界智力的"陷阱"？）

坦率说，陈晓明为了赶在"特殊时期"抛出这个文学批评界"前所未有"的"高度说"，实在无暇顾及其无论中或西的"学术谱系"了。他对"前所未有的高度"的四点界定，实在是一个忽中忽西忽古忽今的急就章。这个"陈四点"，既构不成标准，也形不成解析；既让人找不到其立论的立场何在，又让人把握不住其论说的方法为何物。

近来陈晓明高调主张中国文学批评必须要有"中国的立场"和"中国的方法"，强调要看到中国当代文学与西方文学的差异性。但是，陈晓明从自己的新主张中获得的好处却只是可以毫无过渡地（无论从时间上，还是从学理上）将"今天的中国文学"定位在数千年中国文学"前所未有的高度"上。这个定位不仅枉顾今天中国文学创作力和影响力极度低落的事实，而且完全是黑格尔式的历史主义理念论的产物。陈晓明本来长期是服膺德里达的解构学说的，但现在站在"前所未有的高度"上的陈晓明的"立场"，显然不是德里达的，而是黑格尔的。陈晓明的立场转换了半天，虽然高调标榜"中国的立场"，实际上还是没有跳出"西方"这个魔阵，只不过是从德里达到黑格尔，完成了一次有惊无险的"水平蹦极"。

如果真要讲"中国的立场"和"中国的方法"，中国文学传统讲原道征圣宗经，讲自然天才论，讲南北差异，讲文体盛衰，但绝不讲进化论，更不会讲"前所未有的高度"。这是自南朝的钟嵘至清末民初的王国维均不变的传统。王国维在《宋元戏曲考》开篇就说："凡一代有一代之文学：楚之骚，汉之赋，六代之骈语，唐之诗，宋之词，元曲，皆所谓一代之文学，而后世莫能继焉者也。"这是典型的中国文史观，在这个文史观中，陈晓明能钻研出"今天的中国文学是达到了前所未有的高度"吗？

在进化论框架下，以黑格尔式的理念主义历史观"唱盛当下中国文学"，不仅与当下中国文学的现实殊绝天壤，而且根本违背文学的运动规律。

为什么声称研究当代中国文学"快三十年"的陈晓明会提出这样"前所未有的"论调？我倒不敢相信他的文学判断力真是低下到不及常识的地步了。他能从这个沉寂平淡的文学现实中捏造出"中国文学前所未有的高度"的惊人奇观，绝不是基于他的文学判断，而是基于他附和当下主流的"唱盛"立场。

三、王蒙、陈晓明因"唱盛"而得其党

鲁迅先生说："其实，中国人并非'没有自知'之明的，缺点只在有些人安于'自欺'，由此并想'欺人'。譬如病人，患着浮肿，而讳疾忌医，但愿别人糊涂，误认他为肥胖。妄想既久，时而自己也觉得好像肥胖，并非浮肿；即使浮肿，也是一种特别的好浮肿，与众不同。如果有人，当面指明：这非肥胖，而是浮肿，且并不'好'，病而已矣。那么，他就失望，含羞，于是成怒，骂指明者，以为昏妄。然而还想吓他，骗他，又希望他畏惧主人的愤怒和骂詈，惴惴的再看一遍，细寻佳处，改口说这的确是肥胖。于是他得到安慰，高高兴兴，放心的浮肿着了。"（《"立此存照"（三）》）

依陈晓明所持的"唱盛"的立场，是绝不容许有人出来指明当下中国文学的"浮肿"的，否则，陈晓明就诉你以与媒体、汉学家合谋"唱衰当下中国文学"之罪（2009年11月7日《羊城晚报》）。当然，陈晓明的志向还不止于此，他还要以"中国的立场"相要挟，要人们跟着他在将这"浮肿"直接"唱盛"为具有"中国文学前所未有的高度"的墓碑。陈晓明这样的气魄，是

鲁迅时代那些只满足于以"浮肿"为"肥胖"的中国人所没有的,原因应当是他们没有机会处在这个"中国文学最好的时代"。

本文以"唱盛党"为题,恐有人对此题名有误解,需要解释。"党"有多义,在本题名中所谓"党",取义于孔子所说"辩说得其党""辩说失其党"(《礼记·仲尼燕居》)。"党",类也,意气相投者也。当代文学批评家中的"唱盛"人物,不仅在"唱盛"路线上相引为同志,而且意气也真是相投的。

王蒙与陈晓明,两人不仅在今年的"唱盛"当下文学运动中先后做了峰极上的标兵人物(好像尚未出现第三者),而且在三年前,他们携手联名将一位曾经抄袭且拒不认错却又市场身价不菲的青年写手(郭敬明)推举进了中国作协。现在王蒙和陈晓明又同为"唱盛"当下中国文学领风气先,而且登峰造极而无第三人可及,真可谓:唱盛而得其党也。

(原载《羊城晚报》2009 年 11 月 25 日)

当代文学一片凋零？

——如何评价当代文学

杨利景

　　处于一个正常发展状态的当代文学，为何不断出现质疑和否定的声音？哪些因素影响了人们对当代文学的判断？

　　只要稍加留意就会发现，几乎每一轮对当代文学的质疑和否定，其立论者大多是将自己的判断建立在一种"比较主义"的逻辑基础之上的。比较的结果是，当代文学既没有李白、杜甫、曹雪芹，也没有鲁迅、老舍、巴金、沈从文，更没有莎士比亚、巴尔扎克、托尔斯泰，于是得出结论：当代文学一片凋零，毫无建树。

　　文学价值的判断当然可以通过横向的或纵向的比较来得出，但是，把中国当代文学与现代文学甚至古典文学、西方文学进行比较，我觉得还是需要持审慎的态度。因为在此过程中极易生成一种不平等或者不匹配的比较。

　　这种不平等或者不匹配首先在于，古典文学和现代文学是一种精英主义的文学，文学创作只掌握在极少数精英阶层的手中。但是今天文学创作在更多的人手中成为可能。门槛的降低和"准入"机制的取消带来的结果，必然是良莠并存、鱼目混珠。在这种情况下对它们进行笼统的比较，显然没有任何意义。同时，我们今天接触到的古典文学和现代文学已经经过了"历史化"和"经典化"处理，过滤掉平庸之作，同时对保留下来的作品进行不断阐释，提升、放大它的经典品质，远非历史的原貌。而当代文学由于时间切近，显然没有经过或正在这一过程之中。贸然比较，无异于将一块久经打磨、雕琢的美玉与一块刚刚采来的粗矿进行比较，其结果自不待言。

　　与西方文学的比较同样存在这种危险。我们视域内的西方文学，到底指涉的是哪一部分西方文学？古典的，现代的，抑或当代的？美国的，法国的，抑或英国的？仅就美国当代文学而言，是辛格、赛林格代表的文学，还是谢尔顿、格瑞辛姆代表的文学？抑或是我们根本闻所未闻的作家代表的文学？如果不加细化区分，这种比较同样是一种不平等或不匹配的比较。

　　对当代文学本身而言，我们的"在场者"身份恰恰对我们认识时代的文学构成了某种遮蔽。事实证明，经典往往是时代淘洗的"历史效果"，对当下文学进行整体评价的无力感其实反映了"在场者""身在此山中"的认识困境。

　　当代文学不断遭遇非议，还与当下的文化语境密切相关。有人习惯于以文学的社会影响力和读者的数量来判断它的兴衰，慨叹今天的文学"边缘化"了。这其中当然也存在着一个潜在的比较对象，就是上个世纪 90 年代之前的文学。诚然，我们的文学一度确实万众瞩目、无限荣光。但那种荣耀更多的是被文学之外的其他因素赋予的，也是以牺牲文学的独立性和自主性为代价获取的。当下文学的"式微""边缘化""没落"不正是文学回归常态的表现与必然结果吗？

上世纪 90 年代之前，整个社会的价值观和审美观就宏观角度而言还是相对统一的。但是今天，价值观和审美观的多样化已经成为不争的事实。这种多样化作用于文学的直接结果就是，我们对文学的评判标准多样化了。秉持的标准不同，得出的结论必然彼此龃龉。比如针对新兴的网络文学，有人站在精英主义的立场，痛斥网络文学根本不是文学，"网络让文学变了味"，而另外一些人则站在大众主义的立场，声言"一切终将成为网络文学"。一个标准多元的时代，必然是一个争议不断的时代。这种争议往往又很容易升级为相互指责、彼此非议。当然，包括网络、影视在内的新兴媒介的迅速普及也在客观上分散了文学的"市场份额"。就阅读层面本身而言，在取向上也已经发生了重要的变化。"功利性阅读"取向愈加鲜明，面向精神维度的文学自然难成宠儿。

这是一个伟大的时代，当我们在重要的时间节点上对当代文学进行盘点的时候，我们先在地认为当代文学理所当然应该取得前所未有的成就，但遗憾的是，当代文学的现状似乎并没有满足我们这种"伟大"的预期。当这种预期和希望落空的时候，爱变成了恨，不满和责难随之而来。

不管什么时代，大多数作品可能都是一般的，奢望所有的作品都成为"经典"，所有的作家都成为"大师"是根本不现实的。我们可以善意地指出当代文学的病象，使它更加健康地成长，而不是一味地否定和痛斥，这样只能于事无补——何况真实的情况可能并不像有些人描述得那样一团糟糕。

（原载《人民日报》2010 年 10 月 7 日）

当代文学：基本评价与五个面影

李建军

一

屈指算来，中国当代文学已经走过了六十多个春秋，"四十、五十而无闻焉，斯亦不足畏也已"，何况已年逾耳顺。对一个渐入老境的人来讲，最为紧要的，恐怕不是别的，而是后世的尊敬和历史的认可，所以，如何评价"老之将至"的当代文学，如何对它进行历史定位，就成了一个让许多中国学者特别"焦虑"的问题。

也许是出于对"花甲之年"的敬意，也许是出于对"黄金时代"的向往，有些学者在评价中国当代文学的时候，常常表现出过度的慷慨和乐观——在他们看来，"当代文学"的成就已经超越了"现代文学"，只是由于"文人相轻"和"贵远贱近"的积习作祟，人们才显得"吝啬"而"苛刻"，未能积极地认识和评价自己时代的文学。而西方"汉学家"对当代文学毫不客气的否定，则激怒了另外一些学者，激起了他们的逆反心理——他们不仅要反抗"西方"的话语压迫，而且要坚定地站在"中国的立场"，自己评价自己的文学，自己肯定自己的"价值"。

其实，在评价当代文学的时候，我们既不要过分"慷慨"，也无须过度"愤慨"。我们需要的，不是盲目乐观的"千禧年主义"，不是狭隘的"文化门罗主义"，而是更为积极的姿态：一种冷静而开放的对话精神，一种清醒而严格的自省意识。因为，光有"善意"无济于事，仅凭坚定的"中国立场"也不能解决问题，不仅如此，丧失原则的"善意"还有可能养成"没有用的烂忠厚"，而过于强烈的民族主义情绪，则有可能导致严重的文化自闭症。我们应该清醒地认识和接受这样一些事实：首先，由于整个文化环境的不健全，由于当代作家的文化素质和文学修养的相对低下，我们时代的文学还处于很不成熟的状况，还没有达到理想的境界；其次，我们不可能在没有"世界性"的参照语境的情况下，自言自语地进行自我阐释和自我评价，因为，歌德和马克思曾经预言与期待的"世界文学"的时代，早已不可抗拒地来临了，也就是说，世界各国的文学，已经进入了一个相互影响的新阶段，任何人都不能无视甚至拒绝"他者"的影响，更不能退回到狭隘的民族主义或自大的国家主义立场。

所以，在评价"中国当代文学"的时候，我们一方面要克服沾沾自喜的自诩和自大；另一方面，要具有放眼世界、虚心向善的态度。具体地说，就是不要妄想确立一套"特殊"的"价值准则"，因为，任何时候，文学批评和文学研究都需要一些"普遍"的"价值准则"，都需要依据世界性的经典尺度和人类性的理想标准。尽管"反本质主义"的时髦理论鼓励人们怀疑并拒绝这样的标准和尺度，但是，这些"价值准则"不仅是客观存在的，而且是须臾不可少的。如果没有这样的具有普适性的标准和尺度，我们就不可能对任何作品的价值进行比较和评价。当然，这些"价值准则"——博兰尼称之为"上层知识"——不是凭空设定的，而是由伟大人物和伟大作品所提供的经验构成的。

毋庸讳言，用较高的"价值准则"来衡量，"当代文学"虽然也有成绩，也的确出现了一些有才华的作家和值得欣赏的作品，但是，趣味格调和伦理精神上存在问题的作家和作品，也很是不少。然而，对当代文学的缺憾与问题，我们的研究远远不够深入。某些学者与批评家甚至放弃了分析的态度和质疑的精神，失去了发现问题的热情与揭示残缺的勇气。在批评家与作家之间，也很少见到真正意义上的对话和交流。对那些"成功作家"的作品，我们常常给予过高的评价和过多的奖赏。某些"著名作家"的作品，尽管实在难以咀嚼和下咽，我们的批评家仍然会不吝赞词，好话说它一箩筐。有的学者甚至对情形复杂的"90 年代以来的文学"，也只是一味地赞美，不仅认为它是"一个世纪以来文学最好的时期，一个丰收的时期，一个艺术水准最高的时期，一个诞生了经典的文学作品的时期"，而且还高自标树地说，如此辉煌的"文学时代"，"并不是每个时代的人们都会遇到的"。总之，面对应该冷静质疑和严格批评的作家和作品，我们的学者和批评家却成了慷慨豁如的表扬家和荣誉徽章的颁发者。在这些批评家身上，勃兰兑斯的坦率而尖锐的批评精神，就更是难得一觌。在《十九世纪文学主流》中，勃兰兑斯毫不讳言地批评缪塞，认为他的《一个世纪儿的忏悔》充满"玩世不恭"："这种装腔作势的玩世不恭，和其他装腔作势同样令人产生不快的印象"，不仅如此，"缪塞一开始就有一种装模作样的优越感，在宗教方面表现出极端怀疑，在政治方面表现出极端冷漠。然而在这种怀疑和冷漠下面，我们不久就瞥见了一种不是男子汉气概的软弱，久而久之，这种软弱就昭昭在人耳目了"。在我们这里，尽管有的作家身上存在着比缪塞更为严重的问题，但是，有几个人敢于像勃兰兑斯那样不留情面地质疑？敢于像他那样毫不宽假地批评？

二

在当代文学的分析和评价上，还存在一种"分离主义"的倾向，那就是只谈文本，不及其余。事实上，研究文学应该具有"人文互证"的眼光和"知人论世"的视野，也就是说，在阐释文本的时候有必要涉及作者的人文素质和人格状况，涉及作者与现实的关系，涉及他对读者的态度。如此说来，较为完整的"价值准则"体系，应该将这样几个方面的尺度包含在内：超越性，即作者是否具有健全的人格和充分的教养，是否能摆脱权力和金钱等异化力量对自己的消极影响，摆脱"市侩主义"对自己心灵的败坏，用具有升华力量的方式来展开叙述和描写；批判性，即能否捍卫内心的自由与尊严，无所畏惧地向权力和人们说真话，而不是用虚假和娱乐化的方式来回避历史和粉饰现实；启蒙性，即作者是否具有成熟的文化自觉，是否具有站在"平均数"之上发现病相和残缺的能力，是否能够给人们提供照亮前行路途的光明；给予性，即能否摆脱自我中心倾向，以充满人道情怀的态度关注并叙述具有社会性和人类性的经验内容，从而使自己的作品成为泽被读者的精神财富；审美性，即是否有雅正、健康的趣味，能否发现并创造出一个真而美的世界，能否使人们体验到可以谓之无极的美感内容与挹之不尽的诗性意味。

用这样的尺度和标准来衡量，我们恐怕首先需要研究的，不是"中国当代文学"的"价值"，而是它的缺陷和"无价值"；首先要关心的是有没有"勇气"说真话，而不是选择以什么"身份"或站在哪个"立场"来说话。事实上，我们从来就不缺乏"积极地"认识当代文学"价值"的热情——迄今为止的绝大部分关于当代文学的著作,都是"肯定性"甚至"赞扬性"的;我们迫切需要的,恰是敢于直面问题的勇气和质疑性的声音。我们需要丹尼尔·贝尔《资本主义文化矛盾》那样直中肯綮的文学批评和文化研究——他批评美国 20 世纪 60 年代的文学"流于淫秽","欣赏荒诞、颠倒价值以讴歌基本冲动而不是高级冲动","热衷于暴力和残忍、沉溺于性反常、渴望大吵大闹、具有反认识和反理性的情绪,想一劳永逸地抹杀'艺术'和'生活'之间的界限"。平心静气地讲,《檀香刑》与《狼图腾》《许三观卖血记》和《兄弟》不正是"欣赏荒诞、颠倒价值以讴歌基本冲动而不是高级冲动"的作品吗?《废都》和《秦腔》不正是"流于淫秽""沉溺于性反常"的作品吗? 不正是想通过对琐碎细节的芜杂堆砌"一劳永逸地抹杀'艺术'和'生活'之间的界限"的作品吗? 既然如此,我们为什么还要称之为"经典的文学作品"? 是因为我们缺乏成熟的鉴赏力,还是因为我们缺乏说真话的勇气?

三

事实上,评价当代文学的难度还在于,我们所面对的,不是一个结构单一、性质纯粹的对象世界。所谓"当代文学"不仅意味着时间跨度的漫长,而且意味着内容构成的复杂。它的最新的阶段,作为"当前文学",近距离地在我们面前呈现出来,但是,它占的更大比例的部分,则已经隐没在历史的尘埃里,只有经过小心的擦拭和细心的辨认,才能看清它的真面目。大体上说,一体多面的"中国当代文学",至少是由五个迥然有别的时期和面影构成的:

1949—1966 年属于"十七年文学","文学为政治服务"无疑是被普遍认同和接受的规约,而这个时期的作家对生活的观察和理解,整体上看,则是不够自觉的,缺乏对时代生活的独立观察和自由思考,但是,那些从战争中走过来的作家,以及那些长期"深入生活"的作家,却能赋予自己的作品以一定程度的真实感,使之弥散着清新湿润的泥土气息,在塑造"中间人物"的时候,尤其能给人一种真切、生动的印象(例如柳青、赵树理和周立波等人的小说);有的作品在反思现实生活的矛盾和问题上,显示出难得的清醒和勇敢,例如《在桥梁工地上》和《组织部新来的年轻人》;有的作品则在艺术性的追求上,达到了极高的水平,例如《百合花》的白描技巧,《红豆》的抒情技巧,都各臻佳境,不同凡响。另外,陈寅恪等人的旧体诗则沉郁、高华,忧愤而深广,以一种沉潜的方式抒写了一位深固难徙、更壹志合的老知识分子的浩茫心事。

1966—1976 年属于"天下熬然若焦"的"文革"时期,文学直接被当作"斗争"的工具,彻底沦为"政治"的婢女和权力的附庸,除了那些处于地下状态的充满活力的"潜性写作",除了《艳阳天》在塑造"边缘人物"上偶尔表现出的技巧和能力,其他值得谈论的作品,实在不多——在这个可怕的文学荒芜期,中国文化正遭受着空前绝后的破坏和毁灭。1976—1989 年的"新时期"文学呈现出生机勃勃的复苏气象。诗歌是获得解放的人们表达情绪的最好手段,也是这个时期最活跃的文学样式,而并不朦胧的"朦胧诗"无疑是当代诗歌史上最灿烂的篇章,因为它不仅表达了一个时代的痛苦和渴望,而且还在对生活的反思上表现出难能可贵的尖锐和深刻;小说创作方面也出现了许多个性鲜明、才华横溢的作家,产生了许多令人欣喜和振奋的佳作,如《犯人李铜钟的故事》《人到中年》《人生》《棋王》《黑骏马》《北方的河》《老井》《受戒》《李顺大造屋》《爱,是不能忘记的》《公开的情书》《鲁鲁》《三生石》《芙蓉镇》《黄河东流去》《人啊,人》《活动变人形》《古船》《平凡的世界》以及《人妖之间》《随想录》《走向混沌》

和《干校六记》等，这些作品或沉郁而厚重，或尖锐而真实，或精致而优美，给 80 年代的读者留下了美好而温暖的记忆；这个时期的"先锋文学"，多有模仿，而较少独创，虽然致力于形式上的"实验"，但其成绩，并不很大。1989—1999 这十年的文学，虽然某种程度上可以被看做"新时期"文学的延续，如《白鹿原》《一百个人的十年》等作品其实就是"新时期"的文学之树结出的果实，但是，整体来看，这个时期的文学却呈现出与"新时期"文学完全不同的样态——这是一个复杂的"市场化"的文学时代，许多作家放弃了"80 年代"的启蒙精神，显示出从社会化叙事向"私人化写作"的转向，显示出从"介入性叙事"向"零度叙事"的下移，过多地表现了转型时代的玩世不恭的"顽主"习气和"活着就好"的生存哲学，——从写作的超越性和启蒙性等角度看，这个时期的叙事文学对社会生活的介入性和影响力，甚至降到了 1976 年以来的最低点。当然，这并不能遮掩王小波的随笔、韦君宜的《思痛录》、邵燕祥与何满子等人的杂文以及张承志和史铁生等人的散文写作的光芒——他们的作品成为这个时期最重要的收获，尤其王小波的随笔更是表现出当代启蒙写作前所未有的成熟和深刻。

1999—2009 年属于"新世纪文学"，在这个时期，文学虽然进一步市场化，"80 后"成为媒体和市场炒作的新热点，而一些"著名作家"的写作则严重地表现出"消极写作"和"反文化"的性质，但是，"底层写作"和"打工文学"却以令人震撼的尖锐和真实，反映了处于社会底层的人们艰难境遇，叙述了进入都市的"农民工"的痛苦经验。本来，充满散文气息的文学环境，是不适合伟大的诗歌产生和成长的，但是，老诗人白桦的《从秋瑾到林昭》却横空出世，孑然独立，仿佛一道划破夜空的闪电，闪耀着照亮大地的灿烂光芒。小说创作数量很大，佳作也多，《羊的门》《沧浪之水》《农民帝国》《圣天门口》《藏獒》《水乳大地》《小姨多鹤》等长篇小说以及《那儿》《国家机密》《姑父》《世界上所有的夜晚》《豆汁记》《罗坎村》等中篇小说，无疑是值得关注的重要收获。纪实文学的写作是这个时期文学最大的亮点和收获，《昨夜西风凋碧树》《夹边沟纪事》《聂绀弩刑事档案》和《寻找黛莉》等一批作品，或揭历史之秘，或诉现实之痛，不仅显示着这一阶段纪实文学的活力和实绩，而且昭示着关于文学写作的基本律则——真实是文学的力量之源，只有勇敢地直面历史的幽暗和现实的疼痛，文学才能产生深入人心的力量，才能获得长久的生命力。

艾略特说："没有任何东西比自我高度评价的愿望更难克服的。"为了客观地认知和评价我们时代的文学，我们固然需要发现"价值"的研究，但更需要克制"自我高度评价的愿望"，要慎用少用"最好""最高""辉煌""经典"等标签，更应该致力于对问题的发现和分析，因为，正是这种尖锐的质疑性的批评，才有助于我们克服文学领域的无视现实、流于幻想的"包法利主义"，才有助于我们认识自己的局限和残缺，从而最终摆脱幼稚的"不成熟状态"。

（原载《文艺报》2010 年 5 月 12 日）

"莫言热"背后,如何确立当代文学价值?

傅小平

选编者按: 2012 年 12 月 1 日,由《文汇报》与《文学报》联合主办的"诺贝尔文学奖与当代文学价值重估"学术研讨会在上海文新报业大厦举行,来自全国及上海本土多所知名高校、文学研究机构、学术期刊的 30 余名专家学者就如何理性看待诺贝尔文学奖;莫言获奖之后,我们是否需要对其作品的文学价值进行重新评估;在"莫言热"的背后,当代文学应以何种标准确立自己的价值,文学领域究竟应该借此做出怎样的审视和思考等问题进行广泛而深入的研讨。以下为《文学报》记者傅小平撰写的《"莫言热"背后,如何确立当代文学价值?》。

一、缺的不是天才的描绘,而是丰厚的内涵

雷达、王彬彬、汪政等评论家不约而同提出,希望评论界关注这样一点:莫言获奖并不意味着中国文学存在的一些问题就会自行消失。

因为诺贝尔文学奖的介入,当下文学如此切近地被放置到中外文学的坐标上来加以打量,也因此被几何级放大,我们才得以更切近地审视其微妙处境。我们也应由此更加明了:某些曾经被过度夸大的问题,其实并不成其为问题;有些问题其实很重要,却被我们不经意间遗忘或忽视了。

与会专家大多对此表达了自己的思考,这些思考集中到一点,即当代文学作品普遍缺乏厚度。中国社科院文学所所长陆建德举了美国以眼光犀利著称的评论家莱昂纳尔·特里林提到的一个例子。"他曾在一篇文章里谈到,读 19 世纪英国作家的一些作品,你会感觉到其小说呈现的社会背后的肌质特别丰厚。这让我想到英国作家弗吉尼亚·伍尔芙在一篇随笔中写到伯爵制度,她讲到去见一个地位尊贵的伯爵的子女,自己怀着怎样复杂的心情穿着打扮。文章最后,她笔锋一转道,假如这个社会里所有的人跟伯爵的子女一样平等,我们去见他不用考虑用什么样的语言,应该怎样穿戴。这个人人平等的社会里面,我们还有文学吗?这一质问就特别有穿透力,其背后蕴含的深层意味不言而喻。"

同样在中国的一些文学作品中,也能读到其所刻绘的那个社会的价值。在陆建德看来,读《红楼梦》就会感到,里面的人物不管是刘姥姥还有王熙凤,他们背后有很深厚的东西,他们待人接物都有自己的讲究,她们说话也不是直来直去的,但她们并不像我们有些作品中的人物一样动辄骂人、说脏话,尽管这和其人品好坏并没有必然的关联。读那样经典作品,你总会留下很多回味,然后会在心里对那个社会心存一种温存的敬意。

杭州师范大学中文系教授洪治纲的论点放在解析莫言的作品上,他认为,莫言有一种颠

覆性的写作姿态。"莫言最大的聪明,就在于他总能把他所能想到的,或者比较有意思的有特点的东西,无论中外都放在一块。这样混杂的文本结构可以带来很多角度的解读。同时,他也不像别的作家提供一个主导性价值,这样读者可以从真善美、假丑恶等各个角度来做出自己的判断。喜欢他作品的人,自然会给予它很高的评价。而不喜欢的人,也可以从中找到自己理解和接受的角度。"

这种写作方式的确像评论家王纪人所形容的"拼图游戏"。然而,王纪人认为,既然是拼图,有时就会出现很奇怪的现象。"比如在《丰乳肥臀》里,马洛亚牧师是信仰新教的,而新教教义是反对自杀的,马洛亚却选择了跳楼自杀。又比如,莫言后期的几部小说,很多人认为他用的古典形式,但里面很多分明是神幻的成分,写法上其实也并不古典。莫言的这种写作,难免会带来混乱,你不知道他到底要在作品中传达何种价值。"

某种意义上正是基于此,清华大学哲学系教授、评论家肖鹰认为,在评价当代作品时,我们还需要对文学本身的社会文化价值有所反思。"文学的真正价值,体现在其厚度上。就像在中国文学史上占据重要地位的《金瓶梅》和《红楼梦》,前者价值要低于后者,并不在于其不犀利,不鞭挞现实,而在于其缺少作为文学应有之义的人性理想的关照,这恰恰是文学厚度的一个重要体现。这个厚度一定要带来人性关怀,带来人性的理想,同时带来一种对生命的敬畏和对人性的爱和美的深刻呈现。"

在肖鹰看来,从重估中国当代文学价值的角度看,中国文学的未来还是要重现中国现代文学的精神路线。"以我自己的阅历经验来说,有两个标杆,是我们在进一步发展中国文化的过程中要牢牢记取的。一个是鲁迅,他体现了一种彻底的自我批判的精神高度,一种自上世纪以来曾经为中国文学乃至中国文化所触及的精神高度。另一个是沈从文,他代表着中国文化千百年来所积淀的相辅相成的美,这种美的表面可能是软弱的,也可能是粗陋的,但是深处仍然是光华灿烂的。换言之,当代文学唯有在现代文学已有的高度之上进一步开拓,才能真正赢得世界文学的尊重。"

而江苏作协创研室主任汪政则认为,中国的文学问题不是来源于文学本身,而是来源于当代文学背后的社会,因此也并不是文学本身所能解决。而所谓文学的厚度,也并不仅仅靠文学本身能够提供。"打个比方说,但凡伟大的作家都有着非常丰富的知识。这也是一部作品能够有厚度的一个重要前提。但问题是,现在中国知识界还在生产知识吗?我们现在的知识界存在文化生产问题、价值生产问题、传统延续问题等诸多问题。这些问题使得丰富的知识生产非常困难。"

二、道德感:不只是一种简单的叙事基调

陆建德以一位美国作家的说法来阐释自己对道德感的理解:"什么叫道德感?道德感就是我们在路上看到出了交通事故,有人死了,不管他是什么样的人,我们都要先去拿一块布把他的尸体遮起来,然后圈起来不让任何人来拍,他说这就是一种道德感。然而,中国社会的情况就很不一样,在一个尸体上面,我们还缺少那么一层布。"在陆建德看来,体现在我们的文学作品中同样如此:"有一位作家曾经说过,中国社会长期以来物质太短缺了,这对人的道德感实际上产生了极大的负面冲击,使得我们对很多应该能产生恻隐之心的场景,会慢慢地变得习惯。这是一种事实,但也是一种损失。"

有评论家认为,莫言早期的作品不乏为一些批评所称道的理想主义和人道主义的描绘,其描绘本身也充满感人肺腑的力量。在经历创作的转型之后,血腥和暴力的场景确乎在他笔下得到愈来愈多的呈现,而这与他对小说叙事艺术的探索几乎是同步进行的。上海大学中文系教授、评论家葛红兵注意到,莫言一直扎根在中国传统的叙事方式中,他在写作中非常重视传统虚实技巧。"我以为,小说实际上是一种民族生活的叙事形态。很长一段时间里,我们的作家却不屑于去学习叙事,去学习如何倾听我们这个民族叙事本身的要求,他们全部去搞西方切断式的叙事。而莫言恰恰相反,他的精神气质我觉得有点像《水浒传》。"

有评论家指出,这恰恰是莫言写作的最大特色所在,也可能是我们诉之于莫言的道德感问题的根源所在。如若以"形式就是内容"的见解而论,《水浒传》等传统章回体小说,采取那样一种独特的叙事方式,与其对诸如李逵"不分青红皂白一路砍将下去"的杀人场面的描写,实际上有着潜在的关联。就像法国文艺复兴时期的杰作《巨人传》,因为拉伯雷一开始就为小说奠定了狂欢式的叙述基调,他笔下人物那种粗鄙、戏谑的夸张表现才有了坚实的合理性。而作家之所以选择这样一种叙事方式,在看似偶然的表象下,其实又深藏着某种必然。因为这样的选择不仅体现了作家的思维特点,在其深层还有着民族和时代意识的回响。以此看,当代文学在如何借鉴西方,同时走自己本土化的实践中,的确有许多需要剥离和解析的重要命题。而莫言在回到传统民间叙事从中汲取养分的过程中,何以呈现出这般的叙事奇观,也正是我们需要做深层分析的课题所在。

评论家雷达认为,莫言及以他为代表的少数作家在借鉴、吸收、转化表现中国经验、中国心情,表现中国化的道路上,的确做出了可贵的探索。评论家陈冲则认为,莫言有一个区别于其他很多作家的重要特质,就是其强烈的风格化写作。"什么叫风格化?通俗的说法就是,同样的人物、同样的故事、同样的情节、同样的主题、同样的题材,换一个人来写就会大不一样。"这种风格化的写作无论放在何种情境下,都很容易让人加以辨识。

在陈冲看来,这对于作家写作是一个极大的考验。"比如俄国的陀思妥耶夫斯基、英国的狄更斯,如果你去读读他们的原作,你就能感受到强烈的个人风格。中国上世纪80年代一些作家,刚开始写作时也有自己鲜明的风格,但他们那些风格后来慢慢就没有了,以至于我们现在一讲到风格就是僵化的主义。但莫言的写作,不管他本身风格有多少变化,也不管我们喜欢不喜欢他的风格,他都不曾改变这种风格化写作的可贵探索。"

三、呼唤正常心态的批评盛装归来

如同一个物体,光线呈现其上,愈大的体积反衬出愈大的暗影。由莫言获奖这一事件折射出来的文学的光与影形同于此。当诺贝尔文学奖由看似遥不可及的梦想照进切近的中国现实,随之而来的那一束强光,恰如评论家葛红兵所说的那样,使得创作界跟世界文学对话的可能性因此而增加。而作为文学创作另一面的批评,却如同物体的那一抹暗影,光谱愈大、光线愈强,愈加显得隐没而沉寂。

复旦大学中文系教授、评论家郜元宝直言,当下文学批评的神经确实太弱了,一旦外面有了风吹草动,那种一锤定音的气概整个就崩盘了。"我不觉得诺贝尔奖真的改变了我们对当代中国文学的评价,倒是我们批评本身冒出了很多问题,特别是批评心态的问题。"华东师大中文系教授、评论家杨扬直言,当下文学批评显而易见地缺乏自主性,所谓的权威更是无从谈起。当然这并不是说，文学批评要形成统一的意见。"就具体的评论家来说，他们每个人都各有各的意见。只有这种种'各执己见'的具有说服力的意见集中在一起，经过争论辩驳形成相对意义上的共识，才能真正展现出中国批评界权威的声音。"

而这也是当下文学批评所缺乏的。有专家认为，当下批评界欠缺一种能力，就是用多种多样的眼光、方法，去看不同作家、不同作品。相比而言，上世纪 80 年代，批评家们都有自己的眼光、自己的角度。他们也敢于发出自己真实的声音，开研讨会一般张嘴就说缺点，而且能说得作家们心服口服。当下批评界就缺少这种气度。他们动辄就从大而空的文化角度说起，但往往说不到点子上。其实，文学批评还是得回到语言的层面上来，因为语言的差别会带来表达与接受之间的差别，语气上的差别，从中能反映出文学创作的各个侧面。而空谈文化，只能证明文学阐释的软弱无力。

葛红兵认为，时下的批评界还缺乏与世界理论界进行对话的能力，或说是尚未发展出一种真正阐释自身的写作技巧或是能力，一种真正对文学作品做出解释的理论方案。"就莫言来说，类似'潜在写作'、'民间写作'这样的理论叙述，是在不断接近莫言，但这种努力显然没有成为一种整体性的阐释方案。也就是说，在面对莫言这样的作家作品时，我们正处在一种理论上的循环的悖论情境之中。"

评论滞后或缺位可能带来的负面影响是显而易见的。由于评论跟不上创作的需求，或创作得不到及时的阐释，并在一定程度上为读者理解，作家作品在公式化的接受过程中就容易被圣化或妖魔化。在我们当下的文学语境中，陆建德提出了自己的担心：面对莫言的获奖，我们就把他和其他有同等创作实力但没有得奖的作家，乃至更广泛的作家群体，在性质上，在层次结构上，都分成两种境界看待？有学者表示，正是在这个意义上，莫言获奖更能让我们见出批评的缺失，同时也就在某种程度上呼唤一种常态而持久的文学批评的盛装归来。

（原载《文学报》2012 年 12 月 6 日）

论"二十世纪中国文学"

黄子平 陈平原 钱理群

我们在各自的研究课题中不约而同地,逐渐形成了这么一个概念,叫作"二十世纪中国文学"。初步的讨论使我们意识到,这并不单是为了把目前存在着的"近代文学""现代文学"和"当代文学"这样的研究格局加以打通,也不只是研究领域的扩大,而是要把 20 世纪中国文学作为一个不可分割的有机整体来把握。

所谓"二十世纪中国文学",就是由上世纪末本世纪初开始的至今仍在继续的一个文学进程,一个由古代中国文学向现代中国文学转变、过渡并最终完成的进程,一个中国文学走向并汇入"世界文学"总体格局的进程,一个在东西方文化的大撞击、大交流中从文学方面(与政治、道德等诸多方面一道)形成现代民族意识(包括审美意识)的进程,一个通过语言的艺术来折射并表现古老的中华民族及其灵魂在新旧嬗替的大时代中获得新生并崛起的进程。

在进一步的研究工作展开之前,我们想侧重于"非历时性"即共时性方面,粗略地描述一下对这个概念的基本构想。历史分期从来都是历史哲学的重要范畴之一,文学史的分期也同样涉及文学史理论的根本问题。"二十世纪中国文学"这个概念所蕴含的内容远远超出了分期问题,由它引起的理论方面的兴趣,对我们来说,至少与史的方面引起的兴趣同样诱人。初步的描述将勾勒出基本的轮廓。从消极方面说,不这样就不能暴露出从总体构想到分析线索的许多矛盾、弱点和臆测。从积极方面说,问题的初步整理才能使新的研究前景真正从"迷雾"中显现出来。我们热切地希望从这两方面都引起讨论,得到指教。匆促的"全景镜头"的扫描难免要犯过分简化因而是武断的错误,必然忽略大量精彩的"特写镜头"而丧失对象的丰富性和具体性。不过,从战略上来考虑,起步的工作付出这样的代价或许是值得的。进一步的研究将还骨骼以血肉,用细节来补充梗概,在素描的基础上绘制大幅的油画,概念将得到丰富、完善、修正,甚至更改。

目前的基本构想大致有这样一些内容:走向"世界文学"的中国文学;以"改造民族的灵魂"为总主题的文学;以"悲凉"为基本核心的现代美感特征,由文学语言结构表现出来的艺术思维的现代化进程;最后,由这一概念涉及的文学史研究的方法论问题。

一

二十世纪是"世界文学"初步形成的时代。

1827 年,歌德曾经从普遍人性的观点出发,预言"世界文学的时代已快来临了"(有意义的是,这是歌德读了一部中国传奇——可能是《风月好逑传》的法译本——之后产生的想法)。整整二十年后,马克思和恩格斯在《共产党宣言》中指出,由于世界市场的开拓,一切国家的生产和消费都成为世界性的；物质的生产是如此，精神的生产也是如此，各民族的精神产品成了公共的财产；民族的片面性和局限性日益成为不可能，于是由许多种民族的和地方的文学形成了一种世界文学。历史业已雄辩地证明了这一论断的正确。到了二十世纪，已经不可能孤立地谈论某一国家的文学而不影响其叙述的科学性了。文学不再是在各自封闭的环境里自生自灭的自足体了。任何一个遥远的国度里发生的文学现象，或多或少地总要影响到我们这里的文学发展，使之在世界文学的总体格局中的位置发生哪怕是最微小的变化。甚至在我们对这些文学现象一无所知的情况下也是如此。国别文学纳入世界文学的大系统之后获得了一种"系统质"，即不是由实体本身而是由实体之间的关系来决定的一种质。

"世界文学"初步形成的大致上限，可以确定在十九世纪末。各个民族的文学走向并汇入世界文学的路径有所不同。在十九世纪初陆续取得独立的拉丁美洲各国，是在当地的印第安文学传统受到灭绝性的摧残的情况下，寻求摆脱殖民主义的桎梏，创建属于南美大陆的文学。外来的西班牙语和葡萄牙语长期为宫廷和教会服务，辞藻日趋矫揉造作，不能表现拉丁美洲的大自然与社会风貌。到了八十年代，拉丁美洲成了地球上最世界性的大陆，各种文化在这里互相排斥互相渗透。《马丁·菲耶罗》和《蓝》等优秀作品的出版，标志着"西班牙美洲终于有了它自己的诗歌，一种忠实于其文化的多方面性质的抒情表现。"（《拉美文学史》）这是由欧洲大陆文化、印第安人文化、黑人文化等等相互撞击而产生的文学结晶，拉美文学以其独特的声音加入到世界文学的大合唱之中。本土的古老文化传统极为雄厚的亚洲、非洲大陆则与它有所不同。"十九—二十世纪之交的非洲各国文学的特征是许多世纪以来几乎毫无变化的传统文学典范开始向现代型的新文学过渡，这是由于这些国家克服了闭关自守，开始接受——尽管是通过殖民制度下所采取的丑恶形式——技术文明和世界文化，接触现代社会的一整套复杂问题。"（《非洲现代文学史》）在亚洲，日本伴随着明治维新思想启蒙运动，接受西洋文学，于十九世纪八十年代开展了文学改良；印度伴随着1857年反对英国殖民统治的民族斗争，借助西方文化的刺激，民族文学开始复兴（第一个有世界性影响的大诗人泰戈尔，八十年代开始创作）。在欧洲大陆，对自己的文学传统开始了勇猛的反叛的现代主义先驱者们，敏锐地从东方文化、非洲黑人文化中汲取灵感，西欧文学因受到各大洲独立文化的迎拒、挑战、渗透而产生了深刻的变化，这些变化大都发生在十九世纪八十年代或更晚一些。

论述"世界文学"形成的复杂过程不是本文要承担的任务。我们只想指出，一种大体相同的趋势在中国也"同步"地进行着。中国人有意识地向西方学习，是从鸦片战争开始的。但从学"船坚炮利"到学政治、经济、法律，再到学习文学艺术，经过了漫长的历程，从1840年到1898年这半个世纪中，业已衰颓的古典中国文学没有受到根本的触动也未注入多少新鲜的生气。1895年的甲午战争是中国近代史的一大转折，因太平天国失败而造成的相对稳定和长期沉闷萧条被打破了，"中学为体西学为用"被证明不过是一种愚妄的"应变哲学"。1898年发生了流产的戊戌变法。就在这一年，严复译的《天演论》刊行，第一次把先进的现代自然哲学系统地介绍进来，以一种前所未有的世界历史的眼光和自强精神，影响了中国好几代青年知识分子。同一年，梁启超作《译印政治小说序》（翌年林纾译《巴黎茶花女遗事》正式印行），西方文学开始大量地输入，小说的社会功能被抬到决定一切的地位。同一年，裴廷梁作《论白话文为维新之本》，文学媒介的问题被明确地提了出来。与古代中国文学全面的深刻的"断裂"开始了：从文学观念到作家地位，从表现手法到体裁、语言，变革的要求和实际的挑战都同时出现了。暴露旧世态,宣传新思想,改革诗文,提倡白话,看重小说,输入话剧。这是一次艰难而又漫长(将近历时五分之一个世纪)的"阵痛"。一直到1919年的五四运动,才最终完成了这一"断裂",使"二十世纪中国文学"越过了起飞的"临界速度",无可阻挡地汇入了世界文学的现代潮流。五四时期是二十世纪中国文学的第一个辉煌的高潮,"扎硬寨,打死战"的精神,彻底的不妥协的精神,是一种在推动历史发展的水平上敢于否定敢于追求的伟大精神,显示了一种能够把现实推向更高发展阶段的革命性力量。而"科学"与"民主",遂成为二十世纪政治、思想、文化(包括文学)孜孜追求的根本目标。

二十世纪中国文学是在一种充满了屈辱和痛苦的情势下走向世界文学的。它那灿烂的古代传统被证明除非用全新的眼光加以重构,则不但不能适应和表现当代世界潮流冲击下的中国社会,而且必然窒息了本民族的心灵、思维能力和创造性,并且也脱离了奔向觉醒和解放大道的人民大众的根本要求。因此,一方面,它如饥似渴地向那打开的外部世界去寻找、学习、引进,不管三七二十一"拿来"再说(试想想林纾所译的大量三流作品和五四时涌入的无数种"主义"和学说),开阔宽容的胸怀和顶礼膜拜的自卑常常纠缠不清被人混淆。另一方面,它必然以是否对本民族的大众有用有利并为他们所接受,作为一种对"舶来"之物进行鉴别、挑选、消化的庄严的标准,严肃负责的自尊和实用主义的偏狭便也常常纠缠不清令人困扰。中国文学的现代化同时展开为互相联系又互相对立的两个侧面:所谓"欧化"(其实是"世界文学化")和"民族化"。在这样一种相反相成的艰难行进中,正如鲁迅曾精辟地指出的,存在着内外两重桎梏亦即两重危险,这都是由于我们的"迟暮"(即落后)所引起的。当着世界的文学艺术已经克服了"欧洲中心主义",开始用各民族的尺度来衡量各民族的艺术的时候,我们却可能误以为旧的就是好的,无法挣脱三千年陈旧的内部的桎梏。当着欧洲的新艺术的创造者已开始了对他们自己的传统勇猛的反叛的时候,我们因为从前并未参与世界的文艺之业,只好对这些新的反叛"敬谨接收",便又成为可敬的身外的新桎梏。鲁迅指出,必须像陶元庆的绘画那样,"以新的形,尤其是新的色来写出他的世界,而其中仍有中国向来的魂灵","内外两面,都和世界的时代思潮合流,而又并未桎亡中国的民族性"。(《而已集》)实际上,存在着一个以"民族—世界"为横坐标,"个人—时代"为纵坐标的坐标系,二十世纪中国文学的每一个创造,都必须置于这样的坐标系中加以考察。

因此,"世界文学"中的中国文学,就超出了最初的"师夷长技以制夷"的狭隘眼界,意味着用当代的眼光、语言、技巧、形象,来表达本民族对当代世界独特的艺术认识和把握,提出并关注对一时代有重大意义的根本问题,从而自觉不自觉地,与整个当代人类的共同命运息息相通。从这样开阔的角度来看十九—二十世纪之交的文学上的"断裂",就能理解:这一次的变革为什么大大不同于漫长的中国文学史上众多的诗文革新运动;落后的挨打的"学生"为什么会既满怀着屈辱感又满怀着自信"出而参与世界的文艺之业";世界的每一个文学流派、思潮为什么无论怎样阻隔或迟或早总会在这里产生"遥感";貌似"强大"的陈旧的文学观念、语言、规范为什么会最终崩溃并被迅速取代,等等。在一个以"世界历史"为尺度的"竞技场"上,共同的崇高目标既是引起苛刻的淘汰又唤起最热烈的追求,任何苟且、停滞、自我安慰或自我吹嘘都只能是暂时的和显得可笑的。"世界文学"逼迫着每一个民族:不管你有多么辉煌的过去,请拿出当代最好的属于自己的文学来!

这是一个仍在继续的进程。中国文学将不仅以其灿烂的古代传统使世界惊异,而且正在世界的文艺之业中日益显示其自身的当代创造性。应该说,闭关自守是一项双向的消极政策,世界被拒之门外,自己被囿于域中。因而,开放也总是双向的开放。按照"二十世纪中国文学"的概念看来,过去我们对中国文学如何受外国文学的影响而产生新变研究得较多,对"世界文学中的中国文学"研究甚少,对本世纪中国文学在世界上的地位和影响更是模模糊糊。实际上,国际汉学界已经出现这样一种趋向,即由对中国古代文学的浓厚兴趣逐渐转向对现代中国文学的研究。对我们来说,单向的"影响研究"亟须由双向的或立体交叉的总体研究所代替。

二

然而,二十世纪中国的文学进程决不像以上所描述的那样"豪情满怀""乘风破浪"。因为事情是在列宁所说的"亚洲一个最落后的农民国家"中进行的,因为经历着的是一个危机四伏、激烈多变的时代,因为历史(即使只是文学史)毕竟是一场艰难地血战前行的搏斗(试想想本世纪中国作家所经历的那些劫难)。

因此,一方面,文学自觉地担负起"启蒙"的任务,用科学和民主来启封建之蒙,其中最深刻最坚韧的代表者是鲁迅:"说到'为什么'做小说吧,我仍抱着十多年前的'启蒙主义',以为必须是为'人生',而且改良这人生。"(《南腔北调集》)另一方面,正如普列汉诺夫曾经说过,每个时代都有它自己中心的一环,都有这种为时代所规定的特色所在。现代民族的形成和崛起在世界范围内由西而东,这独具特色的一环曾分别体现为十八—十九世纪之交的德国古典哲学,十九世纪俄罗斯革命民主主义者的文学理论与批评,在二十世纪的中国,则是社会政治问题的激烈讨论和实践。政治压倒了一切,掩盖了一切,冲淡了一切。文学始终是围绕着这中心环节而展开的,经常服务于它,服从于它,自身的个性并未得到很好的实现。除了政治性思想之外,别的思想启蒙工作始终来不及开展。在二十世纪中国文学中,"为艺术而艺术"的口号始终不过是对现实积极的或消极的一种抗议而不可能是纯艺术的追求,文学在精神激励方面有所得,在多样化方面则有所失。"一切文艺固是宣传,而一切宣传并非全是文艺。"文学家与政治家对社会生活的关注,角度毕竟有所不同。梁启超是最早的"小说救国"论者,但他也强调:"今日之最重要者,则制造中国魂是也。"鲁迅则更进一步深化,提出"改造国民性"的历史要求,在文学创作中,以"立人"为目的,刻画四千年沉默的"国民的魂灵",以疗救病态的社会。这样的提法包含了比政治更广阔的内容,其中既包含了关心国家兴亡民族崛起的政治意识,又切合文学注重人的命运及其心灵的根本特性。通过"干预灵魂"来"干预生活",便成了二十世纪中国文学自觉的使命感,文学借此既走出了象牙之塔,与民族与大众的命运密切联系在一起,又总能挣脱"文以载道"的旧窠臼,沿着符合艺术规律的轨道艰难地发展。就这样,启蒙的基本任务和政治实践的时代中心环节,规定了二十世纪中国文学以"改造民族的灵魂"为自己的总主题,因而思想性始终是对文学最重要的要求,顺便也左右了对艺术形式、语言结构、表现手法的基本要求。

在二十世纪初,鲁迅与许寿裳在东京讨论"改造国民性"问题的同时,就提出了"怎样才是理想的人性"和"中国国民性中最缺乏的是什么""她的病根何在"的问题。(《亡友鲁迅印象记》)实际上,在"改造民族的灵魂"这一总主题中,一直有着两个相反相成的分主题。一个是沿着否定的方向,以鲁迅式的批判精神,在文学中实施"文明批评"和"社会批评",深刻而尖锐地抨击由长期的封建统治造成的愚昧、落后、怯懦、麻木、自私、保守,并把"哀其不幸怒其不争"的态度,凝聚到类似阿 Q、福贵、陈奂生这样一些形象中去。另一个是沿着肯定的方向,以满腔的热忱挖掘"中国人的脊梁",呼唤一代新人的出现,或者塑造出理想化的英雄来作为全社会效法的楷模。如果说,在第一个分主题中,诞生了不朽的形象阿 Q 及其"精神胜利法",其艺术生命力和艺术魅力持久不衰,说明了对民族性格的挖掘在否定的方向上达到了难以企及的深度;那么,在第二个分主题中,理想人物却层出不穷,变幻不已,有时是激进而冷峻的革命者,有时却是野性的淳朴或古道侠肠,有时却又回到了"忠孝双全"或"温良恭俭让",有时则是不食人间烟火的"高、大、全"。这显示了探讨的多样性和阶段性,显示了在不同的文化背景和社会历史背景左右下对"理想人性"的不同理解。人性和民族性毕竟是具体的、丰富的,对其不同侧面的挖掘或强调,有时会因历史行程的制约而产生一种奇怪的现象:在前一阶段受到批判或质疑的那些品性,在后一阶段却受到普遍的褒扬和肯定。在历来作为理想的化身的女性形象身上,这种奇怪的位移甚至"对调"的状况表现得最为鲜明集中,"新女性"往往被"东方女性"不知不觉地挤到对面去了。这固然说明了铸造新的民族的灵魂的艰难,更说明了启蒙的工作,从否定方向清算封建主义的工作,一直进行得不够彻底。这可能是一个延续到下一个世纪去的根本任务,文学的总主题将沿着这个方向继续深化并且展开。

与"改造民族的灵魂"这一总主题相联系,在二十世纪中国文学中,两类形象始终受到密切的关注:农民和知识分子。在这两类形象之间,总主题得到了多种多样的变奏和展开:灵魂的沟通,灵魂的震醒,灵魂的高大与渺小,灵魂的教育与"再教育"的互相转化,等等。文学中表现了一种深刻的"自我启蒙"精神,那种苛酷的自责和虔诚的反省,是以往时代的文学和别一国度的文学中都没有的。在危机四伏的大时代中,责任如此重大,使命如此崇高,道德纯洁的标尺被毫不含糊地提高了,文学中充满了自我牺牲的圣洁情感。这种牺牲包括了人们受到的现代教育、某些志趣和内心生活。知识分子的自我启蒙是深刻的、真诚的,有时候又带有某种被扭曲,以至病态的成分,也使文学产生了放不开手脚的毛病.缺少伏尔泰式的犀利尖刻和卢梭式的坦率勇敢——"智慧的痛苦"常常压倒了理性的力量,文学显得豪迈不足而沮丧有余。

如果把"世界文学"作为参照系,那么,除了个别优秀作品,从总体上来说,二十世纪中国文学对人性的挖掘显然缺乏哲学深度。陀思妥耶夫斯基式的对灵魂的"拷问"是几乎没有的。深层意识的剖析远远未得到个性化的生动表现。大奸大恶总是被漫画化而流于表面。真诚的自我反省本来有希望达到某种深度.可惜也往往停留在政治、伦理层次上的检视。所谓"普遍人性"的概念实际上从未被本世纪的中国文学真正接受。与其说这是一种局限,毋宁说这是一种特色。人性的弱点总是作为民族性格中的痼疾被认识被揭露,这说明对本民族的固有文化持有一种清醒严峻的批判意识。"立人"的目的是为了使"沙聚之邦,转成人国",更体现了文学主题中强烈的民族意识:就其基本特质而言,二十世纪的中国文学乃是现代中国的民族文学。

在一个古老的民族在现代争取新生、崛起的历史进程中,以"改造民族的灵魂"为总主题的文学是真挚的文学、热情的文学、沉痛的文学。顺理成章地,一种根源于民族危机感的"焦灼",便成为笼罩二十世纪中国文学的总体美感特征。

三

二十世纪是一个充满了危机和焦虑的时代。人类取得了空前的进展也遭受了空前的挫折,惨绝人寰的两次大战、核军备竞赛、能源危机、环境污染和生态平衡破坏、人口爆炸……人和人类面临前所未有的严峻的挑战、二十世纪文学浸透了危机感和焦灼感,浸透了一种与十九世纪文学的理性、正义、浪漫激情或雍容华贵迥然相异的美感特征。二十世纪中国文学,从总体上看,它所内含的美感意识与本世纪世界文学有着深刻的相通之处。古典的"中和"之美被一种骚动不安的强烈的焦灼所冲击,所改变,所遮掩。只需把十九世纪初的龚自珍的诗拿来比较一下就行了,尽管也是忧心忡忡,却仍不失其"亦剑亦箫"之美。半个多世纪之后,梁启超的《新中国未来记》尽管流畅却未免声嘶力竭,一大批"谴责小说"尽管文白夹杂却不留情面地揭破旧世态的脓疮,更不用说《狂人日记》这样的振聋发聩之作了。但是,细究起来,东、西方文学中体现出来的危机感却有着基本的质的不同。在西方现代文学中,个人的自我丧失、自我异化、自我分裂直接与全人类的生存处境"焊接"在一起,其焦灼感、危机感一般体现在个人的生理、心理层次(如萨特的《恶心》)以及"形而上"的哲学层次(如贝克特的《等待戈多》)。这种焦灼感、危机感既极端具体琐碎,又极端抽象神秘,融合成一片模糊空泛的深刻,既令人困惑又令人震悚地揭示了现代人类在技术社会中面临的梦魇。在中国文学中,个人命运的焦虑总是很快就纳入全民族的危机感之中(最具代表性的,如郁达夫的《沉沦》)。"落后是要挨打的!"这句话有如一个长鸣的警报响彻本世纪的东方大陆,焦灼感和危机感主要体现在伦理层次和政治层次,介乎极端具体和极端抽象之间,而具有明晰的可感性。欧洲中心主义和个人主义意识,使得西方文学把自己的命运直接等同于人类的命运,把所处境遇的病态和不幸直接归结为世界本体的荒谬、而感时忧国的中国作家,则始终把民族的危难和落后,看作是世界文明进程中一个触目惊心的特例,鲁迅因此而发生"中国人要从'世界人'中挤出"的"大恐惧"(《热风·随感录第十六》)。在文学中就体现为一种恨铁不成钢的、充满了希望的焦灼。但是既然同为焦灼,便有其不容忽视的共同点。尤其是像鲁迅的《狂人日记》《野草》或宗璞的《我是谁》《蜗居》或北岛的《陌生的海滩》,或刘索拉的《你别无选择》这样的作品,从内容到语言结构,都具有与本世纪世界文学共通的美感特征,尽管其内心的焦灼彻头彻尾是中国的,然而却是"现代中国"的。

倘说"焦灼"是一个不规范的美感术语,我们可以进一步指出这一焦灼的核心部分是一种深刻的"现代的悲剧感",在这个核心周围弥漫着其他一些美感氛围,时而明快,时而激昂,时而愤怒,时而感伤,时而热烈,时而迷惘。说中国古代文学中缺少悲剧感,这当然是一种偏颇,是"言必称希腊"即把古希腊悲剧当作唯一尺度的结果。每一个民族都有各自的对悲和悲剧的特殊体验与理解。但是,说二十世纪中国文学中有了与古典悲剧感决然相异的现代悲剧感,则是铁铸般的事实。在封建社会的"超稳态结构"之中,"大团圆"结局体现了中国人对现世生活的执着和热爱,对"善有善报,恶有恶报"的良好愿望。在一个新旧交替的大碰撞大转折时代,对"大团圆"的抨击,则无疑是由于"睁了眼看",直面惨淡的人生的结果。从王国维的《红楼梦评论》引入西方的现代悲剧观开始,中国文学迅速吸收并认同的,与其说是古希腊或莎士比亚的悲剧意识,不如说是由叔本华、尼采的"生命哲学"引发的人生根本痛苦,由易卜生所启发的个人面对着社会的无名愤激,由果戈理、契诃夫所启示的对日常的"几乎无事的悲剧"的异常关注。因而,试图到二十世纪中国文学中寻找古典的"崇高"是困难的。从鲁迅的《呐喊》《彷徨》,茅盾的《子夜》《霜叶红似二月花》,老舍的《骆驼祥子》《茶馆》,曹禺的《雷雨》《北京人》,巴金的《寒夜》,以及新时期文学中的《犯人李铜钟的故事》《人到中年》《李顺大造屋》《西望茅草地》《黑骏马》等一大批优秀作品中,你体验到的与其说是"悲壮",不如说更是一种"悲凉"。"悲凉之雾,遍被华林":一方面,是一个历史如此悠久的文化传统面临着最艰难的蜕旧变新;另一方面,是现代社会尚未诞生就暴露出前所未有的激烈冲突。一方面,"历史的必然要求"已急剧地敲打着古老中国的大门;另一方面,产生这一要求的历史条件与实现这一要求的历史条件却严重脱节,同时,意识到这一要求的先觉者则总在痛苦地孤寂地寻找实现这一要求的物质力量。一方面,历史目标的明确和迫切常常激起最巨大的热情和不顾一切的投入。另一方面,历史障碍的模糊("无物之阵")和顽强又常常使得这一热情和投入毫无效果……这样一种悲凉之感,是二十世纪中国文学所特具的有着丰富社会历史蕴含的美感特征。它不同于欧洲文艺复兴时冲破中世纪黑暗带来的解放的喜悦,也不同于启蒙运动所具备的坚定的理性力量。在中国,个性解放带来的苦闷和彷徨总是多于喜悦;启蒙的工作始终做得很差,理性的力量总是被非理性的狂热所打断和干扰;超出常规的历史运动带来了巨大的进步同时也带来巨大的失误;灾难常常不单是邪恶造成的,受害者们也往往难辞其咎;急速转换的快节奏与近乎凝固的缓慢并存,尖锐对立的四分五裂与无个性的一片模糊同在。正是这一切,使得二十世纪中国文学既具有与同时代的世界文学相通的现代悲剧感,又具有自身独特的悲凉色彩。你感觉到,像五四时期"湖畔诗社"的诗,根据地孙犁的小说以及五十年代的田园牧歌这样一些作品,在整个一部悲怆深沉的大型交响乐中,是多么少见的明亮的音符。更多地回响着的,总是这块大地沉重地旋转起来时苍凉沉郁的声响。

在二十世纪中国文学进展的各个阶段,人们不止一次地感觉到悲凉沉郁之中缺少一点什么,因而呼唤"野性",呼唤"力",呼唤"阳刚之美"或"男子汉风格"。这种呼唤总是因其含混和空泛,更因其与上述"意识到的历史内容",与艰难曲折、千回百转的历史行程不相切合,而无法内在地由文学创作中表现出来,往往变为表面化的外加的风格色彩。尽管如此,这种呼唤毕竟体现了对柔弱的田园诗传统的某种反感,体现了对大呼猛进的历史运动的一种向往。因此,以"悲凉"为其核心为其深层结构的美感意识,经常包裹着两种绝不相似的美感色彩:一种是理想化的激昂,一种却是"看透了造化的把戏"的嘲讽。在二十世纪中国文学的发展行程中,这两种色彩,时而消长起伏,时而交替相融,产生许多变体。大致是在变革的历史运动迈进比较顺利的时候,或是在历史冲突比较尖锐而明朗化的时候,理想化的激昂成为主导的色彩;在变革的步伐变慢或遭到逆转的时候,或是历史矛盾微妙地潜存而显得含混的时候,洞察世事并洞察自身的一种冷嘲成为主导的色彩。也有这样的历史时刻,那时冷嘲被"激昂化"而变成一种热讽,激昂被"冷嘲化"而变成一种感伤,于是两者相互削弱、冲淡,使得一种严肃板正的"正剧意识"浮现出来成为美感色彩的主导,在二十世纪中国文学中,分别地象征着激昂和嘲讽这两种美感色彩的,是郭沫若的《女神》和鲁迅的《呐喊》《彷徨》。一般地套用"浪漫主义"或"现实主义"这样的术语很难说明问题。大致地说来,着眼于民族的新生的辉煌远景,着眼于历史目标的明确和迫切的作家,倾向于引发出一种理想化的激昂;着眼于民族灵魂再造的艰难任务,着眼于历史起点严峻的"先天不足"的作家,倾向于用冰一般的冷嘲来包裹火一般的忧愤。激昂和冷嘲同是一种令人不满的现实状况的产物,前者因其明亮和温暖常常得到一种鼓励,后者却因其严峻和清醒,往往更深刻地揭示了历史运动的本质。

内在地把握二十世纪中国文学的总体美感特征,实际上,就是从审美的角度来本质地揭示文学中"意识到的历史内容",就是把握一个古老的新生的民族对当代世界的艺术的和哲学的体验,即便最粗略地勾勒出一点线索,也能意识到,这方面认真而又扎实的研究一旦展开,就将在"深层"整体地揭示出一时代的文学横断面,使我们民族在近百年文学行程中的总体美感经验真切地凸现出来。

四

从"内部"来把握二十世纪中国文学的有机整体性,不容忽视的一项工作就是阐明艺术形式(文体)在整个文学进程中的辩证发展。在中国文学史上,从来未尝出现过像二十世纪这样激烈的"形式大换班",以前那种"递增并存"式的兴衰变化被不妥协的"形式革命"所代替。古典诗、词、曲、文一下子失去了文学的正宗地位,文言小说基本消亡了,话剧、报告文学、散文诗、现代短篇小说这样一些全新的文体则是前所未见的。而且,几乎每一种艺术形式刚刚成熟,就立即面临更新的(即使是潜在的)挑战。中国文学一旦取得了与当代世界文学的内在的"共同语言",它就无法再关起门来从容地锻打精致的形式。伴随着新思想的传播和现代自然科学的引入,艺术思维的现代化也就开始了,艺术形式的兴废、探索、争论,只能被看作是这一内在的根本要求的外化。"语言是思维的直接现实"(马克思语),文学语言的变革理所当然地成为艺术思维变革的一个突破口,只有从这一角度,才能理解从"诗界革命"("我手写我口")直到白话文运动这些针对着语言媒介而来的历史运动的根本意义,才能发现本世纪中国文学的每一次大的进展都是摆脱"八股"化语言模式(旧八股、新八股、洋八股、党八股、帮八股)的一场艰苦卓绝的搏斗。后世的人已经很难想象标点符号的使用在当时曾经历了怎样的鏖战,很难想象鲁迅何以称赞刘半农对于"'她'字和'牠'字的创造"是五四时期打的一次"大仗"。本世纪初文艺革新的先驱者们不止一次地提到文艺复兴时期的伟大范例——乔叟、但丁摒弃拉丁语,用本民族"活的语言"创造出"人的文学"。他们自觉地、深刻地意识到了,被后世文学史家轻描淡写地称为"形式主义"的这场语言革命,其实正是民族的文化再造的重大关键。

白话文运动中蕴含着两个互相联系着的根本意图:一是"传播"新思想,"开启民智,伸张民权",必须使新思想"平民化"、通俗化,从形式上迁就普遍落后的文化水平的同时,也就隐伏着先进的思想内容被陈旧的形式肤浅化的危险;一是传播"新思想",必须引进新术语、新句法,采用中国老百姓还很不习惯的新语言、新形象和新的表达方式,"信而不顺",因而在传播上就存在着无法"译解"的困难。我们从这里不难看出,这两者之间是有矛盾的:雅俗之争,普及与提高之争,"主义"与"艺术"之争,宣传与娱乐之争,民族化与现代化之争,贯穿了近百年中国文学发展的每一个重要阶段。它们之间的张力也左右了本世纪文艺形式辩证发展的基本轨迹,各类文体的探索、实验、论争,基本上是在这一"张力场"中进行的。其中,散文小品最为幸运,小说次之,戏剧相当艰难,诗的道路最为坎坷不平。这主要由各类文体自身的本性,它们与传统和读者的关系等复杂因素所决定。

诗是文学中的艺术思维进行创新时最敏锐的尖兵。诗歌语言是一般文学语言的"高阶语言",它从一般文学语言中升华又反过来影响一般文学语言,因而先天地具有某种"脱离群众"的"先锋性"。二十世纪世界诗歌语言正发生着惊天动地的巨变(唯有物理学语言及绘画语言的变革可与之相比)。在这种情势下应运而生的中国新诗,不能不在一个古老的诗国中走着艰辛曲折的道路。新诗的每一步"尝试"都可能显得"古怪"、变得"不像诗"。好不容易摸索、锤炼,开始"象"诗的时候,又立即因人们群起效之而很快老化。在诗体上,这一过程表现为"自由化"和"格律化"在某种程度上的"轮流坐庄"。新诗的历程,始终像朱自清在《中国新文学大系·诗集·选诗杂记》里所说的,呈现为一种"怎样从旧镣铐里解放出来,怎样学习新语言,怎样寻找新世界"的坚韧努力。诗体的解放、复活、创新等等复杂的运动,最鲜明地凝练地集中地体现了本世纪中国文学在艺术思维上的挣扎、挫折、进展和远景。而且,在各类文体中,新诗最敏感最密切地与当代世界文学保持着"同步"的联系。拜伦、雪莱、惠特曼、波特莱尔是与泰戈尔、瓦雷里、马拉美、凡尔哈仑、马雅可夫斯基、艾略特、奥登、里尔克、艾吕雅、聂鲁达等一起卷进中国诗坛来的。如果意识到诗是一种"无法翻译"的文学作品,这一"同步"所蕴含的深刻意义就很值得探究。

诗的思维的"先锋性"导致了新诗在形式上的探索走得最远,引起的论争也最激烈,其中,"矛盾的主要方面"应是诗自身的这种活跃的不安分的本性。与此相对的则是戏剧,它不但以"观众的接受"为其生存条件,而且直接受物质条件(舞台、演员、剧团组织、经济支持等等)的制约,"矛盾的主要方面"不在戏剧本身的探索,而在观众素质的提高。洪深在《中国新文学大系·戏剧集·导言》中用了大量篇幅翔实地记载了话剧在本世纪初的萌发和初步进展,证明了离开上述条件的综合考察是无法说清楚戏剧文学的辩证发展的。如果说诗体的发展显示了最活跃的艺术神经敏锐的努力,那么,戏剧形式的发展则显示了现代艺术与大众最直接的"遭遇战"。它成为整个艺术形式队伍中缓慢然而扎实前进的一个强大的"殿军"、后卫。但是,物质条件有其活跃的推动力的一面,不能低估现代物质文明对本世纪中国戏剧艺术的影响作用(包括电影、电视消极方面的压力和积极方面的启发)。戏剧艺术的创新一旦有所突破,常常得到巩固和持久的承认(试想想常演不衰的《雷雨》《茶馆》及其众多的仿作)。这与诗歌风格的迅速更替又成一对比。从二十世纪六十年代起,布莱希特的戏剧体系开始影响中国话剧,新时期以来,它与"斯坦尼"、与中国古典的写意戏剧体系开始形成多元发展和多元融合的趋势。这可能是考察中国话剧的未来发展的一个分析线索。

介乎诗和戏剧之间的,是二十世纪中国文学中最重要的文学类型——小说,在研究这一类型的整体发展时,必须仔细地划分出长篇小说、中篇小说、短篇小说这样一些亚类型,短篇小说对现代生活的"截取方式"具有类似于新诗的某种"先锋性",这一亚类型在二十世纪中国文学中因其短小快捷、形式灵活多变始终受到高度的重视。按照茅盾当时的说法.鲁迅的《呐喊》《彷徨》"一篇有一个新形式",尔后,张天翼、沈从文都在短篇体裁上有多样的试验。新时期以来,短篇小说的变化更是千姿百态。值得高度重视的是,从二十世纪初鲁迅创作小说一开始就显示了与当代世界文学有着"共同的最新倾向"(普实克语)。这一无可怀疑的"同步"现象,即自觉地打通诗、散文、政论、哲理与小说的界限的一种现代意识,使得抒情小说这一分支在鲁迅、郁达夫、废名、沈从文、萧红、孙犁、茹志鹃、汪曾祺、张洁、张承志等优秀作家手中得到充分的发展。显然,在中国小说现代化的过程中,民族的"抒情诗传统"(文人艺术)对"史诗传统"(民间艺术)的渗透起了决定性的推动作用。由赵树理所代表的以讲故事为主的叙事分支则显示了"史诗传统"的现代发展。在新时期,中篇小说的崛起越来越引人注目,对这一文学现象的理论总结也正在深化。被称为"重武器"的长篇小说是文学对一时代的历史内容具有"整体性理解"的产物。在矛盾极端复杂、极端多变的二十世纪中国,由于值得探究的种种原因,试图从总体上把握这一时代的宏愿总是令人遗憾地未能实现(例如,茅盾、李劼人、柳青等等)。如果作家还没有形成自己的历史哲学和"长篇小说美学",这些宏愿就仍然诱人地、一往情深地伫立在二十世纪中国文学的面前。

二十世纪中国文学中的散文、小品、杂文,由于与民族的散文传统最为接近(而且我们似乎也不要求它们为老百姓"喜闻乐见"),很快就达到极高的成就。叙事、抒情、说理、嘲讽,迅速打破了"白话不能写美文"的偏见,显示新文学的实绩。散文是作家个性最自然的流露,因而在个性得到大解放的时代,散文得以繁荣是毫不足奇的。二十世纪第一流的散文家都有深厚的中国古典文学修养,都精通外国文学,受过现代高等教育,有丰富的人生阅历。如果说诗歌是一时代情感水平的标志,那么,散文则是一时代智慧水平(洞见、机智、幽默、情趣)的标志。散文的发展显示出一时代个性的发展程度和文化素养程度。值得注意的是,散文在体裁上有极大的"宽容性",在这一部类中的形式创新所遇阻力较小。但也由于缺少压力转化而来的动力,某些新的艺术形式(如《野草》式的散文诗)未能得到顽强坚韧的推进。成熟的甚至业已僵化的散文形式(如杨朔式的散文)也就较少遇到新旧嬗替的挑战。尽管偶尔在某些问题上(如"鲁迅风"的杂文是否过时)有一些争论,其着眼点却都落在"立场、态度"这些政治、伦理的层次上。但是,散文内部的各个亚类型(抒情散文、小品、杂文、报告文学),在二十世纪中国文学的发展进程中,有着微妙的消长起伏,其中的规律性值得总结。

二十世纪世界文学艺术的大趋势,是尽力寻找全新的思维方式、感觉方式和表达方式,以开掘现代人类丰富复杂的内心世界及其对外部世界的"掌握"。艺术形式的试验令人眼花缭乱,实在是文学的一种自觉意识的表现,与现代自然科学及现代社会生活的发展有着深刻的联系。二十世纪中国文学(当它开放的时候,从总体上说,它毕竟是开放的)在这一点上与世界文学是息息相通的。鲁迅就是一位对文学形式具有自觉意识的大师,他所创造的一些文学体裁(如《野草》和《故事新编》)几乎不但"前无古人",而且"后无来者"。在东、西方文化的碰撞、交流之中,一些崭新的、既是民族的又是现代的艺术形式,已经、正在和将要创造出来,显示出中华民族在世界历史的现代进程中,在艺术思维方面的主体创造性。但是,我们也看到,受制于社会物质文明水平和普遍落后的文化水平,以及因循守旧的价值取向和文化心理,我们的艺术探索是如此地充满了艰辛曲折。贯穿近百年来无休止的、有时不得不借助于行政手段来下结论的艺术论争,不单说明了探索的艰难,也说明了探索的必要和势所必然。我们是否已经有了足够的理由和信心,来预期新的世纪到来时,这一探索必将更加自觉、更加活跃和更有成效呢?

五

概念的建立首先是方法更新的结果,概念的形成、修正和完善又要求着新的方法。

客观发生的历史与对历史的描述毕竟不能等同。描述就是一种选择、取舍、删削、整理、组合、归纳和总结。任何历史的描述都依据一定的历史哲学,依据一定的参照系和一定的价值标准,采取一定的方法,文学史的描述也是如此。"二十世纪中国文学"这一概念首先意味着文学史从社会政治史的简单比附中独立出来,意味着把文学自身发生发展的阶段完整性作为研究的主要对象。这一点将带来一系列问题的重新调整(问题的提法,问题的位置,问题的意义,等等),在当前的研究阶段,只需强调如下一点也就够了——

在"二十世纪中国文学"这个概念中蕴含着的一个重要的方法论特征就是强烈的"整体意识"。一个宏观的时空尺度——世界历史的尺度,把我们的研究对象置于两个大背景之前:一个纵向的大背景是两千多年的中国古典文学传统,当我们论证那关键性的"断裂"时,断裂正是一种深刻的联系,类似脐带的一种联系,而没有断裂,也就不成其为背景;一个横向的大背景是本世纪的世界文学总体格局,不单是东、西方文化的互相撞击和交流,而且包括亚洲、非洲、拉丁美洲文学在本世纪的崛起。

在这一概念中蕴含的"整体意识"还意味着打破"文学理论、文学史、文学批评"三个部类的割裂。如前所述,文学史的新描述意味着文学理论的更新,也意味着新的评价标准。文学的有机整体性揭示出某种"共时性"结构,一件艺术品既是"历史的",又是"永恒的"。在我们的概念中渗透了"历史感"(深度)、"现实感"(介入)和"未来感"(预测),既然我们的哲学不仅在于解释世界而且在于改造世界,未来感对于每一门人文科学都是重要的,如果没有未来,也就没有真正的过去,也就没有有意义的现在。历史是由新的创造来证实、来评价的。文学传统是由文学变革的光芒来照亮的。我们的概念中蕴含了通往二十一世纪文学的一种信念、一种眼光和一种胸怀。文学史的研究者凭借这样一种使命感加入到同时代人的文学发展中来,从而使文学史变为一门实践性的学科。

1985 年 5—7 月于北大

(原载《文学评论》1985 年第 5 期)

（二）"十七年文学"评价

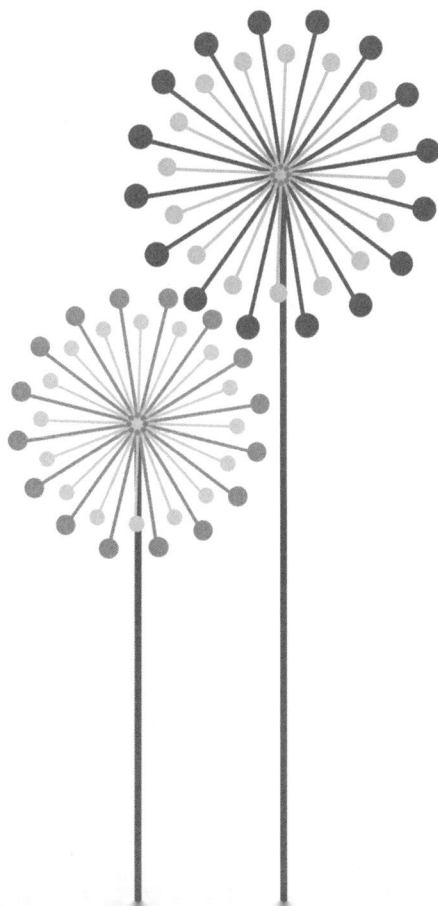

文学评论与价值取向

——从"十七年文学"的评价谈起

张　炯

　　文学评论必然要影响社会公众,它的价值取向的选择也必然会影响到社会公众的价值选择。近年文学评论和文学史研究中有种倾向值得人们加以关注。有人完全否定新中国成立初期"十七年文学",认为那时的文学只有"负面的价值",它宣传的思想是"乌托邦",并且使人"变得愚蠢"云云。对于一代文学作这样的整体性否定评价,无异于重新制造一个"空白论"。这绝不是一个小问题。它实际反映有些文学评论者和研究者在价值取向方面的重大的可商榷的转换。

　　文学评论的价值取向所以不同,关键在于各人所持的标准有异。

　　在文学评论的标准方面,过去毛泽东同志提出政治标准与艺术标准,并认为应该政治标准第一,艺术标准第二。新时期胡乔木同志认为应当以思想标准来取代政治标准,因为政治标准只是思想标准的一种,实际上它还涵盖道德、法律、哲学等标准。当然也有人提出用真善美的标准来取代政治与艺术标准。但不管怎么说,文学批评之有标准尺度是客观存在的。任何时代和任何社会集团都如此。毛泽东同志还曾指出,不同时代的不同阶级都有自己的批评标准。实际上不同民族的文艺批评标准也会有差异。每个人的批评标准后面都耸立着他的世界观、人生观、道德观、历史观、美学观、哲学观等等。不过,世界上的一切事物存在不同和差异,那只是事情的一个方面;另一方面则异中又寓有同。人类对文学艺术的欣赏,恐怕也有评论标准的普遍性认同的方面。毛泽东同志说"食之于味,有同嗜焉"。这就是承认审美标准也有普遍性的一面。

　　正如马克思所指出,"动物只是按照它所属的那个物种的尺度和需要来进行塑造,而人则懂得按照任何物种的尺度来进行生产,并且随时随地都能用内在的固有尺度来衡量对象;所以,人也按照美的规律来塑造物体"。文学艺术是人的创造物,是现实生活在人的意识中的一种反映,也是人按照美的规律的一种塑造。人的主体能动性和创造性在一切人造的第二自然界、包括文学艺术中都得到明显的表现。文学艺术在人的意识创造中逐步被分离出来和获得独立,就由于它是美的创造物,具有鲜明的美感特征和审美功用。因而,文艺批评有审美的标准(或艺术性的标准)自属理所当然。恩格斯在评论拉萨尔的剧本《济金根》的信中称自己是"从美学观点和历史观点,以非常高的、即最高的标准来衡量"他的作品的。这里,恩格斯把美学标准摆在首位,正说明他十分重视文学艺术的审美特征。在文学艺术的创造中,古希腊的亚里士多德早就认识到,对现实的真切的模仿能产生美感。后人更指出,美不但与真有关,还与善有关。至于形式的对称,色彩的和谐,结构的完整,也是前人所一再指出的构成美的因素。这些方面都逐渐形成人类普遍的审美标准。但审美标准之有时代性、民族性和阶级性,也为马克思之前的美学家和文艺理论家所揭橥。我国绘画对于女人的审美标准就有"唐肥宋瘦"的时代变化。车尔尼雪夫斯基在《生活与美学》一书中也指出，俄罗斯贵族认为女人的手以苍白、纤嫩为美，而下层劳动人民则认为以粗壮、红润为美。这反映的正是审美标准的阶级差别。至于审美标准的民族性在今天世界各民族服装的设计上便很显然。毛泽东曾要求我国的文学艺术应该充分注意到为"人民群众所喜闻乐见的中国作风、中国气派"，指的也正是审美标准的民族性。

对任何历史时期的文学，今天我们重新作历史的审视与评价，无疑都应该采取历史主义的实事求是的态度，去对它作具体的分析，既看到它超越于前人的成绩，也不忽视它所存在的局限和问题，而不应全盘肯定或全盘否定。新中国初期的"十七年文学"当然有它的弱点和不足。但任何时代的文学成就都是由那时的优秀作品作为标志的。人民革命的胜利和共和国的成立，带来历史的伟大转折。来自解放区的作家和新成长的敏锐作家得时代风气之先，他们以先进的世界观透视自己所熟悉的现实生活，以共产主义的理想点燃创作的激情，回顾革命的历史，描绘社会主义的革命与建设，塑造新时代的英雄和工农兵形象，建构了我国二十世纪文学的颂歌和战歌时代。像郭小川、贺敬之、李瑛、公刘、邵燕祥等人的诗歌，像赵树理的《三里湾》、杜鹏程的《保卫延安》、梁斌的《红旗谱》、吴强的《红日》、曲波的《林海雪原》、柳青的《创业史》第一部、罗广斌和杨益言的《红岩》、姚雪垠的《李自成》第一卷等小说，像老舍的《茶馆》、田汉的《关汉卿》和《文成公主》、郭沫若的《蔡文姬》、胡可的《战斗里成长》、沈西蒙等的《霓虹灯下的哨兵》等戏剧，还有魏巍的《谁是最可爱的人》、穆青等的《县委书记的好榜样——焦裕禄》等众多散文和报告文学，都不但深刻地反映了所写时代的社会矛盾和冲突，表现了昂扬奋发、不屈不挠地为人民革命事业公而忘私的自我牺牲精神，为读者树立起一大批青铜般的崇高英雄的群像。这些文学作品把自己的根须深深扎入现实生活的历史土壤，而又用共产主义的崇高理想去照亮壮美的生活和人物，从而给广大读者以精神境界的鼓舞和升华，召唤人们去为更加美好的未来而斗争，而且在艺术上创造了明朗、豪迈而奔放的风格，语言和形式运用方面也克服了以往过于欧化的弊病，为文学的民族化大众化做出了显著的成绩。应当说，这是一种崭新的文学，是引导人们精神向上的、适应社会主义建设需要的文学，是反映人民真正成为历史创造主体的文学。这样的文学精神肇自三十年代的左翼文学和四十年代的人民根据地文学，并且一直延续到今天我们实现社会主义现代化的伟大事业的全部征程中。实际上，"十七年文学"在艺术的审美创造上承继和发展了"五四"新文学的积极成就，于思想方面凝结的正是百多年来我国人民最可宝贵的精神财富，描绘的也正是百多年来我国文学最广阔最宏伟也最壮丽的历史图画。至于"十七年文学"像任何时代一样都有平庸的作品，以及由于当时左的错误的影响而产生的公式化概念化的现象，对此固然不应加以肯定，但那毕竟不能代表整个"十七年文学"，尤其不能代表那个时期的优秀文学作品。"十七年文学"还存在从属于政治的弊病，但文学是不可能完全脱离政治的。从属于错误的政治的文学作品固然应该否定。但"十七年"的政治并非都是错误。在争取和保卫社会主义的伟大斗争中，尽管存在越来越严重的"左倾"错误的干扰，正如党中央《关于建国以来若干历史问题的决议》所指出，这时期社会主义改造和建设仍然取得巨大的成绩，因而，对于反映和歌颂当时社会主义改造和建设的文学作品，也仍然需要作出具体的分析，而不应不分青红皂白地全部否定。要看到"十七年"政治的核心是走社会主义道路，这个大方向是不能否定的。不然，岂不是今天我们坚持建设有中国特色社会主义也要否定吗？何况，即使那些全部或部分地歌颂了错误的政治的作品，也还需要作进一步的分析。如果其中有的作品在艺术创造方面,超越于前人,对文学的艺术发展做出了自己独特的贡献,那也不能全盘否定。文学作品毕竟不同于一般的宣传品。作家在作品中如果生动地真实地描写了现实生活,即使政治倾向有错误,也不能就简单地一笔抹杀。恩格斯对巴尔扎克、列宁对列夫·托尔斯泰的分析,在指出他们政治立场和思想倾向方面的错误与局限的同时,又充分地肯定和赞扬了他们在艺术创造方面的伟大成就,这难道不是为我们做出这种有分析的科学评价的典范吗!

毛泽东同志曾指出:"对于过去时代的文学艺术作品,也必须首先检查它们对待人民的态度如何,在历史上有无进步意义,而分别采取不同的态度。"无论对于古代文学还是新中国成立后的"十七年文学"或是新时期的二十年文学的评价,我们无疑都应当采取这种历史唯物主义的态度。

对新中国文学评价中如何对待共产主义、社会主义思想和传统的人道主义思想,是个十分重要的价值取向问题。对于从文艺复兴以来从西方播及全世界的传统人道主义思想,马克思和恩格斯都曾给予高度的评价,认为它在反对中世纪专制和愚昧中起了伟大的革命作用。但是他们也指出,资产阶级在维护阶级压迫和剥削的历史条件下侈谈尊重人的个性、价值与庄严,鼓吹自由、平等与博爱,便是对于广大人民的欺骗。这里,马克思主义创始人并不曾笼统否定人道主义。相反,马克思主义的共产主义学说正是批判地继承了它们的合理主张,并在历史唯物主义的基础上克服了它们的局限。马克思主义论证了无产阶级如何通过革命的道路和社会主义建设,逐步消灭工农、城乡、脑体的差别,从而使人的个性得到充分的解放,人的自由、平等、博爱得到真正的实现。正是在这一意义上,马克思在《1844年经济学—哲学手稿》中指出,共产主义是"为了人而对人的本质的真正占有;因此,它是人自身、向社会的(即人的)人的复归,这种复归是完全的、自觉的而且保存了以往发展的全部丰富成果的。这种共产主义,作为完成了的自然主义,等于人道主义。"可见,共产主义学说既是对传统人道主义的批判性涵盖,又是对于传统人道主义的超越。五十年代以来,我们曾把共产主义与人道主义割裂开来,忽视两者之间的联系,对传统人道主义完全否定,看不到在我国存在封建主义牢固传统的历史条件下,人道主义仍然是我们反对封建主义的同盟军,这固然是一种左的倾向。但今天又有人否定共产主义学说对于人道主义的超越,否定社会主义人道主义与传统人道主义的区别,并且同样否定两者之间的联系,将它们对立起来,以传统人道主义思潮来反对共产主义理想和社会主义的伦理道德,包括集体主义思想。那种完全否定十七年文学的思潮,反映的正是这样一种理论批评的标准。因为从个人本位的人道主义立场来看,十七年文学所倡导的大公无私的共产主义理想和社会主义道德伦理正是"愚蠢"得很呢!对于那种只讲利己的个人主义者,当然只有"负面价值"了。

或谓:今天我们既然还处于社会主义初级阶段,为什么还要肯定"乌托邦"式的共产主义理想和道德呢?首先,共产主义学说并不是"乌托邦",马克思主义的伟大功绩正在于它把社会主义从空想变成了科学,因为他揭示的正是人类社会发展的一种规律。共产主义运动发展中出现的曲折,包括具体实践中的激进与超前,也并不能证明马克思主义就是"乌托邦",相反,它是亿万人类正在实践中的伟大历史运动,是为后来开辟康庄大道而"摸着石头过河"的真实历史探索。谁要是把历史发展的曲折解释为共产主义就是"乌托邦",那只能说明他陷于目光的短视。邓小平同志说得好:"我们建立的社会主义制度是个好制度,必须坚持。我们马克思主义者过去闹革命,就是为社会主义、共产主义崇高理想而奋斗。现在我们搞经济改革,仍然要坚持社会主义道路,坚持共产主义的远大理想,年轻一代尤其要懂得这一点。"在旧中国我们还不遗余力地宣传共产主义意识形态,为什么到社会主义年代对这种宣传反而要否定呢? 存在固然决定意识,经济基础固然决定上层建筑意识形态,但意识也能反过来影响存在,上层建筑意识形态反过来也会影响经济基础的变革,这不也是历史唯物主义的基本原理吗? 意识形态的先进性在历史上一向是推动社会进步的重要力量,这是为全部历史所证明了的。

江泽民总书记曾指出:"在全社会形成共同理想和精神支柱,是有中国特色社会主义文化建设的根本。要始终不渝地用邓小平理论教育干部和群众。深入持久地开展以为人民服务为核心、集体主义为原则的社会主义道德教育,加强民主法制教育和纪律教育,引导人们树立正确的世界观、人生观、价值观。大力弘扬爱国主义、集体主义、社会主义和艰苦创业精神。提倡共产主义思想道德,同时把先进性要求和广泛性要求结合起来,鼓励一切有利于国家统一、民族团结、经济发展、社会进步的思想道德。发扬社会主义人道主义精神。"这里,实际上也已经把今天文学评论中我们所应该提倡的多层次的思想标准讲得很清楚了。共产主义思想道德是属于先进性的层次要求,它与社会主义初级阶段的广泛性思想道德要求当然有区别。但这并不意味着我们今天就不该提出这样的要求。既然社会主义初级阶段要向高级阶段发展,而且未来还要走向共产主义,那么,向广大人民群众宣传共产主义思想道德不正是未来走向高级阶段的社会主义的重要保证吗! 也正是在这个意义上,我国文学,包括"十七年文学"中洋溢着共产主义理想精神的无产阶级英雄和社会主义新人的艺术形象决不应加以否定,因为他们不仅属于过去和现在,而且属于未来。相反,那些打着人道主义旗号的崇尚拜金主义、享乐主义的极端个人主义者的形象,固然也有一定的认识意义,但早被西方文学描写了几个世纪了,他们的意义主要属于过去,其审美价值怎么能与社会主义新人形象相比呢?!

当然,如果有人基于弘扬共产主义理想的立场,完全否定新时期文学中宣扬传统人道主义作品仍有它的一定积极意义,乃至否定社会主义人道主义所应有的尊重人的个性和人的尊严、价值、权利的主张,那也是错误的。应该看到,前一类作品虽有它的局限性,在我国存在深厚封建主义传统的历史条件下,仍然有它反封建的作用;而后一类作品对于建设高度发达的社会主义精神文明建设来说更是题中应有之义,是完全必要的。

新时期的二十年是共和国文学取得空前成就和繁荣的二十年。创造这一时期文学成就的固然有许多新涌现的年轻作家,但支撑文坛主力的大多仍是十七年或更早成长起来的作家,包括受到十七年文学哺育的知青作家。他们的文学成就在思想或艺术方面都有对十七年的超越,但又是继承了十七年并在它的成就基础上前进的。按照否定十七年文学的逻辑,就很容易把这些作家承继十七年优秀传统的新成就同样加以否定。有人对八十年代"伤痕文学""反思文学"和"改革文学"塑造新英雄形象以及与当时政治关系密切的趋向提出批评,不就是这样的逻辑吗? 要看到我国文学艺术的多元化是以为人民、为社会主义服务作为大方向的。因此,文学艺术丰富多彩的创造中,不能不突出地考虑有利于社会主义精神文明建设的思想价值取向和民族化大众化的审美价值取向。越是改革开放,越是面对市场经济体制,就越应如此。文随代变,新时期文学当然有自己新的创造并表现出新的审美志趣、新的思想艺术特色,有些特色是在中西文化新的撞击与交融中产生的,有些特色甚至是对西方的简单移植所致。其代表作品在超越前人的同时也表现有自己新的不足。对于不同历史时期的文学及其特色,评论家和研究者应该考察它们的不同素质及其产生的历史原因,指出它异于前人的思想艺术价值及其局限。而不应简单地以今天的审美志趣和思想追求去衡量和否定前人。正如我们不能以现实主义去否定浪漫主义,或以现代主义或后现代主义去否定现实主义一样。莫泊桑说得好:批评家"应该了解、区别和解释一切最相反的倾向、最矛盾的气质,还应该容许最多样的艺术探讨"。

文学艺术的价值取向问题不仅关系到文学艺术的发展方向,甚至还会影响到读者对社会发展方向的选择,因此,对这个问题展开不同意见的争鸣和探讨,我以为是十分必要的。

(原载《光明日报》2000 年 3 月 2 日)

当代文学史写作及相关问题的通信

李　杨　洪子诚

洪老师:

您好!

很高兴能有机会与您讨论文学史写作的有关问题。近年来当代文学界对这一问题的广泛关注,缘起于您的《中国当代文学史》(以下简称《文学史》)和陈思和先生主编的《中国当代文学史教程》(以下简称《教程》)的出版。我曾经在一篇讨论《教程》的文章中说,我对这两部文学史的敬意,不仅仅针对它们解决的问题,同时还针对它们在探索中暴露或"制造"出来的新问题。用一位学者的话来说,"批评是要怀有敬意的",所以,我们应该批评值得我们批评的东西。

在我看来,90年代以后的文学史著述,都有一个潜在的对话对象,那就是80年代占主导地位的文学史叙述方式。90年代以来,包括文学史写作在内的人文学科的知识状况都发生了变化,这些新的知识范型在文学史的写作中有什么体现,两部当代文学史在哪些方面提供了新的写作经验,在哪些方面仍然受到80年代文学史叙述方式的制约,无疑都是圈内人非常关心的问题。

80年代的文学史叙述方式以一种著名的"断裂论"结构中国现当代文学史,即所谓左翼文学开创、到"文革文学"发展到顶峰的"政治化文学"中断了"五四文学"的"纯文学"传统,"文革"后的"新时期文学"接续了"五四文学",使文学回到了"文学"自身。这一模式在"现代文学"中的实现,是"五四文学"(启蒙文学)主体地位的重新确立以及左翼文学、延安文学的边缘化,表现在"当代文学"中,则是"新时期文学"的主体地位的确立以及"50—70年代文学"的边缘化。"50—70年代的中国文学"被逐步排除在"现代文学"之外,甚至在一些更为激烈的"断裂论"中被置入文学/非文学(政治)、启蒙/救亡乃至现代/传统等类型化的二元对立中加以确认。

《文学史》对80年代文学史的超越,正是从这一关键的性质认定上展开的。在您的《关于50—70年代的中国文学》中我读到了如下的文字:

> 50—70年代的文学,是"五四"诞生和孕育的充满浪漫情怀的知识者所作出的选择,它与五四新文学的精神,应该说具有一种深层的延续性。

许多讨论《文学史》的文章,都注意到了一个重要的特点,那就是这部文学史不同寻常的"冷静"的历史感,有人称之为"史家笔法"与"史家风范"。然而,这些评论大多从"叙述风格"甚至作者个性、修养中给予解释,而对《文学史》在方法论上的创新却注意不够。其实,从《文学史》表现出来的这种让人久违的"冷静"来源于不同于80年代的"史识"。将50—70年代中国文学视为中国"现代文学"重要而不可分割的组成部分,意义决不仅仅在于命名的差异,而是在这样的构架中,我们再也难以用一种简单的二元对立模式来结构文学史,——至少,当我们不再用"现代"与"传统"、"文学"与"非文学"、"现代文学"与"非现代文学"、"启蒙"与"救亡"这些二元对立的价值范畴来结构文学史时,另一种文学史——一种具有"学术"意义的文学史才有可能生长起来。

这显然已成为《文学史》的自觉意识:

> 对于具体的文学现象的选择与处理,表现了编写者的文学史观和无法回避的价值评析尺度。但在对这些文学现象,包括作家作品、文学运动、理论批评等进行评述时,本书的着重点不是对这些现象的评判,即不是将创作和文学问题从特定的历史情境中抽取出来,按照编写者所信奉的价值尺度(政治的、伦理的、审美的)做出臧否,而是努力将问题"放回"到"历史情境"中去考察。(《中国当代文学史·前言》,第5页)

> 对于这一时期的激进文学思潮及其实践("大跃进"文学、"京剧革命"等),也试图摆脱单一的政治伦理评价的方式,在文学史的"学术"层面上给予评价。(洪子诚:《当代文学概说·序言》,广西教育出版社2000年版)

以80年代的文学史眼光理解这种对"价值"保持警惕的"学术"立场,恐怕并不容易,讨论"50—70年代文学"的现代性更不是一个轻松的话题。因为在"十七年"乃至"文革"时期的主流文学叙述框架中,"革命文学"继承、发展了五四文学革命的精神实质,并且成为了无产阶级革命运动的一个重要组成部分,理所当然应属于现代文学的范围。这种叙事方式对以"社会主义现实主义"为主体的"当代文学"(50—70年代的中国文学)的理解就是建立在对具有"新民主主义"性质的"现代文学"的发展和超越之上。而80年代文学史叙述的重构正体现为对这种"等级制"的颠覆。因此,可以说,80年代的文学史研究者建构和维护的,是一种经过艰难的拨乱反正才建立起来的"正确的"等级制。

构成《文学史》理论突破显然不是在两种"等级制"之间进行的选择,而是对"等级制"本身的质疑。我注意到您的一篇文章明确谈到过这个问题,您认为,在80年代以前占主流地位的文学史如王瑶、唐弢的文学史中,"现代文学"的核心,"是一种'等级制',表现为左翼文学或左翼文学的派别处于"主流的、支配、唯一合法存在的位置上",具有"社会主义"性质的"当代文学"高于只具有"新民主主义"性质的"现代文学"。而80年代以后,"现代文学"与"当代文学"的等级又被颠倒过来;"现代文学",而不是"当代文学"的学科规范、评价标准,成为统领20世纪中国文学的线索(见洪子诚:《〈中国现代文学三十年〉的"现代文学"》,《文学评论》1999年第1期)。

这种以"真实性"为名、在"现代文学"与"当代文学"之间不断互换的等级制正是福柯一再讨论的"排斥机制"。在福柯看来,"真实性"是历史地分化和发展的,不同时期的真假标准完全可能不同,一个时期的真理在另一个时期可能作为假的知识受到排斥。与此同时,认知意志受到制度的支持,不同的制度会支持不同的真假标准,人们都寻求把自己的话语建立在真实话语标准之上,而把其他话语作为虚假的话语排斥出去。"我认为如此依赖于制度支持和分配的认知意志倾向于对其他话语形式施加一种压力,一种限制的权力"。福柯的"知识考古/谱系学"正是以这一排斥机制为解构对象的。福柯主张将知识放在更广泛的社会范畴加以考察,在社会范畴中,考察知识的家谱,看一看是哪一种社会力量使知识产生出来。这显然不是要否定真实真理的存在,而是尝试用另外一种研究问题的方式——"当然,作为一个命题,真与假的区分不是任意的、可修正的、制度化的、极端性的。然而,问题可以用另外一种方式提出,那就是在我们整个话语中,那在我们历史上持续过如此多世纪的真理意志曾经是什么,现在是什么,或者如果我们问:在一般意义上,是哪一种分化主宰着我们的认知意志,那么,我们就会发现发展进程中的某种排斥系统的存在"(福柯:《知识考古学》,三联书店1998年版)。

遗憾的是,在80年代建构的知识语境中,无论是对"50—70年代文学"的"现代性"的讨论,还是对80年代主流文学的权力机制的揭示,常常被贴上"左派"的标签,甚至被理解为对盖棺论定的"文革"的肯定。在我看来,导致这一"误读"的原因,在于知识语境的差异。这些批评者大多弄不清"现代性"和"现代化"这两个概念的区别,在他们那里,"现代性"是"现代化"的同义词,其合法性是不容置疑的。因此,在"正确的""现代性"而不是在"不正确的""非现代性"的范畴内讨论"50—70年代文学"乃至全部20世纪左翼文学的意义,被顺理成章地理解成对历史的翻案文章。然而,在后现代的知识语境中,"现代性"主要是一个反思性的概念。不同于长期以来被视为客观历史进程的"现代化"范畴,"现代性"使"现代"变成了一种不断被人们建构的主观意识形态,利奥塔形象地将"现代性"称为一个"大叙事"(grandnarrative)。后学知识分子对"现代性"的反思,体现为对现代性知识与现代社会过程的双重检讨。福柯的一系列著作如《规训与惩罚》《癫狂与文明》《性史》,等等,都揭示了人的解放、人道主义和自由的许诺背后掩盖着的由排斥、监视和规训机制构成的权力关系。因此,将"50—70年代文学"放置在"现代性"范畴中进行认识,至少就我的理解而言,根本不是对这一时期文学的重新"肯定",而是对包括"50—70年代文学"在内的20世纪中国文学的现代性的"反思"。在80年代的语境中,好像只有社会主义、革命才需要"反思",事实上,在现代性环境中"反思"社会主义与革命的历史,意味着对一种历史意识的确认:如果不充分展开对现代性的"反思",我们根本无法真正"反思"激进主义,"反思"革命。

许多读者对《文学史》中大量使用的引号可能会非常不习惯,其实这可以理解为思维方式转换的一种标志。记得80年代中期,中国文学界曾经发生过一场有关真假现代派的讨论,在人们为中国是否出现了"真正的现代派"而争执得一塌糊涂的时候,我曾就这个问题讨教于一位专门研究中国现代派的西方学者,请他区分一下中国的"真""假"现代派,这位学者告诉我,他无法回答这个问题,因为他觉得这个问题没有意义,他关心的问题是为什么在80年代中期的中国会发生一场关于"现代派"的讨论,为什么作家要将自己的小说命名为"现代派",以及为什么评论家频频使用"现代派"这个概念,——或者说,他想弄清楚"现代派"这个符码在中国的生长谱系。

可以说,他研究的只是"所谓的"现代派——打上引号的现代派。显然,这个学者已经将我们关心的问题转换成另一个问题——将"真"与"假"的"价值"问题转变为"知识谱系学"的问题,用《文学史》的话来说,是变成一个"学术"问题。

我正是在此意义上估价引号的意义,当《文学史》如此频繁地使用引号的时候,意味着作者已经接受了这样一种知识观,那就是作为历史的研究者,我们面对的并不是历史本身,而是关于"历史"的"叙述"。——从杰姆逊的"只有通过文本才能接近历史"到德里达的"文本之外一无所有",还有什么方式比这种文学史叙述更能体现中国当代文学研究知识范型的转换呢?

接下来,我希望与您探讨的是问题的另一面,那就是80年代的文学史叙述方式如何影响了包括《文学史》和《教程》在内的 90 年代的文学史写作。

昌切在《文学评论》发表的学术笔谈《从启蒙立场到学术立场》中,认为组织《文学史》中的一对关键词"一体"与"多元"仍然是一对二元对立范畴,说明《文学史》没有能够真正摆脱 80 年代的"启蒙立场"而进入真正意义的"学术立场"。虽然我对是否存在"真正意义"的"学术立场"持保留态度,——在我的理解中,知识考古/谱系学主张搁置价值判断,恰恰是要将语言哲学问题置于人际话语实践的境地,考察其在权力的实践的范围、伦理的范围中起的作用,即恰恰是要将我们的批判工作置于种种特定的社会、历史、政治关系中,始终从这些关系出发来进行批判和指导批判。因此,我认为这一批判最大的生命力,不是来源于对纯粹的学术立场的追求与承诺,而是来源于它的逻辑中包含的自我批判的动力和机制。不过,我对昌切对《文学史》隐含的二元对立模式的解构是非常认同的。在此,我希望能够对这一话题作进一步的展开。

文学史观的不同必然会导致文学史的多种写法。采用形式主义批评的文学史写作注重的是文学的"内部研究",关注的是超时代的文学性的演变,如果采用社会历史批评方法、新历史主义批评乃至福柯的"知识考古/谱系学",文学史家的注意力则主要在文学与时代、社会、政治环境之间的关系。《文学史》以大量的篇幅讨论了制度——权力对文学生产的制约和影响,尤其是极为详尽地探讨了 50—70 年代文学的一体化过程,显然是一部侧重"外部研究"的文学史。

然而,值得指出的是,这些表面上同属文学的"外部研究"的研究方法在知识取向上其实存在着巨大的差异。比如在社会历史批评中,历史是客观的存在,文学与时代之间的互动是以"真实性"作为明确的价值标准的,因此,在"真"与"假"的二元对立之上,一系列的二元对立等级制才得以建构起来。而在福柯的"知识考古/谱系学"中,"历史"是作为一种"知识"存在的,研究文学与时代—权力之间的互动,目的不在于辨明真假,而是为了阐明这一知识的生长过程。这种批评显然不是一种价值的批评。

这正是《文学史》让人感到含混不清的地方。"一体"与"多元"是《文学史》用来区分当代文学两个时代的概念,"一体化"被用来形容"50—70 年代文学",而"多元化"则是指 80 年代以后的中国文学:

> (本书)在评述 50 年代以后的中国文学时,将划分为上编和下编两个部分。上编主要描述这一特定的文学规范如何取得绝对的支配地位,以及这一文学形态的基本特征;下编,则揭示这种支配地位在 80 年代的崩溃,以及中国作家"重建"多元的文学格局所做的艰苦努力。(《中国当代文学概说》,第 61 页)

虽然在强烈的"学术意识"的主导下,比起《教程》那样以明确的二元对立范畴如"民间"与"官方"、"潜在写作"与"主流文学"等来重构文学史的努力,《文学史》的等级制要隐晦得多,但这种等级制依然存在,其集中的表现,便是这种"一体"与"多元"的对立。不管是不是进入到了意识的层面,《文学史》表达的都是一种隐含的价值判断,在这一判断中,"多元"而不是"一体"更能体现出文学的本质。显然,当《文学史》以"多元"来定义"80 年代以来的文学"时,在某种意义上,它其实又回到了它力图超越的"断裂论"。这恐怕是《文学史》始料不及的归属。因此,我们在《文学史》及其相关著作中看到对"当代文学"所作的整体估价就不足为奇了:

"当代文学"这 40 年间,虽然出现一些重要的作家、作品,尤其是 80 年代文学有令人瞩目的成绩,但是总的看来,"成绩"是有限的,特别是 50 年代到 70 年代这个阶段。(《中国当代文学概说》,第 61 页)

在这里,"当代文学"的"成绩有限",当然是相对于"现代文学"而言的,而"50—70 年代文学"的"成绩有限",则是针对 80 年代文学而言的。"50—70 年代文学"之所以处于这一等级制的最底层,是因为这一时期的文学是"一体化"的文学。这一明确的价值立场,不仅仅体现于全书的结构,而且在文字叙述中触目可见。比如在谈到新中国成立后发生在文学界的批判运动时,《文学史》指出:"这些批判运动的大部分,已经难以说是'文学'的范畴。"(《中国当代文学史》第 25 页)在另一处,《文学史》进一步指出:"这种方式的批判运动,只能发生在一个不仅靠文学自身的调节,而且靠政治权力的干预以建立'一体化'的文学格局这样的环境中。"(《中国当代文学史》第 39 页)

从前门赶走的等级制,又从后门悄悄溜了回来。其实,如果坚持福柯式的知识谱系学方法,对文学和权力的关系是存在另一种更为"学术化"的写作方法的。对福柯而言,"一切都是权力关系",在所有的时代,都存在权力对作为知识范畴的文学的压制。换言之,从来不存在不被"一体化"的文学时代。按照这一解释,"50—70 年代文学"与"80 年代文学"的关系就不是"一体"与"多元"的关系,而是一种"一体化"与另一种"一体化"之间的关系。

中国新文学发生的制度性背景,是近年开始引起学者关注的非常有意义的问题。王晓明的《一份杂志和一个"社团"——重评五四文学传统》,认为五四文学并不仅仅是"崇尚个性",而且是五四时代的基本规范:"那种轻视文学自身特点和价值的观念,那种文学应该有主流和中心的观念,那种文学进程是可以设计和制造的观念……"等,也组成了五四的一部分。这显然是不应被忽视的见解(王晓明:《一份杂志和一个"社团"——重评五四文学传统》,《上海文学》1993 年第 4 期)。

在 80 年代的文学史叙述中,"五四文学"或"启蒙文学"一直是"左翼文学"开创的政治一体化压制、收编和改造的对象,而对于"五四文学"或"启蒙文学"自身作为一体化的力量对其它文学形式的压制,文学史却常常避而不谈。其实在晚清以来的历史语境中,无论是教育体制的变化,还是知识谱系的转型,乃至新文学的变革,甚至白话文的广泛使用和地位的确定最终都是在国家的制度性实践中完成的。新文学对传统文学的全面否定,对通俗文学的围剿都是在制度层面进行的。这里的"制度",除了包括对创作和批评的规约外,当然还应当包括出版机构、文学社团、大学研究部门有关学科和课程以及教材的规定等。其中,文学史的写作、经典的确立、统一评奖活动都扮演了极为重要的角色。

难怪当年成仿吾会用如此愤激的语言描述他置身的五四时代:

我们只要任意把社会的任意一角拿来查看,就可以知道他是政局的忠实的缩写。我们的文学界又安得不是一个政界的舞台?(《创造社与文学研究会》,《创造》季刊 1 卷 4 期)

王德威的《被压抑的现代性》通过对五四文学与晚清文学的关系的描述非常清晰地展示出了五四话语形成过程中的"权力关系"。在他看来,晚清文学中表现出来的对现代性的驳杂的、众声喧哗的想象,在五四文学中被整一化和道德化了。五四的现代性想象作为一种强势力量压抑了晚清文学的现代性。

"80 年代中国文学"显然应当作如是观。文学史家在充分注意到了 80 年代具有的"解放"意义的同时,常常忽略这一时期潜在然而无所不在的文学规范。这些规范通过历史知识、资料研究、大众记忆、大众话语权的控制、独占和管理,建构了"新时期"的"政治正确"。如果我们坚持福柯的知识—权力的谱系学分析方法,我们不难发现这样一种事实,那就是通过 80 年代文学表达的对"文革"乃至所有革命历史的记忆和写作,同样是控制、筛选、操纵,亦即有选择的记忆与有选择的遗忘的成果。因此,如果不仅关注"新时期文学"以什么样的方式向我们揭示了被遮蔽已久的"真实",同时还同样关注这些文学以"真实"为名对另一种叙事的遮蔽,关注何种话语被释放,何种话语被压抑而变成了永远沉默的声音,以及不同的话语(如"五七作家群"和"知青作家群")对历史的不同记忆背后隐秘的权力机制,我们将在新的意义上认同福柯的观点:"知识分子本身是权力的一部分,那种关于知识分子是'意识'和言论的代理人的观念也是这种制度的一部分。"(《福柯集》,上海远东出版社 1998 年版)事实上,存在于今天的当代文学史中的一些一气呵成的概念,如"伤痕文学""反思文学""知青文学""改革文学""寻根文学"等,无一不是类型化的文学范畴,许子东研究"文革"后叙事模式的博士论文《为了忘却的集体记忆——解读 50 篇文革小说》让我们意识到"公式化""概念化",乃至"主题先行"都不仅仅是"50—70 年代文学"的特点,为什么 80 年代的中国作家都以同一种方式言说历史,在这种同质化——一体化的共同意识的形成过程中,出版机构、文学社团、大学研究部门有关学科和课程以及教材的规定、文学史的写作、经典的确立、统一评奖活动,等等,扮演了怎样的角色,都是值得展开的话题。在这些因素中,文学史作为一种制度性实践的作用尤其不应忽视。当一种新的文学史秩序生成以后,它也同样变成了排斥性的制度。80 年代以来建立的"文学"史秩序,在凸现"纯文学"的时候,必然要排斥"非文学"的文学。通过这种学术秩序,"文革文学"乃至"十七年文学"实际上被逐渐排除在"文学"之外。文学史可以研究根本没有什么"文学性"可言的"地下文学",却在谈到"历史小说""农村小说"时不提或基本上不提构成一个时期重要精神文化现象的《红岩》《李自成》和《创业史》,我们实在很难说这是一种"多元"的文学史。

《文学史》将"中国当代文学"分为上下两篇,分别是"50—70 年代的文学"与"80 年代以来的文学",比较起来,"下篇"的精彩程度显然不如"上篇",与"上篇"那种对权力与文学复杂关系的极为细腻和深刻的分析相比,"下篇"的分析要薄弱得多,在极为简略的"80 年代的文学环境"中,我们几乎看不到制度、权力对文学的规约——或者说,这种对制度和规约的描述远远不如"上篇"那么细致。可见,《文学史》对两种文学的评价是不同的。"上篇"之所以精彩,是因为有"政治"或"体制"作为"文学"的"他者",而在"下篇"中,一旦"政治"这一"他者"不存在了,或者不足以重要到起"他者"的作用,《文学史》的叙述反而处于一种失重的状态。然而,如果始终坚持"知识考古/谱系学"的方法,这一不平衡的状态其实是可以避免的。因为"体制—文学"关系的分析方法不仅适用于"50—70 年代文学"的研究,对"80 年代以来的文学"的研究同样是有效的。90 年代以来的文学研究的一个非常重要的转变,是文学研究者为文学的"外部研究"重新恢复了名誉,许多人不再像 80 年代那样总是以"文学"为名进行政治、哲学、文化研究,以"文学"为名来进行"非文学"的言说。当人们开始将文学视为一种特殊的现代性知识的时候,当"现代文学"被解释为"民族国家文学"的时候,文学与民族国家中其他社会的语言实践之间的相互关系自然就会成为学术的对象。正如刘禾在《文本、批评与民族国家文学》中指出的:"现代文学一方面不能不是民族国家的产物,另一方面,又不能不是替民族国家生产主导意识形态的重要基地。"在这里,民族国家的命运实际上就是现代文学的命运,也正如酒井直树在《现代性与其批判:普遍主义与特殊主义的问题》中所言:"一个民族国家可以采用异质性来反抗西方,但是在该国民中,同质性必须占优势地位。""所以,无论我们喜欢还是不喜欢,现代国民的现代化过程应该排除该国民内部的异质性。"民族国家成为现代性宿命的一个重要原因,是因为传统社会显然无法适应以效率为基本目标的现代化大生产的要求。因此,作为跨文化、跨地域的政治共同体,无论在东西方,民族国家的确立和维系都意味着对各种地方的、民间的、私人的生活形式的压制或强迫性改造。民族国家通过一系列社会运动、政治变革、观念更新、文化创造,乃至不惜千万人的流血牺牲而倡导和推行一个功利理性的规划——摆脱传统社会种种限制劳动力、资本、信息流动的等级界限和地区间的相互隔绝状态,拓展和保护统一的国内市场,培养适应新的社会生产方式和交流方式的标准化的"国民"大众。可以说,"一体化""同质化"是所有民族国家的共同目标。民族国家的文学当然是为这一目标服务的。在某种意义上,上个世纪的社会主义实践其实恰恰根源于对这种不合理的全球政治、经济、文化一体化秩序的反抗和超越,根源于对"多元"世界格局的追求。因此,"一体"和"多元"并不是一对没有历史的"哲学"范畴,而是同样需要打上引号的概念,——换言之,它们不是可以加以单独界说的客观事实,而是在知识与权力的运作过程中产生出来的一些相互关联并相互制约的历史概念。"一体"可以源于对"多元"的追求,而"多元"则完全可能是"一体化"的一种表现形式。因此,这些概念的作为知识范畴的意义,应该而且只能在复杂的历史语境中加以体认。

事实上,当文学发展到今天,当读者都转变为"观众",当所有的中国人都在通过不尊重人的智商的高度类型化(极为简单的情节,脸谱化的好人坏人,没有中间人物性格)的好莱坞电影理解"世界"和"自我"时——这样的场景与当年看"样板戏"的场景何其相似,我们实在弄不清楚从 80 年代以后开始的文学—文化的变革,是将我们带入了一个"多元"的世界,还是带入了一个程度更高的"一体化"社会!

李杨

李杨:

你好!

你对我的《中国当代文学史》(以下简称《文学史》)的意见读过了。无论是肯定,还是缺点的批评和问题的提出,都是要感谢你的。你指出撰写者的观点、方法存在矛盾,另外,上、下编之间显得不平衡;指出福柯的那种"系谱学"的方法没能在分析 80 年代以后文学的部分得到贯彻,并质疑以"一体"和"多元"对立的框架来结构当代文学史的合理性。这些看法,都很有道理,批评是中肯的。关于这本文学史的问题,尤其是下编存在的不足,一些朋友、读者也谈到过。最近,首都师大的王光明在文章(未发表)中也说到这一点:"即使以惊人的努力,克服主观视野的遮蔽性,尽可能逼近历史的'情境',具有非个人化叙述效果的洪子诚的《中国当代文学史》,恐怕也存在缺乏'一以贯之'的文学史观的贯穿的问题,其上半部叙述'一体化'的生成和演变,环环相扣,严丝密缝;而下半部讲述它的'解体',却相对涣散,就是缺乏更统一有力的叙述观点的表现。"(《"锁定"历史,还是开放问题?》)

《文学史》写作的过程中,在要把它写成怎样的文学史上,自然有一些想法,但不是很清晰;一些设想又常发生动摇。确实试图运用韦伯的那种"价值中立"的"知识学"方法来处理当代文学现象,在这本文学史中也有一定程度的反映。但最终,这种文学史观和相应的方法,并没有坚持下来。问题不仅涉及对写到的文学现象和文本的阐释趋向,而且涉及何种现象、文本能进入文学史视界。出现这种情况的原因是,对于启蒙主义的"信仰"和对它在现实中的意义,我并不愿轻易放弃;即使在启蒙理性从为问题提供解答,到转化为问题本身的 90 年代,也是如此。与此相关联的是,文学的"精英意识",对模式化、通俗化文学在心理上的排斥意念,和潜在的西方文学、现代中国文学的参照框架,都妨碍了那种昌切所称的"学术"立场的坚持。直到现在,我还是无法肯定,我是否有兴趣和耐心去面对"当代"大量的诗歌、小说文本,包括现在引起一些人兴趣的"文革"小说、红卫兵诗歌。因此,如果让我重写这部文学史,恐怕也不可能解决这样的犹豫和矛盾。

还有一个问题是,在写作过程中,我面对的、与之进行"对话"的,其实不是一个,而是两个不同的文学史系列,两种思想文学评价系统。一是 50 年代开始确立的文学史叙事,在很大程度上它把现代文学史讲述为左翼文学史,并把"当代文学"看作是比"现代文学"更高一级的文学形态。另一种出现在 80 年代,它不断削弱"左翼文学"的文学史地位,在"多元"和"文学性"的框架中,来突显被原先的"激进叙事"所掩盖的部分。这两种叙事策略和评价系统,既分别表现在不同的文学史文本中,也同时存在于同一文本中;它们目前仍是当代文学史主要的叙事方式。我写作当代文学史时,需要面对、"反抗"的,是互相冲突、又互相缠绕的两种叙事,两种文学史观,它们同时构成写作的潜在背景。这增加了我在做出反应时的复杂性。也就是说,需要同时反省指向不同的观念和方法,这对我来说,是有相当难度的事情。还有一点是,在把这部文学史定位于教科书,还是个人专著上,一直都犹豫不决。当初写这本书时,是为了解决教学的需要,是按教科书体制的要求来构思的。但在写作过程中,并不愿意只遵从教科书式的规范(评述的作家、文本的全面;适合教学需要;表达学界基本认可的观点,等等),有许多不平静的想法要讲出来。为了兼顾两方面的、并不总是能取得协调的要求,结果是顾此失彼,有点两头不讨好。这个问题,陈平原在一次座谈会上指出过。

当然,更重要的是,80 年代以来的文学现象和文学问题,我缺乏更深入的研究。对于 50—70 年代文学,我下的功夫比较多。在 80 年代,我和大家一样,被"新时期文学"所吸引。但是不久,就意识到由于缺乏敏感和才情,这方面不能有所作为。因此便比较注意当时普遍忽视的"十七年"和"文革"文学。在写这部文学史的 1997—1999 年间,我对 80 年代以来的文学的认识,大体上也就是书中写到的这样。我当然并不满意 80 年代以来确立的那种陈陈相因的叙述,知道必须重新审察"伤痕""反思""改革""寻根"种种概念和与此相关的线性排列,重新审察"文学复兴""新时期""第二个五四""思想解放"等几乎已成共识的提法,对似乎已有定评的文本予以"重读"。对"新时期文学"和"十七年文学""文革文学"之间的断裂性处理,也要重新考察。但是,这些问题最终没能有效涉及。八九十年代作为知识范畴的文学和权力、制度之间的关系,也不是完全没有考虑到。政治、市场、媒体、学术机构对文学产生的影响、干预、制约,是显而易见的。而"国际交流"、评奖、资助和津贴制度也都需要加以审察。比如,拿中国作协这一"文学团体"说,它的功能、性质、地位,既有承续"十七年"的方面,又发生了重要的变化,它的"权威性"为何衰减,目前又扮演了怎样的角色;比如,媒体如何既把"政治逻辑",又把"经济逻辑"带进文学艺术,如何制约、甚至控制文学评价方式;比如,在文学的这一"行业"里,以行业通常标准衡量,那些"被看不起"的生产者如何通过在"场域"外结盟(政治的,经济的),以颠覆"场域"的权力关系;比如,文学史书写、学术机构,如何参与了八九十年代文学秩序的"重建"……对这一切,我可以说尚未进入"研究性"的把握,而在文学史中作印象式(或随感式)的评述,好像并不恰当。当然,如果不是那样考虑过多,"教科书意识"又淡薄一些,也许能做得比现在稍好一点。在对80年代文学的评述上,我觉得《文学史》比我的《作家姿态与自我意识》(陕西人民教育出版社1990年出版)反而有所"后退"。在后面这本书中,虽然也谈到诸如"多样性""多元"之类的意思,但有比较多的具体分析,不是当作"本质性"的东西来理解。也怀疑对"新时期文学"那种过分乐观的想象,《作家姿态》这本书是《新世纪文丛》(拿到书时我才知道这个文丛的名字,也才知道我还是它的"编委":这是经常发生的、很奇怪的事情)的一种。主编在丛书《总序》中解释"新世纪"的含义,说是在80年代,"社会主义的文学创作和理论批评获得了空前的解放和发展",并预言在90年代,"我国的社会主义文学艺术"的"新世纪之花"会开放得更加火红、鲜艳。对此,我在为再版(1998年)补写的《后记》中,表示了我的疑惑。但这些看法,在《文学史》中,反而没有能比较清晰地表达出来。

如果不限于讨论这本《文学史》的得失,而是由这些话题延伸开去,那么,在当代文学史写作上,还有若干问题可以提出来讨论。

首先,是理论、方法的地位问题。80年代后期以来,由于当代文学史研究的滞后状态,在"重写文学史"的学术冲动中,提升当代文学史的学术水准,寻找新颖、有效地结构历史记忆的理论框架的实验,受到特别的重视。我们先后读到这方面的多种成果。在有的论著中,"主体性"、"人性"的迷失和回归被作为"历史"展开的理论轴心。接着,现实主义、现代主义成为基本框架,当代的文学文本被分门别类摆放在以"主义"为"词根"的概念下,如真正现实主义、伪现实主义、歌颂的现实主义、干预生活的现实主义、理想主义现实主义、新现实主义,等等。另外,有分别以"形态""主题"等来分类的,各种文本就被划分为"社会再现形态""传达理念形态""人生表达形态""本体多元形态"等类型。近些年,"主流意识形态文学""国家权力话语文学""民族国家文学"等,也被尝试作为结构文学史的"主体级"概念来使用。——毫无疑问,当代文学史研究应该引入合适的理论和概念,这方面的努力也已取得显著的成效。走向概念和抽象,既是对于现象本质特征的发现,而且也是对现象的丰富。但是,也要看到事情的另一方面,这就是文学史写作中对方法、理论的过分迷信。这种情况在当代文学史写作中表现得尤为突出。目前,在文学史写作中存在着如吴晓东所说的那种"本质主义倾向","把同质性、整一性看作文学史的内在景观",复杂化的,甚至充满矛盾和悖论的文学景观被抽象掉,整合掉了(《记忆的神话》第91页,新世界出版社2001年版)。就拿"民族国家文学"这一概念来说,我看它并非本质性的、可以整合20世纪中国文学的范畴;概念的"发明人"恐怕也不想这样做。设计某种理论框架以进入文本,并进而统摄文学历史的方法,其弊端的一面是,有意无意遮蔽这一框架难以容纳的文学现象,而在文本分析中又忽略矛盾、差异的异质性。

其实,历史现象的"原初"景观并不如我们想象的单一化。而且,还有无数的、并非不重要的事情流失了,或被掩埋了。霍布斯鲍姆在《极端的年代》(江苏人民出版社1999年版)这本书中,援引了意大利作家李威的一段话:在20世纪,"也许是运气,也许是技巧,靠着躲藏逃避,我们其实并未陷落地狱底层。那些正掉落底层的人,那些亲见蛇蝎恶魔之人,不是没能生还,就是从此哑然无言"。在这种情况下,那些留存的,可能被发现,被挖掘的材料,都值得我们去尊重,去辨析,去了解"历史"在统一主题之外的"含混"的一面。

况且,我们面对的是人类精神活动构成部分的文学。在这方面,似乎应该更提倡亲近研究对象,保持对事实,以及事实之间的差异性的精细感觉。在今天,文学写作崇奉的是精细、"个人化"和琐屑的"旧常生活","宏大叙事"由于在文学历史中的畸变,成了被冷落的话题。但是,当代文学史研究却像是走相反的路子,单纯化、简单化成了一种趋势。具体而细枝末节的东西,或者被忽略,或者只有被塞进事先准备好的概念框架里,才有它们"生存"的权利。哲学家伯林在《现实感》(《学术思想评论》第 5 辑,辽宁大学出版社 1999 年版)中认为,人的生活存在两个层次,一个是表面的,容易做出清楚描述的,另一个则是通向越来越晦暗不明,越隐秘,越难以辨认的层次。作家、诗人的有价值的工作,许多都在发现这一层次。他们更多注意细小的、变化的、稍纵即逝的色彩、气味、心理的细节和现象,而这些有时是无法测度,也不都是能够很方便、很清楚地加以分类的。伯林说,缺乏对这些的敏感,完全为一般、笼统、庞大的概念所迷惑,我们就不会有"现实感"。同样,对作家、诗人的工作所作的评述,也必须切合对象的这一特征。文学的历史可以总结为规律,可以用概念加以描述,但概念和规律不等于"历史"。所以,如果谈到《文学史》的问题,我觉得不仅是某种理论、方法应用上的不彻底(当然也是它的问题),而且还是缺乏对具体、变化、差异的东西的敏感和细心。就后者而言,我对自己的不满要来得更为尖锐。

另一个问题是,我们为什么还要有"当代文学史"? 这方面的教材、论著难道还不够多吗? 在这种情况下,它的不断"再生产"有什么理由? 这是写作过程中反复浮现的问题。当然,最简捷的回答是,我们所使用的教材已经不能满足教学的需要。但是,除此之外,还有哪些值得一提的理由呢?

一般来说,我们总是从现实的关注点上去把握和梳理"过去的记忆"的。历史叙述事实上是现在和过去的相遇,是它们之间展开的对话。如果"过去"不能转化为"现在"的问题,它们就很可能不会成为我们的"记忆",不会成为"历史事实",可能会在时间之流中遗漏、消失。然而,比较起古代等的文学史写作,当代文学史与现实的关联更加密切,更加直接,它们之间常常呈现无法清楚划分的缠绕状态。因而,"当代"史的叙述也表现出明显的向现状批评开放的姿态。你的信中谈到的王德威、王晓明、刘禾等人的出色研究,无不如此,尽管他们涉及的对象,严格说来不属于"当代"的范围。王德威提出"没有晚清,何来五四",是在对"晚清"文学理想化想象的基点上,来批评五四为起点的"激进美学",为"通俗小说"等大众文化的现代性提出证明。而王晓明对于"五四"以来的新文学成就的质疑,则是以"世界文学"(主要是法俄文学)作为标尺,来表达其对"精英文学"地位的捍卫。"压抑"和"解放"构成了历史叙述的基本运动,而实施某种压抑,是为了另一种的解放,反之亦然。并不存在脱离一切压抑和权力的全面解放的理想状态。这个问题,你对"一体"和"多元"所作的分析涉及了。这也是我对于"价值中立",或"价值无涉"的历史叙述存有怀疑的原因。在这里,要作一点解释的是,我在《文学史》中讲到的对价值判断的搁置和抑制,并不是说历史叙述可以完全离开价值尺度,而是针对那种"将创作和文学问题从特定的历史情境中抽取出来,按照编写者所信奉的价值尺度做出臧否"的方式。从 50 年代到 90 年代,我们对当代的一些文学现象,某一文本,在评价上往往截然相反,争论不休,如张颐武说的"翻烙饼"。拨"乱"而反"正",反"正"又拨"乱",来回摆动,而于事情本身,对象的"内部逻辑"的了解,并不一定有所进展,甚至原地踏步。这样的情况,是难以让人满意的。

　　在这部文学史的写作中,我考虑得较多的问题主要是这么几个。首先,觉得必须面对过去的那种"现代文学"和"当代文学"的断裂性处理,揭示这种处理的"文化政治"内涵;并进而辨析文学"转折"的实际状况。其次,我要回答的是,"当代"的文学体制、文学生产方式和作家的存在方式,发生了哪些重要的变化,这种变化如何影响、决定了"当代"的文学写作。第三,新文学的文类、题材,诗和小说等的形态在"当代"的演化状况,这种演化的轨迹和现实依据。第四,在20世纪中国文学中占有重要地位的"左翼文学"在当代的命运。当然,对一些重要作家、作品,也会试图做出新的解释。在文体上,我尝试使用一种简明的叙述方式,这主要是想和对象保持必要的距离。对我来说,"当代文学"既不是"我们的",也不是"他们的",仅仅是"当代文学"而已。这种"冷静",还原于对事情做出判断、评价时的畏怯,我常常怀疑自己是否具备这种能力。上面所说的这些设想,现在看来,有的做得好一些,有的则并不理想:正像你和一些朋友指出的那样。

　　在我动手写这部文学史的时候,已知道多部"20世纪中国文学史"的写作正在进行。并且,学界关于重新考虑文学分期、"废除""当代文学"这一概念的呼声日见高涨。我明白,在未来的大部分现代文学史结构中,"十七年"和"文革"的部分,将会有很大的压缩,"当代"的概念也会被融化掉。这在这几年出版的孔繁今主编(山东文艺出版社1997年版)和黄修己主编(中山大学出版社1998年版)的两部《20世纪中国文学史》中得到证实。在我们生活的"后革命时代",尽管50—70年代文学在"现代性的压抑"的理论中,多少已经成为"文化陈迹",但是,有许多问题事实上并没有得到认真研究。所以,我觉得"当代文学"这一概念,需要"挽留"一段时间。这是我仍然要写"当代文学史"的理由。

　　若干年前,我读到韩毓海的一篇文章,他表达了对"我们时代"文学的不满,他使用了"文学的破产"的说法。认为这种破产,是与一种"从话语、利益和个性的分歧、斗争和争辩的角度来观察世界的方式"的丧失,与"合理化成为观察世界的唯一角度"有关。他呼唤文学上的批判的能力,期待"批判的艺术会找到它焕发活力的场所"(《中国当代文学在资本全球化时代的地位》,《战略与管理》1998年第5期)。在20世纪的现代中国,那种"不是一个从文本到文本的循环",而是"作家变革自我和变革世界的双重实践"的写作,在左翼文学中显然有最鲜明的表现。反叛、批判、表达大多数人的现实处境,这无疑是左翼文学的特征。韩毓海和一些人所提出的问题,潜在地表达了重新关注、评估中国左翼文学的地位和意义的愿望,即在一个商业主义的消费文化已逐渐成为主流文化,人的价值取向虚空、混乱的情况下,"左翼文学"可否成为一种抗衡的"异质"存在,可否成为参与价值重构的"资源"之一。

　　对这个问题的回答,不是"是"和"否"这么简单。韩毓海在文章中举了这样的例子,说王蒙的《组织部新来的青年人》和刘震云的《一地鸡毛》,是一个"具有连续性的'小林的故事'":"在60年代(应为50年代——引者)的林震那里,作为乌托邦的现代性的信念与日常生活和官僚机构的矛盾,促发了反叛的叙事,但是,在80年代的小林那里,反抗日常生活和官僚社会的力量已经消失了。"我们姑且认可对这两篇小说思想意旨所作的描述。但是,问题并不能到此为止。问题在于,"反叛的叙事"在当年却被目为异端,它和它的写作者遭遇到严厉批判,而"当年"是"左翼文学"成为唯一合法存在的文学的年代。那么,"反叛"和"批判"的文学的消失,就不是在80或90年代才发生,它早就在大量地发生着。而今天,高举批判性旗帜的创作,如一些小剧场艺术,其观察世界的方式和艺术手段,却只能沿用、模仿"文革"时期那种夸张、激烈、却无法回答现实复杂问题,也抽掉了真正批判精神的方式。在这种情况下,试图"复活"这种文学的批判精神和活力的愿望,就不可能回避历史的反省之路。左翼文学的当代形态出现了怎样的"危机",它的"自我损害""自我驯化"是怎样发生的。这种"自我损害"表现了怎样的"制度化"过程。它的原则、方法所具有创新性,它的挑战的、不规范的力量,它的质朴,某种粗糙,然而富于活力的因素,又怎样在"压抑"另外的文学力量,和不断规范自身的过程中逐渐削弱,逐渐耗尽的。正是在类似的以及其他问题上,"当代文学史"才会成为必要。

在当代文学史写作上,还有一个问题值得讨论,这就是"当代人"如何书写"当代"的历史。其实,说到"当代人""当代"这些词语,在现在,和当初唐弢先生说"当代不宜写史"的 80 年代初,已有很大不同。我在一篇文章里说到这个问题。

"当代人"的说法已难以确指,已很含混。有从"旧中国过来"的当代人,有在五六十年代度过青春时期的当代人,也有出生于六七十年代,于文革一无所知的当代人。这样的时候很快就会来到,那时,课堂上学生的提问是,"文革是什么? 是什么意思?"那时,你会意识到所谓的"当代""当代人"概念的支离破碎。然而,不管怎么说,在今天,当代人如何处理当代历史,仍是一个值得讨论的问题。原因不在别的,就在于我们就身处所处理的对象之中。我们生活在这个时代,并试图"处理"、叙述这个时代;这个时代所发生的一切,成为我们生命的一部分,而我们也是这个时代的一部分。

90 年代以来,我们越来越确定地感受到对当代史、当代文学史描述、评价上的分裂,几年前,在给一年级学生讲座时,大概谈到"伤痕小说"对"文革"的破坏、残暴、痛苦的描写。有学生递条子,认为这不过是"掌握了话语权"的知识分子的讲述,而不可能讲话的"大多数人",并不一定就这么看。最近,在一次讨论当代文学史的会上,有年轻学者以并非否定的态度讲到"样板戏",就引发了有的文革"亲历者"的愤怒:"文革时还是未懂事的孩子,他们知道什么?"这些现象所提出的问题是,对于当代史,对于"文革",对于当代文学,哪一种是对历史的"真实"叙述? 另一个问题是,谁有"资格",或最有可能做"真实"叙述?

这看起来好像是些"伪问题",但又确确实实是我们必须去面对的问题。所谓"真实"的叙述,毋宁说是"合法"的叙述更为准确。在 90 年代,一种有关"文革",有关当代历史(包括文学历史)的"合法"叙述已经确立。这种叙述,如戴锦华指出的,剔除了历史的差异性和复杂性,而做了"单一的霸权/共识表达"。于是,当代中国被描述为一个"本质化的、无差异的大历史的延伸";而这是为了维护政权的延续和意识形态的断裂所采取的文化策略(《隐形书写——90 年代中国文化研究》,江苏人民出版社 1999 年版)。在这种情况下,呈现历史的复杂和差异,就有赖于对单一的"合法"叙述的逸出,对未被主流的历史建构和公共历史叙述所整合的"个人记忆"的尊重,有赖于对未被发掘,或因未赋予"合法性"地位而被忽略、被遮蔽的当代经验的发现和呈示。可以说,正是在"不时流露出对主流叙事,公众'常识'及其'共同梦'的冒犯"的意义上,在"破坏了人们依照种种常识及惯常说法建立起来的文化预期上",人们发现了影片《阳光灿烂的日子》的"重要"的地位(戴锦华《雾中风景》,北京大学出版社 2000 年版)。

另一个问题是,是否历史的"亲历者"最有资格、最有可能呈现"真实"的历史景观?"亲历者"为历史过程提供具有"见证"性质的叙述,无疑具有其他人所不能提供的陈述。在我们生活的这个时代,那些把我们的现实经验与过去的经验联结起来的"机制"(社会结构的和心理的)已被很大损毁。主宰我们的是"现时性"的生活就是一切的观念。因而,讲述已经或就要被忘记的历史事实和经验，无疑是"亲历者"难以替代的职责。但是，即使在潜意识上以为对事情未曾经历就没有资格对它发言，或者他的发言的重要性就会降低，这是可笑的念头。作为"亲历者"在意识到自己的经验的重要性的同时，也要时刻警醒自己的经验、情感和认知的局限。特别是，要警惕历史记忆中强大的情感因素的作用。它可能是一种透视"历史"的契机，但也可能是一种"毒素"。最大的可能是，在历史研究中导致狭隘、固执和专断，导致非理性的盲目破坏。

事实上，我们每个人都生活在特定的语境中，并形成相异的认知模式和情感结构。因此，在历史研究中，提倡一种"靠近历史情境"的书写，其前提不是让个人的盲目的情感和残破的经验膨胀，而是具有对自身限度的自觉。这种自觉，当然不只是一种情绪和意念，它将主要通过比较他人的观察世界的视点和框架来实现。这样，个体、代际、国族之间的差异的"历史记忆"将可能形成有意义的对话和"冲撞"，使我们不仅"看见"原先看见的东西，而且看见原来"看不见"（或"不被看见"）的东西。

（原载《文学评论》2002 年第 3 期）

"十七年文学"研究的学科史意义

曾令存

"十七年文学"（包括"文革文学"）已日益成为学界关心的话题。有论者认为这是 90 年代以来 20 世纪中国文学研究"文学史意识觉醒"的一个标志。① 但事实上，90 年代尤其是近几年来关于"十七年文学"研究的"卷土重来"不过是个"形式"，"形式"背后的"意识形态意义"才是评说之意义所在，如福柯所言："重要的不是话语讲述的时代，而是讲述话语的时代。""评说的距离"（时间）将决定着"距离的评说"（结论）。许多曾经参与"十七年文学""事件"构造的"当事人"，后来成了这段文学史的描述者。"当代人"如何写"当代史"，这确是一个棘手的问题。"我们一方面把文学史写作变成一种冷却抒情的'叙述'，并在这一过程中尽量取客观与超然的态度，同时又发现，当我们自己也变成叙述对象的时候，绝对的'冷静'和'客观'事实上是无法做到的，由此看来，并不是'当代人'不能写'当代文学史'，而是当代人'如何'写曾经'亲历过'的文学史。它更为深刻地意味着，我们如何在这过程中'重建'当代人的历史观和世界观。"②——而这其中更具本质意义的，我以为还是"如何在这过程中'重建'""当代人"的价值观的问题。

由于 80 年代对"十七年文学"的"重写"变相成了经验教训的总结，先在的价值立场与难抑的激情评说消解着客观冷静的科学分析。经过 80 年代末思想意识形态的大转折，随着 90 年代以来当代文学学科建设的不断推进，我们愈来愈清楚地看到了 80 年代构筑起来的文学史叙述的"限度与弱点"，即"过分信任所确立的理论、法则的绝对普遍性"，对"对象的'独立存在'缺乏足够的意识"。③ 其结果：一是造成对对象的新的"遮蔽"与"盲视"，二是把复杂的文学现象归拢于某一预设的概念理论，导致新的误读。1999 年，《中国当代文学概说》（香港青文书屋 1997 年出版）准备在大陆出版时，洪子诚在增补"序言"谈到"当代人"如何面对、处理"'时间'距离过近"的"当代史"时指出："对于亲历的'当代人'而言，历史撰述还有另一层责任。这就是，在公正，但也是可怕的'时间'的'洗涤旧迹'的难以阻挡的运动中，使一些事情不致过快被冲刷掉，抵抗'时间'造成的深刻隔膜。"④从这种意义上说，一些论者在"十七年文学"研究中提倡"回到历史情境中去"，对"十七年文学"作为"文学事实"进行"知识学"的"考古"清理，并不是毫无意义的。

---

① 李杨：《"文学史意识"与"五十至七十年代文学"》，《江汉论坛》2002 年第 3 期。
② 程光炜：《更复杂地回到当代文学历史中去》，《文学评论》2000 年第 1 期。
③ 洪子诚：《近年的当代文学史研究》，《郑州大学学报》2001 年第 2 期。
④ 洪子诚：《近年的当代文学史研究》，《郑州大学学报》2001 年第 2 期。

一

90 年代以来的"十七年文学"研究,已经融入了整个思想理论界的"宏大叙述"与"建构"之中(它是对 20 世纪中国"百年回眸"的其中一个切入视点),在参与"历史建构"(对 20 世纪中国文学的重新审视与"整合")、关注"当下"文坛的同时,又曲折地参与着对"未来"的"预设"(21 世纪的中国文学究竟应该具有怎样的品格)。这里,我更关注的是蕴含在这其中的"学科史"的意义,关注作为"当代文学"学科视野中的"十七年文学"研究。

90 年代后来一系列关于"十七年文学"研究的著作文章,是 80 年代末"重写文学史""余绪"的产物。据初步统计,1996 年以来,已出版的关于"十七年文学"研究的著作有 3 部,①论文不下 30 篇。若将包含"十七年文学"内容的多种现当代文学史(包括"通史"与"专题史")计算在内,数量还要大些。90 年代以来的"十七年文学"研究,已终于影响到一些治当代文学的学者冷静下来检讨"原来当代文学史写作所确立的视角,所运用的概念和所持的文学评价标准等存在的缺陷,而寻找新的理论框架和叙述方式,对文学现象进行新的选择和编纂,以达到对当代文学的新的观照"。②

"十七年文学"的研究在这一阶段被如此明确地赋予了严格的学科史意义,成了"当代文学"学科建设链条中的重要一环,而这种研究的"学科史意义"又紧密地与研究者所坚持的学术立场关联着。把"十七年文学"的研究作为一个学术的话题来谈说,强调研究中的"学术立场"与"学术视角",也只有在这一阶段才表现出一种自觉,并成为现实。

90 年代以前的"十七年文学"研究,值得质疑的问题之一是:是否自"十七年文学"诞生以来,关于它的"谈说"、对它的不断"重构"也或隐或显地充当着"时代的风雨表"而始终难以上升到严肃的学术层面? 作为"当代文学""事件"的"在场者","当我们也变成被叙述对象的时候,绝对的'冷静'和'客观'事实上是无法做到的"。这就使得包括"十七年文学"研究在内的当代文学研究要获得具有一定"距离感"和科学性的学术品格,并不容易。这种从研究的"学科史"与"学术史"意义中衍生出来的历史意识,也是 90 年代的研究者们所无法回避的"十七年文学"问题。2000 年在武夷山召开过"中国当代文学史学观念学术研讨会",提出了许多值得思考的问题。③ 若作深入探究,我们把"十七年文学"究竟置于"文学史"的视野还是"文学史"的范畴进行考察,结论会不一样。它实质上反映着研究者的史识。前几年出版的几种《20 世纪中国文学史》,有对"十七年文学"只"概括"地一笔带过的,但有的则有意识地将其纳入文学史的整体进程,正视其存在,探讨它究竟给文学史提出了些什么有"意义的问题"的。④ 这两种不同的处置方式,实质是如何在 20 世纪中国文学中定位"十七年文学"。另外,近年"十七年文学"研究中"潜在写作"概念的提出及其争议,对"十七年文学""隐失的诗

---

① 即《十七年文学:"人"与"自我"的失落》(丁帆、王世诚著,河南大学出版社 1999 年版),《中国当代文学的叙事与性别》(陈顺馨著,北京大学出版社 1995 年版),《回眸"十七年文学"》(岳凯华著,中国档案出版社 2001 年版)。

② 《当代文学概说·序言》,广西教育出版社 1999 年版。

③ 研讨会有关内容可参看《中国当代文学史史学观念学术研讨会》一文,《文学评论》2001 年第 1 期。

④ 前者如孔范今主编的《二十世纪中国文学史》(山东文艺出版社 1997 年版)。后者如黄修己主编的《20 世纪中国文学史》(中山大学出版社 1998 年版)。

人和诗派"的描述，①其实都暗含着研究者文学史观的调整。所有这些，都从一个侧面体现着"当代人""重建"的"历史观和世界观"。

对"十七年文学"研究的"史识"问题，从"文革"时期以江青为代表的"激进派"提出"真正的无产阶级文学史"是从他们开始之时便存在，只不过那是一种否定一切抹杀一切的"史识"。后来，在20世纪70年代末80年代初"回归'十七年'"的呼声中和80年代末"重评'十七年'"的"重写文学史"倡导中，我们见识到研究者的另一种"史识"。但由于受制于日益高涨的启蒙情绪，研究者的这种"史识"始终都难以上升到严格的"学科史"与"学术史"层面。

只有经过20世纪80年代末思想意识形态的大转折，只有在"学术"与"政治"被一些研究者有意识地相对淡化与疏离的90年代，"十七年文学"研究中的"史识"才终于与"当代文学"的学科意义关联起来，使这一时期的"十七年文学"研究因此获得"当代文学"的学科史价值。

二

从学科构建的意义上说，"十七年文学"之于"当代文学"的意义在于，它是学科建构中无法绕开的一段历史，是学科构成的一个重要组成部分。

清理20世纪50年代以来各个时期对"当代文学"的构造与描述，我们不难发现这样一种现象，即每一个时期"当代文学"的构造者，首先都是从"十七年文学"里面去寻找"构造""资源"，挖掘其中一些能阐释"当代文学"之所以是"当代文学"的特质的。这种现象并不难理解，因为这一时期的许多"当代文学"事件，直接影响到后来对"当代文学"的表述。在"当代文学"学科建设相对成熟的90年代后期，洪子诚曾在《"当代文学"的概念》②一文中提到一个值得注意的细节，即周扬在第一次文代会（1949年）上关于"当代文学"的特征、性质的描述的特殊话语方式，经过50—60年代的进一步"完善"，"习习相因，在30多年后仍为最新研究成果的当代文学史所继续"。由此可见，"十七年"时期的"当代文学""事件"是如何深远地影响着"当代文学""叙述"的。

作为"文学事件"的"十七年文学"与作为"历史叙述"（"文学史"）的"当代文学"之间的这种潜在关系，使得"十七年文学"的研究除了具有一般的文学批评意义外，还另有一层学科史的意义。人文学科的学科建设与学科史的研究，除具有一般的学术研究属性外，还具有自然科学研究的一些素质，力求客观、冷静、理性，用可靠的事实叙述去替代预设的理论论证。"回到历史情境去"的"十七年文学"研究，即是提倡"更复杂地回到当代文学历史中去"，"清理"作为一种话语方式的"十七年文学"，究竟是怎样构建起来的，当时的人们为何要用这种话语方式言说，它与这一时期的政治权力话语构成着一种怎样的关系，这种言说方式是如何影响着后来文学的发展的，等等。当我们以这样的方式进入"十七年文学"的时候，我们实际上便是在"自觉"靠拢作为"当代文学"学科建设切入口的"十七年文学"研究，赋予了"十七年文学"研究以学科研究的品格。

---

① 前一种情况主要指陈思和主编的《中国当代文学史教程》（复旦大学出版社1999年版）对"十七年文学"的描述视角，后一种情况主要指洪子诚著的《中国当代文学史》（北京大学出版社1999年版）对"一体化"的"十七年文学"的补充描述。

② 《文学评论》1998年第6期。

三

　　"规范"的构建即是确立"十七年文学"研究的一种学科话语体系,建立"十七年文学"研究"自身的'知识谱系'",它具体包括文学理念的构造,价值立场的确立和研究方法的选择等内容;这些内容构成一个自足的整体,具有相对的恒定性,内在互相关联着。

　　在一系列"研究'规范'"已经相对建构起来的今天,我们不应该遗忘整体上"十七年文学"研究"规范"建构曾经有过的曲折。这"规范"建构的艰难,主要来自如下几方面原因:一是长期以来关于"十七年文学"的研究受非学术因素的干扰太多,研究者在研究过程中受到的来自研究的"外部"力量的制约太大。20世纪90年代之前的情况自不待言,即便是近几年在"规范"的建构方面已取得了一定成效的研究中,我们仍可以感受到80年代某种意识形态对研究者思维方式(渗透在文学观念、价值立场、研究方法等里面)的影响。陈思和主编的《教程》是这几年当代文学史研究中影响较大的一部著作,但有些论者对他在《教程》中所体现出来的价值立场等的质疑,却很值得我们深思。如昌切认为由于《教程》"偏重思想启蒙,经常把完整的作品分割成互不相容、互相抵触的两个部分,分而论之,抬一面压一面;也经常故意压低一统文坛的显在文学的调门,抬高受压抑的,以及在当时基本或完全没有发挥社会作用的潜在文学的声音"。[①] 李杨则认为《教程》"文学史的认知方式无疑仍是一种典型的'二元对立'的方式"。[②] 这种明显地倾向于社会批判与文化批判的价值立场以及似是而非的"回避"政治权力中心的"政治情结",对把"十七年文学"作为一段"历史叙述"的"重构"未尝不是一种路径,所谓"所有的历史都是当代史";但对于力求科学学理化的"文学史"研究而言,其偏颇影响是必然的。"十七年文学"生成发展于高度政治化的环境里,其政治素质本身已构成对研究者的潜在制约,同时,由于上个世纪初开始形成的以"革命"为中心的政治生活,直到80年代以后才趋于淡化。所有这些,在为我们"重构"这一段"历史叙述"提供着可塑的巨大空间的同时,亦对"十七年文学"研究形成无形的"场力",制约着其"学科话语"的建构。

　　建构困难的另一原因,则与"当代文学"学科建设的曲折有关。目前比较认可的对"当代文学"的描述主要有两种,一种是把它确立于1949年到1978年期间,认为这段时间"在中国新文学史和新文学思潮史上,都具有相对独立的阶段性"[③];"另一种权宜性的解释是,这是'左翼文学的工农兵文学形态',在50年代'建构起绝对支配地位',到80年代'这一地位受到挑战而削弱的文学时期'"。[④] 但作为学科建设,近50年来它一直都在不断地被"重构"。作为一种相对独立的学科,"当代文学"究竟具有什么特质,应该具有怎样的学科品格,始终未达成共识,构造或重构者更多地是根据自己的理解,站在非学术的立场上进行描述。这在"周扬派"和"江青派"的"当代文学"观念中,我们可以看得很清楚。经过从50—80年代"现

①　昌切:《学术立场还是启蒙立场》,《文学评论》2001年第2期。

②　李杨:《当代文学史写作:原则、方法与可能性》,《文学评论》2000年第3期。

③　朱寨主编:《中国当代文学思潮史》,人民文学出版社1987年版。

④　洪子诚:《中国当代文学概说》,(香港)青文书屋1997年版。

代文学"与"当代文学"学科关系的"颠来倒去",①"当代文学"的研究者们才开始努力排除各种不利因素的干扰,在构建"当代文学"过程中有意识地形成自己的学科话语。在这种情况下,"当代文学"学科话语的建构与"十七年文学"研究规范的构建构成着互动关系,前者的"自觉"促动着后者的"寻找"与"建构",后者又反过来推动前者。严格规范的学科建设的"迟到",在一定程度上掣动着"十七年文学"研究规范的建构。

还有一个原因,便是"知识能力"的贫乏。李杨认为"当代文学研究的结构失衡(主要是指"十七年文学"和"文革"文学"研究的严重缩水"——笔者注),一方面源于研究者的意识形态的偏见,另方面——或许是更重要的一方面,是因为研究者缺乏在今天讨论这种文学方式的知识能力"。② 这说法应该是有一定道理的,所谓"知识能力",在这里首先当然是指研究专业方面的素养,但同时,还指从事专业研究方面的理念(研究的指导理论)与方法(研究的方式方法)。一个有目共睹的事实是,90 年代以来,在"十七年文学"研究方面取得突破性进展的,大都是根基于对"十七年文学"研究的已有"观念"与"方法"的突破和超越,这其中最有代表性的是洪子诚与陈思和,还有黄子平、李杨等。③ 在 80 年代中期"方法热"之前,30 多年的"当代文学"批评与研究理论的"资源"获取主要有两个途径:一是 30 年代开始介绍到中国后不断"本土化"的俄国"社会主义现实主义"理论,特别是以车尔尼雪夫斯基、别林斯基、杜波罗留夫斯基为代表的俄国民主主义美学理论;二是 40 年代毛泽东《讲话》中提出的"政治标准第一,艺术标准第二"的战时文艺批评法则。这两个"资源"的一个共通点,便是讲文艺的"外部规律"多,"内部规律"少,并逐渐演化成"庸俗社会学"的"政治—艺术"批评。这种批评与研究观念的落后及方法的陈旧,桎梏着"十七年文学"研究的正常开展,更无从谈起"研究规范"的建设。"既有的当代文学研究的概念和叙述方法,在未得到认真的'清理'的情况下仍继续使用,这导致对'当代文学'有效阐释的学科话语的建设,受到阻滞。"④

(原载《学术研究》2003 年第 6 期)

---

① 参看张颐武的《当代中国文学研究:在转型中》(《天津社会科学》1994 年第 4 期)和洪子诚的《〈中国现代文学三十年〉的"现代文学"》(《文学评论》1999 年第 1 期)、(《中国现代文学研究丛刊》2000 年第 3 期)等文章。

② 李杨:《当代文学史写作:原则、方法与可能性》,《文学评论》2001 年第 3 期。

③ 洪子诚提出"一体化"文学观念和尝试"知识学立场"研究方法,可参考其《当代文学的"一体化"》(《中国现代文学研究丛刊》2000 年第 3 期)、《关于 50—70 年代的中国文学》(《文学评论》1996 年第 2 期)。从"启蒙主义"立场出发,陈思和建构了以"潜在写作"与"民间"系列概念为中心研究话语体系,极大地拓宽着"十七年文学"研究的空间,参看其《中国新文学整体观》(上海文艺出版社 2001 年版)、《编写当代文学史的几个问题》(《郑州大学学报》2001 年第 2 期)等。黄子平和李杨主要是从"现代性"话语角度来反思"十七年文学"的。黄子平的思想可参看其《论中国当代短篇小说的艺术发展》和《"灰阑"中的叙述》(上海文艺出版社 2001 年版);李杨的"十七年文学"研究立场与方法可参看其 1993 年由时代文艺出版社出版的《抗争宿命之路》、《成长·政治·性——对"十七年文学"经典作品〈青春之歌〉的一种阅读方式》(《黄河》2000 年第 2 期)、《〈林海雪原〉与传统小说》(《中国现代文学研究丛刊》2001 年第 4 期)。

④ 洪子诚、孟繁华:《期许与限度——关于"中国当代文学关键词"的几点说明》(洪子诚、孟繁华主编:《当代文学关键词》,广西教育出版社 2002 年版)。

关于"十七年文学"的评价问题

王彬彬

一

　　二十世纪七十年代末到八十年代初的几年,有所谓"伤痕文学"和"反思文学"的兴起。当时,有一个叫李剑的人写了《歌德与"缺德"》这样的文章,对揭露伤痕、反思历史表示了强烈的不满。但李剑的文章立即激起批评界和广大读者的满腔义愤,批评界对之进行了集体声讨。当时的批评家们,对《班主任》《伤痕》《枫》《许茂和他的女儿们》《记忆》《邢老汉和狗的故事》《犯人李铜钟的故事》《李顺大造屋》《芙蓉镇》等一系列作品,是给予了热情的肯定的。当时肯定这些作品的批评家,许多人已离我们而去。但其中较年轻的一些人,至今还健在,还在发表着对文学的看法。

　　八十年代中后期,有所谓"先锋文学"的兴起。徐星、刘索拉、马原、莫言、余华、苏童、格非等一批被称为"先锋作家"的人,一时间成为议论的焦点。"先锋文学"也造就了一批不遗余力地为之辩护的"先锋批评家"。如果我的记忆不错,陈晓明就是由"先锋文学"所造就的批评家。在"先锋文学"遭遇不少人的反感、质疑时,陈晓明一篇接一篇地发表着长文,从不同角度阐释"先锋文学"的意义和价值。"先锋文学"之后,有所谓"晚生代"登场。"先锋批评家"中的一些人,又顺理成章地成为"晚生代"的颂扬者和阐释者。

　　批评界肯定"伤痕文学"和"反思文学"的理由,是这些作品具有难能可贵的品质。对个人命运的关注,以及作家主体性的显现,是这些作品所具有的可贵品质之一种。而接通、承续了"五四"文学的人道主义精神,则是这些作品所具有的另一种可贵品质。这二者其实是密不可分的,或者说干脆就是一回事。对这些作品的这种看法,后来成为"定论",进入了文学史著作。例如,洪子诚所著的《中国当代文学史》,在论及"伤痕文学"时,就说:"这些艺术上显得粗糙的作品,提示了文学'解冻'的一些重要特征:对个人的命运、情感创伤的关注,和作家对于'主体意识'的寻找的自觉。"而陈思和主编的《中国当代文学史教程》,则以《"五四"精神的重新凝聚》为题,论述这一时期的文学现象,认为这些作品"在批判现实方面达到了50年代以来从未有过的深度和力度,由此展现的知识分子的主体精神也出现了'五四'以来罕有的高扬"。

　　"先锋批评家"肯定"先锋文学"和"晚生代"的最大理由,则是这些作品体现了文学的"向内转"。"向内转"被视为一种绝对正面的现象,因而也是绝对值得人们赞美的。与此同时,所谓的"宏大叙事"则被视作绝对负面的现象,因而也是人们绝对应该鄙弃的。"先锋批评家"在称颂"向内转"的同时,总是要对"宏大叙事"表示不屑,总不忘对"宏大叙事"进行挖苦、嘲讽,总是要说明"宏大叙事"如何荒谬可笑。在为所谓"晚生代"叫好时,"先锋批评家"特别对所谓的"个人化写作"热情讴歌。"文学写作从来没有像今天这样回到个人本位";"事实上,与传统对话的文学写作已经变得自欺欺人";"'晚生代'生不逢时却也恰逢其时,以他们更为单纯直露的经验闯入文坛,明显给人以超感官的震撼力。他们的兴趣在于抓住当代生活的外部形体,在同一个平面上与当代生活同流合污,真正以随波逐流的方式逃脱文学由来已久的启蒙主义梦魇。"……陈晓明等"先锋批评家"就是以这样的话语,解释着、赞颂着所谓的"晚生代"。

二

现在我要说的是:无论是对"伤痕文学"与"反思文学"的肯定,还是对"先锋文学"与"晚生代"的颂扬,都意味着对"十七年文学"的否定和贬抑。实际上,在人们肯定"伤痕文学"和"反思文学"时,"十七年文学"和"文革文学",始终是一个参照,当然是否定意义上的参照。面对"伤痕文学"和"反思文学",当人们说它们关注个人命运和情感创伤时,当人们说它们体现了作家"主体意识"的觉醒时,当人们说它们在批判现实方面具有了"当代"从未有过的深度和力度时,当人们说它们显示了"五四"精神的重新凝聚时,也就是在说:"十七年文学"和"文革文学",是漠视个人命运和情感创伤的;是没有表现出作家的"主体意识"的;是对现实不具有批判精神的;是与"五四"精神背道而驰的。至于"先锋批评家"在颂扬"先锋文学"和"晚生代"时,不但"十七年文学"和"文革文学"是参照物,甚至此前的"现代文学"和此后的"伤痕文学"与"反思文学"也是参照物,当然也是否定意义上的参照物。当他们颂扬"先锋文学"的"向内转"时,当他们颂扬"晚生代"的"个人化"时,也就同时表达了对"十七年文学"的贬抑。因为"十七年文学"无疑是一种向"外"的文学,无疑是与"个人化"水火不容的文学。而当"先锋批评家"对"宏大叙事"极尽嘲骂之能事时,"十七年文学"也当然是最"合格"的嘲骂对象——"宏大叙事"不正是"十七年文学"最显著的标志么?

在整个八十年代,"十七年文学"中的主流作品,都是被否定、遭鄙薄的。在八十年代前期,"文学创作的规律"是一个理论批评的常用语。理论家批评家们总强调要尊重"文学创作的规律",而"十七年文学"和"文革文学"则被视作违背"文学创作规律"的畸形儿。在八十年代前期,人们还强调"伤痕文学"和"反思文学"显示了"真正的现实主义精神",而"十七年文学"中的主流作品,则被视作是"伪现实主义"的表现。进入九十年代后,情形发生了耐人寻味的变化。先是有人抛出了"红色经典"这一说法。他们要把"十七年文学"中的那些主流作品推到经典的地位,却又同时表明,这只不过是一种自成谱系中的经典,并不是《哈姆雷特》《红楼梦》意义上的经典,也就拒绝了那种普世性的文学尺度。这虽然荒谬,但还让人感到一丝羞涩;还显示了某种退守的姿态;还有意无意地告诉世人:他们不过是在自娱自乐。进入新世纪后,"十七年文学"的赞美者则更为勇敢了。他们抛弃了"红色经典"这一挡箭牌和遮羞布,毫无愧色地对"十七年文学"中的那些主流作品表达着热情的颂扬,理直气壮地宣称这些东西也是一种"伟大成就"。——让人没法不感慨的是:这些人中,有的,正是当初捍卫和赞颂"伤痕文学"和"反思文学"者;有的,则是为"先锋文学"和"晚生代"一路欢呼下来的"先锋批评家"。

应该说,最近这些年,在肯定"十七年文学"的论者中,有人从未直接或间接地否定过"十七年文学"。他们从未批判过"十七年文学"的"假、大、空""伪现实主义"和"宏大叙事",也从未对"先锋文学"和"晚生代"的"向内转"与"个人化"高声喝彩。从五六十年代开始,他们就喜爱"十七年文学",且至今不变。我们可以不认同他们的文学观念和文学趣味,但却不能怀疑他们的真诚和执着。更重要的是,在他们今天对"十七年文学"的赞美中,我们丝毫看不到文学以外的动机和谋求。而那些当初以"十七年文学"为"反面教材"的人,今天忽然变成"十七年文学"的守护神,其动机和谋求,恐怕就值得人们思量了。

对"十七年文学"中的那些主流作品"去政治化",是今天的"十七年文学"讴歌者常用的手法。他们总在强调,这些作品不仅仅只有政治层面,还有政治以外的东西,而这些政治以外的部分,是十分精彩的,是有极大价值的。一位当初的"先锋批评家"最近撰文说,他在课堂上将《创业史》这类作品中的一些片断念给学生听,学生啧啧称奇,说是写得"一点不比今天的作品差"。看了这番话,我对近几年研究生面试中的一种现象更加理解了。最近几年的研究生面试中,常有学生表示喜爱"十七年文学",而追究其喜爱的理由,则往往让人啼笑皆非。在前不久的"推荐研究生"面试中,一位女生说自己喜爱《三家巷》,而喜欢的理由,则是小说"写了乞巧节"。我问她如何看待《敌与友》这一章中毛泽东的《中国社会各阶级的分析》发表后在三家巷引起的震动,她摇摇头,说是"没有印象"。我呆呆地看了她半天,在心里一声叹息。套用毛泽东评《红楼梦》的话,《敌与友》这一章,可谓是《三家巷》全书的纲。《三家巷》是以小说的方式图解《中国社会各阶级的分析》,是以文学的方式强调"阶级情"应该重于"骨肉情","阶级情"应该战胜"骨肉情"。喜爱《三家巷》却对《敌与友》这一章毫无印象,我除了在心里叹息,还能说什么呢?她的老师,一定是像那位当年的"先锋批评家"一样,以赞赏的口气,在课堂上念了一些《三家巷》中片断,以此证明小说的优秀,才让学生只知"乞巧节"却不知《敌与友》,——这不是误人子弟,又是什么呢?

三

一只苹果,如果大部分烂了,说这是一只烂苹果,应该没有什么不妥吧?当然,你如果说,这只苹果还有一部分没有烂、可以吃,也自有道理。但是你如果进而说,这只苹果有一部分没有烂,因而不能说是一只烂苹果,应当认为是一只好苹果,那就走向荒谬了。今天的一些人,玩的却正是这种荒谬的把戏。他们先对"十七年文学"中的主流作品"去政治化",强调其中也有"乞巧节"一类的场景,写得很好,不能否定。接下来,则说这些作品中也有写得很好的"乞巧节"一类的场景,所以整个作品都是应该肯定的。这有点像障眼法。毫无疑问,"十七年"里的有些作家,如周立波、柳青、赵树理、欧阳山等,是富有文学才华的。因此,在他们的作品中,有些风景描写、有些风俗叙述,有些场景刻画,具有一定的文学性。这一点丝毫不必否认。但是,这些枝节性的东西,不足以影响对整部作品的评价。《三家巷》《创业史》这类作品,是观念先行的产物,是在图解某种政治理念。它们展现的是臆想的历史和臆想的现实,却又对读者产生着可怕的影响。《三家巷》让读者相信"阶级情"重于"骨肉情"、"阶级情"应该战胜"骨肉情"。而现实中那么多人伦悲剧、那么多的人与成为"敌人"的亲人"划清界限",不能说与《三家巷》这样的作品没有关系。卢新华的《伤痕》,某种意义上表达的正是对《三家巷》的否定。《创业史》这样的作品,则引导读者以"阶级斗争"的眼光去打量、感受和理解现实,于是,现实中的"阶级敌人"便层出不穷。王元化曾这样评说"样板戏":"样板戏炮制者相信:台上越是把斗争指向日寇、伪军、土匪这些真正的敌人,才会通过艺术的魔力,越使台下坚定无疑地把被诬为反革命的无辜者当敌人去斗。"这番话,用在"十七年文学"中那些主流作品身上,也是合适的。

不过,对摇身一变、歌颂起《创业史》一类作品的"先锋批评家"说这些,也是无用的。他们何尝真的喜欢《创业史》这类作品。强调要对这类作品"去政治化",或许正是出于某种政治目的。几十年间,用文理往往不通的语言,稗贩着西方时髦理论,对一茬又一茬的作家一律叫好,又并没有一篇文章真正搔到痒处。文学在我们这里,是政绩之一种,所以这样一路叫好的批评家,总是受宠的。因为只要叫好就行,是否搔到痒处,则是无关紧要的。

(原载《文学报》2009 年 12 月 4 日)

"十七年"文学：如何进入文学史？

杨利景

上个世纪 80 年代，唐弢等先生著文指出，当代文学不宜写史。洪子诚先生认为，"唐弢先生说的当代文学不宜写史，主要是对当代人处理新近发生的事情的可靠性的怀疑。时间过于靠近，心理、情感缺乏距离，大概就容易看不清楚，过于情绪化吧。"[1]（P16）对于"十七年"文学来说，随着时间的推移，这段历史距离我们现在已经越来越遥远，无论从时间上还是从时代语境上都已经真正进入了"历史"范畴。逐渐抛却了"当局者迷"的干扰，这段历史的本真面目在我们面前应该渐趋清晰。按照唐弢先生的观点，此时写史应该渐入佳境。可事实好像并非如此，与 20 世纪 90 年代以前文学史家自信而决绝的姿态相比，对于"十七年"文学如何进入文学史，近年来的学者们却表现得越来越犹豫不决。问题不但没有因为时间的推延而明了，反而变得越来越错综复杂。

这应该是一个可喜的进步。意识到问题的复杂性，说明我们对这段历史的思考正在走向深入。"十七年"文学如何进入文学史，其难度一方面来源于当代文学史写作自身的诸多困惑，比如文学史写作如何最大程度地呈现历史原貌？绝对的客观公正是否可能？如果主观因素不可避免，那么如何处理史家价值判断与文学史实之间的关系？另一方面，具体到"十七年"文学，问题的复杂性还在于，"十七年"文学在整个 20 世纪文学史中处于什么样的地位？我们应该如何评判这段备受争议的历史？评判的标准是什么？这一标准是否科学有效？等等。

一、"十七年文学"的文学史价值

在现有的当代文学史著作中，不同史家对"十七年"文学的处理方式也是不同的，体现了对这段文学史在价值和立场上的差异。有一个不容忽视的现象是，许多著者对这段历史进入文学史采取了极力压缩的方式。比如被教育部列为"面向 21 世纪教材"的《中国现代文学史》①中，"十七年"和文革近三十年的文学只占全书的五章，而新时期以后的二十年却占了八章。黄修己先生主编的《20 世纪中国文学史》②同样存在这样的问题，从 1949 年到 1985 年，计 36 年，只占全书的两章，而 1986 年到 1998 年，计 12 年，却占了三章。类似的情况在陈思和先生主编的《中国当代文学史教程》③、孔范今先生主编的《20 世纪中国文学史》④、金汉先

---

①　朱栋霖、丁帆、朱晓进：《中国现代文学史》，高等教育出版社 1999 年版。
②　黄修己：《20 世纪中国文学史》中山大学出版社 1998 年版。
③　陈思和：《中国当代文学史教程》，复旦大学出版社 1999 年版。
④　孔范今：《20 世纪中国文学史》，山东文艺出版社 1997 年版。

生主编的《中国当代文学发展史》①等文学史著作中均不同程度地存在着。如许多学者指出的，"对'十七年文学'与'文革文学'的'盲视'几乎成了 80 年代以来的'当代文学史'与'二十世纪中国文学史'研究中一个显著的特点"，"甚至在大学中文系的课堂上，它们都会被毫不犹豫地忽略乃至省略。在 80 年代的文学史叙述中，公式化、概念化、政治化的'文革文学'，乃至'十七年文学'根本不是真正意义上的'文学'，'当代文学'的真正意义是通过'新时期文学'加以体现的。"[3]

这一处理方式的认识论基础是对"十七年"文学的文学意义和文学史价值的否定。"文革"结束后，出于对以往政治运动对文学的伤害的反感，人们在上个世纪 80 年代几乎是义无反顾地将"文学的自主性"作为评判文学价值的重要甚至唯一标准。在这一标准的衡量下，"十七年"文学无疑是处在劣势的，其文学意义和文学史价值自然要受到质疑和否定。这就勾连出一连串与此相关的另外一些问题："文学的自主性"作为衡量文学意义的标准是否科学？一段缺乏"文学自主性"的文学历史是否就是缺乏文学史价值的历史？

一个不容否定的基本事实是，"十七年"文学确实在当时深受政治的影响。很多学者惯于用"一体化"或"一元化"来形容当时文学的基本态势。指的是在意识形态力量的参与下，当时文学的生产方式、组织方式以及文学形态等都表现出高度趋同的倾向。"'一体化'与文学历史曾有过的'多样化'，和我们所理想的是'多元共生'的文学格局，构成正相对立的状态。"[4]但是，对基本文学事实的认定并不代表对以"文学自主性"作为衡量这一时段文学意义和价值的标准的认可。所谓"文学的自主性"，本身就是一个极其脆弱和模糊的概念。文学不是一门封闭自足的艺术，而是一门开放的艺术。包括政治、经济、文化、地理、民族等各种因素都会对文学产生或直接或间接的影响，反过来，文学也会对上述这些因素发生一定的反作用。正因为如此，从古至今，文学始终没有真正做到过所谓的"自主"。在此我们不必列举封建社会诸如"文以载道"之类的文艺思想对文学的规训，即便是在 20 世纪 90 年代之后这一普遍被认为是文学摆脱了政治束缚的时代，文学其实也很难实现完全意义上的"自主"。这不仅指文学在很大程度上还要受到从属于政治的作家管理机制、评奖制度、作品审查制度等的规约和指导，同时，更为显著地，在这个商品意识空前膨胀的社会中，文学艺术更难以摆脱商业大潮的裹挟。那么，我们是否就应该据此也否定当下文学的价值而使其淡出文学史呢？

客观地讲，不但以"文学的自主性"作为衡量"十七年"文学意义和价值的标准是值得怀疑的，而且，当代人确立的任何价值标准都难以保证不在将来受到后人的质疑，包括一度被奉为金科玉律的"文学性"标准。这是因为，任何标准其实都是一种主观预设的想象，这种想象植根于当代人的价值观念和理想模式。在本质上都是人们为自己确立的一个参照体系。我们不反对运用这一参照体系对某一历史时期的文学进行评判，因为，完全抽离了价值判断的文学史著作也是不可想象的，那样只能使文学史沦为一盘散沙。洪子诚先生曾经在他的《中国当代文学史》中尝试一种"价值中立"的"知识学立场"，但他同时也指出："我在《文学史》中讲到的对价值判断的搁置与抑制，并不是说历史叙述可以完全离开价值尺度，而是针对那种'将创作与文学问题从特定的历史情景中抽出来，按照编写者所信奉的价值尺度作出臧否'的方式。"[5]因此，如果凭借预设的评判标准将某一段文学排除在文学史外，造成历史

---

① 金汉总：《中国当代文学发展史》，上海文艺出版社 2002 年版。

的空白,无疑是武断与粗暴的。作为一种客观的存在,任何一段历史都有它存在的历史意义,"十七年"文学尤其如此。

首先,"十七年"文学是历史链条中不可或缺的重要一环。从左翼文学到延安文学,再到文革文学,"十七年"文学在这段历史中扮演了极为重要的角色。如果将左翼文学和延安文学等视为"一元化"文学形态的萌生和发展阶段,那么"十七年"文学则可以被视为成熟阶段。1949 年以后,解放区的文学形态和文学模式被作为一种成功的经验推广到全国,"十七年"文学则是这种经验全面推广的结果。"文革"文学虽然对"十七年"文学采取的是一种否定的姿态,被江青等人称为"被一条与毛泽东思想相对立的反党反社会主义的黑线专了我们的政"[6]的文学,但在内在机理上二者是有共同的渊源的。只不过"文革文学"已经是这种文学形态"盛极而衰"的产物,走向极致的同时,其内部也在酝酿着一种反动的力量,比如"文革"后期地下文学的兴起。

其次,"十七年"文学见证了新中国在很长一段时间内探索文学道路的过程。虽然新中国将解放区文学作为一种成功的经验借鉴过来,但是,解放区文学毕竟是一种区域性文学,被作为整体模式推广后还有诸多问题需要解决。比如,在中华人民共和国成立以前,以毛泽东的《在延安文艺座谈会上的讲话》为指导思想的解放区文学,是作为包括国统区文学、沦陷区文学在内的三元文学形态中的一元出现的,中华人民共和国成立以后,解放区的文学形态对其他文学形态形成了强烈的挤压效应,周扬在第一次文代会上就曾斩钉截铁地宣布:"毛主席的《在延安文艺座谈会上的讲话》规定了新中国的文艺的方向,解放区文艺工作者自觉地坚决地实践了这个方向,并以自己的全部经验证明了这个方向是完全正确的,深信除此之外再没有第二个方向了,如果有,那就是错误的方向。"[7](P684)在这种情况下,多元并存的格局必然要被打破,文学的单一化就成为一个不容忽视的问题。1956 年"双百方针"的提出,在文学方面主要就是力图解决这一矛盾。并且,"十七年"文学和解放区文学的具体语境也是存在巨大差异的,前者发生在相对稳定的社会主义建设时期,而后者则是处在一种战争文化的大背景下,如何使一种战争文化下产生的文学模式在和平建设时期成功转型,这也是需要解决的矛盾之一。建国后一系列针对文学创作领域的批判、斗争,其实是反映了在探索有效的、适合本国国情的文学发展模式的努力和焦躁状态(借文学批判另有所谋者当别论)。

再次,"十七年"文学集中体现了这一时段内整个国家和民族的精神特质。一个时代有一个时代的精神,一个时代有一个时代的文学。在"十七年"时期,整个国家从上至下都笼罩在一种激越、兴奋,充满激情和理想主义的氛围之中。这是那个时代特有的精神气质。作为对现实世界主观再现的文学作品,同样秉承了这一精神特色。无论是革命历史题材的《红岩》《青春之歌》《林海雪原》,还是反映现实生活题材的《创业史》《暴风骤雨》《上海的早晨》,无不于字里行间再现着那个时代中华民族特有的精神风貌。也正是"十七年"文学的这种特征,决定了其在整个 20 世纪中国文学中不可取代的"这一个"的独特地位。从这个意义上讲,一部"十七年"文学缺席或被删减的 20 世纪中国文学史,肯定是一部不完整、存在巨大缺憾的文学史。

从根本上说,文学史的书写疏离不了价值判断,这是毋庸置疑的。但是,我认为,文学史最本原的任务却在于对文学现象和作家作品的记录和描述上,而非价值判断。价值判断是在记录和描述的过程中自发地体现出来的,或者说是潜在地指导记录和描述的,但这种价值判断本身无法承担起"史"的重任。对于 20 世纪 70 年代以后出生的年轻人来讲,"十七年"

文学是完全陌生的,他们进入这段历史的通常方式就是借助于文学史的叙述。克罗齐讲"一切历史都是当代史",指的是贯穿在历史叙述中的价值观念是叙述人的,或者说是史家的,它们具有当代性。只有作为客观存在过的历史事实才是历史的,这种历史事实是不可改变的,不会像史家观念一样随时代之变而变。文学史在"史"的层面上的意义和价值就在于记录和描述,因为某一历史现象背离了史家期望的价值立场就将其裁减掉是荒唐可笑的,也背离了文学史的初衷。"说当代文学只有评论而没有史,说它只有浩大声势而没有相对成熟的学术成果,不能说没有一定道理。"[8]

二、重新建构的危险性

与这种压缩、忽略不同的另外一种对十七年文学的处理方式,是对这段历史进行重新挖掘与对已有文本进行重新解读。这种处理方式以陈思和先生的《中国当代文学史教程》为代表。

从上个世纪80年代开始,"重写文学史"的呼声渐高。之所以提倡"重写",是因为当时大家普遍对已有的文学史著作不满意,因为当时的文学史著作对文学现象和作家作品的选择和评判多还停留在意识形态的视角,这在要求文学"向内转"、呼唤"文学自主性"的80年代自然是要受到批判的。"重写"的目标之一便是"要把文学史的评价标准逐渐移向文学审美领域","原则上是以审美标准来重新评价过去的名家名作及各种文学现象","使之从从属于整个革命史传统教育的状态下摆脱出来,成为一门独立的审美的文学史学科"[9](P5) 由此可见,"重写文学史"旨在颠覆与重建,颠覆的对象应该是以往史家价值判断的标准,重建的目标也是将政治标准置换为审美标准。

但是,"重写文学史"操作起来却并非如此简单。难度首先在于,旨在颠覆以往评判标准的颠覆行为,是否会牵连到对以往文学史著作描述的基本文学事实的颠覆? 新的文学史重建的基础是什么? 比如,在文本选择问题上,如果它尊重旧文学史所选择的文本,那么这种重建先天的一个宿命就是它要部分地继承它本来力图颠覆的文学史观。因为选择什么样的文本进入文学史,这本身就包含了史家主观的价值判断,当然也就体现了史家的文学史观。反之,如果全盘推翻,重新选择文本,那么这种选择又面临着形成新的遮蔽的危险。陈思和先生的《中国当代文学史教程》受到异议的原因之一即在于此。在这部文学史著作中,陈思和先生完全推翻了以往文学史文本选择的惯例,"以往的文学史是以一个时代的公开出版物为讨论对象,把特定时代里社会影响最大的作品作为这个时代的主要精神现象来讨论。我在本教材中所作的尝试是改变这一单一的文学观念,不仅讨论特定时代下公开出版的作品,也注意到同一时代的潜在写作……使原先显得贫乏的五六十年代的文学创作丰富起来。"[10](P8) 于是,在"潜在写作"概念的支撑下,作者挖掘出了一大批面孔陌生的文本,比如沈从文的《五月卅下十点北平宿舍》、绿原的《又一名哥伦布》、张中晓的《无梦楼随笔》等。作者将这些文本选入文学史的理由是:"虽然这些作品当时因各种原因没有能够发表,但它们确实在那个时代已经诞生了,实际上已经显示了一个特定时代的多层次的精神现象。"[10](P8)

我们姑且不去讨论这些"潜在写作"文本的真实性的问题,虽然这是一个非常值得怀疑的问题。① 我们在此要讨论的是,陈思和先生的文本选择已经给"十七年"文学史写作提出了另外一个问题:文本选择的根据是什么? 是根据文本产生的社会效应,还是根据作家的精神现象? 这个问题还可以这样表述:文学史家对文本的选择是侧重于读者,或者说是受众,还是侧重于作家,即创作主体? 当然,这个问题同样也适合整个文学史写作。而以往的文学史著作进行文本选择的标准主要是看作品产生的社会影响,只有那些真正对当时读者发挥过作用的文本才能进入史家的视野。南京大学许志英先生认为:"在我看来,入不入文学史,主要看作品在当时的社会影响,有社会影响的可以入,看不出社会影响的,则可以不入。"[11] 在同一篇文章当中,许先生还回忆道:"记得 1962 年我参加唐弢先生主编的《中国现代文学史》写作时,唐先生就什么样的作家可以入史问题,请示过周扬先生。周的回答是,哪个作家入不入史要看'历史是否过得去',譬如张资平当时被称为创造社的'四大金刚'之一,不写他那段历史就过不去。以历史是否过得去为入史与否的标准,这是一个适用性很强的标准。"[11] 那么,我们不妨回头试问一下,这些"潜在写作"文本,有社会影响吗? 有多大的社会影响? 它们不进入历史,历史是否"过得去"?

《中国当代文学史教程》之所以要采取这种选本策略,我想主要是为了满足作者对"十七年"文学的一种美好的想象,正如洪子诚先生所言:"对 50—70 年代,我们总有寻找'异端'声音的冲动,来支持我们关于这段文学并不是完全单一、苍白的想象。"[1](P78) 但是,在公开发表的作品当中又实在难以寻觅到这种"异端"声音,洪子诚先生曾经"为了寻找'遗漏'的'珠宝',真花费了不少时间。翻过不少作品集、选集,各种过去的杂志,从《人民文学》,到许多重要省份的杂志。结果非常失望,好像并没有发现让人振奋的东西,或者说很少"[1](P71)。于是陈思和先生就只能将目光转向"潜在写作"。

那么这种将目光由读者转向作家的策略是否值得文学史写作借鉴和提倡呢? 在何兆武、张文杰翻译的英国当代哲学家沃尔什的《历史哲学——导论》的译序一中有这样一段话,也许会对我们眼前的这个问题有所启迪:"沃尔什又认为历史解释中就隐然地包含有对普遍真理的参照系,尽管对大多数历史学家来说,这一点并不是显然的、自觉的或有意识的,也就是说,要理解历史,我们就必须运用某些与之相关的普遍知识。"[12](P8) 文学史无疑是历史的一个分支,作为理解历史的一种表现形式的文学史著作必须尊重大多数史家公认的"普遍知识",否则,历史就会滑入相对主义的深渊,文学史写作也就失去了可能性。在"十七年"文学史写作中,我们可以将这种"普遍知识"理解为基本的文学事实,即史实。从对当时文学期刊等史料的考证来看,"十七年"文学的基本史实之一就是文学文本的"一元化"特征。所以,《中国当代文学史教程》面世以来,之所以引发了众多的争议,就在于它破坏了大家公认的文学史实。

同时,"潜在写作"进入文学史,必然要对"显在写作"形成新的遮蔽。和"显在写作"对"潜在写作"的遮蔽相比,这种遮蔽的危险性显然要大得多,其后果就是误导后人对"十七年"文学基本风貌的把握,文学史也就失去了它存在的意义。

另外,对已有的经典文本进行重新解读是近年来"十七年"文学研究中又一个引人注目的现象。比如陈思和先生在《中国当代文学史教程》中对《山乡巨变》《锻炼锻炼》《李双双》等

---

①　李杨发表于 2000 年第 3 期《文学评论》上的《当代文学史写作:原则、方法与可能性——从陈思和主编〈中国当代文学史教程〉谈起》一文,对该问题有过详细的论述。

作品中"民间隐形结构"的挖掘,李杨的《50—70 年代中国文学经典再解读》①一书对《林海雪原》《红旗谱》《青春之歌》《创业史》《红岩》等经典文本的重新解读等。除此之外,近年来在各类学术刊物上还涌现出了一大批致力于"重新解读"的文章,什么欲望叙事、女性视角、情爱主题、婚恋、性等等,都被从"十七年"文学的身上挖掘出来。可以说,对已有文本进行重新解读是推进文学研究的重要方式和手段,任何作品经典化的过程都是对其进行不断阐释和解读的过程。"重新解读"是基础性的"量变","量变"积累到一定程度才会形成"质变",也就是对某一时段文学总体价值判断的改变。从这个角度来讲,对"十七年"文学文本进行重新解读是具有积极意义的。尽管如此,笔者认为,就现在而言,这种重新解读产生的观点还是不宜进入文学史写作。因为在"量变"还没积累到一定程度的条件下,也就是说,在这种重新解读所产生的观点还没有在大多数学者中形成共识的情况下,新观点入史必然要对原来被广泛认可的观点形成遮蔽,而这种遮蔽很容易使一部文学史变为奇谈怪论。

三、"十七年"文学史写作的正途

对于"十七年"文学,无论是压缩、忽略以至于逐出文学史之门,还是挖掘"潜在写作"或者重新解读文本,其实从出发点上来讲都是相同的,都是出于对这段历史基本文学形态的厌恶,导致这种厌恶的理由可以是"一元化""政治化",也可以是所谓的"虚假性""宣传性"等等,于是颠覆已有的文学史,重建一种崭新的、可以满足我们期待的文学史就成为许多学者努力的方向。他们的不同只在于操作路径上的差别。李杨先生曾经在一篇文章中提出过一种观点:对"50 至 70 年代文学要有文学史意识"。"所谓'文学史意识',是与'文学爱好者意识'相对应的。"[3]意即,作为具有专业背景的文学史家,要区别于一般的文学爱好者,不能以个人好恶(或者说是时代的好恶)来取舍裁决文学史。文学史家的理想姿态应该是客观与超然的。

但是,严格来讲,绝对的客观与超然对任何文学史家都是永远不可能达到的境界。"历史学家总是以自己的哲学观点在研究过去:这是无法改变的而又无可奈何的事,因为历史学家不可能没有自己的前提假设。归根到底,主观的因素(无论先天的或后天的)总是无法排除的,这些因素可以呈现为时代性、民族性、阶级性、集团性、宗派性或任何其他的什么'性'。"[13](P22)认为"十七年"文学并不"单一、苍白",而是丰富多彩的,只不过是原来的文学史没有挖掘出来,这种想象不也是一种假设吗?这是否证明了这种想象的合理性,从而支持了我们前面指责过的文学史的写法呢?答案是否定的,果真如此,历史真的要成为一张任人涂抹的羊皮纸了。"历史"本身是一个很含混的概念,它其实包括两个层面。"它包括:(1)过去人类各种活动的全体,以及(2)我们现在用它们来构造的叙述和说明。"[14](P7)洪子诚先生也指出过:"关于'历史'这个概念的使用,在一般情况下,可能有三个方面的涵义。如 80 年代翻译出版的美国学者菲利普·巴格比的《文化:历史的投影》中所说的,一是发生过的涉及、影响众人的事件,二是对于这些事件的讲述(口头的,或文字的),三是讲述者对于历史事件持有的观点,他在处理这些事件时的观点、态度、方法。后者也可以称为'历史观'。在大多数情况下,当我们说'历史'这个词的时候,指的是前二者。"[1](P18)两种"历史"的性质是迥异的,作为"发生过的""事件"的"历史"是客观的,不会因人的认识和理解的介入而改变;而

---

① 李扬:《50—70 年代中国文学经典再解读》,山东教育出版社 2003 年版。

作为"这些事件的讲述"的"历史"则是主观的,可以因主体、时代等因素的不同而不同。所以说,文学史家主观性的渗入只是在第二种"历史"所指中才是合法的。同时,第一种历史(以客观形式存在的历史)又对第二种历史(有主观因素介入的历史)形成巨大的约束和限制力量,从而使主观因素在其中不至于无限制地蔓延,否则历史就等同于虚构的艺术了。这一点恰恰构成了我们讨论"十七年"文学史写作问题的关键。

"十七年"文学史写作必须从客观存在的史实出发,这才是文学史写作的正途。这里的史实,就是以史料形式留存下来的文学期刊、作品、作家传记、回忆录以及体制内的文件、记录等一切与文学有关的资料。所有这些史料综合的结果就形成了一个关于"十七年"文学基本的历史情境。这样的表述可能会遭到如下的质疑:"潜在写作"下产生的文本(假设其真实性是没有问题的)也是一种客观的存在?难道不能作为文学史写作的出发点吗?这就涉及我接下来要阐述的一个观点,即任何历史时期的文学现象都不是处在同一层面上的,"十七年"文学也不例外。

有很多学者主张把福柯的知识考古学理论应用于当代文学史写作,这无疑是有积极的建设意义的。"他(福柯,引者注)要用'考古'的方法,重新考察我们现在普遍被接受的知识、思想、信仰等被建构起来的过程。""用福柯的术语说,就是要用'系谱学'的方法,找到一层一层的关系。"[15](P52) 这种研究方法的意义在于,它能够使我们深入地分析出"十七年"文学从产生到如今,是怎样一步一步被建构成我们眼前的这种形态的,它和历史的原貌之间存在着怎样的差异?为什么我们就认为我们现在对"十七年"文学的评价是客观公正、无可指摘的?从性质上说,福柯的理论基本上是一种历时性的考察。它以当下为起点,"一层一层地挖",逐层向前追溯。它的重点不在于揭示事物的本真面貌,而在于揭示在历史演变的过程中,都是哪些因素对这一过程发生了作用。

在此,我们不妨也借用福柯的"考古学"(archaeology)这一概念,但是,我们对它的使用却是在"共时"意义上的。就像在考古时有些文物处在表层,而有些则处于隐层,而在时间上,它们却是同一时代的。"十七年"文学也是如此,所有的文学作品、作家、文学现象、思潮流派等等,不可能处在同一平面,有些是显在的,处于表层,有些是隐在的,处于隐层。诸如《红旗谱》《红岩》《青春之歌》之类带有明显政治色彩的作品在这个时代就是处在显层的作品,而具有分裂意义的"潜在写作"就是处在隐层。两者虽然都是客观存在的,但文学史家在将其入史的过程中,必须优先处理"表层结构"。这是一个基本原则。而我们现在经常犯的错误就是,往往根据自己的一厢情愿将显层置于隐层,或者将隐层置于显层。

既然在文学史写作中主观因素的介入是不可避免的,那么对主体思维方式的反思就是我们在"十七年"文学史写作中必须要进行的另一项工作。在这里,有两种思维方式尤其需要检讨,一种是二元对立的思维方式,一种是不顾历史情境、随意臆测历史的思维方式。二元对立的思维方式一直是我们深恶痛绝并力图摆脱的,但是遗憾的是,很长时间以来,我们始终没有走出这个怪圈。对"十七年"文学的评价始终停留在"非善即恶"与"非恶即善"的模式上,从而忽略了事物复杂状态的呈现。80年代如此,90年代以后,甚至一直到现在,也还是如此。"十七年"文学要想进入文学史,并且不是以怪异的面目进入文学史,那么史家的任务之一就是必须摆脱二元对立的思维模式。关于这个问题,已有许多学者著文论述过,在此一笔带过,不再赘言。

在近年来的"十七年"文学研究和文学史写作中,还有一种思维方式值得警惕,那就是不顾历史情境、随意臆测历史的趋向。"十七年"文学自有其特殊的时代背景和历史情境,比如长期战乱局面的结束、新的人民政权的建立以及整个社会昂扬、乐观、跃进的精神风貌等等。"十七年的作家虽然出身不尽相同,受到的教育也参差不齐,但大都经历过抗日战争,经历过解放战争,经历过抗美援朝,经历过新中国成立后的城市工业化建设和农村集体化运动,在这些重大历史事件中所形成的人生体验曾经深深地打动过他们的心灵,成为他们永志难忘的记忆。"[16]因此,当时许多作家在作品中表达的思想和流露的情感并不一定就是"虚伪的""做作的"。作家也并非圣贤,也不能保证洞穿一切,对于后来被历史证明的一些荒谬之举也难免曾经欢欣鼓舞地摇旗呐喊过。但是,现在的许多学者不知是为了谴责当时政治的"非人性化",还是为了给作家寻一个借口,从而彰显作家的与众不同,往往将作家的真情实感归结为政治的强迫,认为是不得已而为之。拿赵树理的小说来说,赵树理本人曾多次说过类似的话:"我的作品,我自己常常叫它是问题小说。为什么叫这个名字,就是因为我写的小说,都是我下乡工作时在工作中碰到的问题,感到那个问题不解决会妨碍我们的进展。应该把它提出来。"[17]但是许多人偏偏无视于此,将赵树理的许多和现实紧密相连的作品归为应景之作,非要认为是作家无奈状态下的写作不可。这种判断无疑是有悖于时代和作家个体精神的。归根到底,对"十七年"文学的判断的落脚点还是要放到具体的历史情境中去。

如本文开篇所言,当代文学史写作本身是一个十分复杂的问题,正因为如此,这个问题才成为近年来学界争论不休的话题之一。具体到"十七年"文学史写作,其复杂性又大为增加。因为对"十七年"文学现在也是争论颇多,见仁见智,尚无定论。所有这些因素决定了"十七年"文学在进入文学史的过程中,还要不可避免地经历诸多磨难。

(原载《北京师范大学学报》2007 年第 5 期)

参考文献

[1] 洪子诚.问题与方法:中国当代文学史研究讲稿[M].北京:生活·读书·新知三联书店,2002.

[2] 李杨.中国当代文学史史学观念笔谈[J].文学评论,2001(2).

[3] 李杨."文学史意识"与"五十至七十年代的中国文学"[J].江汉论坛,2002(3).

[4] 洪子诚.当代文学的"一体化"[J].中国现代文学研究丛刊,2000(3).

[5] 李杨,洪子诚.当代文学史写作及相关问题的通信[J].文学评论,2002(3).

[6] 程光炜.更复杂地回到当代文学史中去[J].文学评论,2000(1)

[7] 陈思和.中国当代文学史教程[M].上海:复旦大学出版社,1999.

[8] 许志英.优秀作品与文学史[J].江汉论坛,2002(3).

[9] [英]沃尔什.历史哲学——导论[M].何兆武,张文杰,译.广西师范大学出版社,2001.

[10] 葛兆光.思想史研究课堂讲录:视野、角度与方法[M].北京:生活·读书·新知三联书店,2005.

[11] 刘为钦.系统阅读:十七年文学研究之我见[J].福建论坛,2004(10).

[12] 赵树理.当前创作中的几个问题[J].火花,1959(6).

（三）"红色经典"评价

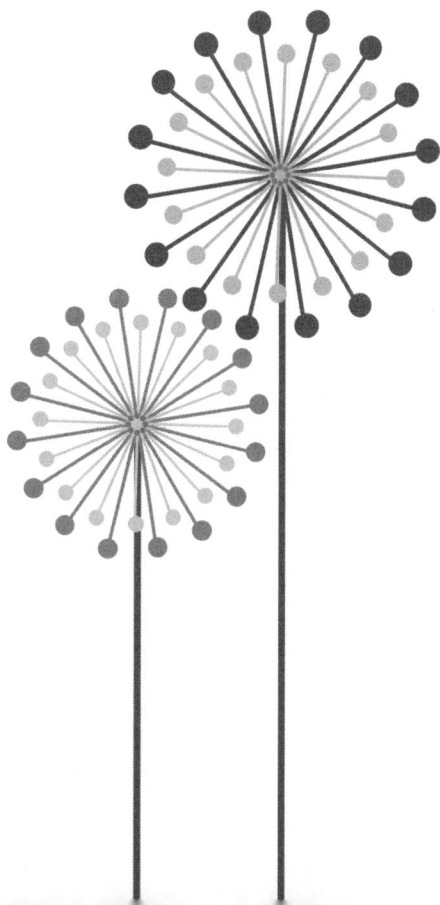

"红色经典"：虚假的命名？

刘　勇

　　通常文学意义上的"红色经典"是指共和国初期产生的"革命历史小说"，具体是指产生于 1949 年至 1966 年之间的一大批长篇小说，最具代表性的是所谓"三红一创，青山保林"，即《红日》（吴强）、《红旗谱》（梁斌）、《红岩》（罗广斌、杨益言）、《创业史》（柳青，第一部）、《青春之歌》（杨沫）、《山乡巨变》（周立波）、《保卫延安》（杜鹏程）、《林海雪原》（曲波），此外还包括其他一些长篇作品，如《三家巷》（欧阳山）、《苦菜花》（冯德英）、《野火春风斗古城》（李英儒）、《战斗的青春》（雪克）、《铁道游击队》（知侠）、《烈火金钢》（刘流）、《敌后武工队》（冯志）等。据我所知，最早对"红色经典"进行理论概括的是由中国社科院文学所当代文学研究室编写的《惊鸿一瞥：文学中国 1949—1999》。本书撰稿者之一的陈福民就明确地指出"红色经典"就是通常意义上的"革命战争历史题材"作品，"它们最大的、最本质的共同之处在于：力图在'史诗'的意义和境界上为一个崭新的历史形态确立记忆的合法性"。① 在对这些作品进行解读时，作者反复提到"革命英雄主义""理想主义的激情""革命乐观主义"等等词句。可以说此后对"红色经典"的评价大多是对以上论调的重述或深化。2000 年人民文学出版社重印了一批长篇革命历史小说，打出的就是"红色经典"的名号。这套丛书包括《保卫延安》《林海雪原》等八部长篇革命历史小说。其中还包括发表于上世纪 40 年代的《暴风骤雨》和《太阳照在桑乾河上》。而一般认为这两部作品不属于"红色经典"之列。此外《红岩》《青春之歌》等"红色经典"中最有影响的著作却不在其列。唯一可以解释的理由是出版社没有拥有它们的版权。不过这个问题并不重要，因为对于出版社来说，"红色经典"其实只是个营销概念，目的是迎合人们的怀旧情绪而最终把手上的文化产品卖出去。其中光是《保卫延安》的印数就高达二万五千册，这至少说明出版社对市场需求和营销策略的信心。

　　"红色经典"这个概念的真正走红还是在本世纪的头几年。2000 年《钢铁是怎样炼成的》迅速走红，既叫好又叫座。也许是看到这种革命历史题材有很大的消费市场，大陆许多电视剧都开始改编自那个特定年代的文学和电影，力图复制《钢铁》的成功。据不完全统计，从 2002 年至 2005 年，已拍、正拍或计划拍摄的有关剧集超过 40 部至少有 850 集。那么为什么这股风潮这般强劲且迄今都没有停歇之势呢？这个现象其实很好理解，首先"红色经典"这一题材很容易得到官方宣传部门的青睐，不仅能得到政策的强力支持（如"五个一工程"），而且还能轻易得到资金上的扶持。其次由于这种题材广为人知，不仅能省下大笔宣传费用，而且容易吸引观众眼球，倘若再在剧本改编和演员阵容上下功夫，想不引人关注都不行。然而这些"红色经典"大多具有先天缺陷，人物类型过于单一，脸谱化特征十分明显，而采取的叙事策略几乎全是"高大全""红光亮"的模式。这当然很难被现在的观众接受。于是

---

① 杨匡汉：《惊鸿一瞥：文学中国 1949—1999》，陕西人民教育出版社 1999 年版，第 23 页。

改编就在所难免。为了让原著中的主人公平民化、人性化,加人爱情戏就成为常用的策略。只是有时难免过火,比如杨子荣、郭建光、洪常青等英雄人物就纷纷陷入情感纠葛(比如"三角恋")。而电视剧《红色娘子军》的主创人员宣称要拍成一部"青春偶像剧",则更是让人匪夷所思。正是原著的先天不足,加上改编和拍摄的后天紊乱,"红色经典"剧大多既不叫座又不叫好。可以这么说,它们既输了市场又输了口碑。

在对"红色经典"改编剧大加挞伐的合唱中,文学研究者的声浪不可小觑。他们在批评"戏说""红色经典"这一文化现象时,自觉或不自觉地拔高原著。在一些研究者看来,"红色经典""是对人类基本价值尺度如和平、进步、正义、友爱、善良、忠诚、诚实、爱等崇高品德的概括,字里行间包含着中华民族的精神。"[①]还有人认为:"'红色经典'的核心意义在于它代表着共和国前期的一种文艺模式,一个时代的心灵和主调,一种历史此在性的原汁。"[②]正是在这些言不及义的解说中,"红色经典"成了不可企及的范本,获得了对批评的免疫力。

有了这样的前提,对"红色经典"的任何不敬,包括所谓的"戏说"和恶搞,都是无法容忍的举动,因为"红色经典凝聚着革命时期的特殊感情,包含着珍贵的历史记忆,已经积淀为民族宝贵的精神财富,改编者有责任敬畏这种情感、尊重这种记忆、保护这种财富。"[③]正是因为"红色经典"这个词汇一方面带有政治上的合法性(与伟大的共和国历史不可分割),以及革命的神圣性,另一方面又被赋予了"经典"特有的权威性和示范意义。这样一来"红色经典"这个名词就好比是阿拉丁神灯里的精灵,一经释放就成为庞大无比的异物,一时间令研究者无从措手,频频失语。比如有人把"红色经典"拔高到令人吃惊的高度,武断地认为"'红色经典'中蕴含着的对美好生活的向往,对理想、信念的执着以及英雄主义的悲壮和崇高正是人类和文学的基本诉求。在此意义上,只要文学活着,'红色经典'就不会遗忘。"[④]已经有学者迫不及待地为"红色经典"树立了纪念碑。

在我看来,"红色经典"一词的流行,一方面说明文学研究自身的活力不够,还需要从别处寻找理论兴奋点。许多被"文化研究"撩拨得兴致盎然的文学研究者纷纷对影视领域指手画脚,于是"红色经典"这个在影视界红得发紫的概念也顺势烧到了文学界;另一方面说明研究者缺乏理论的反思与批判意识,使用术语时太过鲁莽。影视界炒作"红色经典"概念完全是功利行为。在他们手里,从上世纪 30 年代的《一江春水向东流》到"文革年代"的《沙家浜》《红色娘子军》等都被他们一网打尽,"红色经典"几乎成了一个无所不包的容器,真可谓"拣到筐里都是菜"。然而严肃的文学研究者在运用概念进行批评工作前,必须对所用概念做出界定和梳理。可是许多文学研究者在高谈阔论时,完全把"红色经典"作为一个不言自明的范畴来使用,而且天然地默认或赋予它的合法性和权威地位。这种态度即使不是轻率的,也至少是不严肃的。把"经典"的名号往这些作品上套,实际上是研究者画地为牢,人为地缩小了对作品的批评空间。这样一来,多数研究者虽然都会提到"红色经典"艺术上有种种不足,但是由于和那段"激情燃烧的岁月"密不可分,加之对当下缺乏理想主义和英雄主义的不满,"红色经典"顺理成章地成为一个非但不能质疑,而且还要"捍卫"的神圣之物。这样一来当

---

①　王会:《"红色经典"铸造民族精神》,《河北大学学报》2005 年第 3 期。

②　张法:《"红色经典"改编现象读解》,《文艺研究》2005 年第 4 期。

③　曹建文:《红色经典不容恶搞》,《光明日报》2006 年 8 月 10 日。

④　焦垣生、胡友笋:《论"红色经典"的经典气质》,《人文杂志》2005 年第 2 期。

要对"红色经典"进行评价时,作品的艺术成就居然不是或不是主要的衡量标准,这不能不说是题材决定论在新时代的借尸还魂。

在我看来,"红色经典"其实名不副实,只是个空洞的能指。原因很简单,它们的艺术水准根本不足以成为经典。最主要的理由是它们的写作都不是出自真正的"个体写作"。依照我们的文学常识,举凡经典都是出自自由个体的精神创造。即使是《诗经》时代的人们虽然未能留下自己的姓名,但丝毫不妨碍他们"饥者歌其事,劳者歌其食",因此"昔我来矣,雨雪霏霏;今我来思,杨柳依依",这样的诗句千载之后仍能打动人心。而"红色经典"基本上都是集体写就的文本。从最基本的技术层面上说,那些文本的作者大多不具备独立完成长篇小说的能力(毕竟具有柳青那样高素质的作者只是极少数而已)。比如曲波就只上过六年学,军队就是他的"学校",其他如杜鹏程、冯德英、吴强、刘流、知侠等大多缺乏文学创作的基本能力。所以他们所说的"水平低,特别是文字水平低"①之类的话,绝非谦虚。不客气地说,没有编辑龙世辉的帮助,曲波根本无法独立完成《林海雪原》,至于他另一部作品《桥隆飙》也是在编辑王笠耘大力协助下才得以问世。《我们夫妇之间》的作者萧也牧也直接介入了"三红一创"的编辑工作。从某种意义上说,对于那些戎马疆场的作者来说,那些从未署名的编辑是那些"红色经典"的真正的合著者。没有他们,曲波等拥有的往往只是些素材而已。而更致命的问题在于,"红色经典"往往是集体意志的产物。《红岩》的创作过程就是极典型的例子。《红岩》的写作缘起与作者的创作冲动无关,完全是在共青团中央和中国青年出版社的建议下开始的。罗广斌、杨益言可以在重庆市委的照顾下脱产专门从事写作,而且还有各界人士为写作"献计献策",其中还包括我党高层领导。可以说,创造当代小说发行量最高纪录的《红岩》虽然署的是两位作者的名字,但实际上完全是集体写作的产物。即使是那些包含了真实情感体验的作品也在集体意志的干预下,作者主动或被动地对原作进行了较大改动。当年《青春之歌》在《文艺报》和《中国青年》批判后,作者杨沫就增加了关于农村生活和学生运动的章节。很明显这样的改动与艺术无关,反而极大地损害了作品的艺术水准,其中新增章节中对胡适等知识分子的丑化更是对当时政治动向的主动迎合。

想当年,这些所谓的"红色经典"在出版后虽然多有赞誉,但还是逃不了诸如"有小资产阶级情绪"和"缺乏革命的时代精神"的批判。于是作者忙不迭地删去作品中表现人物情感生活的描写。这样一来,少剑波与白茹(《林海雪原》)、梁生宝和改霞(《创业史》)、梁波和华静(《红日》)等男女主人公之间只剩下了纯洁的革命情谊。正是出于对广大群众进行"革命教育"的功利目的,作品也只能描写那些纯洁的革命情谊,主人公往往只是实现革命信条的符号。不客气地说,这些文本几乎完全将人类中最美好的情感——爱情蒸馏得所剩无几。于是有人在数十年后曾这样回忆那一代青年阅读《青春之歌》和《苦菜花》这类小说时的奇异现象:"涉及性爱的张页犹如扑克牌中的王牌,都被翻得格外旧。"②而众所周知的是,"红色经典"中对爱情的描写被删削得几乎可以忽略不计,那个时代的青年要想从中获得类似的情感体验,这完全是缘木求鱼之举。从某种意义上说,这些作品以革命的名义扼杀了文学的人性特质。这也是它们为什么难以感动现代人的根本原因之一。这样的文学作品怎么可以跻身于"经典"的行列呢?

---

① 曲波:《林海雪原》,人民文学出版社 1954 年版,第 577 页。
② 王朔:《动物凶猛》,《王朔文集:纯情卷》,华艺出版社 1992 年版,第 420 页。

更令人扼腕叹息的是，现在许多人在谈及"红色经典"时居然还把"文革"时代的作品也归入其中。这不能不说是影视界"红色经典"改编热带来的一个后遗症。现在"样板戏"中的《沙家浜》《红色娘子军》和《红灯记》已经或正在改编成电视连续剧，而且都引起了观众的极大关注。于是在许多普通民众中就造成了一个先入为主的观念：原来"样板戏"也是"红色经典"。这样一来，谬种流传，危害不浅。然而更令人遗憾的是，一些文学研究者也在其中推波助澜。比如就有资深的文学研究者把《金光大道》和"样板戏"纳入到"红色经典"。[①] 这样一来，这些学者们就陷入到了一个逻辑怪圈：一方面承认"红色经典"的一些作品（尤其是"文革文学"）存在相当大的缺陷；另一方面，由于已经不由分说地套上了个"经典"的帽子，于是就极力为它们开脱，以"时代精神"或"革命激情"之类大而化之的语言含混过去。众所周知，"样板戏"是"文革"时代对广大人民进行精神控制的工具，现在看即使它还有某些艺术特质的残留，也不能改变它思想和艺术反动的本质。张鸣一针见血地指出："'江青同志'炮制的垃圾，堂而皇之地变成了红色经典，红色与革命，在不知不觉中，甚至可以被偷换成'文革'的同义词。"[②]言语虽然激烈，但的确发人深省。

有人说我们这个时代是一个话语通货膨胀的时代。许多美好的词语在滥用中贬值，"经典"就是其中之一。多少文学读物和精神赝品都是在打着"经典"的招牌招摇过市。今天"红色经典"也正面临着这样的遭遇。其实经典就是经典，并无颜色之分。也许最早使用这个词的人是想突出那个年代写作的特殊性，因而把其中的一些质量较高的作品冠之以"红色经典"的名号。那个时代是政治和革命高于一切的时代，几乎每个作家都将自己的创作和政治以及革命联系起来。至于文学作品的艺术水准和美学价值倒并不是或不主要是他们的写作目标。因此，即使是那个时代中广受欢迎和赞誉的作品，现在看来也是比较平庸的。有专家发出这样的喟叹："如果不是我们这个年纪的人对自己已经失去的青春年华带有一种自恋情结的话，这些作品大多都被遗忘了。"[③]将这样一些艺术价值存疑的作品纳入到"经典"的行列，不能不说是对我们艺术判断力的一个嘲讽。

据说现在我们已经进入到了视觉文化时代，影视作品的影响力可谓无远弗届。而在"红色经典"的命名游戏和炒作风潮中，文学界成了影视界的跟风者。许多文学研究者身在潮流之中丧失了定力和基本的艺术判断力，常常失语或者只能人云亦云，这不能不说是很遗憾的事情。对"红色经典"这个色厉内荏的空泛概念，我们应该是到了表明立场、拒绝合唱的时候了。

（原载《文艺评论》2007 年第 4 期）

---

① 刘玉凯：《"红色经典"与时代精神》，《河北大学学报》2005 年 3 期，第 20 页。

② 张鸣：《谁的红色，何来经典》，《炎黄春秋》2007 年第 1 期。

③ 陈思和：《我不赞成"红色经典"这个提法》，《南方周末》2004 年 5 月 6 日。

论"红色经典"的经典性
意义和经典化定位

杨经建

　　"红色经典"既是一种约定俗成的(文学)话语类型指称,更是 20 世纪中国文学发展历程中一种标志性、阶段化的文学经典现象,它具体指代的是 20 世纪 50、60 年代曾产生巨大影响的如俗称的"三红一创""保林青山"等主流性作品。问题在于,"红色经典"是否"经典"学界尚有争议。事实上,由于时间上的切近以及对经典的敬畏,人们一直对中国当代文学作品能否享受经典的神圣地位心存疑虑。于是,究竟确立怎样一种符合客观实际的"经典"标准进而细致爬梳当代文学中的经典问题,不但是拓宽经典问题的一个切入点,同时也是以新的视角审视当代文学的一种重要方式。自然,这也就成为本文的逻辑起点。

一

　　加拿大学者斯蒂文·托托西在《文学研究的合法化》[①]一书中提出的"恒态经典"(static canon)和"动态经典"(dynamic canon)有着思维的一致性,在托托西看来,前者是一种经过千锤百炼、脍炙人口、具有恒久价值和超越性意义的经典形态,即神圣化的文本或高等教育机构中的高雅文学。"动态经典"是一种相对的、历时性的经典形态,按托托西的说法"动态经典"的"经典化"一方面"意味着那些文学形式和作品,被一种文化的主流圈子接受而合法化,并且其引人注目的作品,被此共同体保存为历史传统的一部分"。另一方面"试图通过文学体系的保留节目,将自己确立为创作原则的某种文学模式",并且这种"'保留节目'(repertoire)被阐释为'统治文本生产的条例因素的集合'"。"动态经典"比较明显的示例像雨果创作于 1830 年的剧作《欧那尼》,该剧的价值主要体现在文学变革意义上:标志着浪漫主义对古典主义的取代,或"将自己确立为创作原则的某种文学模式",它所缺乏的恰恰是那种恒久价值和超越性意义。

　　在有关"恒态经典"和"动态经典"的启迪下,笔者尝试着引进"艺术价值"与"审美价值"这一对诠释性概念。价值是一种有益于人的某种特性,而且将艺术理解为具有独创性、典范性的精神创造,把审美视为由美感引起的既是有关生理的、又超越纯生理意义的精神愉悦,那么,艺术价值与审美价值的不同是显而易见的。其一,艺术价值是艺术作品之于艺术专业者所具有的某种意义,即它的承受者是艺术专业者。判断艺术作品是否具有独创性和典范性只能由艺术家和艺术批评家来决定。情况往往是,一件艺术品越是被艺术家模仿效法,越是能引起艺术批评家的分析研究、对其历史地位的不断重估争议,它的艺术价值就越高,反

---

　　① [加]斯蒂文·托托西:《文学研究的合法化》,马瑞琦译,北京大学出版社 1997 年。

之亦然。由于审美价值的承受者主要是一般欣赏者,因此审美是艺术作品或不仅限于艺术作品的审美对象对欣赏者所具有的一种意义——审美愉悦。艺术作品或审美对象引起欣赏者的美感越强烈,对其产生兴趣和受感染的接受者越多,它的审美价值就越大,反之亦然。其二,艺术作品的艺术价值一经评定就具有相当的恒定性,因为作品的独创性和典范性是一种本体性实在,如《诗经》之于中国诗歌史,古希腊神话之于欧洲文学史,其艺术价值并不随时代变化而发生巨大变化。当然有些作品的价值判断也会出现变化、反复,但一般来说艺术价值与时间延续成正比,传统的经典作品的艺术价值不断在增加,许多当时不受重视的艺术作品到后代大受推崇而且愈演愈烈,如莎士比亚剧作和曹雪芹的《红楼梦》。而有些艺术作品的艺术价值则会随着时间推移降低,如欧洲中世纪的"骑士文学"、清代散文的"桐城派"。另一方面,正因为艺术价值恒定性,所以它可以从具体作品中被提炼、抽象出来成为具有普遍意义的艺术规律而加以运用。某一艺术价值既存在于创造该价值的作品中,也可以存在于效法、模仿该作品的作品中——一种价值的"转移"和"置用",这就接近了"恒态经典"的价值本质。在这个意义上"恒态经典"是一种"原型性"(这里的"原型"是指作为一种具有本原性、创始性、共通性的深层范式或精神载体在文学创作中规律性的反复体现)经典。而审美价值相对而言则经常处于不稳定或动态性的状况中,如果说"恒态经典"是一种"原型性"经典,那么"动态经典"就是"参照性"经典——经典化的作品总是在彼此比照的关系中来突出其价值属性、甚至在不断的进化和更替中形成,常常被批评家作为某种参照系提及。必须指出,在创作实际中一些作品既具有很高的艺术价值又富于长久的审美价值,如莎士比亚的剧作、托尔斯泰的小说、曹雪芹的《红楼梦》、鲁迅的创作等,并在学界构建了专门性的研究领域(如"莎士比亚学""红学""鲁学")。更多的情况是这两种价值以不同的分量、不同程度体现在文学创作中。在经典作品中,如果从实在本体论角度将艺术价值视为其内部固有的崇高特性以及主导化乃至绝对化的价值取向,那么这样的经典创作或许就是托托西指称的"恒态经典";倘若从关系本体论的角度出发,在自觉与不自觉中以淡化、弱化艺术价值和强化审美价值来获求既有的主流文化体系和意识形态话语的"合法化","试图通过文学体系的保留节目,将自己确立为创作原则的某种文学模式",这正是托托西所谓的"动态经典"。

"红色经典"符合托托西所说的"动态经典"基本特征。与"恒态经典"相比,"红色经典"最大的缺失是在确立绝对的"时尚化"(狭义的时代性)和强烈的意识形态化的审美价值的前提下,其内存的艺术价值相对不足,以及其蕴涵的"人本之思"的相对匮乏。所以,20世纪中国文学就其整体意义而言,是社会政治话语的文学表述,是现代思想革命的历史文本,政治家或思想家才是它真正的救世主。尤其是涉及文学观念重大变革的三次文学革命都是由一些锐意进取的政治家或思想家所率先发难的,他们旗帜鲜明地提出各自不同的文学主张,目的就是要去实现他们对于中国文学现代转型的正面影响。

应该说,任何时代、任何文化都有自己的经典。西方启蒙运动的思想家如法国的卢梭、伏尔泰,德国的康德、黑格尔、歌德,英美的亚当·斯密和杰弗逊等都各自为自己的政治、民族、国家确立了新的经典:一方面包容希腊和犹太传统这一西方文明共同遗产,另一方面强调各国富于"民族性"的"时代精神"。缺乏文化遗产积累的美国也特别重视经典的作用,它强调的自然是西方文明的共同遗产和现代经典,包括自由主义理念、市场、科技、法治的经典。80年代美国知识界受到后现代主义激进思潮的影响,出现了反思和批判白人至上、男性至上、欧洲中心论的具有明显的政治文化倾向的西方经典的趋势。而任何主流意识形态都是经典的当然诠释者和捍卫者。《红楼梦》《水浒传》等在当代中国思想文化界其经典意义的绝对化在很大程度上也是由它们所牵连的当代政治文化和意识形态认同问题。某些西方古代和现代作品在重评中的紧迫性，也应从这方面来理解。

红色革命是20世纪席卷全球的历史现象，它改变了人类历史生活的同时也创造了与之相适应的意识形态和文学艺术。于是，当"红色"和"经典"互为前提、相互连接的时候，一种特定的话语概念就诞生了。只是因为"红色"有它特定的历史文化、社会政治背景，从而必然使"红色"的"经典"成为一种具有明澈的时代精神和文化标志的作品。而"红色经典"它确立了一整套的话语体系、情感结构和文化生产方式，深刻影响了六亿中国人的精神生活方式、理想生存方式和情感表达方式。在这个意义上，"红色经典"由于特定的文化制度因素而担当的审美使命，使得它以文化再造与精神生产的方式参与了20世纪中国历史现代性的进程。它将"意识到的历史内容"、充满时代意识的创造激情、进化着的审美风尚连同几代人的青春热情、生活理想、经验记忆和成长希望一起凝聚、造就成一个个"红色"的、经典化的文本。这是特定时代语境中的文学生产的规定性，也是笔者将其认证为"动态经典"的价值基点。唯独如此，对"红色经典"的重释才具有学理的可行性和现实的可能性。"红色经典"也才成为让当今人们回望文学经典化历史的一个意味深长的路标。也许，正是通过"红色经典"及其以后许多作品的经典化，尤其是由众多的"动态经典"（中国当代文学创作中是否存在"恒态经典"恐怕还有待"历史性"的筛选）建立的一个完整的文学史经典化的序列，人们仍能对它的所特有的经典化言说有所理解并产生重新阐释的冲动。

二

经典作品还不只是文学史给予了很高评价的作品，它还体现了一种后来者应当遵循的典范的意思，这就是文学经典。尽管文学经典在某些特定的年代里受到意识形态与话语权力的制约，无法被更多的读者所接触、熟识。不过，由于它本身所具有的艺术价值和审美价值会使它最终进入到人们的视野当中。比如，莎士比亚戏剧的价值得到举世公认是其逝世几百年之后，中国的《红楼梦》也有与其类似的遭遇。显然，这里被历史检验、认证过程所关涉到物理时间实际上是指历代人的审视目光。不同代际的人不会经历完全相同的历史遭际而任何人又难以超越具体的历史情境，如果不同历史境遇的人对相同的作家作品具有相近或一致的看法，这就有效地指证了作家作品的经典性的价值意义。有研究者从"思、诗、史"三个角度或标准来把握文学经典，即"第一，在精神意蕴上，文学经典闪耀着思想的光芒。它往往既植根于时代，展示出鲜明的时代精神，具有历史的现实的品格，又概括、揭示了深远丰厚的文化内涵和人性的意蕴，具有超越的开放的品格；第二，从艺术审美来看，文学经典应该有着'诗性'的内涵。它是在作家个人独特的世界观渗透下不可重复的艺术世界的创造，能够提供某种前人未曾提供过的审美经验；第三，从民族特色来看，文学经典还往往在民族文学史上翻开了新篇章，具有'史'的价值"①。当然，这并不是要说明文学经典必定要高于文学史经典，其中隐含的因素往往比现实的处理更加复杂。事实上，文学经典同样也面临着被史

---

① 黄曼君：《回到经典　重释经典——关于20世纪中国新文学经典化问题》，《文学评论》2004年第4期，第108—114页。

家书写的命运,而即使是真正的文学经典也同样会由于种种原因而得以人为地遮蔽;同样地,即使是产生于特定时代的文学史经典所具有的价值也一样不能被简单的予以忽视,因为它在当时所产生的意义以及蕴涵的价值往往是无法亲历现场的人所体味不到的。而从文学史经典逐步进入文学经典正是文学经典化的历史发展的整体流程。

"文学史经典"与"文学经典"的差别就在于:后者是经典化、历史化了的"经典";前者是尚未经历这一历史化和经典化的"经典",它只具有文学史意义,而不具有文学经典的恒定意义。文学史家的经典较多地顾及文学发展的历时性,常常把文学思潮作为文学史长链中的链环。一般来说,由于文学史是记录文学发展的历史流程,所以,只要在历史上产生影响的文学现象势必都要纳入文学史家的视野当中。因此,诸多文学现象乃至创作文本就常常在文学史家的描述与流传的过程中成为"文学史的经典"。相对而言,真正能兼容文学经典和文学史经典的显例是 20 世纪 30 年代赵家璧主编的文学选集《中国新文学大系》中所遴选的作品。

不过,文学史经典并非完全是按照纯文学的审美要求成为经典的。鲁迅的《狂人日记》的经典性价值更多地体现在以象征形式对封建传统乃至对人的劣根性所进行的思想文化批判,即,五四时期一种广义的文化革命的价值取向。显然,以严格意义上的经典尺度来估衡其得失兴衰,它与我们今天对经典的理解和指望相差甚远,但是,所谓"文学史经典"作品就是各种文学史著作都大体论及、并都给予了高度关注乃至出现不同评议的那些作品。这是因为,正是这些经典作品成了文学史上的高潮和分期依据,成为文学线索梳理的坐标原点,成为维系文学史叙述秩序的基本环节。革命性成为经典确认的显话语。首先是鲁迅、郭沫若这样新文学的第一代经典大师创造的经典被加以革命化的阐释;30 年代诞生了新文学的第二代经典如茅盾的《子夜》,40 年代诞生了新文学的第三代经典如赵树理的《小二黑结婚》《李有才板话》等,它们属于保持文学审美特性较好的左翼文学经典或工农兵文学经典。"尽管,"在由革命与审美、民族与现代、大众与精英这三对关系构成的阐释空间中,最后往往是革命、民族、大众压倒审美、现代、精英。在特定的语境中这一倾向无可厚非,关键在于当二元关系中的一元畸形膨胀时,就会导致阐释空间的僵化,而文学的多元性渐渐变形乃至于异化,活力与创造被遏制。"①而且随着时间的推移,"红色经典"的表现形式和精神内涵日益显露出局限和弊端。童庆炳先生在一篇有关文学经典的文章中曾对"红色经典"有过比较客观的评述:"再以上个世纪五六十年代的作品而言,当时以革命运动和革命战争为题材的作品相当多,每年至少说也要出几部到几十部小说,可为什么只有《红旗谱》《保卫延安》《红岩》《红日》《林海雪原》《青春之歌》《百炼成钢》《上海的早晨》《创业史》等少数作品入选'经典'之列? 就是被提到的长篇小说《开不败的花朵》《新儿女英雄传》《战斗在滹沱河上》《野火春风斗古城》《火车头》《金色的兴安岭》《欢笑的金沙江》《三千里江山》等,虽然也不错,但相较于'三红一创'等作品来说,其经典性就不能与前述经典相提并论,这难道是意识形态和文化权力的刻意操弄吗? 应该看到,'三红一创'等作品在艺术特色和艺术价值方面,确实比后者以及未被提及的许多作品有更多的优点,更具可读性,这是应该得到公正评价的。"②"红色经典"原本就是 20 世纪中国新文学"革命"和"进化"历程的既定时段和逻辑环节,是作家们在

---

① 黄曼君:《中国现代文学经典的诞生与延传》,《中国社会科学》2004 年第 3 期,第 149—159 页。

② 童庆炳:《文学经典建构的内部要素》,《天津社会科学》2005 年第 3 期,第 86—88 页。

"现代民族国家"缔造过程中所形成的一系列文本。洪子诚先生从另一种思维角度予以解释:"五十至七十年代的文学,是'五四'诞生和孕育的充满浪漫情怀的知识者所作出的选择,它与'五四'新文学的精神,应该说具有一种深层的延续性。"①这也即笔者前面所说的,它以文化再造与艺术生产的方式参与了 20 世纪中国历史"现代性"的进程。准确地说,关注"红色经典"的合法性和有效性也就是把握它在其本质上是 20 世纪中国文学"现代性"的特殊表现形态。它仍然被涵容在 20 世纪中国文学史逻辑发展的学科体系之内。

三

也许,"红色经典"由于特殊的萌生过程使其作为"经典"在实际确认、辨析时显得较为困难、较为复杂。问题的实质在于:一方面文学经典的意义随语境、视角的更替而变换,似乎永远不会穷尽。它的价值就在于它有一种普遍联系性,因此让文学逻辑的本质规定在辩证的往复运动中展现新的方向;另一方面经典文学的价值又不断处于被离析被解构被重释的过程中,它往往导致对文学史的重写。即使我们按照文学史的标准确立了其经典化的特征,但经典作为一个历史化的过程仍然需要不断被遴选、沉淀与检验。从这一意义上说,经典化的过程无异于一个重写文学史的过程。况且,文学经典并不是先验地存在的,它必须并且也只有在一个广泛的话语知识谱系中才能被表述出来;因为文学经典实际上是一个在历史中不断分析和建构的过程,"红色"经典的观念也是在与其他"非红色"经典的话语知识类型的不断区分之中建立和凸显,即当"红色"和"经典"互为前提、相互连接的时候,一种特定的文学经典话语概念就诞生了。这些区分后面隐含着一整套有关经典的现代话语知识的建制。同时也要看到,与"红色经典"作为"一种"经典形态存在的客观必然性、正确性一样,其经典价值的缺憾和当代意义的局限也是显而易见的。

由此带来的启示是:研究"红色经典"其实质并不仅是为了"以史为鉴",更在于一种有关"经典化"文学话语的创造性转化,以此形成完整的 20 世纪中国文学的历史图景与总体价值结构形态,在学理上更系统地将"红色经典"的文学遗产知识化,让它的效验性与它自身的"问题"意识相联系,让它的美学自足性与局限性建构在双向的批判维度上,即与之相区别的其他的"经典"文学传统(历史的或国外的)对它的批判和它对它们的反批判。它为我们反思历史和文学所提供的首先不是它的批判的内容而是批判模式,也就是说,作为对 20 世纪中国文学叙述的一个重要角度,它的重要性在于通过其"经典化"的形式体现了一种认知方式,一种创作思维的路径和由此带来的洞见和盲视。在这个意义上,"'红色经典'的核心意义在于它代表着共和国前期的一种文艺模式,一个时代的心灵和主调,一种历史此在性的原汁"②。怎样看待"红色经典"实际上关涉的是怎样把它变成今天文学"经典化"的参照背景、思想资源和历史启示。

与此相关的是,当代文学虽然在诸多因素下被制造出类似"红色经典"等众多的文本经典,不过,隐含于当代文学经典之外的是古代文学、现代文学甚至是外来文学中那些更为地位稳固的文学经典。"红色经典"的经典程度由于时间等因素的发端不稳,尤其是在与其他

---

① 洪子诚:《关于五十至七十年代的文学》,《文学评论》1996 年第 2 期,第 60—74 页。

② 张法:《"红色经典"改编现象读解》,《文艺研究》2005 年第 4 期,第 21—25 页。

经典文本的比照下显得经典性意义相对淡薄，从而也令人在思考、确认它的时候倍加小心，否则不但会有遗珠之憾，而且还极有可能会树立一些为后世所不予认定的"伪经典"。因此，从这个角度上说，当代文学经典处于一个面临着不断检验的过程。而文学史作为文学"经典化"的历史，其间体现了人们认识文学、评价文学的能力，体现了人们将过去的文学适应于当今文化的需要，也体现了其中一些有待于研究和解决的问题，这些都需要有关研究者去加以思考。在这个意义上，指认"红色经典"的历史合理性和审美价值，甚至是艺术上的缺憾或许往往比简单确认经典更有其实际的意义与价值。何况，反思当代文学经典中存在的问题也无疑会为再造经典奠定坚实的基础。

（原载《广东社会科学》2007 年第 4 期）

"史诗性"与"红色经典"
的文学价值评估

阎浩岗

在论及被称作"红色经典"的 1950—1970 年大陆长篇小说时,许多学者指出了其对"史诗性"的追求;还有不少论者谈到了"茅盾文学奖"的史诗情结。当前文学批评界更是将是否具有史诗性、是否称得上真正的史诗,作为评估长篇小说文学价值的重要尺度。关于"红色经典"是否能称得上真正的史诗性作品,目前学界否定意见较多;而当下研究"红色经典"的论著,多从其产生的文化机制以及其是否具有现代性方面着眼,从其文学审美价值本身角度研究的较少。因此,从"史诗性"角度来评价所谓"红色经典",应当还不算一个过时的论题;重新评估其文学价值,也很有必要。先要说明,本文使用"红色经典"这一称谓,指代以"三红一创、青山保林"以及《李自成》《三家巷》《艳阳天》[①]等为代表的一批一度影响极其巨大的长篇小说,并非意味着已预先肯定或确认了这些作品的"经典"性,而是因它已约定俗成,所指比较明确,使用起来方便。

一、怎样才算真正的"史诗"作品

虽然将史诗性作为长篇小说评估标准几乎已是学界共识,但究竟怎样才算真正的史诗性作品,却难以取得定论。我们不妨追本求源,看看美学史、文学史上得到普遍认可的史诗理论和创作。谈论小说作品史诗性的文章,理论上一般以黑格尔《美学》为依据,创作上则通常拿列夫·托尔斯泰《战争与和平》、肖洛霍夫《静静的顿河》等作品为样本。黑格尔在提及"史诗"这一概念时,是作为与"抒情诗"和"戏剧体诗"并列的一种文学类型来理解的。如朱光潜所言,黑格尔"对小说显然没有下过工夫"[②]。

他主要是将荷马史诗作为"正式的史诗",作为叙事类文学的最高范本来界定其性质与特征的。概括起来,他认为"真正的史诗"应具备如下特性:

1. 以对民族和时代意义深远的事迹及其过程为对象,通过描述社会的"政治生活、家庭生活乃至物质生活的方式,需要和满足需要的手段","显示出民族精神的全貌"。

2. 史诗反映的时代,民族信仰与个人信仰,以及个人的意志和情感还未分裂。

3. 对于作者来说,史诗所反映的时代可能已成为过去,但相隔不远。作者对那种生活及其观照方式和信仰完全熟悉,作者所处时代的信仰、观念、意识与之是一致的。

---

① 《李自成》《艳阳天》在创作原则、审美风格与"三红一创、青山保林"并无二致,在社会影响方面甚至超过了《保卫延安》《红日》《山乡巨变》,不应该排除在"红色经典"之外。

② 黑格尔:《美学》第 3 卷下册,商务印书馆 1981 年版,第 168 页,注释。

4. 作者在创作时未受外来强势文化的奴役,也不受固定的政治和道德教条桎梏,他在创作上自由独立,对所描述的世界了如指掌,他自己的全副心思和精神都显现在作品里,使人读后感到亲切、心情舒畅。

5. 读者能从史诗中领会到"英雄人物的荣誉,思想和情感,计谋和行动",欣赏到"既高尚而又生动鲜明的人物形象"。史诗人物"表现出多方面的人性和民族性",却又是完整的人。不应只表现人物的单一特征或欲望。① 主要英雄人物"把民族性格中分散在许多人身上的品质光辉地集中在自己身上,使自己成为伟大、自由,显出人性美的人物"。

6. 史诗的创作主体的因素完全退到后台,"人们从这些史诗里看不出诗人自己的主体的思想和情感",作者不在作品中露面,"作品仿佛是在自歌唱,自出现"。但作者已"把他自己的整个灵魂和精神都放进去了";作品表现的是"全民族的大事","全民族的客观的观照方式",却是由一个具体作者来完成的。

7. 最适宜史诗表现的题材是战争,"因为在战争中整个民族都被动员起来,在集体情况中经历着一种新鲜的激情和活动,因为这里的动因是全民族作为整体去保卫自己"。

8. 用战争做情节基础,"就有广阔丰富的题材出现,有许多引人入胜的事迹都可以描述,其中起主要作用的是英勇,而环境和偶然事故的力量也还有它的地位,不致削弱"。而不同民族之间的战争是最理想的史诗情境。

9. 史诗在结构上应是有机的整体。②

在黑格尔之后,人们把某些具有史诗特征的散文体叙事作品(主要是长篇小说),也称为"史诗"或"史诗性作品"。以这种标尺衡量,《战争与和平》当之无愧,《静静的顿河》虽然写的不是不同民族之间的战争,也是公认的史诗性长篇小说。但说司汤达的《红与黑》、左拉的《卢贡·马卡尔家族》也属史诗型,就有些牵强。

这里需要辨析目前学界的一个误区:史诗性虽是对长篇小说的一种褒扬性评价,却并非衡量长篇小说是否优秀的唯一尺度。它只是长篇小说中一个类型的标准。比如,最优秀的中国古典小说《红楼梦》就不属史诗型,因为它的题材不是时代的重大政治或军事事件,不着力展示广阔的社会生活画面,主人公也不是英雄;它是以细腻描述日常生活琐事取胜的。《三国演义》属"史诗性"长篇,《儒林外史》却不能算,尽管它写了众多的形形色色的儒林中人。我们说苏联电影《莫斯科保卫战》《解放》是史诗性作品,美国电影《拯救大兵瑞恩》或《克莱默夫妇》不是,并不意味着后者的思想水平就比前者低。

但,无论如何,史诗性作品特有的审美价值、艺术震撼力,是决定长篇小说文学价值的一种重要因素。

"红色经典"中,《青春之歌》《山乡巨变》不属于史诗型,《红岩》虽然写的是英雄,似乎也不能算。虽然《红旗谱》《创业史》《保卫延安》《红日》《三家巷》都具有一定的史诗性,但最合乎"史诗性"标准的,首推姚雪垠的《李自成》。

---

① 黑格尔认为中世纪某些史诗在描绘人物性格方面比较抽象,其中的英雄只为骑士阶层利益而奋斗,脱离真正带有实体性民族内容的生活思想。

② 以上引文均见黑格尔《美学》第3卷下册,第107—138页。

二、《李自成》是"红色经典"中最具史诗性品格者

《李自成》的史诗性并非学界公认。肯定的观点不少,1987年刘再复与姚雪垠论争之前持此论点者占多数,之后也有。①

否定性观点,当以王彬彬《论作为"人学"的〈李自成〉》②为代表。

概括起来,王文否定《李自成》史诗性品格的理由是:

1. 作者不是全力写人,人物基本淹没在事件中;

2.《李自成》写人有欠缺:人物性格没有发展,没有深度,缺乏对人物心灵的洞察和灵魂的开掘,没有写出人物"心灵的搏战";

3. 全书结构支离破碎;

4. "再现历史生活的风貌""反映历史的本质和规律"的创作意图是错误的,是导致全书"支离破碎"的原因;

5. 作者意图过于直白,不耐人咀嚼,无法形成"李学"。

《李自成》的作者在写人方面是不是尽"全力"了,这个只有他自己最清楚。一般读者和评论家,对于其中的人物形象,还是留下了深刻印象,并未感觉人物被"淹没"在事件中。且撇开有争议的李自成、高夫人等形象,起码刘宗敏、郝摇旗、牛金星、宋献策、张献忠性格鲜明,崇祯、洪承畴、杨嗣昌、卢象升等明朝君臣的形象没有脸谱化,作者把他们当作"人"来写,比较细腻地剖析了其内心世界。崇祯借饷、杨嗣昌督师、洪承畴降清、卢象升殉国等单元应当说在中国现代小说里属于精彩篇章。至于说"人物性格没有发展",这种判断并不客观。通读全书,不难发现主人公李自成从第一、二卷的处逆境而不气馁,到第三卷事业鼎盛时逐渐暴露缺点,再到第四、五卷"其兴也勃焉,其亡也忽焉"过程中由自信发展为刚愎,对个人情欲从克制到逐渐放开而又并不特别放纵,与下属的关系从平等亲近到逐步拉开距离等明显变化。即使性格没有发展,也不影响其为史诗——《伊利亚特》《三国演义》里的人物性格有几多发展?对怎样判定作品"灵魂开掘的深度",不同的读者和批评家各有自己的理解。新时期以来似乎有一种倾向,似乎只有写出人的潜意识或突出人物灵魂的分裂才算有人性深度。确实,弗洛伊德理论产生后,现代主义、后现代主义的作品发现了以往小说不曾触及的领域,算是将心理描写深入了一步。但我们不能反过来说,写了潜意识的作品肯定比没有写的深,不能说福克纳《喧哗与骚动》就肯定比司汤达《红与黑》深刻,施蛰存《石秀》就肯定比施耐庵《水浒传》高明。再说,不一定非要写了"心灵的搏战"才能算史诗性作品,恰恰相反,按黑格尔的理解,由于史诗反映的时代,民族信仰与个人信仰、个人的意志和情感还未分裂,古典史诗中的英雄人物,如阿喀琉斯、阿伽门农,并没有特别强烈的"心灵的搏战",他们很坚定地按自己的既定信念行事,"他本来是那样人,就做那样人"。③

---

① 胡良桂:《从取材的角度看〈李自成〉的史诗特性》,《中国文学研究》1991年第3期;《〈李自成〉的史诗艺术》,《文艺理论与批评》1992年第2期。古耜:《史诗意识与20世纪中国长篇小说》,《广播电视大学学报(哲学社会科学版)》2002年第3期。

② 王彬彬:《在功利与唯美之间》,学林出版社1996年版。

③ 黑格尔:《美学》第3卷下册,第137页。

《李自成》全书的结构经过作者精心设计，并不"支离破碎"，在多年的创作过程中不断修改完善，其美学成就已被许多批评家肯定，即使否定《李自成》主人公形象的塑造与作者历史观念的，对这一点似乎也没有太多异议。先写第五卷再写第四卷，恰恰说明作者已成竹在胸。有意追求"再现历史生活的风貌""反映历史的本质和规律"，这几乎是史诗型作品的共同特点，与塑造人物并不矛盾。至于该书未能形成"李学"问题，容下文论及。

还有论者认为，"红色经典"难称真正的史诗性作品，是因其依据主流意识形态，对正面人物的描写过于理想化，"缺乏对所表现历史的超越性把握"。①

那个年代的作品都受主流意识形态的框范，是不争的事实。我们理解那个年代的作家，但文学史是无情的，后世读者是无情的，他们判定作品是否具有文学价值、是否优秀之作，当然不会因理解体谅而给"感情分"；作品能否传世，还得凭自身。那么，我们就用"史"的眼光检验一下"红色经典"对人物的理想化描写，研究其"对所表现历史的超越性把握"问题。

先谈理想化。《李自成》在人物塑造方面的"现代化"与正面人物形象的完美化一直是其受到诟病的主要因素，有所谓"李自成太成熟、高夫人太高、红娘子太红、老神仙太神、老八队像老八路"之说。笔者以为，单论"现代化"，须得区分两种情况：如果是让古代人物具有只有现代人才有的思想（比如阶级观点），说出只有现代人才能说的话，如果不是像鲁迅《故事新编》那样有意"油滑"或如现今某些"戏说"之作那样"恶搞"，无疑当属败笔；但如果是指从古代题材作品那里看到某些现代气息，则属正常。如克罗齐所言，"一切历史都是当代史"，当代人看历史，必然会站在今天高度"重读"，历史小说的作者虽然写的历史，却必会将自己的现实生命体验融汇进去。这不仅不是缺憾，反而能给作品带来活力。中外文学史上此类例证很多：莎士比亚的哈姆雷特是 12 世纪的丹麦人，我们却能从中感受到 16—17 世纪之交英国的现实；《三国演义》《水浒传》创作情况与之相似。至于正面人物的理想化，不只《李自成》，其他"红色经典"也普遍存在；不只"红色经典"，文学史上的名著以及当今某些文艺作品也有：《三国演义》中的诸葛亮，《悲惨世界》中的米里哀、冉阿让，《还珠格格》中的紫薇，不都属于这种形象吗？那些有明显缺点的人物可能更具真实感、给人印象更深刻，但塑造理想化人物，也并不一定导致艺术上的失败。现实主义与浪漫主义是文学史上两股主要潮流，因为人类既要认识现实真相，又要追求比既存现实更美好的东西；现实不完美，人们就借助艺术，在幻想中塑造这种完美，把它作为追求的目标或现实缺憾的虚拟补偿。现在青年人喜欢看"青春偶像剧"，正是出于这种需求：现实中有漂亮的男女，也有心灵美好、善良、崇高的青年，但将出众的英俊、漂亮与极致的善良、聪明、脱俗综合于一身的情况，一般只能在艺术世界中见到。现实中有阶级斗争，有爱情，有练功习武的人，但他们一般不会终生只搞阶级斗争，一辈子只追求爱情或练功习武。某些"红色经典"单突出阶级斗争与革命，是对现实的高度"提纯"，正如琼瑶小说里的人物毕生追求爱情、金庸小说里的人物只知练功习武一样。这类完美人物艺术上是否成功，取决于他的思想、语言、行为是否基本合乎情理，是否能从情感上打动人。如果真实反映了作者的审美理想，这类人物也自有其不可取代的认识价值。

再看"红色经典"与主流意识形态的关系，以及作品的"超越性"问题。"红色经典"对主

---

① 　凌云岚：《百年中国文学"史诗性"的个例分析与重估》，《中国现代文学研究丛刊》2000 年第 3 期。

要人物的理想化无疑基本符合主流意识形态的要求①。

这里需要辨析的是：作者的"具体感受的世界观"与主流意识形态的"理论观点"②是否一致？也就是说，作者本人本然的生命体验或人生见解与这种意识形态是吻合还是游离乃至对立；如果吻合，是在多大程度上吻合。"红色经典"的作者大多1949年以前就参加了中共的军事或文化斗争，成为革命队伍的成员，浩然是新中国培养的作家。主流意识形态已内化为他们自己的世界观。姚雪垠是抗战期间成名的作家，后来经过思想改造，也逐步接受了主流意识形态。可以说，对于1949年以前"民主革命"阶段的，他们"具体感受的世界观"与主流意识形态的"理论观点"是基本一致的。这种一致性的取得，或因作者与那时的主流意识形态观点都代表了农民和农村知识分子的理想，或因作者本身原有的五四个性主义精神远不及要求政治进步、紧跟时代主流的欲望强烈，使其自愿对自己本然的精神世界进行改造，他们已经形成了以主流意识形态观点看人观物的习惯。因此，与茅盾、叶圣陶、沈从文等老作家不同，主流意识形态并没有对他们的创作思维形成太大阻碍，反使他们感到在把握历史时顿开茅塞，获得了他们自认为的"深度"。这正合乎黑格尔论史诗时说的"民族信仰和个人信仰还未分裂，意志和情感也还未分裂"③的情况。

但是，优秀作家不可能没有自己独特的生命体验和不同程度的独立见解。这些独特之处，使得某些"红色经典"每每有溢出主流意识形态之处。例如《红旗谱》对朱严两家关系的描写，对冯家父子关系的描写，《红日》《李自成》对"反面人物"的描写，《林海雪原》对少剑波形象及其与白茹关系的描写，《青春之歌》对林道静爱情心理的描写，等等。究竟"红色经典"是否"缺乏对所表现历史的超越性把握"，那要看对"超越性"如何理解。参照系不同，理解也会不同。比如，相对于普通的农民意识、相对于以往的农业题材作品，我们可以说《创业史》的思想观念具有明显的超越性；而若按新时期以后的意识形态，它就没有超越性，甚至明显"落伍"。那么史诗性作品是否必须与所表现的历史时期的观念拉开较大距离，乃至对之进行否定性反思批判呢？不见得！黑格尔的见解恰恰相反：

> 如果当前现实强加于诗人的那种正起作用的信仰、生活和习惯观念和诗人以史诗方式去描述的事迹之间毫无亲切的联系，他的作品就必然是支离破碎的。因为一方面是诗人所要描述的内容，即史诗的世界，另一方面是原来离开这内容而独立的诗人自己的时代意识和观念的世界，这两方面虽然都是精神性的，却依据不同时代的原则而有不同的特征。如果诗人自己的精神和他所描述的民族生活和事迹所由产生的那种精神根本不同，就会产生一种分裂现象，使人感到不合式乃至不耐烦。④

"红色经典"作者的"信仰、生活和习惯观念"正是与其"所描述的民族生活和事迹所由产生的那种精神"是相通的。当然，黑格尔针对的是古典史诗：荷马倾情歌颂希腊英雄们的英勇智慧，并未反思战争的残酷。我们引证黑格尔的论述，并非要以之作为金科玉律，衡量一

---

① 作者个性造成的不完全符合，或主流意识形态本身发展变化造成的不完全符合，使其受到代表当时正统主流意识形态的"红色批评"的指责。

② 波斯彼洛夫：《文学原理》，生活·读书·新知三联书店1985年版，第103—109页。

③ 黑格乐：《美学》第3卷下册，第109页。我认为，中国的"新民主主义革命"能够成功，根本原因就在于它符合当时的"民族信仰"。

④ 黑格尔：《美学》第3卷下册，第110—111页。

切作品的史诗性品格,现代史诗型作品可以具有不同的审美选择。肖洛霍夫《静静的顿河》就属于具有历史反思意识的杰出现代史诗。笔者也并非认为《创业史》就是最典型的古典型史诗,因为它写的是和平年代的日常生活,没有特别尖锐激烈的冲突或战争、暴力场面。但上面的引述,起码说明否定性反思并非史诗性作品的必要条件。

笔者认为《李自成》是中国当代小说中最具史诗品格者,是因它具备了古典型史诗作品的几乎所有特征。它选取的是明清之际对历史影响深远的最重大的社会政治及军事斗争事件,就反映生活之广阔、人物形象之众多、矛盾冲突之复杂尖锐、篇幅之宏伟而言,几乎无可匹敌;其人物性格之鲜明、人物语言之个性化、情节之曲折生动、结构之严谨、节奏之张弛相间富于变化,是普通读者和专家们都有体会的;全书既洋溢着英雄主义主旋律,又涂抹着浓重的悲剧色彩;既写了金戈铁马的战场厮杀,又不乏饶有趣味的日常风俗画面。作者对历史的成败得失进行了认真反思研究,既看出某种必然趋向,又没有排除偶然事件对历史进程的影响;作者重点突出了人的社会属性,对于生理本能因素没有过多渲染,但并非没有相关描写,例如对洪承畴降清前剃头时生理感觉的描写,就堪称精彩。《李自成》在新时期以后受到冷落,有多种原因,比如"宏大叙事"被"私人化叙事"代替,成为社会审美心理主流,文学界、史学界对以往正统历史观的反思,使其显得有些不合时宜。也不排除与作者本人性格的自负狂傲惹人反感,以及某些权威批评家为推出自己新的美学主张而以之为标靶进行贬低有关。1980 年后出生的读者大多没有认真读过包括《李自成》在内的"红色经典"作品,他们的阅读选择主要受传媒影响,即使是中文系的学生,也大多先接受教科书与课堂教学结论的影响;而以前读过《李自成》第一、二卷的年纪较大的读者,又大多由于种种原因没有读完其余三卷,在出版物铺天盖地令人目不暇接、读者又追新逐异的今天,这也是正常现象。但是,我们不能因此而否定《李自成》的文学价值和文学史地位,正如我们"发现"了张爱玲之后不能反过来否定或抹杀茅盾一样。新时期历史小说的历史观有了新的发展,但若拉开时间距离审视,它们的总体思想艺术成就,未必就能超越《李自成》。那些做历史翻案文章的作品能给人耳目一新之感,但用历史眼光看,所谓"新"也是相对而言——谁能保证在它们不再显得"新"的时候仍然让读者关注而不被遗忘呢?要知道,《李自成》作者当年也是以挑战以往明史研究结论,以在当时看来属于"新"的历史观、美学观处理历史人物形象的!比如对崇祯形象的塑造、对李自成帝王思想的描写,在当时就需要很大的勇气!君不见《红日》就因对敌师长张灵甫没有完全漫画化,被诬为"为蒋匪帮招魂"。①

《李自成》在这方面也许可算"红色经典"中的特例,因为它的写作得到了最高领导人的支持。②

且不论《李自成》的文学价值如何,作为曾经为文学史提供了新的因素的作品,文学史地位应当是没有疑问的。③

历史在发展,在前进,后代的人当然要有反思超越前代的意识。不过,别忘了,我们也会

---

① 长城:《吴张"塑造人物"就是为蒋匪帮招魂》,《解放日报》1968 年 8 月 25 日。

② 这与没有丑化哥萨克,也没有美化红军的《静静的顿河》得到斯大林支持而成苏联"社会主义现实主义"作品中的特例有些类似。

③ 我认为,文学史应当是每个时代文学发展状况与水平的记载描述;"潜在写作"当然也能反映这种水平,但反映第一时代文学发展状况和水平的,主要还是当时曾产生巨大而广泛的社会影响的作品。

成为后人眼中的"前人",与我们自己的"前人"一同接受历史的检验。历史常常以否定之否定的方式发展,今天宣布"过时"的,以后未必不会"复活"。关键还在于作品本身的价值。

三、构成"红色经典"文学价值的其他因素

如前所述,史诗型作品只是长篇小说中的一个类型,它并非衡量长篇小说是否优秀的唯一尺度。那些非史诗型的长篇小说,其文学价值从其他方面体现出来。

"红色经典"主题明确单纯,虽然个别作品近年也被一些学者读出了表层主题之下的另外含义,但无论如何,其文学价值毕竟不是体现在内涵深奥、丰富、复杂、可作无穷解读方面。我这里要特别指出,并非所有文学名著都是内涵深奥、丰富、复杂的,文学史上还有大量内涵并不复杂,甚至比较简单的经典。诗歌里面这类经典不少,比如《诗经》,比如贺知章的《回乡偶书》,比如李白的《静夜思》,更遑论白居易的"新乐府"。这些诗可以让你展开丰富想象,每次阅读都可能有所共鸣,但并不需要专家们不断写出专著进行无穷阐释。小说中也有内涵相对简单的经典。《欧也尼·葛朗台》不就是揭示了金钱对人性的腐蚀、对人伦关系的破坏吗?《安娜·卡列尼娜》有两条情节线索,似乎复杂些,但也不太可能形成像"红学"那样的"安学"。以萨克·辛格指出:"在我看来,好的文学给人以教育的同时又给人以娱乐。你不必坐着唉声叹气读那些不合你心意的作品,一个真正的作家会叫人着迷,让你感到要读他的书,他的作品就像百吃不厌的可口佳肴。高明的作家无须大费笔墨去渲染、解释,所以研究托尔斯泰、契诃夫、莫泊桑的学者寥若晨星。"①

笔者当然决不认为需要"大费笔墨去渲染、解释"的作品就不是"好的文学",但觉得现在有必要强调并不复杂艰深的作品也自有其文学价值与文学史价值。中国现代小说中,你可以说废名、沈从文、孙犁、汪曾祺的作品别具一格,但它们的内涵究竟有多复杂?是"说不完"、发掘阐释不尽的吗?你能总结出《竹林的故事》或《荷花淀》的七种八种主题吗?不属于说不完、阐释不尽的作品,不等于不值得反复阅读。反复阅读有时只是为了品味,品味其中的韵味、趣味、情调,或感受那种情感、氛围。马克思对古希腊艺术的叹赏早已是众所周知,可希腊神话并不艰深复杂。相反,它体现的是一种童趣。

由于主客观原因,"红色经典"在人性开掘的深度方面有明显局限。但,这并不意味着它缺乏人情美。"人性"和"人情"是两个不同的概念,它是指各种人伦情感、生命感受。"文革"时期的文艺作品被新时期批评界指为普遍概念化、缺乏"人情味"。确实,这一时期作品中的正面主人公都是高度意识形态化的。就小说而言,《金光大道》里的人物除了阶级感情,人伦情感已经淡而又淡;《艳阳天》中的萧长春还有与焦淑红的爱情线索、有韩百仲与焦二菊的夫妻情,而高大泉与妻子之间,已看不出多少自然的爱情因素,高二林也更主要是他的"阶级兄弟"。但,这并不是说那时期的作品都不能以情动人。京剧《红灯记》就每每催人泪下,因为它在"样板戏"中是少有的表现了感人的人伦情感的作品。尽管李玉和一家没有血缘关系,可观众从感性层面上感受到的,也并非单纯的阶级关系,他们一家三口三代之间体现了一种类似血缘亲情又高于血缘亲情的"义"——将与自己没有血缘关系的幼儿含辛茹苦养大成人,这比普通的父爱母爱更动人!产生于"十七年"的"红色经典",更不乏人情描写。《创

---

① 崔道怡等编:《"冰山"理论:对话与潜对话》,工人出版社 1987 年版,第 126—127 页。

业史》中表现梁生宝与养父梁三关系的片段,也是比较动人的篇章。《红旗谱》的作者对朱老忠的夫妻情、父子情、朋友情浓墨重彩予以表现;而运涛与春兰、江涛与严萍,以及《青春之歌》中林道静与余永泽、卢嘉川、江华,《林海雪原》中少剑波与白茹,《三家巷》中周炳与几位青年女性,《红日》中梁波与华静,《创业史》中梁生宝与改霞爱情关系的描写,成为那一时期读书界的沙漠甘泉。

重视作品的故事性与情节设计,是"红色经典"吸引读者的又一个原因。《林海雪原》《红岩》《李自成》在这方面都很突出,它们在那个特定时期既发挥了政治教化功能或传播了主流意识形态的观念,又起到了优秀通俗小说所能给予普通读者的审美娱乐的作用。《艳阳天》矛盾冲突紧张激烈、环环相扣,假使读者对其中的意识形态观念不是特别反感拒斥,[①]一旦读进去、进入小说的特定情境,也有可能被深深吸引,手不释卷。由于题材的原因,《青春之歌》在传奇性方面弱于《林海雪原》《红岩》和《李自成》,由于创作观念的差异,《创业史》在矛盾冲突的剧烈紧张程度上不及《艳阳天》,但都还是有一个能吸引读者的故事,使读者关心人物的命运,与人物产生某种程度的共鸣。《红旗谱》则介乎情节小说与生活化小说之间,兼备两者之长。我赞同王蒙的观点:"一般认为故事起的是两个作用:载体作用与结构(主线)作用。这些看法并不错,确实故事是有这样的作用。但仅仅如此讲,实际上忽视了乃至抹杀了故事本身的文学价值。"他认为:"故事本身就是审美的对象。故事就是故事,而好故事就值得一看,就有文学价值。"[②]

好的故事可以吸引读者,使之产生审美愉悦,使作者对人生与社会的感受理解以文学的审美的方式表现出来。

《红旗谱》《三家巷》以及《李自成》对日常风俗与生活环境的描写,《林海雪原》将东北独特自然风光与神话传说结合,也是被许多读者和评论者津津乐道的。这是其文学价值的又一重要方面。

(原载《文艺争鸣》2007 年第 6 期)

---

① 后世读者虽然对"阶级斗争"思想与那个年代的生活可能感到隔膜,但不至于深恶痛绝。他们有可能拉开距离欣赏,就像我们欣赏金庸的武侠小说。

② 王蒙:《王蒙文存》第 21 卷,人民文学出版社 2003 年版,第 277—278 页。

红色经典及其当代境遇

—— 当代文学的红色传统与当代变异

王学谦

一、经典与红色经典

文学经典，就是持久而广泛地发生影响的文学著作。如《诗经》、《楚辞》、唐诗、宋词、《水浒传》、《红楼梦》、《文心雕龙》等都是中国文学经典；鲁迅的《呐喊》《彷徨》是现代文学经典。这些文学经典往往流传时间长，社会阅读面大，不仅专业研究者阅读，一般读者也有所阅读或了解。

文学经典是在历史的变动中产生的，并随着历史的变动有所波动。成为经典当然具有复杂的乃至偶然的历史性因素，但是，最终起决定性作用的仍然是文学性，即文学价值本身。距离现实越近，越会掺杂更多的非文学因素；一旦与现实拉开距离，非文学性因素就会减少。这就是为什么古代文学经典比较牢固而现代文学经典却处在动荡之中的缘故。某些现代作家曾经被认为是经典作家，而现在其文学史地位就不如过去那样崇高。比如，郭沫若曾经被看作是继鲁迅之后的又一面旗帜，但是，现在却不再有人这样评价郭沫若了。茅盾被认为是第三个重要作家，但是，也遭到了人们的质疑，其经典地位也不如原来那样稳固了。在"文革"之前的中国大陆，张爱玲很少为人所知，但是，"文革"之后张爱玲的文学影响却直线上升，乃至成为经典作家。钱锺书在50—70年代默默无闻，但是，现在却成为经典作家。

什么是文学价值呢？就是具有永恒的人性的作品。如果从具体作品着眼的话，这种文学价值可能丰富多彩，不同的经典作品具有不同的个性和魅力，但是，它们往往都从不同的侧面表达了一种人类普遍的情感和思想。现在，学者往往喜欢以历史性眼光研究文学问题，认为一切都是在历史中被建构起来的，不存在抽象的游离历史空间的文学精神。其实，还是存在着超越具体历史空间的稳定性结构的。经典都是既有历史性同时又具有超越性。因为具有超越性，不同地域、不同时代的人，都可以对经典产生共鸣，都可以从经典中获取一些艺术、思想、情感资源。所以，我们读古希腊神话、蒙田散文，读《诗经》《楚辞》《论语》等，也会产生强烈的共鸣。

红色经典，应该算是当代中国性的经典，具有中国当代社会历史特征的文学经典。其实，经典是不分颜色的，经典就是经典，无所谓红的或白的或黑的。西方文学中并不把经典分颜色，没有红色经典，不知道苏联文学是否有这样的说法。但是，中国有中国的国情，中国文学自然也打上这种特殊国情的烙印。

在当代中国，红色具有一种很明确的政治性象征意义，它象征着无产阶级革命。党旗、国旗都是红色的。在我们的日常生活中，红色具有更高的级别。我们曾经有红色崇拜。文革时期,红色具有至高无上的意义。红太阳象征毛泽东,毛主席语录、毛泽东著作被称作红宝书,红小兵、红领巾、红卫兵、红袖章,解放军是红领章、红帽徽、红星,工厂里的女劳模往往被称作是"三八红旗手"。"文革"时期出生的,很多人名字上都带有"红"字。

在 20 世纪二三十年代,在世界范围之内产生无产阶级革命文学浪潮,中国产生了左翼文学,所以,有红色二三十年代的说法,但是,当时并没有"红色经典"这个词,好像没有人说《国际歌》、高尔基的《母亲》是"红色经典"。40 年代解放区文学、1949 年以后的新中国文学,一直到 80 年代文学,在文学界,都没有"红色经典"这个词,甚至"经典"一词使用率也非常低。

"红色经典"一词是 20 世纪 90 年代末期产生的。荷兰学者佛克马 1993 年 9 月至 10 月在北京大学的学术讲演中,专门谈到中国现代文学经典问题。此后,"经典"一词开始在文学研究界和各种传播媒体之间扩散,逐渐普及。90 年代末期,有三种文学选本出版:谢冕、钱理群主编的《百年中国文学经典》,谢冕、孟繁华主编的《中国百年文学经典》,同时,1997 年人民文学出版社推出"红色经典丛书",重印五六十年代的一批长篇小说,包括《暴风骤雨》《太阳照在桑乾河上》《林海雪原》《野火春风斗古城》《平原枪声》等,可见,最初的"红色经典"是指五六十年代的一些优秀长篇小说。此后,"红色经典"一词不断扩散,在社会、文坛被广泛使用,它的内涵和外延也扩大了。

"红色经典"比较确切的含义是指 1942 年毛泽东《讲话》发表到 1976 年"文革"结束这一历史时期的优秀作品。其中,五六十年代的长篇小说占很大数量。《红岩》《红日》《红旗谱》《创业史》;《山乡巨变》《青春之歌》《保卫延安》《林海雪原》,有人概括为"三红一创、山青保林"。还有"文革"时期的"样板戏"、浩然的《艳阳天》《金光大道》等。

红色经典作家,都是革命者,很多是书写自己的亲身经历;这些作品是按照毛泽东《讲话》精神创作的。题材是两类:一类是革命历史题材的,就是叙述中国共产党领导的中国革命,大致涵盖了中国革命的主要过程,第一次国内革命战争、抗日战争、解放战争等时期的生活,其主题是歌颂共产党领导的革命战争,张扬战争年代的革命精神与道德风范,主人公是英雄人物,集体主义、献身精神是其性格的核心;具有大众化、民族化的特点,吸收古典小说的传奇性,类似于英雄传奇故事,善恶分明,情节曲折、惊险,主要人物是英雄人物,也有史诗化的追求;一类是现实题材的,比如 20 世纪 50 年代的合作化运动,赵树理、柳青、浩然等人的作品。这类作品是现实生活的直接反映,主要是书写乡村的社会主义改造和合作化运动。

如果按照经典的标准去衡量当代的红色经典的话,红色经典,还算不算经典?这是一个很尖锐的问题。我个人认为,"红色经典"不过是当代中国过渡时期的产物,无法成为永恒性的文学经典,它无法和古典经典相比,也不能和现代经典相比。红色经典的文学性和文化蕴涵,无法和鲁迅、曹禺、巴金、沈从文、张爱玲、钱锺书等人的作品相比。之所以做这样的判断,就是因为红色经典的文学性不是很高,它的最大局限在于以政治为核心建构作品,不是以人性为核心建构作品,即它没有切入永恒人性这一文学母题,只是适应了一个时代的政治要求而已。

二、红色经典的当代境遇

这些红色经典,在当年文学生活甚至社会生活中具有很重要的地位,而且,逐渐被写进文学史之内。直到现在,我们的文学史也还要记录它们,仍然是我们文学教育的内容之一,还是大学当代文学史教学的构成部分,也是当代文学研究的对象之一。国家也一直重视红色文学传统的延续、传播,仍然希望文学能够起到社会教育的作用。

在 20 世纪 50 年代,文学承担着非同一般的历史使命,是国家构建意识形态、阐释自身存在合理性的一种工具。这种对文学社会功能的重视即使是今天,仍然具有明显的表现。比如,在当代文学研究之中,人们公认存在着三种文学类型或文学力量:精英文学(纯文学);大众文学;主旋律文学。按今天的说法,红色经典就属于文学史中的主旋律文学。但是,毕竟时代发生了天翻地覆的变化,我们的社会从封闭走向开放,价值观念、文学观念都发生了巨大的变异。整个社会对于红色经典的阅读态度,不可能像过去那样单纯、统一,往往汇聚着各种不同的社会心理、文化意图和文学精神,各种不同观念相互冲突。这反映了我们当今文化生活和文学生活的丰富性和多元性。

首先,我们看到,权威文学史对红色经典的态度,不仅没有把红色经典作为经典,而且,对其文学性是持怀疑态度的。从"文革"以后的 80 年代,到目前,在文学史上,红色经典所占的比重不断缩小,篇幅越来越小。人们对它们的肯定性评价,开始的时候基于对"文革"的拨乱反正。随后,提出 20 世纪中国文学的观念,以启蒙主义情怀面对红色经典,这些红色经典显然缺乏更高的意义。到 90 年代以后,人们喜欢用历史、文化研究的方法分析当代文学。文学史学者把 50—70 年代的中国文学看作是高度"一体化"的文学,注重分析"一体化"过程的诸多因素或机制,这种分析及其结论,蕴含着明显的怀疑倾向,即使进行美学的分析和判断,也不会进行太多的肯定性,只是分析其美学特征而已。只要翻一翻流行的权威文学史,就可以清楚地感受到。洪子诚的《中国当代文学史》,陈思和主编的《中国当代文学史教程》等等,几乎都是这样处理红色经典的。之所以如此,主要是因为,文学史书写主要是学术性书写,主要是基于纯粹经典的尺度来进行的,如古典经典、现代经典、外国经典,以这样的经典标准来看,红色经典显然文学价值不高。

其次,社会阅读率不高。尽管出版社翻印这些作品,但是,究竟有多少人去认真阅读,人们是否可以接受其中的价值观念,诸如集体主义、奉献精神、英雄主义,也是很难说的。有人搞过"大学生红色经典阅读调查",调查数据显示:在记者随机采访的 40 名大学生中,65%以上的学生几乎不知道红色经典为何物;27%的大学生能够说出作者和主要内容的红色经典不超过 3 部,主要集中在《青春之歌》《林海雪原》和《红岩》,并且大多是通过观看影视作品后才有了进一步的了解;只有不到 8%的大学生能够流畅地说出"三红一创,山青保林"等大部分红色经典的书名、作者和内容。当问到红色经典的可读性时,70%的大学生认为不好看,离当下生活太远;18%的大学生觉得一般;12%的大学生认为值得一读。看来,曾经风靡一时、影响了几代人的红色经典文学作品,在当代青年的阅读视野中已被逐渐遗忘。

在繁忙的社会现实之中,在艺术资源丰富化的日常生活之中,文学日益边缘化,人们很难静下心来阅读红色经典。其实,其他经典的阅读,也并不是很多。大家喜欢于丹那样的"心灵鸡汤",无意进行认真阅读。"百家讲坛"是通俗性的大众文化,不是学术性研究,在电视这样的大众媒体上,只能在娱乐过程中传播一些文史知识。

再次,个人性阅读。一些人接受红色经典,但是,和红色经典的传播目的并不一致。现在,人们往往是本着一种好奇、怀旧、个人收藏,乃至纯粹艺术方面的接受,这种阅读范围不是很大。比如,1994 年浩然的《金光大道》(1994 年 8 月,京华出版社将《金光大道》第一、二卷予以再版,同时首次出版了该书的第三、四卷)曾经再版,浩然签名售书,很多人排队购买。包括"样板戏"的重播、重演,也是这样。很多地方都演样板戏,而且,有一些观众会看。台湾演过《红灯记》,反响很大,很多人很喜欢,这里有猎奇的心理,也有对样板戏艺术上的接受。我在电视上看到过京剧票友演出的《杜鹃山》,大家演得很认真,观众看得也非常认真,这些人与其说是留恋文革,毋宁说是喜爱现代京剧。

应该注意的是,个人化阅读不应该进行简单的否定。红色经典的重演、再版往往引起文坛争论。一些人认为这种现象值得警惕,仿佛人们还在留恋文革。其实,没有那么严重,没有人留恋文革,只不过是可以理解的一些个人心理在起作用。《金光大道》就引来一些学者的激烈批判,其实没有必要。我以为这种再版,是一种文学观念的进步。在思想、文化、文学中,我们最好不要简单地使用政治标准、时代标准,而更多地应该尊重个人的趣味、爱好,不要简单地将个人的爱好、趣味看作是代表一种历史时代,进行简单的肯定或否定。

三、红色经典的改写与红色题材的创作

在世纪之交,红色经典的改编、重演,几乎成为一种潮流,尤其是影视方面。2000年,苏联的《钢铁是怎样炼成的》被改编,搬上荧屏,获得了很高的收视率。之后,红色题材、红色经典的改编逐渐扩散,并产生巨大影响。一些红色经典、红色题材作品被影视界改编成电视、电影,如电视剧《烈火金刚》《小兵张嘎》《林海雪原》《红色娘子军》《鸡毛信》《红色娘子军》《红岩》《红日》《红旗谱》《新儿女英雄传》《阿庆嫂》《红灯记》《敌后武工队》《铁道游击队》等。尤其值得注意的是,根据革命传奇小说改编的几部电视剧,收视率很高,影响非常大。2002年,根据小说《父亲进城》改编的电视剧《激情燃烧的岁月》,后来,又有根据同名小说改编的《历史的天空》《亮剑》,《亮剑》之后,又有《狼毒花》,获得巨大的轰动效应。应该说,当下人们对于红色经典、红色文学的阅读、接受,主要就是这类改编的影视作品,严格说,这些已经不属于红色经典,属于红色经典的当代延续。

这些改编、创作,整体倾向是大众化、商业化与红色主旋律的混合。一方面要满足读者、观众的娱乐要求,要有读者、有收视率,经营者要有商业效益。大众艺术是当今各类艺术之中最普遍的艺术,它和商业化交融在一起。大众化、商业化往往是一种相辅相成的关系。要想获取利润,必须能够为大众所接受,否则,大众媒体、出版社也不会播出、出版这样的作品。另一方面也符合国家意识形态的要求和规范,具有教育人民的现实意义,即使达不到教育的目的,也不能触犯国家意识形态的基本精神。

大众化、商业化、红色化混合在一起,都统一在两个方面:一是高度人情味的人性化,一是高度戏剧性的传奇化。这些作品都是通过传奇性、人性化来达到大众化、商业化、红色化的目的的。《激情燃烧的岁月》《历史的天空》《亮剑》《狼毒花》等小说、电视剧,都属于传奇,革命英雄传奇,是一种传奇风格。

传奇性,就是故事奇、人物奇,也就是情节曲折、惊险,扣人心弦;人物奇,就是主人公性格、命运奇,充满戏剧性。这是叙事性通俗艺术、大众艺术的一种主要形式。

红色经典有一部分是带有传奇性的,有可读性。故事具有传奇性,其中的主人公是英雄人物,英雄的性格、成长经历带有很强的传奇性。《林海雪原》《铁道游击队》《红旗谱》《敌后武工队》,样板戏也几乎具有传奇性,就连《青春之歌》也具有传奇性。当时,何其芳就认为

《青春之歌》是革命传奇小说。改编版的红色经典和新创作的红色小说,在这方面进一步加强,传奇性更突出,这也就是影视所追求的卖点,从而能够获得很多的读者和观众。

红色经典的人情味、人性化比较薄弱,都是严格按照政治规范进行创作的,带有很强的禁欲主义色彩,具有明显的反人性、反人情的特点。那时文学被看作是极为重要的精神生活,是建设革命思想、革命伦理的重要构成。1949年以后的文学观念政治第一,是拒绝人性、人情的。人性被看作是资产阶级的思想,成为创作的禁区。20世纪五六十年代的红色经典,高度压制人性化,拒绝人情味,往往把那些与政治有距离的或者不能充分体现政治意图的个人生活、个人性格尽量删除。即使去写,也不能充分展开,总是用政治生活代替一切生活,人物行动都是体现最高政治觉悟、政治意识,最大程度去除个人性因素。也就是说,到了"文革"时期,个人性的情感、生活就完全被取消。样板戏的时候,个人性的生活、个性化的内容,全部被删除。样板戏里没有爱情,甚至连个完整的家庭都没有,作品中的人物行为的一切动力,都来自于革命。改编的红色经典、新创作的红色题材,在这方面进行了强化,最大限度地纳入人情味、人性化的内容,甚至可以说,主要以人情、人性为作品的结构核心。如果说红色经典总是从阶级意识去看待一切,改编的却总是从人性、人情的角度去看待一切,最主要的两个内容是:爱情生活与原生态生活、原生态性格,实际上是一种英雄美人的模式。

后来的作品往往是更典型的英雄美人模式。作品把战争、英雄与爱情结合起来,是更典型的英雄美人模式。一方面是炮火硝烟、血肉横飞的激烈战斗,另一方面是曲折的爱情故事。革命英雄的意识形态色彩被淡化,原汁原味的性格被极大地凸显出来。不是过去的那种非常规范的英雄,不是正规军人英雄,而是带有更多的江湖气、草莽气的英雄豪杰,讲究义气,能征善战,甚至身怀绝技,大碗喝酒,大块吃肉,敢恨敢爱,但是,他们的草莽性格,常常和军队的纪律、党性原则相冲突,甚至总是犯各种各样的错误。这种冲突具有很强的戏剧性。其中的美人,往往两种类型:一种是村姑,乡村女性,一种是知识女性,或者是知识分子女性,或者是具有知识分子气质的女性。英雄与这两类女性发生情感纠葛,构成复杂的爱情纠葛,从而形成激烈的冲突。

《激情燃烧的岁月》是革命英雄的爱情传奇。石光荣与褚琴之间的爱情构成电视剧的核心线索。石光荣的另类军人性格、农民性格与褚琴的女性性格和知识分子性格不断发生戏剧化的冲突,成为全剧的主要线索和最好的看点。这种爱情处理,显然有一定的历史真实性,但是,和一般人理解的爱情大相径庭,带有很强的戏剧性和传奇性。

最近播放的《狼毒花》传奇性更强,英雄美人的模式也更标准。主人公常发,是土匪出身,参加八路军以后总是难改土匪习气。他有一句口号,"骑马跨枪打天下,马背上有酒有女人"。电视广告把他称作"另类八路军",迅雷资源网页上说他是李逵式的八路军。能打仗,会武术,讲义气,不讲纪律,更不讲原则。嗜酒如命,不喝水,整坛子喝酒。部队进驻东北的时候,靠喝酒收编了北四师。尤其是好色,喜欢女人,女人也喜欢他。多次上演英雄救美人的惊险剧。作品有两个女性和他有关系。一个是梅子,被他救过,并以身相许;另一个是陆桂平,是学生出身,也被他救过。他和梅子发生过肉体关系,却不爱梅子,一直爱着陆桂平,单相思。

这些内容,在20世纪五六十年代是不可能写的。1950年,青年作家萧也牧写了一部《我们夫妇之间》,情节模式、小说冲突类似于《激情燃烧的岁月》。小说写了一对夫妇,丈夫叫李克,是知识分子,初中毕业,是一个机关的资料科长。妻子姓张,农民出身,11岁当童养媳,被婆婆虐待,没有什么文化,15岁参加革命,在军工厂当过工人,而且被评为"劳动英雄"。两个人在农村结婚以后,由于工作的关系,很少在一起,所以没有什么矛盾,被看作是"知识分子与工农相结合的典型"。但是,进入大城市以后,在日常生活之中,却经常发生冲突,感情上出现了一点裂痕。最后,两个人达成了相互理解,重新和好。作品中夫妇之间的冲突幽默、生动,反映了知识分子性格与农民性格的矛盾冲突,触及城市价值与乡村价值之间的矛盾冲突,进而也涉及革命与现代化之间的关系。

妻子说话粗鲁,经常带脏字,和石光荣有类似之处。她对城市生活毫无好感:"那么多的人!男不像男女不像女的!男人头上也抹油……女人更看不得!那么冷的天也露着小腿;怕人不知道她有皮衣,就让毛儿朝外翻着穿!嘴唇血红红,像是吃了死老鼠似的,头发像个草鸡窝!那样子,她还觉得美得不行!坐在电车里还掏出小镜子来照半天!整天挤挤攘攘,来来去去,成天干什么呵……总之,看不惯。"看到一个小孩拉人力车,车上坐着一个胖子,气愤不已,认为是剥削。到饭馆里,觉得太贵:一顿饭顶好几斤小米,够农民一家人吃两天的。丈夫抽烟卷、吃冰激凌是奢侈和浪费。丈夫在舞场跳舞,她把孩子抱到舞场,扔给丈夫。看见有钱人打乞丐,也义愤填膺,把那个人送到派出所。对保姆格外照顾,教保姆识字。

小说被批评者看作是"依据小资产阶级观点、趣味来观察生活,表现生活","离开政治斗争,强调生活细节","迎合小市民的低级趣味"。萧也牧后来在反右派斗争中被定为右派,在"文革"中,被迫害致死。

《青春之歌》中林道静的成长道路,始终伴随着爱情生活。但是,作品关于爱情的书写,在今天的读者看来,几乎算不上爱情了,而且,爱情味越来越淡。林道静与余永泽之间的爱情,更有爱情意味,等到林道静与卢嘉川、江华等人的爱情,几乎没有什么爱情生活描写。林道静与他们之间的个人感情,和革命同志之间的阶级情谊几乎没有什么差别。《创业史》中的梁生宝与徐改霞的爱情,一开始就结束了。两个人一开始没有什么感情交流,徐改霞似乎对梁生宝有轻微的单相思,而梁生宝似乎毫无感觉,他只是一心为公,顾不上考虑个人问题。作品不到一半的时候,徐改霞就离开了蛤蟆滩进城当了工人,作品中的爱情不再存在。

但是,这些红色经典的改编、红色题材的创作,从整体上看,文学性不高,大体上可以看作是红色大众化、通俗化作品。在现今的文学背景之下,这种革命英雄传奇,既缺少艺术的深度,也缺少文化、思想的厚度,最后也许仅仅达到了娱乐性的目的。或许娱乐性、商业性本来就是这些作品的最真实的目的。

有的红色经典的改编,类似于"戏说""恶搞",也引起争议。在很大程度上是因为过度追求人性化、人情味、传奇性,引起争议。薛荣创作的小说《沙家浜》(2003年)曾经引起争议。在这部中篇小说中,阿庆嫂变成了风流女英雄。她是胡传魁的姘头,还是郭建光的情妇。阿庆嫂的丈夫对此不闻不问。《中国作家》杂志副主编何建明等认为,这样写阿庆嫂是对民族精神的触犯和亵渎。也有读者佩服作者和编辑敢于写作和发表这样的小说。他们认为,一些人中"文革"和样板戏的毒太深。样板戏中的阿庆嫂太完美了,我们学不起。否定她的英雄传统,并不能说我们中国人就没有了灵魂的尊严,现在的中国人变得更理性、更实际了。

电视剧《林海雪原》将杨子荣的形象进行了很大的改动,也是进一步增强他的个性、传奇性。在剧中,杨子荣变成了一个伙夫,而且还有了一个叫槐花的初恋情人,槐花的儿子认座山雕为干爹,后来又被座山雕当成人质威胁杨子荣……对此,很多观众觉得有点突兀,惹出不少争议。杨子荣的养子甚至起诉编者,索赔10万元。

2004 年,国家广电总局向全国各地有关职能部门下发了《关于认真对待红色经典改编电视剧有关问题的通知》：目前在红色经典电影改编电视剧的过程中存在着"误读原著、误导观众、误解市场"的问题,改编者没有了解原著的核心精神,没有理解原著表现的时代背景和社会本质,片面追求收视率和娱乐性,在主要人物身上编织太多的情感纠葛,过于强化爱情戏,在英雄人物塑造上刻意挖掘所谓"多重性格",在反面人物塑造上又追求所谓"人性化",当原著内容有限时就肆意扩大容量,"稀释"原著,从而影响了原著的完整性、严肃性和经典性。

（原载《吉林省教育学院学报》2008 年第 1 期）

参考文献

[1] 宋剑华. 前瞻性理念——三维视角中的中国现代文学史论[M]. 北京：文化艺术出版社,2005.

[2] 李杨. 50—70 年代中国文学经典再解读[M]. 济南：山东教育出版社,2003.

[3] 诺思洛普·弗莱. 批评之路[M]. 北京：北京大学出版社,1998.

（四）学科建设与探索

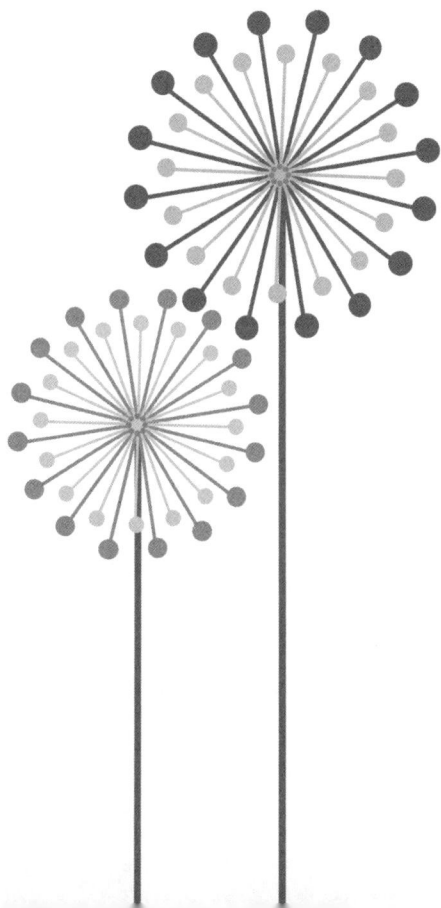

我们为何犹豫不决

洪子诚

程光炜先生建议我们讨论近年当代文学研究的变化（"转向"）。因为工作的关系，对近年来当代文学的论著读过不少，但如果要对"变化"做出有根据的归纳，并无把握，只能就有限的了解谈一点印象。

首先，当代文学的关注点好像发生了一些转移。记得80年代初，教育部在大学中文系现当代文学的课程设置上，采取了一种"分别对待"的"政策"：现代文学被称为"中国现代文学史"，而当代的则命名为"中国当代文学"。这里包含的信息可能有两个方面，一是"当代文学"还不到进入"史"的描述范围，"经典化"的工作为时尚早。另一则是，"中国当代文学"既有历史考察的方面，也有现状研究、批评的方面。在我的印象里，在80年代，甚至90年代初，学校的教师、学生，大都把热情投到对文学现状的关注上。他们撰写的文章，递交的论文，大多和现时的文学现象有关。那时，没有多少人会对当代文学的"历史"感兴趣，即使论及，也只是作为展开现实问题的背景因素。这几年却有些不同了。召开了专门研讨"十七年"和"文革"文学的学术会议，有的刊物设置了专栏，一些论著和丛书已出版或正在筹划之中。而在学校里，也纷纷作起"历史"的题目。《红旗谱》《林海雪原》《青春之歌》赵树理、《收获》《文艺报》、"革命历史小说""红色小说"、红卫兵诗歌、样板戏……以至延安的文学运动、秧歌剧等等，成为"热点"。以我的经历说，在这两年，"动员"学生写现状批评、研究的论文，和80年代"动员"研究当代文学的"历史"，是同样困难的事情。粗粗一想，真会发生"三十年河东，三十年河西"那样的感慨。是这些年"疲软"的文学，已不能吸引我们的注意力了吗？还是在变化了的、复杂的现实面前，我们已变得迟钝，失去了关注现实的热情，和做出反应的能力？这种"转移"的"合理性"有多充分？

当然，关注当代"历史"，说起来并不是一件坏事。所谓当代历史，通常指的是上世纪的50至70年代，也就是"十七年"加上文革这30年。对待这段历史，普遍性地存在着两种对立，有时又相混杂的立场。正如戴锦华先生所说，这"被种种的断裂说所切割的前30年，成了一处特定的禁区与弃儿，在种种'借喻'与'修辞'间膨胀，又在各色'官方说法'与沉默不屑间隐没。当代史由是而成了不断被借重并绕过、在众声喧哗之中分外沉寂的时段"。今天，情况已有了一些改变：我们发现自己既能对种种"借喻"和"修辞"保持警惕，也开始能对"沉默不屑"有所反省了，能够以较为"冷静""学理化"的方式来"面对当代史"了。这无论如何应该看作是一种"进步"。

前30年的"当代史"能够进入我们的"视界"，原因当然是多种多样的。现今的"学术"已经不是一种皓首穷经的事业，也会有某种和流行文化相类的逻辑，有一个"时尚"的问题。时尚意味着多变，经久已难以不衰。加上"现代文学"和"新时期文学"的话题，已经说得够多了，可以拓展的空间有限（也许并非如此）。这样，寻找开垦不足的"生荒地"，就理所当然。

另一个原因是,近些年,似乎具备了"有效"谈论这个时期文学的"知识准备"。"欧美思想界近30年来深入反省'现代化'理论和'现代性'叙事的思想成果"的在中国知识界的传播,对"现代性"的矛盾、分裂和悖论的形式的论述,便从另一方面"开启认识中国文学现代性之门的钥匙"。"在中国发现历史"的努力,其结果是,在现代文学方面,"发现"了众声喧哗、充满魅力"晚清文学"的现代性,也"发现"了从延安到当代的"反现代的现代性"的"文化先锋运动"。80年代所描述的中国现代文学的"整体性",由此出现了分裂。人们认识到,"我们再也难以简单地用中心与边缘、主流与逆流、进步与反动等二元对立的模式来结算中国的现代文学"。这种"整体性"的破损和分解,不仅让"通俗文学"理直气壮地"登堂入室",让20世纪的"旧体诗"进入"现代"的文学范畴,而且也为"召回"50－70年代文学提供了理论依据:它们曾因意识形态的("政治工具""意识形态宣传品")和文学性的(非文学)理由,受到轻蔑和放逐。

今天,对于"当代"的革命文学,以及对20世纪"左翼文学"这一流脉的重新关注,也包含了对现实社会问题焦虑的出发点。80年代主张或同情"回到文学自身"的学者,到90年代真诚表达对"人文精神"的衰落的忧虑,就是这方面发出的最早信号。后来,又有对作家要关怀现实的呼吁,有"无产阶级写作"的提出,有对具有批判活力的文学的呼唤,期待"批判的艺术会找到它焕发活力的场所"。"批判的艺术",也就是质疑"合理化成为观察世界唯一角度"的艺术,不是"从文本到文本的封闭循环",而是"作家变革自我和变革世界的双重实践"的艺术。在20世纪中国,这种"艺术"在许多时候带有"左翼"的倾向和色彩。因而,在今天,对这种文学的"历史"所做的重新审察,就不完全是一种自恋式的"怀旧",而具有思考现实问题的动机。这种追索和审察,自然包括这种文学在它的过程中曾有的失误,它的自我损害,和它在当代的"异化"。

近年当代文学研究的另一变化是,为了能够"有效"地阐释"当代史",也为了使"当代文学研究"成为一种"学术",能尽快进入"学科体制",研究者的态度和方法出现了明显的调整。"批评"和"研究"的界限被强调。不少研究者都在努力和即兴式、随感式地处理问题的态度保持距离。进入90年代以来,我们乐意听到的,是"回到历史情景""触摸历史",是"将历史历史化",是福柯的"还原历史语境的'知识考古学'",是陈寅恪的"对于古人之学说,应具了解之同情",是把对象当作客观、独立的对象,把注意力放置在对象内部逻辑的发现;是避免强烈道德判断的加入和对研究方向的支配;是对概念、现象作凝固化、本质化理解,转变为把它们看作是历史构造之物……对于当代文学的历史,这种方法上的变化,可以称作从"外部研究"到侧重"内部研究",或从"启蒙主义"到"历史主义"的偏斜。

有的学者指出,在从通才的时代进入专家的时代之后,文学家(包括文学研究者)仍保持某种"特权":他们"敢于对别人的问题乱插嘴,靠的却恰恰是自己的'没有方法'"。事情确是这样。不过,在当代中国,更加普遍的现象却是,谁都可以对文学和文学研究"乱插嘴"。有一次,作为中央电大当代文学学科"指导小组"成员,我和谢冕先生参加教材审订会。审订的有会计学、市场营销、近代史等课程。讨论时,谢先生和我自然只有洗耳倾听的份。最后轮到讨论当代文学史了,未等我们开口,史学家,会计学家,市场营销学、统计学专家,便纷纷在"我们是外行,说的不一定对"的开场白之后,对作家评价,作品的思想性和艺术性,以及可能产生的社会效果等等,发表意见。相比之下,文学教授和研究者是最没有"学问"的了。而当代文学研究者又处于这些混饭吃的人的最底层。他们的"没有方法","不严谨",不仅受到别的学科的学者的怀疑，而且为治古典文学、治现代文学的所轻视。这种尴尬的处境，和摆脱"没有学问"的评价的"焦虑"，推动我们展开了让自己严谨、深刻起来的努力。

方法、态度的调整，它的成效是显而易见的。在当代文学问题和文学史研究上，出现了若干有"新意"的成果。至少是，以"当代"为基点的视角和关注方式，与80年代确立的以现代"经典"为基准的视角和方法，形成了对比，也有可能展开对话。在今天，现代文学和当代文学的界限已经淡化，研究领域的上溯和延伸已成为普遍现象。不过，这并不单纯是"拓展"的具体方法的不同，在一些情形下，它表现的是视角、"立场"上的差异。从这一意义上说，"当代文学"在一些研究者那里已经消亡，在另一些研究者那里仍然存在。不同视角、立场的对比、交锋和可能的互相渗透，肯定会对20世纪中国文学的研究提供活力。

近年当代文学研究，从研究者的心理、态度上说，在有的人那里，则好像是变得越来越不自信，觉得矛盾重重，对事情常常犹豫不决。记得是1997年，参加谢冕先生组织的"批评家周末"，讨论文学批评和研究的现状和问题。当时，我说到陷于"矛盾之网"中的困惑，并用了"问题的批评"这一不太符合汉语习惯的说法。后来，写当代文学史，对遇到的问题的感受更加尖锐。1999年春，钱理群先生给我看他的一篇文章。我便在一个纸片上，把这些怀疑和困惑写给他。钱先生写过《丰富的痛苦》，讲述堂吉诃德和哈姆雷特的"东移"。虽说钱理群对这两个人物都有同情，但在我的印象里，他的禀性中有更多的堂吉诃德的成份：理想主义，浪漫激情，果断，目标明确。所以，当时写这些文字，从"潜意识"上说，大概是希望他能指点迷津。这些文字我没有留存，再见到它们时是被引在钱先生的文章里。其中说，"我们究竟能在多大程度上搁置评价，包括审美评价？或者说，这种'价值中立'的'读入'历史的方法，能否解决我们的全部问题？""各种文学的存在是一回事，对它们做出选择和评价是另一回事。而我们据以评价的标准又是什么？这里有好坏、高低、粗细等等的差异吗？如果不是作为文学史，而是作为文学史，我们对值得写入'史'的依据又是什么？""当我们在不断地质询、颠覆那种被神圣化了的、本质化了的叙事时，是不是也要警惕将自己的质询、叙述'本质化'、'神圣化'？"而且，"是不是任何的叙述都是同等的？我们是否应质疑一切叙述？……在一切叙述都有历史局限性的判定之下，我们是否会走向犬儒主义走向失去道德责任与逃避必要的历史承担？……"如此等等。（重新读这段话，那些问题依然存在，但谈论问题的方式，包括使用一连串的排比性问句，却有些当时并未意识到的"矫情"。）待到想听钱先生的意见时，他接着却说："这也正是我也没有想清楚的。"在另一篇文章，他又说，在80年代，自信，毫无顾忌，旗帜鲜明，而现在，脑子里充满了"问题"和"疑惑"，"……无法说出我到底'要'什么，我追求、肯定什么。径直说，我没有属于自己的哲学、历史观，也没有自己的文学观、文学史观。因此，我无法形成，至少是在短时期内无法形成对于20世纪中国文学的属于我自己的，稳定的，具有解释力的总体把握与判断，我自己的价值理想就是一片混乱。"看起来，不顾一切的堂吉诃德，也变得犹豫不决，矛盾重重了。但钱理群先生说得好，"我们不能等一切想清楚了再去研究和写作。这是一个没有完结的不断思考与不断探索又不断质疑的过程"。他把这种不间断的自我反思，当作一个知识者的品质和必然遭遇来理解。

这种种困惑、矛盾，如果仅仅限定在"学科"的范围内，那么，它们可能是：在认识到"文学"的边界和特质的历史流动性之后，今天，文学边界的确立是否必要，又是否可能？力求理解对象的"内在逻辑"，抑制"启蒙主义"式的评判和道德裁决，是否会导致为对象所"同化"，而失去必要的批判能力？文学研究者在逃避"没有理论""没有方法"的责难中，向着严谨的科学方法倾斜的时候,是否也同时意味着放弃鲜活感,和以文学"直觉"方式感知、发现世界的独特力量? 换句话说,我们是否应该完全以思想史和历史的方式去处理文学现象和文本? 而我们在寻找"知识"和"方法"的努力中,终于有可能被学术体制所接纳,这时候,自我更新和反思的要求是否也因此冻结、凝固?

　　几年前,读过孙歌谈竹内好和丸山真男的一篇文章,有一段话留下极深的印象。她说,"在一个没有危机感的社会里,文学的方式比知识的方式更容易暴露思想的平庸","知识"尚可以掩盖那本源性的"第一文本"的缺乏,而文学家则"两手空空之后最容易暴露问题意识的贫乏与肤浅"。从根本上说,我的矛盾和犹豫不决,与对这一点的体认相关。

（原载《南方文坛》2002 年第 4 期）

一个人与一个学科

曹文轩

一、通过文学史的叙述使"中国当代文学"成为一个合法性概念

今天我们聚集在这里，参加一个人的学术作品研讨会，除了对这个人的学术思想、理路以及他的叙述方式进行富有理性的归纳之外，我们中间的许多人大概还要感激这个人——这份感激还不是指这个人曾在某个重要时刻或曾经常性地给了你个人意义上的关怀和指点，而是指：正是他严谨的、规模宏大的、事实与理性并重的学术研究，使我们这群人得以为业甚至为生的一个学科获得了不可辩驳的合法性和我们工作的尊严。

我是从一开始就赞成"二十世纪文学"这个概念的，但我也是从一开始就不赞成取消"现代文学"与"当代文学"这两个概念的分野的。当年洪子诚先生的《中国当代文学史》出版时，曾举行过一次研讨会，我就有过一个发言，后来发表在《文学评论》上，题目叫《对一个概念的无声挽留》。现在回头再看，依然觉得文中所说是恰当的。

洪子诚先生曾在《中国当代文学史》一书中，对"现代文学"与"当代文学"之间的连接，小心翼翼地做过连缀和缝补。但，他从未下过一个独断性的结论：当代文学是现代文学合乎逻辑的必然结果。事实上，他在说到当代文学的生成时，一直在使用"左翼文学（革命文学）"这一概念。他虽然没有明确地说"当代文学"并非是"现代文学"的逻辑发展，而只是"现代文学"之一脉"左翼文学（革命文学）"的必然结果，但文字地表下的结论却分明是存在的。而且，这里的"左翼文学"还不是广义上的，我注意到了，他一般都会在"左翼文学"的后面冷静地加上一个括号，然后将"革命文学"放置其中作为限定。

且不说李金发、施蛰存这些人的作品——当代作品，与这些人的作品风马牛不相及，也不说沈从文、废名等人的作品——当代作品与他们也毫无共同之处，就说鲁迅、郭沫若、茅盾、巴金、老舍、曹禺这些具有强烈"现实主义精神"的作家的作品，我们大概也无法看到他们究竟是在何处又是在何种程度上影响了当代作家的作品。至于说大跃进民歌、《金光大道》以及后来的文学怪胎《牛田洋》《虹南作战史》之类的蹩脚货，更与鲁迅等人的作品以及思想毫无干系。

说到底，当代文学史只不过是现代文学的一脉——左翼文学（革命文学）的延伸和发展。我甚至并不认为这一脉文学是"现代文学"的主体，去看一看现代文学史的排位就能得到判断。我还是支持"一体化"的说法——无论实际情况是多么的千差万别，但"当代文学"的主体、核心、大走向，是高度一致的。它使用的是规格化、公式化、统一化的话语，这是不争的事实。至于说那些边缘的、地下的或是突然耸起的部分，毕竟不成系统。有人后来不甘心"文

革"被描述为"荒漠",企图"打捞"以不冤枉一段历史,但现在看来,竭尽全力的"打捞"也只不过是捞上一些虾米而已,并无双手抱不住的大鱼——还是荒漠! 历史在某一个段落上,其质量就是有高下和优劣之分的,进行恰如其分地描述并非等级划分——即使作等级划分也行。平庸的历史与雄奇的历史,都写在历史上。进行历史抹平,也难。即使写文学史能够做到,写历史也做不到。我们在洪子诚先生的看似没有结论的描述中,还是看到了"现代文学"与"当代文学"的实质性差异。无论是从主题、语言、意象还是叙述方式等各个方面,我们若要对两者加以区分,是没有什么难度的。

当我们呈现出了"当代文学"的独特外貌与内部风景时,这个概念的正当性、合法性也就随之存在了。

用巨大的时间概念去统一两者,将它们放置在同一名称之下,不算本领。因为,我们可以用更大的时间概念去统一从古至今的文学——什么古代文学、现代文学,这些标识统统取消罢了,就叫"中国文学"——如果这研究对象太过庞大,那就标上年代:一年、十年、百年。先合上,再切割。对文学范型的区别,大概不宜使用过大的时间概念。

"现代文学"与"当代文学"其实都不是一个单纯的时间概念,而是一个关于文学范型的概念。"现代文学"和"当代文学"是不同范型的文学。尽管各自的情况都比较复杂,但大致上还可以分别命名的。人文学科的任何结论,大概也都只能取一个概率,反例永远是有的。波普尔他们的哲学,是关于科学的哲学,对人文科学并不适用。他们也没有泛化的意思,而是将他们的范型说、证伪说严格限定在科学范畴的。

"当代文学"是一个合法性的概念,但这一合法性,并不是由"当代文学"的自我呈现而被认可的,而是通过洪子诚先生他们这些学者扎实的、富有说服力的揭示和证明才得以被肯定的。

"当代文学"被并购的恐慌已经过去。"当代文学"研究曾在相当漫长的时间内不被学界看成学问,而到了今天,再也没有人可以不假思索地说它没有学问了——洪子诚先生他们让所有人看到了这门学科的学问,而且还是很有用的学问。当代文学自然不会无休止地延伸下去,它必将有朝一日成为历史。事实上,我对当下文学是否还可以放在许多年前诞生的"当代文学"概念之下,早已有了怀疑——可是我们又应该如何命名呢?

但,哪怕是今天就宣布"当代文学"寿终正寝,对于我们来说,已经无所谓了。因为我们再也不会失业。"当代文学"已是一个法定的领域,就像"现代文学"早已结束但那一个"现代文学"还在一样,当代文学是我们的研究对象,是我们的学术事业所在。

二、理论与材料之关系的完美处理

在说到洪子诚先生的学术特色时,我们一般都会立即想到"材料"这个字眼——洪子诚先生的研究以材料见长。读他的文章也好,读他的专著也罢,你总有一个强烈的印象:那些材料滚滚而来,何年何月发生了何事,又是何人说了何话,他总是以一副波澜不惊的口吻,如数家珍般地一一道出。我们在重温这些材料时,具体地、富有真实感地触摸着已经流失了许久的历史。

在材料与理论两方面,他的本钱似乎是材料。而这些材料,这些不断出现的用引号加以凸现的单词、短句,都给了我们一个印象:他在说事实,而事实的力量是远超理论的力量的。

这些绵密的材料,这些没完没了的引号,还在无形之中为学术界刻画了一个学者的形象:严谨、扎实、可靠、绵里藏针式的清醒和锐利。

在谈到理论与材料各自的能量时,洪子诚先生自己似乎也在说:他是一个难以离开材料说话的人,他注重的是他的经验。在说到过往岁月留给他的好处时,他说:"但有一点倒是十分清楚,这就是后来不必借助更多的理论,就能懂得'历史'与'叙事'的关系;不必费太多的气力,就能了解'一切历史都是当代史'。"他讲话,写书,都没有大段豪华的、振聋发聩的理论镶嵌,基本上是那种"夹叙夹议"的文体。那些毫不滞后的理论,只是时不时地自然而富有智慧地闪现在材料中间。

话说到这里,我却要说一些不同的看法了:

洪子诚先生的本事,并不在对所谓材料的占有上。占有这些材料,并非难事。他的材料所在的时间领域,也就六十年,往上推,也不过又四十年而已。这些材料,对我们所有从事这个领域的研究的人而言,其实并不陌生——他在著述中向我们呈现的材料,有我们所不知的吗?大概不多。他只不过比我们记得更清楚、更准确而已。这些材料的获得,大概也远不及古文化研究者获得一件材料那么艰难。只要我们肯下功夫,肯用心,那些材料是很容易为我们所占有的。再说,以洪子诚先生的性格,他也不可能是一个不顾一切、不择手段地去钻营搜寻材料的人。他的材料,就是我们的材料,大众的材料,没有任何隐秘性。

洪子诚先生的本事是在对这些材料的辨析与发现它们之间的逻辑关系上。他将这些材料重新返回具体的历史语境中,然后将它们重新组成链条,从而组成所谓的"历史"。他的本事在于对这些材料高度的学术敏感,在于他敏锐地感悟到了所有这些司空见惯的、貌不惊人的材料的背后所隐藏着的历史心机与时代记忆。

材料就是一切,因为一切都隐藏在材料的背后。看到材料算不得本事,本事在于看到材料的背后。

这就是我们为什么会专注地听洪子诚先生那种没有频率变化、没有声调变化、声音细弱的讲话的原因。他平静的讲话总是牢牢地牵引着我们,因为:一,他让我们重新一起记忆这些材料,记忆历史;二,更重要的是,他让我们看到了材料背后的深长意味。"窥探"背后,这是很符合我们人性的。

洪子诚先生也许没有系统地接受过某种理论或某些理论。我们在他的文字中,难以判断他究竟在多大范围内又是在多大程度上与理论有过"蜜月",有过"缠绵",有过"白头偕老"的"海誓山盟"。但当我们细心地阅读他所有的学术文本时,我们看到了这十年间、二十年间几乎所有的理论幽灵——"幽灵,一个共产主义的幽灵在欧洲徘徊"——一个幽灵,一个理论幽灵在洪子诚先生的文本中徘徊。这就是为什么他能驾轻就熟地回应占有大把理论资源的年轻批评家们的质疑的原因。他完全知道所有这些理论的路径。

再说他的本事——他的本事不在于从头到尾对某一理论的阅读与研究,而在于他对那些理论的敏感,越是当这些理论能与他的经验相遇时,他就越是对这些理论高度敏感。他是那种善于捕捉"关键词""核心词"并心领神会的人。

来自西方的各路理论,本就是在演绎主义的思维方式之下,由一个又一个词而来。作为一个习惯于中国"归纳式"思维的人,他总能看到汪洋大海上的那只船,那几只船。这些船航行在他的文字海洋里,很提神,很风光,不多,时不时闪现一下,足矣。

都说我们要感谢洪子诚先生,但这一回,我们却要洪子诚先生感谢他人了——你要感谢陈晓明、张颐武、戴锦华他们这些学者。因为,可以肯定地说,如果没有他们这些学者为你创造了一个丰富而深邃的理论语境,你的学问大概也难做到这个制高点上。你是那种善于四两拨千斤的人,但这"四两"的动力却并非是你自己为自己提供的,而是他人。

当然,我们还是要感谢洪子诚先生,因为他为我们树立了一个睿智地将理论化为己有——化到"了无痕迹"之境界的典范。

他对理论的警惕与控制,也是值得我们注意的。他将理论的光芒始终控制在到达常识为止,而决不让它穿透常识——一旦穿透,他就本能地放弃或拒绝。我们从未在他的著作中或讲话中看到他用理论去绑架文本甚至毁灭文本的暴力。

他对理论与评论二者之间的平衡几近完美。热奈特在他的《叙事话语、新叙事话语》一书中说过一段话,我很喜欢。这段话是这样的:"也许理论的枯燥与评论的细致在这里的真正关系是交替自娱和互相解闷。但愿读者也能在此找到某种周期性的消遣,就如失眠症患者辗转反侧一样。"然而,我们现在所见到的许多文学批评文本,其中的理论与评论,既不能交替自娱,更不能互相解闷,如果一定要说解闷的话,可以打一个比方:理论是只猫,评论是只老鼠,猫要解闷了,就抓起老鼠戏弄几下,然后将其扔掉,又一意孤行。

在洪子诚先生那里,理论与评论是互相解闷的。他的著作,也是让我们解闷的。一个人能把学术性的书写到让人解闷的程度,大概也算是一番难得的境界了。

三、对事物复杂性的注视与解析

在洪子诚先生的著述中,我发现了一个高频词:复杂性。

这个词出现了太多的次数,几乎有举不尽的例子。这个词频频出现的背后,我看到了一个人的形象,同时也看到了学术思考的另一种理路。他对存在所具有的无限可能性和解释的无限可能性,是清楚的。他偏重描述,惯用中性词,小心使用大词和判断性的句子,不说满话。他说话的方式常常是反向的修辞方法。修辞的背后,藏匿着的一定是一个人的存在哲学、认识论。洪子诚先生将它归结为性格使然、自信心不足的缘故。但他同时谈到了人由于认知能力的不足、知性的缺陷而导致判断力的虚弱,因此,他选择了"慎言"。

他也许未曾想到,他的学问正是诞生在这一点认识上,诞生在那些复杂之处。在本学科内,他比我们更多地看到了缝隙、层面、转折、拐点,表象之下的杂多、矛盾、背景、后置和幽深处。他尽可能地对所有现象表示理解,不喜欢用泾渭分明的是非观加以性质上的判定,尽量保持叙述上的弹性。他的学术贡献,正在于他看到了简单之下的复杂,并在细致解析这些复杂之后,得出了更为辩证、更为妥当,也更为可靠的看法。

当然,有时候他由于对一种状况的严重不快,或是以为这本是一个昭然若揭的问题,也会锐利发问——虽是发问,态度却很分明、坚定,比如在他写给钱理群先生的那些纸片上的言语。

四、另一种文学史

他以他的专著、文章以及讲话,达到了一个难以逾越的学术高度。

我们可以立于这一高度欣赏当代文学的独特风景,但对其复制是困难的,也是没有必要的。我曾对一些学生说过，你尽可以学习洪子诚先生的治学精神，但在年少时，不必学习他的叙述方式——"少不学子诚"，因为你学不来。那是一个修炼到一定境界的人的一种自然的叙述方式。他有理由成熟，而你们没有理由，你们只有在数年后才可以成熟。成熟是他的权利，而不是你们的权利。哪怕是偏激，你们也要进行明白无误的判断。在他那里，他独自一人就可以体现辩证法，而在你们那里，应当是由许多人共同完成一个相对完整的辩证法，各执一词，合在一起，就是立体的、辩证的。我们今天所说的那些个过去的、现在的西方大师，差不多都是极端的。极端也能成就一番事业。极端甚至也是美。

关于文学史的写作，洪子诚先生为一路，但不可将他的这一路神圣化、格式化。他的这一路所达到的高度，可能无人可及。但，我们也不必自惭形秽，我们有我们的路数。这就是存在的多样性。这一点论识，完全符合他的思想。

夏志清式的文学史叙述也是一路。他就敢力排众议，将他认为有资格写进文学史的作家写进文学史，而将在他看来没有文学价值的作品——无论它产生了多大的影响，公然贬损一通，或者干脆忽略不计。

洪子诚先生经常使用"文学的意义"和"文学史的意义"这两个概念。后一个概念，似乎语焉不详。什么样的作品是有文学意义的，什么样的作品是有文学史意义的？问题是：没有文学意义的作品是否还可能具有文学史意义？

我是一个坚持文学有恒定基本面、承认有一贯文学性的人，不太欣赏"文学性是一种历史叙事"的相对主义说法。文学的基本，并未改变。我不太相信昨天有昨天的文学标准、今天有今天的文学标准已是一个事实。若无一个基本标准的存在，今人又如何欣赏《红楼梦》？

文学史也可以写成一部明确强调文学价值的文学史。如果对文学作品，采取一般的历史主义眼光，对那些实际上没有什么艺术价值的作品而太过宽容地理解它的时代局限性，可能也是值得我们注意的。

历史是可以原谅的，文学的历史却是不可以原谅的。因为文学不可简单地放置于进化论范畴。

我想，一贯注重事物复杂性、对人对事都是宽容有加的洪子诚先生也会很高兴地看到另一种文学史的。

（原载《文艺争鸣》2010 年第 9 期）

当代文学学科的认同与分歧反思

程光炜

毋庸讳言,在目前中文系七个基础学科中,"当代文学"的学科可靠性一直让人疑惑和担心(类似情况,恐怕还有文艺学、比较文学和语言学理论这类非"传统"学科)。在教育部颁布的学科目录上,当代文学不称"当代文学史",而称"当代文学批评",一二字之易,差别甚大;"现代文学"则被称作"现代文学史",在学科中处于较高位置。在"现代文学"研究人士心目中,学科内部的这种安排,好像是一个没有疑问的事实。但是,这种"身份危机"并不是所有人都能认同和看得清楚的。在我们能够见到的叙述中,当代文学是相当"繁荣"的,它的"敏锐性""知识信息量",它的"思想深度"和对别的领域的启发性,可能都不应该在"现代文学"之下(或者更高?)。当代文学思想的活跃性和姿态的多样性,它对当代中国现实的深切关注和有力的剖析,都是一个必须看到的事实。不过,不同意见的存在却只能加重我们的担忧,即,在今天,当代文学研究界,对学科如何发展其实并没有形成任何共识,相反,其分歧还有继续扩大的危险。"当代文学"作为一个独立学科的不确定性,一些可能来自同一学科内部的偏见、歧视,另外一些来自对学科"标准"的不同看法,还有一些则是它本身的问题。例如对"批评""研究"价值估定的分歧。是不停地跟踪现象?还是停下来做一些清理和切实的研究?以及设定边界、积累资料进而形成话语共识,等等。

一

始终没有将自身和研究对象"历史化",是困扰当代文学学科建设的主要问题之一。在我国现代学术史上,所谓"学问"之建立,一个很重要的检验标准,就是一个学科、一个学者有没有一个(或一些)相对稳定的研究对象,而这个(这些)研究能否作为一个"历史"现象而存在,并拥有足以清楚、自律和坚固的历史逻辑,是可以作为"学问"来看待的一个基本根据。上世纪70年代末至80年代初,古代文学、古汉语普遍被认为是中文系最有"学问"的关键性学科。在当时,"现代文学"就如同今天的"当代文学"一样"跛脚",而且倍受"二古"歧视与奚落。经过二十多年和几代人的努力,这种"落后"状况有了很大的改观。目前现代文学研究界,某些人的自我感觉,似乎已经和当年的"二古"学科一样地"良好"了。其原因很多,但有一点是可以确认的,即由于它对自身及其研究对象持之以恒所开展的"历史化"的工作,足以被人看作是一门可以称道的"学问"。这种历史化,既有时间范畴上的,如"五四文学""30年代文学""40年代文学",也有地域上的,如"国统区文学""解放区文学""东北沦陷区文学";既有流派上的,如"京派""海派""自传体抒情小说""乡土小说""为人生文学"等,还有作家作品研究,如鲁迅研究、郭沫若研究以及茅盾、巴金、老舍、曹禺、沈从文、丁玲、钱钟书、张爱玲等专属领域。为此,成立了诸多名目的"研究会"(如"鲁研会""郭研会""曹研会"),并且形成了不同的"研究界"和"研究圈子"。在现代文学研究界，凡"知名"学者，谁都知道他是"研究什么"的。而在当代文学界，提到学者名字，皆可以统称为"搞当代文学的"，或都是"著名批评家"。这样的"称呼"，自然让人感到不甚舒服，但实在也道出了当代文学一直缺乏学科自律、没有历史规划，因此带有相当的学科随意性的尴尬现状。

当然，上述"缺失"，近年来已有所改观。在当代文学中，已经出现了一批富有成效的研究成果，有了基本的"历史眼光"和"研究方法"，同时，也开始形成一些比较固定的研究"范畴"，如"十七年文学""文革文学""80 年代文学"等。但是，在人数众多的当代文学界，"当代文学研究"的声音依然是非常微弱、寂寞的。造成这种现象的原因：一是历史习惯的问题，大家都没有将它当作一个"历史"学科看，所以不认为"潜下心来"，就应该是当代文学的所为。在一些人眼里，它还可能被看作是"不敏感""没才气"的表现。而在当代文学中，"才气"往往被认为是一个很重要的从业素质，这就使一些人，在很年轻的时候就已经非常出名，但是可能中年之后，随着敏锐度下降，精力日益不济，便不得不渐渐退出竞争，变得无事可做，或以文学活动为主，当然也有例外（在当代文学中，知识结构的新旧与否是很重要的；它在其他学科虽然也有必要，但"功夫"的深浅却往往更受重视）。这种情况，与许多"传统"学科有很大的区别。因为属于"历史"学科，不少人虽出名较晚，但在中年、老年阶段反而日见"炉火纯青"，他们"最好"的著作，不少是在这一人生阶段完成的。二是潜意识中偏重追求"轰动效应"，把当代文学等同于"提出问题"的"能力"和思维方式，也不能说在研究者中没有较大的市场。当然，当代文学的一部分学科性质，就在于它比其他学科更重视"前瞻性"和"前沿话题"，这是毫无疑问的。但如果在学科中占有"压倒"趋势，甚或成为一哄而起的选择，那么问题也就随之而来。如"问题"的表面化、话题化和泡沫化，缺乏深潜的研究和继续追问的实际效果。它势必会导致心态的悬浮，使人们的批评观点经常处于一种朝现夕变、疑惑时起的状态。在这种情况下，难以有稳定可靠、根据十足的成果问世。这也是我们必须警惕的。三是仍然把对不断涌现的纷繁文学现象的"宏观式"跟踪和描述，看作当代文学的"主流"方向。自然，作为文学发展的某些标志性东西，"现象""潮流"的重要性是自不待言的。有时候，它还会成为认识一个时期文学"根本规律"的敏感的试金石，而这种"现象批评"也存在一些需要质疑之处。

在我的视野中，所谓"现象"，一般是有"当前"和"历史"的区别的。不过，即使如此，"当前"现象中仍然含有"历史"的因子，而且在现象内核之中，还潜藏着多层交叉、重叠的含义，有不少性质不同的问题需要加以辨析才能看得清楚。但是，如果被认作批评家个人"发现"的最新成果，产生了急于攻占的欲望，因而在这一过程中，"历史"的重要性就势必降低，为"当前"所取代，甚至有可能完全被遮蔽。如在"新世纪文学"的讨论中，这种现象比较普遍。在一些批评家的文章中，"新世纪文学"被认为是"全球化""外国资本"和"跨国公司"一手包装的东西，他们也许没想到，就在上世纪的二三十年代，出现在上海的"新感觉派小说""左翼文学"等等，是可以用同样的话语形态、批评方式称之为"新世纪"文学的。又如新近很"热门"的"民间写作"的现象描述，在不同的批评家那里，至少包括了这几层意思：一是指它与"国家话语"相对立、冲突的异质姿态和内容。二是指作家通过对"民间文学资源"的吸收所呈现出来的一种非常鲜活的"个人化"写作状态。还有人认为，如果缺乏个人创作才能，那么对作家来说，"民间"就很可能只是一个外在的、异化的因素。这样一些表述，使得这个概念变得非常饶舌、费解。概念、角度上的混乱，争夺某些话语权的心理，这些混乱，反映出当代文学一直缺少"学术规范"的问题。即便有再多现象跟踪、描述、总结，如果没有建立在对这些现象的材料占有、整理和分析的基础上，而是直接拿出来就写，用一种理论事先预设，所得出结论的可靠性就不免令人生疑。提出一个问题，总得对基本概念做点限定，划出讨论范围，并指出它本身的某种限度，否则那只是虚张声势，无助于问题的求证、分析和展开。在我看来，所谓的"历史分析"，就是在占有材料，充分理解现象背后所潜藏的各种问题的纠缠、矛盾和歧义之后，针对这些现象所做出的谨慎、稳妥和力求准确的论述。当然，当代文学"每天"都在发生，面对大量、鲜活且不重复的诸多"现象"，批评者怎能耐下心来冷静研究？要他足不出户，不出席各种座谈会，而日日那样坐在书斋翻阅材料、理清思路和字字掂量似乎也不现实……这是我们实际的困难，也是需要深入探讨的一些问题。

二

当代文学学科的另一个问题，是如何看待"批评"。在一些人看来，批评是最能显示文学"当代"特征的一种书写形式，它的敏锐性、针对性是一般的研究无法相比的。这种看法，并非没有道理。但是近年来，批评也招致了一些这样的抱怨，如"表扬批评""圈子批评""炒作"，如"以偏概全""才子气横溢"等等。后者指责的是，对文本不尊重、没有标尺的赞扬，或者那种既缺乏起码根据，也根本不与批评对象进行"对话"，而是自说自话的否定。例如有的"美女作家"写得并不怎样，却被封为"罕见奇才"，而有的知名作家偶失水准，或有点"商业"考虑，即被批得"体无完肤"，一钱不值，如一位知名作家的"上下部"长篇小说新作。根据我有限、粗浅的阅读，有一部长篇小说一直没有使我感到兴奋、沉迷，但在一些批评文章中，却获得了"很高"的评价，也令人不能理解，如此等等。这里，可能涉及一个触目的问题，即"批评"究竟有没有一个众所周知的"标准"？一方面，批评家对文本的兴趣，已经不限于"文本"，他本人就生活在这个物欲横流的大千世界，每天都必须面对金钱、名誉、媒体、观众。也就是说，"文本"已经超出了文学范畴，而变成了这个"世界"，你怎么能让他只对"文本"负责，而不对整个"世界"负责？另一方面，批评还能不能回到"文学"当中？我所说的"文学"，一般是指文体、叙事方式、象征、隐喻、文本独创性、作者、读者、作家的才能等等。而在有的批评中，所讨论的却是知识分子、历史、性别、种族、妇女、地域文化这些文化批评话题，"文学"只作为某个故事片断或人物活动，成为证实、支持上述"知识"的鲜活个例。在这里，"文学"变成了"知识"的附庸，成为一堆显示真理、话题的辅助性的材料。但是，对于上述指责，批评家也有他们的理由。在他们看来，对任何文学文本，批评者都有权利做出自己的选择。作为批评"主体性"的显示之一，批评不应该成为作家、文本的附庸，不应该被人左右思想的发挥。在充分显示批评家"个性"的前提下，作家和文本，不过是其展示眼光、观点和审美态度的刺激性因素而已。在这种情况下，所谓批评没有"公认标准"，其实是不奇怪的。他们指出的，是依据自己的理解对如何建立当代文学专业标准和精神目标的一种接近个人化的设想和看法。

作为当代文学学科材料、文献积累的重要基础之一，当代"批评"无疑起着无可替代的作用。与此同时，它对"当前"创作现状、现象和作品最初、也是最生动的把握，显然是当代文学史研究的一个重要起点。这都是无可争议的。问题在于，它是否应该与"媒体批评"严格地加以区分。我们应该懂得，在媒体批评年代，一切"批评"都会与媒体批评牵扯到一起，变得浑然一体。媒体批评最根本的"价值诉求"之一，是在社会大众那取得一种"震撼"效果。一段明星轶事、离奇丑闻、黑幕公案、小人物悲欢,都可能成为批评的"热点""焦点",被一再追踪、炒作和连续报道,直至掀起轩然大波。因此,媒体批评实际在意的是社会视听的高峰体验,但那才是一种真正的"价值悬空"。当代作家,尤其是"当红"作家当然不可能与"社会绝缘"。他们中的一些人,还可能就是"大众明星"。所以,当代"批评"具有两面性质:一是面对大众读者发言,二是要对文学发言。也就是说,它难以避免地暴露出某些媒体批评的姿态、性质,但"批评"又必须为"文学"负责,对文学的精神生活、审美生活负责。因此,批评又只能是一种显而易见的"价值"批评,是对艺术品严格、谨慎的检验和评价的工作。它不能人云亦云、说东扯西,把作家作品都当作"媒体"对象,将"刺激"效果作为批评的最终目标。

还有一种来自海外的当代"批评",例如"鲁迅重评""20世纪英雄与人的文学""再解读"等等。由于以"崭新理论"为依托,所以给人以新鲜刺激和耳目一新的效果,它们对有些过于固化的文学史结论的改写,确也有一定的学术分量。不过,这种"批评"的明显缺陷是:对历史文献的轻视,不耐烦于扎实、烦琐的基础研究;作为80年代"文论批评"在海外的余脉和承传,暴露出那个时期一直未改的积习和毛病。但它以"西学"为武装的高端姿态,也令一般人士批评不得。既然有这么漫长的"暑假",自然可以在国内学坛旅行和传播。但是,这一批评的"武断"口气,也时常令人吃惊。由于回避了研究的"中间过程",以结论替代甚至遮蔽艰苦曲折研究进程的印象,同样给人触目惊心的感觉。当然,在这些方面,我们也遇到了难题。大量的疑惑,阻塞着我们的思考:假如文学批评已失去了它质的规定性,完全与殖民、女性、少数民族和社会问题相混同,那么是否还需要"文学"批评?假如文学批评在一定意义上变成西方"知识"的附庸,那鲜活的、个人的与贴近文本的感性的文学批评是否还有存在之必要?如果一切批评都与"媒体""西方"挂钩,那足以揭示人类困境、梦幻与抗争的文学事业,究竟能否再立足于当代中国的大众社会?或者相反,面对浮躁局面去做一些复杂、深入(可能并不讨好)的细致研究,是否也存在一定的学术生存的困境?这些,都令我们感到苦恼。

当代批评的这些状况,以及对当代文学学科的深度侵蚀,自然与90年代后的"现状"有关。90年代后的十余年中,我们对"世界"和"自我"的认识,都发生了难以想象的变化。一种"震惊"的现实,是它极大地动摇了我们对现实、传统、知识、精神、语言的稳定的认识。"处变不惊"的历史性沉着不见了,代之而起的是对"未来"的惊恐、不安和虚无。一些人甚至正在一点点地丧失对当代文学学科精神信仰上的依赖感和对学科积累的基本耐心。当代文学错过了像现代文学那样"耐心积累"的"80年代",像后者一样,它有足够时间清理历史,建立学科存在的根基和共同遵守的"话语谱系"。在语言学转向、解构主义、文化批评纷至沓来的十余年间,它经常随意采用各种理论、观点,提出各种问题,却没有对任何"问题"进行"沉淀""整合"和"转化",并变成一种有效的属于本学科的"通用知识"。它甚至不愿意去回答"历史"何以这样被"叙述",中间经历了什么曲折、复杂的语言过程,并在一定的审视距离中,对其加以必要的解释和说明。在"现代文学"逐步确立起自己的话语体系的这十余年间,充斥在"当代文学"学科中,并弥漫为一种研究者"生存环境"和"文化气候"的,不是那种"研究心态",而是一种十分深厚的"批评心态"。在今天,"批评"已经成为"当代文学"的一个特殊存在方式、表达方式和学科的基本特征。

当然,在客观上看,在"大变"的年代,我们无权要求人人"超越"自己的时代和认识的局限。但"客观"条件却不能因此变成另一种特权,即认为本来"如此",所以便只能"如此"。自然,对"批评"现状的学科意义的反省,对于它的改善、讨论和建议,似也不应在这一混乱的历史过程中停顿下来。

三

在"批评"之外,"宏观论述"是另一种运用非常普遍的当代文学研究的书写形态。"宏观论述"的作者,一般喜欢使用"20世纪"这种概括式的文章标题和概括性的描述与结论。我们有理由相信,采取这一主观化的方式讨论问题,并求得问题的解决,肯定是因为论述者首先掌握着一种先在的、经验的思想结论。他是在对论述对象"了如指掌"的情况下从事论文写作的。但是,也会遭遇另一个问题,即研究变成了一个"事先知道"的仪式,一件很容易的事情。

我们之所以对宏观论述持一种比较保留的态度,是因为它过于自信而忽视了研究对象的复杂性。我们知道,出于简单化的理解,"当代"文学会被读解成一种受到社会权力压制的结果,这在20世纪50至70年代的文学研究中多是如此。从大的方面得出这样的结论,应该没有问题。不过,"文学"与"政治"不同,就在于它是"文人"所从事的"事业"。因此,在历史过程中,它潜藏着文人的情绪、心理、历史记忆等一些为政治无法根本制服、歼灭的东西,在文人精神生活的"私密场合",还会残留着许多为人所不知的真实"细节"。例如,这在《文艺报》的"编者按"与作家作品关系的起伏变化中,可以明显地表现出来。其中原因:一是该报的编委会虽经过了数次改组,但它的"主编""编委"等"编者按"作者们都还保留了一定的"文人本色",有一定的"书生气",他们既忠诚于"党的文艺事业",同时对作家、作品有很深的感情。另外,他们也非常爱才。一旦这种隐秘心态没有与大的"原则"发生根本冲突,可以适当"通融"时,那么,由此产生的温和态度,就会反映到对一个"事件"或作家作品的评价中来。其次,文艺界的"政治运动"也会时紧时松,不可能始终"剑拔弩张"。通过报纸的"约稿""审稿"过程还可以发现,文艺界因为"运动"而出现的比较紧张的关系,有时候也会缓解、松弛。在"编辑"与"作者"之间,隔着一道意识形态的屏障,但"文坛朋友"的人伦关系偶尔也会闪现。在这种情况下,"编者按"文章的多样姿态便会"呈现"出来,令人不再感到可怕,甚至还有些"亲切"的意思,如此等等。这都使人们想到,由于宏观论述只注意"宏大"的命题、结论,所以,不关心这种历史过程的复杂性和互文状态。

"宏观论述"的另一个表现,是"从我开始"。之所以产生这种叙述幻觉,是在许多人看来,当代文学研究就是一种"现状批评"。有针对性、有力量对当下发言的"现状批评",被理解成了一种更为"有效"并有"学术价值"的研究方式。如果从当代文学的某一局部功能看,这样的说法当然没有问题。但是,问题的另一面是,"现状"并不是空洞的、抽象的和不及物的所指,随着时间推移,一些"观念"层面的东西,有可能沉淀为具有"实在"意义的材料(如批评文字、作家访谈、事件综述、争鸣文章等);另一些是属于作品文本"外部"的东西,例如出版宣传、文坛酷评、依赖作品生存的文学批评,等等,也并非从批评空间中蒸发。在市场化年代,一切作品的生产,都不可能是真正"纯粹"的,而这些作品"周边"的诸多因素,即使只是两三天的事情,都应当称其为"历史材料",是我们从事当代文学批评、研究的一个知识"共同体"。而现在的事实是,大部分的"宏观论述",都遗忘了这些"历史材料"或"共同体"的存在,它们热衷于将研究者的主观愿望和理论预设作为唯一的起点。正是在这个意义上,"从我开始"的"宏观论述"带来了两方面的情况：一方面，变幻不定、层出不穷的这类文章，既紧跟着社会生活、文化思潮的脉搏，又展现了南辕北辙的新鲜刺激，研究者的"创造性话语"在那儿不拘一格、自由驰骋。另一方面，千奇百怪的不同看法、观点同时拥挤在相同的历史时段，同一个话语空间，对同一个作家、作品的结论甚至会大相径庭……就连最"著名"的作家，也很难在今天众多研究者那里获得"统一认识"。从这个角度看，"历史材料"和"知识共同体"的存在，就意味着一种写作的障碍，一种思考的阻力，它无形之中增加了论述过程的限度，减缓了它的本质化叙述和无限膨胀的速度，改变了作者自以为是的态度——很大程度上，它是与"历史"的一次有意义的"对话"，而不是作者本人的"自说自话"。后一种情况，在许多"历史"学科中早已成为一种"惯例"，是大家必须遵守因而极其普通的"写作通则"。

当然，这不是说宏观论述完全没有可取之处，而是说，有依据的、言之有理的、思考严谨和深入的宏观论述，不但能给人更大启发，而且正因为其"宏观"视角而对当代文学研究的停滞局面产生爆破性的力量，有一种"方法论"的价值。一种严格依据材料，通过对它们的细致甄别、界定、提炼并加以历史归纳的宏观论述，实际是对研究者的一个更大的考验，有一种难以想象的写作的难度。例如，即使在宏观论述盛行一时的 80 年代，李泽厚的《启蒙与救亡的双重变奏》《二十世纪中国文艺一瞥》，刘再复的《论文学的主体性》，却能在当时大量宏观"空论"中独树一帜，给人留下深刻的印象，即为一个例证。如此看来，宏观论述并不是一时兴发之随感文章，而是久蓄心底、不得不发之深沉思考的结果；宏观论述并非人人可以轻易操作的现状批评，而是那些眼光非凡、独具匠心且经过艰苦磨炼、再三掂量和反复思虑之后的精神的结晶；宏观论述更不是一种流行写作体和流行话语，而是一种拙朴、滞涩、平实和难得一见且又灼见层出的表达方式。而在我看来，之所以宏观论述在当代文学研究中大量堆积，流行不衰，大概是"避难就易"的心理在作怪，是"取巧"的学科习惯起着支配作用。此风不刹，当代文学的学科建设将毫无希望，或者没有多大希望，这大概也是我的"宏观"之语。

四

当代文学学科的最后一个问题，是写作的"快与慢"问题。对南帆最近写的一篇文章《快与慢，轻与重》，我很有同感。他写道："相当长的时间里，人们对'快'已经产生了一种上瘾似的迷恋"，"这肯定深刻地影响美学风尚的转变"，他认为，"缓慢的叙述时常遭受嫌弃，多数人向往的是快节奏的情节"，"如今，'快'的追求肯定是最为强大的时代潮流"。[①] 90 年代初，诗人萧开愚写过一篇劝告别人放慢写作节奏的名曰《中年写作》的文章，也有类似的观点。一位一年能写一二十篇文章的朋友曾感到不解，一些做现代文学研究的人为什么一年只写四五篇文章，这是相反的例子。

当代文学的从业人员，所写文章的数量往往都相当惊人。除了要为各种座谈会、发布会赶写各类"时评"，还因为感受很多，思维敏捷，因而也不得不发。这样的情况，在"现代文学"中也不是绝无仅有。不过，如果认真写一篇现代文学的研究文章，查找材料一般都要两三个月，再整理、过滤到写毕，怎么也需要三四个月时间，与上述朋友疑惑的情况比较相符——对此，没有必要避讳。当代文学的"量大惊人"，有其学科"特点"，历史习惯，不能够求全责备。

---

① 南帆：《快与慢，轻与重》，《当代作家评论》2006 年第 5 期。

其实,我们可以反问,鲁迅、周作人一生著述不都有几百万、甚至上千万字之巨吗? 为什么没人责怪他们"粗制滥造""批量生产"? 问题可能是,他们的著述,水平虽然也不整齐,但还注意谋篇布局、仔细经营,与更多"现代作家"相比,显然仍属上乘,其中不少堪称上世纪文学写作的"典范之作"。而当代文学研究存在的问题却是,许多文章并不是认真思考之所得,有一些还可能是"不得已"之作,而有些则多出自"感性"因素,没有经过"理性"过滤,所以留下的印象极其不佳。

但是,当代文学研究写作的"快与慢"问题,一定程度上反映着研究者本人的"心理素质"。在当今传媒时代,杂志多如牛毛,约稿若雪片纷飞,而作家"新作"迭出,"新人"比春笋还多,这对每个批评者、研究者都是一种"考验"。因此,所谓"心理素质",就是敢于"拒绝"。"拒绝"不是不食人间烟火,而是有严格的挑选眼光,并不一一从命。它是一道审美屏障,过滤着"非文学""非学术"的杂质。"拒绝"更是一种"境界"的显示,因为它拒绝人云亦云、随机应变、没有立场。"拒绝"还是一种缓慢叙述,它是拿准了才去发言,是真正心有所悟、心有所得,才字字谨慎,由表入里,对问题能作深入的发掘。这就是南帆所说的"笨":"在某些传统思想家那里,'笨'不一定是一个贬义词。从讷于言而敏于行到信言不美,美言不信,'笨'是许多思想家所推崇的品质","他们赞许的耐心与恒心,是兢兢业业,一丝不苟的笨功夫",即"老子曰,大巧若拙","高也,朴也,疏也,拙也"。① 它还是郜元宝之批评(或挖苦?)洪子诚的所谓文风的"滞涩"②。如此看来,所谓当代文学研究的"心理素质"中,既有一个"热眼关注"的现状,也有另一个"冷眼旁观"的自律问题;有一个"不得不快""不得不应付"的写作的苦恼和困境,事实上也存在着可以减快为慢、转向步步为营的个人写作自由。这并不意味着整齐划一,而是因人而异的。具体实行起来,其实相当地矛盾、犹豫,举步维艰,并不像想象得那么简单。

写作的"快与慢",还牵涉到对当代文学科的整体认识。一是学科的"新"与"老"问题。如果从 1949 年算起,"当代文学"已存在五十多年时间,超出"现代文学"二十年之久。它起步不能算晚(王瑶虽然 1951 年出版了《中国新文学史稿》上卷,但山东大学中文系的《中国当代文学史》上册 1960 年问世,迟得不多),与"现代文学"的真正"中兴"(80 年代),差不多几乎"同时"。但在不少人心目中,当代文学一直是一门"新兴学科"。这决定了他们不愿意放弃"新兴"的思维方式、表达方式,将问题"沉淀"下来,并对许多纷繁悬浮的文学现象作耐心细致的"历史性"检讨和反思。二是研究的"距离"问题。在许多人看来,当代文学研究属于"近距离"或"无距离"批评,越是贴近研究对象,便越容易抓住问题,揭出实质。这种看法相当"误人"。一定意义上,"当代"的批评、研究,也应该是"有距离"的批评和研究。它要求研究者(批评者)自觉地与研究对象(作家、作品)拉开心理距离,避免在认同中被对象"同质化";它赞成以一种"审视""怀疑""追问"的方式,而不是与研究对象站在"同一立场"、以思考和想象的方式进入后者的文本世界;有时候,它会肯定研究对象的主张,但更会追究它为什么要"这样主张"的创作动机和历史逻辑;它甚至会把自己置于一种冷漠的精神状态,以严峻挑剔的态度与研究对象开展精神"对话"。正是因为这种"距离"的存在,当代文学研究才有可能

---

① 南帆:《快与慢,轻与重》,《当代作家评论》2006 年第 5 期。

② 郜元宝:《作家缺席文学史——对近期三本"中国当代文学史"的检讨》,《当代作家评论》2006 年第 5 期。

称得上是一种"研究",是一种"学科"性的工作。最后,是研究对象如何"沉淀"的问题。凡作家"新作"出来,或"新现象"涌现,当代批评都要"跟踪""描述",这应当是当代文学的学科任务之一。不过,在这一过程中,也有一个如何将对象尽量"沉淀"的必要,即,不仅把它当作"从未出现"的现象,而且也当作是一个"曾经有过"的现象,用"历史"眼光将它解剖,照出纹路肌理,揭示其内在关联;与此同时,用"知识考古学"的方法,将它重新变成一个"问题",在大量浮在上面的虚幻信息、声音和主观暗示中,剔除辉煌的假象,还其本来面目。这样,一切思考、酝酿、写作便不得不"慢"下来,变得日益地缓慢、艰难、复杂。这使我们意识到,在我们面前,堆积着许多"难题",它们其实都不是那么"容易"的事情。

（原载《文艺研究》2007 年第 5 期）

当代文学学科建设与史料
意识的自觉[*]

吴秀明

尽管当代文学史料工作早在 1949 年随着新中国的诞生就开始启动了,但真正比较自觉意义上的史料发掘与研究,还是 20 世纪 80 年代末、90 年代初人文知识分子从"广场"返回"岗位"以后的事。这种返回,也许给当代文学带来了一些负面的东西,使它不同程度地淡化或削弱了与时代社会的密切联系;但从构建具有独立知识谱系的当代文学学科的角度来讲,则又显得十分必要,这是当代文学研究领域带有标志性的一次华丽转身。于是,从这时开始,原先晦暗不明的有关文学史写作、经典遴选、大师排名、学术规范等都突显出来,当代文学的"历史化"问题不约而同地成为业内带有共趋性的一个学术新动向,一个颇为流行的口号。与之相适应,不少学者也开始调整原有的研究思路与治学方法,不仅褪去了不少厉风火气而显得平和多了,而且对当代文学采取更加客观也更为理性的姿态;有的还进入高校,加盟学院派行列,实现由批评家向学者的身份转换。

面对上述出现的种种现象,我的心情有些复杂,有时甚至陡生某种"犹豫不决"。一方面,从当代文学学科的属性定位及其优势特色发挥的角度来看,我对当代文学的"历史化"趋向多少抱持一种谨慎。在我看来,不管现在和将来的当代文学怎么变、变什么,它都不应遗忘或忽略建立在学科属性基础上的"当代性"特征,即我们通常所说的面向现实、问题意识以及对当下的积极参与。中国当代文学的主流思想更多来自西方而不是自身的史料,这种"思想"与"史料"之间的脱节,也从另一角度提醒我们要对"思想"给予足够的重视。这是新时期文学留给我们的一个宝贵经验,也是当下不少作品为人所诟的重要原因。而"历史化",如果不加规约,是否对学科带来意想不到的自戕呢?另一方面,就当代文学发展和学科建设的角度来看,我对此又不能不表示充分理解和支持。事实上,当代文学在两倍于现代文学时长的六十年的发展过程中,已日积月累,正在逐步建立一套相对稳定且为大家广泛认同的知识谱系。这套知识谱系当然包括以"当代性"见长的思想阐释和艺术分析,它已有自己的一些自律性的东西,自己的概念范畴及学术规范。当代文学敏于"思想"、擅于"思想",在这方面,它自有其独到的优势,任何对它的轻薄怠慢都是不可取的,也是不公允的;但同时我们也应该看到,所有的"思想"都不是万能的,它只有建立在"史实"的基础上才有力量。无论如何,尊重历史客体,最大限度地还原历史,坚持"论从史出",这是任何研究都应该循守的基本原则,也是任何研究取得成就的最关键因素。

也正因此,尽管我不把"当代性"与"历史化"看成是当代文学学科矛盾对立的两极,而且认为它们同时并存、双向互动比单一发展更有利于学科发展;但就目前当代文学学科建设的

＊　本文系国家社科基金项目(10AZW005)《中国当代文学文献史料问题研究》成果之一。

实际情况来看,我还是非常明确地把自己的选择指向后者。说实在的,相比于"当代性",当代文学学科的"历史化"问题太屡弱了,与该学科的历史与现状也很不相称。因此在当下提出并作特别的强调,不仅十分必要而且非常及时,它表明当代文学学科由此进入了一个较为自觉的历史阶段。而"历史化",就有一个史料的问题,它离不开史料的支撑,史料可以说是当代文学学科"历史化"的一个重要前提和基础!恰恰在这点上,我以为迄今为止的当代文学研究至少存在两个问题:一、由于受"崇古薄今"传统观念、功利实用和浮躁学风的影响,不愿在史料方面花费功夫,往往不是临时抱佛脚,匆促应对,就是不加查核辨析,随意而为。因此,不仅招致史料的粗制滥造,有时甚至要闹出张冠李戴之类的笑话。二、即便在使用史料,大多也局限在传统习见的旧史料范畴,在这有限的"雷池"内作观念的创新与调整,而未能直面第一手的原始史料,尤其是带有原创性价值的第一手原始史料。由于史料(旧)与观念(新)的严重错位,致使有关的"重写""重评""重排"等文学活动,雷声大雨点小,实际的学术收效并不大。

大量事实表明,当代文学蕴含着无比丰富的史料矿源,它的可资勘探的空间是很大的;有的虽只露出其中的"冰山一角",但却对整体当代文学从理念到实践都带来了很大的影响。如有关抗战史料,我们过去接触的都是清一色的国民党投降或消极抵抗之类,从党史、军史到文学创作(含纪实文学)都概莫能外。久而久之,就形成了一种思维认知,仿佛这就是历史真实。但从近年来出版和披露的包括《蒋介石日记》在内的私人性文献史料,以及中国人民抗日战争纪念馆公布的《中国人民抗日战争战绩》等公共性文献史料来看,再证之胡锦涛同志 2005 年 9 月在纪念中国人民抗日战争暨世界反法西斯战争胜利 60 周年大会上的讲话,大量事实告诉我们,其实国民党军队也在抗战正面战场上发挥了重大作用,正是"中国国民党和中国共产党领导的抗日军队,分别担负着正面战场和敌后战场的作战任务,形成了共同抗击日本侵略者的战略态势"[①],最后才取得了抗战的胜利。史料是一种静态的客观存在,它的发掘则是动态的,往往是带有主观性和时代性的。如果我们真正认识到史料的重要并赋予理性的自觉,那么即使碰到被遮蔽的史料,也有可能在梳扒整理的基础上给予解蔽。可见史料发掘不是剪刀加糨糊的纯技术的工作,它与作者的思想认知和现实情怀直接有关。特别是对与主流文学思想相悖的新史料的发掘,更是如此,有时它是需要勇气的。

当然,以上所说可能比较笼统。如果从具体实践的层面考量,我以为当代文学学科及史料的存在发展又可以 1979 年为界,分为"政治化"与"多元化"这样两个阶段;而这两个阶段,在史料意识的表现上又呈现出不同的特色:

在 1949—1979 年即当代的"前三十年",当代文学学科在被纳入社会主义文化体系受到高度重视的同时,日趋明显地被政治化了。政治权力的介入,特别是作为执政党领袖的毛泽东的直接介入,采取文化运动及大批判的方式,使复杂的、富有弹性的文学问题变成了简单的、极具刚性的政治问题;有时甚至像上世纪三四十年代的苏联那样,最后诉之以政治决议或政治结论的方式解决。如此这般,这就给这一阶段当代文学史料催生为过去所没有的特点及问题:(一)它与政治的强烈的相似性、同构性,并拥有政治史料所特有的严肃性、神秘性,包括内容性质、对象范围,也包括生成存在、传播解读等等;有的史料本身就是政治文本,

---

① 《胡锦涛在纪念中国人民抗日战争暨世界反法西斯战争胜利 60 周年大会上的讲话》,中国新闻网 www.chinanews.com.cn,2005 年 9 月 3 日。

与其说是文学史料，还不如说是政治文献。如 50 年代有关电影《武训传》、俞平伯《红楼梦》研究、胡风文艺思想、文艺界的"反右"等史料，都明显具有这样的特点。这就给当代文学史料的搜集、发掘、考辨、整理增加了为其他学科所没有的难度。在这里，如何搜集整理，如何保密解密，如何甄别勘查，如何开发利用，主要不取决于文学，而是听命于政治；它也不是一个简单的文学问题，同时更是一个严肃的政治问题。（二）它具有与批判运动对应相适的激烈的批判否定的倾向，这种批判和否定，不仅极大改变了传统史料的功能价值，使之从原有的客观中性立场向现实主观功利立场转换，而且给当代文学留下了一大批充满政治火药味的"批判"性史料。如作家出版社 1955 年出版的《胡风文艺思想批判论文汇编》（1—6 辑）、三联书店 1955—1956 年出版的《胡风思想批判》（1—8 辑）、解放军报社 1957 年编选的《批判文汇报的参考资料》、新文艺出版社 1958 年出版的《"论'文学是人学'"批判集》等等。几乎每次运动，都有这种"批判性"的史料的结集，它成了当代"前三十年"文学史料一种特殊的存在方式。有时候，为了配合运动，甚至在运动后不久就编选出版，如胡风的不少批判材料，它对当时正在进行中的文化批判运动起到了推波助澜的作用。至于"文革"时，这种情形就更多更严重了，当时内部编印的诸如《中国当代毒草作品一百种》《十七年百部小说批判》等小册子，就把十七年所有作品都统统当作"大毒草"而加以批判扫荡的。当然，作为特殊时代的精神文化产物，"批判"性史料在今天也自有其价值。尽管它对当时批判对象所作的评价从总体上讲是错误的，在具体的批判中也掺进了不少荒谬虚假的东西——这一切在今天当然应该否定而且在事实上已经被否定了；但它同时又以一种极端乃至扭曲的方式为我们提供了"批判"风行的那个时代不少历史、文化、精神信息。文献学历史告诉我们，"许多伪史料，置之于所伪的时代固不合，但置之于伪作的时代则仍是绝好的史料。我们得了这些史料，便可了解那个时代的思想和学术。"①关键是我们要用历史的、辩证的眼光和态度看待。

　　说到"前三十年"当代文学学科及史料"政治化"，有一点需要补充，那就是它的"政治化"本身并不如我们想象的那样简单、绝对与纯粹，而是呈现出相当矛盾复杂的纠结状况。关于这一点，笔者前几年在谈十七年文学时曾有所涉及。②这里限于论题和篇幅，只能举"中心作家"与"非中心作家"略述一二，加以证实：前者如郭小川，从其后来由子女编选的《检讨书：诗人郭小川在政治运动中的另类文字》及曾被批判的《望星空》来看，他在以"战士诗人"身份积极投入火热的斗争，为政治服务的同时，又难以抑制地表达了对艺术缪斯的向往和对内部宗派主义的厌恶；后者如胡风，大量的史料告诉我们，他的"主观战斗精神"使他在长期受压挨批的逆境下无所畏惧，写出具有撼世价值的三十万字"意见书"，但也曾借《文艺报》"整顿"之名主动跳出来，言辞激烈地做过一次置他人于死地而最终招致自己灭顶之灾的"批判"。其实岂止是胡风、郭小川，像郭沫若、茅盾、周扬、老舍、曹禺、丁玲、杨沫、王蒙、张光年、冯牧等等，无不如此。这些，我们从近些年陆续出版的有关传记和披露的各种材料中，都不难看到。他们往往一方面尽量迎合时代政治风潮，消解个人立场，另一方面又多少保留一点艺术个性与特色；一方面竭力贯彻和实施文学大众化，另一方面又在骨子深处淡化大众意向，在文本和人格的深处陷于矛盾，痛苦和分裂。曾担任作协党组书记的唐达成对周扬有过这样的评价："我觉得他是一个处在矛盾状态下的人。个人爱好和公开的讲话、指示，实际上不是

---

① 顾颉刚：《古史辨·自序》，《古史辨》第 3 册，北京朴社 1931 年版。
② 吴秀明：《论十七年文学的矛盾性特征》，《文艺研究》2008 年第 8 期。

一回事。乔木(指胡乔木——引者注)也有这个矛盾。他未尝不喜欢沈从文的作品,不喜欢戴望舒的诗,但公开表现出来的就是另外一种态度,个人兴趣要服从一个时期的政策的需要,我看这也是文艺界领导的通病。"①所谓的"通病",即是指这种政治文化压力造成的自我矛盾的普遍性。它既是作家个人的,也是那个时代共有的,是政治文化在推进过程中不可避免的必然衍生物。

如果说"政治化"是1949—1979年当代文学学科及史料的主要特征的话,那么到了1979年以后延至今日即当代"后三十年",上述情况则发生了变化。在这里,政治仍然发挥着作用甚至是重要的作用,如1981年的《苦恋》事件,1986年的"清污"运动,1989年的"政治风波",1990年的"主旋律"及"五个一工程"的提出与实施,新世纪的"红色经典"改编规范,等等。所有这些,在事实上都对行进中的文学产生导向作用,因而同样也有一个史料"政治化"的问题,包括它的生存方式和价值向度。但这毕竟只是其中的一个方面,更为重要,需要引起我们注意的是,在内外诸多因素的"合力"作用下,此时的文学和整个社会一样也随时应势地由"政治中心"走向了"经济中心"。社会文化的转型、文艺政策的调整、生产体制与传播媒体的变化,它大大降低削弱了原有"大一统"的政治话语。于是反映在当代文学学科及史料问题上,就有了不同于此前"多元化"特色。而在这之中,文学评论无疑是其中重要的、也是极具光彩的一个部分。尤其是在80年代,它借鉴西方新批评、文艺美学乃至自然科学新方法论,为打破原有封闭僵硬的社会学批评模式,推进文学向本体自身回归方面,摇旗呐喊,立下了汗马功劳,也出尽了风头。曾几何时,在文坛上如火如荼的"文体革命""叙事革命""语言革命",它的提出、讨论并引领时代风骚,始作俑者,推波助澜者,大多都来自评论界特别是上海的评论界,如吴亮、程德培、蔡翔、周介人、殷国明、许子东、夏中义、王晓明、陈思和、毛时安、宋耀亮等"新潮评论家"。这些人,他们一般都比较年轻,重视艺术审美,尤其是对先锋文学具有较高的艺术敏感。这就使其在发现和阐释现代艺术美方面显见了某种出俗不凡的特点,为当代文学向"文学本体"自身回归及其现代化实践方面留下了许多宝贵的文献史料。近些年来编选出版的《中国当代文学史史料选》(洪子诚主编)、《中国当代文学史料文论选》(路文彬主编)等有关文献史料选本,对此似乎缺乏认识。他们遴选的史料,包括文艺政策、重要讲话、经典文论、主要事件、重点思潮等,涵盖面相当广,唯独没有上说的这类带有本体回归意味的文学评论。这种疏忽,是否反映了文献史料评价立场与标准上的某种偏至或某种非文学的取向呢?

尽管如此,我还是主张对当代文学评论及其史料价值的评价要谨慎,不能过分夸饰,也不宜过分夸饰。这个中的原因,细究起来当然不少,如政治学、社会学思维的浸渗影响,对西方以分析哲学为基础的逻辑思维的过分崇拜,创作实践方面少有可作精细艺术分析的精品力作等。凡此种种,无疑有碍于文学评论的正常发展,特别是向正常的、与中国传统批评对接的审美化方向发展。为什么相对于"外部批评",如文学思潮、文学运动,文学事件等批评,"内部批评"也就是我们这里所说的文学评论显得孱弱,其中的一个重要原因即此。而恰恰在这方面,倒是近十年来兴起的文化批评却后来居上,呈现出了较好的发展态势,这有必要引起我们的重视。视野宽广的超文本或泛文本分析——如王本朝有关文学制度研究,吴俊有关文学杂志研究,李洁非有关文学事件研究等;既融会现代社会学、文化学、心理学等新学

---

① 李辉:《是是非非说周扬》,《李辉文集·往事苍老》,花城出版社1998年版,第364页。

科新知识,又暗合传统的将文史哲打通的大文化的研究理路,某种意义上,可以说是古今兼备的一种跨学科的研究。如果说当代文学是关于事件史、现象史、关系史的一种研究,那么文化批评正好与之相契,在这方面具有独到的优势,它的批评主体与客体在此无意中形成了一种双向能动的对话关系。这也可以解释,为什么它不同于上述的文学评论及其他诸多新批评,能在近十年学界产生相当持久广泛的影响。而对于这样一种带有拓宽性质的批评,我们在编选当代文学史料选时也应该将其纳入视野。

　　行文及此,应该可以结束了,但我还想借此对当下史料中出现的带有商业操作意味的隐私化现象,再嚕苏几句。这虽然不是目前史料存在的主体和主要方面,但它对史料工作提出的挑战及其带来的负面影响,足可三思。这种现象较多存在于一些传记、评传(包括某些自传)以及"红色经典"的研究中,它的一个突出表现就是迎合市场,用媚俗和窥探的心理从正面或英雄人物的历史原型身上找到一点污点或艳闻一类"新史料",并将其作为珍宝,到处兜售;有的出版商为了获利,也从中大肆炒作。显然,这种隐私性史料在当下的滥加开发及其本身的真假掺杂,不仅对其他史料和原有结论形成一种挤压及颠覆,而且有意无意地在营造一种庸俗乃至恶俗的趣味。面对这种现象,一味地激愤无济于事,借助政治权力对它加以禁止也不是良法。从价值论角度讲,它涉及史德,其实是向我们提出在市场经济条件下如何恪守作为一个知识分子应有的伦理道德与人文品位问题;而从方法论角度讲,则涉及史观,它其实是向我们提出如何处理史料中的一与多、局部与整体、现象与本质的关系问题。当代文学史料是一个只有起点而没有终点的巨大复杂的存在,一方面,它自身有一个真假的甄别问题,有一个与真实历史关联问题,并不是所有的史料都能反映真实的、本质的历史;另一方面,诚如文学史家黄修己所说,史料并不是孤立封闭的自足体,从新文学史的实际情况来看,它往往都与相关的理论、主体一起,组成由理论层次、主体层次、基础层次(即史料)三个层次相辅相成、共同合力打造的一个系统结构。[①] 也就是说,史料的发掘与阐述不单是史料本身(特别是史料的真假),而是建立在"系列结构"基础上的一个话语世界。我们之所以不满于史料隐私化,对它存在和发展表示隐忧,主要也就在于此。历史从来都是高于个人私道德的,因此我们可以对个人私道德作评价,但却不可以将个人私道德等同或高于历史,更不可以对个人私道德作庸俗的挖掘与阐释。史料隐私化之所以为人所诟,它所存在的问题,也可从中找到答案。

　　就这个意义而言,本文所谓的史料意识的自觉,是包含着既立足史料又超越史料的双重内涵。这也就是说,一方面对史料予以高度重视,将其当作学科建设的基础工程甚至是支撑学科建设的"阿基米德点";另一方面如福柯在《知识考古学》中所言,要对文献史料提出质疑,将它纳入整体系统中当作一种话语加以研究。如此,当代文学文献史料才有可能走出庸俗化等各种歧途,为学科建设的"历史化"做出应有的贡献。

(原载《福建论坛》(人文社会科学版)2011 年第 8 期)

---

　　① 黄修己:《中国新文学史编纂史·导言》,北京大学出版社 1995 年版。

首都师范大学《文学评论》编辑部
"中国现当代文学学科建设及
教学改革研讨会"纪要

李宪瑜

2004 年 12 月 4 日,首都师范大学文学院与《文学评论》编辑部联合召开的"中国现当代文学学科建设及教学改革研讨会"在首都师范大学举行。五十多位来自全国各高校、研究机构与报刊的学者,就现当代文学学科的现状、发展态势、教学实践、理论建设等诸多方面进行了深入而广泛的探讨,既对学科自身存在的若干问题进行了反思,也对今后的研究和教学提出了不少积极务实的建议。

以下,便是这次会议的纪要:

张志忠(首都师范大学):各位老师,由首都师范大学文学院和《文学评论》编辑部联合召开的"中国现当代文学学科建设及教学改革研讨会"现在开始。下面请首师大文学院院长左东岭致辞。

左东岭(首都师范大学):各位女士、先生,大家好! 我代表首都师大文学院欢迎各位专家参加这次研讨会。我认为,我们这次会议是非常有必要召开的。这种必要性有两点:一、中国现当代文学经过长时间的教学以后,有很多问题需要考虑,就是会议通知中列出的议题,我认为这都是非常有价值的。除此之外,还有许多议题是各个学科共同面临的问题。比如说经典问题。这两年我注意到书店里不断出现关于"百年文学经典"的书,这里有重新定位的问题,这是必要的。似乎我们古代文学学科中这个问题不太突出。其实不是,因为时间的流程,已经经过了上千年的淘汰,是一个不断的重新定位。很多当时文坛上很有地位、很有影响的作家,在后来逐渐失去了他的地位与影响,这是很多见的。比如元末明初的杨维桢,曾经是全国轰动的重要作家,可后来慢慢变成了二流甚至三流的作家。当然也有一直很"红"的作家,比如三曹,直到今天,地位还是很重要。至于定位的依据,我不知道现当代是怎样的;古代文学学科的依据是:区别文学研究与文学史研究的差别。这是个比较重要的问题。有时候在文学史上有地位不一定在文学价值上就有地位。所以,文学研究带有共时性,而文学史研究带有历时性。那么在此过程中就牵涉两个问题,即现实的需要,和历史的价值。不仅文学史,我觉得学术史也是这样。比如我们现代文学史上的两位泰斗,胡适先生和鲁迅先生,他们各写有一部文学史。现在我们回头看,胡适的《白话文学史》只具备学术史意义,而基本不具备学术意义。比如他把陶渊明、白居易都说成是"白话诗人"、甚至把白话诗人等同于"民间诗人"。其实陶渊明"好懂"这一文字的功夫和其诗意的深浅不是同一回事。鲁迅的《中国小说史略》就目前来看,整体上超过他的还很少,仍然具有学术的意义。而胡适的文学史只是具有学术史的意义。因此,在现在这样一个学术转型期,我们对现当代文学,很多问题需要重新思考。二、是我院的具体情况。我们的学科建设需要开这样一个会。我们首师大文学院在去年一级学科批下来之后，除了少数民族文学之外，我们有七个二级学科的博士点，其中就包括中国现当代文学。这个学科我们已经有一定的基础，比如张志忠教授的当代文学研究，王光明教授的汉诗研究，王晓琴教授的老舍研究，王家平教授的鲁迅研究，都是各有特色的。近年我们又引进了一批年轻的博士。但我们毕竟刚刚有了这个二级学科的博士点，经验还是缺乏的。现在需要各位专家来给我们帮助，提出建议，看我们这个学科如何发展，这将是非常宝贵的。我要说的就是这样两点。希望到会的代表有今天天气一样晴朗的心情。谢谢！

张志忠：下面请《文学评论》编辑部主任董之林教授致辞。

董之林（**《文学评论》编辑部**）：尊敬的各位代表，《文学评论》编辑部作为这次会议的合作单位，我作为本单位的代表，非常荣幸参加这次会议。我们的副主编胡明先生本来非常希望参加这个会，但他有事出差，不能来，托我向大家致意。《文学评论》作为有着四十多年历史的学术期刊，始终与全国各高校保持非常密切的联系，在座的许多老教授、老专家都是刊物的作者，给予我们刊物以密切的关注和热情的支持。我借此机会向在座的老友新朋致以深深的敬意，同时向积极筹办这次会议的首师大文学院现当代文学教研室，及张志忠教授表示感谢。预祝会议圆满成功！谢谢！

张志忠：下面开始会议发言。这第一个单元由我主持。首先，为了我们的学科建设，也为了开好这个会，我们做了有关的调查。首先发言的是我们教研室的王震亚老师，介绍我们这几个月，在大学、中学师生中对中国现当代文学展开的有关调查的情况。

（王震亚的发言《欣慰·悲哀·反思——从一份调查问卷的统计分析引出的若干思考》，已见本刊 2005 年第 1 期，此处从略——编者注）

张志忠：我也补充一点资料，关于高校的现当代文学教学，在新一期《海南师院学报》中有两篇文章。下面请赵遐秋教授发言。

赵遐秋（**中国人民大学**）：从 1973 年到 1978 年，我在首师大（北京师院）工作了五年，此次回来开会，倍感亲切。我现在从人民大学退休了，但是，近几午，我又专门作了一些有关台湾文学的研究工作。因此这里主要谈谈当前大陆学界关于台湾文学研究及教学中的几个问题。最近二十多年，在大陆的现当代文学研究和教学领域，已经把台湾地区的文学包容了进去。经过学术界和教育界的努力，这种学术研究和大学教育工作取得了很大的成绩。1. 随着两岸的交流，近年来，资料的发掘整理有了很大的发展。2. 对固有的资料如何进行评价和研究。3. 更重要的，是二十多年来，随着两岸政治情况的变化，特别是"台独"势力的恶性发展，在文学上也有其突出表现。现在，摆在大陆学术界和教育界面前的台湾文学的教学和研究，就出现了某些问题，而且相当的严重。我谈谈我的看法。

第一个问题，不少对于史实的描述与阐释是错误的。我举一个例子，就是关于叶石涛在台湾"乡土文学"论争中的作用的评价。在目前大陆出版的著作中，多数是错误的。以往，我们把叶石涛当作是台湾著名的、甚至是台湾权威的评论家、文学史家来加以评论和研究的，特别是在 1978 年，台湾"乡土文学"论战中，是以他的两部著作为纲领性的文件进行阐述的。一本是《台湾乡土文学》，一本是《台湾乡土文学史导论》。在这两部著作中，他的确说过一些比如"中国意识"、"台湾文学始终是中国文学不可分离的一环"等等，但是，我们如果仔细研究，在《台湾乡土文学史导论》中，一个中心的思想是：认为日本对台湾的资本主义改造过程中兴起的"市民阶级"，已经发展到农村、发展到封建的台湾的源头，因此，从经济上到反映到市民的意识上，和中国脱离了关系，产生了一个新的"台湾人"的意识，这就是文学台独的分离言论的源头。这是在当年的 5 月份发表的，接下来的 6 月份，陈映真就发表了一篇很重要的文章，《乡土文学的盲点》，该文一针见血地揭露和批判了叶石涛的文章宣扬的是用心良苦的分离主义的言论。但在我们的文学史中，虽然也提到了陈映真的不同意见，但对叶石涛这一分离主义言论的本质、特点没有着重批判的，只是轻描淡写地谈了一谈。当然后来，叶石涛在 1996 年讲过，说他当时之所以说"中国意识""台湾文学是中国文学的一部分"等，是"碍于政治环境"，是一种"托词"，是一种"斗争策略"。彭瑞金是他的很好的学生，在《叶石涛评传》里，也分析了他台独言论的脉络。北京大学就有一位年轻的副教授就曾发表过一篇重要的文章，此文还曾在《文艺报》上被摘录。其中他用了大量的篇幅为叶石涛辩解。我自己在《文艺报》上发表了一篇专门的文章，与他进行商榷。所以，在中国现当代文学领域中不可分割的台湾文学研究和教学当中，这个问题是严重的。比如说，台湾有一个文学界杂志，是一个地地道道的宣扬文学台独的杂志；但我们的研究和教学中，居然把它作为一个标杆式的台湾文学期刊。

第二个问题，有的史实的意义我们还重视得不够。比如说，1947 年 11 月到 1949 年 3 月"桥"副刊引发的一场"台湾文学走向何方"的讨论。白少帆等人主编的《现代台湾文学史》是提到了"桥"上这个争论的，说这是难能可贵的，但是对这一争论的特殊意义在哪里，阐发得很不够。当时正是"二·二八"以后白色恐怖的期间，这次讨论是非常热烈的，特别是当时不分省籍的讨论，对台湾新文学的建设提出了方向性的规定。第一，台湾是中国的一个省，没有对立；之前台湾新文学的建设根本就是祖国文学运动中的一个问题，是建设中国新文学的一部分。这样的话，在今天的台湾，要有勇气说出来，那是不简单的。前些时候，林怀民说，他是看着陈映真的书长大的。陈映真说他不怕被边缘化，在大家都不敢讲的时候，他要重复杨逵的话，那就是上面所说。第二条是，新的文学走向人民，作为人民自己的巨大的力量，创造人民所需要的战斗的内容、民族的风格的文学。当时主持讨论的骨干，在后来台湾的"四·六"大逮捕中先后被逮捕，像杨逵、孙达人等。因此，对这样一些史实，我想应该重新发掘、评判其意义。

第三个问题，有不少重要史实被遗漏了。比如说"皇民文学"的问题。我们的文学著作里、教学里，对"皇民文学"经常是一笔带过的，没有进行真正的阐释。其中有一场很重要的斗争，就是关于"狗屎现实主义"的斗争。当时日本当局的文学总管批判台湾一些爱国主义作家的作品为"狗屎现实主义"。给他帮忙批判的人当时就是叶石涛，起来反驳的是吕赫若、杨逵等。当时这场斗争是很尖锐的。当然它是政治上的，但在学术上也是重要的。这样的历史我们不能遮蔽起来。我们要看到，二十世纪八九十年代以来，台湾文学界中文化台独活动中一些死硬的分离主义者始终都在勾结日本反动学者美化"皇民文学"，大做特做皇民文学的翻案文章。日本有一位学者，自称是中国现代文学的权威，自称是日本自由派左翼人士的藤井省三，1998 年，他在东京东方书店出版了一部书叫《百年来的台湾文学》，其中对台湾文学有一个重要的定位，认为皇民文学是台湾文学的源头，没有皇民文学就没有今天的台湾文学。陈映真当时就写了一篇文章，说这是一种"暴论"。2003 年底，此书中文版在台湾出版。藤井省三还大谈他如何崇拜鲁迅，但这只是增加了他的欺骗性。但可悲的是，大陆的台湾文学研究界对他的著作还很推崇。北京的一份报纸上，一位有点名气的书评家写了一篇文章，叫作《台湾文学入门之书》，声称要研究台湾文学，必须读懂藤井省三的这本书。因此这个问题是非常严重的。

第四个问题,关于当下文学台独的发展和历史,我们现在完全是空白。

第五个问题,原有的整体框架,陈旧了,过时了,也有些错误和遗漏。因此我在这里发言的中心思想就是:要重写台湾的现当代文学史;而且我们进行有关的教学,不能在我们的课堂上,为陈水扁服务。谢谢。

张志忠:赵教授的发言提醒我们在对台湾文学的研究与教学中,注意相关的史料及有关问题,非常有意义。下面请山东大学的黄万华教授发言。

黄万华(山东大学):因为我一直在本科教学,就来讲讲本科教学中的一些问题。我以前讲过一个问题,就是把中国现当代文学教学扩展到"二十世纪汉语文学"教学的可行性。我给本科从大一、到大三、大四的选修课就是这样讲的,开了一门课,就叫"二十世纪汉语文学史研究";同时在讲中国现代文学史时,也试图把这个思路渗透进去。几年下来,形成这样一个思路,我认为,还是可行的。因为可以解决了我原来在讲授现当代文学时所遇到的一些困惑,多年来一些难以打开的研究局面,如果在二十世纪汉语文学的角度上考虑的话,就可以打开了。我的课堂上除了山大的学生外,还有来自多个学校的交流生。我曾搞过一个叫作"学术旅行"的课堂活动,就是在课堂外阅读一些大陆之外的学者,如台湾学者、海外学者等对中国现当代文学的看法,去捉摸他们的思路,跟原来我们自己的思路比较有何异同。我认为找一个问题最好的答案,就是提出一个新的问题。这个教学活动的效果还是不错的。比如关于民族文学内部跨文化的因素。以往我们谈这个问题,总是强调不同语言、不同族群间的文化背景与对话。但是二十世纪中国文学有一个明显特征,就是内部也出现了跨文化因素。其原因是多样的,既来自于五四后接受外来文化的多元,也来自于一百年间大陆、香港、台湾、海外华人社会不同的文化背景,同时更来自于地区之间的跨文化意识、跨文化情感。学生理解了这些,他们看待文学的眼光更加宽容。我自己的研究中,也有一些问题可以得到解决。比如四十年代文学到十七年文学的格局,有些问题难以深入;但从二十世纪汉语文学的角度,从"战时中国文学八年"和"战后中国文学二十年"这样的框架,就可以把大陆文学及其海外延伸,放到"战后东亚文学现代性的曲折展开"这个背景下考察,那么许多问题就可以比较清楚了。再比如九十年代文学,时间很近,如何去判断它?我发现九十年代大陆文学最主要的特征,比如:第一,从乡村中国的叙事向都市文学的演变;第二,新生代的创作;第三,女性文学的创作;第四,历史叙事,这样的问题,如果在二十世纪汉语文学格局之中就可以把握了。因为类似的问题在中国台湾、香港以及海外新移民的文学创作间都是作为重要的文学现象存在的。那么学生在有了更大的一个参照后,对九十年代文学创作就看得更加清楚了。谢谢。

张志忠:谢谢黄教授给我们提供了新的尺度和拓展的想象力。下面请北京师范大学谭五昌发言。

谭五昌(北京师范大学):我发言的题目是:质疑"中国当代文学"这个历史分期概念的合法性。我质疑的理由:其一,一般以1949年为界将中国文学分为现代文学和当代文学,这样就将现代文学和当代文学置于简单化的对立的位置,没有指出两者之间内在的联系。比如,八十年代黄子平、陈平原和钱理群的"三人谈",一个重要的观点就是以"二十世纪中国文学"的概念来取代现代文学和当代文学概念。其二,如果我们以传统的观念将1949年设定为当代文学的上限,而下限则无止境地向后延伸,那么五十年、一百年后,当代文学这一概念的不合理性暴露得更加充分。其三,在当下关于当代文学的论述中,实际上已经出现了比如"新世纪文学""后新世纪文学""八十年代文学""九十年代文学"等概念与命名。这些概念与命名实际上与以1949年为开端的当代文学有冲突,也就是对当代文学概念提出了内在的质疑。最后,我们也可以从语义学的角度对当代文学概念进行质疑。按照《现代汉语词典》对"当代"的解释,当代的含义是指当前这个时代。那么按照这个解释,当代文学就应该是指当今的文学现象。我本人的理解就是,当代文学就是发生在当下的现在进行时的文学。当代文学应该是以十年或二十年为它合理的时间范围,如果时间再长,当代文学的概念就显得比较勉强。下面我再分析一下许多学者沿袭传统的当代文学概念的原因。我认为:第一点,对当代文学概念缺乏历史感,或者一个历史的纬度。当代文学应该是一个富于流动的概念,不能将它固定起来不变。从这个角度,唐弢先生八十年代提出的"当代文学不宜写史"有其合理性。第二点,许多学者对这个概念的沿袭使用反映了他们文学史思维方面的惰性,缺乏大胆创新的学术品格。第三点,如果重新划分,可能在学科建设和规范上会出现一些问题。至于我自己的看法与建议有三点。一、我认为当代文学仍然是一个有效的概念,不过我认为当代文学本质上是一种比较前沿性的文学研究与批评,它在学科意义上仍然是可以成立的,比如"八十年代文学""九十年代文学",仍然可以成立,只不过时间上缩短了。二、我建议取消现代文学与当代文学的学科建制及研究格局,代之以二十世纪文学史,强调整体性的观念。三、黄子平等三位老师八十年代时提出二十世纪文学史概念,是使用了当时流行的现代性理论框架和资源,对五四以来的文学进行一个相对有效的理论描述与概括,其一元化的理论视角体现出一元化或者本质化的文学史观。而我在这里提倡一种"原生态"的二十世纪中国文学概念,也就是在充分尊重二十世纪中国文学发生、发展原貌的基础上,用多元化的、复合性的理论视角和话语体系,重新评价、概括和描述二十世纪中国文学现象,放弃原有的二元对立思维方式背后的单一化的文学史思维模式,实现文学史思维模式的转型与进展。

张志忠:下面请陶东风教授发言。

陶东风(首都师范大学):我不是研究当代文学的,我来讲一点关于审美现代性的问题。关于这个问题,我是以往在讨论关于作家在创作中的价值取向问题中进行思考的。因为讨论作家创作中的精神价值取向,必然要联系到中国社会和中国文化在进入现代的方式的问题,以及中国作家对于现代性的态度问题。我想从西方学者卡林内斯库的《现代性的五张面孔》说起。按照他的概括,现代性被知觉为"一个从黑暗中挣脱出来的时代,一个觉醒与启蒙的时代,一个充满了光辉灿烂的未来的时代。人们因此有意识地参与了未来的创造。"那么这个意义上的现代性是指一种时间意识和历史意识,具体表现为一种线形发展的时间和历史观念。这个现代性被称之为"启蒙现代性"或"历史现代性"。十九世纪上半叶,西方现代性发生了分裂,导致了两种现代性及它们之间的紧张关系,就是在启蒙现代性之外,又出现了"审美现代性",表现为一套与个人的、主观的、想象的以及自我展开所创造的一种私人时间相对应的一套文化价值,成了现代主义文学的基础。启蒙现代性的特点,被卡林内斯库概括为如信奉进步的信条,相信科技能够造福于人类、崇尚理性等。而审美现代性一开始就具备反资本主义的倾向,因而其最基本的就是对资产阶级现代性的彻底反抗。反抗的激情就来自于对启蒙现代性的巨大的幻灭感,或者在发展过程中形成的那种所谓"工具理性"还有资本主义的官僚机构、实用主义、市侩主义等等。和现代主义相关的各种运动其实都是这种审美现代性的延续,所以其基本姿态就是颠覆19世纪启蒙现代性的两个最主要的信条:现行的时间观念和目的论的历史观念。所以西方的现代性是一个自我质疑、自我反思、自我矛盾的复杂的结构。

在中国,这两种现代性都是在近代进入中国,有人将源头追溯到梁启超和王国维。但在中国整体的思想语境和文学话语当中,审美现代性一直处于没有展开的状态,而启蒙现代性一直是占据优势的强势话语,因此没有产生像西方现代性那样的矛盾张力结构。比如"五四"精神,充分表现为一种新的历史意识的模式,现代意味着"新",受到严复译的进化论的影响。像李欧梵所讲的,这样使得中国的现代文学精神上不是现代的,对启蒙现代性没有质疑的立场。虽然西方的审美现代性的立场、现代主义作家也被介绍到中国,但是在中国现代文学史的发展中,仍然只占有边缘的位置。那么,启蒙现代性不仅在现代文学,而且在所谓当代文学乃至新时期文学中,我觉得仍然占据着支配的地位。比如从《创业史》《红旗谱》到《艳阳天》等。实际上这里面涉及一个重要的问题,就是当代文学到底是不是"现代的"。有些人就认为不是现代的,而且"现代文学"也不是"现代的",表现在一种在叙述上对"现代"的反动。但我认为这样判断还是比较简单化的。其实现代性有各种各样的类型。新中国成立后的社会主义实践,至少在很多方面和西方的启蒙现代性是吻合的。马克思主义本身就是一个启蒙现代性的方案。另一方面,我们也不能简单地比较中、西现代性,因为毕竟诞生的土壤非常不同。按照马克斯·韦伯和哈贝马斯的经典论述,现代性的特点表现为一个整体性的世界观的瓦解,然后导致宗教、道德、艺术、科学等领域走向自我合法化,成了有自己的游戏规则的领域。在这种社会分化中,产生了各种自律的艺术。从而产生艺术和社会现实的分离。但在中国的现实语境中,这种分化实际上还没有实现。审美现代性本身就是启蒙现代性的产物,是得益于启蒙现代性的。因而讨论中国的审美现代性,是不能同中国的语境分开的。谢谢。

张志忠:我也在思考对中国现代文学的重新描述、重新把握,我觉得从黄子平他们以来,我们就用追求现代性来描述二十世纪的中国现代文学。我觉得还有没有更贴切的方面?我从"想象的共同体""民族共同体"那里借用一些话语。我想用"对现代民族共同体的想象、认同和反省"来描述中国现当代文学进程。这里面还有一个问题,就是可以把新中国成立后十七年,一直到"文革"这一块整合进来。因为在黄子平他们那里,这一块似乎是不具有启蒙性或者现代性的特殊地带。那么按照我的描述,现代民族共同体,也包括了现代性的话语,也包括了多元现代性的进程。如果说新中国建立之前,更多地表现为对现代民族共同体的想象;那么新中国成立后十七年,许多作家以为说我们呼唤的现代民族共同体已经成立,诞生,从而产生一种积极热烈的认同。到新时期文学以来,是对这种认同的反省。

吴思敬(首都师范大学):我谈两点:一是现当代文学学科建设的现状,急需调整。现在这种对现代文学、当代文学的划分必须要中止了。当时这种划分有其合理性,但现在建国五十五年后,如果还沿袭下去,无论是教学还是研究,都会带来极大的不便。但我不同意"二十世纪文学"这个名称,因为这还是一个过渡性的称呼。学科整合的工作已经迫在眉睫了。是否需要现代文学和当代文学的专家,甚至教育主管部门一起,对这个问题进行讨论。我个人认为,现代文学肯定要拓展。当代文学有一个明确的任务的划分,就是"现在进行时"的文学,就是现状研究。在教学中,对学生来说,讲"十七年",他们的历史感同对"五四"是一样的。二是当代文学研究要关心基础教育。中小学教材中,内容陈旧,诗歌最明显,小说、散文也很陈旧。现在的情况有所改善。我们的当代文学研究经常非常关注一些先锋作家、现状研究,但对基础教育,教材怎么编的。这是一个大问题。我们诗歌中心搞了一个小型座谈会,叫"新诗与基础教育",请了一些小学的主任、校长,中学的教师等。我了解到,小学六年教材中,只选了三首新诗。这里其实有一个很大的偏见,就觉得新诗迄今没有什么成就,不如古典诗歌易背。我觉得有必要对可以进入中小学课本的现当代文学作品进行检点,把一些最优秀的作家推荐进去。事实上当代文学是需要培养读者的。否则对我们当代文学的发展是不利的。现在的小说,包括先锋小说、包括像小剧场戏剧,都没有进入我们中小学教育的视野。

陈晓明(北京大学):我的题目是:命名、疆界和理论。我觉得我们确实处于一种命名的焦虑和困扰中。中国现当代文学,特别是当代文学,觉得名不正言不顺。确实,当代文学的存在的合法性长期是一个问题。我们总是想要给它找一个命名,什么"二十世纪""现代性"等等。——其实我们就叫它"当代文学"又何妨?我认为这个命名的焦虑可以不必那么困扰。但现当代文学内部的东西才是我们真正要焦虑的。即,到底现当代文学这样一个学科的依据是什么?这就需要我们要用哪一种历史观去把握它?用什么样的理论去梳理这一段历史?我觉得我们对这段历史的困扰来自于理论的压力。这理论的压力对我们不当为是命名的焦虑,我们要找到一个整体性的、重新把握命名以后、一揽子情形解决下,才能够来讨论问题。我觉得这是一个被表象遮蔽的一个更本质的问题。我们还是没有回到理论本身去找到一个可以梳理它的理论生发点。现在看来现代性的理论是很热闹的,包括"二十世纪文学"这样一个说法,本身也都是借用了现代性的概念。但实际上那个时候,"现代性"的概念实际上是"现代化"的概念,不是我们现在讨论的现代性的概念。我们现在说的现代性的问题实际上是一个后现代的问题。如杰姆逊所说,现在谈的现代性患的是一场后现代的病。

关于疆界,古代、现代的区别的确是存在的。但中间还有一个"近代",这使得我们的学科经常陷入一个格局的局面。如果有人来做学科史的起源的研究,就会发现,这是非常偶然的。我相信当初做当代文学研究的人,在当初学术的权利分配中,他们是被权利支配的。只好去做开垦的工作。现在,由于当代下限的无限延伸,使得它越来越受重视,也吸引了学生。但我相信,最初的情况是与学术场域权利的斗争,本身不是从文学史的角度、从理论的角度形成的。这样一个疆界的划分永远是武断的。我认为现、当代的划分还是可以的,在教学上也可以运作。在撰写文学史时,我理解当代文学应有一个更开放的疆域。课堂上当代文学从哪里讲起,每个老师可以有自己的理解,自己的讲法。我讲当代文学是从 1942 年讲起的。我认为 1942 年恰恰是一个文学产生变革的时间,而我对"现代文学"的理解,也恰恰可以从 1942 年的变动上得以理解。

理论问题。我觉得命名也好、疆界也好,归根结底都是一个文学史理论的匮乏。我们现有的文学史研究确实取得了一个很大的成果,在文学史的写作方面,我们发现,能够把新的理论揉进去的做法还不太多。也有,比如陈思和、孟繁华、程光炜的做法等。但从整体上来看,整个文学史的研究和教学,还是限定在一个比较古典的、十九世纪的一个规范之下,或者说,是一个历史唯物主义的规范之下。当然,历史唯物主义我们还是要坚持,但如果把它和新的理论构成一个更为协调的东西,把更丰富、更茁壮的理论观念贯穿到研究和教学中去应该会更理想。因为这个工作事实上没有开始,使我们对现当代文学学科感到一种不能把握,一种理论的研究的脱节。

刘纳(暨南大学):文学史中的权利。我想不光是意识形态在干扰着文学史的研究,文学史实的丰富性和文学史的叙述逻辑之间，就肯定会有矛盾，而且这个矛盾我认为几乎是不能解决的。那么多文学现象，在写进文学史过程中如何筛选、如何编码，最后如何整合，我认为有一个新的理论，有一个新的价值尺度，就会有一个新的梳理过程。但是无论你用什么理论方法、什么价值尺度，它和文学史实的丰富性，总是矛盾的，比如"新"和"好"的矛盾。在文学史的写作中，很难特别考虑文学作品的艺术质量，要考虑的是在文学史进程中的地位。还有，我觉得我们现在的文学史，摆出来的是一个"淘汰制"。比如一个作家，他在这个章节里，起了代表性作用以后，他自己以后还在写作，但因为不再代表一种"思潮"了，他也就不再被重视了。

李平（中央电大）：我讲的是我们的中央电大的教学实践。二十世纪文学史的分期，涉及很多教学问题，给我们带来很多困扰。在整个过程当中，我们进行了一些改革，将二十世纪中国文学分为初叶、中叶和末叶三段。初叶：1898—1937 年，这时期文学总的主题是"启蒙"，我们又把它具体分为四个时期。中叶：1937—1976 年，这时期文学总的主题是"救亡"，也把它分为四个时期。末叶：1976 年之后，总的主题是"文学启蒙"，也可划分为三个时期。

贺绍俊（沈阳师范大学）：我认为当代文学应当大步"后撤"。历史研究是往后看的。因此我认为当代文学应该不断后撤。现代文学和当代文学越来越被看作一个整体，当代文学因此失去了合法性。我认为当代文学命名的焦虑实际包含另一个问题，即：当代文学应该做什么？我认为"后撤"就是要撤到当代文学的独立性上来。首先确认当代文学的功能，当代文学研究本身就是当代文学中的一部分，和其他的文学研究是不一样的。当代文学研究不像古代文学研究，是研究一个"他者"，当代文学研究就是研究当代文学自我。从这个角度，我认为现代文学研究是阐释历史，当然，也是在建构历史；而对于当代文学来说，建构历史还不准确，应该是在生成历史。作为研究对象的一部分，当代文学功能就在参与创造经典。

中国的新文学，或者现当代文学有一个前提，是以启蒙叙述为主的主题。到了七八十年代以后，逐渐成了一种现代性的叙事。这种根本性的变化，就决定了当代文学应该大大后撤，撤迟到七八十年代，或者八九十年代。具体后撤到哪里，则是见仁见智的，看怎么理解这种变化。

至于当代文学研究作什么，还有一个问题，就是必须和当代文学批评有一个密切的结合。当代文学面对前沿，本身就承担着文学批评的功能。

张柠（广东省作家协会）：现在的文学教学越来越职业化。现在至少在文化传播领域，像鲁、郭、茅、巴、老、曹、张爱玲、沈从文，依然是非常热的。那我们在教学领域如何来激活它？任何一种历史都是当代史，可以不必固守原有的学科规定，不用按照原来老套式的以考试为中心的教授方法。还有一个问题是，当代文学研究新的生长点。我认为，世纪初就有的那种文学的自觉，到了延安后越来越大，文学成为一种工具。在文学的社会生产机制发生这么大变化的时期，我们怎样面对它？我想的是当代文学生产机制是怎样制造出来的？我认为有这样几条：一是在办公室制造出来的，这是苏联和中国特有的，文学是事业，是工作。另一种是"三来一补"的方式，是一种国家主义的生产方式。第三种是进入文学农贸市场，双轨制作家。所以文学从政治的工具，转型到成为市场、经济的工具，以起印数为标志的市场机制。文学研究和文学批评必须要揭示这样的现象，它从来就是一种文学实践。

马相武（中国人民大学）：我们整个学科确实是非常热闹的，但经常呈现一种非建设状态,就是我们的研究整体上似乎是鲜活的,但落实到课堂教学却非常的陈旧。第二种就是非学科状态。现在各种经济因素、商业因素,我觉得对于我们学科来讲,现在是最大的问题,这个比分期问题要大得多。经济因素、商业因素,首先是最大的障碍,其次是最大的动力。写文学史、上课,都需要炒作。第三种是任何一种文学史都不健全。影视戏剧、当代文学、古代文学传统、外国文学传统啊等等,都还没有纳入我们的文学史。其他学科的视角、精神等,也都可以被我们采用。

关纪新(中国社会科学院):我想倡导在现当代文学研究和教学中确立中华民族多元一体的文学史观的问题。我们国家是由 56 个民族构成的,在我们的文学研究中,应该时时关注这一点。从五十年代开始,像何其芳先生、老舍先生等都提出,要正视过去修编文学史过程中忽视兄弟民族的文学的这样一个现实,改正这样一个现实。但到目前还没有做好。我今天在这里请大家关注的,对于我们许多主流院校和科研人员来说,应该尽早完成从一元文学史观到多元文学史观的演变,这是很有必要的。上世纪末开始,在我国民族学界,关于民族理论和民族现状的研究取得了许多突破,其中费孝通先生提出的、其他民族学家及历史学家广泛参与呼吁的"中国民族多元一体格局"这样一种学说,现在比较受到大家的重视、接受的一种学说。其中强调的几点在我看来是很重要的:一是关于多元,就是中国各民族都有其起源、发展的历史文化,他们的文化和社会也都各有特点,是有别于其他民族的;二是关于一体,主要是指各民族的发展都是互相关联的,互相补充的、互相依存的,有不可分割的内在联系和共同的民族利益。中国的文化不是单质的板块,而是多元多层次组成的网络体系。我们做文学研究和教学的,应当从这样的文学史观中撷取一些有益的思考。一是对那些兄弟民族、弱势文化群体的关注、尊重和敬畏。现当代文学研究中,确实有不少优秀的少数民族作家。我们以往只认为他只是一种对汉族文学的补偿、或者说是一种变形的汉族文学,我觉得不太对。我们对一些作家比如老舍、沈从文、张承志等做文本的细读时,他们的作品中间确实体现了其民族文化的代表和化身。第二点是,要特别注意到五十六个民族的彼此互动、交流。在文学史的研究中,也涉及许多这样的问题。比如说唐诗宋词、元曲杂剧、直到明清小说,以及直到现代文学中间的整个文学的通俗化、语言的通俗化,这些方面的转轨,应该说都跟少数民族的文学贡献有很大的关系。我们只有树立了这种多民族的文学史观,才能防止文学上的文化误读,才能对民族文化的困惑感同身受,才能拥有科学和现代的人文思考和人文关怀。

陈福民(中国社会科学院):我的题目是"文学史面貌和阅读批评困难"。我们在大学的教学都会遇到一个问题,任何一个大学开设的当代文学史的课其实都是两种:一个叫文学史,一个叫作品选。那么文学史是必要的吗?文学史其实仍然是历史,因此就不可避免地面临几个问题。第一,文学史的目的。即使历史终结了,它仍然不能回避另一个目的论的问题,即对于讲述者来说,他讲述的目的是什么。通常,历史的目的一是叙述一种真相,二是构筑一个知识的生产体系,三是自然地形成一种话语权力。因此,在这个意义上,文学史是封闭的、逻辑的。那么如何使这个封闭的、死的历史活起来,就成了文学史生死存亡的大问题。我们的当代文学史据统计已经有七八十种;我们今天回忆起来,这些文学史的写作给我们提供了什么?最重要的一个参照就是勃兰克斯的《十九世纪文学主潮》。它们试图勾勒一个历史事实,构建一个知识体系。它跟我们整个历史的现代性发展的紧张关系是相关的,也就是说,这些文学史成了中华民族近现代以来所承受的各种问题的文学形态的表述。第二,文学史教育的目的。文学史的写作生产,与文学批评一直呈现一种矛盾状况。文学教育最根本的手段是阅读,而能够增进阅读的是文学批评。进入现代和后现代以来,我们关于文学的想象和与文学的关系,其实变成了一个修辞性阅读的问题。我们在这种修辞关系当中,理解我们各人的生命、理解文学教育的功能。如果离开了这些,文学史教育就变成了照本宣科。

文学史是一种知识体系,而文学批评经常被理解是一种浅薄的胡说八道。文学批评的起源当然与媒体相关,但文学批评却为知识积累了资源。我要强调,任何一个从事文学史教学,或者有志于文学史叙述的人,在对当下的当代文学批评和修辞性阅读中,寻找到自己生存的根据,寻找到自己写作的根据。

刘增仁(青岛大学):我谈的是现代散文史著与期刊的关系。按照我的理解,现代散文至少涵盖两种资源:一是作家入集的文本,包括专集、别集以及合集等等;二是发表在期刊、副刊上的文章。这两种资源有交叉,实际上又有区别。我统计了五种现代散文史著作,分别出版于 1981、1993、1995、1997、1999 年,发现了这么几种需要我们思考的问题。这五种著作是在各自作者的条件下,做了最好的解读;但从文学期刊的角度上,还有几点值得我们思考。第一是史著对期刊的发展态势的关注不容乐观。第二种态势是对这两种资源利用的比例不是很理想。其中最好的一本其比例是 9:1。对于文学史著,我觉得这种状况欠妥,如果提高期刊利用比例,可能更接近现代散文创作的原生态。第三种倾向,现有的散文史著在期刊使用上有明显的几个缺漏的板块。已有的对沦陷区、通俗文学、海外华文期刊都做了不少的努力,这些成果比较明显。而另外两个板块,我认为使用和研究都还很不够,一是国民党主办的期刊,评价可以有不同,但缺失是不应该的;另一个就是对现代散文生产过程的描述还不够。按照我的理解,作者交给编辑的是手稿,经过编辑的解码、再编码,发表在期刊上,才是供读者阅读的文本。这些编辑过程,并没有进入史著。现代期刊研究,应该是今后现代文学研究的一个生长点。

第二点我要说的是:这个生长点只是一个理想的生长点,但在实际操作中,问题很多,几乎是不可逾越的。主要是人为的障碍:第一是馆藏分散、查阅困难。而且翔实的现代文学期刊目录还没有。第二是高校的科研评价体系。第三是年轻的学者对此兴趣不浓厚。

李玲(北京语言文化大学):性别研究现在非常兴盛,同时又非常边缘。我想谈这种情况下,性别研究学术增长点在哪里。我认为这个研究形成了女性作家内部的自言自语。它有两个不够的地方,也就是两个可以继续做下去的地方。一个是它必须向主流话语靠近。我们的性别是从西方来的。西方的传统是男作家的传统,然后来建构女性自我的传统,来发现女作家的传统。而我们接受西方理论的时候,正好是女作家传统很兴盛的时候,没有经历过被男性作家"发现"的阶段。因此一个学术增长点就在于对男性作家性别意识的反思。而且它不仅停留在批判性上,同时还必须将合理的男性意识同男权意识进行区别。另一个问题是在女性的批评之中,有一种对艺术的深度把握不够。女权主义理论大家掌握得比较好,但是与艺术思维的结合不够。第二点在于女性作家内部自我批评、自我反思不够。女性主义立场应该是一种尊重差异性、尊重主体形象结合的人的立场。还有一个本土化的问题。

洪子诚(北京大学):我做的文学史其实不是一种观念,或者一种结构方式,而是现在大学里普遍使用的大文学史或者通史的想法。我们看看旧中国或者现在欧美的大学教育,都不是这样的,没有说从头到尾讲很长时间的文学史,可能会选取线索,列一些参考书,把作家研究,或者对文本的分析作为更重要的对学生的训练项目。这一点上我同意陈思和的说法,在大学低年级的教学中,还是要回到文本,回到文本分析。当然,选择哪些文本可能有不同的看法,但这个观点还是值得重视的。实际上,正是在文本分析中,包括我们的认知能力,包括我们情感的敏锐的程度,包括对生活对人的感情,以及对语言的把握,受益更多一些。从我五十年代上大学的经验也确实这样,老师在课堂上谈的那些文学史的条目我们基本上没留下深刻印象,但是像林庚先生对唐诗的一些分析,吴组缃先生对《儒林外史》《红楼梦》的一些分析,我们到现在还记忆犹新,包括他的一些角度,他对一些问题的看法。但我们现在也没有办法,教育部有这样的规定,我们的教学可以拓展的余地太窄。一个新疆的老师谈到学校的评估,他们学校现在还有督学,听课,要检查你的教案带了没有,讲稿带了没有,讲义带了没有,分数册带了没有,名单带了没有;这堂课讲的内容要跟提纲符合,不能超出,也不能减少。实际上已经回到了一个非常落后的教育体系里面。我们在这里讲这些实际上什么问题也解决不了,特别在一些地方的院校里这种情况可能更严重一些。这是太重视文学史给我们带来的一个危害。另外,刚才刘增仁谈到学科史和史料的问题,我特别同意他的看法。我觉得比较起来,现代文学史在学科史的建设和史料研究方面还是比较互动,投入力量也比较大。但当代文学这方面差距还很大。我有一个很鲜明的感觉,就是我们有时候参加一些会议的时候,包括我在内,我们谈一些问题,提出一些观点,我们总以为在提出一个新的问题,提出一个新的观点。但是对这个问题过去的研究者有什么看法,我们一点都不清楚。当代文学的会议,有时候我的感觉是我们一切都在从头开始,而且所有的观点都是我自己发明的。谭五昌不在啊?我不是批评他,我是讨论这个问题。比如关于当代文学概念、现代文学概念,历史上的演变,包括谁谈过什么话,有什么意见,在这问题上有什么分歧,已经可以写成一本小册子了。那么这个问题如果再提出的话,应当考虑这个问题学科上究竟有过什么样的辩论,这辩论在哪一点上同意哪一个人的看法,根据是什么。类似的问题很多。我觉得学科史的建设、史料的建设确实涉及一些问题。包括现在讨论"十七年文学"和"文革文学"的评价问题,现在有些学者提出一些观点,实际上这些观点有些是过去周扬或者姚文元的观点,那么这些观点承续的关系是什么样的,没有得到任何的说明。我觉得从学科建设的角度看,这些基本的建设还是要投入一定的力量。另外我觉得文学史的写作,我在一篇文章里也讲过,八十年代有才华的人都做文学批评,做不了文学批评的就做文学史。不过文学史我也逐渐发现了它的快乐,虽然很长时间都没发觉什么乐趣,就是刘纳老师所说的,能够让学生来背你的文学史,已经有一种快乐的感觉。但是文学史写作过程也是一件非常痛苦的事情。任何一部文学史,特别是当代文学史中,都存在一种自我分裂、自我矛盾的东西,包括陈思和的文学史、我的文学史在内,都有很多是不能自圆其说的。我觉得如果我们让学生读这个文学史教材,与其告诉他们哪一条要记住,反而不如让他们知道,这些叙述里头存在什么样的矛盾性,什么样的裂缝,什么样的不能自圆其说。我觉得这一点可能更重要。拿我的文学史来说,我觉得最重要的问题,也是我现在解决不了的问题,就是对"十七年",或者说对所谓"当代文学"这样一个概念,或者对毛泽东批判的这样一个新文学试验,这种人民文学的试验,我们究竟怎么评价。那么这就牵扯到一个对中国革命的这样一个段落的评价问题。已经有一些评论文章很尖锐,指出这里面存在一个很重要的,或者说症结性的一个矛盾问题:表面看起来洪子诚的文学史对目前热门谈论的东亚现代性的问题有所同情,但实际上他骨子里头还是坚持一种自由主义的精英立场。这的确是我的文学史中的一个重要的矛盾,这个矛盾实际上在我们现在重返"十七年"、重返"八十年代"的时候,是继续困扰着我们的理论问题。完了,谢谢。

张学军(山东大学): 我的题目是"新文学中的古典主义"。古典主义,坐在这里并不是一个历史的概念,而是指一种审美形态。古典美就是和谐美,主要特征是,主体与客体,感性与理性,再现与表现,理智与情感自由和谐的统一。体现在文学创作上,就是一种追求和谐的审美理想,美善合一的艺术精神,情理均衡的表达方式。五四文学革命虽然终结了古典文学,开始了现代转型,但并没切断古典主义作为审美形态的留赘,它还存在于新文学的发展过程之中。表现在以下文学现象当中。三十年代冰心、王统照等的"爱与美"的小说,新月社的诗论和创作,京派的文学主张和小说创作;到四十年代孙犁、刘绍棠、丛维熙的创作。都是从一些先验的理性出发,虽然也写了一些对立,但最后都归于一种和谐的平静。到了八九十年代的汪曾祺、贾平凹、何立伟、迟子建的创作,也是这样。以往也有研究者注意到这些文学与传统的关系,比如凌宇讨论的"抒情性",陈平原论述的"诗骚传统",但还没有从古典主义的角度对其进行考察。这些文学现象的古典主义形态主要表现在两个方面:一是在重视人的亲情基础上,对人性亲情的赞美。儒家美善合一的精神,升华为文学的美。二是这些文学都以情理均衡的表达方式,具有古典和谐的审美理想。从文学史角度看,古典主义和现实主义、浪漫主义一样,都是一种文学思潮。从美学史角度看,中国文学的现代转型是由古典和谐向近代崇高的转换,但两者将长期处于一种共促状态、并存状态。从民族审美心理看,对古典和谐的追求也是一种审美定式,不会因一时发展而崩溃。

樊星(武汉大学): 我一直想如何把当代文学、当代政治和当代影视结合起来,在教学中给学生开阔思路。比如说当代许多文学现象都和清代历史有关系,所以我的题目是"清史情结"。其实清代并不是一个最伟大的朝代,但当代作家对清史却最感兴趣。从毛泽东五十年代对《武训传》《清宫秘史》《红楼梦》研究中"资产阶级方向"的批判,从中我们可以看到后来"文革"的蛛丝马迹。毛泽东的这些批判,一方面是表明他想用历史唯物主义、马克思主义来统一我们的文学,另一方面也许在某种程度上强化了我们对清代历史的记忆。到六十年代,电影《林则徐》《甲午风云》等作品,再到八十年代谢晋拍的《鸦片战争》,一直是一个爱国主义主题的延续。八十年代作家对清史的理解是从启蒙的角度看的。如麦天枢的《昨天》、钱纲的《海葬》。我认为八十年代在启蒙的角度对清史的阐释,我觉得在某种意义上超越了毛泽东关于历史唯物主义的理解。八十年代末情况发生了变化,整个社会上从商、从政的情况,比如对曾国藩、胡雪岩的热读。同时在八十年代末世俗化高涨的年代,用英雄的眼光去打量曾国藩、张之洞,也表明了当代人英雄史观的转变。九十年代,二月河的帝王系列,许多人批评这是一种帝王情结。但作为军旅作家,的确从康熙皇帝那里发掘了英雄主义气概。事实上,晚清一百多年的确出现了所谓的康乾盛世,因此我们看这段历史,要注意到它在世俗化情境中英雄主义的继续高涨。除了清史,还有晚明,比如《白门柳》、比如黄裳写的关于晚明的散文,比如赵园的《晚明士大夫心态研究》等,实际上表明了当代作家、学者频频从历史中汲取智慧,用这种方式来开拓我们当代文学新的格局。

傅光明(现代文学馆): 我觉得当代文学研究中有缺失的,比如说作家的人格研究。在教学中是否可以用讲座的方式给学生讲一些? 另外,是否可以投入资金、精力,在文本的文学史之外,做一部影视文学史?

孙明乐: 现当代研究由于内部的紧张引发了持久的焦虑和讨论。我觉得可能是理论太多了。各种理论造成了不同的观察角度,使得文学史研究自身所有的统一的视点,和它的纯粹性都不能贯彻下去。有的是自觉的,有的是不自觉的。我觉得在学科建设中应具有学科的反省,批判的话语可能要让位于话语的批判。以一种理论的预设来进入现当代文献研究可能是有问题的,如果从外部进入,以西方现代性的研讨来进入现代文学,也是有问题的,应该转化为中国现代文学的现代性来考虑。西方的审美现代性在某种意义上实际上是启蒙现代性的自反,而中国现代文学的现代性有二者自身矛盾的地方。我们在较长时间里,争取艺术的自主、文学的独立性,这个讨论有一定历史合理性;同时我们发现,在中国现代文学确立最初,它的审美意识结构的设定,实际上两者发生了分歧。就是自我、个人的伸张和民族的解放,在最初的文学的审美意识结构和社会意识理念两者是统一的。在后来不同的时期,这两种的统一性在某种程度上构成了内在的紧张。另外,很多学者认为,学科的形成和学科的制度化可能是有关系的。(中间不清楚)但是,新文学最初在争取新的情感、新的思想,它的权利。那么在今天,当初这些起于边缘的反叛的力量,日益被制度化吸纳之后,对现代文学的崇仰,恰恰应转化为对现代文学的反省。因为一旦被制度化之后,就丧失了自身的活力。

孟繁华(沈阳师范大学):我的题目是“文学史和文学问题史”。其实不仅是现代文学史、当代文学史,所有的文学史,包括古代文学史,都面临着一样的困惑。“重写文学史”的现象,和我们的课程建设有密切的关系。当代文学史最初的写作是依照着古代文学史来写作的。像王瑶先生写《新文学史稿》的时候,就是写那个时候的当代文学史。所以当代文学史、现代文学史的写作,不仅是一个理论问题,更重要的,它还是一个实践问题。关于“二十世纪中国文学”,重要的不是命名,而在于我们的文学历史观念,是不是发生了革命性的变化。其实我们已经出版过好几部“二十世纪中国文学”了,但只是把近代、现代、当代合到一起,但内部一些问题,就是文学问题史,根本没有得到清理。比如“苦难”,中国当代文学始终是与“苦难”相伴相生的,比如“红色经典”《白毛女》叙述的就是苦难。但那时的苦难和我们九十年代后叙述的苦难是不一样的。那时有了苦难,革命才有了合理性;九十年代,在阎连科、张炜等人的著作里,我们仍然看到普遍的苦难,和白毛女的苦难完全不同。但在整个二十世纪的文学叙述中,苦难是有意义的。还有时尚的问题,比如木子美等,但这个问题,“一夜情”的模式,可以追溯到柳永。所以文学问题史的梳理是非常重要的,但一直没有得到很好的梳理。文学问题史所能达到的深度,可能决定了我们的文学史写作的水平。

刘平(中国社会科学院):我的题目是“应该重视对现当代文学研究的反思”。我认为,对一些概念应作清理,比如对“现实主义”“社会问题剧”等的理解。

葛涛(鲁迅博物馆):我最近在做网民的研究,所以思考网络与中国现当代文学研究的问题。在网络社群中,网民对现当代作家的理解还是值得尊敬的。希望各位学者能够介入网络文化。

王晓琴(首都师范大学):教学要现代化。课件和网络教学需加强。

马云(河北师范大学):应关注西方现代艺术与当代文学的关系。绘画、音乐、舞蹈,也算是学科的增长点吧。

(原载《当代文学研究资料与信息》2005年第2期)

文学的身份认同：民族的还是国家的？

——与陈国恩教授商榷

付祥喜

20 世纪 90 年代初，界定"海外华文文学"概念时，人们首先面临的问题，就是如何看待或处理海外华文文学与中国文学尤其与中国现当代文学的关系，当时还就这一问题引发了热烈的讨论。① 虽然当时并未达成共识，但随着海外华文文学学科建设逐渐成熟，人们似乎对这一问题失去了兴趣。最近几年，海外华文文学创作崛起，引发包括海外华文作家在内的一些人，呼吁把海外华文文学纳入主流文学史。② 而陈国恩教授在新近出版的《中国现代文学研究丛刊》发表文章，以大约五千字篇幅，阐述了"海外华文文学不能进入中国现当代文学史"的若干理由。③ 此前，他在另一篇文章中指出，"海外华文文学，不能当作中国现当代文学的一部分来研究"，"我们只能写出我们各自所理解的华文文学史，不可能代替世界各地的同胞写他们心目中的华文文学史"。④ 陈教授如此肯定海外华文文学不能进入中国现当代文学史，先是使我讶异，继而深思其理由，颇觉有商榷的必要。兹列出我的思考，以请教于陈国恩教授和诸位方家。

一、中国现当代文学的"中国"是文学的民族身份认同，而非国家身份认同

陈国恩教授指出，海外华文文学能否进入中国现当代文学史，"实际上却牵涉文学的民族身份认同和国别主体的确定"，⑤这是很到位的认识，可惜陈教授并来就此从理论上展开论述。而且他在文章中也没有区分文学的民族身份认同和国家身份认同。

文学的民族身份认同和国家身份认同，是两个有区别也有联系的概念。前者依据文学活动主体的种族认同来确定文学的身份，而后者依据文学活动主体的国籍认同。当种族认同与国籍认同相同或相似时，文学的民族身份可视为国家身份。例如：大和族约占日本总数的 99.9%，历史上也只有一个"日本"国，因此日本文学既是大和族的文学，也是"日本"这个国家的文学。当种族认同与国籍认同不同或基本不同时，不能把文学的民族身份认同与

---

① 饶芃子、赞勇：《论海外华文文学的命名意义》，《文学评论》1996 年第 1 期；陈贤茂：《海外华文文学与中国文学的关系》，《华文文学》1996 年第 2 期。

② 《海外华文文学创作正在崛起》，载《文学报》，2009 年 11 月 27 日。

③ 陈国恩：《海外华文文学不能进入中国现当代文学史》，《中国现代文学研究丛刊》2010 年第 1 期。

④ 陈国恩：《3W：华文文学的学科基础问题》，《贵州社会科学》2009 年第 2 期。

⑤ 陈国恩：《海外华文文学不能进入中国现当代文学史》，《中国现代文学研究丛刊》2010 年第 1 期。下文凡是引述陈国恩之言，均出自此文。故不一一注明。

国家身份认同混为一谈。中国文学属于后一种情况。

首先,中国文学的"中国",既不专指某个封建王朝,也不专指中华民国或中华人民共和国,它不是文学的国家身份。"中国"一词,在清末才开始成为我们祖国作为世界上主权国家之一的简称。① 古代中国的国家观念和形态,与现代世界的主权国家和民族观念,不可同言而语。在古代中国,尽管"中国"很早就成为一种"通称",却罕见有哪朝哪代把它作为正式的国名,"中国"只是作为一种观念存在于人们的思想和话语中。1902 年,梁启超曾感叹,当时之人"知有天下而不知有国家",指出,唐虞夏商周、秦汉魏晋、宋齐梁陈隋唐、宋元明清,"此皆朝名也,而非国名也"。② 事实也如此,上溯古代,从来都是直接称周、秦、汉、唐、宋、元、明、清文学,不曾有"中国文学"的说法。同样,它也不专指中华民国文学或中华人民共和国文学,否则,中国文学何以包容古代文学? 由此可见,"中国"不是中国文学的国家身份,尽管在现当代中国,人们的看法往往相反。

其次,中国文学的"中国",是文学的民族身份。"中国"最早出现于《诗经》,周代以后使用较频繁。《左传·庄公三十一年》载:"凡诸侯有四夷之功,则献于王,王以警于夷。中国则否。"《礼记·王制》有云:"中国夷戎,五方之民,皆有性也……中国、蛮、夷、戎、狄,皆有安。"《公羊传·禧公四年》亦称:"南夷与北狄交,中国不绝若线。桓公救中国而攘夷狄,卒荆,以此为王者之事也。"可以注意到,此时"中国"总是与蛮、夷、戎、狄等民族同时出现,这种有意对举的行为说明,春秋战国时期,"中国"一词标识的是民族身份,而非国家身份。更有力的证据,是此后用"华夏族"指称"中国"。《公羊传·成公十五年》载:"《春秋》内其国而外诸夏,内诸夏而外夷狄。王者欲一呼天下,易为以外内之词言之言自近者始也。""诸夏"即"华夏族"的总称,实指"中国"。周代以后,由于各民族融合的趋势加强,华夏族开始形成,人们用华夏族指称"中国",而民族成为认同"中国"身份的依据。进入现代后,由于现代民族和国家观念形成,开始注意"中国"与华夏族之间的区别,但流传下来的对"中国"的民族身份认同的思想,却一直没有消失。比如,直到今天,人们仍然称"中国人"为"华人",把汉语叫作"华语"。而用汉语写作的文学作品,就叫"华文文学"。

在以上讨论的基础上,我们可以看出来,只有中国文学的"中国"是文学的民族身份,中国文学才能够涵盖古代文学和现当代文学。相应地,作为中国文学重要组成部分的中国现当代文学,其中的"中国"也是文学的民族身份,而非国家身份。中国文学又称为中华民族文学③,因而中国现当代文学也可称作中华民族现当代文学。在此意义上,我们来看"海外华文文学与中国现当代文学的关系",容易明白,既然海外华文文学属于中华民族文学的一部分,那么,至少海外华文文学里面的现当代部分,应属于中国现当代文学的组成部分。我们所说

---

① 1907 年,荷兰政府出台所谓的《荷兰新订爪殖民籍新律》,强迫南洋爪哇华侨改为荷兰国籍。在晚清政府为此事与荷兰政府交涉中,已出现以"中国"称呼大清帝国的公文,如,"执照公理及中国国籍新律,照驳和使,略谓各国通例,除人民自愿入籍外,断无以法制强迫入籍之事,华侨在荷属相安已久,和亦久已认为中国"(《外部致陆徵祥和颁新律华侨勒限入籍已照驳电》,载沈云龙主编《近代中国史料丛刊三编》第 2 辑《清季外交史料》,文海出版社 1993 年版,第 3871 页)。

② 梁启超:《论国家思想》,《饮冰室文集全编(订正分类)》,广益书局 1948 年版,第 19、15 页。

③ 《中国大百科全书·中国文学卷》(1986)中,列有周扬和刘再复两人署名撰写的首条"中国文学",开头即这样写道:"中国文学,即称中华民族的文学。"(周扬、刘再复:《中国文学》,《中国大百科全书·中国文学卷》,中国大百科全书出版社 1986 年版,第 1 页。)

的"中国现当代文学"并非专指中华人民共和国文学,它不涉及国家身份认同,因而陈国恩教授不必担心,把海外华文文学纳入中国现当代文学,"可能会引发国家间的政治和文化冲突"。

二、"海外华文文学"概念的界定以民族语言认同为依据,而非国家主体意识

陈国恩教授之所以担心,把海外华文文学纳入中国现当代文学,"可能会引发国家间的政治和文化冲突",主要因为他以国家身份认同作为界定"海外华文文学"概念的依据。

关于界定"海外华文文学"概念的依据,上世纪 90 年代有三种代表性意见。第一种是国籍说。陈贤茂认为:"在中国以外的国家或地区,凡是用华文作为表达工具而创作的作品,都称为海外华文文学。"[①]第二种是国家领土说。王晋民说:"海外华文文学,是指中国本土之外,即中国大陆、香港、台湾、澳门之外,散布在世界各地的华人与非华人的作家,用中文反映华人与非华人心态和生活的文学作品,它包括亚洲华文文学、美洲华文文学、欧洲华文文学、澳洲华文文学、非洲华文文学等中国本土以外的华文文学。"[②]第三种是华文说。1986 年前,尽管我国学者对海外华文文学的关注已有近二十年历史,却长期把它归入"港台文学""台港文学"。1986 年国内多所大学在深圳举办第三届"台港文学讨论会"。当时在美国加州大学任教的陈幼石教授对研讨会原来的名称提出质疑,会议遂更名为"台港与海外华文文学讨论会",从此,"海外华文文学"得以命名。现在重述这段"海外华文文学"命名历史,是想强调两点:(一)这个概念"在大陆学界的兴起和命名,是在 20 世纪 70 年代末 80 年代初,从台港文学这一'引桥'引发出来的,后来作为一个新的文学领域,进入学界的研究视野"[③]。也就是说,"海外华文文学"作为一门学科,最初是从作为中国现当代文学一部分的台港文学中独立出来的。(二)这个概念最后确定以华文作为界定标准,是学术界放弃国籍说、国家领土说的结果。由此我们注意到产生这一概念的"三重"背景:一是海外华文文学背景,二是以台港文学为"引桥"的学术背景,三是中国大陆文学及其学术背景。这"三重"背景对"海外华文文学"产生制约作用,不能抛开它们谈"海外华文文学"概念的形成。我们据此来看 1986 年学界对"海外华文文学"概念的界定,以华文而不是其他作为界定的标准,是慎重考虑的结果。这种考虑,便是放弃国籍说、国家领土说对国家身份的认同,选择华文说对民族身份认同的凸显。定居新加坡的华裔诗人陈松沾认为:"华文,就像世界其他优越的语言文字一样,是人类精神文化的结晶,作为华族的民族特定文化形式,它代表着华族的魂灵所在。"[④]选择华文,不单是因为"汉语中积淀了中华民族的集体意识,无形地塑造着中华民族的思维与生活方式",也是因为,民族语言更能体现海外华文作家的整体精神特征。海外华文作家高行健说:"当其他的外加因素都不在时,你只面对你的语言。……一个作家只对他的语言负责,……我的中国意识在哪儿呢? 就在我自己身上。这就是对汉语、汉语的背景、中国文化的态

①　陈贤茂:《海外奇葩——海外华文文学论文集》,暨南大学出版社 1994 年版,第 35 页。
②　王晋民:《论世界华文文学的主要特征》,黄维樑编《中华文学的现在和未来》,炉峰学会 1994 年版。
③　饶芃子:《海外华文文学在中国的兴起及其意义》,《华夏文化论坛》第 2 集,2008 年出版,第 3 页。
④　陈松沾:《简论东南亚华文文学的前途》,《东南亚学》,新加坡歌德学院与新加坡作家协会,1989 年。

度——它自然就在你身上。"①也许,在流动性特别明显、异域感格外强烈的海外华文作家那里,只有维系了中华民族精神的民族语言,才是他们最后的"精神家园"。

以上所述突出了以华文作为界定"海外华文文学"概念依据的大致过程,其实,以华文作为界定"海外华文文学"概念的依据也是必要的。民族认同与生俱来,不可改变。不管你移民到哪个国家,生活了多长时间,甚至你只是移民者的后裔,在居住国人民眼里,你永远都是黄头发黑眼睛的华人。"尤其是当你用汉语写作时,那些由象形文字演变而来的独特的方块字,那种由母语构成的独特的语境,会让你顷刻之间便沉浸于华族传统文化氛围之中,你笔下的字里行间会自然地散发出浓烈的民族文化气息,因为这种语言文字积淀着深厚的文化性格,它复活了民族精神的内在生命,使个体表达成为民族传统的民族文化群体的一部分。也就是说,华人作家用汉文写作,这个事实本身就已经说明了民族认同,他的作品只能属于华族文学。无论他写什么,也都是反映海外华人的思想、情感、生活和追求。"②相反,国家身份认同是可更改的,不同时期可以拥有不同的国籍,甚至同一时期也可以拥有多种国籍。倘若以国家身份认同作为界定"海外华文文学"的依据,确实不能把他们的创作纳入中国现当代文学,否则"可能会引发国家间的政治和文化冲突"。而且,以国家身份认同作为界定"海外华文文学"的依据,将无法判定那些既属于港台作家又入外国国籍的"特区"作家的身份。像白先勇、於梨华、聂华苓、欧阳子、陈若曦、丛甦、吉铮、张系国、杨牧、许达然、郑愁予、叶维廉、刘大任、非马、李黎、荆棘、王鼎钧、张秀亚、琦君、平路、赵淑侠、纪弦、痖弦、洛夫、保真、顾肇森、周腓力、东方白、李黎、黄娟、钟晓扬、梁锡华等,他们的作品无疑是台湾文学、香港文学的有机组成部分,但这些作家长年置身于他们所生活的国度(美国、加拿大为主),并且有许多人已经加入外国国籍。按照陈国恩教授的意思,这些人属于海外华文文学作家,因此不能纳入中国现当代文学史,进一步说,这些人的创作不属于台港文学。——这种说法,别说这些作家本人及其后人不会答应,就连中国台湾、香港地区的人民恐怕也不同意。

三、海外华文文学尚未形成多个中心,它的根仍在"中国"

为了证明把海外华文文学纳入中国现当代文学,"可能会引发国家间的政治和文化冲突",陈国恩教授分别列举了新加坡华文文学、马来西亚华文文学、北美华文文学的发展情况,强调这些区域的华文文学已经转向独立发展,"与中国当代文学完全不同了"。陈教授此论,实际上肯定了海外华文文学已经形成东南亚和北美等多个中心。我认为,海外华文文学尚未形成多个中心,它的根仍在"中国"。

东南亚是海外华文文学较为繁荣的地区,尤其是新加坡,不仅拥有阵容强大的华文作家队伍,有自己的出版社和发表作品的园地,而且如陈国恩教授所述,新加坡籍华人作家有意"淡化与中国文学的关系",强调"本土特色",这是最有希望成为海外华文文学中心的国家。上世纪 60—70 年代,新加坡华文文学颇为发达。令人遗憾的是,进入 80 年代以后,在学校教育中,英文成为第一语文,华文降为第二语文,2003 年新加坡教育部规定华裔学生的母语

---

① 杨炼、高行健:《杨炼·高行健对话录:漂泊使我们获得了什么》,《人景·鬼话》,中央编译出版社 1994 年版。

② 鲁西:《海外华文文学论》,《广西民族学院学报》(哲学社会科学版)1997 年第 3 期,第 85 页。

成绩不再计入大学入学成绩,此后,华语教育一直没有走出低谷,许多华语小学出现招生人数为零的情况。不仅华文作家后继无人,许多华裔青少年连阅读华文都颇感困难。这种情况,使新加坡文艺协会会长骆明有些心灰意冷:"许多人在阅读上已经多少有些困难,在写作上及表达上更是困难重重了。""一般人对于文字使用的偏向看法及对华文的没有经济使用价值,更是华文文艺的生存发展普遍不被看好的因素。"①在这种华文文学发展"普遍不被看好"的情况下,新加坡要成为华文文学中心、新加坡华人华文文学要获得独立发展,谈何容易。

再以马华文学为例。陈教授认为,80 年代中期以后"年轻的马华作家……他们表现的不是对中国的想象,而是对他们生活在其中的马来西亚的感受。"因而不能入中国现当代文学史。年轻的马华作家表现了"对他们生活在其中的马来西亚的感受",这点没有疑义,但他们没有表现对中国的想象吗? 90 年代中期以降,马华文学影响力上升、获得整个华人社会的关注,比较重要的一个原因,就是中华优秀传统文化成为当地华文作家的人文资源,"中国"由最初的"故乡"变成"原乡","乡土中国"变成"美学中国"。虽然"原乡""美学中国"不是童年的记忆或对故乡的怀恋,也不是出于对现实中国的一种焦灼式的关注,但它对中华民族精神、对汉语的诗意关怀,使马华作家的创作,体现出对"中国"的文学想象——也许其中掺杂了不少偏见和误解甚至对"中国"形象的扭曲,但不能改变他们表现出对"中国"的某种想象的事实。例如,在 90 年代的海外华文作家那里,中国的传统经常成为不断被塑造的"中国形象"。钟怡雯的《可能的地图》写"我"根据祖父念念不忘的场景与氛围,去找寻祖父的"故土"。②李忆莙的《风华正茂花亭亭》《困境》《哀情》《痴男》《怨女》等小说,则着重于从传统与现代的内部冲突来表现中国传统对马华青年的影响。③在马华诗人何乃健那里,五千年中国文化幻化成一株"海棠":"她的茎挺拔着屈原的傲岸/花瓣含蓄着陶渊明的悠然/叶脉洋溢着李白、苏东坡的奔放/丰姿蕴涵着颜回的淡泊/神貌焕发出司马迁、文天祥的坦荡。"④在这些作品里,"中国"成为似真似幻、连中国本土人也难以理解的东西,但无疑仍是作家对"中国"的想象。

实际上,陈国恩教授注意到了 90 年代以前海外华文文学与中国本土的历史联系,因而他的主要论述对象,是第二三代甚至第四代华裔和"新近移民北美的华人"。在陈教授看来,第二三代甚至第四代华裔已经认同并融入所在国家,他们的创作实践,"表达了他们落地生根的观念"。也许陈教授指出了部分事实,不过我们应该了解,"在美国出生的第三、第四代华裔,虽然,他们基本上属于'西化了的一代',但'黄皮'使他们不能称心如意地'融入'美国社会,……在美国人眼中,他们毕竟是 Chinese"⑤。一些亚裔美国人也说,不管他受的同化有多深,因为他们的语调、文化和肤色的异己因素使他们绝不会被认为是真正的美国人。⑥既然如此,他们的文学实践,不管主观上如何"表达了他们落地生根的观念",都不能否认其客

① 骆明:《新华文学的过去、现状及其方向》,《华文文学》1995 年第 2 期。
② 钟怡雯:《可能的地图》,《明报月刊》1996 年第 3 期。
③ 《李忆莙文集》,鹭江出版社 1995 年版。
④ 何乃健:《海棠》。吴岸等编:《马华七家诗选》,千秋事业社 1994 年版,第 70 页。
⑤ 载加拿大《大汉公报》,1989 年 11 月 15 日。
⑥ 《时代周刊》,1990 年 3 月 5 日,第 45 页。

观上对中华民族的认同,都不能割裂其和"中国"的关系。例如,海外著名华人作家黄锦树,出生并成长于马来西亚柔佛州他铺,但并未因此"与中国大陆社会完全隔绝"(套用陈国恩教授之言),他的小说集《死在南方》,"铺陈中华性意象,逼视离散性现实,体现创伤性历史",①其中不乏作家对现时中国的想象。

一种文学能不能发展为中心,与国家社会提供的文学土壤密切相关。异国提供给海外华文文学的土壤并不肥沃,因而海外华文文学不能从所在国汲取到生长所需的足够养分,必须从祖国的文化尤其文学中汲取养分。就此而言,如果说海外华文文学是"叶","中国"便是"根"。离开了"根",树叶会枯萎,这从 80 年代及之后出国的海外华文作家的作品,只有在国内发表出版才能产生影响,也可得到明证。

其实,一个长期生活在异域的人,坚持用汉语写作,不论他是什么样的人。新近移民的华人还是第二三代华裔,都说明他对于"中国"有着某种层面上的主观的亲近,与中国文化、与民族认同,有着割不断的关联。这不单体现在他们的创作中对中国历史的文化乡愁,还反映在他们对"现实中国"的关切。多数海外华文作家的创作,以中国本土故事为题材,直接表露出作者对"故国"的深情凝视:即便有些故事发生在异国他乡,如《北京人在纽约》,也折射出生在异国的华人作家对中国某方面现实的关注。这些凝视、关注,不管充满了作家自身的"家国之恨",对现实中国多有批评与揭露,还是充满诗意的讴歌与期待,都与中国本土作家的作品,没有根本的不同,不同的只是海外华文作家,往往用异国文化的视角审视中国本土。

出于对海外华文文学与中国本土、与中国文学的特殊关系的重视,不少海外华文作家坚信,海外华文文学是"中国文学"跨越国界的延伸。在 1985 年美国纽约市立大学的"海外作家的本土性"的座谈会上,参加者陈若曦、张系国、张错、唐德刚、杨牧等,都认为自身的写作属于"中国文学"的大家庭。② 2006 年夏天,加拿大中国笔会会长、小说家孙博和该会会员、小说家曾晓文也表示:"我们是用中文创作的,所以应是中国文学的延伸。"③

四、大部分海外华文文学能够写进中国现当代文学史,但应慎重

基于上述理由,我认为大部分海外华文文学能够进入中国现当代文学史,但应慎重。

有一小部分海外华文文学是不能够进入中国现当代文学史的。仅从"海外华文文学"这一名词的组合而言,包含了两个限定:一是"海外",指地域上的本土(中国大陆和台湾、香港、澳门地区)以外;二是"华文",即用汉语写作。这两个限定,使"海外华文文学"作家可分成两部分:第一是海外华人华文文学,第二是海外非华人的华文文学。第二种,即各国非华人(含异国移民、土著、旅居者、留学生等)用汉语写作的文学,尽管不多见,却确实存在,尤其在汉语的国际影响越来越大的当下。这些纯粹由外国人写作的华文文学,不能写进中国现当代文学史。这道理,正如当年林语堂用英语写成的《生活的艺术》、张爱玲晚年用英文写成的散文,不能归入美国文学史。

---

① 黄锦树:《死在南方》之"内容介绍",山东文艺出版社 2007 年版。

② 饶芃子:《海外华文文学的命名意义》,《世界华文文学的新视野》,中国社科出版社 2005 年版,第 114 页。

③ 李贵苍:《海外华文文学与中国想象——加拿大中国笔会访谈》,《华文文学》2007 年第 2 期。

以上其实涉及对海外华文作家"双语写作"性质的判定。不仅海外华人用汉语写成的作品,而且连他们偶尔用汉语以外的语言写成的作品,都可以进入中国现当代文学史。对于那些非华人,若是长期坚持用汉语写作,例如澳大利亚人白杰明用华文写了很多杂文,还出过两本集子,应该归入海外华文文学范畴,但不能写进中国现当代文学史;至于那些偶尔或短期用汉语写作的行为,则不足以称之为海外华文文学,当然,与中国现当代文学史更无关系。

近年海外华文文学创作的崛起,使得如何处理海外华文文学与中国现当代文学的关系,成为亟待解决的问题。把海外华文文学写进中国现当代文学史,将会从根本上改变既有的文学史格局,但目前我们应该警惕,这将牵涉到一些极其复杂和敏感的话题。我们不可笼统断定"海外华文文学能否进入中国现当代文学史",而应该充分考虑海外华文文学的特殊性,在尊重海外华文文学与中国本土文学各自特征的前提下,谨慎区分哪些海外华文文学能够写进中国现当代文学史,哪些不能。

(原载《华文文学》2012 年第 4 期)

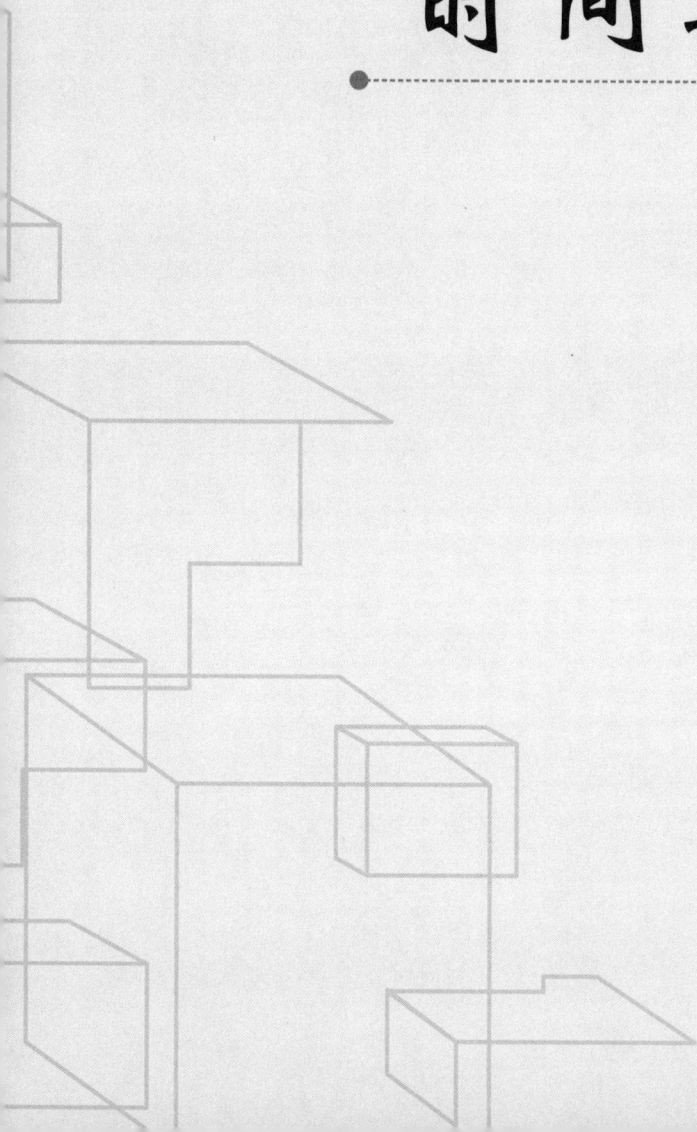

第四编

时间与空间

（一）当代文学时间：分期问题

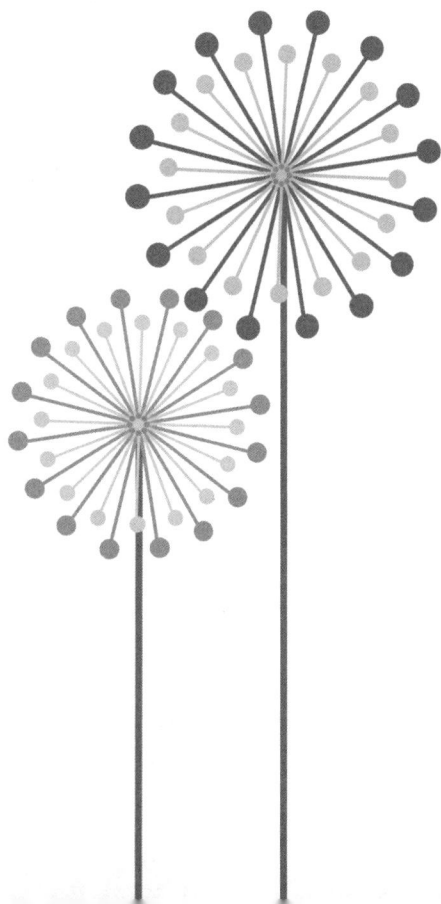

关于建构百年文学史的
几点意见和设想

丁　帆

一、缘起与理由

当代人不治当代史的时代已经过去,即便是后朝人撰写前朝史,我们也有资格重新审视中国现代文学史了。而问题就在于我们用什么样的学术眼光和什么样的价值理念来治史。

针对近年来重写文学史的热潮与文学史编纂工程项目的日益扩张,学界在不断的"创新"呼声中疲于奔命而找不到自己的目标。综观当下的中国现代文学(1917—1949)研究,我们可以看到这样一种现象和趋势:研究者几乎把所有的目光凝眸定格在文学史的边缘史料发掘和一些原来不居中心的作家作品翻案工作上,这无疑是一个错误的治史路向。诚然,从微观角度来看,我们不能否定这些工作对文学史研究的有益性,但是,从文学史的宏观角度来考察,它对文学史的研究新格局的形成是绝对无益的。而对中国当代文学史(1949—2009)的研究却面临着价值混乱,许多作家作品、文学刊物、文学现象和文学思潮亟待重新定位定性的重大难题。因此,呼唤"大文学史"和"大文学史观",用一个中国现代文学的整体观来进行百年文学史的整合,已经是我们刻不容缓的历史使命与任务,要说"创新",这才是最大的创新!

首先,我们必须意识到文学史重新整合的必要性。

中国文学史自五四进入现代性文化语境以来,已经有九十个年头了,九十年在中国文学史的长河中可谓是短暂的一瞬间,但是,它却是中国文学从古代流经到现代的一个分水岭,当它即将进入百岁之际,也是进入了一个新的世纪转型期节点上的时候,回眸近百年来中国文学历经坎坷所走过的艰难历程,它又是一个有着丰富而复杂内涵的漫长历史时段,我们没有理由不去厘清这一漫长却又是"未完成的现代性"的历史过程,由于长期以来我们把它搁置在一个模糊分期的框架之下,一直延续着即时性的历史交割和时尚性文学史观统摄之下,即,将 1949 年前后分割为中国现代文学和中国当代文学,把本完全可以并入一个时段的文学及作家作品人为地腰斩与分割,而顺应当时某种文化的需求而放弃和忽略了应该持有的治史观念与价值立场,使得中国现代文学史从来就不能从一个整体性上来思考问题。在文学史的分期上,我个人认为既不能不顾及政治文化因素的影响,同时又不能将它完全等同政治文化的历史划分。从这个意义上来说,百年文学史的建构已然成为一个现代文学史凸显出来的一个主要问题。虽然北京和上海的学者在上个世纪末也提出了"20 世纪文学史"和"现代文学整体观"的主张,但是,至今尚未见在具体的文学史编纂中付诸实践,尤其是没有将 1949 年前后的所谓现代与"当代"的分水岭融合成一个整体。

其次,从中国现代文学学科发展的角度来考察,"大文学史观"有利于学科的延伸和拓展。

就学科的设置而言,将中国现代文学与中国当代文学细分成两个不同的学科,是人为地把研究领域和研究人员进行对立性的分割,致使其在课程设置和教师、科研的配置上的叠床架屋,浪费了许多资源;另外,这样的格局造成了许多研究者只顾眼前的一块小小的教学与科研领域,形成了对其它领域的陌生化,甚至是一概不知,出现了搞现代文学的和搞当代文学的互不完全清楚对方学科内涵和研究状况的局面,致使研究的格局日益狭隘,视野日益短浅。其实这种弊端大家心照不宣而已,就连教育部也心知肚明,在学科设置上,明确标明的二级学科是"中国现代文学",许多学校和科研机构在迫不得已的情况下,早已顺应形势,将两个机构并为一体了,我们似乎没有更充分的理由再和学科设置较劲。合并学科不仅是中国现代文学内涵的需求,也是学科融合、完善和一体化的需要。

文学的"现代性"促成的古今之变是构成中国现代文学学科的最重要的元素。

和古代文学的断代所不同的是,古典文学在几千年的历史过程中经过了无数经典化的过程,但是,值得注意的是,它们在二十世纪以前的治史过程中,尤其是它在进入封建社会以来,所使用的文化符码——包括观念、方法和语言等都是具有相对统一性的。而进入现代性文化语境的"五四"以后,其观念革命、方法革命和语言文字革命所带来的一切文化革命,给中国现代文学与中国古代文学的承传的确带来了具有断裂性的分歧。所以,正是在正视这样一个史实的前提下,我们没有理由不把它和古代文学进行本质性的切割。但是,我并不是说中国现代文学就和中国古代文学就没有了血缘关系,恰恰相反,它们之间的血缘关系直到今天都没有也根本不可能消除,但这个论题不是本文的主旨,我们要集中研究的问题是:自五四以降,中国文学在现代性的建构过程中,所遇到的一切"革命性"问题(包括"改革"问题)是完全可以纳入同一文化语境和同一文化符码的解析之中的,包括国家、民族、阶级与自我等等文学已经不由自主介入的各个领域,我们是可以用一种区别于二十世纪以前古代文学的治学观念与方法的新语码系统进行"现代性"的统一阐释的(当然,古代文学的治史观在现代语境中也发生了巨大的变化,但是,那是另外一个论题),尽管它还残存着古代文学历史时段文化阐释系统的痕迹。因此,如何区别它们内部的差异性,也就是如何对百年文学史发展的脉络进行新的系统的统一性阐释,则成为中国现代文学自身必须面对的艰难命题。

鉴于上述原因,我以为中国现代文学在短暂而又漫长的百年历史里,面对着浩瀚的文学思潮、文学现象、文学社团和作家作品,需要的不是加法,而是减法,是二次经典化的艰难历程。

二、重新进行三个 30 年分期的理由

用"大文学史观"的逻辑思路来考量中国现代文学史,我以为无论是从学科发展的眼光来说,还是从教学科研的角度来说,将百年文学史进行"三三四"(实际上到目前为止还只是"三三三",也就是三个三十年)的切割是较为适当的,即:1919(亦可前推)—1949;1949—1979;1979—2009(或 2019)。可能有学者会质疑我为什么把第一个三十年切分在1949 年,而不是切在 1942 年,或者是 1945 年……我的回答和上述的观点并不矛盾,我们不能完全依傍政治历史的界限进行划分,但是在整个文化和文学的观念进行了本质的突

变时,你就不能不顾及它与政治密不可分的关联性。中国现代文学史从它诞生那一天起就与政治文化有着不可分割的内在关联性,其每一个思潮、每一个现象和许许多多作家作品的背后都摆脱不了政治文化思潮背景的渗透和影响,这是铁定的史实,它成为多少学者和作家试图摆脱而不能的既定历史现状,而1949年的突变更是将文学创作划分成了两种截然不同的格局,谁也没有理由和能力将这一时段的历史切割挪移。其实,从中国现代文学开启时,我们就看到新文学的先驱者们就明确了文学与政治不可分割的关系:"今欲革新政治,势不得不革新盘踞于运用此政治精神界之文学。"①虽然他们夸大了文学的作用,但是,我们可以从中清晰地看到自"五四"至今的一条政治文化与文学关联线索,亦即思想史与文学史的关联性。因此,在尊重历史事实的逻辑前提下,我们必须承认1949年的划分是有学术和学理的科学依据的,它既照应了大的政治文化的变迁给文学带来的历史性的转型,同时又兼顾了文学发展的自身规律——这一时期的文学的确形成了一种新的"颂歌"与"战歌"之风格。当然,每个时段有每一个时段不同的特征,研究它们之间的状况与变化是绕不过去的难题。

1. 1919—1949年就是我们建成了自身的学科和论域——中国现代文学,无疑,谁也不能否认它已经成长为一个较为成熟的学科领域,它的研究深度和广度甚至超出了一般研究者的想象,包括海外汉学家在内,它的研究人数多达几千之众,队伍之庞大,可见一斑。但是,我们不能不看到这样一个研究危机的现状,即,它的研究资源业已枯竭!资源的供给已经远远不能满足和支撑如此众多研究者的需求。于是,自上世纪90年代开始,面临资源枯竭的状况致使研究者们的研究领域在不断萎缩,研究领域和成果重复,大同小异,甚至出现抄袭现象,严重阻碍着学科的经典化,就目前的研究套路而言,不外乎以下几种。

其一,就是用西方的各种各样的研究方法对作家作品、文学现象和文学思潮进行反复重新阐释,有的甚至是过度阐释。仍然延续80年代以来用新近的西方理论与方法论来对作家作品和文学现象进行反复阐释与梳理,其分析套路的要害之处就是丧失了主体性。用诸如修辞学、语义学,甚至是病理学等理论方法来重新破译文学作品的语码,能给文学史的建构提供多少有益的东西呢?我并不否定它们对开启沉疴的阐释有着积极的意义,但是一旦陷入这样的怪圈之中,也就证明研究走向了末路。

其二,研究的路径向着边缘拓展,不断发掘边缘作家作品和边缘史料(包括一些与作家作品有关的非文学性材料),殊不知,这些作家作品倘若置于大文学史之中,置于文学史的长河当中的话,是必将要遭到无情的淘汰的,我们已经到了对文学史中作家作品、文学现象,甚至是文学思潮的二次筛选的关键时刻,因此,对一些不宜入史的材料的清理成为定局后,那些无用功的研究即可终止,把精力和资源投入到新的研究领域内去。

其三,是近几年来逐渐走热的刊物研究,除去一些有一定价值的深度研究之外,如对通俗文学中的报刊研究应视为有意义的研究,而更多的研究却是针对无甚学术意义的盲目无效研究,尤其是一些小报小刊的研究,一旦成为风气,那只能说是对文学史研究生态的破坏。我们不能完全否定它们在历史的第一次磨洗中被淘汰的合理性,从某种意义上来说,它们在流通、被阅读与被阐释的过程中淹没在文本的汪洋大海中是自有道理的,是有其物竞天择的自然规律的。我们不能因为研究领域的缩小而去"炒米汤"。

---

① 陈独秀:《文学革命论》,《新青年》2卷6号。

面对大量的作家作品和一些并不重要的报刊、流派与现象,在"大文学史"的框架内,我们需要的不是加法,而是减法!

当然,就这个时间段中的三个小时段(1919 或 1917—1927;1927—1937;1937—1949)的划分与阐释是否还有创新性的突破,直至今日,我尚未见有突破性见地的端倪,也许,价值观的重新定位可能会有所新的发现,那可是另外一回事了。

我知道自己提出了一个极不合时宜的建议和意见,这或许对一些研究者的切身利益造成了不良后果,但是为了文学史的发展,请恕我冒昧了。

2. 1949—1979 年是一个新的共和国文学仪式的宣告,其实她的精神模式早在延安文艺座谈会上就业已诞生,直到 1978 年"实践是检验真理的唯一标准"的大讨论时,邓小平在第四次文代会上提出了新的文艺口号后,这个模式才有所转型。这一时段的文学研究是一个亟待甄别和开采的"富矿"。当然,它的研究状况是十分复杂的,问题的症结就在于许许多多治史者都是当事人,都经历过那一段刻骨铭心的艰难岁月,但是因为当时各人的处境不同,所以事后的感受也就不同,甚至存在着巨大的分歧与反差,比如对"十七年文学"看法的差异性,就形成了两种截然不同的文学史定性,然而,不厘清它与"文革文学"的血缘滥觞关系,也就不能看清楚这段文学史的本质。

对待"文革文学"本来并无太大的观念反差,但是由于上世纪 80 年代海外学者林毓生把"五四"和"文革"混为一谈的理论影响,也由于 90 年代以来西方"后现代"文化理论以极左面目漫漶于学界,尤其是一些年轻学者热衷痴迷于这一理论的所谓"先锋性","文革文学"的研究陷入了价值观念的空前混乱,我以为在这一研究领域内,首先需要做的事情并不是价值理论的争论,而是需要抢救大量的史料,只有让充分的史料说话,才能构成文学史的价值理论与伦理的对话。可是,我们在这一基础工作上做得很差,大量的"文革文学"史料涌进了废品收购站和印刷厂的纸浆池,图书馆里能够幸存的资料已经少得可怜。毫无疑问,由于种种原因,"文革文学"研究已经成为中国现代文学史中的一个盲区,作为世界文化文学史上的一个不容忽视的奇观,如果我们的研究领域被一些对当时和现在的文化语境都是皮里阳秋的所谓"汉学家"所把持,那肯定是一种文化和文学的错位阐释与过度误读,这无疑是中国现代文学研究的悲哀! 而我们的研究队伍的流失和话语权的丧失,直接导致的是对历史的失职,倘使"文革文学"的研究在它的发祥地成为"死海",那只能是中国现代文学史研究的悲剧! "文革研究在海外"一旦成为事实,那这一研究就会成为难以改写的既定史实。当然,一些国内的学者已经着手在整理史料,写出了一些有研究深度的文章,但这毕竟是杯水车薪,解决根本问题还得依靠多方的努力。迄今为止,我们还没有看见一份最为详细完整的"文革文学"目录清单,当然,其中绝大多数的作家作品是要被列入淘汰之列的,但是,我们没有这个研究基础,何谈分析其中有价值的标本呢? 怎样进行去伪存真的工作呢?

3. 1979—2009 年(或 2019)是属于文学史的最近历史时段,我们的工作目标是对一切现有评论和初次文学史定位定性的著述进行二次性筛选与定位定性。重新审视具有当下时效性的评价体系,不仅需要我们具备一定的"大文学史观"的见识,而且更加需要我们具有一定的学术远见,如果前者是经验的积累,那么后者就是对历史把握准确性和非凡的才能与气度。毫无疑问,这个时期是中国政治文化社会结构发生大裂变的时段,文学也同样经受了天翻地覆的变化,它经历了思想解放、经济繁荣和消费文化等各个阶段与层面曲折复杂的历史演进,其千变万化的文学思潮、文学现象和文学作品也成为文学史最为热闹的论域。怎样重新清理这样一个复杂多变而又混沌难解的近距离文学史呢？唯物主义的马恩所提出的"历史的和美学的"治史标准应该成为我们的座右铭。

80 年代文学似乎已经成为新时期文学黄金时段的定评而无可置疑，但是，当我们 30 年后对它进行重新审视的时候，就可能发现许许多多当时身在庐山之中的评价是有历史局限性的，亦如我们在共和国成立之初去指点三四十年代文学那样，不免留下过多的遗憾，只有留待日后不断地纠偏，而我们现在的工作重点就在于重新纠偏和修正。

当我们在新的历史高度上去看"伤痕文学"的时候，我们看到的是它在整个 20 世纪文学史上特殊的位置和作用，这是当时和后来的文学史没有留意的隐处——"重回'五四'启蒙的艰难选择"成为它开启新时期文学与文化的先锋和旗帜，用这样的史观来重新解读"伤痕文学"，其所有的意味就不同于以前混沌的评价了。

怎样看待"反思文学"，我们如果不与二三十年代的"问题小说"进行比较，也许我们不能看出它与"五四"启蒙文学的关联性，也就不能从大文学史的视角根本看清楚现代文学流动的状态。以往的评论和文学史叙述缺乏这样的比对，就很难廓清它的文学史本质和其与政治文化的内在关联性。尤其是对当时难以归纳的作家作品，我们的定位、定性就有了可靠的依据。

如何看待"改革文学"同样是一个艰难的命题，但是倘若我们把它置于一个"历史的和美学的"评价体系之中，就会发现它们在与政治发生关系时的许多错误的价值判断（如《新星》这样的作品中的封建"青天"的吁求就是对"五四"启蒙的反动等等案例），就会发现它们许多值得重新定位定性的地方，就会找到更多的被筛选的理由。

同样，对诸如"现代派问题"和"伪现代派"之争、"清污""先锋文学""寻根文学""新写实文学""女性文学"等文学思潮的重新审视，是我们重新认识 80 年代文学关键性命题，如何把握它们之间的内在联系，如何审视它们在百年文学史上的地位和作用，如何评价它们与深刻的历史背景之间的互动关系，应该都是我们观察问题的必需视角，否则我们还是会陷入当时的莽撞和蒙昧之中。

90 年代文学是中国文学进入商品文化与消费文化转型期的产物，我们不能一味地批评它的缺点，而是需要客观地去评价它，甚至要承认它存在的历史合理性，要把它和"五四"时期的通俗文学的流脉勾连起来进行辨析，或许更能够看清楚它在历史过程中的消极因素和积极因素。就连卫慧那样貌似前卫的"身体写作"也不能对其采取一棍子打死的态度，分析它为什么能够存在才是我们的真正目的，只有承认它的合理性，我们才有权力给它进行客观历史的定位与定性，我们才能用马克思主义的批判眼光去扫描一切可以入史的作家作品、文学思潮和文学现象。

进入 21 世纪以后，中国现代文学几乎就是进入了即时性的文学筛选境遇，短距离而没有经过时间沉淀的文学需要我们具备学识和学术的眼光，同时更需要我们有一套经得起历史考验的价值观。

其实，上述所有的问题归结到一点，就是我们必须获取新的治史价值理念。

三、我们应该用怎样的价值观来治史

我并不完全赞同"一切历史都是当代史"的观点，但是，我赞同用发展的马克思主义的历史唯物辩证法来解析一切文学史的问题，那就必须设置一个有恒久生命力的治史价值原则。

我以为被马克思主义肯定过了的启蒙主义的价值观应该成为文学史恒定的价值原则,它既然已经成为人类普遍的人文价值共识,我们就没有理由去拒绝它,尤其是中国现代文学的治史观念和原则更应遵循这个被实践证明了的普遍真理——人、人性和人道主义的历史内涵是其评价体系的核心;审美的和表现的工具层面是其评价体系的第二原则。"人的文学"仍然适用于我们的治史原则。照此进行重新审视,大致是不会出错的。章培恒先生在治中国古代文学史的时候所采用的"将文学中的人性的发展作为贯穿中国文学演进过程的基本线索","把人性的发展作为文学发展的内在动力","以此建构了自己的文学史体系"①。俨然是我们现今中国现代文学治史的效法榜样。同样,章培恒先生在处理核心价值与外在的艺术形式的问题时,明确地回答了它们之间的关系:"由于初步把握了人性的发展与文学的艺术形式及其所提供的美感的发展之间的联系,我们对文学的艺术形式的重要性有了充分的认识。"②也就是说,在核心价值的前提之下,艺术形式的呈现才具有意义和意味。准此,我们才能抵达文学史研究的彼岸。

一部文学史如果没有系统性的价值理念统摄,不仅在逻辑上违反同一律,而且还会成为抽取了灵魂的材料堆砌。毫无疑问,这个道理是每一个优秀的文学史专家都应该清楚的,而问题的关键是:究竟用什么样的历史观和价值观来重新审视和厘定这一段已经沉淀了几十年但又并不遥远的文学呢?翻开现行的林林总总的文学史教科书,我们不难发现,许许多多价值观念尚停留在上个世纪的七八十年代,甚至其中还有阶级斗争观念的影子在游荡着,尤其是近距离的文学史描述,明显带有即时性的评论色彩——文学史家和评论家的最大不同点就在于他不是平面地分析作家作品,而是站在历史的高度,将其置于文学史的长河之中进行考察,这就是我们通常所说的"文学史意识"。针对种种在"百花齐放"幌子下杂乱无章的文学史编纂,我以为中国现代文学史的编写已经到了应该进入真正的"历史沉思"的时刻,我们面临的是哈姆雷特式的悖论性地选择:"是生还是死?!"

回顾我们在中国现代文学治史过程中所采用过的理论方法,有许多可以值得深思的问题和总结的经验。如果从"五四"时期那些即时性的评论与批评算起,我们可以看到这样一幅历史的行进图(注:有的时段是有重叠交叉的):"五四"时期(1917 年前后—1929 年)的多元选择:马克思主义、西方与苏俄理论方法并存→"左联"时期(30 年代):占主导地位的是苏联"拉普"理论方法→"延安"时期(1942 年始):是以毛泽东《在延安文艺座谈会上的讲话》理论方法为主和以苏联文艺理论方法为辅的时代(这个时代一直延续到1959 年与苏联的彻底决裂)→"共和国"前期(亦即 1949—1979 的 30 年):是毛泽东文艺思想与方法的时代(除了"讲话"外,一系列的指示与文章均为左右文学理论与方法的风向标,尤其是1959 年提出的"革命的现实主义和革命的浪漫主义相结合"的"两结合"创作方法的出现)→"共和国"新时期(1979—1989):重回西方理论方法的时代→"共和国"转型期(1989—2009):后现代、西方马克思、消费文化等等各种理论方法资源共生共处的时代。

怎样对上述历史存在的理论方法在文学史中的影响做出客观历史的评判,应该是一个不容回避的问题。尤其困难的是对 1949 年以后理论方法框架的评判与修正,可能不仅是需要学术眼光的问题,更需要的是客观评价历史和臧否人物的勇气。我以为,只要是站在学术

---

① 章培恒、骆玉明:《中国文学史新著·原序》,复旦大学出版社 2007 年版。
② 章培恒、骆玉明:《中国文学史新著·原序》,复旦大学出版社 2007 年版。

立场上来秉笔书写,春秋笔法同样能为后世留下可圈可点之处。

我们不可能完全还原历史,但是我们应该更加接近历史。这就需要我们尽量采用马克思主义的唯物辩证法来评判已经积重难返的许多文学史难点问题,不解决这些问题,还要我们重写百年文学史作甚?!

(原载《文学评论》2010 年第 1 期)

近代、现代与当代文学的历史
分期须重新划定

高旭东

　　"近代"是与传统对立的概念,然而我们把近代文学划归到古代文学教研室;"当代"是当前时代的,然而我们却把与当前时代隔膜的"文革"之前的文学划归当代。因此中国文学的近代、现代与当代的历史分期须重新划定。中国文学真正进入近代的时间不应该从鸦片战争而应该从甲午战争开始,从甲午战争到新文化运动可以说是"前五四的现代热身","五四"文学真正将中国文学推向现代,1949年排斥了多元混杂的现代性模式,确立了超现代的一元现代性模式,一直到1979年这一模式的解体,恰好是一个循环。1979年至今的文学则是当前时代的文学,就是与我们同时代的文学,可以称为中国当代文学。

一、问题的提出:近代、现代、当代文学之传统分期的谬误

　　只要研究中国文学的人,就不可能不面对这么几个时间概念:古代、近代、现代与当代。这四个时间概念将中国文学划分为四大块,古代文学指1840年之前的文学,近代文学指1840年到1917年的文学,现代文学指1917年到1949年的文学,当代文学指1949年至今的文学。这种历史分期已经被广泛地接受,以致形成了不同的学会:中国古代文学研究会、中国近代文学学会、中国现代文学研究会以及不止一个的中国当代文学研究会。这种分期还形成了不同的学科以及与此相适应的教研机构:中国古代文学是中国语言文学的二级学科,在各大学设单独的教研室,中国现代文学与中国当代文学合并为"中国现当代文学",也是中国语言文学的二级学科,中国现当代文学在多数大学设一个教研室,但在少数大学如北京大学,中国现代文学与中国当代文学分属两个不同的教研室。中国近代文学则是一个被丢失的分块,只有学会而没有与之相应的学科,而且很多大学将中国近代文学划入中国古代文学教研室。这是很荒谬的:英文的"近代"(modern),是与"传统"(tradition)对立的概念,然而我们的文学史却将中国近代文学划入中国古代的传统文学之中!当代文学的英语是"contemporary literature",意指当前时代的或同时代的文学,而当前中国文坛最活跃的作家,几乎都不是毛泽东时代登上文坛的,而那些"80后""90后"的作家,听到"反右""大跃进""大饥荒""文革",几乎就像听天方夜谭的故事一样好奇和隔膜,然而,我们却想当然地将其划入同时代的当代文学之中!

　　也许有人会说,不要以英文的词汇来理解中文的词汇。然而,近代、现代、当代的时间概念本身就是从西方取来的,取其概念而不顾概念的含义,割裂概念的能指与所指,是很不妥当的;否则按照中国传统的历史划分,称为晚清文学、民国文学、共和国文学不就可以了吗?事实上,古代、近代、现代与当代的使用是在否定了中国传统的循环时间观之后出现的以追

求进步与发展为特征的直线时间观的结果。与传统的越古越好（孔子、墨子、孟子、老子、庄子是一个比一个更向往远古时代）的循环时间观不同，新的时间观是厚今薄古，以致两千多年的文学史只有一个国家一级学会和一个二级学科，而不到两百年的文学史却有三个以上的国家一级学会和一个二级学科。而且这种历史分期在实践层面也是取法西方的。中国学者所依据的世界近代史是从文艺复兴开始的，现代史是从 1917 年的十月革命开始的，认为1840 年的鸦片战争是中国近代史的开端，1917 年的十月革命使中国革命的性质发生了变化而进入现代。但是中国学者关于中国近现代史的分期所依据的世界史划分的观点，在国际学术界并没有获得普遍认同，即以世界上比较权威的剑桥世界史（分为古代史、中世纪史和近代史，其中的《新编剑桥世界近代史》就有 14 卷）为例，世界近代史是从文艺复兴到第二次世界大战结束。

既然中国文学史四大块的划分仿照的是西法，那么在概念上也应该大致与西方相近。然而，西方横跨几个世纪产生了莎士比亚、歌德、雨果、托尔斯泰、陀思妥耶夫斯基等文学大师的近代，在中国几乎没有什么作家与之对应。其实，"近代"的英语表述为"modern"，与"现代"是一个词汇，因而将近代文学作为古代文学的尾巴来处理，将近代文学放在古代文学中进行讲授，无论如何也说不过去。更为荒谬的是，中国的"现代"只有短短三十二年，而"当代"却有六十年！因此，把半个世纪之前的文学称为"当前时代"的当代很不妥当，而且 1979年改革开放之后的文学形态与 1949 年到 1979 年的文学形态差异很大，统称为同时代的"当代文学"很难说得通。

不合理的历史分期影响了文学研究的深入。1979 年到现在，对近代、现代与当代的传统分块论进行挑战并在学术界产生了较大影响的，是"20 世纪中国文学"的提出，因为该说产生于 20 世纪 80 年代，当时以其整体系统的观念起到了冲破传统的近代、现代与当代分块切割的作用，给文学研究者引来了创新的清泉。然而问题就在于，"世纪"本身就是西方文化以一百年为单位对时间的一种假定，这一百年很难正巧在其前后给文学划出明显的断代。因此，"20 世纪中国文学"的分期，既不能说明 20 世纪最初五年的文学与 19 世纪最后五年的文学有什么不同，也不能说明 20 世纪最后五年的文学与 21 世纪最初五年的文学有什么不同，这就使一百年为单位对文学断代划分的科学性大打折扣，更说明不了什么问题，因而对中国文学的历史分期必须重新划定。

二、1894：中国文学的近代开端与"前五四"的现代热身

如果我们承认历史的发展与文学史的发展并不总是平行的，那么就可以看到，中国文学进入近代并非自 1840 年。中国的现代性（modernity）不是自发生长出来的，而是早就进入近代的西方强加的。然而，当西方列强通过鸦片战争把中国从传统的酣梦中拖入现代世界时，仅仅是在传统的"外王"层面上，中国有进入近代的企图，这就是从魏源的"师夷长技以制夷"开始，经过洋务派的发展而逐渐完善的"中学为体，西学为用"，它意味着，中国文化特有的典章文物、礼教道德、文学艺术等价值核心仍然要以中国为主体，是不需要改变的，需要改变的仅仅是在"奇技淫巧""坚船利炮"等技术层面。这就是所谓泰西以实学胜，若论诗赋辞章还是中国第一。因此，从鸦片战争到甲午战争的 50 多年中，中国文学总体上不具有现代性因素。我们可以把这 50 多年称之为"文学排外而停滞的时期"。

正是从这个角度,将 1840 年之后 50 多年的文学放到中国古代文学史中讲授,才显得有其合理性。而抛出"没有晚清,何来五四"的命题,过分夸大这 50 多年文学的现代性因素,显得极为不合理。譬如,王德威为了证明"没有晚清,何来五四",认为《荡寇志》(1853)与《品花宝鉴》(1849)都具有新的文学因素;认为王韬发现并刊行于 1877 年的沈复的《浮生六记》以及张南庄的《何典》(1879),显示出在文学传统内另起炉灶的意义①。但这无疑是为了证明自己的立论而夸大了这些作品的现代性因素,更何况《浮生六记》根本就不是产生于晚清,《荡寇志》《品花宝鉴》较之《水浒传》《红楼梦》更少现代性因素,《何典》的戏谑与漫画式的表现技巧也看不出背离中国文学传统而另起炉灶的取向。如果将 1840 年之后 50 多年的文学与清代中叶 50 多年的文学相比,我们实在看不出有什么理由将前者划入近代,因为在很多方面,清代中叶的文学比 1840 年之后 50 多年的晚清文学具有更多的现代性因素。从 1750 年到 1784 年,清代相继产生了《儒林外史》《红楼梦》等杰作,1808 年又产生了沈复的《浮生六记》,这些作品具有更多的现代性因素,而且《儒林外史》《红楼梦》对"五四"文学所产生的巨大影响,甚至使晚清文学的影响都相形见绌,那么,我们是不是应该得出"没有清代中叶,何来五四"的结论?

现代性虽然是西方人强加于中国人的,但中国文学并非没有现代性因素,只是它们被强大的传统所湮没,是真正的"被压抑的现代性"。越过《儒林外史》《红楼梦》再向前追溯,就会发现明代中晚期李贽与公安派的文学主张,比 1840 年之后 50 多年排外而停滞的文学时期具有更多的现代性因素。反对复古的文学进化论是"五四"文学革命的发难者胡适、陈独秀等人共同的理论基石,而李贽与公安派也在反复古的斗争中就形成了一种文学进化论思想。李贽说:"诗何必古选,文何必先秦,降而为六朝,变而为近体,又变而为传奇,变而为院本,为杂剧,为《西厢》曲,为《水浒传》……更说甚么《六经》,更说甚么《语》《孟》?"②袁宏道接着说,在白话文学《水浒传》面前,《六经》显得并非"至文",司马迁的《史记》也相形见绌。所以他与"一时代有一时代之文学"的胡适同调,认为"秦汉而学六经,岂复有秦汉之文?盛唐而学汉魏,岂复有盛唐之诗?"他还推崇"无拘无束","任性而发","独抒己见,信心而言,寄口于腕者",认为好的文学"大都独抒性灵,不拘格套,非从自己胸臆流出,不肯下笔"③。而"五四"文学革命张扬的正是个性解放与抒发自由的情感,胡适要求"语语须有个'我'在"④,鲁迅说"是黄莺便黄莺般叫;是鸱鸮便鸱鸮般叫"⑤,周作人更是将"人的文学"界定为个人主义的文学。推崇个人的自由与情感的自然抒发,就会走向肯定私心的自然人性论,李贽在推崇"童心"时甚至认为"无私则无心",按照这个逻辑发展下去必然导向肯定七情六欲、推崇自由的"恶的文学",而这正是"五四"文学重要的审美特征。因此,反对新文化运动的林纾,认为新文化的倡导者并没有新的东西,不过是"拾李卓吾之余唾"⑥。而为"五四"文学革命提供了重要思想资源的周作人,后来在反省新文学的渊源时认为胡适的理论去掉那些科学的成分,剩下的就

① 王德威:《被压抑的现代性——晚清小说新论》,北京大学出版社 2005 年版,第 4 页。
② 李贽:《童心说》,《焚书·续焚书》,中华书局 1975 年版,第 99 页。
③ 袁宏道:《序小修诗》,钱伯城:《袁宏道集笺校》,上海古籍出版社 1981 年版,第 187—188 页。
④ 胡适:《文学改良刍议》,《新青年》1917 年 1 月 2 卷 5 号。
⑤ 鲁迅:《热风·四十》,《鲁迅全集》,人民文学出版社 1981 年版,第 1 卷第 322 页。
⑥ 林纾:《致蔡元培书》,张若英:《中国新文学运动史料》,光明书局 1924 年版,第 103 页。

是公安派的文学主张；他甚至认为公安派的"信腕信口，皆成律度"，"就连胡适之先生的八不主义也不及这八个字说的更得要领"。① 那么，我们是不是应该得出"没有明代中叶，何来五四"的结论？

在礼教道德、文学等"体"的层面更加保守，也许正是在"奇技淫巧"等"用"的层面学习西方的一种自尊表现，因而不能因为 1840 年中国被西方列强强行拖入近代，就认为中国文学也进入了近代。马克思早就指出了物质生产与精神生产的不平衡。即使同是人类精神史，把文学史与哲学史等同也可能陷入荒谬，韦勒克说，艺术与哲学之间的平行论会招致很多疑问，"这只要看英国浪漫主义诗歌鼎盛时代的哲学便可以明白，当时英国与苏格兰的哲学中充斥着普通哲学与功利主义"②。那么，把历史的近代与文学史的近代混淆，会产生更大的谬误。由此可以理解，从 1840 年到 1894 年的五十多年的时间里，中国文学为什么仍然止步于传统的家园中，现代性因素甚至还比不上明代中叶、清代中叶的文学。因而我们有充分的理由将这五十多年的中国文学拒斥在近代之外，将其还给传统，让中国古代文学史的教授去讲授。

中国文学进入近代的标志性大事件，不是 1840 年的鸦片战争而是 1894 年的甲午战争。正是甲午战争使中国人从中国文明天下第一的酣梦中惊醒，而中体西用的文化选择方案也随之破产。日本本来是中国文化的学生，但是却通过"脱亚入欧"与明治维新很快进入列强的行列，在中国家门口打败了北洋水师，这就使中国人觉得全面师法西方刻不容缓。正是在这种语境下，严复将西方的进化论（《天演论》）、自由论（《群己权界论》）、逻辑学（《穆勒名学》）等西方文化的"体"，全面系统地译成能够为士大夫知识分子所接受的中文，并受到了热烈的追捧。康有为在《公羊》"三世说"的大筐子里，将自由、民主、婚姻自由等西方文化的"体"统统装了进来。梁启超除了在政治与思想上追随康有为，其重要贡献就是促使中国文学进入近代。他以一支"笔锋常带感情"的笔，唤醒中国焕发青春的梦想，将西方的自由、进步、公德乃至法律等，播撒到读者心田。小说是西方近代以来的主要文学文体，但在中国传统那里，却是不登大雅之堂的"闲书"。梁启超在《论小说与群治之关系》中则反传统之道而行之，大抬小说的地位："欲新一国之民，不可不先新一国之小说。故欲新道德，必新小说；欲新宗教，必新小说……何以故？小说有不可思议之力支配人道故。""故今日欲改良群治，必自小说界革命始！"③这标志着中国告别了在"用"的方面近代化而在"体"的方面要保持传统的文化选择，在文化与文学上真正进入了近代。李贽与公安派的作品、《儒林外史》与《红楼梦》在传统时代都没有成为文坛的正宗，因而虽然具有现代性因素，中国文学的近代却不能以明代中叶或清代中叶作为起点。中国文学的近代以甲午战争为起点，以戊戌变法为标志性的事件，是最为合理的。

既然中国的现代性在很大程度上是西方强加的，那么，对西方文学的翻译就是一个最重要的指标。从 1840 年到 1894 年的五十多年的时间里，对外国文学的翻译几乎是一个空白。有趣的是，这个时期班扬的《天路历程》被翻译过来，却是外国人向中国人的推销；由中国人自己翻译并且独立成册的只有小说《昕夕闲谈》和长诗《天方诗经》两种。这种翻译文学状况

---

① 周作人：《中国新文学的源流》，人文书店 1932 年版，第 43、46、47 页。
② 韦勒克、沃伦：《文学理论》，刘象愚等译，三联书店 1984 年版，第 126 页。
③ 《梁启超文集》，北京燕山出版社 1997 年版，第 282、287 页。

表明中国文学并未走向近代。翻译文学的大量涌现是在甲午战争之后,从 1894 年到 1906 年的十多年间就出现了 516 种翻译小说,而从 1907 年到 1919 年的十多年间则有翻译小说多达 2030 种[①]。翻译文学直接促成了"五四"文学革命,陈独秀、鲁迅、胡适、周作人、刘半农等文学革命的发难者与弄潮儿都是二十世纪初翻译文学的积极参与者。不过,这个时期最著名的翻译家却是不懂外文的林纾,他翻译的《巴黎茶花女遗事》一炮打响,使中国人从情感上对西方文化有了进一步的认同。在文学创作上,李伯元、吴趼人等人的谴责小说开始具有现代性因素。黄遵宪"我手写我口"的诗歌创作倾向尽管在 1894 年之前就已经存在,但却并未发生多大影响,黄遵宪诗歌的巨大影响是在甲午战争之后,尤其是戊戌变法前后被梁启超推崇为"诗界革命的旗帜"之时。而裘廷梁 1898 年发表的《论白话为维新之本》,可以说是后来胡适的白话文革命的先声。

中国文学进入近代是从 1894 年开始的,从 1894 年到 1911 年的辛亥革命,真正属于"晚清"的时间只有十几年的时间,其中还包括了民国的准备阶段。从 1911 年到 1917 年,民国初期的文学也有六年的时间,因而统称为"晚清文学"就很不恰当。笔者建议将这二十多年的文学称为"前五四的现代热身阶段",作为中国近代与现代文学的起点。这个阶段的文学当然以维新变法的文学为主,但是随着革命派的崛起,在文化选择上出现了不同的路向。维新派是想在中国文化的外衣下尽可能吸纳西方文化的主体精华,其在文化与文学上西化的倾向是非常明显的。而革命派的文化选择就更为复杂:一方面,革命派将清王朝看成是欺压汉族的外族政府,要求驱逐鞑虏,恢复中华,这种光复旧物的文化选择必然导向"以国粹激动种姓",这就使得有些革命派文学的现代性特征还不如维新派文学。另一方面,民主共和是比虚君共和更为现代的革命形式,邹容在《革命军》等书中向往自由民主,将中国的二十四史看成是一部大奴隶史,鲁迅在《文化偏至论》《摩罗诗力说》等文中张扬了推崇个性自由的浪漫文学思潮与现代人学思潮,提出了改造国民性的启蒙课题。这才是"五四"文学的真正先声。然而相对而言后者被忽视了,致使鲁迅在寂寞的荒原上奔驰,其思想成为真正的"被压抑的现代性"。

既然中国文学的近代开端不是鸦片战争而是甲午战争,那么,如果沿用"五四"新文化运动是现代的开端之说,那么"前五四的现代热身阶段"只有从 1894 年到 1917 年短短的二十三年,作为"近代"从时间上显得理由不很充分。而且,如果近代的时间是二十三年,现代的时间是三十二年,当代的时间却是六十多年,就显得更为不合理。从文学特质上看,1894 年到 1917 年的"前五四的现代热身阶段"的文学与"五四"文学的差异,远远小于"五四"文学与延安文学的差异。那么,为什么延安文学可以与"五四"文学共存于一个时代之中,而要把这二十三年的文学排除在这个现代之外呢?相比于西方从文艺复兴到第二次世界大战的近代史,中国文学的近代史为什么不能够从甲午战争到 1979 年的改革开放呢?而且从发展的角度看,从 1894 年追求文学的现代性,到"五四"之后从多元的现代性走向超现代的一元现代性模式,到 1979 年这种模式的自我解构,正好完成了一个循环。

---

① 　郭延礼:《中国近代翻译文学概论》,湖北教育出版社 1998 年版,第 29、45 页。

三、从"五四"到"四九":多元混杂的现代性与超现代的一元确立

当中国现代文学的研究者将 1917 年而非 1919 年作为"现代"的起点,其实已经在遵循文学史的逻辑而没有沿用一般历史的分期。因为按照中国历史学家的观点,中国近代史与现代史的分界线是 1919 年的"五四"运动。这种历史分期的根据在于,毛泽东的《新民主主义论》将"五四"运动看成是新旧民主主义革命的分水岭,因为"五四"运动是经过俄国十月革命洗礼的使民主革命的性质发生了变化的彻底反帝反封建的运动。"五四"运动是新文化运动的结果还是十月革命的结果,我们可以交给历史学家去讨论,但新文化运动肯定不是十月革命的结果,因为 1917 年初以文学革命为标志的新文化运动在全国发展的时候,十月革命还没有发生。因此,文学史家没有遵从历史学界的 1919 年"五四"运动的"现代开端"说,而是以新文化运动与文学革命为现代文学的起点。

新文化与新文学同"前五四的现代热身阶段"的文学有着密切的精神联系。新文化运动的西化与反传统倾向,在二十年前的严复那里就能够找到精神渊源。严复的《辟韩》打响了近代反传统的第一枪,后起的"打倒孔家店"的新文化运动有过之而无不及。在系统翻译西方文化的典籍方面,即使在新文化运动与文学革命的洪流中也没有人超过严复。新文化运动的代表性人物陈独秀、胡适、鲁迅等,都受到严复翻译的《天演论》的深刻影响。"五四"文学革命的"一时代有一时代之文学"的进化论根据,沿袭的并非李贽与公安派的精神资源,而是直接从严复的《天演论》那里来的。胡适的白话文革命,正是继承了裘廷梁等人未竟的事业。以鲁迅为首的"五四"小说为什么能够轻而易举地取得成功?因为梁启超颠覆了视小说为小道的传统而将之视为文坛的正宗,而且谴责小说造成了广泛的影响,加之已有两千种的外国小说的翻译文本,所以无须一个革命性的论证过程,小说在"五四"就顺利登上了文坛正宗的舞台。黄遵宪张扬"我手写我口"仅仅是一句口号,而胡适等新文化同仁使口号真正得以落实,在郭沫若、闻一多、徐志摩、艾青等人的努力下,推出了与传统诗歌断裂的白话新诗。甚至"五四"文学的话剧创作及演出,也源自春柳社等的文明戏实验。因此,正因为"五四"文学革命之前有一个现代热身的阶段,中国文学进入现代就显得水到渠成。

尽管"前五四的现代热身阶段"应该与"五四"文学一起划入中国文学的近代,但是与"五四"文学相比,"前五四的现代热身阶段"的文学尝试很像是为"五四"文学准备的一次不很成功却是富有生气的预演。仅以翻译小说而言,就出现了政治小说、科学小说、侦探小说、教育小说等各种文体,这些小说形式在此之前的中国从未出现过。然而,无论王德威对这一时期的文学描绘得如何生机勃勃,都不能过高评价这一时期的文学。首先,很多文学形式都仅仅是实验性的,草创性的,甚至是宣传性的,很少作品具有深刻的思想洞察力以及对人情细致入微的描写。其次,如果不是从研究的角度,而是从文学大众欣赏的角度来看,那么这一时期的小说和诗歌,最终能够传世的作品很少。也许,这个时期的翻译就很能说明问题。尽管这个阶段翻译了很多外国文本,但很多翻译都是所谓"豪杰译",译者可以将原作中的人名、地名、称谓等中国化,删掉冗长的景物描写,随意增添原作中没有的文字,甚至把原作中的主题、人物、结构加以改造。林纾的小说翻译虽然比这些"豪杰译"优秀,但诡异之处在于:第一,起源于宋代勾栏瓦舍的话本小说本来就是白话形态的,但林纾却是以桐城古文来翻译外国小说,这意味着这个阶段的欣赏者在深层意识上还是瞧不起白话文。第二,最著名的小说

翻译家却是不懂外文的古文家林纾，与这个阶段能够容忍甚至欣赏"豪杰译"是一致的——在"五四"之后再也不会容忍翻译者不懂外文。第三，"五四"文学的主要代表人物一旦谈到自己的创作，几乎没有人谈到这个时期的创作与自己的创作有什么精神联系，鲁迅说他的小说创作是靠读了百来篇外国作品，在中国小说中鲁迅以《儒林外史》为讽刺文学的佳作贬低这一时期的谴责小说；郭沫若说他的雄浑豪放的诗是受了歌德、惠特曼的影响，清丽冲淡的诗是受了海涅、泰戈尔的影响，谈到中国文学他更推崇屈原、李白。这充分表明"五四"文学确实在传统与现代之间划出了明显的界限，此前的热身仅仅是一种过渡，一种并不成功的预演。

如果从近代中西文化冲突以及中国文化的主体选择的角度看，那么新文化运动确实是一座鲜明的界碑。在此之前，是一浪高过一浪的向西方学习的西化大潮，到新文化运动达到了高峰。而且前浪在后浪涌来的时候往往都被甩出主潮，譬如西化的严复在目睹"一战"的残酷后开始质疑西方文化而钟情于传统。既然新文化运动是一场彻底的反传统与西化的运动，那么，此前从洋务运动、戊戌变法、辛亥革命开始接受的科学技术、民主自由，都是新文化运动推崇的对象，但是这场运动不同于此前历次运动的，就在于它是一场伦理道德（善恶）的价值革命与审美观念（美丑）的文学革命，它颠覆了合群的伦理本位而推崇自由的个人本位，试图通过价值革命与文学革命为民主政治与科学的发展扫清道路，进而使中华民族走上强国之路。新文化运动之后，是从西方引进的新文化对中国社会真正施加影响的过程，也是向中国文化妥协的中国化的过程。

"五四"之后的文坛主流选择的是以浪漫主义、现实主义、现代主义为主导的西方现代文学。从"五四"文学革命的发难者胡适、陈独秀，到文学研究会的批评家茅盾，倡导的都是写实主义；但是由于新文化运动是一场个人从传统的礼教中挣脱出来的个人主义的革命，所以"五四"之后第一个十年的文学真正的写实主义作品并不多。鲁迅的《呐喊》与《彷徨》具有浓重的怀旧情绪和抒情特征，冰心、王统照等人那些"爱"与"美"的小说和诗歌，庐隐小说对痛苦情感的大胆吐露，许地山充满传奇情节、宗教情调和异域色彩的小说，几乎都伴有一种浪漫感伤的情调。甚至茅盾的早期长篇小说《蚀》和短篇小说集《野蔷薇》，也具有浓重的个人情调和抒情性。至于创造社作家郁达夫的浪漫感伤和自我忏悔，郭沫若的激情喷发和个人自由，就更是将文学的"五四"精神推向高潮。在鲁迅的《野草》、沉钟社作家以及象征主义诗人那里，可以发现现代主义游魂在中国文坛的律动。因此，梁实秋以"浪漫的趋势"来概括"五四"文学，茅盾在《子夜》中以《少年维特之烦恼》来象征"五四"，普实克认为"五四"文学最显著的特点是个人主义与主观主义，佛克马认为"五四"文学是浪漫主义和象征主义占主导地位，"只出现了为数很少的现实主义小说"①。但另一方面，"五四"文学又兼容了现实主义。鲁迅强烈的感时忧国精神以及改造国民性的使命感，使他不可能不注目于国民的社会现状，因而在喜爱浪漫主义和现代主义的同时不可能排斥现实主义②。郭沫若是以浪漫主义登上"五四"文坛的，但他却把烟囱冒出的黑烟这种西方浪漫主义极为反感的象征物，赞美为"黑

---

① 佛克马：《俄国文学对鲁迅的影响》，见乐黛云编：《国外鲁迅研究论集》，北京大学出版社 1981 年版，第 282 页。

② 高旭东：《鲁迅的艺术选择与文化选择》，《山东大学学报》1993 年第 2 期。

色的牡丹"①。"专求文章的全(perfection)与美(beauty)"的成仿吾也不能待在"艺术之宫"中免俗。温儒敏认为,成仿吾"在阐说对文学本体论的认识时,赞同'表现说',把文学的本质看作是生命意志的自然流露与发抒;在理解文学的价值论时,又努力将'自我表现'的意义导向社会"②。郁达夫《沉沦》中那个苦闷的主人公在自杀之前呼唤祖国富强,正是这种对祖国命运的关心,使郁达夫后来写出了《薄奠》《出奔》等较具社会写实性的作品。而在"五四"文学主流之外的吴宓、梁实秋等清华文人那里,又试图将反现代的西方古典主义文学输入中国文坛,并探索与中国文学传统的对接。因此,王德威所谓的"晚清文学"具有多种可能性而"五四"文学走向单一的观点,并不符合事实。"五四"文学其实是多元混杂的,甚至在鲁迅一个作家身上,就兼容了浪漫主义、现实主义和现代主义,而且这种现象在同时期其他作家和诗人那里也是很普遍的。另一个引人注意的现象是,西化已成时尚,甚至反现代的古典主义也要借着西化的外衣进行言说。

新文化运动之后,虽然中国文学传统受到了致命性的打击,但是传统的语法规则却潜在地对西方文化与文学起着选择作用,而这一点却经常被所忽视。事实上,新文化运动反传统最根本的精神内驱力与内在根源,却是来自于中国文化传统中那种不以信仰为重的实用精神以及家国社稷的兴亡是第一位的文化传统。世界上很多民族包括几度国亡流散世界各地的犹太人,在面临存亡时并没有放弃自己的信仰而反传统。由于中国的西化深深植根于传统之中,所以"五四"所造就的新文化,既非西方文化的简单移植(如胡风所说),亦非中国自身现代性因素的直接结果(如周作人所说),而是中西文化合璧的产儿。这是一种反抗列强入侵的感时忧国精神与个性的自由精神的结合,因而不能仅凭"五四"人物的西化言论就以为新文化就是西方文化。"五四"选择的都是对于立人兴国最为直接的西方的民主科学与个人自由,对西方文学的基督教根基却弃置不顾。夏志清在写完现代小说史之后,发现中国作家对西方文学的罪感传统完全没有兴趣,他甚至奇怪学习西方文学"究竟使中国人的精神生活丰富了多少"③!正因为近代中国作家是以兴邦救国为职志,加之中国文化没有为信仰献身殉道的传统,信什么就需要从什么得到益处,所以他们接受西方某一流派的文学很快,但抛弃这种文学也很快。

从新文化运动到1949年的全国统一,文学是由多元混杂的现代性走向超现代的一元模式。"五四"对西方文化的看法是多元的,尼采主义、实用主义等都曾受到追捧。陈独秀在新文化运动初期还在弘扬西方的个人主义,但是随着十月革命的爆发,李大钊传播的马列主义很快感染了陈独秀。虽然陈独秀的转变对"五四"文坛影响并不是很大,因为受新文化洗礼而起的文学研究会与创造社,都推崇个性自由;但是,在后起的留日文人冯乃超、李初梨、彭康、朱镜我等将"五四"文学的西化方向由欧美转向苏联之后,创造社的元老纷纷转向,后来连鲁迅也加入到"从文学革命到革命文学"的转变中,从而使整个文坛的西化方向发生了转折。如果说以经济上的市场竞争与伦理上的个性自由为特征的资本主义是现代性的标志,那么社会主义就是以推翻资本主义的超现代面目出现的。于是个性自由的"五四"文学精神很快就被一种新的崇尚群体的文学所取代。茅盾从《蚀》《野蔷薇》到《子夜》,王统照从《微

---

① 郭沫若:《笔立山头展望》,《女神及佚诗》,人民文学出版社2008年版,第60页。

② 温儒敏:《中国现代文学批评史》,北京大学出版社1993年版,第56页。

③ 夏志清:《中国现代小说史》,(香港)友联出版社1979年版,第432页。

笑《沉思》到《山雨》,冰心从《悟》《超人》到《分》,许地山从《缀网劳蛛》到《春桃》,老舍从《离婚》《猫城记》到《骆驼祥子》,丁玲从《莎菲女士的日记》到《水》,郁达夫从《沉沦》到《出奔》,蒋光慈从《少年漂泊者》《丽莎的哀怨》到《田野的风》,鲁迅从译介现代主义的《苦闷的象征》到译介现实主义的《艺术论》,新诗从郭沫若、徐志摩的浪漫抒情到臧克家、蒲风描绘人民的现实苦难……整个新文学的主流在向现实主义的方向转折,文学的社会客观性在明显地强化。而且随着民族危机的加深以及抗战的爆发,无疑使得执着的个性更加困难。值得注意的是,这种"超现代"的激进文学追求,又在向着黑格尔、亚里士多德的古典理性与史诗传统回归,使得理性、认识、再现、反映以及典型、百科全书等成了新的文学理论的中心词汇。

超现代的一元现代性模式一方面排斥其他的文学选择,如"左联"的反民族主义文学、反自由人、反第三种人;另一方面是这种模式的现代性与中国民间文化的结合。民歌、民间文学受到了重视,经过革命理论的改造之后,就变成了李季的《王贵与李香香》、赵树理的《小二黑结婚》等新文体。到后来,这种文学就演化成了寻找民间的感性材料以图解政策,融理想于现实之中的创作新方法。不过,在1949年之前文坛还是多元的:在30年代后期和40年代,钱锺书和张爱玲在中国传统白话小说的叙述语言和西方小说的现代技巧的融合中,发掘人的恶性,表现人的孤独和隔膜,显示了中西文学富有创意的结合新路向;在西南联大的文人那里,艾略特、奥登、里尔克等现代派大师还在滋养着他们的灵思,而胡风、路翎等也在左翼文学内部顽强地坚持着"五四"文学个性自由的西化方向。这种多元混杂的文学格局到1949年就停止了。从李大钊传播马列主义和陈独秀的左转,到20年代的红区文学和"革命文学";从30年代的"左翼文学",《在延安文艺座谈会上的讲话》孕育出来的文学,一直到1949年全国变成了"大延安",标志着多元混杂的结束与超现代的一元现代性模式的确立。

四、从"四九"到"七九":超现代的一元模式从僵化到解体

中国文学超现代的一元模式的一统天下,是在1949年7月在北京召开的第一次文代会上。这是被分割在"国统区"与"解放区"的中国文学界在毛泽东旗帜下的一次大聚会,大会的意图就是要把思想统一到毛泽东文艺思想上来。而《在延安文艺座谈会上的讲话》影响下产生的《小二黑结婚》、周立波的《暴风骤雨》、丁玲的《太阳照在桑乾河上》等小说和《白毛女》《兄妹开荒》等剧作,就成为全国的创作典范,"国统区"退居到台湾,整个中国大陆文学的红色就更鲜艳了。鲁迅也被巧妙而高贵地悬置起来:鲁迅是在"国统区",作品揭露的是敌人;假定他活着,作为人民的"孺子牛"肯定会歌颂人民及其代表共产党的。这样一来,推崇鲁迅与批判鲁迅精神苗裔的不满现状似乎从逻辑上就能讲通了。在左翼文人中,首先以"五四"文学传统挑战超现代一元模式的是胡风。虽然胡风在1955年被打倒,但在1956年的大鸣大放中,对超现代一元模式的强力挑战风起云涌,当时很多文人效法鲁迅,文学批评、杂文、小说、诗歌等都出现了与超现代一元模式不和谐的声音。然而,1957年的"反右"是一个标志性的事件,此后与超现代一元模式不和谐的声音被彻底清除了。

与此相联系的,是1949年之后著名作家大规模的搁笔。除了老舍等极个别的作家在1949年之后还有较大的艺术成就,其他的著名作家,不是写点应景文字,就是完全搁笔。有些作家的搁笔特别令人惋惜,如小说创作达到成熟阶段(标志是《寒夜》)却放弃了小说创作的巴金,传世之作《围城》出版后又构思好另一部长篇小说《百合心》却转向古典文学研究的

钱钟书,具有获诺贝尔文学奖潜力却改行从事服饰研究的沈从文。活跃在文坛上的,主要是在延安成名的作家以及在 1949 年之后历次运动中涌现出来的一批文化水平不高、中外文学知识都很欠缺的革命新作家。从 1949 年到 1966 年的"十七年文学",除了老舍的《茶馆》等少数作品可以真正列为经典之作,其他几乎是清一色的"红色经典",其中最受当时读者欢迎的,有写大革命前后的《红旗谱》《播火记》,写学生运动的《青春之歌》,写抗战的《敌后武工队》《烈火金刚》《铁道游击队》《苦菜花》,写解放战争的《保卫延安》《林海雪原》,写农村合作化与阶级斗争的《创业史》《艳阳天》等长篇小说。

周扬在胡风、冯雪峰等人被整肃而真正取得了文坛的话语权之后,并没有向左转,而是在忧虑文坛繁荣与创作质量的情境中略有向右转的倾向。从 1961 年到 1962 年,周扬先后主持召开了北京新侨会议、广州会议、大连会议等,要求尊重文学的特殊规律,给作家以更多的民主与创作自由。但是,从《讲话》开始,毛泽东却在缔造一种与左翼文学略有不同的"红色文学"。这种红色文学要求彻底抛弃自由主义与个人主义并与之划清界限,不能有丝毫的私心杂念,在道德忏悔与个人反省中将一己之水融入廓然大公的红色海洋之中。这种红色文学传统是左翼文学的极端发展,但是比左翼文学更加反自由、反个人,要求"毫不利己专门利人","狠斗私字一闪念"。这是将反对私有制、赞美公有制的马克思主义道德化与中国化的一种结果,其文学的代表作在小说中有金敬迈的《欧阳海之歌》,在诗歌中有"文革"后期出现的《理想之歌》,在戏剧中最典型的就是样板戏。男女之情是属于个人的私情,在这些作品中没有任何儿女私情。《林海雪原》中的少剑波与女卫生员白茹本来是有点罗曼蒂克关系的,然而到样板戏《智取威虎山》中就纯化成革命同志的关系。《海港》《龙江颂》等剧中的男女主人公都是独身,最典型的是《红灯记》,祖孙三代全是光棍。这些作品表现了一己之水在不断的道德反省中,怎样在廓然大公的红色海洋中得以圣化。"文革"有三反:"反帝"割断了与西方国家的文学关系,"反修"割断了与苏联、东欧国家的文学关系,"反封建"割断了与中国传统文学的关系。所以有评论家戏称"文革文学"是"八个样板戏"走在"金光大道"上。从李大钊、陈独秀开始,经过 20 世纪 20 年代的革命文学,30 年代的左翼文学,40 年代的延安文学,一直到"文革",把这种超现代的一元现代性模式推向了极端,也造成了这种红色文学的僵化,从而发生了崩溃和解体。其实,在"文革"后期,人们已经不再相信这种文化状况会持续很久,钱钟书已经开始《管锥编》的写作,季羡林也开始进行《罗摩衍那》的翻译。

当然,这种超现代的一元现代性模式的彻底解体的标志是 1979 年。从 1976 年到 1979 年的三年是过渡,文化氛围与"十七年文学"相似。1949 年,中共十一届三中全会以思想解放为特征,标志着一个新时代的开端。1979 年至今的文学形态,不但与"文革"十年不同,与1949—1966 年的"十七年文学"也不同,而在相当程度上恢复了"五四"文学那种注重个人的传统。从此中国文学真正进入了当代,谢冕在《文学的绿色革命》一书中反复强调了当代中国文学对"五四"文学传统的弘扬。在文学接受上,当代文学也恢复了"五四"文学那种对外国文学的敏感,欧美文学的新潮、拉美文学的爆炸,都在中国文坛上留下了痕迹。从 1979 年到现在的三十多年,当代中国文学从现实主义、现代主义到后现代主义,经历了诸种文学思潮与流派的更迭,甚至像"五四"文学一样,在一个作家身上,就有不同文学流派的痕迹。另一方面,今天的"五个一精品工程"中的一些作品,又是对左翼文学的某种继承,并构成了现代文学到当代文学发展演变的一条重要线索。

可以看出,从 1894 年开始的"前五四的现代热身"使中国文学进入近代,"五四"文学真正将中国文学推向多元的现代性,到 1949 年排斥多元的现代性模式而确立了超现代的一元现代性模式,一直到 1979 年这一模式的解体,中国现代文学恰好经历一个循环。"近代"与"现代"作为取法西方的"modern"是一个概念,并没有划分的必要。如果硬要分界"近代"与"现代",那么这个分界也不应该从"五四"划起,而应该从 1949 年划起,因为戊戌变法是中国文学现代性的一个起点,"五四"文学标志着中国具有现代性特征的文学全面而成功地占领了文坛,1949 年却是排除了其他文学现代性的选择而确立了一元的文学现代性的模式。从起点到确立一种文学现代性模式应该是一个历史阶段,从确立模式到这种模式的自我解构又是一个历史阶段。而 1979 年至今的文学则是当下时代的文学,就是与我们同时代的文学,可以称为中国当代文学。

(原载《文艺研究》2012 年第 8 期)

欧美中国现当代文学研究的历史分期

杨　肖

　　欧美中国现当代文学研究已经取得了斐然的成就。尽管各个国家的发展状况有所不同，但它已经成为一个倍受关注的研究领域。随着这项研究的不断深入，它是何时发生的并经历了怎样的过程，从学术史的角度看就成了一个十分有必要探讨的问题。

　　纵观欧美中国现当代文学研究的发展过程，可以看出，最初它是从属于汉学研究的；而后逐步分离独立出来；进而又向外部拓展。这就明显地表现为三个阶段，我将其命名为前学科化时期、学科化时期和跨学科时期。

　　前学科化时期是指欧美中国现当代文学研究从属于汉学研究并逐渐向独立学科发展的时期。由于现在公认的中国现当代文学的起始时间是 1917 年，因此，作为其学术研究的前学科化时期的时间范围大致可以划分为从中国现代文学的起始至 20 世纪 50 年代末。学科化时期是指欧美中国现当代文学研究已经脱离汉学研究而成为一门独立的学科，这一时期的时间范畴可界定为从 20 世纪 60 年代初至 80 年代末。跨学科时期是学科化时期的延续和发展。这一时期欧美中国现当代文学的研究者们基于历史的、科技的、文化的和学术发展的诸多原因，其研究领域已经不再局限于本学科，而与哲学、艺术、宗教、科学等诸多学科交织起来。这种跨学科的研究视野与方法给欧美中国现当代文学研究带来了新的气息。这一时期的时间范畴可以界定为从 20 世纪 90 年代初至当下。

一、前学科化时期

　　欧美中国现当代文学研究是从汉学研究中分离出来的，最初它从属于汉学研究。汉学（sinology），通常是指海外学者研究中国的一门学问，而这些研究中国的海外学者通常被人们称为汉学家（sinologists）。

　　汉学的历史可谓久远。它滥觞于古代外国人了解和认识中国的迫切愿望，从古希腊人克泰夏斯（Ctesias）于公元前 400 年撰写《旅行记》，而后古罗马博物学家白里内（Gaius Pliny，公元 23—79）撰写《博物志》，地理学家托勒密（Klaudius Ptolemeus）撰写《秦尼国记》等来幻想中国，到 13 世纪以马可·波罗（Marco Polo，1254—1323）为代表的旅行家、柏朗嘉宾为代表的传教士等来体验中国，都为海外汉学的诞生做了最早的铺垫。而后，西方一些知名的传教士如门多萨（Juan González de Mendoza，1545—1618）、曾德昭（P. Alvarus de Semedo，1585—1658）、卫匡国（Martin Martini，1614—1661）、马若瑟（Joseph Marie de Prémare，1666—1736）、宋君荣（Antoine Gaubil，1689—1759）等人成了汉学先驱。到了 19 世纪，汉学作为一个专门学科确立了："无论是从研究人员的数量、研究机构的建立，还是从研究成果的质量来看，这一时期的汉学已成为一门举世公认的专门学科。Sinology 一词也随之应运而生,译成中文就是:汉学,或中国研究,指外国人对中国的社会、历史、文化、思想等各方面进行研究的学问。"①1814 年 11 月 26 日,法国开设了欧洲第一个"汉学讲座",法兰西学院聘任了欧洲历史上第一个汉学教授雷慕沙(Abel Rémusat,1788—1832),他于 1815 年 1 月 16 日演讲的《欧罗巴汉语研究的起源、进步和效用》是汉学在西方成为一个学科的重要标志之一。而后,汉学家的队伍不断扩大。以法国为例,19 世纪前期著名的汉学家就有儒莲(Stanislas Julien,1797—1873)、德里文(De Saint-Denys,1823—1892)、巴赞(Antoine Bazin,1799—1863)、毕欧(E. Biot,1803—1850)等职业汉学家;戴伯理(Dabry de Thiersant,1826—1898)、于雅尔(Camille Imbault-Huart,1857—1897)等外交官汉学家;顾赛芬(Séraphin Couvreur,1839—1919)、戴遂良(Léon Wieger,1856—1933)等传教士汉学家。进入 20 世纪之后,基于多种原因,欧美的汉学研究有了比较大的发展,各国汉学家的队伍都在不断扩大,知名者已不在少数:法国的沙畹(Edouard Chavannes 1865—1918)、伯希和(Paul Pelliot 1878—1945)、马伯乐(Henri Maspero 1883—1945)、葛兰言(Marcel Granet 1884—1941)、雷威安(Andre Levy);瑞典的高本汉(Bernhard Karlgren1889—1978)、荷兰的高罗佩(Robert Hans vail Gulik 1910—1967)、澳大利亚的柳存仁(Liu Ts'unyan 1917—2009)、英国的龙彼得(Piet van der Loon 1920—2002)、毕晓普(J. L. Bishop 英国驻上海总领事)、新西兰的韩南(Patrick Hana 1927—)、苏联的李福清(Boris Riftion 1932—),美国的夏志清(1921—)、马幼垣(Yau Woon Ma1940—)、浦安迪(Andrew Plaks)、伊维德(Wilt L. Idema 1944—)、芮效卫(David Roy)、费正清(John King Fairbank 1907—1991)、赖肖尔(Edwin Oldfather Reischauer 1910—1990)、保罗·柯文(Paul A. Cohen 1934—)、王靖宇(John Wang)、郑培凯等。这些汉学家的研究工作在海外的发展和深入明显地影响了世界对中国文化及文学的认识与了解。

欧美中国现代文学研究的前学科化时期,正是在这样的世界汉学研究的背景下产生的。活跃在这个时期的汉学家与中国现代文学研究的关系可分为两种情况:他们当中一部分学者一生从事汉学研究,但是并未涉足中国现代文学研究;另有一部分学者是在致力于汉学研究的过程中涉足了中国现代文学的研究。无论是上述哪一部分学者,他们对欧美中国现代文学研究这一学科的形成都从不同的角度起到了积极的推动作用。

第一部分学者的汉学研究一方面成为孕育海外中国现代文学研究的土壤,另一方面极大地启迪及影响了后来从事中国现代文学研究的学者。沙畹、伯希和等人的中国历史研究,马伯乐、葛兰言等人的中国宗教研究,高本汉的中国与西方的语言学比较研究等,都为即将登场的中国现代文学研究做了启蒙的工作。而高罗佩的清代小说研究与改写、柳存仁的明清小说研究、龙彼得的中国戏曲研究、韩南的金学及红学研究、翟理斯(1867—1935)的中国文学史研究等,都已经步入了中国古代和近代文学研究的领域。因为阅历和生活年代等多种原因,他们并未涉足中国现当代文学研究,但是他们对欧美中国现当代文学研究这一学科的产生及发展奠定了基础,也可以说,他们的研究成为欧美中国现代文学研究的前奏曲。

第二部分学者是在汉学研究中涉足了中国现代文学的研究。这一类的代表在美国如埃德加·斯诺等;在俄国如费德林、艾德林、波兹涅耶娃等。埃德加·斯诺一生中许多作品都和中国相关,如《远东前线》等,其中,1936 年发表的《活的中国》就是中国现代短篇小说的英

---

① 何寅、许光华:《国外汉学史》,上海外语教育出版社 2002 年版,第 149 页。

文译作,其中收录了鲁迅、柔石、郭沫若、茅盾、巴金等 15 位作家的作品,并有斯诺撰写的《鲁迅评传》等。显然,斯诺先是关注中国的战争、政治,而后才注意中国的现代文学的。昔日苏联科学院院士、教授 H. T. 费德林(1912—),对中国文学的研究著述颇多,主要研究重心在古代文学,成果有《屈原的生平和创作》《论屈原诗歌的独特性与全人类性》《屈原辞赋垂千古》等,但他同时涉足了中国现代文学的研究,选编了《中国作家短篇小说集》,并为柳鲍芙·德米特里耶夫娜·波兹涅耶娃编选的《鲁迅选集》作《序》,表达了对鲁迅的高度关注。艾德林(Eydlin, Lev Zalmanovich 1909—1985)与费德林有相似的学术路径,既从事中国古典文学研究,著有《中国文学(概览)》(与索罗金合著)、《陶渊明和他的诗歌》,又兼及中国现代文学的研究,论著有《论今日中国文学》,还有论文《新中国文学发展概述》《鲁迅笔下的中国这》《论鲁迅的小说》等。柳鲍芙·德米特里耶夫娜·波兹涅耶娃(1908—1974)的学术研究也兼顾古典文学和现代文学,而现代文学研究的成果是斐然的。1949 年,她翻译出版了丁玲的长篇小说《太阳照在桑乾河上》;1954 年,她编选了四卷本的《鲁迅选集》并翻译了其中三分之一的作品,更在《跋》中发表了独特的见解,其文译成日文在日本发表;她的博士论文即是以鲁迅为课题的;1956 年博士论文通过后,她又于 1959 年出版了《鲁迅评传》(译成中文达56 万字):"这是一部很有分量的力作。当这部著作在 40 多年后译成中文出版时,我国著名的鲁研学人林非教授就称赞:这位'俄罗斯汉学前辈,实在称得上是勤奋踏实和严肃认真地从事学术研究的榜样,她涉及的材料之广博,论述的笔法之精细',列出的鲁迅文章之出处和背景材料,'真可以说是做到了无一字无来历,这种一丝不苟的治学精神,确实是十分令人钦佩的'。"①

这一时期欧美中国现代文学研究的特点之一是中国现代文学研究与汉学研究尤其是中国古典文学研究交织在一起。因为中国现代文学正在成长之中,还没有形成一个整体的研究对象,而且当时的通讯速度还比较慢,国外对它的接受和认识受到时间和空间的阻隔。所以,更多的人对中国文化尤其是中国古典文化的兴趣更浓,对中国现代文学的关注还在初始阶段。

特点之二是侧重于介绍与翻译。要研究一个对象首先是要认识它,介绍与翻译就是认识的途径。以苏联为例,1925 年,阿列克谢耶夫就在《东方》杂志上发表文章介绍了胡适的《尝试集》;1929 年,王希礼翻译了《阿 Q 正传》和《孔乙己》;50 年代掀起的翻译热潮更引人注目;"随着中国大陆的解放,客观条件改善和主观研究力量的剧增,苏联对中国文学的引进便在 50 年代出现了浩荡的'洪流'。在这 10 年里出版的译作品种繁多,包括从古代至现、当代的作品;每一种印数均达 5 万或 10 万册……现、当代的大作家如鲁迅、郭沫若、巴金、茅盾、老舍、叶圣陶、丁玲等都有了俄译本:四卷本的《鲁迅选集》(1954—1955)、两卷本的《老舍选集》(1957)、一卷本的《郭沫若选集》(1955)、三卷本的《茅盾选集》(1956)以及丁玲的《太阳照在桑乾河上》(1949)等。一些在西方还很少被介绍的作家如马烽、李准、周立波、杨朔、艾芜、陈登科、秦兆阳、冯德英等在苏联也都得到了译介"。② 与此同时,其他国家的翻译与介绍也都有了很大的推进。

---

① 李明滨:《波兹涅耶娃的学术成就和对中俄文化交流的贡献》,《中国俄语教学》2008 年第 4 期,第 28—32 页。

② 李明滨:《俄罗斯年谈中俄文学交流》,《国外文学》2007 年第 2 期,第 35—44 页。

二、学科化时期

学科化时期是指欧美中国现当代文学研究已经脱离了传统的汉学研究而成为一门独立的研究学科，这一时期的时间范围是从 20 世纪 60 年代初至 80 年代末。

此时，由于中国文学已经由现代文学（1917—1949）步入当代文学（1949 至今）时期，中国现代文学作为整体的批评对象已经形成，中国当代文学也已初露锋芒，所以，20 世纪 60 年代初，中国现当代文学研究在欧美发展成为一个独立的学科已经水到渠成。

作为一个独立的学科于汉学研究中分离出来，对欧美中国现当代文学研究来说，是一个里程碑的标志，但它要发展起来也并非是一件容易的事。一方面，刚刚有了立足之地的欧美中国现当代文学研究在各国还处于边缘的地位，并不能跻身于各国文学研究的主流中；另一方面，面对中国大陆本土对中国现当代文学的研究，它也是处于一种边缘的地位。所以，坚持与发展，是这个时期欧美中国现当代文学研究学者们的重要任务。

这一时期欧美中国现代文学研究的主要特点表现在以下几个方面。

第一，从研究人员上看，专业化队伍逐渐形成。

刚刚进入学科化时期的中国现当代文学的研究队伍相对于以往依托的庞大的汉学研究队伍而言，数量可谓不多，但却形成了一支经过历练的专业化队伍，学术声望有很大提高。捷克斯洛伐克的普实克（Prusek, Jaroslav 1906—1980）是领军人物之一，这位捷克科学院院士，生于布拉格，先后在哥德堡、莱比锡、上海、东京等地读书，1945 年起在大学任教，在中国现代文学研究领域独树一帜，他将西方马克思主义的历史社会学观点与布拉格学派的形式主义文论相结合，用宏观和微观相结合的研究方法，历史性地引导了当时西方中国现代文学研究的潮流。他不但对中国文学的译作丰富，还撰有学术专著《中国文学史》《中国现代文学研究》《抒情与史诗作品》等，并通过与夏志清的学术论争，推动了海外中国现代文学研究的学术对话。夏志清，著名美籍华裔学者，哥伦比亚大学教授，其两部英文著作——《中国现代小说史》和《中国古典小说史论》，奠定了他在海外中国文学尤其是中国现代文学研究领域的突出地位。他直陈见解，对中国的一些现代作家给出自己的评价，曾起到了一石激起千层浪的效果。苏联在中国现当代文学的不同题材领域的研究中都出现了优秀的学者。继上个时期的波兹涅耶娃之后，鲁迅研究继续发展，维·彼特罗夫 1960 年出版了《鲁迅生平与创作概论》、谢曼诺夫 1967 年出版了《鲁迅和他的前驱》；在诗歌研究领域，切尔卡斯基的研究成果丰盛，他 1972 年出版了《二三十年代的中国诗歌》，1982 年出版了《战争年代（1937—1949）的中国诗歌》，1983 年出版了《五十到八十年代的中国诗歌》。而尼克里斯塔娅则在戏剧研究领域有了突破，1984 年出版了《曹禺创作概论》。应该说，是一批训练有素的学者促成了这一时期研究的专业化，如：美国的夏济安、金介甫、葛浩文、奥尔格·郎（Olga Lang）、梅仪慈、胡志德（Theodore D. Huters）、威廉·莱尔（William Lyell）、李欧梵、印度留美学者兰比尔·沃勒（Ranbir Vohra）、汉乐逸（Lloyd Haft）、林培瑞（Perry Link）、叶维廉、奚密、耿德华（Edward Gunn）、安敏成、史书美和谷梅（Merle Goleman）；英国的卜立德、杜博妮（Bonnie McDougall）；新西兰的韩南（Partick Hanan）；澳大利亚的柳存仁（Liu Ts'unyan）；荷兰的佛克马、柯雷、J. 斯洛尔霍夫；瑞典的高本汉、马悦然，等等。这些人是学科化研究时期西方各国展开中国现当代文学研究的核心人物，正是他们产出了这一时期丰厚的研究成果。

第二,从研究内容上看,重在作家作品研究。

从上述学者的大量成果可以看出,在学科化时期,作家作品研究成为研究内容的重心。这里,再进一步以美国为例来说明问题。在前学科化时期就已露锋芒的夏志清以及这一阶段在美国出现的大批中国现当代文学研究者和他们的研究成果,使美国成为这一时期中国现当代文学在英美国家研究的重镇。而且正是美国的研究,提供了世界范围内的中国现当代文学研究学科化的两大标志,第一个是 1961 年夏志清的《中国现代小说史》(*A History of Modern Chinese Fiction*)的出版(耶鲁大学出版社),第二个是 60 年代初在哥伦比亚大学最先设立了中国现代文学教授职位。前者意味着海外中国现当代文学研究成果已跃上新的层次;后者意味着美国学界和官方对其中国现当代文学研究学科的正视和承认。此时中国现当代文学在美国的研究方向大致可以分为两类:第一类是以作家、作品为重点的专论研究,其代表人物有夏志清、李欧梵、金介甫等;另一类则是以中国现当代文学的外部研究为重点的研究,代表人物有林培瑞等。而作家作品研究的成果可谓是此时期的代表性成果。

第三,从研究方法上看,探寻理论批评视角。

这个时期的欧美中国现当代文学研究的学者们适时地把握了学术研究的机遇——此时,虽然西方"理论热"的时代尚未到来,但部分文学理论已十分活跃,比较有代表性的有:新批评、结构主义、原型批评、解构主义、文化研究等,研究者们尝试运用这些新的文学理论对中国现当代文学进行阐发,并辅以新的研究方法,从而带来了研究的推进,越来越明显地显示出这一学科独立出来的价值。以美国的两位大家为例:夏志清写作《中国现代小说史》,便以理论来沟通中西文化差异。他对 40—50 年代两大批评理论即阿尔德立基(John W. Aldridge)的新批评理论(New Criticism)和李维斯(F. R. Leavis)的《大传统》(*The Great Tradition*,1948)有意借用,同时也以艾略特(T. S. Eliot)、屈灵(Lionel Trilling)、拉夫(Philip Rahv)、豪尔(Irving Howe)、泰特(Allen Tate)、史坦纳(George Steiner)等人的批评方法践行于中国现代文学研究中。李欧梵同样以理论的自觉来沟通中西文学,他所处时代的理论场域较为复杂,接受也比较多元:福柯(Foucault)和德里达(Dervida)的结构主义和解构主义理论、哈贝马斯(Habermas)的"公共空间"(public sphere)、伊格尔顿(Terry Eagleton)的"批评"概念、弗洛伊德精神分析理论,等等。他们的理论视角也影响着同时期人们的理论关注,这就为下一个时期的跨学科研究打下了基础。

第四,从发展格局来看,各国进度存在差异。

应该说,此时各个国家的发展状况不尽相同。美国、苏联、捷克、法国、英国、德国等是其研究重镇,学科化特点比较明显;而此时荷兰、瑞典、丹麦、挪威等还处在向学科化过渡的时期,翻译还是其重心工作,如荷兰:"J. 萨默威尔于 1960 年编辑出版了一部题为《中国小说大师》的现代短篇小说选集,该文集中除了鲁迅有两篇小说收入外,其余的作家,如郭沫若、茅盾、沈从文、老舍、巴金、丁玲、林语堂和端木蕻良则每人收入一篇。实际上,在此之前,赛恩·弗里斯于 1959 年出版了鲁迅的《阿 Q 正传》荷兰文译本,茅盾的《子夜》则问世得更早些。1986 年,由威廉·克鲁恩和丁耐克·毫斯曼据法译本译出了巴金的《家》,从而开启了巴金作品的翻译工作。据不完全统计,中国现代的主要作家都有作品被直接或转译成荷兰文,包括赵树理的《李有才板话》和老舍的《骆驼祥子》等。"①但是由于处于研究重镇的一些国

---

① 王宁:《中国现代文学研究在西方》,《中国文化研究》,2001 年第 1 期。

家的学科化研究的促进和国际交流的扩大、研究成果的传播,使得许多国家的中国现当代文学研究都在相当程度上有了发展。

三、跨学科时期

跨学科时期的出现将欧美中国现当代文学研究推向了一个历史的新高度。所谓跨学科,是指这一时期欧美中国现当代文学研究者的研究领域已经不再局限于本学科,而是向外有了很大的跨度,具体而言如语言、电影、图像等;宽泛而言如社会学、人类学、宗教学等。跨学科的研究极大地拓展了欧美中国现当代文学的研究视域,增加了学科的交叉性和交融性,将欧美中国现当代文学研究引向更大的研究空间。这一时期的时间范畴是从20世纪90年代初至今。界定20世纪90年代初为跨学科时期的起点,是因为欧美诸多中国现当代研究学者的跨学科研究的成果都是在这时乃至之后呈现出来的。

跨学科时期形成的原因是多方面的。一方面,科技的进步,时代的发展,使人们有了更多的沟通方式和传播媒介,促使人们的日常生活有了很大的改变,这也制约着学术研究的改变。如网络的出现,不仅提供给大众新的沟通方式,同时也带给世界新的传播媒介,进而依此衍生了许多新的事物与现象,如网络小说、网络批评、视觉文化等等。新事物的出现必然催生新的研究领域,这自然为原有的基于学科的研究带来了新的机遇。另一方面,欧美中国现当代文学研究的理论场域也发生了很大的变化。正值欧美中国现当代文学研究向纵深发展的时候,西方的理论界也步入了前所未有的"理论爆炸"时期,各种各样的理论相继而生,对文学和文化研究都产生了很大的影响,欧美中国现当代文学研究也必然被卷入这巨大的理论场域中。而这纷纭复杂的理论早已突破了原有的学科界线,欧美中国现当代文学研究的学者们各自操持着自己所熟悉的一种或几种本学科的或跨学科的理论来研究中国现当代文学。这些新的批评理论与中国现当代文学研究相结合,便带来了多样的研究实践,也使跨学科研究成了大势所趋。

跨学科时期欧美中国现当代文学研究有以下几方面特点。

其一,学术疆界不断拓宽。以往学者们的研究领域一般局限于作家研究、文本研究、社会文化背景研究、人物形象研究等,而这时期的文学研究与性别、种族、生态、历史、科学等紧密接轨,使欧美中国现当代文学研究的疆界不断地拓展。这可在下面一些学者的研究中窥见一斑:张英进、张真、傅葆石等的电影研究;Andrew Jones 的流行歌曲研究;Kirk Denton 的思想史和政治文化研究;柏佑铭(Yomi Braester)的历史和创伤研究;刘康、王斑的马克思和毛泽东美学研究;张旭东的后社会主义研究;刘禾的"跨语际实践"研究;耿德华(Edward Gunn)的语言风格研究;贺麦晓(Michel Hockx)的文化生产研究;王瑾的大众文化和政治研究;钟雪萍的性别研究;李欧梵的城市研究;陈建华的鸳鸯蝴蝶和通俗文学研究;周蕾的后殖民理论研究、林培瑞的异议政治研究;乐刚的文化人类学研究;刘剑梅、李海燕的情感、社会和文化史研究,等等。纵观上述欧美中国现当代文学研究者的研究方向与成果,十分明显,都具有了跨学科研究的风貌。应该说,时代的发展,新兴研究领域及大量新的研究方法的出现,令这些研究者们如鱼得水,促使他们的研究具有了开拓性和开放性。

其二,学术路径不断开放。欧美中国现当代文学研究在各个层面加强了与各方的沟通与交流,尤其是与中国本土研究的交流。以学术访谈为例,当下,它成为海外与大陆学者进行学术对话的最常用的形式,仅美国学者与大陆学者间的访谈自 2005 年起便频频出现,具体数据可见下表1。

表1 2005 年以来美国学者与大陆学者的访谈文章汇总表

对话(受访/访)	文章题目	发表期刊	发表时间
夏志清/季 进	对优美作品的发现与批评,永远是我的首要工作——夏志清先生访谈录	当代作家评论	2005 年第 4 期
王德威/季 进	当代文学:评论与翻译——王德威访谈录	当代作家评论	2008 年第 5 期
王德威/季 进	抒情传统与中国现代性——王德威教授访谈录	书 城	2008 年第 6 期
王德威/季 进	海外汉学:另一种声音——王德威访谈录之一	文艺理论研究	2008 年第 5 期
王德威/季 进	华语文学:想象的共同体——王德威访谈录	渤海大学学报	2008 年第 4 期
王德威/李凤亮	海外中国现代文学研究历史与现状——王德威教授访谈录	南方文坛	2008 年第 5 期
鲁晓鹏/李凤亮	"跨国华语电影"研究的新视野——鲁晓鹏访谈录	电影艺术	2008 年第 5 期
唐小兵/李凤亮	"再解读"的再解读——唐小兵教授访谈录	小说评论	2010 年第 9 期
唐小兵/李凤亮	20 世纪中国文艺运动的历史阐释——唐小兵教授访谈录	文艺争鸣	2010 年第 6 期
张英进/李凤亮	海外中国现代文学与电影研究的学科意识——张英进教授访谈录	文艺理论研究	2008 年第 6 期

注:上表系笔者根据资料而整理

跨国界访谈现象的出现,是全球化时代学术交流开放性的具体体现,表现出了历史的进步性。除了"访谈",海内外学者关于中国现代文学研究的国际学术会议也频频召开,更有大量的此领域的访问学者往返于各个国家之间,还出现了一些开放性对话性的学术刊物,等等,这一切都展现了欧美中国现当代文学研究的学术路径的开放性。

第三,学者队伍发生了变化。这主要表现在族裔身份上:在汉学研究时期,汉学家的队伍基本上是外国人;在欧美中国现当代文学研究进入学科化时候后,学者队伍中的华裔比例有了很大的提升,不过由于历史的原因,这些华裔学者很少在中国生活过,这也决定了他们的研究带有被阻隔后的特征;进入跨学科时期后,欧美中国现当代文学研究的队伍中的华裔学者已成了重要力量。他们大多在国内生活过,改革开放后留学并定居国外,"由于他们的写作是介于两种或两种以上的民族文化之间的,因而既可与本土文化和文学进行对话,同时又以其'另类'特征而跻身于世界文学大潮中:之于本土,他们往往有着自己独特的视角,从一个局外人的眼光来观察本土的文化,而之于全球,他们的写作又带有挥之不去的鲜明的民族特征"①。这样,跨学科研究时期的欧美中国现当代文学学者队伍便由外国学者、在国外成

① 王宁:《流散写作与中华文化的全球性特征》,《中国比较文学》2004 年第 4 期,第 5—10 页。

长起来的华裔学者以及有丰富的国内生活经历而后定居国外的华裔学者等几部分人构成，这也就促成了研究视角、观点、立场的多元性和丰富性。显然，跨学科研究将欧美中国现当代文学研究带入了一个新的学术发展阶段。

（原载《扬州大学学报》2011 年第 6 期）

认真求实，共同探索

——中国近、现、当代文学史分期问题讨论会纪实

李葆炎　王保生

中国社会科学院文学研究所发起的"中国近代、现代、当代文学史分期问题讨论会"，九月九日至十三日在北京中国现代文学馆举行。来自北京及各省（市）的二十多个高等院校、科研机关、新闻出版单位的六十余名代表参加了会议。中国社会科学院副院长汝信到会并讲话，王瑶、季镇淮、李何林、任访秋等四十余位专家学者在会上发言，历史学家蔡尚思也寄来了书面发言。美国加州大学陈幼石教授参加了讨论会，并在会上发言。会议由中国社会科学院文学研究所副所长马良春主持。

一、关于文学史分期的意义

（1）"文学无史"论

几位代表在发言中说，把几千年的文学现象分成几个历史时期，是属于方法的范畴，文学本可以不按史的方式来叙述，不必分期。

陈幼石说，文学史分期是出于教学的需要，用以组织材料的权宜方法。文学与历史不一样，历史是朝着光明发展的，不会倒退，文学并不完全如此，不是始终前进的：历史的发展是大一统的，而文学却是多元化的，因此，按历史分期方法来对待文学，会对文学有很大的限制。

汪晖认为，文学史分期就其本质而言，是一种必要的假设，是一种借以认识特定时期文学作品的思维工具，而未必是一种事实。王晓明也认为，任何一种文学史都是一种假定，我们划分文学史，只是一种手段。

（2）文学有史，分期必要

李何林认为，严格地说，文学及一切意识形态的发展，都有前后继承的关系，因此文学史是客观存在。

刘纳指出，文学固然具有超越性、共时性、永恒性，即非历史性，这使我们今天仍然能够欣赏千百年前的作品并产生共鸣；但是文学又是作为历史现象存在的，每一个时代的文学都加入到奔腾不息的文学历史的长河之中，成为民族历史与人类历史的组成部分了。当我们去寻找文学随时代变化的轨迹时，就感到了分期的必要。

杨义认为，文学史分期问题，实际上包含着文学观念的问题。近年出现的近、现、当代文学史分期的争论，实际上是新时期文学观念的变革在文学史研究上的投影。不少中青年学者从中国文学与世界文学总格局相融合的过程，提出新的分期理论，其意义在于向一般的社会政治发展史要求文学史的相对独立性。

张恩和认为,任何事物有发展过程,就有分期的可能,文学史分期是可行的。陈全荣认为,承认文学有其自身发生、发展的历史,有其自身运动的规律,是我们讨论文学史分期的前提。文学史分期的必要性在于:第一、文学的发展过程是分阶段的,文学史分期就是要把文学发展中既有连续性又有区别的各个不同阶段区分开来,分期的本身就是对文学发展规律的认识,就是为了揭示和描述文学发展的规律;第二,对文学史进行分期,是科学研究进行合理分工的需要;第三、对文学史进行分期是文学史断代学科发展的需要;第四、对文学史进行科学的分期,发展文学史的断代科学,是走向综合科学所必经的途径。

樊骏认为,人们之所以有各种不同的文学史分期,是由于分期的标准不一。他认为归根到底,作为文学史的分期,总是以一定的文学史观和文学观为依据的。这几年我们的文学观、文学史观有了改变,不再单纯地按政治进程来要求文学,因为从文学观的改变来说,文学史分期也是必要的,不是外加于文学的,可有可无的工作,它反映了我们对文学发展线索和阶段的理解。

陈学超说:文学分期问题实际上是个方法论问题,它不仅体现了对文学发展流变规律及其阶段性的认识,而且这种科学范围的方法本身,也是以往研究的结果和未来新的研究的开端。方法论是受一定的文学观念影响和制约的。五、六十年代"工具论"的文学观念,产生了近代、现代、当代文学史这样的"三段式"的划分方法。新时期"工具论"的突破,文学本体研究的深入,文学史研究思维空间的扩展,必然导致人们对于"三段式"分期方法的反拨。

马良春指出,若要对自己的研究对象获得深入的认识,就不可忽略对历史发展的连续性和阶段性的思考,也就是说,必须将研究对象置于历史发展的广阔背景上,瞻前顾后,左右照应,从而才有可能做出科学的判断的评价。文学不但有史,而且有阶段,可以分为若干时期来研究。

二、关于文学史分期的标准

（1）文学史分期应与社会发展史分期一致

季镇淮主张文学史分期必须依靠历史学的研究,历史学的分期也就是文学史的分期。文学史因此可分为原始社会文学、奴隶社会文学、封建社会文学、半封建半殖民地社会文学……这要比古代文学、中世纪文学、近代文学……的分法好。

李何林也主张文学史分期应以社会史和革命史的发展阶段为标准。因为文学是社会生活的反映,社会发展的各阶段必定影响到文学的发展。当然文学不是平面镜式地反映社会,通过作家自身,如同三棱镜、多棱镜的反映,但作家思想的变化也是社会生活的产物。社会变化的关键,还是革命,因此文学史的分期,还要从领导思想上来看,讲文学史不能不讲社会性质,不能不讲领导思想。

刘纳认为,在人类文学错综曲折的历史进程中,最巨大的变革是从古代文学到近代文学的变革、这个变革的过程与近代生产方式发生、发展的历史相一致,它反映出人类精神生活发展的共同趋势。寻找我国文学这个变革过程的脉络,确定它的起始时间,便为文学分期找到了依据。

张永芳认为,文学史分期问题离不开政治,离不开历史,我们应该把文学史当作通史的一个分支,不要把文学的特殊性强调得过分。文学史分期应与历史分期相一致。

张恩和认为,文学史分期要尊重历史事实,不能随意划分,任何分期都是相对的,分期本身有其模糊性,分期是手段,不是目的,文学史既有其特殊性,又与其他史有共通性、联系性。

马良春认为,虽然人们近来常常谈文学的"内部"研究,但文学与社会发展的关系毕竟是主要的。文学对社会现实的反映是敏锐的、及时的,况且文学的全部历史并非只是由作品所构成,各种文学思潮、文学运动,无不是由于一个时期的政治、经济、社会思潮的影响产生的。因而,文学发展与社会发展的同步性是主要的,如果从文学发展的总体上考虑,分期只能以社会性质作为依据。

（2）文学史分期须以文学自身发展特点为依据

王瑶说,从理论上说,作为意识形态的文学,当然要为社会存在所影响所决定,每一时代的文学,都不能脱离当时的经济和政治。因此,文学史的分期是不能不考虑与之相应的历史分期的。但文学也有它自身的特点,经济和政治对文学的影响究竟何时以及如何在文学上反映出来,还要受到文学内部以及其它意识形态诸因素的制约,因此,它的发展进程并不永远是与历史环境同步的。苏联一般把高尔基的《母亲》视为社会主义文学的肇始,而《母亲》问世的1906年距十月革命还有十余年。就因为文学往往能在重大历史事件发生之前,就预感到社会的动荡和人民情绪的变化,因而敏锐地在作品中有所反映。"五四"文学革命也是这样,它的主要精神如果用一句话来概括,就是要求用现代人的语言来表现现代人的思想感情;现代人的语言就是白话文,现代人思想感情的内容就是民主、科学以及稍后的社会主义。它实质上是中国人民要求现代化的历史性愿望和情绪在文学上的反映。无疑,它是先于历史本身的进程的。世界文学也存在这种情况,例如直到十九世纪中叶,德国仍然是一个分裂落后的国家,但却产生了很高水平的德国古典哲学,同时也产生了以莱辛、歌德、席勒、海涅为代表的优秀的德国文学。这就说明,经济基础之外的其它因素,也可以影响到文学的历史进程,使之与历史环境发生或前或后的非同步关系。总之,文学史分期应当充分重视文学本身的历史特点和实际情况,而不能生硬地套用通史的框架。

钟贤培认为,文学史是社会历史这一客观变化的组成部分,但是文学作为一种特殊的意识形态,它本身的兴衰有其它意识形态所不能代替的发展变化规律。因此,只有以历史发展为依据,充分考察文学本身的变化发展特点,才能在中国文学的发展史中,划出能体现文学发展的轨迹、有利于探索文学发展规律的历史分期。

杨义在发言中强调,文学发展有自己的特殊规律,不能以政治的、社会的历史分期这把刀子斩断文学发展的脉络,在分期问题上,我们要充分认识到文学的独立性。

另外,还有一些同志在发言中谈到,文学史分期要注意到社会历史标准和文学标准的统一。郭延礼认为,这两个标准中,文学自身的发展变化,应该是文学史分期的主要标准。但是,如果文学史的分期能和历史的划分一致,这对于文、史两大学科的渗透和开展综合性的研究都是有好处的。比如古代文学中,我们就是大体从朝代来划分的,如两汉文学、魏晋南北朝文学、唐代文学、宋代文学、元明清文学,同时还有汉赋、魏晋文、唐诗、宋词、元曲、明清小说的提法,这也说明一个时代有一个时代的文学,诚如顾炎武所云:"三百篇不能不降而《楚辞》,《楚辞》之不能不降而汉魏,汉魏之不能不降而六朝,六朝之不能不降而唐也,势也。用之一代之体,则必似一代之文,而后为合格。"（《日知录·诗体代降》）

王友琴认为,文学发展有自身的规律,但是不能回避政治的影响。我们反对政治干涉文学,但是当我们描述文学史时,却不能无视政治权力对文学的影响。

文学史分期应以文学观念的变化为依据

许志英把文学观念的变化作为文学分期的依据。他认为,从"五四"开始的新文学史,就是中国文学现代化的历史,文学现代化最根本的是文学观念的现代化,现代化是现代文学的总体特征,要确定中国现代文学的边限、期段,就必须以文学的现代化过程作为主要依据。杨占升认为,文学史分期主要应从创作出发,因为任何文学观念的改变,最终总是要在创作上反映出来。

曾庆瑞认为,文学观念、文学思想、文学形态的变化,是划分文学史时期的标准,古代文学、近代文学、现代文学在这几个方面都发生了本质的变化、清晰地形成了三个不同的阶段。

(3) 对"近代""现代""当代"以及"现代化"的称谓置疑

蔡尚思在书面发言中说,用"近代""现代""当代"的称谓划分文学史,不够科学。因为所谓"近代""现代"是属于时间在推移中的无定名词,各时代的人都各有自己的"近代""现代",所有前人眼中的"近、现"代,都会变成后代眼中的"古代"。假使一代一代的人们都笼统地把这个"近,现"代一直沿用下去,一部历史就将全是"近、现"代了。所以,用"近、现"代来划分文学史阶段,是不够科学的。因此他又提出划分中国史期的科学标准是它分为:一、原始社会时代;二、奴隶社会时代;三、封建社会时代;四、半殖民地半封建社会时代——1840 年到1949 年;五、社会主义社会——1949 年以后。

汪晖在发言中则对用现代性、现代化、现代意识等非文学术语来界定现代文学与其他文学的区别表示质疑。他认为这些非文学的术语并未得到清楚明确的诠释。而文学史的划分需要用一整套统一的文学术语作工具,这样才能使文学史的划分标准有别于政治史、社会史或其它史。强调文学史应以自身规律为依据并不排斥其它文化成分如政治经济的变化、社会思潮演变等对文学的巨大影响,恰恰相反,它强调这些因素的重要性,只是要求将这些因素纳入到文学自身的范围内。欧洲有些评论家提出了"时期风格"概念,以此来认识特定时期的文学。这个概念在大多数评论者那里是一个"综合性"概念,它一方面可以包含历史的、心理的、文化的、语言学的等等成分,另一方面在艺术表现上也不强调单一性,如把巴洛克时期理解为"巴洛克、古典主义和形式主义潮流的混合体",把象征主义时期看作与现实主义、自然主义、浪漫主义及高蹈诗派一致并同时发生的强有力的象征主义者的"进程"。傅斯年、苏雪林等在文学史分期上也使用了时期风格概念,我们现在是否也可引入"时期风格"概念呢?

三、近百年文学史如何分期

(1) 现代、当代合一

王瑶在发言中指出,"五四"文学革命运动与晚清文学改革运动之间不仅有彻底性与妥协性的差别,而且从历史发展的观点来看,"五四"文学革命并不是与晚清文学改革运动一脉相承的。在它们之间并不是一个由数量的积累到逐渐深化的演进过程。"五四"文学革命是在晚清文学改革运动萎缩、退化和偃旗息鼓之后,才在新的历史条件下,以更为激进和彻底的姿态,要求文学从思想内容到语言形式都进行现代化的一次文学运动。而原来提倡革新的人对"五四"开始的文学现代化竟充满了惶惑与恐惧,这还不足以说明现代文学是在新的历史条件下揭开了新的一页吗?"五四"新文学的历史特点,主要表现为它自觉地加强了文学与人民群众的结合,同时也加强了文学与现实生活的联系,形成了以革命现实主义为主体并包含有各种创作方法和流派的新的文学风貌。这一切都是在广泛吸取外国文学营养并使之民族化、继承民族传统并使之现代化的过程中发展的。六十余年的历史证明,由于它具有文学现代化的基本特点,因而同今天文学创作的根本精神是一致的、一脉相承的。我们可以把现、当代文学合在一起,即把 1919—1976 年的文学称为"现代文学"。而 1976 年以后的新时期文学应是文学批评的范围,可不入史。

曾庆瑞也认为,晚清文学是古典文学的尾声,它在文学思想和文学形态上并没有发生根本改变。"五四"确实是一个文学史上的重要界线,近代不能与现代合一。但新中国成立不能作为文学史的分界线,1976 年也不是文学史的分界线。从"五四"直到今天,文学的基本性质并没有改变,新时期文学提出要高举人道主义的旗帜,这与五四时期周作人提出的"人的文学"的口号并无根本差别,现在强调文学的主体性,这与胡风的文艺思想也有密切的联系,所以,从五四到现在,是一个完整的文学过程,1917 年开始的新文艺,应该向今天延伸,把现代、当代合在一起,是符合实际的。

樊骏认为,"五四"文学革命是中国历史上空前的变革,把近百年的中国文学史鲜明地划出前后两个时期。主张近代和传统文学合并或分开的同志有一个共同点,即都认为在近代文学则出现了与传统文学不同的因素,问题在于如何估计这些因素在文学史分期上的作用。比较熟悉古典文学的同志,特别敏感近代文学与传统文学不同的因素,而熟悉现当代文学的同志则认为这些因素没有什么了不起,与现代化差得远。我们不能用其他方面的现代化代替文学本身的现代化。真正出现现代意识的文学还是在"五四"以后。通过"五四",文学从内容到形式,从总的精神到审美方式,才都是现代化的了。现代作家群的出现、作家自主意识的产生,这样一种作家的自觉、文学的自觉、民族文学的自觉,也是从"五四"时代才开始的。

许志英说,"五四"文学革命是我国文学真正走上现代化道路的标志。"五四"以前,现代意识处在一个渐变的过程中,在意识形态领域的全局上没有也不可能处于主导地位,文学还被认为是工具性的,是政治或思想的附庸或外壳。文学现代化最内在的是文学观念的现代性。从陈独秀、李大钊、周作人、鲁迅到文学研究会、创造社,都体现了现代民主、自由、进步的文学要求。在新文学的第一个十年里,无论是"为人生"的文学观,还是自我表现的文学观,都比以往任何时候更加注重文学创作的主体意识。文学社团蜂起,文学思潮复杂纷繁,创作方法的全面引进,文学流派争奇斗妍,它成了现代文学史上最振奋人心的一页。而从1928 年开始到 1976 年的近五十年现代文学处于漫长的探索迂回的阶段。近半个世纪的文学发展的结果,只是表明了终点与起点差不多。从 1976 年 4 月开始的新时期文学乃是中国现代文学的复兴,跟新文学第一个十年一样,呈现了繁荣的局面。

郭延礼认为,应该承认"五四"这块界碑的作用,以五四运动为界所划分的近、现代两个时期的文学,它们之间有着质的区别。朱金顺也认为,文学史分期早已有了,朱自清的《新文学纲要》的分期已很清楚,王瑶的《新文学史稿》的分期,就是从其师朱先生那儿继承下来的。将来不管怎么变,"五四"文学革命仍是一个标志,1917 年的断裂是无法比拟的。

陈全荣认为,中国现代文学的开端可以五四为起点,也可以 1915 年《青年杂志》创刊为起点。他主张取消 1949 年这条人为的界线,把中国现代文学七十年作为一个统一的过程加以梳理和总结。他认为这段文学历史可以分为五个阶段:1. 文学革命时期(1915—1927);2. 革命文学时期(1928—1936);3. 民族革命战争的大众文学时期(1936—1942);4. 工农兵方向时期(1942—1976);5. 自觉开放时期(1976—)。我们可以把当代文学理解为现代文学运动正在进行,尚未完成的部分,它具有运动性和未完成的特点。

杨占升说,近代文学对现代文学的影响是有的,但主要是接受外国文学的影响。他认为新时期十年文学与五四文学运动的第一个十年衔接得很密切,今天我们仍然要继承五四文学的传统。当代文学之所以受欢迎,关键是把人当成人来写,从当代文学的角度看现代文学,更使人感到五四时期人的发现的重要。

刘增杰在发言中论述了解放区文学与当代文学的统一性问题。他认为三十年代后期兴起至七十年代后期衰竭的中国工农兵文学运动,是一个具有完整形态的文学运动,中经诞生期、发展期、繁荣期、衰歇期,党的三中全会以后,通过改造与深入,流向新时期文学。因此把现代文学与当代文学合二而一的时机已经成熟,把 1917 年到 1976 年间六十年的文学作为中国现代文学的研究对象,将会在我们面前展现一个新的天地。如果继续把现代文学孤立于三十年,那无异于作茧自缚。王晓明认为,把现、当文学打通,可以看清许多问题,比如如何正确评价鲁迅,如何正确地评价《在延安文艺座谈会上的讲话》等,它有助于我们对这一段文学史的理解和把握。

(2) 近代、现代合一

任访秋主张把传统分期的近代(1840—1916)与现代(1917—1949)合在一起称为“近代文学”,理由是,第一、两段时期的社会性质都属于半封建半殖民地;第二、从革命性质而言,都属于资产阶级民主主义革命,革命任务都是反帝反封建。

陈学超坚持他 1983 年提出的近、现代合一的分期法。他说,近代文学是中国近代半封建半殖民地社会新的生产关系、新的人物、新的观念意识的反映,近代资产阶级文学开始与世界各民族文学相融合,与传统文学相决裂,并提出建立资产阶级民主主义文学的一系列任务,向“五四”文学革命高潮过渡。因此,“三段式”分法模糊近代文学与古代文学的质的区别,割裂近代文学与“五四”新文学发展的内部联系,已经对近代文学研究带来了极大的影响,成为中国文学史研究的“腰疼病”,因此他主张将鸦片战争以后八十年的文学史和五四以后三十年的文学史结合起来,建立“中国近代百年文学史”的新格局。他认为这一百十年的文学可分为四个阶段:1. 从鸦片战争前后到戊戌变法前后,为近代文学的孕育期;2. 从戊戌变法前后到五四前后,为近代文学萌发期;3. 从五四前后到 1928 年革命文学论争前后,为近代文学的飞跃期;4. 从 1928 年到 1949 年第一次文代会,为近代文学的发展期。

钟贤培认为,反对封建专制统治,要求社会民主:反对帝国主义侵略,要求民族独立,振兴国家;反对思想钳制,要求个性解放,在鸦片战争时期的文学作品中有明显的表现,这三个方面是中国文学进入近代社会的重要标志,是在半殖民地半封建社会的特定历史条件下产生的新的文学特征,它是中国古代文学的必然终结和新的文学的滥觞。这个新的文学并不是到了五四运动前就停止了。五四运动以后,它又进入了另一个更高阶段的文学时期,即新民主主义阶段的文学。这二个阶段的文学,都是半殖民地半封建社会条件下产生的文学,因而从性质上说是基本相同的,也是相互衔接的,应是同一社会性质的历史条件下产生的文学的上下篇。因此只有从总体上研究 1840 年鸦片战争到 1949 年前的文学历史，才能更好地把握文学发展的性质、特点和变化规律，也为今天发展社会主义文学提供历史借鉴。

马良春认为，鸦片战争是中国历史的重大转折，它使中国政治、经济、文化发生了根本性的变化，过去萌生中的反帝反封建意识此时开始爆发，直至 1949 年，贯穿在各个领域的斗争始终围绕这一主题进行，在文学上也因此与中国古代文学划分开来，进入了新的时期。文学作品中反帝反封建思想的表现，反对八股文、提倡语体文—新文体—白话文—诗界革命与小说界革命，直到"五四"文学革命，是一脉相承的，中间虽有辛亥革命以后三四年短暂的荒凉时期，但是这个变革的潮流并没有停止，而是处于潜流状态。1915 年《青年杂志》创刊后，我们从陈独秀、胡适等人的文学主张可以看见前一时期文学变革运动的强大影响。八十年的近代文学与三十年的现代文学，结成了一个从内容到形式的不可分割的、逐渐深化而终未质变的整体。当然，"五四"新文学的变化是有重大意义的，但如果从历史发展的大背景看，这个变化只可视为一次飞跃，而不是历史性的转折。"五四"以后的文学运动，无论是反复古主义的斗争、关于"国防文学"的论争、与民族主义文学的斗争，还是民族化大众化的讨论等等，都没有超出从近代开始的文学内容和形式变革的大范围。所以，近代、现代两段是一个统一的整体。至于新中国成立以后的文学，由于社会性质的根本变化，离反帝反封建的任务远了，以其社会主义时期独具的特点，跟以往的文学相区别了。

另外，关于近代文学的开始时间，与会者也有各种不同的看法。有的认为是明朝中叶，有的认为是鸦片战争，有的认为是中日甲午战争，有的认为是戊戌维新时期，也有的认为是梁启超等提倡新小说年间（1902—1903 年）。

（3）把近百年文学视作一个整体

韩文敏、蓝棣之等人在发言中赞成陈平原、黄子平、钱理群等人提出的"二十世纪中国文学"的意见，认为把近百年来的文学史作为一个整体来研究，更便于探讨中国文学发展的客观规律。仅仅一百年左右的文学史，再划分成几个时期，显得太细碎了。王友琴认为，把近现、当代文学"三段合一"的主张，反映了我们研究的进步。

钱光培认为，起于鸦片战争前后的中国文学，是一个向着现代化迈进的漫长过程，这个过程至今仍未完结。他把这一百多年的文学史称为"中国前现代化文学"。他具体地描述了这一文学发展过程的轨迹：1. 鸦片战争前后到"五四"前后，是酝酿期；2. "五四"到抗战时期，是充分发展期，特点是文学思想开放；3. 抗战后期到 1976 年，逐渐回归到封闭状态；4. 1976 年以后，"中国前现代化"出现第二个开放期。

张中在他的发言中，提出了"十九、二十世纪中国文学史的总体观察"这一设想。他认为，一部中国文学史，本是一个整体，犹如全龙，触其首而尾动，触其尾而首动，触其中枢则全身皆动，因此，开展历史的总体研究，是必要的。十八世纪末十九世纪初，由于中国商品生产空前发展，流动劳动力大批出现，中国开始进入世界贸易、世界市场，经济、文化开始发生变化。近代中国，自此肇端，因此以 1840 年鸦片战争为开端研究中国近代经济史、文化史、政治史、对外关系史等等，限制了历史研究者的眼界，不利于对中国历史进行深入研究。他认为十九世纪前后，中国哲学已与西方自然科学（特别是数学）发生深刻联系，在许多文化观念方面已开始发生重要变化。世界已开始进入中国，中国也已开始进入世界，文学也必然发生变异，文学风气开始发生明显变化，这在妇女在文学中的地位，艺术中美与善与真的关系，中和之美与对比之美等方面，表现得尤为明显。近两个世纪的中国文学的时代特征是：对政治、对人生的观察与反映,越来越多地浸透了忧患意识,对政治的认识和反应深化了,它的总体美学特征是悲愤,不是悲凉,与古代讲求"温柔敦厚""怨而不怒"迥然不同,这两个世纪,真是"愤怒出诗人",开始与西方文艺观念趋同化一。因此,他主张将整个中国文学史分为两大阶段,将十九世纪以后的中国文学从整个中国文学史上分离出来,开展近、现、当代文学史的一体化研究,即十九至二十世纪中国文学的总体研究。

关爱和、解志熙、袁凯声在他们的题为《中国文学的现代化进程论纲》的联合发言中,认为以 1896 年前后梁启超等维新志士所发动的文学改良为标志,中国文学的现代化进程已经持续了九十年。1896 年至 1926 年,中国文学完成了现代化进程的第一个周期,走完了第一个从封闭到开放,从较多非文学因素到较多文学因素,从一元化到多元化的有机运动过程;1927 年到 1949 年是中国文学现代化进程的发展期和演变期,它完成了从"文学革命"到"革命文学"的历史转变,中国文学开始向单一化和封闭性迈进。1949 年至 1976 年是中国文学现代化进程的反复与停顿期,它的突出标志是文学的规范化乃至文学的彻底异化——政治工具化。1976 年至 1986 年是中国文学现代化进程至此真正恢复了其轴心运动,真正从单一化走向多元化,从封闭性走向开放性,从非文学转化为文学,这一势头预示着中国文学乃至中国文化的美好未来与灿烂前景的必然到来。

（4）模糊的、交叉的分期方法

杨义在发言中提出了模糊的交叉分期的模式。他认为我们必须以文学本身的发展线索和发展规律为其最重要的内核和最基本的框架,全方位地把握三种交叉：社会政治经济发展史分期和文学史发展分期的不平衡状态的交叉;同一文学阶段中处于不同文化层面的不同文学类型之并存和互换的交叉;在文学发展过程中不同的文学样式和文学因素的聚散荣衰、生灭浮沉等多种互有差异的曲线的交叉。这种分期的交叉性是与齐一性相区别的,这一点在清末到"五四"表现得极为突出,我们只有采取交叉分期的模式,充分地展示本世纪头二十年新旧文学的胶着状态和对峙状态,才能透彻地了解旧文学在崩溃中的顽固性,和新文学在诞生时的艰难性。根据这种交叉分期的模式,中国现代文学以 1917 年—1949 年为躯干,而它的发端期将以交叉的形式上溯到 1898 年,或 1902 年;它的殿军一直迸发到建国头十七年,并在"文化大革命"中以悲剧的形式闭幕。它的主体和它的首尾交叉形态,横跨了二十世纪的四分之三。文学史这株大树本来是枝柯蔓叉、盘根错节的,用政治一类的利刃去切割它（一刀切的"齐一性"分期法）难免要伤根损叶。主张交叉分期模式,目的就在于避免对文学史的人为的外伤,如实、全面而又内在地还文学史以本来面目。

许多同志在发言中,都提到了分析模式的多元化,认为目前的文学史研究,应该提倡多样的选择,分期方法和研究方法,都不必定于一尊,要尊重每个学者的学术个性的多样化。有人主张文学的性质是由社会政治经济的性质决定的,有人主张文化思潮的发展制约文学的发展,有人主张文学史应回归到文学主体发展的自身。我们应该采取宽容的态度,允许并尊重按每个学者的学术个性进行分期的文学史著作。文学史研究应该百家争鸣,可以出各种有着个人风格和特色的文学史。杨义说,我们应该打破那种分期模式单一沉闷的局面,在分期的多元化中,活跃研究者的思想,并在相互交锋中,迸发出创造性思维的火花,从而以极大的热情突进文学研究中以往被忽视了的新领域,和以往浅尝辄止的深层次。甚至在大学讲坛上也没有必要使用统一的分期法,多元化的教学将会激发学生的创造性思维,并促使教学相长。

与会者普遍反映,这是一次认真进行学术探讨的会议,许多同志都作了比较充分的准备。以前囿于近代、现代、当代这三段模式中的教育和研究工作者,走出了过去那种狭窄的研究范围,共同探讨这一关系到学科如何进一步发展的重大问题。大家各抒己见,争鸣和探讨的气氛比较浓厚,通过互相切磋、互相启发,沟通了各自的想法。大家反映,这种跨学科的讨论会,对于活跃学术空气,提高研究水平,促进学科发展是大有好处的。

（原载《中国现代文学研究丛刊》1987 年第 1 期）

（二）当代文学空间：入史问题

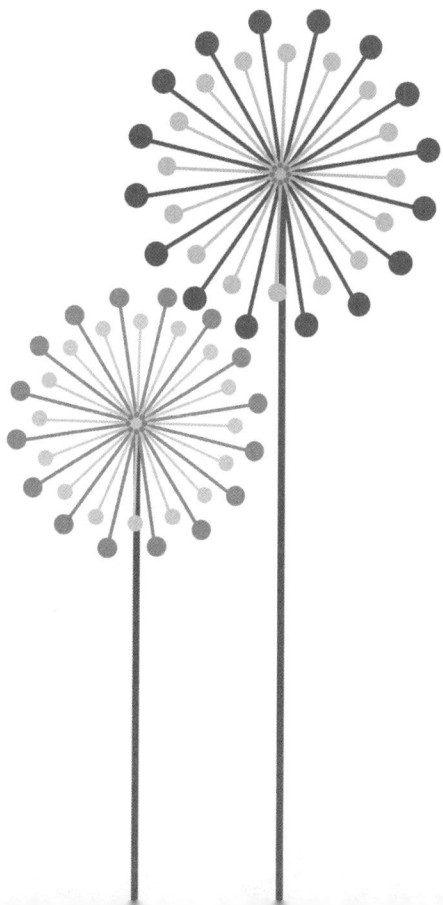

关于中国当代文学史中"少数民族文学"的
"历史叙述"问题

席 扬

"中国少数民族文学"在整体的中国当代文学史中的"历史叙述"问题,应是一个值得学术界长久关注的重要问题。这一问题的重要性,一方面体现为"中国当代文学史"作为"中华民族"文学当代存在状态如何获取其"整体性"问题,另一方面则体现为自 20 世纪 50 年代末中国当代文学史开始编纂以来,"中国少数民族文学"在整体的"中国当代文学史"价值定位和历史叙述的不断变化中而日益走向淡化的严峻现实。就学科发展来看,作为"中国语言文学"一级学科所属的"中国少数民族语言文学"学科,其自身在新时期以来有了切实的大规模发展,各种单一民族的文学史(包括通史、断代史、文体史)著述层出不穷,几乎囊括了 55 个少数民族,尤其是蒙古族、藏族、维吾尔族、壮族等人数比较多的民族的文学研究更是硕果累累。但另一方面我们也清楚地看到,在不断修订重写的"中国当代文学史"中,有关"中国少数民族文学"的历史叙述和价值分析却一路淡化,甚至在绝大多数的文学史著述当中逐步被取消。这一现象值得中国现当代文学研究界深思。

一般意义上的"中国当代文学史"的"生成"应是以 1959 年为开端[①],但真正的"中国当代文学史"课程设置则是自"新时期"肇始。本文意欲通过分析以下四部出版于"新时期初期"富有代表性的"中国当代文学史"著述,并通过对这些文学史著述在 20 世纪 80 年代中期至 90 年代中期、90 年代中期至新世纪不同阶段"修订"状况的具体考察,以期深入讨论"中国当代少数民族文学"在"中国当代文学史"中的历史叙述问题及其意味深长的变化。

一

张钟等人的《当代文学概观》(简称"北大本")、郭志刚等撰著的《中国当代文学史初稿》(简称"初稿本")、王庆生等编著的《中国当代文学》(1、2、3 卷)(简称"华中师大本")和二十二院校编写组的《中国当代文学史》(1、2、3 册)(简称"二十二院校本"),均出版于 20 世纪 80 年代初期,在当时是各个高校普遍采用的有较大影响的教材。这四部文学史中关于"当代中国少数民族文学"的历史叙述的处理方式,能够反映出我国文学界在新时期初期对于这一问题的基本思考。比如"北大本",该书除"前言"之外共设五编——"第一编诗歌创作""第二编散文创作""第三编戏剧创作""第四编短篇小说创作""第五编长篇小说创作"。这"五编"当中,除"第二编散文创作"之外,其余四编均有关于"少数民族文学"的专节论述。该书每一编

[①] 席扬:《论中国当代文学史的"发生"与"发展"——以四部文学史著作作为考察对象》,《中国现代文学研究丛刊》2008 年第 6 期。

的"概述"中有关中国当代少数民族文学发展过程与历史成就的评价,亮出了编著者在处理中国当代文学史构成中关于少数民族文学价值的基本思路和理论架构。以"诗歌创作"编为例,编著者说:"三十年来,在兄弟民族中,一批有成就的诗人做出显著成绩。他们是蒙古族老诗人纳·赛音朝克图和青年诗人巴·布林贝赫,维吾尔族诗人艾里坎木,哈萨克族库尔班阿里,藏族饶阶巴桑,僮族韦其麟,傣族康朗甩、康朗英,土家族汪承栋,仫佬族包玉堂等等。少数民族的民间叙事诗,是我国诗歌宝库的重要财富。新中国成立以来,进行了大量收集、整理工作,有的诗人并根据这些民间叙事诗进行再创造。其中,《阿诗玛》《嘎达梅林》《召树屯》等,为人们所熟知。"①在这种总体评价之外的具体文学史叙述中,除上述诗人之外,还涉及蒙古族民间诗人毛依罕和芭杰,维吾尔族诗人克里木·霍加,藏族诗人擦珠·阿旺洛桑,侗族诗人苗延秀等等。并对他们进行了比较详细的评价。

"北大本"在第三编"戏剧创作"中,设专节讨论了"反映少数民族斗争生活的剧作"②,在"反映少数民族生活的长篇小说"一节里,不仅对建国"十七年"中少数民族作家长篇创作的基本价值给予了充分肯定,而且还重点分析了代表性作家玛拉沁夫、徐怀中、李乔等。谈到玛拉沁夫《茫茫的草原》(上部)的思想和艺术成就时,是这样评价的:"走什么道路的问题是这样深刻地影响着草原","小说通过安旗骑兵中队的成长,展现了草原上两条道路斗争的情景,表现了内蒙人民在中国共产党的领导下走过的艰难曲折的道路。"认为"鲜明的民族特色、强烈的抒情性是这部小说显著的艺术特点。小说中那些具有民族特色的描写和热烈的抒情是和人物的刻画、事件的描写紧密联系在一起并为后者服务的。"徐怀中的长篇小说《我们播种爱情》,"以一个农业技术推广站筹建并发展成国有农场为中心线索,广泛地反映了西藏和平解放初期的社会生活与发展变化,歌颂了为西藏进步和繁荣而艰苦奋斗的人们及其领导者中国共产党。"对于彝族作家李乔,认为他在小说创作中特色的形成是与他的生活经历有密切关系。"李乔是彝族人,对彝族有深刻的了解,他笔下的人物无论是彝族干部还是凉山奴隶,大都写得较为形象,有一定的深度。"教材中重点分析了主要人物彝族干部丁政委、奴隶阿火黑日、挖七、穷苦百姓阿土泥竹、接米约哈等。认为《欢笑的金沙江》里"没有那种为表现'民族特色'而猎奇逐异的描写,没有那种为引人注目而故作惊人的渲染。"③

"初稿本"对于中国当代少数民族文学的关注,体现为把"少数民族文学"置于"生活类型"和"题材类型"相叠合的范畴中加以阐释。比如在其上册第二章"十七年小说(上)"的"概述"中谈道:"许多少数民族出现了自己第一代的小说家,他们第一次拿起笔来反映自己民族的生活,这在我国小说发展史上有着特殊的意义。建国初期玛拉沁夫的《科尔沁草原的人们》、朋斯克的《金色的兴安岭》、李乔的《欢笑的金沙江》等,都是有影响的作品。"④"对少数民族生活的反映也更丰富多彩。陆地的《美丽的南方》、林予的《塞上烽烟》、郭国甫的《在昂美纳部落里》,分别反映了僮族、佤族人民解放初期与反动残余势力的激烈斗争。徐怀中的《我们播种爱情》反映了汉藏人民在建设新生活中所结下的深厚情谊。"⑤

---

① 　张诚等:《当代文学概观》,北京大学出版社 1980 年版,第 21 页。

② 　值得注意的是,这是笔者见到的唯一一部关注少数民族戏剧创作的文学史著作。

③ 　《当代文学概观》,第 448 页。

④ 　《中国当代文学史初稿》(上册),人民文学出版社 1980 年版,第 120 页。

⑤ 　《中国当代文学史初稿》(上册),第 123 页。

这里有一点值得我们特别注意——在上述论述中，中国当代少数民族文学的范畴也包括了非少数民族作家描写少数民族生活的作品，这是一个值得分析的现象。其实这关涉到如何定义中国当代少数民族文学的大问题。

我们同时还看到，在"北大本"中，"少数民族文学"被视为文体"类型"，而在"初稿本"中，"少数民族文学"的价值类型范畴既有"文体性"，又有"题材性"——"初稿本""概述"中的上述价值评析，是在"革命时期艰苦卓绝的斗争"、"反映社会主义时期现实生活"、"反映工业战线和工人生活"、"反映部队生活方面"、"对少数民族生活的反映"等"生活题材"类型的并置中展开并加以本质化的——这是一种很有意义的关于"少数民族文学"文学史价值叙述的方式。其实，当撰史者只是把"少数民族文学"当成"生活类型"和"题材类型"时，作家的民族身份实际上并没有进入审美价值独特性的评判范畴。当主题或思想性的要求已内化为作品审美性的主要指标时，特定"族群"历史及其风俗所形成的审美方式、美感呈现方式及其对人类及自然的想象方式，都在这些"统一性"中被遮蔽了。这是中国当代文学史关于少数民族历史叙述的一个缺陷。

"初稿本"上册除"概述"之外，单设的第九节把李乔和玛拉沁夫合在一起加以评论（这是第一次看到李乔排在了玛拉沁夫之前）。与"北大本"不同的是，"初稿本"在这一节里对两位作家的创作进行了比较详尽的全面阐释——等于一个微缩版作家论（含生平、创作历程、代表作分析——分别从题材、主题、人物、艺术特色等方面）。具体到《欢笑的金沙江》，它认为小说的主题是"党的民族政策的胜利"，"作者在塑造人物时，十分注意把握各人不同的阶级地位与思想基础"，"能够十分自然地描绘他们带有少数民族特点的性格与心理活动"。[①] 对《茫茫的草原》的评价，书中引用了该书初版时的反响作为引子，"《茫茫的草原》出版后，立即因题材新颖，人物形象生动，草原气息浓烈引起文艺界重视。""小说采用多线索交叉发展的方法，通过众多人物复杂错综的关系，细致描绘内蒙各阶层人物的思想动向。""小说塑造了一批栩栩如生的人物形象。""小说作者用饱含诗意的文笔，描绘了蒙古族人民的风俗习惯和生活图景，勾画出迷人的草原风光，使作品具有一种浓郁的地方色彩和生活气息。"作品对"蒙古族人民丰富、幽默的民间谚语，在叙述中运用的恰如其分。"谈到其缺点时认为"有一些描写爱情的情节是多余的，甚至有自然主义倾向。"[②]——这里直接表呈出此阶段中国当代文学史著述中对于"爱情"描写评价的"暧昧性"：要么遮蔽或回避，要么有意把"爱情"描写放在"政治范畴"予以肯定或否定——少数民族文学中的"爱情"笔墨，并没有因为民族文化观念的特定性而得到宽容。

相比较而言，"二十二院校本"关于"十七年"时期"少数民族文学"的论述是比较简略的。该著第一册第一编第三章"本时期的小说"（指1949—1956）部分，其第11节是关于少数民族小说的专项内容——"玛拉沁夫等兄弟民族作家的创作"。此著对于所有涉及的作家均采用生平、创作历程和具体作品分析相杂糅的论述方式。本节涉及的作家和作品有玛拉沁夫《茫茫的草原》、朋斯克《金色的兴安岭》、扎拉嘎胡《春到草原》（中篇）、李乔的《欢笑的金沙江》、祖农·哈迪尔《锻炼》（短篇集）、陆地的一些短篇和《美丽的南方》等，同时还提到彝族作者普

---

① 《中国当代文学史初稿》（上册），第205—206页。
② 《中国当代文学史初稿》（上册），第207—211页。

飞、熊正国,苗族作者伍略等,认为他们"也都写了一些较好的短篇"①。在中册"本时期的诗歌"一章里,著者把藏族诗人与李瑛、张志民等并列进行了论述——"北大本"提到的一些诗人这里全部隐去了。认为饶阶巴桑是"深受藏族民间歌谣的影响,采用了一些藏族人民惯用的艺术手法,同时还继承了五四以来新诗的优良传统,融合了汉族民歌的语言特点,创造了诗歌的新形式,并具有雄奇刚健的独特风格。"②第三册集中论述了新时期文学——在"本时期的诗歌创作""本时期的散文创作""本时期的小说创作"等三章里,对新时期的少数民族文学都有了比较多的论述,具体表现为扫描式、概览式的叙述。作家特色和具体的作家分析尤显不足。

"华中师大本"应当说是这四部文学史当中在少数民族文学叙述方面做得最为充分的。《中国当代文学》全三册,按三个时期分册(1949—1956,1957—1976,1976 年以后新时期)。在每一个历史时期的文学史叙述中都有少数民族文学的专章论述,并且把概况介绍与名家经典细致分析结合起来,突出了少数民族文学中的那些汉族文学所没有的元素或不那么突出的东西。比如少数民族的民歌传统、少数民族古代文学历史上的诗歌传统尤其是长篇叙事诗传统等,并对少数民族文学经典作品的审美想象方式予以重点考察。"华中师大本"在第一卷叙述 1949—1956 年间中国少数民族文学成就时,重点分析了新中国成立后经过黄铁等四人整理的彝族撒尼人民间长篇叙事诗《阿诗玛》、蒙古族叙事诗《嘎达梅林》、韦其麟长诗《百鸟衣》、纳·赛音朝克图的诗、玛拉沁夫的长篇小说《茫茫的草原》等。论者认为《阿诗玛》的主题与思想性主要体现为"叙述勤劳勇敢、聪明美丽的姑娘阿诗玛,为追求自己幸福的生活,反对强迫婚姻,同他哥哥一起,向封建统治者进行不屈不挠的斗争的故事。它用生动的形象,富有民族特色的优美诗句,展现出劳动人民热爱劳动、机智勇敢,不屈服于封建压迫的崇高品质和追求美好生活的强烈愿望。"③作者进一步认为,其艺术成就主要集中于几个方面:一是"成功地塑造了阿诗玛和阿黑这两个光彩夺目的艺术形象"。二是"它的人物、故事,都根植于民族生活的土壤里。那一幅幅风俗画和风景画,反映出鲜明的民族生活特色,使人感到真实亲切,从这个意义上说它是现实主义的。然而它又具有浓郁的浪漫主义色彩,作者巧妙地采用富有诗意的象征手法来概括尖锐的斗争,在民族生活的土壤上,驰骋美丽的想象"。三是"语言既朴素而又优美。它广泛采用了比兴、夸张、拟人、对比的修辞手法"④。

上述分析与讨论,在今天看来已派生出诸多有意义的学术话题。在特定历史文化语境中对少数民族历史传说和集体性作品的"整理"与"改编",不仅深受汉语文化的影响,而且"整理者"改编者"的价值立场、审美趣味以及对时代意识形态主流理念的自觉认同等因素,也都深刻影响着"整理""改编"后作品的价值面目。据此而言,显然上述文学史价值评价,都是针对经过整理后的《阿诗玛》而言的。在这样的价值认定中,时代文化语境及其特定历史时期艺术理念通过"整理"这一中介对民歌原有生态的重构,其实被作为民族文学的"原生态"予以认同了。我们能够看到,整理的《阿诗玛》突出了"斗争",强化了"阶级对立",对劳动人民的"革命化"的身份给予了充分提升,20 世纪 50 年代被强力推行的典型化意念和手法在

① 《中国当代文学史》(1),海峡文艺出版社 1980 年版,第 221—225 页。
② 《中国当代文学史》(2),海峡文艺出版社 1981 年版,第 314 页。
③ 《中国当代文学史》(1),第 319 页。
④ 《中国当代文学史》(1),第 321—325 页。

这一"整理""改编"过程中得以广泛采用。同时,也正是这些步骤为它们在中国当代文学史中的经典化奠定了基础与前提。"整理"与"改编"过程中对"阿诗玛"几种传说"异文"的统一化处理,透示出时代意识形态对已有文学遗产的"再生产"过程与政治意图。①

关于《嘎达梅林》的价值,论者认为"它取材于真实的历史事件,而又不拘泥于史实,具有广泛的概括性和典型性"。论者除对作品的主要英雄人物的刻画给予充分肯定之外,重点分析了该作品在"继承蒙古族民间叙事诗的优良传统而又有新的发展"方面的艺术实践。其"抒情性"特点,在以"唱词"为基干的基础上,把"抒情性贯穿在对环境描写、情节铺叙和人物刻画之中,通过独唱、对唱和演唱人的叙事抒情等多种方式来实现,十分生动活泼,富于表现力。"并且是"说唱结合",超越了传统。② 韦其麟的长诗《百鸟衣》,是根据民间故事传说"创作"的作品,并非"整理"之作。对于被视为"经过整理和改编的民间创作的珍品"的《百鸟衣》,论者的评价主要集中于作者对它的"改写":"《百鸟衣》汲取民间传说故事的基本情节,从壮族人民的实际生活出发进行大胆的创造,围绕着古卡和依娌这一对青年男女悲欢离合的遭遇,真切地反映了壮族劳动人民在封建势力残酷统治下的苦难历史和勇敢不屈的反抗精神,流露出对自己前途无比乐观的豪迈感情。"③该作品在细致分析了主要人物性格发展史之后,对它在艺术上的"成功"给予了高度评价:"诗人取材于这个古老的民间故事进行再创作,不仅有一个去粗取精的问题,还有一个按照叙事诗的要求加工处理的问题。作者在这方面的努力是值得肯定的。例如,原故事的神奇色彩比较浓厚,需要什么,依娌就可以变出什么来,因此古卡和她成亲后,立刻便成了一个商人和富翁。作者对故事进行的改造,着重把主人公作为现实的劳动者来描写,对其聪明才智给予适当的夸张,使作品更能真切地反映出壮族劳动人民的实际生活与阶级斗争情景。"④

我们可以清晰地看到,上述文学史在对《百鸟衣》的各方面成就给予充分肯定的同时,却把"改编者"自觉依从时代意识形态要求而对于"原生态"的"删除"与"遮蔽"的问题,轻轻放过了。"时代阶级性"的强化与民间文化(包括审美想象方式)原生趣味的弱化,正是特定历史文化语境的映像。这是"新时代"里所有艺术遗产(包括中国古代各民族文学、民间文学甚至五四以后的新文学)的共同宿命。"整理"和"改编"成了所有原有艺术遗产进入新时代"经典"谱系的唯一中介——这也是少数民族文学原有文学遗产时代境遇与变迁的一个值得深入研究的重要问题。《阿诗玛》与此相类似。

关于玛拉沁夫的文学史评价,各个中国当代文学史著述所侧重的方面大致相同。不过,"华中师大本"更加强调《茫茫的草原》这部代表作的"主题"重大性及其思想意义。"《茫茫的草原》所表现的是一个具有重大历史意义的主题。"论者在对几个主要人物性格与时代关系进行了深入分析之后指出:"作品启示人们,只有在中国共产党领导下,将蒙古族人民的革命斗争汇入祖国各族人民为解放全中国而战的革命洪流之中,蒙古族才能获得真正的复兴,草原牧民才能实现自己梦寐以求的美好生活理想。民族团结和爱国主义思想,像一根红线贯

---

① 与建国初期我们对于所有文学遗产一样——包括各民族古代文学、现代五四文学遗产以及民间文学遗产等等,其态度是一样的,这方面的研究我们还很薄弱。

② 《中国当代文学史》(1),第326—330页。

③ 《中国当代文学史》(1),第335页。

④ 《中国当代文学史》(1),第337页。

穿在《茫茫的草原》和其他作品中。""'祖国啊,母亲!'这种赤诚的感情洋溢在字里行间,构成玛拉沁夫文学创作的一个鲜明特点。"①对于玛拉沁夫文学创作的艺术贡献,学术界一向强调"民族特色"与"抒情性"——对于这一点,"华中师大本"是这样解读的:"《茫茫的草原》真实生动地展现出察哈尔草原人民的苦难生活以及他们的反抗斗争。这一民族地区的斗争生活,有着不同于其他民族地区、其他地区斗争生活的鲜明特点,它构成了作品民族特色的主要内容。""在这基础上,作者又从多方面增强了民族色彩。"主要表现为"善于勾勒草原的风俗画和风景画。"其"抒情性"既缘于作者一贯的写作追求,同时又利用"借景抒情,借渲染草原风光以抒发作者或主人公的内心感受,使情景融汇,造成强烈感染读者的诗意"②。

今天看来,这种对于民族作家"民族特色"的认识是肤浅而表面的。作家的民族性体现出来的是一种文化心态或意识结构,在审美创造中更多地表呈为富有民族特色的审美想象及其认知世界的方式。许多民族作家写作中"民族色彩"的表面化,其实反映了在特定历史文化语境中对一种"同一"的意识形态"言说"方式的认同,这是一个值得进行细致文本解读的棘手问题。"意识形态认同"与"民族情结"的意识结构状态及其建构,是建国之后所有少数民族作家面临的难题,"何者为先"和"何者为主",并不仅仅只是主体可以自由选择的,它在很大程度上决定了少数民族作家在创作上是否可以最终获取创作自由的问题。"十七年"时期,是一个"阶级范畴"可以涵纳或替代"民族范畴"的历史时期,"阶级认同"的一致性可以有效地弱化民族记忆,这也是少数民族作家在"十七年"时期汉语写作中普遍表现出来的文化症候。李乔、陆地、玛拉沁夫等等均是如此。

纵观这一时期《中国当代文学史》中关于"少数民族文学"的价值叙述,我们感到有这样几个问题值得注意:一、这一时期中国当代文学史叙述话语与意识形态话语的有意勾连与同构状态。这不仅体现在对当代文学史阶段划分自觉与当代史的"革命式"划分相一致,重要的是把当代政治对历史的评判体系移植于审美评价过程中。有意识地对文学的"政治性"价值予以强调,并以此为中国当代文学的合法性寻求依据。普遍地表现出对少数民族文学创作及其文学成就的重视与宽容性的价值体认。上述文学史著述中对于少数民族文学的"重视"与"宽容",具体表现为一些叙述策略的选择与斟酌:比如有关少数民族文学的内容大都实行"单列",其创作的"成就"与"经典性"就可以有效避免与汉语写作成果比较所可能产生的认定标准的"暧昧"与认定过程的"彷徨",从而保证其所作出的价值评判已被牢牢限定于"少数民族文学"范畴所应具有的权威性和示范意义。同时,另一个策略是,有意凸显关于创作主体、作品的"主题重大性",对其创作的时代认同与阶级政治认同方面实施异常深入的阐释,在有意无意淡化"族群"历史意识的同时强化"民族风情"地域性特征。如此一来,有效地保证了文学史中"少数民族文学"价值叙述与中国当代文学总体格局与面目的内在"统一性"状态。二、虽然各个文学史著述所涉及的作家作品的多寡有不少差异,但对于代表性作家的认定和少数民族文学经典的提炼与阐释却有着很大的趋同性。仔细分析,这一"趋同性"并非是特定历史时期审美统一性所致,而更多地决定于"文化意识"的共同性。在上面所列的"少数民族文学"经典作家和经典作品当中,除了第一点所涉及的"主题""意义"等因素的功能之外,如何使当代的少数民族文学加入到"新时代"民族国家"想象共同体"中,亦是撰

---

① 《中国当代文学史》(1),第 351 页。
② 《中国当代文学史》(1),第 353—354 页。

史者需慎重考虑的重要问题。在这样的情势中,"汉语写作"的主流性虽未被有意强调(甚至有时是需要故意隐匿的一种叙事意图),但少数民族作家的"汉语写作"不仅受到实际的重视,而且拥有着率先被"经典化"的资格。对于主流意识形态的认同,不仅启动了"一统化"文化认同,而且"语言认同"也随之成为顺理成章的事情。三、表现在对经典作家和经典作品的价值评判方面,"主题决定论""题材的重大与否"以及对"政治"共性内容的过度阐释等等,形成了价值认同的"有意偏颇"。"偏颇"体现为"内容"与"艺术表现"评价方式的间离,表现为与同类生活内容的汉语作家作品无比较的有意隔绝状态,这实际上造成了中国当代文学史历史叙述的"分裂"。与此同时,当代"少数民族文学""独创自足性"也由此受到了弱化——这是造成多年来文学史研究界一直质疑、批评"拼盘式"文学史的根源所在。如何把中国当代各民族文学融为一体,建立一种"等量齐观"的文学史叙述,多年来一直是中国当代文学史界意欲破解的难题,同时也是中国当代文学史的理想叙述。另外"汉语文学正统"意识与"现代文学正统"意识体现得分外强烈。

二

20 世纪 80 年代中后期,对中国当代文学"史"的连续性"修改",是当时出现的一个重要现象。"修改"的动机和原因,编著者是这样表述的:"《中国当代文学史》于 1978 年开始编写,1985 年出齐。……在这六年中,在党的十一届三中全会所确定的思想路线指引下,我们国家的政治、经济、社会生活等方面都发生了显著变化。在文艺战线上,由于'双百方针'的贯彻,文学创作出现了蓬勃发展的局面,文艺理论研究和文学批评获得了突破性进展,中国当代文学史的研究,也取得了新的成果,原来一些一时尚难做出比较正确结论的问题,在实事求是的探讨中,也已经有了比较符合实际的认识。这一切都说明,对《中国当代文学史》做一次修改,以匡正本书第一版中某些现在看来已经显得不太恰当的评价,使它更符合历史的实际,更具有科学性,这不仅是必要的,也是可能的。"①《中国当代文学史初稿》的"修改说明"更透露了时代变化尤其政治变化之于"修改"文学史的必要性。"这次修改的要点是:一,调整某些过时的提法,使全书在观点和表述方面更加符合中央关于文艺问题的精神;二,注意吸收学术界新的研究成果,提高全书的科学性和理论水平;三,增删和调整某些章节。"②

参阅多部修改于这一时期的《中国当代文学史》,在"修改说明"中很少有文学史提到关于"少数民族文学"相关方面的问题。就这一时期"中国文学史"关于少数民族文学所涉及的诸多方面修改情形综合比较,若从上述几部文学史的章节设置、内容含量的细部变化来看,其中评述的作家数量没有改变,对作家的文学成就和艺术贡献方面的评价也基本没有变化,只是在极个别的地方做了文字上的修正和少量的增删——比如"初稿本"的原版与修订版相比较,关于当代"少数民族文学"的叙述部分与书中大量改写的其他章节和内容相比,几乎可以说是"原封不动","初稿本"修订本与第一版相比较而发生的诸如作家作品的"排序"变化和对重要作家、作品的"价值"修订、对当代文学过程中具有"史性"影响的"文学现象"的评价

---

① 《中国当代文学史》(1),海峡文艺出版社 1987 年版,第 5 页。
② 《中国当代文学史初稿》(上册),人民文学出版社 1995 年版,第 1—2 页。

"修改"、由于"新时期文学"的当下发展状态及激起的全民认同而直接影响到研究主体对中国当代文学史一系列问题的认识变化、中国现代文学研究在 20 世纪 80 年代的繁荣与活跃以及由此形成的"五四文学正统观"大面积辐射到中国当代文学研究的价值评判等等情形，并未在"少数民族文学"的历史叙述中出现。

　　不过，值得我们注意的是，这一时期的多部中国当代文学史著述之间，却出现了关于"少数民族文学"叙述的"差异"与"分化"现象。比如"初稿本"，1987 年 4 月至 1988 年 9 月印行的"二十二院校本"、在初版中就设有"少数民族文学"专章内容的"华中师大本"等等，均属于"原封不动"。而 1988 年 1 月出版的"北大本"修订版与第一版相比较，却呈现出明显的差异："北大本"第一版全书共有五编——分为"诗歌创作""散文创作""戏剧创作""短篇小说创作""长篇小说创作"。其中"诗歌创作""戏剧创作"和"长篇小说创作"三章都辟有对少数民族文学的专节论述。而修订本则把有关少数民族文学的叙述（包括概述部分的内容）全部取消了。这种"弱化"情形在其他的中国当代文学史的修改中也是如此。比如 1991 年发行的供自考学生使用的《中国现代文学史》（此著是把现当代和在一起的），除了在其下编第二章"建国后十七年的小说"中专节论述"玛拉沁夫、李乔"之外，其他章节均未涉及"少数民族文学"的论述。[①]

　　20 世纪 90 年代中后期及至"新世纪"以来出版的多部《中国当代文学史》，如朱栋霖等主编的《中国现代文学史（1917—1997）》（高校出版社 1998 年版），洪子诚著《中国当代文学史》（北京大学出版社 1999 年版），杨匡汉等主编的《共和国文学 50 年》（中国社会科学出版社 1999 年版），孟繁华、程光炜《中国当代文学发展史》（人民文学出版社 2004 年版），董健等人主编的《中国当代文学史新稿》（修订版）（人民文学出版社 2005 年版），朱栋霖等主编的《中国现代文学史（1917—2000）》（北京大学出版社 2007 年版）等，除了极个别文学史著述之外（如"华中师大本"修改版、陈思和主编的《中国当代文学史教程》（复旦大学出版社 1999 年版）、陈思和、李平主编的中央电视大学教材《中国当代文学》（中国广播电视大学出版社 2001 年版），其他则一律采用了"取消"手法，全部删除了有关当代少数民族文学的一切论述。令人深思与疑惑的是，上述所列的部分文学史著述却大量增加了"台港文学"篇幅和分量——比如，朱栋霖主编《中国现代文学史》两个版本（1998，2007）、《中国当代文学史新稿》等等。

　　中国当代文学史在新时期 30 多年的编写著述过程中，关于少数民族文学的历史叙述从"有意"叙述到"有限"叙述，再到"差异"叙述最后至"零叙述"的巨大变化，是值得我们深思的。

三

　　总括而言，自"新时期"至"新世纪"30 年来，中国当代文学史关于少数民族文学的叙述变化，可以概括出以下几个特点：1. 就大部分中国当代文学史著述而言，呈现出叙述分量的持续性"弱化"与"减量"叙述。这一"弱化"其实可以从多个方面看取。一种是在总体设想与篇章结构的安排方面，采用"不顾及"的方式，即"零叙述"状态。比如洪子诚著《中国当代文学史》、董健等著《中国当代文学史新稿》、朱栋霖等《中国现代文学史（1917—2000）》等。第

　　① 范伯群、吴宏聪：《中国现代文学史（1917—1986）》，武汉大学出版社 1991 年版。

二种则表现为"无变化"方式。上文我们已经谈到，20世纪80年代中期至90年代末，是中国当代文学史被大规模且连续性"修改"时期，这些"修改"牵扯到中国当代文学的多个重要方面——诸如作家作品的"排序"变化和对重要作家、作品的"价值"修订；对当代文学过程中具有"史性"影响的"文学现象"的评价"修改"；由于"新时期文学"的当下发展状态及激起的全民认同而直接影响到研究主体对中国当代文学史一系列问题的认识变化；中国现代文学研究在20世纪80年代的繁荣与活跃以及由此形成的"五四文学正统观"大面积辐射到中国当代文学研究的价值评判等等。但是这些重大变动并没有在少数民族的历史叙述中表现出来。而实际情形却是，我国不仅从学科建制的层面上单列了"中国少数民族语言文学"学科，而且在体制上有些切实的加强——国家级研究机构"中国社会科学院少数民族文学研究所"的成立及其工作大规模展开，《民族文学研究》杂志的创刊以及文学领域所增设的"中国少数民族文学学会"、中国作协"少数民族文学创作委员会"、《民族文学》杂志问世和少数民族文学奖项"骏马奖"的设立等等，更为重要的是新时期以来，中国少数民族文学的研究境界得以大幅提升，开拓性研究成果成批问世。这一切应当是为中国当代文学史的"多民族整合"，提供了坚实的基础。令人遗憾的是，"中国少数民族语言文学"学科的确立，却造成了其与"中国古代文学"和"中国现当代文学"两个学科的进一步"疏离"，彼此融汇的空间似乎在实践中变得更加狭小。2. 以新时期少数民族文学成就的叙述代替整体的60年中国当代文学中少数民族文学的叙述。这一特征似乎值得深入辨析。我们看到，上述几部产生较大影响的中国当代文学史著述，在"新时期"文学叙述中，少数民族文学均没有像"十七年"那样被"单列"出来，或是得到了"整一"性的价值评价。这里可能反映出两方面的问题：其一，说明"新时期"以来"少数民族文学"的当下创作已与汉语主流写作状态同步，原有的差异已不复存在。其二，以新时期少数民族文学成就的叙述代替整体的60年中国当代文学中少数民族文学的叙述，也正是"五四文学正统观念"确立后之于少数民族文学价值重估的一种体现。"单列"的叙述，从某种意义上说仍然属于一种"差异性叙述"，它所强调的并不是独立的"差异性"，或不期然指向范畴的差异性，凸显了两者之间的"不可比"性。这显然不是走向"视界融合"的理想途径。当然了，我们也必须认识到，"新时期"中国当代文学史这一"替代"叙述的出现，又可视为对以往"单列"叙述模式的突破。无论是文学实践的启迪，还是理论探险的促动，毕竟开启了多民族文学被"整一性"共同叙述的可贵空间。3. 大学教育和社会文化教育体系里中国文学史知识谱系中少数民族文学的持续性缺失。应当说，这一状况的出现显然与"中国当代文学史"历史叙述中的关于"少数民族文学"的缺失有着直接的关联。"新时期"以来，尤其是80年代，由于"中国现代文学"学科研究的兴盛与当下文学创作的持续性繁荣，不但导致了中国语言文学学科整体的某些"偏执"，而且似乎也为少数民族文学之于公众接受的"淡化"提供了某种合理的"客观性"。这固然是特定历史阶段的规定情形，但问题的复杂性并不仅仅如此。仅就"中国语言文学"一级学科而言，其辖属的几个二级学科——"中国古代文学""中国现当代文学""文艺学""比较文学""语言学""应用语言学"等学科，均已成为"中国语言文学系"的基础课程和主要的选修课设立范畴，而"少数民族文学"除了在个别的"民族大学"开设之外，绝大多数设有"中国语言文学"专业的大学，不仅基础课程体系中无之，选修科目中也了无踪影。多年来关于要求在综合性院校中开设此类课程的呼吁可谓绵延不绝，但事实上"无"的状态并未改变。这一状态必须引起我们的高度关注。4. 中国少数民族文学研究的"非主流化""边缘化"和"孤独化"。这一问题因涉及文化语境的复杂多变和现代学科分层的具体情形，并非轻易说得明白，笔者将在另文中加以深入讨论。

就"新时期"30余年的"中国当代文学史"学科发展来看，如何使"中国文学史"的历史叙述趋向"合理"与"完美"，其实已成为任何一部"中国当代文学史"彰显其"独特性"的重要标示。当代文学史研究界的许多有识之士于此已做了不少尝试。其中，张炯、邓绍基、樊骏主编的《中华文学通史·当代文学编》和陈思和主编的《中国当代文学史教程》（复旦大学出版社1999年版），给人的启示尤大——关于这方面的讨论，笔者将以专文论述。

（原载《民族文学研究》2011年第2期）

少数民族文学怎样"入史"

陈国恩

少数民族文学怎样入史？这有两层意思。一是这里特指少数民族文学进入中国现当代文学史，不是指进入中国现当代少数民族文学史，因为少数民族文学进入少数民族文学史是理所当然的，不存在专门加以讨论的问题；二是少数民族文学是整个中国文学的组成部分，中国现当代的少数民族作家和作品进入中国现当代文学史本来也是理所当然的，然而当开始讨论少数民族文学如何进入文学史的时候，它似乎就成了问题。

少数民族文学其实早已进入了中国现当代文学史，随便翻开一本中国现当代文学史著作，不会没有老舍、张承志。有这些作家在，怎么能说少数民族文学没有进入文学史？问题在于，现在通行的中国现当代文学史著作，少数民族作家相比汉族作家要少得多。或许正是由于这个原因，在今天区域政治、经济、文化的平衡发展越来越受到人们广泛关注的时候，才会提出少数民族文学要进入中国现当代文学史的问题。但也正因为如此，这个问题其实是一个少数民族文学怎样入史的问题。

这个问题很有意义，并且可能会因为立足点的不同而产生不同的意见。怎样选择合适的立足点？我想要考虑这么几种因素，一是文学史对作家作品的取舍及评价要使各民族都能接受，这就得坚持民族平等的立场；二是文学史是文学的历史，不是民族史、社会史、政治史，也不是区域文化史，它要体现文学的特点，也就是说它要坚持艺术的标准；三是撰写文学史的可操作性问题。基于这么一些考虑，我想就少数民族文学怎样入史的问题谈几点具体的看法。

一是要做好少数民族文学（指用少数民族语言创作的作品）的翻译工作，扩大其在全国的影响。现在的情况是，没有人会对老舍、张承志等作家进入中国现当代文学史提出异议，因为他们的作品在全国范围内广泛流传，甚至被翻译成外文，产生了世界性的影响。他们凭自己的文学成就和鲜明的创作风格而在文学史上占据着相应的位置。作为问题提出来的，往往是一些影响限于某一地区的少数民族作家，特别是一些用少数民族语言创作的作家，他们如何进入中国现当代文学史。如果是用少数民族语言创作，作品只能为懂得这种语言的读者所阅读，哪怕艺术性很高也很难产生全国性的影响，也就不可能引起撰史者的注意。

更为重要的是，现在撰写中国现当代文学史的学者，或许懂几种少数民族语言，但肯定没有一个人精通各种少数民族的语言。他们不可能直接阅读用不同少数民族语言创作的作品，因而也就不可能基于阅读的经验写出一部囊括各少数民族作家用民族语言创作的优秀之作的文学史。当然，我们可以邀请懂得不同少数民族语言的学者参与文学史的撰写，但即使写出来了，我想对绝大多数的文学史读者来说也没有多大的实际意义——如果大多数读者由于语言障碍无法阅读一部作品，即使你把这部作品写入面向他们的文学史也没有意义，只能起到一种录以备查的作用。因此，要在中国现当代文学史中反映那些用少数民族语言创作的优秀作品,首要的工作是把它们翻译成全国绝大多数读者都能阅读的文本。这是面向全国读者的文学史本身的功能所要求的,也是基于阅读和接受规律的一个十分现实的技术性问题,丝毫没有民族或语言等级差异的意思在里面。这也就意味着,用汉语创作的文学作品也有翻译成各种少数民族语言的必要,因为这能更好地满足不同民族读者的阅读要求。甚至中国现当代文学史著作也应该有各种少数民族语言的版本,使民族地区的读者能够凭借这样的文学史著作,更好地掌握和理解中国现当代文学的发展状况。翻译工作是一个系统工程,可以肯定,通过这样的工作,中国各民族真正优秀的文学作品才有望能恰如其分地进入中国现当代文学史,少数民族文学如何入史的问题也就可以有效地解决。

二是作家作品进入中国现当代文学史的标准只能是一个,即国家水平的标准,用这个统一的标准来取舍作家作品,而不能明显地夹杂某种基于民族关系考虑的照顾因素。在现今各种版本的中国现当代文学史著作中,少数民族作家确实少,但我们必须清醒地意识到,这并非故意压低少数民族作家的成就,而是历史本来面貌的反映。采用统一的入史标准,结果只能如此。若论没有进入中国现当代文学史的作家作品,汉族其实要多得多了。文学史著作不是一个包罗万象的口袋,什么东西都可以往里面装,它必须坚持经典化的原则,对纷纭复杂的文学现象、无数的作家作品进行筛选。筛选的结果,就是大量作家作品被关在文学史的门外,其中汉族作家作品占大多数,当然也有数量不少的少数民族作家作品。可以设想,如果不以客观的标准取舍,仅以照顾为由增加少数民族作家作品在中国现当代文学史中的分量,会出现什么情形?会扭曲中国现当代文学史!更进一步看,不尊重客观标准的"厚爱",我认为也并非是对少数民族作家的尊重,相反倒有可能被认为是带有某种自大成分的"垂爱"。

三是少数民族文学要融入中国现当代文学史,不宜在文学史著作中单独划出一块来做专门介绍。如果把少数民族文学单列出来,不仅显得突兀,会损害一部文学史的有机结构,而且会在观念上造成不必要的混乱,是照顾少数民族作家的感情,还是贬低少数民族作家的分量呢?中国少数民族作家就是中国的作家,中国不同民族的作家共同创造了中国现当代文学,他们相互之间没有文学标准以外的地位高下之别。把少数民族文学融入中国现当代文学史,要求我们从不同民族文学的交流和融合的高度来把握少数民族文学对整个中国现当代文学发展所作出的贡献,从整个中国现当代文学的性质和特点出发来理解少数民族文学的民族特色。只有这样,才能勾画出包括各民族文学在内的整个中国现当代文学史的发展脉络,揭示其内在的规律。这方面我们以前做得不够,如果深入下去,是可以找到不少新的研究课题的,比如民族文学之间如何交流互动,这种交流和互动对中国现当代文学发展的意义。此类课题,对于拓展中国现当代文学研究的领域,无疑具有非常重要的意义。

四是可以撰写单独的少数民族文学史,或者是单一少数民族的文学史。特定的少数民族文学史,可以从该少数民族文学的历史状况出发确定入史的标准,可以选择符合该标准的作家和作品,甚至可以设定自己的读者对象,直接用该民族的语言来撰写。这好比撰写英语文学史、法语文学史和现在已有人在倡议的华文文学史一样,遵循的是英语文学史、法语文学史和华文文学史自身的特点所规定的标准。这样的文学史,超越了国别文学史所遭遇的民族主体性问题。与此相似,撰写中国少数民族文学史,也有由其内容特点所规定的新的撰写原则。这样的少数民族文学史,可以成为大学里的选修课或专题课,面向有志于研究中国各民族文学史、中国民族文学交流史的学生,让他们掌握更为丰富的知识,打下进行专题研究所必需的扎实基础。

提出少数民族文学怎样入史的问题,说到底,其实是如何理解民族平等的问题。我认为,真正的民族平等是基于民族自信心的平等,是不同民族作为国家共同体的一员在发展机会上享有平等权利的平等,而不是特别照顾和保护的平等。如果说在历史上的某一特殊时期,有必要对少数民族实施一些特殊的优惠或者保护措施,那么这种优惠和保护应该是与培养其国民意识结合起来的。什么时候不再需要刻意强调少数民族的权利,什么时候少数民族才算真正获得了平等的地位。这不是说要抹去少数民族文化的特点,而是指这时候其民族的特点可以得到充分的展现,少数民族在社会经济文化发展基础上已经建立起了充分的自信,因而才不会因为民族身份的问题而引起其他各种问题。

以这样的观念来看待少数民族文学如何进入中国现当代文学史,我觉得有两方面的重要意义。一是可以引起学术界对这一问题的重视,展开学理的探讨。学理探讨有助于澄清观念的混乱,解决思想上的歧见,从而找到能为大多数人所接受的解决问题的方法和途径。二是可以激励少数民族作家向文学的国家水平看齐,在艺术上进行刻苦探索和磨砺,理所当然地作为中国现当代文学的重要作家乃至著名作家被写入中国现当代文学史,为中国现当代文学史增添光彩。

（原载《北方民族大学学报》（哲学社会科学版）2010 年第 3 期）

多民族文学史的编写问题

曹顺庆　付品晶

一、重新建立中国文学史观

由于多年以来,中国的文学史观约等于是汉文学史观,换句话说,我们写的中国文学史,其实更像是写汉族文学史,它几乎不包括其他民族的文学史。比如,学术界有好几次关于中国有没有史诗的大论争,最后的结论是:中国没有史诗。有人一定要找出来中国的史诗,最后找到周民族史诗,就是我们《诗经》中的《商颂》和《大雅》,其中有不少记述商族与周族开国诗篇的祖先祭歌与英雄颂歌,所以就被他们称为中国的史诗。其实这个说法很勉强,因为众所周知,史诗应该具有很长的篇幅,而《诗经》中的雅颂篇幅极其简短。以西方的史诗观来看,"中国"好像确实没有史诗。非也,中国有史诗。我国藏族地区流传着藏族的《格萨尔王传》,该史诗早在 10 世纪,即唐五代时期,就已经相当盛行。据调查,在宋元时代就已经有了非常完整的《格萨尔王传》,而且《格萨尔王传》的篇幅甚至超过了《荷马史诗》。从历史上看,元明清以来,整个藏族地区都属于我们中华民族的一部分,藏族文学当然也是中国文学的一部分,从这个角度来看,说中国没有史诗。显然是不合理的。为什么众多学者认为中国没有史诗呢?主要原因在于我们的文学史观是汉文学为主导的史观。除了《格萨尔王传》以外,中国还有很多其他史诗。蒙古族的英雄史诗《江格尔》、柯尔克孜族的《玛纳斯》和藏族的《格萨尔王传》并称为中国三大英雄史诗。其他的还有彝族的《梅葛》《查姆》《阿细的先基》和《勒俄特依》,纳西族的《创世纪》,白族的《创世纪》,哈尼族的《十二奴局》《奥色密色》等创世史诗,哈尼族的《哈尼阿培聪坡坡》《雅尼雅嘎赞嘎》,拉祜族的《根古》等迁徙史诗,以及纳西族的《黑白之战》,傣族的《兰嘎西贺》《粘响》《厘俸》等英雄史诗。所以说,中国没有史诗的结论是错误的,完全是受汉文学史观念的影响而得出,是陈旧的文学史观所导致的,因此我们要重新建立文学史观。如果我们建立了多民族文学史观,对中国文学的认识将更为壮观。

要建立多民族文学史观,就应该恢复史实。恢复什么史实呢?中国是一个多民族国家,我们有"二十五史","二十五史"是中国的正史,是中国的官修史。二十五史中有多部史书不是汉族史,比如魏书、北齐书、北周书、辽史、金史等都是少数民族政权的历史,但它们的确是我们的正史,是我们的官修史。换句话说,中国的历史从来就是多民族的历史,这是我们官方认可的,这是我们全民族认可的事实。但是我们的文学史还不如我们的古代官史,我们的文学史全部修成了汉族文学史。这种观念难道不应该改吗?它不符合我们的史实,我国少数民族文学具有独特的风格和气质,并显示了特有的艺术魅力,是中国文学园地里绚丽的花朵。所以首先应该重新建立中国文学史观,这不仅是文学史写作的需要,也是中国文学发展的需要。我们的目的是要倡导"多元共生"的观念,"多元"才是催生文学繁荣的标志。什么是中国文学史观？就是多民族文学史观，多民族文学是一个史实，我们今天只是恢复史实，并不是没有根据地突发奇想。

二、多民族文学史的撰写思路

到底怎样写中国多民族文学史呢？现在很多人在探讨这个问题，有的学者认为多民族文学史就是多个少数民族的文学史合在一起的文学史，如藏族文学史、维吾尔族文学史、朝鲜族文学史、蒙古族文学史等族别文学史凑起来就是中国多民族文学史。我们认为这种做法应该改一改，它不是最佳思路。我们认为应该从以下几个思路出发，进行我们的文学史撰写工作：

第一，我们应该从源头上看，中华民族本就具有多元文化共生的源头。炎帝、黄帝、蚩尤、三苗那个时候的民族融合，就是多民族文化融合。炎帝、黄帝、蚩尤、三苗以及多个民族部落、氏族的融合，才形成了中华民族早期的文明，所以中华文化的早期源头就应该是多民族。这并不是说我们的炎黄就是汉族人，然后再把藏族、彝族、蒙古族凑过来，而是说中华民族的文化具有多元共生的特质，从它起源就是一个多民族史观。

第二，中华文学从来就有所谓南方"楚骚"传统。我们讲中国文学史就讲《诗经》的现实主义和屈原的浪漫主义，其实我们讲现实主义和浪漫主义这种西方话语并不一定正确，但它毕竟指出了中国民族文学的两个不同的源头：一个是以《诗经》为代表的北方文学，一个是以屈原、以楚骚为代表的南方文学。事实上，从某种意义上来说，南方文学就是和北方的《诗经》不同的民族文学。关于这一点，看过民族史的人都知道，我们南方楚国的"蛮夷之邦"有很多东西，他们的基本传统和北方以《诗经》为代表的不一样。《文心雕龙》前五篇叫文之枢纽，其中有一篇叫《辨骚》，将《辨骚》纳入文之枢纽，意义非常重大。原道、宗经、徵圣、正纬、辨骚等五篇为文之枢纽，实际上是接触到了南北文化多元共生的问题。但是某些研究《文心雕龙》的学者完全不理解《文心》之用意，居然认为刘勰搞错了。他们认为《辨骚》不应该放在文之枢纽，骚只是一种文体，应该和《明诗》篇一起放在文体部分中论述。写这个文章的人其实并不真正懂得中国文学传统。之所以说他不懂中国文学传统，是因为刘勰有眼光看到我们不同的文学传统，由此才把《辨骚》纳入文之枢纽。钟嵘的《诗品》也同样把《诗经》和《离骚》作为中国文学的两个不同源头。后来的刘师培、王国维等大家也都清楚地看到了南北文学不同这一点。而南北文学不同论正是中华民族多元文化的一个重要的文学史命题。

第三，汉民族文学的繁荣兴盛是在与中华其他少数民族的文学、文化的不断碰撞、冲突、交流与融合中发展起来的。例如：从西晋灭亡到南北朝时期是中华民族内部冲突最剧烈的时代之一，也是汉族与少数民族文学交融的时代之一。到魏晋南北朝以后，中国由于北方少数民族政权的建立和南方以汉族为主体政权的建立，两相对峙更加造成了多民族文学的状况。北方的鲜卑、氐、羌诸民族长期占领中原，建朝立国。它与南方以汉族为主体建立的政权不断发生冲突，经历了祖逖北伐，中流击楫；淝水之战，草木皆兵；侯景之乱，满目疮痍……由于当时的少数民族是以鲜卑族为主建立的政权（也包括一些其他的少数民族），所以当时的很多文学都是用鲜卑文写成，比如我们今天熟识的一首《敕勒歌》。这首诗原本就是用鲜卑文写成而被翻译过来的。整个中国文学在南北朝时期的状况，正如宗白华所说："南北朝是中国最混乱的时代,但却是美的成就最高的时代。"为什么会出现这样的悖论呢?因为那是一个文化交流的时代,包括东西方文化交流和南北文化交流。东西文化交流就是佛教的传入和中国文化的融合,产生了声律,产生了"永明声病"论;南北文化的结合表现在:北方的风骨和南方的清绮结合,南北文学的结合和东西文化的交融,造就了声律、风骨始备的唐代的文学黄金时代。这样一个多元文化共同繁荣的时代才成就了文学上美的成就最高的时代。上文提到的魏书、北齐书、北周书、辽史、金史等历史,这些也都是少数民族政权的历史。辽金与宋代的对峙,正如我们所知,是不同民族政权的对立。元代蒙古族文学、清代满族文学以后,我们整个文化都是在不断的多民族融合中产生发展,而文学也如此。总之,中国文学史就是多民族文学史,这是个事实。

三、交流融通研究

在多民族文学史的建构中,除了史诗这个客观现象外,交流和融通的研究也是个非常重要的问题。也就是说,多民族文学的研究并不是把各民族所拥有的资源放在一起,去衡量各自的所属关系,而是在整个中华文化的发展史中,注重多民族文学的交流和融通。多民族文化的交流和融通促进了中国文学的发展,促进了中国文化的发展,关于这一点的研究尤其重要。其中可以关注的有以下几点:

第一,汉文学史的多民族文化因子。我们汉文学史是一个大头,汉文学中有很多其他民族的因子。北朝乐府和南朝乐府现在都被认为是汉族的,其实这是不对的。在南北朝时期,北方长期由非汉族统治,而南方本土就居住着很多少数民族居民。南北乐府民歌因南北各民族的迥异而表现出各自不同的民族特色。北方乐府多表现战争、人民疾苦以及质朴的游牧生活、北国风光和尚武精神;而南方乐府多为绮丽的情歌艳曲。北方的乐府多刚健、雄浑;南方乐府则多娇柔、清秀。

汉族文学中这种多民族因子现象是怎样形成的呢?这是一个很有研究价值的话题。屈原的作品是南北交融的问题,"庾信文章老更成"中的庾信同样也是一个南北交融的问题。庾信原本在南朝,后来迁到北朝,在鲜卑政权下做个文人。庾信在南朝时,文风绮丽,并不是很出名,但是到了北朝以后,他的文章在温婉、清丽的基础上,又添加上了北方的刚健与雄奇,便逐渐成了那个时代文坛上的顶级文学大师,为什么会出现这样的情况呢?原因在于他的作品中融进了北方民族的文化因子。所谓"庾信文章老更成,凌云健笔意纵横"正是南北多民族文化交融的丰硕果实。如果从这个角度来进行文学研究,非常具有新意。另外,还有我们的一些范畴,比如说"风骨",边塞诗等,与少数民族都有很大的关系,这是我们的第一个着力点。

第二,民族文学交往的变异学。我们最近提出了关于比较文学变异学问题,主要是讲比较文学中的变异问题,但也同样适用于多民族文化交流。原来的影响研究是实证研究,但是我们的文学交往中不仅仅是实证性的,还有许多美学因素、心理学因素和语言文化因素起着重要的作用,在这些难以确定的因素的作用下,被传播和接受的文学在一定程度上发生了变异。[①] 实证性并不能完全概括跨文化、跨语际文学之间的实际影响状态,所以我们提出变异

---

① 曾顺庆:《比较文学教程》,高等教育出版社 2006 年版,第 97 页。

学,以此弥补法国学派的一个重大缺憾。所有的文学交往中都会发生变异的现象,而我们在多民族文学研究中也同样存在这样的问题。其中有几点特别值得我们注意:

第一,跨语际的变异。中国是一个多民族的大家庭,很多少数民族作家在创作的时候,既能够使用本民族的母语写作,同时又可以运用汉语进行创作。在少数民族作家用母语写作和用汉语写作的过程中,就会产生变异现象。比如,藏族作家阿来曾说过:"用母语写作和用汉语写作是两种不同的情况。"同样,把文学文本从少数民族语言翻译成汉语,也会产生很大的变异。如彝族诗人阿库乌雾曾谈道:"在把自己的彝语诗歌翻译成汉语的时候,其中的很多本民族的宗教术语就不能够完全在汉语中找到相对应的词语。"于是同一文本的彝语诗歌和汉语诗歌在这种语际的跨越中便发生了变异。总之,跨语际的变异,母语和汉语、汉语和英语,少数民族语言和英语等,它们之间文本的相互转换是一个国际性的问题,这些不同语种之间的变异关系是一个很有意义、值得研究的课题。

第二,跨文化的变异,即不同文化的冲突与融合的过程中所产生的变异。人类文化从产生、发展到今天,一方面保持了每一种文化的民族特征,另一方面在哲学思想、科学、宗教、文化艺术方面形成并体现了人类共同的特征与价值追求。五颜六色的民族特征使世界文化处于不断冲突的状态中,但也正是由于不同民族的民族特征才有了今天的多元文化格局的形成。而哲学、科学、宗教、文化艺术等方面的人类共同性使得民族冲突逐渐走向交融,从而民族特征在交融中走向变异,走向新生。中国的多民族文化结构使各民族常常遭遇不同文化之间的冲突与融合,这种冲突与融合的结晶,就是多民族文化各自的不断变异,不断更新和不断发展。换句话说,"由于各民族的历史、地理、环境及政治、经济等因素的作用,其文化发展是不平衡的,每个民族的文化发展除了依靠自身的能力由少到多、由浅入深、从低级走向高级外,还要靠历史上与外部文化交流中冲撞、交融、对话、吸收、补充营养以增强自己的文化力,最终发展成独立的体系。"①比如,在历史上繁荣的吐蕃文化,就是在大量融汇了其所在的青海境内的西羌文化、鲜卑文化和汉文化的基础上,发生了巨大的变异而形成的民族文化,后来它成了当时的强势文化。这种文化的变异势必影响到作家对文学文本的创作,阿来的《尘埃落定》和回族作家霍达的《穆斯林的葬礼》演绎的就是这种文化碰撞冲突、交流、融合和变异的过程,以及由此带来酸甜苦辣的人生滋味和人生际遇。

第三,民族文学的相互阐发与变异。民族文学之间的碰撞、冲突和交流必然带来它们的相互阐发与变异,这种相互阐发与变异对文学自身的发展具有不可忽视的价值和意义。前面说过,中国文学在 10 至 14 世纪阶段,由于多民族多元文化的融合和碰撞而发生了巨大的变异,从北宋早期典丽的西昆体,到元代朴素的胡音戏曲和平话伎艺。中国文学在多民族文学的相互阐发与变异中,不断解构和逾越固有的文学风格和文体类别,建构新的文学风貌。从贵族走向民间、从都市走向旷野。可以说,这段时期的文学是一个富有创造力的多民族在多元一体的文化碰撞融合中,重构自己的生命形式和生命内涵。新时期,少数民族文学与汉族文学的相互阐发带来了各自文学词汇的丰富以及文学风格的变异,同时也促使中国小说艺术世界格局的变异。或许,少数民族史诗群的发现可以为中国当代小说注入更强劲的生

---

① 伊克巴尔·吐尔逊:《文化相对主义与中国多民族文化的和谐发展问题》,《新疆社会科学》2005年第4期。

命力量。民族文学的相互阐发与变异曾经成就了历史上中国文学的辉煌与鼎盛，那么，多民族文学史观的转变和多民族文学史的编写，是否将有助于再度恢复与提升中国多民族文学史的绚烂原貌与多元格局呢？

（原载《民族文学研究》2008 年第 2 期）

台港澳文学如何入史

方　忠

近年来，中国现当代文学史的研究与写作取得了长足的进步。各种新视野、新观点、新格局、新写法的文学史纷纷问世，突破了以往的通史、文体史、断代史、思潮史、流派史、地方文学史的格局。这一方面显示了文学史写作的多样可能性，另一方面也呈现出文学史研究充满着生机和活力。

与20世纪90年代以前的文学史著作相比，台湾文学、香港文学在当下的文学史格局中占有了一席之地。这是文学史写作的一个显著变化。事实上，在1987年出版的《中国现代文学三十年》中，台湾文学即已进入中国现代文学史家的学术视野。在吴福辉执笔的第27章中，专列了"台湾文学"一节，虽然只有不到两千字的篇幅，但显示出了研究者将台湾文学纳入中国现代文学史的学术理念和学术胸襟。孔范今主编的《二十世纪中国文学史》（1997年）在文学史观和方法论方面有了重要突破，把20世纪中国文学的现代性转型与20世纪中国的经济、政治、文化的变革紧紧地联系起来，注重宏观把握与个案分析相结合，而在文学史的格局上融入了相当多的台湾、香港文学内容，一定程度上贯穿了整体文学观的理念。朱栋霖、丁帆、朱晓进主编的《中国现代文学史（1917—1997）》（1999年）作为教育部"高等教育面向21世纪教学内容和课程体系改革计划"项目，努力打破原有的文学史格局，以新的文学史观、文学观重新诠释20世纪中国文学现代化之历程和历史经验，体现了20世纪末中国现代文学史教材编撰的新水平。而在台湾文学、香港文学的内容方面，该书专设两章，用了约六万字的篇幅来叙述，几近全书总量的十分之一，这可看出主编者整合两岸文学的学术理念。黄修己主编的《20世纪中国文学史》（第二版，2004年）在1998年初版本的基础上作了较大的调整、修改和重写。在下卷当代文学部分，设有20世纪通俗文学、20世纪少数民族文学等，而最显眼的是，台港澳文学在20世纪文学史框架中的比重有了前所未有的大幅度的提高，台湾文学、香港澳门文学两章达十一万余字，占全书上下两卷总篇幅的七分之一。这足以说明台港澳文学在主编者学术视野中的地位。

从上述中国现当代文学史的编写中我们可以看到，自1978年随着改革开放东风而兴起的台港澳文学研究，由于研究的广度和深度的不断开拓，在中国现当代文学研究中占有了愈来愈重要的地位。台港澳文学由先前所谓的边缘走向了研究的中心，它拓展了人们的研究视野和审美空间，为大陆文学的研究提供了重要的参照系。

然而我们也清楚地看到，目前台港澳文学的入史也存在着种种不尽如人意之处。尽管我们在政治上认为台港澳地区是中国领土不可分割的一部分，尽管我们在学理上已把台港澳文学纳入中国现当代文学史的编写之中，但目前台港澳文学的入史显然更多的是一种拼凑，既没有充分考虑到它们与整个中国现当代文学的密切联系，也没有很好注意到它们特殊的文学品质。从具体的形态来看，目前的台港澳文学在诸多中国现当代文学史著作中往往只是占据了一个附录的地位。这与台港澳地区文学的成就和特色显然是不相称的。

近三十年来,一大批台港澳文学的研究者以他们卓有成效的学术研究雄辩地指出,台港澳文学是中国现当代文学的有机组成部分,它们是在中国历史大背景下由于局部地区的特殊际遇而形成的一种有特色的文学。一方面它们与母体文学有着深刻的渊源关系,另一方面由于特定的社会、政治、经济、文化环境又呈现出独特的历史风貌。台港澳文学的这一共性和殊相,使它们在中国现当代文学史中占据了特殊的地位。

就台湾文学而论,百年历史沧桑和社会变迁,铸就了 20 世纪台湾文学复杂的艺术风貌。由于《马关条约》一纸割台,台湾被迫沦为日本的殖民地,但台湾民众并不屈从于亡国奴的命运,进行了多种形式的抗争。作为民族情感载体的台湾文学自世纪之初即呈现出鲜明的反日爱国倾向。这一倾向跨越了新旧文学两个时期。在 20 世纪 20 年代新文学兴起后,赖和等一批新文学作家致力于把现实主义与时代精神、本土环境结合起来,树起了一面光辉的反帝反封建旗帜,开创并确立了台湾现实主义与乡土文学的传统。他们的作品揭露了殖民当局对台湾人民的政治压迫和经济剥削,批判了殖民地社会的顺民心态,显示了现实主义作家高度的理性精神。这种文学精神一直贯穿于整个日本占领时期。即使在日本帝国主义发动全面侵华战争,殖民当局竭力推行皇民化运动,台湾新文学运动遭到重挫的时候,仍有相当一部分作家以合法的手段继续活跃在文坛上,艰难地承传着新文学的传统。杨逵、吕赫若、张文环、龙瑛宗、巫永福等在创作中曲折地表现爱国情感和反日意识,对抗皇民化运动。而吴浊流等作家则冒着危险进行地下创作,等待着黎明的到来。这使 20 世纪上半叶的台湾文学形成了弥足珍贵的民族精神。台湾文学的这一特质既与同一时期祖国大陆文学所具有的精神是一致的,合拍的,同时也由于这一时期台湾处于日本严酷的殖民统治之下,文学发展的环境和情势与祖国大陆又有所不同,因此如二三十年代赖和的《觉悟下的牺牲》《南国哀歌》《一杆秤仔》《不如意的过年》等直接表现抗日情绪和反殖斗争生活的作品在中国现代文学史上就有了特殊的意义。它大大丰富了中国现代文学反帝的主题。

20 世纪台湾文学从大陆母体文学中汲取了充分的文学与艺术素质,其中包括传统人文精神、文学母题、表现技巧、文化乡愁等。与此同时,它也以开放的胸怀向西方学习,在欧风美雨的洗礼中追踪世界文学新潮。五六十年代台湾崛起的现代主义文学,广泛学习借鉴西方现代派文学观念和技巧。它深受精神分析学、存在主义、超现实主义、意识流等西方现代文艺思潮的影响,从卡夫卡、乔伊斯、吴尔芙、福克纳、詹姆斯、劳伦斯等现代派作家的作品中汲取了丰富的营养,从而形成了自己的艺术特征。它把表现自我放在主要地位,着重开掘人的"内宇宙",对内心世界进行自我省思,强调表现潜意识,具有鲜明的反理性倾向。在表现手法和艺术形式上追求多元化,广泛运用隐喻、象征、超现实和意识流手法,刻意于意象的经营和语言的求新求变。在诗的领域讲求"张力",而在小说方面则讲究多角度的叙述观和多层次的结构,从而使主题较为含蓄隐晦,耐人寻味。它对新的艺术手法和表现形式的探索,丰富了文学的表现力。它是一代知识分子的心灵记录,反映了当时社会普遍存在的失落感和逃避主义倾向。观念的现代化,审美的现代化,文学主题与表现形式的现代化,使台湾现代主义文学呈现出鲜明的现代性特征。

在中国现代文学史上,现代主义文学一直不绝如缕。从 20 年代的象征诗派到 30 年代的现代诗派、新感觉派,到 40 年代的九叶诗派(西南联大诗人群),现代主义文学时有耀眼的时期。但在新中国成立后,西方的现代主义文学被视作为资本主义腐朽的文学而被扫进了历史的垃圾堆。现代主义文学在大陆绝迹了。改革开放以后,现代主义文学才重新登上了大陆的文学舞台。大陆这三十年现代主义文学的空白,恰好由台湾的现代主义文学填补上了。尤其值得一提的是,50 年代初在台湾率先揭起现代主义文学大旗的正是 30 年代在上海和戴望舒一起推动现代主义诗歌运动的纪弦,他把大陆现代主义文学的火种带到了台湾,为台湾的现代主义文学在"横的移植"的同时接上了大陆现代主义文学的源头。

从上述分析中可以看到,20 世纪台湾文学和大陆文学存在着较大的兼容和互补性。作为中国文学的重要组成部分,台湾文学在诸多方面为丰富和发展中国文学提供了宝贵的艺术经验。

事实上,这种互补性在香港文学和澳门文学中也同样存在着。就香港文学而言,它与内地文学原本就有着十分紧密的联系,其发展的几次高潮都是由内地作家的南迁所带来的。1937 年抗战爆发后,由于香港是一个相对安全的地方,因此成了内地人士躲避战乱而南迁的理想之地。在移居香港的内地人中,有一大批进步作家,其中有巴金、茅盾、戴望舒、萧红、端木蕻良、叶灵凤、施蛰存、夏衍、林语堂、萧乾、郁达夫、巴人、陈残云等。他们或以香港为阵地,从事出版工作,宣传抗战;或取道香港作短暂停留而后转赴内地或海外,但在香港都留下了文学足迹。这一批南来作家对香港新文学的发展产生了巨大影响。他们传播新思想、新文化、新文学,大力开展抗日宣传,为香港正在兴起的新文学注入了新的养料和活力,在香港文学史上掀起了第一次文学高潮。具体地说,这种影响主要有两个方面:首先,创办文艺杂志和报纸副刊,如茅盾主编的《文艺阵地》,茅盾、叶灵凤先后主编的《立报·言林》,戴望舒主编的《星岛日报·星座》等。这些媒介大大活跃了香港文坛。其次,他们以自己的创作影响和带动了本土青年作家。香港第一代本土作家侣伦、舒巷城、夏易等人在南迁作家的影响下迅速成长起来了。1946 年夏天,由于国民党当局镇压民主运动,大批内地作家为了躲避战乱和迫害,再次奔赴香港。这是一批比第一次迁居阵容更为强大的队伍。代表性作家有郭沫若、茅盾、夏衍、叶圣陶、郑振铎、冯乃超、臧克家、欧阳予倩、陈残云、胡风、孟超、聂绀弩、秦牧、司马文森、廖沫沙、吴祖光、端木蕻良等。他们在香港创办报刊、出版社,组织文社、读书会,开设训练班,培养了大批文艺骨干,为香港新文学的繁荣做出了重大的贡献。50 年代以后,在香港文坛占主导地位的仍然是南迁作家。他们是文学创作的主力军。长篇小说创作方面,有徐讦、徐速、李辉英、黄思骋、唐人、高旅等,散文创作方面有叶灵凤、徐讦、司马长风等,诗歌创作方面有力匡、何达等。而从"文革"后期开始,内地移民陆续涌入香港。香港迎来了第四波南迁作家。他们以自己在内地和香港的双重人生经验,参与香港的文化和文学建设,成为香港文坛的一支重要力量。这一时期,具有代表性的南迁作家有陶然、颜纯钩、东瑞、陈娟、白洛、杨明显、王璞、张诗剑、梅子、王一桃、傅天虹、黄河浪、梦如、舒非,等等。此外,曾敏之、犁青等老作家在离港多年后重返香港,在文坛十分活跃。上述四波南迁作家大都与内地文坛有着密切的关系,有不少原本就是内地文学的重镇,他们在港期间的文学创作和文学活动既是香港文学的重要组成部分,也应是内地文学的一部分。只有把他们的文学活动综合起来作整体观照,才能有助于完整地理解和认识中国现当代文学史。

从文学史的角度加以考察,台港澳文学在一些文类和文体方面所取得的成就,甚至要超过同一时期的大陆文学。如从 60 年代至 80 年代长盛不衰的包括言情、武侠、历史小说在内的台湾通俗文学,正好填补了这一时期大陆文学的空白。而名家辈出的台湾当代散文和诗歌,也"可以和大陆的散文、诗歌颉颃"①。因此,台港澳文学进入中国现当代文学史从学理层面来说,当是必然的。

再以具体作家而言,台港澳文学为中国现当代文学提供了一批经典作家。

比如,白先勇的小说具有鲜明的艺术特色。一方面他具有中国古典文学的根基,这使他养成尊重传统、保守的气质,另一方面他又接受了西方文学的训练,这使他成为充满现代文学精神品质的作家。他寓传统于现代,熔中西小说技巧于一炉,形成了精湛独特的小说艺术。其代表作《台北人》大部分篇章表现的是业已退出历史舞台的上流社会的衰败的命运,在过去/现在、大陆/台湾两个时空的不断交错闪回中,呈示人生的无奈和苍凉。正如有的评论者指出的那样:"白先勇的小说有一种很强悍的令人激荡的思想性",这突出地表现为作品揭示了"一种繁华、一种兴盛的没落,一种身份的消失,一种文化的无从挽回,一种宇宙的万古愁"②。在人物形象的塑造上,白先勇较多采用了以形写神的手法,受到了《红楼梦》等古典小说较深的影响。他通过对人物言行举止和穿着打扮的描写反映人物心理,表现人物性格。同时,他又运用意识流手法,直接渗入人物的内心世界,揭示复杂微妙的深层心理活动。在艺术结构上,白先勇把传统的"纵剖面"的写法与西方的"横断面"的写法结合起来,总体上按正写的时间顺序展开情节,在局部描写中又常借鉴西方现代派时空交错的表现手法,从而扩大了作品的生活容量。此外,白先勇十分重视语言基调的把握,努力把传统的文学语言、现代口语和西方现代派的语言风格有机契合,形成了典雅精美、洗练明快的语言特色。因此,夏志清赞誉白先勇为"当代短篇小说家中少见的奇才,……我觉得在艺术成就上可和白先勇后期小说相比或超越他的成就的,从鲁迅到张爱玲,也不过五六人"③。

又如黄春明,其《儿子的大玩偶》《看海的日子》《青番公的故事》《锣》《溺死一只猫》等小说创作,代表了台湾乡土文学的最高成就。黄春明的小说以深切的乡土情怀和强烈的民族意识取胜。他从台湾的社会现实出发,站在一定的历史高度,探求生活的底蕴,表现出鲜明的社会意识。黄春明的很多作品写的是乡村和小市镇,但其思想价值不仅仅限于对乡土文化的留恋,在过去/现在、乡村/都市的鲜明对照中,作者表现了对文化(文明)救赎之道的深刻思考。在创作前期,黄春明是从关心乡土人物的角度来揭露资本主义经济给社会底层劳动者带来的生活困境和精神痛苦;而在创作后期,他则主要站在民族主义的立场来批判台湾社会的新殖民主义。黄春明的小说反映了转型期的台湾社会现实,刻画了面对生活磨难依然保持人性尊严的小人物形象,他的创作开创了台湾乡土文学的新纪元,被公认为台湾当代最重要的乡土小说家。

再如陈映真,其乡土文学创作和理论在台湾文坛产生了广泛的影响,对于丰富和发展20世纪中国现实主义文学有着重要的意义。在长期的艺术实践中,陈映真以其强烈的使命感和责任感,随着时代的演进不断地调整自己的创作路线,成为一个深具现实主义批判精神的作家。吕正惠认为:"在三十年来的台湾文坛上,没有一个作家能够像陈映真那样,随时在

① 陈辽:《台港散文四十家·序》,中原农民出版社 1995 年版。

② 叶维廉:《激流怎能为倒影造像?》,《当代台湾文学评论大系》(三),正中书局 1993 年版,第 316—317 页。

③ 夏志清:《白先勇早期的短篇小说——〈寂寞的十七岁〉代序》,《寂寞的十七岁》,远景出版社 1976年版,第 1—2 页。

以他的敏锐的现实感捕捉台湾历史的'真实'。他的题材与风格的多变由此而来,他的独特的'使命感'也由此而来。"①

再如余光中。余光中一向被视为艺术上的"多妻主义"者,兼擅诗歌、散文和评论。就诗歌而言,其诗歌题材丰沛,形式灵活,风格多样,从现代、古典到民歌,从政治抒情诗、新古典诗、咏史诗到乡愁诗,余光中不断开拓创新,在现代和传统、中国和西方之间走出一条富有独创性的艺术道路。他广泛吸收艺术营养,形成了既古朴典雅又恬淡清新、既沉郁顿挫又明快热烈的诗歌风格。就散文来说,其散文视野开阔,想象丰富,文字变幻莫测,风格豪放雄健,是台湾散文园地里的一枝奇葩。他喜欢将狂风、大漠、巨石、高山、古战场、一望无际的原野、万顷碧波的海洋、奔驰的汽车等充满阳刚之气的事物纳入艺术视野,进行浓墨重彩的描绘,酣畅淋漓,一气呵成,呈现出包罗四海、睥睨万物的胸襟。另有一些作品温雅清丽,感情细腻,表现纯中国的意象和意境,洋溢着中国文化的恬淡和芬芳。也有一些作品诙谐幽默,明快活泼,将感性与理趣完美融合,创造了一种幽默的境界。因此,有评论者认为:"余光中是20世纪中国诗文双璧的大作家。"②

再如金庸。其武侠小说突破了雅与俗的界线,受到了社会各层次读者的欢迎,刘再复认为:"他真正继承并发扬光大了文学剧变时代的本土文学传统;在一个僵硬的意识形态教条的无孔不入的时代保持了文学的自由精神;在民族语文被欧化倾向严重侵蚀的情形下创造了不失时代韵味又深具中国风格和气派的白话文;从而将源远流长的武侠小说传统带进了一个全新的境界。"③严家炎也认为:"我们还从来不曾看到过有哪种通俗文学能像金庸小说那样蕴藏着如此丰富的传统文化内容,具有如此高超的学术文化品位……金庸的武侠小说,简直又是文化小说,只有想象力极其丰富而同时文化学养又非常渊博的作家兼学者,才能创作出这样的小说。"④

再如刘以鬯。刘以鬯的小说突破了传统小说的框架,广泛采用了意识流、象征、暗喻等现代小说技巧,在现实主义与现代主义的结合上进行了大胆的尝试。他的小说因此被称为"实验小说"。1963年他出版的《酒徒》是一部成功地把西方意识流小说中国化的长篇力作,被誉为中国第一部意识流长篇小说。作品在艺术上明显地受到乔伊斯、福克纳等西方现代派小说家的影响。作者借鉴了意识流和象征主义的表现手法,始终将焦点对准主人公隐秘、幽暗的内心世界,表现人物的意识和潜意识。整部作品写主人公酒醉和梦境占了很大的篇幅,借助醉与梦的荒诞来折射现实社会的病态、畸形和不合理,在现代小说技巧和传统现实主义的结合上走出了一条成功的道路。

这里只是列举了部分作家,事实上,我们可以列出一串具有经典意义的作家名单。

从上述认识出发,我们认为台港澳文学入史应贯彻两个原则:一是经典性原则,二是互补性原则。

所谓经典性原则,是指进入文学史研究和写作领域的作品应具有经典的性质。那么,何

---

① 吕正惠:《从山村小镇到华盛顿大楼》,《当代台湾文学评论大系》(三),正中书局1993年版,第351—352页。

② 黄维梁:《璀璨的五彩笔》,《余光中选集》第1卷,安徽教育出版社1999年版,第1页。

③ 刘再复:《金庸小说在二十世纪中国文学史上的地位》,《当代作家评论》1998年第5期。

④ 严家炎:《一场静悄悄的文学革命》,《金庸研究》创刊号。

谓文学经典呢？文学经典，"指的应是具有丰厚的人生意蕴和永恒的艺术价值，为一代又一代读者反复阅读、欣赏，体现民族审美风尚和美学精神，深具原创性的文学作品"①。文学史的研究固然而且必须要以史料为基础，但我们看到的文学史著有不少流于史料的堆砌；文学史的研究自然要有宽广的学术视野，但有相当一部分文学史著内容过于庞杂，脉络不清晰，令读者如堕五里雾中。这些情形的发生有各种各样的原因，而其中一个重要原因就在于研究者缺乏经典性的学术理念和方法。在我们看来，文学史研究和写作在梳理文学的历史发展线索、探寻文学变迁规律的过程中，其重心应该放在对经典作品的分析、解读上。韦勒克就曾指出："文学研究不同于历史研究，它必须研究的不是文献，而是具有永远价值的文学作品。"②在中国现当代文学史上，活跃过的作家数以千计，文学史的研究不太可能将他们全部囊括其中，何况文学史的研究也并非不分巨细越全面越好。在这样的学术前提下，台港澳文学入史首先就要遵循经典性原则。进入中国现当代文学史的台港澳文学作品应是具有丰厚的人生意蕴，对人的情感、心理和整个精神世界有着深刻而动人的描写的作品，应是具有独特的审美品格与独创的艺术价值的作品，应是反映了我们民族百年来的民族心理和文化传统的优秀作品。这些作品与同时期祖国大陆的经典作品一道，构成了 20 世纪中华民族弥足珍贵的文学财富和文学新传统。在 20 世纪末，大陆和台湾、香港先后都进行了文学经典的评选活动。大陆出现了多种"百年文学经典"选本，如人民文学出版社推出了"百年百种优秀文学图书"。台湾《联合报》则组织评选出"台湾文学经典 30 种"等。香港《亚洲周刊》更组织全球知名华人专家、作家，评选出"20 世纪中文小说 100 强"。这些活动为文学史研究和写作的经典化奠定了一定的基础，创造了良好的条件。

所谓互补性原则，是指要以整合的学术视野将台港澳文学与大陆文学同置于 20 世纪中国文学的场域中加以考察，在梳理好它们的文学异同关系的基础上，建构海峡两岸暨香港、澳门文学相互兼容、互补合作的平台。如前所述，台港澳文学与大陆文学在文学思潮、文学现象、文学题材、文学表现等方面都有着很强的互补性，因此在编撰中国现当代文学史时，应充分考虑到不同区域文学、不同时期文学的各自成就和特点。自然，这需要建立在对海峡两岸暨香港、澳门文学整体了解和把握的基础上。从文学史写作的具体情形看，有相当一部分治现当代文学史的学者对台港澳文学缺乏深入的了解，而研究台港澳文学的学者又往往未能参与到整个中国现当代文学史的研究中，沟通交流既少，造成目前这样的文学史写作格局也就不足为奇了。

综上所述，台港澳文学如何入史是一个需要探讨也是值得探讨的问题。在当下海峡两岸暨香港、澳门文化和文学交流日益频繁的时代，台港澳文学应该以一种新的更为合适的姿态进入中国现当代文学史学者的学术视野。我们期待着真正建构起多元共生、兼容雅俗的中国现当代文学史。

（原载《文学评论》2010 年第 3 期）

---

① 方忠：《论文学的经典化与中国现代文学史的重构》，《江海学刊》2005 年第 3 期。

② 韦勒克：《文学理论·文学批评与文学史》，《"新批评"文集》，中国社会科学出版社 1988 年版，第 509 页。

台港澳文学与文学史写作

——再谈 20 世纪中国文学的整体视野[*]

刘登翰

一、"遭遇"台港澳文学

面对越来越明显的由市民休闲型阅读逐渐进入学者研究型阅读的台港澳文学的升温，相当一部分从事 20 世纪中国文学教学与研究的学者，难免有时会遭遇某种尴尬。对台港澳文学的陌生，使他们无法面对学生或读者的某些提问。这当然没有什么可奇怪的，因为对个人来说，学问不必什么都做，有懂，也可以有不懂；但对一个学科而言，比如我们现在所讲的"20 世纪中国文学"，那就是另一回事了。因为文学史的叙述，所需要的正是整体的观照和全景的描述。因此，没有台港澳文学的"20 世纪中国文学"，就很难说是一个完整的 20 世纪中国文学的发展图景和经验总结了。

这一遗憾由来已久。事实上迄今我们出版的大多数文学史著作，对 20 世纪中国文学的叙述，基本上只是对大陆地区文学的叙述；这种情况，犹如已有学者指出的，我们对中国文学的研究，基本上只是对中国汉族文学的研究一样，都是一种缺失。如果说，在中国文学的发展描述中，忽略了兄弟民族文学的存在，这可能与我们观念中把中国文学看作是汉语（或曰华文）文学的传统认识有关——这在我们这个多民族、多语种的国家，当然不应该；那么，对于同样用汉语创作的大陆以外一再被我们强调属于中国一部分的台港澳地区文学的忽略，则恐怕有着更为复杂的原因了。

首先无可回避的是政治和意识形态的原因。有很长一段时间，我们对文学的要求是革命的、无产阶级的和社会主义的，这种观念使能够进入文学史视野的作家和作品越来越少。大陆地区如此，更何况台港澳。台湾自 19 世纪末沦为日本的殖民地，战后回归，又在国民党政权的统治下与社会主义的新中国对峙。政治的对立及其所造成的疏隔，使我们根本看不到台湾有文学，即使有也是反动的、资产阶级的。香港的情况稍有不同，抗战期间及战后不久，大批内地进步作家避难南来，使香港一度成为中国南方抗日和反蒋的文化中心之一。这一段历史作为中国抗战及战后文学的延伸，被纳入在文学史的叙述之中。但自新中国成立前夕进步作家北上以后，在政治上，香港成为冷战时期西方世界对新中国和社会主义阵营包围的一个链环，在文学上，与进步作家北上同时，是一批对新中国政权持怀疑或异议态度的作家南来，并主导了五六十年代的香港文坛。因此，在以革命为定义的文学叙述中，作为西

---

[*] 笔者谈论"整体视野"的文章，见《文学评论》2001 年第 4 期，《分流与整合：20 世纪中国文学的整体视野》，本文是其引申和补充，故曰"再谈"。

方"自由世界"橱窗的香港,自然没有文学,即使有也是资产阶级的、颓废的。

这种状况随着"文革"结束、中国开放、港澳回归和两岸关系走向和缓的进程,应当说已经基本改变了。但为什么台港澳文学仍迟迟难以纳入中国文学的叙述范畴呢? 其中必还有另外一些观念和认识上的障碍。诚然,大陆地区的文学一直是 20 世纪中国文学发展的主体和中心,无论地域之广,作家之多,读者之众,或者作品的经典价值,都是位处边缘、地小人寡,而且在其发展之初,不同程度受到大陆文学影响和推动才成长起来的台港澳文学所难以比拟的。但大和小、多和寡、中心和边缘,是一对共容互补、在一定条件下互相颠覆和置换的范畴。对于文学来说,大和多并无绝对意义,只有作家和作品才是构成文学中心的要素;而在考察文学的发展时,文学的运动方式,以及它所呈现的形态,是我们关注的两个焦点。恰是在这个意义上,台港澳文学——特别是它在 20 世纪下半叶的发展中所呈现出来的迥异于大陆文学的运动方式和文学形态,是 20 世纪中国文学在大陆地区以外的另一份经验,理应受到 20 世纪中国文学叙述的重视与接受。承认了这点,就必须承认 20 世纪中国文学的发展——无论其运动方式还是文学形态,以及作家和作品的类型,都不是单一的,唯大陆式的,而是多样的,包含中国台湾和港澳的方式。在这个认识上,不能说所有的文学叙述者,都是一致的。

当然还有一个虽然次要、但却使我们无法操作的原因,这就是长期的疏隔,使我们对台港澳文学缺乏了解,而缺少资料和对个案(思潮、论争、流派、社团、作家和作品)深入的研究和学术积累,也有碍于我们对台港澳文学作整体深入的把握,这使我们即便愿意将台港澳文学放在 20 世纪中国文学的发展中来叙述,也存在着一些实际困难。不过这一问题已在逐步解决之中。艰难走过 20 年的内地台港澳文学的研究,有了一些初步的成果和资料积累。问题在于内地这些台港澳文学的研究者,大多虽从现当代文学研究出身,但除少数外,目前已基本不再从事现当代文学研究了;而从事现当代文学的研究者,除少数外,也基本上不接触台港澳文学。二者之间存在的这道虽不算太深的鸿沟,却实实在在地阻碍了我们对 20 世纪中国文学发展的全景性认识和多元化的总结。

我在一篇文章中曾经说过:"八十年代以来的当代文学研究,其一个重要方面的收获是注意到了在大陆之外,还有着另外一个无论在运动方式和表现形态上,既与祖国文学有千丝万缕关系,又呈现出明显不同的台湾文学、香港文学、澳门文学的存在。"并且认为,"这既是一种视野的扩大,也是一种观念的改变。它带给当代中国文学研究的,并不简单只是一个量的增加,而是一种结构性的变化。"①我想这一估价应当不会过分。认识到问题的存在,也就是解决问题的开始。它已经把台港澳文学摆到 20 世纪中国文学的研究者面前了。

二、"历史命题"和"文化命题"

把台港澳文学纳入 20 世纪中国文学的叙述,视为是对当代中国文学研究的一种结构性改变,其理由,不仅因为在 20 世纪中国文学叙述中台港澳文学的缺席,更重要的是因为台港澳文学所提供的,是不同于大陆地区文学发展的另一种模式和形态。

这是一个历史的命题,也是一个文化的命题。

---

① 刘登翰:《分流与整合:20 世纪中国文学的分流与整合》,《文学评论》2001 年第 4 期。

近代以来的中国社会,在西方列强的侵略下,出现了局部的"碎裂"。1840 年鸦片战争造成英国对香港的割治;1895 年甲午战争又带来日本对台湾的殖民;而在此之前,澳门早于十六世纪中叶就为葡萄牙以租借的名义而长期占领。台湾、香港和澳门虽都只是大陆南部边缘的岛和半岛,远离中原大陆的中心,但却是外来势力进入中国的门户和跳板。东西方殖民者挟其强大的军事力量,在向中国内地扩张其政治、经济、文化的同时,也极力按照他们的意愿来改造这些被他们占领了的地区,以适应他们的统治。这种改造是政治的,也是文化的,即不仅按照他们的政治模式来建立他们对这些地区的统治,也企图按照他们的文化样式,来改变这些地区的社情、民性。这就使台港澳社会在殖民政治和文化的长期强媾下,出现了某种畸形和异态。一方面是占这些地区人口绝大多数的中国人,以及他们所代表的中华文化,构成台港澳社会形成和发展的主体与基础;另一方面却是外来的殖民者及代表他们利益与意志的异质文化(东洋的、西方的),企望成为这些地区社会发展的主导。这种"主体"与"主导"的分离甚至背离,以及"主导"企图对"主体"进行的改造,由此所引起的种种冲突、对抗、统摄和转换,是构成这些地区社会发展的基本矛盾。它导致了这些被分割的地区,中断与内地社会的同步发展,而有了自己渗透在殖民与反殖民历史中的特殊进程。相对于中华传统社会,这种异态,是近代以来中国历史的遭遇,给一个完整统一的国家和民族留下的伤害。回到文学来说,中国局部社会的这种分割和疏离,也使秉承共同文化传统的文学,在这些地区出现分流。这种分流,并非是文化发展的必然,而是一种历史遭遇的偶然,是历史逼迫文学接受的一种现实。因此,它是与文学分化的"文化命题"相对立的另一个"历史的命题"。

然而问题的复杂和微妙还在这里:社会的分割和疏离造成不同的文学生成和发展的文化环境,它使从主体分流出来的这些地区的文学,虽然与主体拥有共同的民族文化与文学传统,却因不同的社会文化环境的影响,而呈现出不同的文学进程与形态,并拥有某些新的文化内涵。这就使最初因为社会的"碎裂"而造成文学分流的"历史命题",重新成为一道"文化命题"。台港澳地区文学的发展,就是在这种复杂的"历史命题"与"文化命题"的交错遇合中,呈现出多元的形态与轨迹。因此,对于文学因社会外力的分割而带来分流发展的"历史命题"的考察,同时也应当是对于社会分割之后文化环境变化和文学自身新质成长的"文化命题"的考察。这是一个问题的两面。"历史命题"和"文化命题"的遇合,既是台港澳文学发展的一种客观事实,也是我们研究的一种策略。它既深入了历史源头,也肯定了其现实意义;既探索了台港澳文学与中华文化母体和文学传统的关系,也突出了它的独特因素在 20世纪中国文学发展中的地位和价值。

尽管 20 世纪中国社会的"碎裂"只是局部的、边缘的,并不影响中国社会发展的整体性。对文学而言,这局部的"碎裂"所造成的文学分流,却意味着 20 世纪中国文学发展的多元性、多轨性。这是一个一分为二(多)而又合二(多)而一的辩证的矛盾运动。作为一种思路和策略,分流与整合的研究,既是深入对分流地区文学的探讨所必需,更是旨在建立一个能够整合所有分流地区文学创作经验的 20 世纪中国文学的整体视野和架构。

在这里,同一性是分流的前提。所谓台港澳文学与祖国大陆地区文学的分流,是拥有共同文化背景和文学传统的文学,因不同社会环境的影响而出现的同质殊相的现象。没有这个"同质"——民族文化的同一性,也就无所谓分流,而是另一种文学;同样,也就是这个"同质"——民族文化的同一性,才有整合的基础。因此,所谓分流也就是文学发展的"同"中之

"异",而整合,则是寻求文学发展的"异"中之"同"。当然这里所说的"同"中之"异"和"异"中之"同",都不是在同一平面上低层次的展开,而是在事物发展的螺旋式深入中,寻求民族文化和文学更高一个层次的升华。这是我们对分流的文学进行整合研究的预期。

在台港澳文学的发展中,有多方面因素对其特殊进程和形态的形成具有重要影响。这些因素,不仅提出了台港澳文学的某些特殊性问题,也对 20 世纪中国文学发展中的某些共同性问题,做出带有它们特殊经验的回答。我在前面提到的拙文中,曾对这些影响台港澳文学特殊性格的因素做了一点概略的分析,这里不嫌累赘,再作一点引申。我认为它主要来自三个方面:一是对文学本土性格的强调;二是带有殖民色彩的外来文化的影响;三是社会发展的不同形态和进程。在这三者中,本土性格,也即近年有关台港澳文学评论时常提到的文化身份,或文学的台湾性、香港性、澳门性。一方面,这种"本土性",其实质只是中华文化母体和文学传统在这些地区传播时所形成的区域形态和性格,是一种次生文化或文学的地方特征,而不是一种具有独立性质的文化或文学;另一方面,在长期被迫疏隔于母体的情况下,对自身文化身份和文学性格的强调,对抵御带有殖民色彩的异质文化的侵蚀,发展民族文化和民族文学,有积极意义。它表现出文化人和写作人的一种文化自觉和文学自觉。在台港澳文学的发展进程中,尤其是日据时期的台湾,都曾经发挥过重要作用。但是也应当看到,对它的过分强调,以致把"本土性"和民族性"对立起来,则又可能成为分离主义者的一种借口和手段,近年台湾有些人由文学的"本土性"进而主张脱离母体的"自主性",便具有这种性质,这是需要警惕的。其次,所谓带有殖民色彩的外来文化,也是这样一把"双刃剑"。一方面它是伴随殖民政治而来的体现殖民统治者意志的一种文化手段,对民族文化抱有歧视、敌对,甚至企图替代的态度;另一方面,外来文化的异质性及其某些积极成分,又为社会的发展和民族文化的演进提供条件和契机。这种双重性纠葛在台港澳文学的历史进程之中,如我们常说的台湾文学的日本影响,香港文学的西方影响和澳门文学的葡国影响,其正负两面的价值和意义,都需要我们仔细地分析和清理。最值得重视的是第三方面,即台港澳的社会不同于大陆社会的进程和形态,它所构成的殊异于大陆的文化环境,是孕育台港澳文学特殊进程和形态的温床。特别是 20 世纪下半叶以来,殖民链环的松弛和经济建设的起飞,使台港澳社会获得了更多自主的发展空间,才使这种独特形态与进程得以呈现。其突出的一个表现是较早实现了社会的都市化,这是 20 世纪中国走向现代化的一个目标。伴随都市化而来的,是社会教育的普及,现代资讯手段的提升,文化工业的发展,以及文化消费观念的形成,等等。在这一切表象背后,是奠基在现代经济基础之上的都市文化价值观的确立,它相对于建立在自然经济和宗法社会背景上的传统文化价值观,是一次严峻的挑战。台港澳社会的现代化进程,直接为台港澳文学的现代发展,提供了经济基础和技术手段,创造了读者市场,培育了作者队伍,并赋予了新的文学价值观。这一切自然对台港澳文学崭新品格的形成,具有重大意义。

其实由上述这些因素所导致的台港澳文学发展的"异",并没有脱离中国文学的历史大框架。20 世纪的中国文学的发展,在整体的意义上体现着中国从传统的农业社会向现代工业社会转型的历史进程与文化精神。文学的现代化,实质上是文化的现代化——即从传统的农业文明向现代的工业文明转化的过程。20 世纪中国文学的发展,无不浸淫着这一文化变迁的脉络和灵魂。台港澳文学的发展,或因历史的波折而受到阻碍,或因客观的机遇而获得推动,无论是早是晚,是快是慢,都体现着这一历史的走向和精神。这一文化变迁的文学体现,是 20 世纪中国文学发展的共同走向,也是我们文学得以整合的背景和基础。

既然中国社会局部的"碎裂"和走向统一,是历史遗留下来的一道政治命题,便只有交由历史和政治去解决;而文学的分流与整合则是伴随历史遭遇而来的一道文化的命题,一方面,它既来自政治,它的解决也必然受到政治的制约;但另一方面,文化是一种更为深入社会和民心的普遍而稳定的因素,它既包含着政治,也受制于政治,在许多情况下,又往往可能超越政治的囿限,而走在政治的前面,成为解决政治命题的前提和助力。由历史命题而引发的文化命题的这种二重性,提示我们:整合虽然会有种种困难,但它是可以期待的。我们努力促进的文学的整合,是文学自身发展的必须和必然。把台港澳文学摆进 20 世纪中国文学的发展中来叙述,正是这种"必须"和"必然"的体现。它的意义在文学自身,却又可能超出文学之外。

三、"纳入"和"融入"

如何把台港澳文学摆进 20 世纪中国文学发展的叙述之中,这是一个随着认识和研究的深入而渐进的过程。

它大致经过三个阶段:

首先是把台港澳文学放在中国文学发展的历史大框架中来定位和叙述。这主要是指对于台港澳文学的研究。20 年来,大陆的台港澳文学的研究者基本上都是这样做的。无论是对于思潮、流派、社团、论争、作家和作品的个案剖析,还是对于文学发展作整体性的历史描述,如 80 年代后期以来陆续出版的多种台湾文学史、香港文学史、澳门文学史,研究者都不把台港澳文学作为偶然的、孤立的现象来对待,而是把它放在中国文学历史进程的大背景中来透视和叙述,既揭示其与母体的文化精神与文学传统的渊源关系,也肯定其在特殊环境中的发展对中国文学的价值和意义,并注意把它们与大陆文学进行对照和比较。论者所讨论的对象虽是个别的,或台湾或香港或澳门,但所持的立场和视野却是全体的,是以整个中国文学在 20 世纪的发展作为背景的。笔者曾经把这样的研究称为具有开放性视野的整合式研究。"它既是对台湾文学有了整体把握之后的一种研究,也是对在中国历史大背景下中国文学分流的客观事实,有了整合认识之后的一种研究。"[①]

其次是纳入式的文学史书写。或许是受到始自 80 年代初期大陆的台港澳文学研究的推动,80 年代末以来出版的若干现当代文学史,也尝试把台港澳文学摆进 20 世纪中国文学发展的叙述之中。不过,也或许因为对台港澳文学的不太熟悉和具体操作上的困难,往往只是在讲述了大陆文学之后,另辟一个或几个章节,来讲述台港澳文学的发展。最早的尝试来自 1988 年张毓茂主编的《二十世纪中国两岸文学史》(辽宁大学出版社出版)。虽然号称"二十世纪",其实只是传统说法的现代文学部分。该书在第一编("五四"和第一次国内革命战争时期的文学)的第八章,第二编(第二次革命战争时期的文学)的第十二章,和第三编(抗日战争和解放战争时期的文学)的第十章,都以"沦陷区文学"为题,来讲述台湾和东北地区的文学。此一作法虽表现出作者"注意把我们的探索收获……特别是关于台湾文学、东北沦陷

---

① 刘登翰:《走向学术语境——大陆台湾文学研究二十年》,《台湾研究辑刊》2000 年第 2 期。

区文学的研究成果,现在用文学史教材的形式把它们肯定下来"①的意图,但并不成功,还只能算作一种尝试。笔者与洪子诚在 1995 年于人民文学出版社出版的《当代中国诗歌史》,也是采取这种"纳入"的办法,在对当代大陆新诗发展的叙述之后(卷一、卷二),以卷三的形式介绍了台湾诗歌。较为全面和充分地把台港澳文学纳入中国文学叙述的是 1997 年由华艺出版社出版的张炯、邓绍基、樊骏主编的《中华文学通史》,其在"清代文学"中就有"台湾明末遗民诗文和宦官诗作"的专章;在"近代文学"中也介绍了王韬(香港)、郑观应(澳门)和丘逢甲(台湾)等;至"现代文学",在"沦陷区文学及其他"的标题下有台湾文学一节;到了"当代文学"部分,则分别在诗、小说、散文、儿童文学和文学理论批评的文体叙述中,较为充分地介绍了台港澳文学的情况。尽管编者做了许多努力,但这种相对游离于文学主体之外的"纳入式"的叙述方式,立足的视点依然只在大陆,其不足之处和编者的勉为其难,都为我们所理解。

我们期待的是一种把台港澳文学真正"融入"20 世纪中国文学叙述之中的整合。这首先需要立足点的转变,即不站在某一地区而站在整个 20 世纪中国文学发展的更高立场。这样做并不容易,因为:一、20 世纪离我们太近,我们很难脱开具体的历史事件的影响,拉开距离地用一种比较纯粹的学术的或文体发展的眼光,来审视 20 世纪文学的历史;二、台港澳文学与大陆文学的分流本来就为不同社会文化环境所孕育,它导致 20 世纪中国文学发展的多元化和多轨性,其本身或许就很难做到一元化的叙述。在这个意义上,那种"纳入式"的叙述方式也有其合理之处,至少在我们尚未找到更完善的叙述方式之前是如此。不过,我们仍然把"融入式"的文学叙述,作为我们新的一个阶段研究的预期。

笔者虽然曾经与朋友们合作,主编过《台湾文学史》《香港文学史》和《澳门文学概观》,但深知要把它们整合起来融入 20 世纪中国文学发展的叙述之中,实在不易。多年思索,并无结果。融入台港澳文学的 20 世纪中国文学史的撰写,目前或许时机尚未成熟,但这并不等于我们不必努力。1999 年 9 月华东师范大学出版社出版的由陈辽、曹惠民主编的《百年中华文学史论》,虽然不是文学史,但其在分区的描述的基本上进行整合研究的意图是明显着。该书在引论《逼近世纪末的思考》之后,分别从纵的历史轨迹、横的文学话题和综合性的理论积淀三个方面,分列成编,来寻求建立整合两岸(四地),兼容雅俗的 20 世纪中国文学的整体架构。这一尝试,虽在史论,对文学史的写作,仍有启发。如何建立一个包括台港澳在内的20 世纪中国文学的叙述框架,在我并无成熟思考,只有一个朦胧的意图。这个粗略的想法包括:一、叙述者的立足点,是整个中国文学,而不在某一个地区。二、其关注的焦点,是文学运动展开的方式和由作家和作品所体现出来的文学存在的形态。文学史是文学发展的历史,而不仅仅是经典作家和作品研究的汇编。因此在文学史的叙述中,经典作家和作品的审美价值是重要的,但不应是唯一的。文学史包括文学运动发展方式,在体现各个发展时期特征的创作中,其作品可能不那么"经典",却代表着某种特殊性,也应当是文学史关注的对象。三、其倚重的内涵是文化。这是一个广义的文化概念,包括社会和政治作用于文学,和文学反作用于社会和政治的文化关系,以及社会的转型所带来的传统、现代、后现代的一系列冲突,等等。这实在是无论大陆,还是台港澳文学都无法规避的问题。四、在时期的划分上不必太细,既以文学自身的发展为主线索,也综合考虑社会、政治、经济、文化的各方面因素对

---

① 　张毓茂:《二十世纪中国两岸文学史》"前言",辽宁大学出版社 1988 年版。

文学发展的影响。大致的想法是分为四个时期：

一、"五四"到 30 年代中后期；

二、抗日战争时期；

三、战后——即新中国成立前后至 70 年代；

四、80 年代以后。

在这个分期中，新中国的成立依然是划分 20 世纪中国文学发展最重要的界石之一。因为无论在大陆还是在台港澳，它所带给文学的影响是广泛而深刻的。既有政治权力通过各种形式对文学运动直接的左右和潜在的引导，还有文坛构成的变动，作品题材和主题带有导向性的发展，以及社会风气和经济发展所培育出来的读者阅读习惯和市场消费需要与局限，等等。这一切都与 20 世纪中期中国社会的政治转折息息相关。在这个意义上，把 20 世纪中国文学划分为现代和当代两个大的阶段，并非毫无道理。在新中国成立之前，也即传统分期的现代阶段，从"五四"到 30 年代中期，是新文学从发生、发展到走向成熟的 20 年。台港澳文学同样受到"五四"新文学运动的影响，虽起步稍晚，但基本上与大陆文学取同一姿态和步骤发展，这是一个阶段。抗战八年是文学发展的一个特殊时期。战争是当时文学面对的第一现实，无论在抗日前线、敌后，还是沦陷区，战争的因素从根本上改变了文学的运动方式和存在形态，使包括台港澳在内的中国文学，有了一个文化内涵比较一致的基调，或变调。战后的半个世纪，以新中国诞生的前后为起点，也可以大致划分为前后两个时期。前一个时期从 40 年代中后期到 70 年代中后期，约 30 年，是大陆文学和台港澳文学从政治的分野到文学的分流最为突出和尖锐的时期。对立和疏隔使本来互有往来与影响的文学，呈各自独立发展的态势。台湾和香港寻找自己文化身份的文学自觉，也源自这一时期。尽管大陆与台港澳在文学运动方式和存在形态不尽一样，但其所面临的文学发展的一些深层问题，却几乎是相同或相似的。比如政治与文学的纠葛，文化传统的现代转型，文学的民族性、区域性和世界性的关系，等等，都是大陆与台港澳文学进程中所必须面对的。事实上它们也都以各自的经验和教训对这些问题做出回答。这也就导向 20 世纪下半叶一个新文学发展阶段的到来。把 80 年代以后的文学，划为另一个时期，即出于这个文学发展的实际。这里有政治方面的原因，也有经济方面的原因，还有文学世纪更替及其所带来的观念改变的原因，这自然要影响到文学发展进程及其表现形态。特别是在恢复与世界对话和沟通大陆与台港澳的文学交往之后，疏隔的打破使分流的文学出现走向整合的迹象。在无论大陆还是台港澳的这一批有着相近知识背景的年轻文学世代中，他们的创作表现出某种趋近世界文化思潮的共同性，使我们有时候甚至对他们的身份难以辨分。我曾经提出整合有两重境界，一是通过对于分流文学的整合，形成一个共享的文学空间，二是在重构中整合，这是更高境界的一种整合。新世代作家的某些共同性，表现的正是这种重构中整合的迹象。

对于上述分期，如此三言两语是无法说清的，何况它还只是一个很粗略的构想。它只表明笔者将台港澳文学纳入 20 世纪中国文学叙述的一种愿望，更细致的考虑还有待于另外的专文来进行论析。

（原载《复旦学报》2001 年第 6 期）

台港澳文学史叙述与中国当代
文学史空间维度

王金城

20 世纪 70 年代末,台港澳及海外华文文学作品开始陆续在大陆发表,内地读者渐渐发现了一个不同于大陆文学的新的审美阅读空间,大陆学界也逐渐发现了一个深具潜力的新的学术生长点。如果将 1979 年视为一个具有历史意义的开端,[①]那么,中国大陆的台港澳及海外华文文学的引进、传播与研究已整整 30 年,它几乎与中国社会改革开放的历史进程同步。30 年间,大陆的台港澳及海外华文文学研究从无到有、从弱到强,取得了相当丰富的成果。客观地讲,这一新兴学科的研究成果,对于大陆学界建构台湾、香港、澳门及海外华文文学区域文学史,对于大陆当代文学史家的文学史观均产生深远影响,进而深刻地影响了中国当代文学史的书写实践及空间维度的拓展。

一、大陆的台港澳文学史叙述

关于中国台湾、香港、澳门及海外华文文学这一新兴学科,90 年代初被大陆学界命名为"世界华文文学"。不过这一命名却有一个发展变化的过程,最初是"台港文学"(1982—1984),中经"台港澳及海外华文文学"(1986—1991),最后定位于"世界华文文学"(1993—)。[②]尽管由于多种因素,其中包括一些非文学因素所致的"世界华文文学"的学科命名,将世界上最大的"华文文学"写作区域"中国大陆"排除在"世界华文文学"之外,出现了难以自圆其说的逻辑悖论与学理尴尬;尽管这一命名近年来不断受到一些学者的质疑,[③]但它

---

① 1979 年,大陆刊物开始引介中国台湾、香港、澳门及海外华文作家的作品。3 月《上海文学》月刊第 3 期刊登了美籍华人作家聂华苓的小说《爱国奖券——台湾轶事》,这是大陆首次刊发海外华文作家的作品,同期发表大陆学者张葆莘的文章《聂华苓二三事》。4 月,《花城》创刊号上刊发香港作家阮朗的小说《爱情的俯冲》,同期还有曾敏之的评介文章《港澳及东南亚汉语文学一瞥》。7 月,由人民文学出版社主办的《当代》创刊号上,推出了"台湾省文学作品选载"栏目,首先发表白先勇的小说《永远的尹雪艳》,并配发编者"按语",介绍白先勇的生平与创作情况。

② 1982 年 6 月、1984 年 4 月在暨南大学和厦门大学举行首届和第 2 届"台湾香港文学学术研讨会";1986 年 2 月、1989 年 4 月、1991 年 7 月在深圳大学、复旦大学和广东中山举行的第 3、4、5 届会议则更名为"台港澳暨海外华文文学研讨会";从 1993 年江西师范大学在庐山举行的第 6 届会议开始,则启用"世界华文文学国际研讨会",这一名称一直延续至今。

③ 参见王金城:《论中国当代文学史观的嬗变——兼论华文文学研究中的相关问题》,刘中树等:《世界华文文学的新世纪——第十四届世界华文文学国际学术研讨会论文选》,吉林大学出版社 2006 年版,第 71—77 页;沈庆利:《"世界华文文学"论争之反思》,陆卓宁:《和而不同——第十五届世界华文文学国际学术研讨会论文集》,广西人民出版社 2008 年版,第 13—19 页。

仍在大陆学界普遍使用。然而,抛开这一命名的科学性与合理性不谈,我们不难发现,大陆的所谓"世界华文文学"研究最初却是以"台港文学"为原点并不断向外延伸,拓展其地域和疆界的。

80 年代,是大陆的台港澳及海外华文文学研究的起步阶段。这一阶段的研究,感应时代氛围与社会变革,带有明显泛政治化倾向。就台湾而言,是为了更好地发展两岸关系,实现祖国统一大业,呼应 1979 年元旦叶剑英代表全国人大委员会发出的《告台湾同胞书》的思想主张;就香港和澳门来说,1984 年 12 月 19 日,中英两国政府关于香港问题的《联合声明》,1987 年 3 月 26 日,中葡两国政府关于澳门问题的《联合声明》的签署,标志着香港和澳门开始进入回归祖国的"过渡期",结束百余年的屈辱历史。这一时期,大陆的台港文学研究及其文学史撰述也不可避免地具有当时的时代特征。

白少帆、王玉斌、张恒春、武治纯主编的《现代台湾文学史》(辽宁大学出版社 1987 年 12 月初版)是大陆第一部台湾文学史著作。该著 73 万字,第 1 章至第 10 章为现代部分,第 11 章至第 35 章为当代部分。这部史著资料比较丰富,刘登翰称其为"大陆十年台湾文学研究集大成的总结性成果",但同时也指出了其不足与弱点。[①] 若干年后,黎湘萍在谈到这部文学史时也说,"小说占据了全书叙事的主体,诗和散文似乎只是作为点缀穿插其中。它试图详尽介绍现代台湾文学发展的状况,却因急于介绍,匆忙点将,而显得凌乱驳杂。由于没有掌握第一手资料,并对之认真进行清理和思考,它在别人已经错误的地方也跟着错了。但作为两岸关系解冻初期,大陆第一部问世的现代台湾文学史,它本身,包括其庞杂的史料和混乱的体例,都具有了不可忽视的历史价值"[②]。

这一时期,还出现了一些类文学史著述。如封祖盛的《台湾小说主要流派初探》(福建人民出版社 1983 年 10 月初版),这部大陆第一本研究台湾文学的专著,已初具类文学史的框架。庄明萱、黄重添、阙丰龄的《台湾新文学概观》(上册)(鹭江出版社 1986 年 7 月版),王晋民的《台湾当代文学》(广西人民出版社 1986 年 9 月初版),包恒新的《台湾现代文学简述》(上海社会科学院出版社 1988 年 3 月初版),古继堂的《台湾新诗发展史》(人民文学出版社 1989 年 5 月初版)、《台湾小说发展史》(辽宁教育出版社、春风文艺出版社 1989 年 11 月初版)等,都各具特色与价值。

90 年代,大陆的台港澳文学研究及文学史著述进入深化时期。由于大陆社会的进一步转型,经济生活越来越成为社会的重心,这一阶段的研究已由 80 年代的政治本位逐步转向文学本体研究,更多注重台港澳文学自身的人文价值及其审美性和艺术性,尽管依然无法彻底摆脱主流意识形态的规约。关于台湾文学史书写,值得首肯的是刘登翰、庄明萱、黄重添、林承璜主编的《台湾文学史》(上、下)(海峡文艺出版社 1991 年 6 月、1993 年 1 月版)。这部 121 万字的文学史,时间跨度从古至今,出版后广受好评。黎湘萍指出:"这部著作是海峡两岸唯一一部囊括了古代、近代、现代和当代文学的比较完整的地域文学史,也是目前为止写的比较好的、最富有大陆版特色的台湾文学史。主编刘登翰在总论里用大量的篇幅,从理论和史料两方面论证台湾文学在中国文学中的位置和意义、台湾文学发展的文化基因和外来

① 刘登翰:《大陆台湾文学研究十年》,《福建论坛》1989 年第 4 期。
② 黎湘萍:《族群、文化身份与华人文学——以台湾香港澳门文学史的撰述为例》,《华文文学》2004 年第 1 期。

影响、中国情结和台湾意识产生的历史背景、台湾文学思潮的更迭和互补、文化转型与文学的多元构成等,从地缘、血缘、史缘和文化诸方面论述台湾文学与中国文学不可分割的关系、台湾文学呈现的独特历史经验和审美经验等重要问题。"①由于其筚路蓝缕的突破性创建,袁良骏更称其为"台湾文学研究的里程碑"。②

随着香港、澳门回归的日益临近,香港文学、澳门文学研究及其文学史叙述成为90年代的热点之一。此间出版的香港及澳门文学史、类文学史就有十余部。例如,潘亚暾、汪义生著《香港文学概况》(鹭江出版社1993年12月初版)、王剑丛著《香港文学史》(百花洲文艺出版社1995年11月初版)、古远清著《香港当代文学史》(湖北教育出版社1997年5月初版)、袁良骏著《香港小说史》(第一卷,海天出版社1999年3月初版)、田本相和郑炜明主编的《澳门戏剧史稿》(江苏教育出版社1999年10月初版)等,都各有建树。其中,刘登翰主编的《香港文学史》(香港作家出版社1997年10月初版繁体字版,1999年4月由人民文学出版社出版简体字修订版)是目前为止规模最大、内容最为充实的一部香港文学通史。全书59万字,时间跨度为香港开埠以来至1997年回归前,高屋建瓴地描绘了香港文学发生发展的历史与样貌,具有宏阔的历史纵深感和较高的学术品质。该著"不仅全面论述了香港自开埠以来至1997年之间150多年香港文学发生、发展的衍变历程及其历史文化背景,评介了各个历史时期的重要作家与作品;还在'总论'中提纲挈领地阐述了香港文学与香港文化之间的复杂关系,与中国内地文学之间无法割舍但又相对独立的分合关系,香港文学独特价值的确立,当代香港文学的多元构成与主要特色等理论问题;对香港文学150多年来的发展作了比较符合实际的定位,认为它既非西方文化的移植,也并非母体文学的守成,而是在中西文化的交会、融合的基础上体现出开放性、兼容性、丰富性和多元化的文学特征。"③

值得提及的还有刘登翰主编的另一部著述《澳门文学概观》(鹭江出版社1998年10月初版),这是大陆第一部关于澳门文学史的撰述。虽然没有以"史"命名,但完全是"史"的框架与叙述。全书25万字,共10章,除第1章《文化视野中的澳门及其文学》由刘登翰执笔外,其余9章均由澳门本地8位学者所述。该著作勾勒了16世纪末至20世纪末澳门文学400年的发展轮廓,探讨了澳门的新诗、小说、戏剧、旧体诗词、文学批评及土生文学等。管宁指出:"这部著作的出版,不仅填补了台港澳文学研究领域的一项空白,也为人们进一步了解澳门提供了一个特殊的窗口。""既能抓住一般,又能突出重点;既有实证分析,又有理论阐发,融史料与见地于一体,这为人们深入研究澳门文学奠定了良好的基础。"④不过,钱虹却认为:"既然只是'基本框架'与'概观',其理论上的深度不足与内容上的厚重不够也就显得较为明显,这多少给人一种匆促与应景之感。"⑤

进入21世纪,大陆的台港澳文学研究及其文学史叙述进入沉潜阶段。其显著标志就是

---

① 黎湘萍:《族群、文化身份与华人文学——以台湾香港澳门文学史的撰述为例》,《华文文学》2004年第1期。

② 袁良骏:《台湾文学研究的里程碑——评闽版〈台湾文学史〉》,《福建论坛》1994年第1期。

③ 钱虹:《香港文学:由"弃婴"到"公主"——1979—2000年香港文学研究述评》,《华东师范大学学报》2004年第4期。

④ 管宁:《澳门文学的文化观照——评〈澳门文学概观〉》,《东南学术》1999年第3期。

⑤ 钱虹:《从依附"离岸"到包容与审美——关于20世纪台港澳文学中澳门文学的研究述评》,《世界华文文学论坛》2004年第1期。

大陆文学史家由于这三个地区特殊的政治性因素的或强化或淡化,较之八九十年代,大规模的史述热情明显降低,但仍取得一些可喜的研究成果,如古继堂主编的《简明台湾文学史》(时事出版社 2002 年 6 月初版)、古远清著《台湾当代新诗史》(台北文津出版社 2008 年 1 月初版)、《香港当代新诗史》(香港人民出版社 2008 年 9 月初版)、邱峰与汪义生著《澳门文学简史》(香港人民出版社 2007 年 2 月初版)等。其中,后者是大陆学人撰述的第一部澳门文学史。该书 248 页,以史为线索,分上、下两编。上编"澳门文学发展史记"两章,对澳门文学的起源作了概要性回顾,重点论述"五四"新文学运动以来,澳门各种文学思潮与文学流派的消长过程;下编"当代澳门文学"三章,对 1949 年以后澳门文学的发展脉络与走向加以梳理,并重点分析了一些作家和作品。

需要指出的是,经过 20 多年的研究积累,这一时期还出现了整合台湾、香港、澳门三地文学的史述,如曹惠民主编的《台港澳文学教程》(汉语大词典出版社 2000 年 10 月初版)、江少川与朱文斌主编的《台港澳暨海外华文文学教程》(华中师范大学出版社 2007 年 9 月初版)。前者分为五篇,即"总论篇""台湾篇""香港篇""澳门篇"和"海外篇"(最后一篇似乎与教程名称相左);后者分为四编,即"台湾文学""香港、澳门文学""东南亚华文文学""欧美澳华文文学"。这两部高校文学史"教程"的出版,有利于台港澳文学在大陆的普及。

二、中国当代文学史的空间维度

30 年来,大陆的台港澳文学研究及其文学史叙述所积累的丰富的学科成果,不能不影响到中国当代文学史的写作观念,进而深刻地影响到中国当代文学史书写实践的空间拓展。

从理论和实践的双重视域来看,中国当代文学史的空间维度应该也必须由大陆、台湾、香港和澳门四度空间所构成。然而遗憾的是,台港澳文学曾在中国当代文学史版图上长时间集体失踪。迄今为止,关于"中国当代文学史"撰述的著作多达几十种,考察其中有代表性的版本,无论是郭志刚等主编的《中国当代文学史初稿》(人民文学出版社 1980 年 12 月初版),张钟等编著的《当代文学概观》(北京大学出版社 1980 年 11 月初版),王庆生主编的《中国当代文学》(3 卷,分于 1983 年 9 月、1984 年 11 月、1989 年 5 月由华中师范大学出版社初版),还是刘锡庆主编的《新中国文学史略》(北京师范大学出版社 1996 年 8 月初版),杨匡汉、孟繁华主编的《共和国文学 50 年》(中国社会科学出版社 1999 年 8 月初版),张炯主编的《新中国文学五十年》(山东教育出版社 1999 年 12 月初版),孟繁华、程光炜著《中国当代文学发展史》(人民文学出版社 2004 年 1 月初版)等,中国台湾、香港和澳门的当代文学均严重缺席。即便是洪子诚著《中国当代文学史》(北京大学出版社 1999 年 8 月初版)、陈思和主编的《中国当代文学史教程》(复旦大学出版社 1999 年 9 月初版)两部堪称"重写文学史"的典范之作,也都放逐了台港澳文学,成为并非真正意义上的"中国"当代文学史。

众所周知,一个"国家"的文学史叙事,必须要考虑到国家版图、领土主权、民族集居、文化传承、历史沿革等必要的和基本的条件,考虑到由于历史、政治和意识形态等原因造成的中华民族"国家"的特殊性。任何封闭、狭隘的霸权化与一元化叙述,带来的只能是残缺的文学史版本。中国当代文学是由海峡两岸暨香港、澳门所有的汉语文学写作所建构的一个动态结构系统,因此我们没有任何理由将台湾、香港和澳门的文学逐出文学史的写作视域。中国当代文学不仅在中原大地上顽强曲折地发展了 60 年,而且在台港澳地区也不断拓展新的生存空间和现代生长点。虽然 1949 年以后，当代台湾、香港、澳门在政治制度、社会结构、意识形态与经济模式等方面都走上了与大陆性质完全不同的发展道路，并由此出现了文化与文学的分流，但是，台港澳文学都共同渊源于中华民族的文化母体，秉承中国文学的文化传统、文体范式和文学精神，并以其独特的文学话语形态和地域性文学形象，与大陆文学一道构成中国当代文学多元景观，共同塑造中华民族的伟大品格与精神影像。只有从时间、空间和精神的维度上，全面整合海峡两岸暨香港、澳门汉语文学，才能全方位展现中国当代文学的完整风貌。

20 世纪 80 年代中后期，大陆的文学史观发生了根本性转变。黄子平等的"20 世纪中国文学"（1985）、陈思和的"新文学整体观"（1985）以及谢冕的"百年中国文学"（1989）等理论观念为"重写文学史"提供了思想资源和新的可能性。但他们更多注重的是中国文学史"时间"上的整合，而强调文学史"空间"上整合的则是著名文化学者金克木和著名台港澳文学史家刘登翰。1986 年，金克木就敏感地意识到，若干年来学术界在编撰文学史时存在着重视"编年表"而忽略"画地图"的问题，①有纵向的时间流程，而缺少横向的空间视域。而只有强化空间意识，将"编年表"和"画地图"有机结合，中国当代文学史才能在一个开放完整的文学坐标系中获得全面准确的客观描述。1993 年，刘登翰最早提出了文学的"分流"与"整合"的概念，并认为这是文学存在和发展的普遍的、基本的生命形态和运动方式，指出"经历了近半个世纪分流的当代中国文学，种种迹象都在预示着，未来的世纪是中国重新走向整合的世纪，一个文学整合的时代也必将到来"②。由此看来，中国当代文学史写作在中国文学从分流到整合的历史趋势中，由原来大陆的一元化书写拓展到台港澳多元化整合格局已成必然。这种开放的、包容的大文学史写作观念愈来愈成为大陆文学史家们的广泛共识，并化为文学史的书写实践。

对于中国当代文学史空间拓展发生深刻影响的主要因素，除了"国家"文学史的"政治"层面与大陆文学史家"文学史观"的嬗变等外在原因，台港澳文学所取得的艺术成就及其内在的"审美魅力"亦是一个不容忽视的重要的制约因素。在 60 年的发展历程中，台港澳文学出现了一大批优秀作家，③产生了一大批优秀作品，并在"中国"当代文学的整体格局中与大陆文学形成优势互补的态势。例如，台湾五六十年代的"现代派"文学（主要是诗歌和小说），上连大陆二三十年代的"现代主义"文学，下通大陆 70 年代末、80 年代初以"朦胧诗"为发端的"现代主义"创作，正是这种此消彼长的运动形态，才使 20 世纪中国"现代主义"文学形成一个完整的发展链条。同样，70 年代台湾和香港走向鼎盛的"通俗文学"，也弥补了此期大陆"通俗文学"的萧条与荒芜。就具体作家作品而言，台湾诗人余光中、洛夫，小说家白先勇、王文兴，散文家张秀亚、余光中、王鼎钧、琦君、张晓风、简媜，戏剧家李曼瑰、姚一苇、马森、赖声川；香港小说家刘以鬯、金庸，散文家董桥等，均以饱含丰富审美魅力的个性化创作而成为 20 世纪中国文学史上的杰出作家。而台湾的琼瑶、高阳、古龙，香港的梁羽生等，堪称 20 世纪中国通俗文学史上的大家。澳门小说家鲁茂、陶里，诗人苇鸣，散文家林惠，戏剧家周树

---

① 金克木：《文艺的地域学研究设想》，《读书》1986 年第 4 期。

② 刘登翰：《台湾文学史·结束语》（下卷），海峡文艺出版社 1993 年版，第 900 页。

③ 封德屏主编的《2007 台湾作家作品目录》仅收录的台湾作家就有 2539 位，台南：台湾文学馆 2008 年版，第Ⅶ页。

利、李宇樑等,也取得了不小的成就。可以说,台港澳当代文学是中国文学在三地的当代分流,是中华民族宝贵的精神遗产和文化档案,而只有整合大陆、台湾、香港、澳门文学的中国当代文学史,才能显示出中国文学在不同时空领域内的同一性和差异性、丰富性和完整性。1999 年,刘登翰就曾指出:"香港文学和台湾文学、澳门文学一样,都是我们民族一百多年来坎坷多难的一份文化见证。历史不幸的原因,使它们从中国文学中分流出去;历史的有幸结局,又使它们在不离中华民族文化的母体怀抱中随着时代的发展走向新的整合。"①

台港澳文学被纳入中国文学史写作版图,集中出现在 20 世纪末和 21 世纪初。例如,孔繁今主编的《二十世纪中国文学史》(山东文艺出版社 1997 年 6 月初版),於可训主编的《中国当代文学概论》(武汉大学出版社 1998 年 6 月初版),朱栋霖、丁帆、朱晓进主编的《中国现代文学史(1917—1997)》(高等教育出版社 1999 年 8 月初版),王庆生主编的《中国当代文学史》(高等教育出版社 2003 年 2 月初版),唐金海、周斌主编的《20 世纪中国文学通史》(东方出版中心 2003 年 9 月初版)等,董健、丁帆、王彬彬主编的《中国当代文学史新稿》(人民文学出版社 2005 年 8 月初版),张健主编的《新中国文学史》(北京师范大学出版社 2008 年 11 月初版)等,都不同程度地描述了台港澳文学甚至是海外华文文学,力图在中华文学的大格局中为台港澳文学定位。这种将时间描述与空间拓展相结合的文学史观,不仅仅意味着文学知识的重构,更意味着文学史家已经拥有了一种开阔的文化胸襟。可以说,将台港澳当代文学纳入中国当代文学史写作版图,已经成为大陆越来越多文学史家的自觉行为。

这里,特别值得推介的是黄万华独立撰写的《中国现当代文学》(第一卷,山东文艺出版社 2006 年 3 月初版)。这部文学史也将台湾文学、香港文学乃至海外华文文学纳入 20 世纪汉语文学的整体视野中进行叙述,但与上述其他史述不同的是,它不是采取板块状的拼贴方式,而是在"历时性"与"共时性"统一的基础上,特别凸显了中国现当代文学在大陆、台湾、香港和海外等空间维度的"共时性"特征,在融会贯通中实现了真正意义上的"整合",显示出著者高屋建瓴的大气象与大气魄。黄万华先生对"人的文学"及"生命整体意识"有着独特理解,在此基础上所形成的"天、地、人"相融通的文学史观,以及这一文学史观推动下的数十年不懈的学术追求与实践,是他这部文学史成功的关键。②"天"主要指文学现象的时间性,"地"主要指文学现象的地域性,"人"包括审美主体(作者、编者、读者)和作品人物。"生命整体意识正是我们力图将中国大陆、台港澳地区、海外华人社会三大板块的华文文学整合成某种宽容、和解而又具有典律倾向的文学史的立足点,不同板块、不同地区、不同层面华文文学尤其有着密不可分性,缺了任何一点点,民族新文学的血肉就少了一块。治文学史者难免有自己的倾向、情趣、偏好,但如果因此而排斥了任何一种文学,那么恰恰是对自己文学生命的致命伤害;治文学史者也往往从自己脚下这片土地出发,但延续生命的就不只是这片土地,

---

① 刘登翰:《香港文学史》,人民文学出版社 1999 年版,第 40 页。

② 在出版这部文学史前,黄万华曾多年从事中国抗战时期沦陷区文学、中国台湾文学、中国香港文学、东南亚文学、北美华文文学等方面的研究,出版专著《中国抗战时期沦陷区文学史》(福建教育出版社 1995 年版)、《新马百年华文小说史》(山东文艺出版社 1999 年版)、《文化转型中的世界华文文学》(中国社会科学出版社 1999 年版)、《北美华文文学论》(山东文艺出版社 2000 年版)、《中国和海外:20 世纪汉语文学史论》(百花文艺出版社 2004 年版)、《史述和史论:战时中国文学研究》(山东大学出版社 2005 年版)等;之后,又出版《战后二十年中国文学研究》(人民文学出版社 2008 年版)。

还有更广大的空间。即使没有全球化语境的冲击,我们也应该有这种 20 世纪华文文学史观。"①

　　黄万华"20 世纪华文文学史观"与杨义"重绘中国文学地图"(后者与金克木"绘地图"的表述一脉相承)均属"大文学观",在内在精神上有相通的一面。杨义也强调文学的生命特质,"它要揭示文学本身的生命特质、审美形态、文化身份,以及文体交替、经典形成、盛衰因由这类复杂生动的精神形成史过程。"②但二者的差异亦十分明显,杨义的"大文学观"其核心构成是时间维度、地理维度和精神维度,而地理维度强调的是在中国大陆辽阔的版图上,处理好"中原"与"边地",即汉民族文学与少数民族文学的关系。③ 黄万华的"大文学观"其空间维度则是指大陆、台港澳和海外的打通,视野显然更加开阔;更重要的不同在于,黄万华已将其文学史观转化为"文学史"的书写实践。也许不久,黄万华这部"一个人的文学史",其开创性与革命性意义就会为更多的人所认识接受。因为他独特的文学史观以及由此而来的这部个性化的文学史,不仅真正将"20 世纪中国文学"整体观化为文学史文本实践,真正从实践上而不是在观念上打通了中国现当代文学,而且打破了几十年来现当代文学固有的体例、内容、历史分期(该著分为四个时期,即"五四"前后、战时八年、战后 20 年及"第二卷"的 20 世纪后 30 年)等,在空间维度上将大陆、台港澳文学和海外华文文学真正整合于"中国"现当代文学史的版图之中。可以说,黄万华这部文学史是真正名副其实的"重写文学史",标志着"中国"当代文学史地图的"重绘"已初步完成。

　　30 年来,大陆的台港澳文学史叙述及其文学研究的丰硕成果,不仅展现了台港澳当代文学取得的成就,有利于台港澳文学在大陆的传播及华文文学的学科建设,促进三地文学的发展,而且改变了大陆文学史家线性(时间型)的文学史观,使其越来越走向真正开放的"大文学观",这对于"中国"当代文学的整合以及中国当代文学史空间版图的拓展,无疑都具有重要的社会价值和文化意义。

(原载《华文文学》2010 年第 1 期)

---

　　① 黄万华:《生命整体意识和"天、地、人"观念——从世界华文文学谈 20 世纪中华民族新文学的历史整合》,《甘肃社会科学》2003 年第 1 期。

　　② 杨义:《"重绘中国文学地图"与中国文学的民族学、地理学问题》,《文学评论》2005 年第 3 期。

　　③ 杨义:《重绘中国文学地图》,《文学遗产》2003 年第 5 期。

海外华文文学不能进入
中国现当代文学史

陈国恩

　　中国现当代文学学科,目前处于调整时期,更确切地说,是处于膨胀的时期。它的背景,一是学科本身的历史不长,而研究的队伍十分庞大,使圈内人觉得这个学科十分拥挤,迫切需要拓展研究的领域,寻找新的"处女地";二是20世纪末兴起的世俗化思潮,改变了社会的价值观和审美观,比较宽松的思想环境又使这种改变不至于受到压制,所以一些学者行动起来,以不同的理由,用不同的方法,通过不同的途径,为中国现当代文学的学科调整献计献策。之所以说是学科膨胀,是因为迄今所提出的各种主张,大多是要求扩大学科的领域,或者增加学科的内容的,比如说要把现代文学的起点向前追溯到晚清甚至晚明,要把现代人写的古典诗词甚至文言作品纳入现代文学史中来等,以此扩大现代文学的范围和容量。在这些竭力创新的文学史观中,有一种观点较有代表性,它主张把世界华文文学也纳入中国现当代文学史,甚至认为凡是华人创作的文学作品,哪怕是用英文写的,发表在海外,都应该算作中国现当代文学,都应该在中国现当代文学史中占有一席之地。这种观点的提出,看起来有一个世界文学的参照系,显示了我们的世界性眼光和包容万有的气魄,好像写出这样一部包含了世界华文文学的中国现当代文学史,是中国现当代文学研究者的一项重大使命,一旦完成,将标志着这个学科的重大发展。情况果真如此吗?我对此表示怀疑。

　　我的问题是:如果我们可以写出一部包含了世界华文文学的中国现当代文学史,将会遭遇什么困难,或者引发什么问题?从技术层面看,这好像只涉及知识的储备。也就是说,编撰一部包含了世界华文文学在内的中国现当代文学史,需要相应的对世界华文文学的历史和现状的充分了解,这对于目前主要从事中国现当代文学研究的学者来说,不能不说是一个新的挑战。这要求他们去关注新的领域,增加知识的积累,扩充知识的谱系。当然,这并非解决不了的大问题,因为中国现当代文学研究界并不缺少拓展知识领域的能力。从某种意义上说,这样的困难正好是中国现当代文学研究界求之不得的:我们正在急于扩大学术的领地,要去了解新的研究对象,不是仅仅多花些时间的事吗?虽然这要付出许多精力,可回报也是诱人的。到头来总会有一些学者熟悉新的研究领域,所以写出一部包含了世界华文文学在内的中国现当代文学史,似乎并不是办不到的难事。

　　但问题在于这不只是一个单纯的知识谱系扩充的问题,而是一个牵涉到文学的民族身份认同和国别主体确定的问题。毫无疑问,海外华文文学与中国文学(包括中国古代文学和中国现当代文学)具有很密切的关系。海外华文作家基本上都是20世纪移民到海外去的。20世纪三四十年代移居海外的华文作家,大多集中在东南亚一带,并在当地形成了影响力很大的华人社群。在美国和加拿大,华人社区的影响也不小。20世纪末移居海外的华人,则主要集中在北美。海外华人社区,依中国人的传统保持了自己的文化,出版华文书报,发表华文作品,其影响往往超出了华人的圈子,对所在国的社会政治、经济、文化具有不可忽视的影响力。这些华文作品,反映的虽是华人在海外的生活,但其中的中国印记也是一目了然的。尤其是上个世纪末移民海外的华裔,大多都是受过良好教育的知识分子,他们在居住国怀着一种文化乡愁抒写内心的感受,表现出明显的中国文化情结。他们中的有些人经常来往于中国和居住国,其作品又常常在中国发表,并且在中国产生重要影响。这些因素加在一起,造成了一种印象,似乎把华人文学作品,尤其是把经常来往于中国和海外、其作品主要发表在中国的这部分海外华文作家及其作品纳入到中国现当代文学不仅毫无困难,而且顺理成章。这或许正是一些中国现当代文学研究者要把海外华文文学纳入中国现当代文学史的一个重要原因。但问题还有另一个方面,而且更为重要,即这些华裔作家已经加入外国的国籍,他们是华人,但已经是外国公民,我们有理由把他们的创作纳入中国现当代文学吗?这不是华裔作家本人愿不愿意的问题,而是会引起争议的国际政治问题。它提醒我们要注意,如果片面地从我们自己的中国立场思考问题,或者从中国现当代文学学科本位的立场出发思考问题,一个良好的愿望到头来可能会引发国家间的政治和文化冲突。

这并非危言耸听,而是有历史经验可供参照的。比如新加坡的华人占全体居民的四分之三,华语曾是通行的语言。可是新加坡从马来西亚独立后,为了强化国家意识,在语言上推行以英语为国家语言的政策。2003年,新加坡教育部宣布华裔学生的母语成绩不再计入大学入学成绩。此后,华语教育陷入低谷,华文小学出现了几乎零招生的情况。在这一国家主体意识强化的过程中,华人作家经历了从移民文学到新加坡华文文学的转化。这期间,他们曾经陷入民族身份认同和文化认同的危机,一部分人的心理危机还较为严重。即使是一般人,也产生过文化认同方面的困惑。新加坡学者王润华在《众浪子到鱼尾狮:新加坡文学中的华人困境意象》一文中,曾说今天新加坡人几乎人人都发现自己像一只鱼尾狮,夹在东西方之间的"三明治"社会里,成了怪异的动物,也即他们是黄皮肤的华人,却没有中华思想文化的内涵;受英文教育,却没有西方优秀文化的涵养,只学到个人主义自私的缺点。可是经历了这么一种危机,新加坡华人逐渐认识到了新加坡就是自己的家园,他们必须融入这个社会,获得国家的认同。这反映在文化方面,即是提出了"多元文化中心"和"双重传统"的思想,在承认文化上与中国有联系的同时,确认新加坡华人有自己的国家文化传统,他们以此建构起多元的文化价值观念。在创作实践中,新加坡华人作家则开始描写他们在新加坡作为一个公民的人生感受,表达了他们落地生根的观念。这与上个世纪因抗日战争而"路过"新加坡的中国作家,如郁达夫、巴金等人的创作,完全不同,也与早期移民到南洋的华侨文学存在明显的差异。这些作家的作品已不再是华侨文学,而是新加坡的华文文学。把这样的华文文学纳入中国现当代文学史,不仅新加坡政府不会赞同,即使新加坡华人也是不能接受的,因为这与他们的国家认同和他们在现实生活中获得的感受相去太远,甚至在情感和观念上是相互冲突的。把它们纳入中国现当代文学史,会置新加坡华文作家于新的文化认同危机和现实生活的困境之中。

与此类似的,是马来西亚华文文学。二次大战后,马来西亚走上了独立建国的道路,华人也开始了从华侨到华裔马来西亚籍的转化过程。由于华人与中国政治、文化关系密切,他们开始时不愿放弃中国国籍,所以在英国殖民当局推行马来亚联邦计划的过程中丧失了与马来人完全平等的权利。这一挫折,使马来西亚华人认识到必须改变国家认同的观念,融入马来西亚社会中去。他们提出,只要落地生根的地方便是自己的家园。他们要在马来西亚的政治、经济、文化结构中寻找立足的基础，所以马华文学也开始淡化与中国文学的联系，转而强调马来西亚华人社会的本土特色。1965 年，新马分治，马来西亚确立了自己的建国原则：一是规定马来语为国语；二是实行君主立宪制的国体；三是规定伊斯兰教为国教；四是推行民主政治，实行自由主义的经济政策。在这样的建国原则指导下，马来人用马来语创作的作品构成了国家文学的主体，非马来人（包括华人、印度人、英国人）用马来语写的作品也被称为马来西亚文学，华裔、印度裔、英裔的马来西亚人用自己的母语写的作品则叫移民文学。不同族裔的文学的地位差异，迫使马来西亚华文作家努力从"侨民文学"的模式中挣脱出来，开始转向独立发展的马华文学。虽然期间也经历了重大挫折，但经过一两代人的努力，到 20 世纪 80 年代中期，马华文学的影响力提升，又获得了整个华人社会的关注。当然，这时的马华文学已经与中国当代文学完全不同了。年轻的马华作家一出生就在马来西亚华人社会里生活，与中国大陆的社会完全隔绝，他们表现的不是对于中国的想象，而是对他们生活在其中的马来西亚的感受，就像傅承得在《我的梦》中所写的："我的梦，就是您/马来西亚。"很显然，这样的马来西亚华文文学也同样不能纳入中国现当代文学史。如果纳入进来，难免在世界上给人一种大国沙文主义的印象，容易引起政治上的争议，也可能伤害马来西亚华人的独立性和自尊心。

除了新加坡和马来西亚的华文文学，海外华文文学影响较大的还有泰华文学、印尼华文文学和北美华文文学。其中北美华文文学稍为特殊，因为新近移民北美的华人，大多是 20 世纪 70 年代末中国恢复高考后上了大学、大学毕业后移民出去的，有不少人现在都是往来于居住国与中国大陆之间。他们长年游走于海内外文化边缘，写出了漂泊的心绪，也反映了移居美国和加拿大的华人的生活状态。这其中当然包含了错综复杂的中国文化因素，甚至有一个中国大陆的生活背景，连他们的作品也有相当一部分就在中国大陆发表或者出版，但我们同样不能把这些作品算作中国当代文学。把它们纳入中国当代文学史，虽然不至于引起把东南亚华文文学纳入中国现当代文学史可能引起的那种政治问题，但也未必能被当事者接受。因为这些人毕竟加入了外国国籍，他们的国家认同与中国人已经不同，他们与中国的联系只是一种文化上的联系以及与父母兄弟姐妹的亲情联系，这种联系是会随着时间的推移而逐渐淡化的。这种淡化趋向，其实已经在他们的创作中表现出来。他们的作品反映的不是中国的社会问题，也不是中国人在中国社会生存面临问题时所产生的感受和思考。他们对中国的怀恋主要是一种文化乡愁，而其追求的方向则是想融入他们现在所移居的国家，建立与居住地相联系的文化认同。他们内心也有矛盾，但只是在争取建立新的国家认同过程中的矛盾，这与林语堂等上一代中国人移居美国却不加入美国籍，最终还是回归中国的情况是明显不同的。现在仍有一部分移居海外的华侨，包括台湾的中国人，没有加入外国国籍，来往于中国与移居地的国家，他们的作品当然是中国当代文学的组成部分，就像郁达夫在南洋写的许多作品，都被纳入中国现代文学的范畴一样。

我质疑不加区分地把海外华文文学纳入中国现当代文学，并不是说我反对研究海外华文文学。问题是应该在一个什么样的平台上来研究它们？这个平台，我认为就是"海外华文文学"。海外华文文学与中国传统文化、中国现当代文学存在密切的关系，但它又是一个独立的存在，它与中国现当代文学是一种并列的关系。中国现当代文学研究界可以研究它，但不能用中国现当代文学学科来包涵它，因为无论是国家主体认同还是具体的思想情感，它都超出了中国现当代文学学科的范围。

海外华文文学的独特价值，就在于它既与中国传统文化和中国现当代文学保持了内在的联系而又不是中国现当代文学的那种独特身份，在于它能以这种独特身份为我们提供中国人在走向世界的过程中，民族文化如何与外国文化融合，在一种全新的社会政治、文化、经济环境中谋求生存和发展的智慧和经验，在于这些华人在谋求生存和发展的过程中所表现出来的坚毅精神，这些构成了一份宝贵的精神财富，可以为今天的中国人所吸收和借鉴。换言之，了解华文文学的特点和上述价值，有助于中国人更好地认识自己，认识自己的文化和当下在世界上所处的真实位置，认识世界上的不同民族和国家及其文化，认识我们在走向世界的过程中所面临的问题，当然也就有助于拓展今天中国作家的世界视野，有助于今天中国文学的发展。这其实是从海外华文文学的主体性出发，把它看作连接中国和世界、连接中国现当代文学与世界文学的一座桥梁。通过它，我们可以走向世界而又能反观自身，获得仅仅从中国现当代文学研究和世界文学研究中所不能获得的经验。

正因为如此，我们在研究海外华文文学时要特别注意研究者的立场和身份问题。上述对华文文学及其价值的认定，其实只是一个像我这样的大陆学者的想法。我们指望在华文文学中获取华人在处理中西文化冲突时的经验作为中国走向世界的借鉴，这体现了大陆学者的研究目的性，如果换成海外某一个地区或国家的华裔学者，他也许最强烈地感受到双重身份的焦虑，他对居住国的当下生存经验的关注和思考，他对中国古代文学和中国现当代文学的兴趣，等等，所以他未必会认同上述的研究目的，他的想法甚至可能会与此完全两样。所以华文文学研究中注定会出现不同的声音。这不是在统一的国家认同的思想框架内对华文文学的某一部具体作品或某种具体的文学现象的认知上的分歧，而是基于研究者主体的价值取向不同、动机差异而不可避免地产生的价值判断上的差异，归根到底这是由不同的身份认同和研究理念造成的。面对这种差异，我们只能采取和而不同的原则，即承认我们的研究只是从我们的主体立场出发的，而任何主体都有其本身的局限性，世界又是由不同的主体构成的，所以我们不能把自己的理念作为标准强加给世界各地从事华文文学研究的学者，不能认为我们可以承包华文文学研究，可以替世界各地的华人写出他们的华文文学史。世界各地的华人，应该有他们自己的华文文学史来表达他们自己的文学理念，表达他们自己的身份认同，反映他们自己的生活经验，思考他们自己所关心的问题。我们通过对话，可以达到相互的理解。这才是中国现当代文学与海外华文文学的正常关系。确立起这样的关系，世界各地不同国籍的中国人，方才可以从中受益无穷。

（原载《中国现当代文学研究丛刊》2010 年第 1 期）

世界华文文学对于中国现当代文学 学科建设的作用和价值(节选)

——以战后中国文学转型为例

黄万华

世界华文文学和中国现当代文学关系密切,中国现当代文学的历史进程就是同时发生于中国大陆、台港澳地区和海外华人社会的某些历史空间(如留学生、第一代新侨民等)。关注世界华文文学显然能在汉语新文学／中华民族新文学的整体背景上加强"世界华文文学"和"中国现当代文学"的对话,对这两个学科的建设都会起推动作用。

……

一、开放的"经典性累积"

典律建构、经典性累积,越来越成为中国现当代文学学科建设的基石。而中国现当代文学作为刚过去的文学时空,其广泛被承认的"恒态经典"并不多,甚至没有。我们接触到的多是经典累积形成过程中的"初级样本""边缘作家",可视之为"动态经典"的文学存在。中国现当代文学研究就是要抓住那些已较清楚地指向经典地位的作家作品,在一定的文学价值体系中,予以初步的带有历史定位的呈现,为日后的经典性累积乃至确认提供重要基础。但文学经典的筛选、"建构"的重要内容并非单个文本的逐个确认,而是对整个经典价值体系的把握,因此,开放的"经典性累积"思路是重要的,由此也非常需要展开中国现当代文学与世界华文文学的对话。

对于中国现当代文学而言,一部可以入史的好作品,起码应该具有历史逻辑修正中的丰富解读性,而这种"历史逻辑修正"首先是由生活于中国大陆、台港澳及海外等不同"历史时空"的中国人／华人提供的。换言之,一部首先打动了海内外的中国人的作品才可能为世界所关注,也才有可能被称之为中国现当代文学的经典。这种"打动"会筛选掉作品的表层光环,留下文学史应该传承的东西。例如当《未央歌》(鹿桥)从50年代至今一直被台湾青年学生视为"50年代文学作品中自己最喜爱的小说",而大陆读者在重见《未央歌》后也好评连连时,《未央歌》在"成长"的叙事架构中寄予的"天人"哲理,在一种"东西方"融汇的追求中完成的民族艺术传统的复归,就作为50年代文学的重要价值为文学史接受了。反之,如果一部作品只在某种特定时期、某个特定社会环境引起关注、获得赞扬,对其所谓的"经典"地位,我们是需要认真再思考的。这是文学常识,但常被忽视。

战后的中国社会,尤其是海峡两岸的政治格局提供了极其丰富的"历史逻辑修正"的空间,中国大陆、台湾、香港,乃至海外华人社会各个不同的社会体制、地域空间、语言文化环境在同一世界性时代背景下,有着丰富的差异,而恰恰是这种差异促使我们去深入思考。例如当我们比较 50 年代中国大陆和台湾诗坛的"战歌"和"颂歌"时，不难发现它们并不具有历史逻辑修正中的丰富解读性，于是也就能判断出这类"战歌"和"颂歌"的价值了。甚至我们可以比较考察此时期中国大陆的"红色经典"和台湾地区的"战斗文艺"（例如台湾《废园旧事》《长夜》《滚滚辽河》等长篇小说代表的"抗战小说"，其民族激情在浓郁的历史气息和细密的现实细节中也曾感动了很多人），并且与这一时期两岸文学对政治规范不同程度的突破进行对比，我们也会对此时期中国文学真正价值所在有深刻的思考。也许这种思考现在还不能充分展开，但它对于中国现当代文学的典律构建是极为重要的。

回到文学史本身的有效途径只能是回到文学作品本身。我们不妨通过调查研究，列出战后中国文学中那些至今仍引起两岸，乃至海外民众阅读兴趣并打动人心的作品，用各种批评模式去接近它们，弄清它们真正属于历史的分量。两岸的意识形态迥异，但文本的价值尺度可以有内在相通性。在两岸，乃至世界华人都认同的文学价值尺度下，战后中国文学仍不乏佳作精品。例如由学者、作家（其成员来自中国、北美、东南亚）评选和读者投票产生的"20世纪中文小说 100 强"中，战后至五六十年代的小说就有 15 部。"历史化"的处理方式恰恰应该认真解读这些文本，并对照于其他失落文学的文本（包括那些"青春激情"被煽动、"崇高道德"被扭曲、现实被虚幻的文本），从探寻威权政治高压下文学主体性的存在中为后世筛选出真正值得重视的作品。

对于中国现当代文学的典律构建而言，"传统与现代""雅与俗"是两个最值得关注的课题，或者说，中国现当代文学作品的经典性在"传统与现代""雅与俗"关系的处理中得到最丰富的呈现。而这两个话题在世界华文文学的视野中往往更得到凸显，例如"离散"使"传统"与"现代"面临更现实的对话，种种消费文化的因素使"雅"与"俗"的分合也有了更多机遇。在战后那个政治高压的年代，"传统与现代""雅与俗"这两个似乎不合时宜的话题在台湾、香港却得到了凸现，从而为战后中国文学的典律构建提供了非常富有建设性的材料。

战后台湾政治高压下仍存在多种文学思潮，其中现代主义文学思潮的出现开始主要发生于孤岛隔绝、历史离散的荒寂感、失落感中，但也以其独立的思想姿态跟国民党当局的文化政策构成了尖锐的对立。这一思潮从诗歌领域发轫，在小说、散文领域潮流涌动，开始就明确延续了"五四"到三四十年代中国大陆的文学传统，后来波及文化艺术各个领域时，其锋芒就直指专制文化、僵死心态、愚昧习气，呈现出"第二个'五四'"的走向。到后来，台湾现代主义文学的身体力行者越来越明确地把"'五四运动'的白话新文学"视为"20 世纪初中国文学第一波现代化的结果"，而"20 世纪中叶台湾的'现代主义'文学可以说是第二次中国文学的现代化"，其目的是"重新发掘中国几千年文化传统的精髓，然后接续上现代世界新文化"。至此，"传统与现代"的话题在台湾现代主义文学运动中得到自觉而充分的展开，而其成果的丰硕又成为此时期文学典律构建的重要内容。无论是余光中那样"于中国诗的现代化之后，进入现代诗的中国化"[6]的努力，洛夫那样对法国超现实主义和中国古代诗词"妙悟"传统的沟通，还是白先勇那样从现代主义文学起步，在生命的"脱胎换骨"中悟到中国文学的最高境界，或是郑愁予那样以"无所为而为"的诗人气质，突破政治藩篱，在"现代的胚胎，古典的清釉"中表达历史离散中的游子情怀，都包含了现代与传统对接、融汇的成功经验，其中"善性西化"和"中国经验"的互动，艺术个性和外来影响的结合等经验对于中国现当代文学如何处理传统和现代关系都是富有启发意义的。

"传统与现代"发生在战后的香港也非常有意味。香港本来就是一座既开放又"保守"的城市,这似乎使它具备了解决"传统与现代"的先天优越性。而战后进入香港的左、右翼文化力量,在当时特殊的体制外构成了一种自由竞争、互相制约的关系,虽然双方的政治意识形态迥然相异,但"左右两派文人,却同有浓厚的中国情怀,左翼着眼于当前,右翼着眼于传统,但同样'根'在中华"[7],左翼的爱国情怀,右翼的民族意识甚至在某些方面有所交汇,对于战后香港替代中国大陆扮演了"中华文化在海外的传承角色"都起了积极作用。同时,处于香港开放、兼容的文化环境中,战后,尤其是 1949 年后的香港,延续了 40 年代上海文学的传统,跟西方现代文学展开了广泛的对话。右翼阵营在 60 年代中期就开始对西方现代主义文学的介绍,摆脱政治意识形态影响的较纯粹的现代派文学的崛起,使右翼文学阵营的政治色彩得以消淡;而香港文化环境中的左翼文学,无法搬用,甚至有所疏离中国大陆的社会主义现实主义,其所坚持的"批判现实主义"在理解、认识现代主义文学上也较宽松。在香港战后的城市化进程中,香港已取代上海扮演了都市现代主义文学的角色。以上两种角色的扮演,正是战后香港在"传统与现代"问题上的成果。

同样有意味的是,在上述进程中,"雅与俗"的关系也得到了很好处理。香港城既开放又"保守"的性格使得它既广泛接受外来影响,又持久开掘本地文化资源,而"五四"前后雅、俗分流的一个重要方面就是雅强调接受外来的、知识的、现代的文化创新,俗则侧重开掘本土的、传统的、民间的文化资源,在香港文学开始形成自身地域性和超地域性结合的传统中,雅、俗的对话、交汇自然成为重要内容。同时,战后香港开始形成的消费文化环境也催生着刘以鬯那样既"娱乐别人"又"娱乐自己"的文学写作方式,流行性和提升性的结合使香港文学雅、俗兼容有一个相当开阔的空间。值得关注的是正是在 60 年代,徐訏、梁羽生、金庸等中西文化交汇滋养中的传统"文人型"作家与香港特有的工商社会市民文化的互动构成了对香港文化资源较深入的开掘,推动了雅、俗之间的对话。1952 年徐速长篇小说《星星·月亮·太阳》连载畅销,是新文艺通俗化的重要成果,而 1954 年开始,左右翼政治倾向的文人都投入武侠小说创作,大大提升了武侠小说的文化意义。60 年代开始形成的"港式"文学模式,就既有从新文学起步的,也有直接切入市井商业性的。所有这些都包含了雅、俗文学因素的共同渗透。

台湾 60 年代通俗文学的发展是对文学政治化的反拨。到 70 年代,古龙等的武侠小说、琼瑶等的言情小说、高阳等的历史小说,已形成通俗文学创作的浪潮,而这一浪潮的源头却是"五四"新文学传统。以台湾言情小说而言,它兴盛于女作家手中,特别是琼瑶、郭良蕙两位女作家 60 年代初期的创作,分别以传衍传统伦理和现代反叛意识两种不同的女性书写,开拓了战后台湾言情小说的格局。她们两人都在 50 年代完成了高等教育,接受"五四"新文学传统和广泛的外来影响,于 60 年代初开始小说创作,以其丰富的情感想象力和深厚的人文关怀,使言情小说成为女性言说,这实际上使现代通俗小说的言情传统与"五四"新文学交接。这种努力的确也沟通了雅、俗之间的对话和融合。

正是"传统与现代""雅与俗"关系在战后台湾、香港文学中得以展开,并有丰硕成果,才使得香港、台湾文学在高度政治意识形态化的社会环境中展开了文学的多元典律建构,丰富了中国文学转型的内容。

以重要的创作集、文论集、文学刊物及相关事件的发生作为文学史"断代"及论述的"点",让文本扮演文学史的主角,是中国大陆、台港澳地区文学"历史整合"的有效途径。至于什么样的文本可以入史,成为文学史叙事的"点",取舍的标准确实不易确认,而这种努力正是文学史功力所在。无论是本质主义还是建构主义的理论,其实都会涉及文本的经典性因素的基本层面,一种无法同化的原创性,一种在不同的文学价值观的冲突、递变中的代表性,一种在历史传承中对后来者有巨大引导力的影响性等,都反映出文本的经典性累积倾向,是可以作为文本入史的依据的。而中国现当代文学黏滞于社会现实政治、经济的变动和由此关联的文学消费意向、方式等的程度太深,因此,在文学的价值尺度上既要强调作家良知、品格对于社会苦难的承担,也要容纳文学的超越,这种超越应该表现为作家对文学的殉道精神,对人的生存状况和命运的深切关怀,对文学形式繁复性的痴醉探索。文学史的撰写,其个性主要都在于用自己的生命感受、艺术感受去传承文学作品,这对于"中国现当代文学"尤为重要,也格外有教学者、研究者的用武之地,而世界华文文学与中国现当代文学的对话的确有利于这方面思考的深入。

二、抵御语言"暴力"的侵袭

中国现代文学和中国当代文学这两门学科分别诞生于 1951 年左右和 1960 年前后中国大陆政治化的教学语境中,其开掘的文学资源很难彻底摆脱社会政治性影响。而世界华文文学,尤其是海外华文文学的存在,始终凸显汉语与民族生存形态的密切关系,凸显汉语强盛、丰富的衍生力,凸显语言比"领土、矿藏"更重要的民族资源性。近年提出的"汉语新文学""华语语系文学"等概念也都是力图整合包括中国大陆、台港澳以及海外在内的中华民族文学资源。中国现当代文学恰恰需要在语言层面上更多地与世界华文文学展开对话,以彻底摆脱文学教育政治化的阴影。

真正意义上的世界华文文学格局形成于二次世界大战结束以后。汉语获得了"离散"的多种文化环境中生存、发展的空间,它作为不同地区的中华民族凝聚、沟通的内在力量也开始发挥。语言使文学真正回归自身的力量现在已广为文学教学、研究者所理解。

语言有其自身发展、丰富的过程,但这一过程也遭受种种语言"暴力"的侵袭,即种种非语言的力量凭借其强大的强制性破坏语言的稳定、清新、丰富,使语言受到严重"污染",例如僵化的政治意识形态的钳制使语言在套话、空话、谎话的腐蚀下失去语言的张力,变得单一、僵硬;工商模式的冲击使语言消费在"精神快餐"中变得平庸、芜杂,语言在频繁、疾速的替换中失去理应有的清新感、稳定性……文学史要关注的正是作家对于语言"暴力"的抵抗,正是那些优秀的作家用自己的作品突围出思想高压、商品消费等陷阱,用诗性语言抵御"暴力"对语言的生命意味、生命质地的侵蚀、剥夺。这些情况在战后中国文学的转型中表现突出,战争思维、战争体制的延续,政治高压形成的集体无意识谎语症构成意识形态的表达方式,套话、空话的种种窒息使语言的个人空间不断萎缩,新闻语言中强制性的暴力阴影也不断渗透于民众的日常生活。这种情况在海峡两岸都严重存在。而在香港,又多了一种为人们熟知的因素,商业消费形态在战后城市发展中开始极度扩张,加剧了语言的"暴力"倾向,语言快餐的蔓延剥夺着人们的想象力。然而,正如我在多篇文章中谈过的,流徙的境遇凸现出母语作为生命之根的意义,一种珍爱母语的风气在华文文学的环境中更为看重。所以,恰恰是在战后至 70 年代,当大陆开始形成后来在"文革"中登峰造极的"暴力语言"时,汉语在世界华文文学的语境中却保留了其纯正并获得了丰富发展。只要看一下金庸的语言,就可以明白作家们在语言的自由度上做出的努力。在那个政治高压造成语言僵化的年代,金庸的小说语言既继承了从张恨水、刘云若那个传统下来的自然、流畅,更多吸收了民间社会清新的语言活力,又发挥了文人传统语言的"筛选"作用,去掉了市井语言的芜杂性,也没有欧化腔、启蒙腔,在优美而传生活之神中沟通雅俗,当僵化的政治意识形态教条无孔不入,民族语文遭到严重侵蚀之时,金庸这种语言上的努力实际上保持了文学的自由精神。而这种语言上的努力在中国台湾、香港地区及海外是大量存在的。海外的鹿桥、熊秉明等,台湾的於梨华、王鼎钧等,香港的刘以鬯、徐讦等此时期的语言都有着文学"突围"的意义,他们个性化的努力中更包含诗性语言对于"暴力"语言的有力抗衡。

战后中国人/华人的迁徙命运凸现了母语的民族之根,而此时期世界华文文学对于传统的看重也使得语言的重要更为作家所看重,"所谓传统,主要是指通过语言传下来的传统,即用文字写出来的传统",一种语言中隐藏着这个民族根本性的智慧、思维、秘密等,"每种语言中都包含着属于某个人类群体的概念和想象方式的完整体系",语言在深层次层面上决定着一个民族思维的方式,因此,"一个民族的精神特性和语言这两个方面的关系极为密切……民族的语言即民族的精神,民族的精神即民族的语言,二者的同一程度超过了如何想象"。中国台湾、香港地区及海外的文化环境迥然相异,但作家都通过母语生活在民族传统中,他们对母语的挚爱,是个体生命相通中对于不同意识形态的超越。他们做出的种种努力,或回到源头,寻求民族语言的"积藏感"和"延续感";或安心立命,沟通"灵魂的语言"和"工具的语言",都在传统的迁徙、播传中守望母语,滋养文学之根。多种"离散"状态对于汉语生命力的激活包含了极其丰富的文化、文学经验,是中文学科教育最重要的资源之一。这一资源开掘的深浅会极大影响中国现当代文学教学的质量。

（原载《广东社会科学》2011 年第 3 期）

"海外接受"文学史写作的可能

刘江凯

从中国现当代文学史的角度来看,新中国大体经历了一个由"国门以里"再次回到"世界之中"的过程。由"国门以里"走向"世界之中",可以说是中国自近代以来参与世界现代性进程的基本格局,尽管它表现得那么曲折、反复。如果说二十世纪中国文学史上两次"西学东渐"的高潮,我们更多地体现为把世界"请进来"的话;那么今天我们研究中国当代文学的海外传播,则更想让中国"走出去"。有中国学者呼唤中国将进入一个"还贷"的新世纪[①],笔者也认为:中国文学在走向世界后又能回归传统,它应该迎来一次新的历程。相应地,中国学术也应该在与世界对话的过程中,表现出更加自信、积极、主动的立场和心态。二十世纪二三十年代,第一次西学东渐时我们还可依靠强大的传统文学,作为与西方缓冲和对抗的资源;而八九十年代第二次西学东渐时,当时的中国几乎没有给我们留下多少缓冲的余地和抵抗的资源,面对海外学者及其话语资源往往会有"震荡"之感。今天反思之,一方面海外学者显然有对中国"盲人摸象"般地解读;另一方面,中国学者缺少主动、积极地学术输出,在国际学术对话中缺少有力的声音,任由"他者"在国际上代言我们的形象,始终是我们的缺憾。令人不解的是,现在常见的中国当代文学研究领域和模式中,尽管人们都承认中国现当代文学和西方关系密切,却鲜见把它们的海外传播与接受纳入到正规的学术体系中来,即从中国现当代文学的立场出发,对相关问题进行认真的清理和总结。这一领域的研究归属至今表现模糊:它似乎属于海外汉学(中国学)的研究领域,或者成为比较文学、外语研究者的涉猎场,抑或偶尔也成为中文研究者的对象——当然,每个领域都有研究它的充分理由。从中国当代文学的立场来考察其海外接受,可以让我们建立起更加开阔的视野,以更积极的姿态主动介入到中文写作的世界影响中去。和笔者在导论中对中国学术的"五种研究格局"相对应,这种立足于中国文学立场,主动"走出去、看回来"的研究心态和立场,既不同于传统中国学者习惯的"在内"立场,也不同于海外学者的"外在"心态,还不同于华人学者的"在外"研究,而是一种"内在外看"的新研究心态与立场。笔者以为研究心态与立场的调整必然会深刻影响研究展开的方方面面。这种姿态将会对我们的文学史评价,作家作品的评论,写作、批评、研究的范式等,产生潜移默化的影响,在根本上更有利于打破本土语境的限制,带来文学创作和学术研究的新突破。

从中国当前的文化战略布局来看,加强中国文化的对外宣传力,重视中外文学、文化交流的局面正在不断形成。无论是政府还是民间,都表现出了极大的意愿和努力,这也是近年来中国文学发展的突出景象之一。为配合"中国文化走出去"的国家战略,许多研究和出版

---

① 贺绍俊:《"还贷"的新世纪:海峡两岸汉语写作的积极挑战》,《文艺争鸣》2005 年第 4 期。

机构都建立或发起了相关的活动。如 1996 年 3 月华东师范大学成立"海外中国学研究中心",同年 11 月北京外国语大学成立"中国海外汉学研究中心"。进入新世纪以来,这类研究机构的成立呈现出快速发展的趋势。如 2004 年 2 月中国社会科学院成立国外中国学研究中心;2005 年 11 月苏州大学海外汉学(中国文学)研究中心正式成立;2006 年中国人民大学成立国际汉语推广研究所;2008 年国家图书馆成立"海外中国学"文献研究中心;2009 年 12 月北京大学成立汉学家研修基地。此类研究机构还包括许多大学设立的汉学院,如陕西师范大学国际汉学院等。就中国文学,尤其是当代文学的海外传播,北京师范大学也于 2009 年 7 月成立由国家汉办批准的"中国文学海外传播研究中心"。它在学生的国际化培养及相关学术研究方面稳步推进,并取得了一定的效果。与美国俄克拉荷马大学知名杂志 *World Literature Today*(《当代世界文学》)联合实施一系列项目。如力争在 3 年内出版 10 卷本"今日中国文学"英译丛书;在美国创办 *Chinese Literature Today*(《今日中国文学》)英文学术杂志,推动中国文学的海外传播,增强中国文学的国际影响力。另外,国家新闻出版总署、清华大学等主持的《20 世纪中国文学选集》英文版也已启动;中国作协也启动"当代小说百部精品对外译介工程"。此外,国家汉办还计划将这些被译成英文的中国优秀文学作品引入全球 250 余家孔子学院的课堂,成为外国人学习汉语、了解中国文化的"工具书"[①]。纵观人类历史上强国的发展,我们会发现,一个国家、民族的真正强大,除了经济、军事实力的"硬发展"外,最终往往是以文化的"软实力"从根本上保障自己的大国地位,并赢得其他民族国家的尊重。一个暴富却没有文化影响力的国家正如一个人一样,可能拥有地位却不会获得尊重。以上种种措施表明,中国正在有意识地加强文化交流的宣传力,努力使自己的文化成为一种主导。

从海外文学史写作的角度来看,海外二十世纪中国文学史,除了"剑桥中国文学史"、《哥伦比亚中国文学史》(*The Columbia History of Chinese Literature*,Victor H. Mair 编,哥伦比亚大学出版社,2001)、《哥伦比亚东亚现代文学》(*Columbia Companion to Modern East Asian Literatures*,Joshua Mostow 主编,哥伦比亚大学出版社,2003)外,专门的研究著作目前有 3 本:其一是我们已经很熟悉的德国汉学家顾彬独立撰写的《二十世纪中国文学史》;另外一本是杜博妮和雷金庆合著的《二十世纪中国文学》[②]。第三本是日本学者藤井省三编著《20 世纪の中国文学》(东京 :放送大学教育振兴会,2005)。如果说古代文学因其相对独立的发展历史,不宜把海外传播与接受直接纳入到文学史写作的话。那么二十世纪中国文学则因其与西方文学直接、密切、复杂的联系,按照"对象统一"的原则,使得这种立足于本土、放眼世界的文学史写作,越来越成为一种可能。尤其是当代文学,不论是中国当下与世界的联系,还是作家的个人生活经历、国际交流与合作、作品的海外出版与获奖,抑或是普通中国读者的世界认知能力,都显示出一种跨境交流的发展趋势。海外二十世纪中国文学史的写作显示:它们会区分、但不会局限于地域、时代、政治等因素的干扰,很天然地把中国大陆、港台及海外华文的"现当代文学"视为统一的"汉语写作",放在包括中国在内世界文坛的背景中来讨论其"世界影响"。当我们的研究视野主动地伸向"海外",不仅仅是学术疆域

---

① 刘昊:《中国文学发动海外攻势,百余精品 3 年内出英文版》,《北京日报》,2010 年 1 月 15 日。

② *The Literature of China in the Twentieth Century*(《20 世纪中国文学》)最早由英国伦敦 C. Hurst & Co 出版于 1997 年。

的有效拓展,研究方法的不断升级,同时也将有效破除过去文学史写作的各种积习和局限,弥补海外学者的偏见,增强"诠释中国"的话语权。笔者注意到,海外也翻译出版了中国学者洪子诚著《中国当代文学史》(*A History of Contemporary Chinese Literature*,根据北京大学 1999 年版译),该书由戴迈河译为英文,于 2007 年由荷兰 Brill 出版,这可能是被海外翻译出版的第一本由大陆学者撰写的当代文学史。笔者希望有更多的海外学者参与到二十世纪中国文学史的写作中来,尽管目前的这本专著,似乎都存在明显的遗憾(藤井省三的著述因没读过,不加评论):如杜博妮版更像一本资料简译,思想论述性相对不足;顾彬版内容不够完备,尤其是对当代文学的论述,过于单薄,其中一些观点也多有值得商榷之处。但两本海外二十世纪中国文学史却在文学史分期、写作体例、作家作品评定等方面,和大陆学界明显不同,构成了一种有效的对话。顾彬版已有中译本,杜博妮版目前尚无中译本。中外文学史这种相互翻译参考,对于形成完整的中国当代文学的世界传播与接受版图很有帮助,它们会更真实地互相补充彼此特定的缺陷。关于中国当代文学史的写作,如果目前我们还没有条件纳入它的海外传播与接受角度的话,至少应该做好前期资料的收集与整理,探讨这种写作方式应有的理论和方法,也可以考虑通过中外学者的通力合作,完成一些基础性工作。

仅仅以大陆当代作家作品为例,也十分有必要展开他们的"海外接受"研究。我们曾举余华《活着》为例:它的译本多达十四种,范围涉及欧洲、亚洲、南北美洲许多国家,在一些国家重印、获奖表明其经典性不断得以认同,我们可以找到铺天盖地、大量重复的国内研究,而其海外接受研究则与《活着》的翻译情况显然极不相称。很显然,我们丢掉了海外《活着》的许多重要信息,这些信息也许会和国内《活着》形成强有力的关系。从海外中国当代小说的生产机制来看,它是如何和国内大陆形成互动的?作家们是如何开拓、形成他们的海外市场的?比如莫言、余华、苏童、王安忆、阎连科、毕飞宇等,如果能在对这些作家海外接受状况有所了解的基础上,对他们与海外学者、翻译家、出版商的联系、交流进行更详细的研究,对一部小说在国内外生产的过程进行跟踪式的对比调查,我相信不但非常有趣,而且我们的认识一定会更加深刻。

我们可以意识到:不论是作品翻译还是研究,中国当代文学"海外版"和国内一样,也有着自己大概的生成、发展历史,内容丰富,种类齐全,自成体系,俨然小有学科史的模样。从前因为学科视野的限制,语言能力的不足,研究立场的固执,研究理论和观念的僵化等原因,我们没有展开此方面的研究。现在,不论是从国家的文化战略输出的角度,还是学科本身的建设,以及研究领域的拓展,还有全球一体化的发展,我们都无法逃避对这一"飞地"的关注。如果仍然一味地满足于已有的"熟地",固步于国门之内,将本应该统一的研究对象切割研究,自说自话,自娱自乐,也许会舒服省心了许多,只是恐怕也有盲目自闭的嫌疑。

如何有效地开展中国当代文学海外接受的研究,目前仍然是个挑战。除了克服语言上的障碍外,还得思考研究方法上的创新。面对汪洋大海般的资料信息,选择恰当的研究角度把问题呈现出来就显得至关重要。如笔者在查阅、研究海外期刊"大陆当代文学"状况的同时,也意识到把"大陆当代文学"从港台、海外华文文学以及现代文学中切割出来,会失去一些直观且重要的对比方法和问题意识。一些问题只有在这样一种更为开阔的局面中才能呈现出来,使我们发现许多原来没有意识到的现象:如国内很少得到宣传的海外作家北岛、高行健和当代主流文坛作家在世界文坛的影响力,以及他们对中国的塑造。海外研究非常强调中国少数民族作家及其文学,如对阿来和张承志的研究热情就超出了笔者的想象。海外研究还呈现出关注特定地域的特点,如西藏、新疆、港台作家的相关研究,对国内涉及敏感话题的文学也往往及时做出评论,因此能了解到一些国内没有机会开展的研究对象。再如,笔者曾对北岛、高行健、莫言、余华等其他作家的海外研究情况进行粗略统计,发现海外影响力越大的作家,研究的期刊数量越多,重要期刊也往往会持续关注,这些都可以从侧面客观地反映大陆当代文学在世界文坛上的实际影响力。本书涉及的中国当代文学海外接受研究,虽然没有全面的占有资料,也会遗漏一些内容,但其中还是包含了大量的第一手资料的收集与整理,基本呈现了海外中国当代文学的实际状况。我们相信在这个基础上将有利于展开更多、更好、更深入的相关研究。

鲁迅先生讲,不满是前进的车轮,我虽然不满,现在却也不想前进。我需要冷静和思考,补充更多的思想资源,才有可能接近我想要抵达的目标。我不是天才,所以要走得慢一点。我听到时代的车轮发出响亮的叫声,从我身边或头上疾驰而过,车上满载欢呼的人们冲向他们以为的黄金世界,留给身后的我一片黄尘,我不知道自己能坚持多久。中国的发展是如此迅速,令人眼花缭乱,欲火焚烧。置身于这样喧嚣、繁荣、混乱、疯狂的年代里,我感到兴奋,也感到疲惫和茫然。面对这个社会,正如面对这个选题——它给我存在的意义和信心,让我斗志昂扬,也让我感到力不从心、身心疲惫。我很喜欢海德格尔的《林中路》的名书。如果人生注定是在路上的话,我想走在林中路上,走到无路时,就自己开拓一条路慢慢向前。因为,我也喜欢荷尔德林的另一句话:人,诗意地栖居。

(原载刘江凯:《认同与延异——中国当代文学的海外接受》,

北京大学出版社 2017 年版)

分论易　整合难

——现代通俗文学的整合入史研究

范伯群

一

1951年我进入大学中文系学习,那时正是"新文学史"这门专业主课开设之际。在学习中我体会到这是无产阶级取得政权后,对自己在登上政治历史舞台以来在文学领域中的丰功伟绩要有一番回顾与颂扬。因此,对作家往往都贴上政治标签,诸如革命作家、小资产阶级作家、资产阶级作家、反动作家、文学逆流之类。那时鲁迅被封为"党外布尔什维克",这样许多问题才能说得通。文学的审美性往往略而不论。以后改为"中国现代文学史",情况有所变化,特别是新时期以来,在改革开放的大好形势下,开始承认文学的多元性,"鸳鸯蝴蝶派"也摘掉了"逆流"的帽子,被认为是20世纪上半叶通俗文学中的一个重要流派。现在大学中的有关系科,开设通俗文学选修课的也日益增多,有的新编"中国现代文学史"也增加了通俗文学的章节,这无疑是承认文学多元化的一例。但是,我认为要将现代通俗文学融入现代文学史,成为一个有机的组成部分,还有一段漫长的路要走——主要是学术研究之路。选修与讨论,在大学讲堂上给予一定的位置,是较为容易的,但要有机整合到现代文学史中去,还有很大的难度。我觉得,现代通俗文学在时序的发展上,在源流的承传上,在服务对象的侧重上,在作用与功能上,均与知识精英文学有所差异。如果不看到这一点,那么中国现代通俗文学的特点也就会被抹杀,使它只能作为一个"附庸"存在于中国现代文学史中。我的意思并非要数量上达到50％才不算附庸,问题在于如何进行有机地整合。

过去的中国现代文学史大多是以1917年肇始的文学革命为界碑,可是中国现代通俗文学步入现代化的进程要比这个年代整整提早了四分之一世纪。因此,在发展时序上,中国现代通俗文学就不可能"削足适履"地去就中国现代知识精英文学史的框架。即使是写"20世纪中国文学史",我们也往往对通俗文学缺乏足够的评估。

在源流承传上,雅俗之间也显然有所不同。鲁迅对知识精英文学的源流有过非常直率的界说:"现在的新文艺是外来的新兴的潮流,本不是古国的一般人们所能轻易了解的,尤其在这特别的中国。"[1](P308)那就是说,就源流而言,中国知识精英的主流文艺是借鉴了外国的文艺思潮,特别是其精华部分,而在中国发起了一场文学革命,使中国的文学与世界的先进文化接轨,争取成为自立于世界文学之林中的佳木。

知识精英文学侧重于"借鉴革新",而中国现代通俗文学则侧重于"继承改良",主要继承的还是中国古典小说中志怪、传奇、话本、讲史、神魔、人情、讽刺、狭邪、侠义等小说门类,随着时代的进展而加以改良和发展,并进行新的探索和开拓。至于现代通俗文学的服务对象当然是对知识精英文学不易了解的"古国一般的人们",尤其侧重于市民大众,其功能则是"极摹世态人情","主在娱心,而杂以惩劝"[2](P90)。鲁迅一直认为古代的话本和传奇的作用与功能是主在"娱目悦心"[3](P159),他对明人的拟宋人小说就有这样的批评:"宋市人小说,虽亦间参训喻,然主意则在述市井间事,用以娱心;及明人拟作末流,乃告诫连篇,喧而夺主。"[4](P166)因此,鲁迅在《中国小说的历史的变迁》中进一步发挥说:"但文艺之所以为文艺,并不贵在教训,若是把小说变成修身教科书,还说什么文艺。"[5](P331)借用鲁迅对古代市人小说作用与功能的精辟论述,可以反观现代通俗文学也基本上继承了这一传统。

现代通俗文学既然在时序、源流、对象、功能上均与知识精英文学有所差异,那么就要有若干学术问题得到基本的解决,取得较为一致的认同,才能达到有机的整合。2002年我曾提出《海上花列传》是现代通俗文学的开山之作[6],面对同行学者"根据何在"的询问,我指出"海上花列传"有6个"率先"可以说明在这一作品中,中国文学的现代化已经开始萌发:(一)《海上花列传》是率先将频道锁定、将镜头对准"现代大都会"的小说,不仅都市的外观在向着现代化模式建构,而且人们的思想观念也在发生着深刻的变异,所以鲁迅也认为它"甚得当时时态"[7](P351)。(二)上海开埠后成为一个"万商之海",而《海上花列传》以商人为主角①,也以商人为贯串人物。在封建社会中,商人位于"士农工商"的"四民之末",而在这个工商发达的大都市中,商人的社会地位迅速提升,一切以"钱袋"大小衡量个人的身份。在鲁迅提到的狭邪小说中,《海上花列传》率先打破了该类题材"才子佳人"的定式,才子在这部小说中不过是扮演"清客"的陪衬角色。(三)在当时的小说中,《海上花列传》率先选择了"乡下人"进城这一视角——农村的式微使贫者涌向上海,即使是内地的富户,也看好上海,将资金投向这块资本的"活地"。作品以此为切入点,反映了上海这个新兴移民城市形成过程的一个重要侧面,显示了新兴都会的巨大吸引力以及形形色色的移民到上海后的最初生活动态。(四)《海上花列传》是吴语文学的第一部杰作,胡适曾认为其在语言上是"有计划的文学革命"。吴语当时是上海民间社会的通行语言,这部书成了学习和研究吴方言的"语言教科书"。(五)作者韩邦庆曾自报其小说的结构艺术是首先使用了"穿插藏闪"的方法,小说行文貌似松散,但读到最后,会深感它的浑然一体。胡适对作者的文学技巧极为钦服,以致说《红楼梦》"在文学技巧上,比不上《海上花列传》"[8](P290)。(六)韩邦庆是发行个人文学期刊的第一人,连载《海上花列传》的《海上奇书》期刊又利用《申报》这一新闻传媒为他代印代售,用一种现代化的运作方式从中获取脑力劳动的报酬,有开风气之功。由此可见,《海上花列传》从题材内容、人物设置、语言运用、艺术技巧乃至发行渠道等方面都显示了它的原创性,作为中国文学"转轨"的鲜明标志,应该当之无愧。鲁迅、胡适、刘半农、张爱玲等四位文学大家都对它颇有佳评,张爱玲在晚年两译《海上花》(先译成英语,后译为普通话),其在内容上与艺术上的成就,就更显得不同凡响。

---

① 说到以商人为主角的问题,《谭瀛室笔记》中说:"书中人名,大抵皆有所指。熟于同光间上海名流事实者,类能言之。"接着点出了书中人物在现实生活中的10个名流的姓名。日本平凡社出版的《中国古典文学大系(49)〈海上花列传〉》的译者太田辰夫按图索骥地找到了其中8个人的传记,除小柳儿是京剧名武生外,其他7人的背景皆与商界有密切的关联。在这里我们不想指出真名实姓,对小说的原型可做考证,但也不宜一一坐实,因此下面只做介绍,说明原型的某些背景,使读者有所参照。如黎篆鸿乃"红顶"巨商,曾得钦赐黄马褂;王莲生从事外事工作,担任过招商局长;李鹤汀是财界大亨,曾任邮传部大臣等等。

　　韩邦庆使自己的小说走上现代化之路当然是不自觉的,但唯其是自发的,就从另一个角度说明了中国通俗文学的现代化是中国社会推进与文学发展的自身的内在要求,是中国文学运行的必然趋势,是中国社会的阳光雨露催生的必然结果。由于现代工商业的繁荣与发达,大都市的兴建以及社会的现代化,民族文化必然要随着社会的转型而进行必要的更新,敏感的作家也必然会对此有所反映和回馈。《海上花列传》就是这种反映和回馈的优秀的文学作品之一。知识精英文学是受外来新兴思潮的影响而催生的,但中国通俗文学则证明,即使没有外国文学思潮的助力,我们中国文学也会走上现代化之路,我们民族文学的自身就有这种内在的动力。

二

　　如果将上述内容作为一得之见在选修课上讲授,是可以作为参考的"一家之言"的,可是要整合到中国现代文学史中去,成为一个有机组成部分,说中国现代文学是以 1892 年开始连载、1894 年成书出版的《海上花列传》为起步标志,恐怕就不易得到认同。

　　依循上述思路生发开去,我认为,从 19 世纪末到 20 世纪"五四"前夕这四分之一世纪中,通俗作家们已肩负起启蒙先行者的重任。在中国,文学的现代化之路是应该与启蒙主义有内在联系的,但将通俗文学与启蒙相联系,乍听起来近乎"痴人说梦",不过我认为中国早期的通俗社会小说——谴责小说,已经具备了启蒙的因素。鲁迅认为这些小说就是表示当时的"有识者则已幡然思改革",这是"特缘时势要求"[9](P239) 而出现的一股创作潮流。鲁迅在肯定它们的同时,也对其中艺术性的粗糙提出了批评。胡适在 1927 年为李伯元的《官场现形记》写序时,事先已读过鲁迅的《中国小说史略》,他除了同意鲁迅的意见外,也补充了相当有益的见解,认为《官场现形记》有几回是大有《儒林外史》的讽刺韵味的,但为了回应"浅人社会的要求","不得不牺牲他的艺术而迁就一时的社会心理",导致作者把小说写成了谴责小说:"当时中国屡败之后,政制社会的积弊都暴露出来了。有心的人都渐渐肯抛弃向来的夸大狂的态度,渐渐肯回头来谴责中国本身的制度不良,政治腐败,社会龌龊。故谴责小说虽是浅薄,显露,溢恶种种短处,然他们确能表示当日社会的反省的态度。这种态度是社会改革的先声。……我们回头看那班敢于指斥中国社会的罪恶的谴责小说家,真不能不脱下帽子来向他们表示十分的敬意了。"[10](P393) 胡适评价《官场现形记》,认为这种"反省的态度"是"社会改革的先声",也就是说,其中蕴涵着"启蒙"的因素,因此有必要向"幡然思改革"的先行者表示自己的敬意。

　　1904 年狄葆贤(楚卿)创办《时报》,由陈景韩(冷血)出任主笔。1909 年又创办《小说时报》,由陈景韩与包天笑联袂主编。这一报一刊就颇有改革的锐意。胡适是带着深厚的感情色彩,甚至用"爱恋"两个字来回顾《时报》对他的"启蒙",认为《时报》的"内容与办法也确然能打破上海报界的许多老习惯,能够开辟许多新法门,能够引起诸多新兴趣。……我那年只有 14 岁,求知的欲望正盛,又颇有一点文学的兴趣,因此我当时对于《时报》的感情比对于别报更好些。我在上海 6 年,几乎没有一天不看《时报》的。……我把当时《时报》上的许多小说诗话笔记长篇的专著都剪下来分黏成小册子,若有一天的报遗失了,我心里便不快乐,总想设法把他补起来。……《时报》在当日确能引起一般少年人的文学兴趣。……《时报》出世以后每日登载'冷'或'笑'译著的小说,有时每日有两种冷血先生的白话小说,在当时译界中确要算很好的译笔。他有时自己也做一两篇短篇小说,如福尔摩斯来华侦探案等,也是中国人做新体小说最早的一段历史。……自从《时报》出世以来,这种文学附张的需要也渐渐的成为日报界公认的了"[11](P284—286)。1909 年创刊的《小说时报》不用"发刊词",但在首期首篇发表了陈景韩的小说《催醒术》,我认为可以称之为"1909 年发表的'狂人日记'"。陈景韩的"催醒"乃是"启蒙"的同义词。他用象征的手法,写出当时的先进分子觉醒后的孤军奋战与内心苦闷的"窘境"。世人反而笑他是狂人,说他患了"神经病"。这篇小说内容的深刻度与艺术的完整性当然不及鲁迅 1918 年发表的《狂人日记》,可是其立意却表明了他们所办的《小说时报》是以"催醒"为宗旨的。以"启蒙者"的姿态办文艺刊物,流风所及,对后来文艺刊物的创办,不乏影响之力。

就源流而言,中国现代通俗文学虽然继承的是中国古代小说的传统,但在做现代化的迈步时,却决不排外。梁启超所办的《时务报》,于 1896 年 9 月 27 日第 6 册刊登了张坤德翻译的《英包探勘盗密约案》之后,柯南道尔笔下的福尔摩斯从此东来,引发了侦探热。这比日本首译柯南道尔的作品还早了 3 年。对外来引进的侦探小说,后来的知识精英作家对它绝无兴趣,将这一小说门类拱手让给了通俗作家。可是在 19 世纪末 20 世纪初,中国现代通俗作家却已经嗅出了这一小说门类为中国吹进了一股"科学"与"人权"的新风。吴趼人的亲密合作者、翻译家周桂笙在 1902 年就说:

> 侦探小说,为我国所绝乏,不能不让彼独步。盖吾国刑律讼狱,大异泰西各国,侦探之说,实尝未梦见。互市以来,外人伸张治外法权于租界,设立警察,亦有包探名目。然学无专门,徒为狐鼠城社。会审之案,又复瞻徇顾忌,加以时间有限,研究无心。至于内地谳案,动以刑求,暗无天日者,更不必论。如是,复安用侦探之劳其心血哉! 至若泰西各国,最尊人权,涉讼者例得请人为辩护,故苟非证据确凿,不能妄入人罪。此侦探学之作用所由广也。而其人又皆好学之士,非徒以盗窃充捕役,无赖当公差者,所可同日而语。[12]

侦探小说使周桂笙联想到两个词语——"人权"与"科学",重证据的科学的"侦探学"对中国无疑有极大的启蒙意义。那么中国的读者是如何来欢迎这种新兴的小说类型的呢? 他们读了之后又有何感想? 对此,吴趼人做过"调查":"一般读侦探案者,则曰:侦探手段之敏捷也,思想之神奇也,科学之精进也,吾国之昏官、聩官、糊涂官所梦想不到者也。吾读之,聊以快吾心。或又曰:吾国无侦探之学,无侦探之役,译此者正以输入文明。而吾国官吏徒以意气用事,刑讯是尚,语以侦探,彼且瞠目结舌,不解云何。彼辈既不解读此,岂吾辈亦彼辈若耶!"[13](P194)这就是中国读者在当时的反应。值得特别注意的是,当时的中国读者首先不是着眼于故事的新奇与巨大的吸引力,而是首先对"科学之精进"与"输入文明"倍感兴趣,而对中国黑暗的甚至是地狱般的司法现状提出了严厉的质询。可见他们更关心的还是社会的公平与正义,最迫切的需要还是"人权",其次才是受到这类小说情节磁石般的强劲吸引力的牵引,趋之若鹜。"启蒙的视角"成为中国作家和读者看待这种新引进的小说门类的"共同的眼光",也构成了通俗文学吸引广大读者的一个新的"生长点"。

在文学语言的运用与革新方面,现代通俗作家也大多承传了中国古代白话小说的传统。包天笑很早就主张"小说以白话为正宗":

　　盖文学进化之轨道，必由古语之文学变而为俗话之文学。中国先秦之文多用俗话，观于楚辞、墨、庄，方言杂出，可为证也。自宋而后，文学界一大革命即俗话文学之崛然突起。[14]

　　因此，他在 1917 年 1 月创办《小说画报》时，开宗明义即说："小说以白话为正宗，本杂志全用白话体，取其雅俗共赏，凡闺秀、学生、商界、工人、无不咸宜。"[15]就在《小说画报》创刊的同年同月，胡适发表《文学改良刍议》于《新青年》上，而陈独秀则为《文学改良刍议》一文加了跋语："白话文学，将为中国文学之正宗，余亦笃信而渴望之。吾生倘亲见其成，则大幸也。"由于对通俗文学的忽视，他还不知道一个通体白话的文学期刊已经诞生。至于包天笑从 1909 年起所译著的教育小说，也是希冀输入新式教育法，他想否定的是"填鸭式"的旧式书塾教育。

　　以上我们几乎是按着时序排列了通俗文学在"五四"之前所做的与启蒙有关的若干事例，说明中国现代通俗文学作家在创作和翻译上，在办报办刊上，在文学语言的革新上，都有显示它曾是先行者和启蒙者的实绩。可是它也有其时代局限，它不像"文学革命"提出后，紧接着有"五四"新文化运动的推波助澜，形成巨大的洪流。在通俗作家作为启蒙先行者的时段内，没有这样大好的机遇，他们只是较为分散地星星点点地做着艰苦的工作，辛亥革命也没有在文化启蒙上给它以多少助力。但我认为，在"五四"前的四分之一世纪中，通俗作家在文学现代化进程中的劳绩是一段被忽略了的历史。

三

　　"五四"以后，知识精英作家高举"德先生"和"赛先生"两面大旗，大众通俗作家已不属启蒙主流了。但是我认为在知识精英文学与大众通俗文学之间的"互补性"方面有很多问题可以进一步深入探讨。限于篇幅，这里只想就继承民族美德问题发表一点意见。在"五四"以后，通俗作家受到空前严峻的挑战，他们也在这一过程中逐步扬弃头脑中的封建糟粕，例如扬弃"从一而终"的"节烈观"，分清"孝"与"愚孝"之间的界线等等。当时有几场关于"孝"文化的论争。像周瘦鹃等作家是坚持在自己的作品中承传与宣扬"孝道"等中国传统美德的，他在 1926 年的一篇《说伦理影片》中写道："平心而论，我们做儿子的不必如二十四孝所谓王祥卧冰、孟宗哭竹行那愚孝，只要使父母衣食无缺，老怀常开，足以娱他们桑榆晚景，便不失其为孝子。像这样极小极容易做的事，难道还做不到么。"[16]他既提出要分清"孝"与"愚孝"，同时又理直气壮地宣扬孝道。

　　知识精英作家中也有不少人是孝子。这里只举两位，那就是胡适与鲁迅。他们的孝心"最突出地表现在个人婚姻上。以鲁迅为例，他很不愿意同完全没有感情基础的朱安女士结婚，牺牲了自己的个人幸福以满足母亲的要求。……同样的情形在胡适身上也发生了。这位被人们视为五四时期反传统的领袖人物，也遵从母亲之命同江冬秀女士在 1918 年初（或1917 年底）结婚。他在 1918 年 5 月 2 日给少年时代朋友胡近仁的信中说：'吾之就此婚事，全为吾母起见。故从不曾挑剔为难（若不为此，吾决不就此婚事。此意但可为足下道，不足为外人言也）。'"[17](P15—16)鲁迅说过，朱安是他母亲送给他的礼物，他不能不接受，可是说得更确切一点，这也是他回赠给母亲的孝礼。母亲还很年轻时就守寡，将他们兄弟 3 人拉扯成人是很不容易的，现在儿子远离故乡，不能事孝，就让朱安陪伴在老人家身边。

　　鲁迅、胡适在对待母亲的态度上是"东方式"的，在对待儿子的态度上是"西方式"的。例如,胡适在 1919 年 8 月曾发表了一首诗《我的儿子》:"我实在不要儿子,/儿子自己来了。/'无后主义'的招牌,/于今挂不起来了! /譬如树上开花,/花落天然结果。/那果便是你,/那树便是我。/树本无心结子,/我也无恩于你。/但是你既然来了,/我不能不养你教你,/那是我对人道的义务,/并不是待你的恩谊。/将来你长大时,/这是我所期望于你的:/我要你做一个堂堂的人/不要你做我的孝顺的儿子。"[18] 这当然是一个"开明"父亲的形象。知识精英作家是从来不敢正面用文字去宣扬"孝"的,他反而"劝"儿子"不要你做我的孝顺的儿子",实际是一种"矫枉过正"。周瘦鹃却不同意这种"矫情":"然而做父母的,抚养子女到长大成人,供给他们衣食住,以及求学问题、婚嫁问题,样样都要操心,而幼稚时代的提携保抱,更促使为母的耗尽心力,做子女的受了这样的深恩,难道竟可以一辈子辜负而不知图报么? 有人说,这是父母的应尽的义务,说不上深恩的。我说姑且撇开深恩二字,但是尽了义务,也应当享受权利,父母尽了这么大的义务,子女也应当给他们享些权利啊!"[16]

周瘦鹃的这一段话不是针对胡适讲的,但却好像是为与胡适的《我的儿子》商榷而说的。再说,作为一个高级知识分子,胡适敢于这样说,可是如果是一个靠出卖体力劳动的劳动者,他就不敢这样讲。当他一旦年迈而丧失劳动力时,在社会保障还不完善的情况下,他是要靠子女来赡养的。也许有人会说,既然儿子成了一个"堂堂正正"的人,是否孝顺父母,他是会自己判断的;也许有人还会说,儿子与父母有一种天生的血缘关系,你不要子女孝顺,他们也会善待自己年老的父母。但根据中国目前(目前是 21 世纪!)又大力重提"孝"文化的教育来看,"孝"的品质是并不会随着乳汁的哺入而自然产生的。由于中断了中国传统美德的教育,使"老无所养"成了一个严重的社会问题;而独生子女若不经过民族美德教育,则容易将自己视为"小皇帝",父母、祖父母和外祖父母 6 位尊长仅是他不需出钱雇佣的"保姆"。传统美德只有在加强教育中,在形成一种良好的社会氛围时,才能代代相传。

现在距"五四"已有 80 多年了。回顾 19 世纪 20 世纪之交,中国现代通俗作家曾以文学现代化的先行者和启蒙者的姿态出现,而到了"五四"之后,他们珍视传统美德,又成为中华民族美德的"捍卫者"。虽然开始在某些领域中还一时分不清精华与糟粕,但他们也随着时代的前进,在不断地提高和改良自己。从整体而言,他们坚持承传民族美德的大方向是正确的。相反,在怎样对待中国的传统美德上,却是若干知识精英作家的"软肋"。这种局限性,也只有到 20 世纪 21 世纪之交,才逐渐被人们看得更清。

由于存在着"分论易、整合难"的状况,要写出一部全面展示文学的多元性的"中国现代文学史",还需集思广益,进行认真的学术研究。我们要对过去以"知识精英话语"为主导视角的中国现代文学史进行必要的修正,打破这种长期累积的、根深蒂固的思维定式,转而为多元性的中国现代文学历史叙述铺平道路。我赞成凡能"言之成理""自成一说"的,可通过选修课的实践与考验,各自先做"分论";重写文学史的"整合"阶段,应该在充分的科学论证与审美辨析的双重权衡中慎重推进。以我们老中青三代人的群策群力,或许可期待在未来由一位大智者总其大成,完成一部经得起历史打磨淘洗的《中国现代文学史》。这是一项历史性工程,我们应为此努力前行。

参考文献

[1] 鲁迅.关于《小说世界》[A].鲁迅全集(第 7 卷)[C].北京:人民文学出版社,1963.

[2] 鲁迅.中国小说史略·宋之话本[A].鲁迅全集(第 8 卷)[C].北京:人民文学出版

社,1963.

　　[3] 鲁迅. 中国小说史略·明之人情小说(下)[A]. 鲁迅全集(第 8 卷)[C]. 北京：人民文学出版社,1963.

　　[4] 鲁迅. 中国小说史略·明人拟宋市人小说及其后来选本[A]. 鲁迅全集(第 8 卷)[C]. 北京：人民文学出版社,1963.

　　[5] 鲁迅. 宋人之"说话"及其影响[A]. 鲁迅全集(第 8 卷)[C]. 北京：人民文学出版社,1963.

　　[6] 范伯群. 在 19 世纪 20 世纪之交建立中国现代文学的界碑[J]. 复旦学报(社科版),2002(4).

　　[7] 鲁迅. 中国小说的历史的变迁[A]. 鲁迅全集(第 8 卷)[C]. 北京：人民文学出版社,1963.

　　[8] 胡适. 胡适《红楼梦》研究论述全编[M]. 上海：上海古籍出版社,1988.

　　[9] 鲁迅. 中国小说史略·清末之谴责小说[A]. 鲁迅全集(第 8 卷)[C]. 北京：人民文学出版社,1963.

　　[10] 胡适. 官场现形记·序[A]. 胡适文存(第 3 集)[C]. 合肥：黄山书社,1996.

　　[11] 胡适. 十七年的回顾[A]. 胡适文存(第 2 集)[C]. 合肥：黄山书社,1996.

　　[12] 周桂笙. 歇洛克复生侦探案·弁言[N]. 新民丛报(第 55 号),1904 - 10 - 23.

　　[13] 吴趼人. 中国侦探案·弁言[A]. 陈平原,夏晓虹编. 20 世纪中国小说理论资料(第 1 卷)[C]. 北京：北京大学出版社,1989.

　　[14] 包天笑. 短引[N]. 小说画报(创刊号),1917(1).

　　[15] 包天笑. 例言[N]. 小说画报(创刊号),1917(1).

　　[16] 周瘦鹃. 说伦理影片[J]. 儿孙福,1926(特刊).

　　[17] 严家炎. 论"五四"作家的西方文化背景与知识结构[A]. 上海鲁迅研究(第 16 期)[C]. 上海：上海文艺出版社,2005.

　　[18] 胡适. 我的儿子[J]. 每周评论,1919(33).

(原载《中山大学学报》2006 年第 4 期)

中国现代通俗文学的"现代性"和入史问题

汤哲声

从认识角度上说,中国现代通俗文学要不要入史基本解决,通俗文学不入史,中国现代文学史就不完善、不健全,但是从实践上看,通俗文学怎样入史却没有能解决。综观近年出版的几部现代文学史,或者是将通俗文学作为一章附在其后,或者就重点论述张恨水、金庸等几位重点作家,似乎顾及到了通俗文学,但却有些不伦不类。为什么会出现这样的状况呢? 在我看来是文学史家们的史学观念没有发生什么变化,以至于对中国现代通俗文学的性质认识不足;文学史家们的史学知识更新不够,以至于对中国现代通俗文学的作家作品一知半解。中国现代通俗文学入史将会对中国现代文学史的格局产生重大影响,必须要有更新、融合和超越的史学思维。

必须明白新文学与中国现代通俗文学在文化观和创作观上的确有着很大的差异。"五四"时期,胡适、鲁迅、沈雁冰、周作人、郑振铎、郭沫若等新文学作家尽管分属于不同的流派,但是他们的文化观念基本一致,那就是以人为中心的人道主义,以周作人在 1918 年写的《人的文学》最有代表性。他们的创作观念也基本一致,就是强调文学创作的社会启蒙和社会改造的功能,以《文学研究会宣言》最有代表性。现代通俗文学作家主要是中国传统文人,他们都是在科举场上跌打多年的中国士子们,他们的人格修养、思想道德、文化素质决定了他们传统道德型的文化观。他们具有很强的民族情绪。民族主义在他们看来就是一个中国人的大节。中国现代文学史上众多的"爱国小说""国难小说"都出于他们之手。他们强调仁爱忠孝、诚信知报、修己慎独。这是中国人的大节,是通俗文学作家们知人论世的标准。如果说在大节上,通俗文学与新文学可以相融,在小节上却有很多分歧。举个例子说,寡妇能否再嫁、婚姻能否自己做主、人是否要讲究孝道,通俗文学和新文学基本上处于对立的状态。通俗文学基本上认为寡妇再嫁有伤风化,不提倡婚姻自己做主,坚持做人要讲究孝道。他们的这些观念都是新文学作家批判的对象。在创作观念上,通俗文学极具名士做派:倨傲不驯,不拘小节;拥美醉酒,吟风弄月;互为唱和,众人雅集,他们要求文学创作要"警世觉民",但首先应具有消闲、娱乐和趣味。这样的创作观念同样被新文学作家所排斥,认为这是一种"游戏"的创作观。要让通俗文学"入史",史学家们就必须建立一种新的文化观念和创作观念,这样的文化观念和创作观念能够融合和超越新文学和中国现代通俗文学的文化观念和创作观念。否则就是重复以一种文化观和创作观批评另一种文化观和创作观的文学史,或者是将两种文学现象都放在那里不加评论的文学史,如果是这样写文学史,通俗文学入史也就没有意义了。

有没有超越两者的文化观和创作观呢? 我认为仅仅停留在既有的各自文化观念和创作观念上比较孰优孰劣是找不出来的,因为现代通俗文学的文化观念和创作观念就是传统的延续,现代文学史当然要强调现代性,如果以新文学作为现代性的标准,通俗文学只有被批判的份。应该从其它角度上进行思考。有什么样的角度是中国古代文学没有而现代文学所独有的呢?那就是创作机制。这里所说的创作机制是指文学创作的基本思维、传播形式和表现形态。与古代文学相比,中国现代文学的创作机制,起码有三点不同:首先是作家的身份。中国古代文学作家大多是朝廷官员,做官是谋生的职业,是正途;写作是业余的兴趣,是爱好,入仕体现的是人生目的,创作体现的是人生修养。现代文学作家则大多是学者、新闻工作者,写作是职业,也是兴趣、爱好,既体现出人生的目的,也体现出人生修养。其次是文本的传播。中国古代文学作家的作品大多是作家自己辑刊或者身后由亲友、学生辑刊,然后分送亲友。现代文学作家作品的传播则大多依靠大众传媒完成,一般总是先在报刊上刊载,然后再由出版社结集出版。再次是作家作品风格、流派的形成。中国古代文学作家作品的风格体现在个人的创作特征上,流派的形成往往体现在学习和被学习、模仿和被模仿的师生的关系中。现代文学作家作品的风格、流派的形成虽与文化观念、创作观念有很大关系,大众媒体却是维系和联结作家作品的纽带和枢纽。大众媒体的编辑方针和价值取向制约和规范着作家作品风格的形成,围绕着大众媒体的众多的风格相同、相近的作家自然就形成了文学流派,有些文学流派干脆就用大众媒体的名称命名,如"语丝派""新月派""战国策派"等等。

作家身份、大众媒体和社团流派,这样的创作机制新文学作家有,现代通俗文学作家也有,是超越两者的中国现代文学所特有的机制。以这样的机制作为治史的观念,新文学与中国现代通俗文学文化观念和创作观念的分歧就可以同时并存。我们可以看到:在中国现代文学史上接受过外国教育的留学生,也有接受中国传统教育的知识分子,他们都是中国现代文学作家;有些作家接受了西方文化的影响和创作观念,虽然有很多论点比较偏激,也有作家继承传统文化和创作观念,虽然有很多内容不合时宜,它们表达的都是作家自我的人生理想,都是告诉读者在现代社会怎样做人;有强调社会启蒙的功能的文学,也有坚持休闲性和愉悦性的文学作品,但是它们都受到了大众媒体的制约。由于新文学与中国现代通俗文学的文化观念和创作观念各有侧重,于是新文学与中国现代通俗文学在现代文学史中的位置各有侧重。新文学更多的人生思考,提出很多的人生理念和思想理念,它的读者主要是新式知识分子,由于这些新式知识分子往往代表着时代的思考,所以新文学是中国现代文学的"阅读先导"。中国现代通俗文学更多地追求阅读效应,更加关注社会事件和身边事件,于是它的读者主要是广大市民,由于市民人口众多,所以通俗文学是中国现代文学的"阅读主体"。以创作机制作为治史的观念,就应当特别重视大众媒体与中国现代文学的关系。在现代中国,大众媒体对文学创作处于强势介入的状态,无论是新文学作家还是通俗文学作家,大众媒体都直接影响了他们的社会身份、创作思维的确立。

通俗文学入史,中国既有的现代文学史的发生时期就必须向前伸展,以胡适 1917 年发表《文学改良刍议》作为分界点显然不合理,因为那只可以看作为新文学的开始。中国现代通俗文学在新文学登上文坛之前已经存在。但是要使得中国现代文学史向前伸展,有两个问题是绕不开的:一个是中国现代文学究竟何时发生,一个是之前出现的通俗文学与之后产生的新文学究竟是什么关系。我认为中国现代文学的发生应该以大众媒体的出现为标志。如果那样算的话,19 世纪初就有很多外国传教士在中国办报,后来又有一些具有新闻性质的报纸开始出现,如英国人 1861 年办的《上海新报》、1872 年办的《申报》等,这个时期还出现了一份文学杂志《瀛寰琐记》。但是这些报刊都不能算是现代文学的发生，因为这些报纸、刊物大多是教义的宣传或者是新闻、商业信息的传播，即使有文学作品也是一些古典诗词和文言笔记小说。中国现代文学的发生应该是 1892 年。为什么这么说呢？因为这一年出现了一份个人办的文学杂志《海上奇书》和韩邦庆的一部性质上有别于古代文学的小说《海上花列传》[①]。

说韩邦庆的《海上花列传》不同于古代文学，首先就在于小说写的是"今社会"的人和事。作者开篇就说，他写的是自通商以来"海上"（当时不少文人将上海称为"海上"）的故事。写"今社会"还是写"过去的事"是区分现代文学与古代文学的要素之一。中国古代文学（特别是小说）总是写"过去的事"，《三国》《水浒》《西游记》《红楼梦》皆如此，它们更多的是从历史的起承转合和人生的悲欢离合之中总结历史或感叹人生，写"今社会"就不单纯的总结和感叹了，它更多的是对当今社会问题的思考，是对当今的读者怎么处世做人的指导和劝诫。《海上花列传》的现代意义还表现在它是一部现代"移民小说"。移民是因为工商业的迅猛发展和劳动力的量的需求，被看作为商品的流动和商品积累的重要标志，看作为现代社会的文化特征。不同于写农耕社会生活的古代文学，移民文学从题材上说就属于现代文学的一个类型。在中国社会现代化的过程中，上海起到了先锋队的作用。上海自开埠以来，从一个海边小城迅速成为国际大都市，被看作为中国社会现代化的风向标。《海上花列传》写的就是大量的江南财富怎样随着商人们进入了上海，大量的劳动力怎样快速地聚集在上海，并开始形成了城市市民阶层。如果说中国社会的现代化以上海开埠开始，《海上花列传》实际就是上海社会现代化进程的最初的文学记录者。

《海上花列传》还有一个重要的现代特色：商品意识。韩邦庆说他写这部小说是为了劝诚那些新移民们不要落入陷阱，但是最让读者凛然的倒不是那些劝诚的话语，而是那些所谓的真实的故事中闪现出来的当时上海特有的"移民文化"："淘金"和"着道"。到上海就能赚到钱在清末民初的中国已经成为社会的"共识"，于是各式人等都涌进了上海"淘金"。但是到上海"淘金"要遇到各种问题，还有很多陷阱，弄得不好就要"着道"，这也是一个社会"共识"。"淘金"的方式有多种，"着道"的花色有多样，其心态之恶劣，手段之肮脏，令人咋舌。小说不是用家破人亡的例子说明道德的缺失，而是打着揭黑的旗号写人与人之间的金钱交易以及趋利的社会心态。从这个意义上说，《海上花列传》记载的是现代城市文化发展的一个过程。

韩邦庆的《海上花列传》已经拉开了中国现代文学的大幕，但这还是一种小说的叙述。对这样的文学现象进行理论总结的是两篇文章，一篇是几道（严复）、别士（夏曾佑）在 1897 年在《国闻报》上连载的《本报附印说部缘起》和梁启超在 1902 年发表在《新小说》上的文章《论小说与群治之关系》。如果我们将这两篇文章与后来的文学研究会的宣言、鲁迅的《呐喊自序》等中国现代文学史上的重要文章连成一线的话，我们可以发现它们中间的思维具有很强的相似性。

从这样的意义上说，中国现代文学从《海上花列传》开始了，它经历了晚清的文学改良到民国初年形成了"鸳鸯蝴蝶派"。这个时期的文学被称为中国现代通俗文学。它与 1917 年

---

① 关于这个问题，我师范伯群教授和师兄栾梅健教授都有很多精彩的论述，发表了很多文章。他们的观点我很赞同。这里是我的一些想法，算是一点补充，很多论点来自他们的启发。

登上文坛的新文学构成了中国文学现代化进程中的两个阶段。这是中国文学开始具有现代性和建立中国文学现代性标准的时期,是内部的变革的要求和外部变革的动力相结合的时期。不是将两个阶段对立起来看,而是将两个阶段看成是一种延续,既能表明新文学与通俗文学各自的立场,又能突出它们在文学史上各自的贡献,例如我们可以清楚地看到中国现代通俗文学的开风气之先,我们也清楚地看到新文学是怎样使得中国文学在模仿中被动地变革转向了有意识地主动地变革;我们清楚地看到中国现代文学特有的开放的思维、个性化的人生思考是怎样逐步形成;我们也清楚地看到中国现代文学怎样从用"说话"进行写作转变成用白话进行写作。当然,新文学作家对"鸳鸯蝴蝶派"的文学观念和创作观念进行过严厉批判,但是这样批判本身就是中国现代文学的特色之一。批判不应该看成是一种排斥和对立,而应该看成是一种融合和延续。

通俗文学入史使得我们关注的视角必须发生改变,治史者应该特别关注文学市场的变化。其实现代文学本身就具有很强的市场意识,只是长期以来被文化观念和创作观念遮蔽住了。关注文学市场就要求我们注意到作家的身份的确立和社会生活的关注。

既然大众传媒是一个产业。作家给它写文学作品,它就要付给作家报酬。写文学作品还可以卖钱,无疑地给长期以来视舞文弄墨为闲适之事的中国文人以巨大的刺激。通俗文学作家写了如此多的文学作品,经济是一个重要的动力。这样那些专门以创作文学为生的职业作家就诞生了。

职业作家的出现对中国现代文学的影响极为深刻。中国传统的文学要么歌功颂德,要么个人遣怀,前者谓之达,后者谓之隐,从不对主流意识进行批评。现代大众传媒代表着是相对独立的"公共舆论",它给作家们相对独立的人格空间。在传媒手段完全市场化的前提下,作家完全可以根据自己的文化观念和政治观念表明自己的生活态度。清末,作家们对官场的嬉笑怒骂;民初,作家们反对袁世凯复辟;二三十年代,作家们抨击社会;40年代作家们积极投入民族战争。中国现代通俗文学作家们能够从各自的文化立场和做人的标准对主流意识形态进行批评,没有相对独立的现代大众传媒提供给他们经济保障的话是根本不可能。

儒家的人文精神使得中国的文人始终把"学"和"仕"联系在一起,做官入仕是人生之正途,文学创作服从于做官入仕的根本目标,成为这些文人的抒怀遣兴的载体。这样的人生目标使得中国的传统文学有着浓厚的"朝廷气"。职业作家的出现使得传统的人文精神发生了变化。职业作家把文学创作作为谋生的手段,为了活得更好,他们就必须使其创作服从于市场(尽管有些不甘心)。他们的文学作品有着更多的"市场气"。市场的动力要比人生理想的动力显得更直接、更实在,也表现得更强烈。

它促使作家们拼命地多写,道理很简单,写得多,钱就多。就创作数量来说,短短数十年的中国现代文学毫不逊色于几千年的中国古代文学。文学创作不是什么副业,而是一种"工作",是吃饭的"饭碗",其中所产生的强烈的创作动力是不言而喻的。在市场的逼迫下,作家们很容易使得文学创作跟风、庸俗化;但是它又促使作家们拼命地写好,也拼命地花样翻新,道理也很简单,写得不好,总是老花样,就没人看,没人看就没有人请你写,也就没有了钱。职业作家们的出现使得文学创作如产品般地产出,层出不穷,现代传媒信息来源不断;也使得作家们不断地花样翻新,老产品的市场饱和了就需要新产品来更新。

市场的动力对评判作家的优劣来说似乎有了一个"客观"的标准,对媒体来说似乎也有了一个提高品质的条件。不同的作家有不同的价值,作家的价值高低最直接的体现就是稿费的高低。同样,大众媒体为了增强对大众的吸引力常常用稿费的手段吸引作家为之服务。张恨水 1930 年左右创作中心从京津地区转向上海,其背后的动力就是上海的出版商开出了高额稿费,此时他的《啼笑因缘》被上海《新闻报》以高稿酬在副刊上连载,他的《春明外史》和《金粉世家》则被上海的出版商高版税再版,甚至还预支稿酬八千元。张恨水创作中心的南移直接激活了通俗文学在上海地区的再度繁荣。市场是一只巨手,看似无形,却强有力,它直接影响了中国现代文学的格局。

对文学创作的市场化的倾向,新文学作家并不是所有的人都表示赞成。沈雁冰 1922 年在指责通俗文学时的一个重要的观点,就是市民文学具有"金钱主义"的思想观念。但是,沈雁冰的观点并不能说明新文学作家就拒绝市场。新文学作家对金钱虽然谈不上"主义",却也是努力追求。以鲁迅为例,鲁迅的文学创作是中国现代文学的精品,具有很强的社会效益,在经济问题上,鲁迅并不相让。没有相当的经济收入,鲁迅就不可能有相对优裕的生活环境,就不可能资助那些青年作者出书,就难以始终保持顽强的战斗精神。这个问题已有论家做了详细的分析,这里不加赘叙。这里所谈论的是鲁迅等人不仅需要稿费、版税,而且有着市场意识。职业作家以写作为生,作品就是职业作家的饭碗,作品销售的多少直接决定了他的经济收入的多少。鲁迅对此有着非常清楚的认识。他不仅仅写书,而且十分关心卖书,并为书的出售写了很多广告。《域外小说集》《呐喊》《彷徨》《苦闷的象征》《出了象牙之塔》《死魂灵》等译作,鲁迅都为它们做了不少广告。与鲁迅一样,叶圣陶、巴金、施蛰存、胡风、老舍等人都写了很多的书刊广告。韬奋先生在总结《生活周刊》成长经历时曾说:"最初八毛钱一千字的稿费,后由一元、二元……乃至十元,在当时全国刊物中所送稿费最大的是推《生活周刊》了。这种开销的钱那里来的呢? 都是我们从营业上赚来的。我们拼命赚钱,拼命用钱,但是赚钱却坚守着合理正当的途径,决不赚不义之财,用钱也不是浪费用,却是很认真地用到事业上去。"①无论是新文学还是通俗文学,韬奋先生的这段话可以看作为整个现代文学对待金钱的基本态度和用钱的基本标准。

新文学更多地表现出对人生价值的终极关怀,对文化思想和改革的出路均带有强烈的启蒙意识和使命感,但对中国现实社会生活领域正悄悄发生的变化兴趣不大,对其中社会影响也很少考虑,而后者却正是与广大民众利益直接相关的为广大民众所关心的问题,现代通俗文学在其中显示出价值。从晚清的社会变革、辛亥革命、五四运动到后来抗日战争、国内战争,通俗文学都有完整地描述。通俗文学入史就要求着我们不仅进行"形而上"的思考,还应有"形而下"的思考,因为它们都是中国现代文学的重要的组成部分。

通俗文学入史是中国现代文学研究领域的重要进展,的确,既然称作为"现代文学史"就不能没有面广量大的通俗文学。但是通俗文学入史绝不是随便增删一些文学现象和作家作品的事情,它是我们数十年来中国现代文学史学研究中的重大改革,这样的改革需要伤筋动骨,需要史家们巨大的勇气和很强的治史能力。

（原载《文学评论》2008 年第 2 期）

---

① 韬奋:《生活史话》,见张静庐辑注:《中国现代出版史料乙编》,上海书社出版社 2003 年 12 月影印本,第 320 页。

文学史书写中的通俗文学地位论辩

范水平

文学并没有一种固定的形态,它一直处在发展变化之中。对于文学的认识,历代不同,同一时代又因人而异;各国不同,同一国度又因民族有别。于是,有关文学的观念,五花八门,莫衷一是,难以同一,也不可能统一。的确,文学是随着时代的更迭而不断产生变化的。不过,在历经漫长岁月的创作积淀和研究之后,在中外文学史上,无形中似乎达成了这样一种共识:"文学"是一种具有文学性的、有审美价值的、经典化了的传统;在这种"文学"观观照之下,通俗文学便俨然成了一个残存的概念,它是对文学进行想象、描述、解释之后的残余之物。在"文学"的遮蔽之下,通俗文学传达的意义正是:它不是文学。澳大利亚格利菲思大学的托尼·贝尼特教授在 1981 年写的《马克思主义与通俗小说》一文中明确指出:"'文学'是'以特定的和确定的方式由教育机器中或围绕教育机器运作的意识形态所建构的经典或一批文本实体',简言之,也就是经典化了传统","于是通俗文学这一概念传递的意义除了数字的吸引力之外,就只有它不是文学了。"①

本文将要谈到的文学与通俗文学,都指的是这样一种动态中的生成之物,即:"文学"指的是被认为具有文学性的文学经典;而"通俗文学"则指的是经典之外的"非文学"。崇尚文学经典,是中外文学的一个悠久的毋庸置疑的传统。而文学经典地位的确立,又与文学史的书写息息相关。但是,文学史是人为的,是意识形态的。长期以来,通俗文学在文学、文学史的强大的"万有引力"之下,一直难于以其本该拥有的正常姿态进入学术界的研究视野。在这个瞬息万变的时代,在文艺作品日新月异的今天,我们对于文学的研究已经不能再仅仅抱着一种单一的文学观,而完全可以、也应该在马克思主义的唯物史观的烛照下,对通俗文学除了进行文学的(审美的)研究以外,更应该进行社会学、文化学、思想史等方面的研究,以见出其独特的价值。

一、通俗文学与尚典的文学传统

如上所述,崇尚经典是中外民族文化、文学的传统,而中国尤甚。17 世纪滥觞于法国的古典主义文学思潮提出以轴心期时代(古希腊、古罗马时代)的文学作品为写作的范式。而在中国,早在春秋时期,孔子在学生颜渊问为邦时,就说:"行夏之时,乘殷之辂,服周之冕,乐则《韶》《舞》,……"②文学界至今影响极大的梁朝刘勰的《文心雕龙·卷一》中的五篇(原道、

---

① [英]弗朗西斯·马尔赫恩编:《当代马克思主义文学批评》,刘象愚等译,北京大学出版社 2002 年版,第 203、203、206 页。

② 孔子:《论语》,张艳国评析,崇文书局 2004 年版,第 304 页。

征圣、宗经、正纬、辨骚)的总体核心思想在于,极力彰显"宗经"之精神,文中指出"若能凭轼以倚雅颂,悬辔以驭楚篇"①,且将《离骚》作为宗经之最高典范。

我们知道,在中国文学理论史上是刘勰第一次把《离骚》与《诗经》相提并论,倡导以《诗经》与《离骚》作为文学写作的样板。自此以后,学术界便逐渐把《诗经》与《离骚》视为文学的源头。这种"诗骚"传统影响极其深远。此后,一直到民国初年,中国文学史上一直以诗歌、散文为文学之正宗,亦即诗歌、散文就是文学;而其余的如小说、戏剧等,则历来被视为下里巴人之作,如《搜神记》最初也只被认为是"街头巷语",绝不可与诗歌、散文并称,即不是文学,而是通俗文学。

到了晚清,梁启超是重视小说的,他把小说的作用提高到经国治世之高度。1902 年他在《论小说与群治之关系》中说:"欲新一国之民,不可不先新一国之小说。"②而这仅仅是就新小说而言的。对于旧小说,他在其《译印政治小说序》中却作了片面而猛烈的抨击与谩骂:"述英雄则规画《水浒》,道男女则步武《红楼》,综其大较,不出海淫海盗两端。"即使到了后来,鲁迅回忆起他自己做小说之事时,仍然感叹说:"当我留心文学的时候,……情形和现在很不同:在中国,小说不算是文学,做小说的也决不能称作文学家,所以并没有人想在这一条道路上出世。"③直至"五四",中国从日本引进了西方的文学分类方法之后,在当时的一大批文人的创作努力下,小说得以登大雅之堂,可以与诗歌、散文相提并论,在文学史上占据文学之正宗地位。不过,此时的小说又被分为"小说"和"通俗小说"。毫无疑问,"小说"即是与诗、散文同一的文学,而"通俗小说"就是通俗文学。可以说,这依然是传统的"文学"观念强力影响的结果。

翻开近年来风靡全国、被全国各大高校的中文专业广为采用的钱理群等著的《现代文学三十年》(1998 年首版),我们可以清楚地看出:小说就是小说,通俗小说就是通俗小说,二者泾渭分明。虽然,著者在评述之中尽可能抱客观之态度,但从排位座次及将小说、通俗小说相互剥离、分章论述,仍让我们明显感觉到"文学"意识的"万有引力"的存在。当然,也许这本教材已经算得上足够公平。因为,在海内外产生了广泛而深远影响的夏至清的《中国现代小说史》中,对很多通俗小说则只字未提。无独有偶,最新出版的郑万鹏的《中国现代文学史》几乎采取了与夏至清同样的做法(当然,其独特而新颖的文学的视角令我们激赏)。这些事实,让我们不得不思考这样一个问题:通俗小说(文学)到底怎么了?

而至当代文学史,就更加纷纭复杂。整个的"当代文学"整体,在古典文学、现代文学的压力下,向来被学术界斥为"没有文化""不是文学",使得从事当代文学研究的人自己也都颇感惶惑(洪子诚在其《问题与方法——中国当代文学史研究讲稿》一书中有过较为清晰的表述)。如此一来,整个"当代文学"就全都是非文学?是古典文学、现代文学的陪衬?是通俗文学?可以说,这是一种经典化的传统批评趣味的趋归。

从以上的分析可以看出,受尚典的文学传统之影响,"通俗文学"的发展举步维艰,使得它在各类文学史中往往处于十分尴尬的地位。

---

① 刘勰:《文心雕龙注》,范文澜注,人民文学出版社 1958 年版,第 48 页。
② 郭绍虞:《中国历代文论选(一卷本)》,上海古籍出版社 2001 年版,第 408 页。
③ 王士菁:《鲁迅论创作》,上海文艺出版社 1983 年版,第 3 页。

二、文学经典、通俗文学与文学史

以上有述,文学经典地位的确立与文学史密切相关。人们很容易相信:进入了文学史(尤其是影响较大的文学史著)的作品就有它永恒的价值,就是文学,就是经典的;而排除在文学史之外的作品便是非文学、非经典的,就没有什么价值。即使在学术界,由于各种原因,有时我们也会轻信这样的神话:文学史是经典作品的辑录,是"文学"的集中展示。于是,有了文学史,就必然存在经典和非经典的分野。学院派的阅读和研究,很易于据史而为之,这似乎是情理之中之事。因此,我们便会看到一些作家入史的焦虑与努力。

然而,文学经典是价值判断主体建构出来的,它不只是关注到文学性。在很多场合,它是人为的、是意识形态的。有时候,学术界会因为某些无奈而形成一些经典的错位。所以,并非进入文学史的就是经典,反之亦然。众所周知的事实是,夏志清的《中国现代小说史》问世之后,沈从文、张爱玲研究热在国内学术界随之掀起。诚然,两位作家的作品经过这些年的学术界的检验,的确可谓是大师之作,但还是有不少学者感叹:是夏志清的《中国现代小说史》捧红了这两位作家。试想,如果没有夏志清的这本小说史,在今天,沈、张两位作家仍会是何种境遇呢? 换言之,还有多少至今尚未浮出历史地表的优秀作家及其作品等待我们去重新给予定位呢? 由此可见,批评界在文学经典的建构中具有举足轻重的作用。

但是,价值判断主体又往往受到来自各方面的现实条件的约束,比如意识形态,甚至还有一些世俗之事的掺和,所以,很难只从文学的文学性出发。于是,有时这"文学"经典的存在本身就形成了其自身的悖论。况且,文学经典与通俗文学之间原本并没有截然的分野。经典永远处于变化之中,它只是通俗文学与文学之间的转换。我们都知道,文学本来自于民间。现在我们所见到的很多文学史上的所谓的文学经典,其最初的形态往往是民间文学或通俗文学,但它们一旦被统治阶级利用,就上升到正统地位,便可入史成了经典,比如《诗经》;或者被后来的研究者考证挖掘出其原本隐藏至深的学术意义,例如我们中国人耳熟能详的四大名著,在当时乃至很长的一段时间里它们也被视为俗小说,甚至是"诲淫诲盗"之作,然而,历经了大浪淘沙之后,它们都登上了文学经典的宝座。

再者,文学史本应是文学观和史学观的天然融合,二者不可偏废。但实际的情况却是:文学史的编写即使力求十分的客观与公正,在大部分的情形下,还是很不容易做到这一点。已有学者经研究后指出了这种普遍存在的现象,说:"如果以朝代为经以作家作品为纬编写文学史,当然会重视当时最有成绩的文体和作家作品,而忽视那些新兴文体和具有探索性的作家作品。"[①]"对宋以后通俗文学发展影响深远的唐代俗讲,在以展示诗文成就为主体的唐代文学部分就得不到充分重视,以致我们描述宋代话本、元代杂剧和明清小说的辉煌时,并不能讲清楚这些文体的来龙去脉,文学自身的发展脉络被朝代特有的时空所隔断……"[②]还有学者指出:"五四"时期,一些通俗文学(小说)在当时,比起一些所谓的大家的小说的影响,实在要大得多。法国著名的文学批评家阿尔贝·蒂博代先生强调,文学不能归结为若干部杰作:"如果不是有成千上万很快就将湮没无闻的作家维持着一种文学生活的话,那就根本

---

① 王齐洲:《论文学史的观念与文学史的编写》,《三峡大学学报》2006 年第 2 期。
② 王齐洲:《论文学史的观念与文学史的编写》,《三峡大学学报》2006 年第 2 期。

不会有文学,也就是说,不会有大作家。"著名的法国文学研究专家郭宏安教授在 1986 年写的《读〈批评生理学〉》一文中也表达了对现行文学史的焦虑:"现今通行的文学史往往是杰作编年史和几十大作家年谱,虽然为我们建立了一代代作家的谱系,为我们编排出一部部经过淘汰的作品的光辉序列,并且从中寻出了某种贯通无碍的线索甚至'规律',但是我不相信这就是一个时代的文学的真实面貌。……倘若后人真的想了解那个时代的文学的真实情况,也许只有这些专栏作家能够提供一些可靠的画面或者对那种杰作史提供必要的补充。"的确,如果文学史在编写的过程中不单纯从文学观也从史学观还原到文学现场,那么很多文学史都可能会是另外的一种面貌。

三、通俗文学的困境

有了文学与通俗文学(非文学)的分野,有了经典的传统,又有文学史或文学史上的分类排座,通俗文学在其发展中便面临着不可避免的尴尬处境。而其中最主要表现为学院派研究者的态度,这在中外都是不争的事实。

在西方,其批评的趣味向来基本集中在文学——经典化了传统。文化研究者斯图亚特·霍尔给我们道出了资产阶级的文学构形(formation)的缺陷:"在指定的文学课程表上,为什么所有社会构形中的文本、许多文本、许多表意实践都要推出 10 本居于首位的书,后面跟着 20 本划上问号的书,再后来列出 50 本我们只需粗略翻阅、有所了解的书,最后是成百上千从来没人去读的文本?那个等级本身构成了文学研究中的取舍传统,……"①在他们的批评当中,常常将通俗文学放置在与文学相对立的位置之上。而在马克思主义批评内部,通俗文学也常常是一个被忽视的领域。马克思主义批评者往往沿袭了资产阶级批评路径,托尼·贝尼特指出:"他们往往只是在方法层面上与资产阶级批评有所区别,而在批评对象的理论构形这一关键层面上却丝毫没有区别。"②比如,卢卡契以及他的学生戈德曼,都认为通俗文学或是堕落的,或是没有表达世界观的。认真而持久地研究了通俗文学的法兰克福学派,对通俗文学的谴责较之以往有过之而无不及。伊格尔顿虽然认识到:马克思主义"一直对审美价值保持了某种沉默",但在具体讨论文学价值问题的时候,竟在历史主义与相对论的危险之间犹豫不决。唯有葛兰西"倾注大量的心血对通俗文学进行了专门的、深入系统的研究"③。他对通俗文学的高度重视直接影响了雷蒙·威廉斯。他们的努力,扭转了一些批评的格局。不过,要让通俗文学得到资产阶级批评派的彻底认同,可能还需要一段比较漫长的时间。

在中国,对通俗文学的研究在清末即有一个比较曲折的准备阶段,在"五四"文学革命运动后得到了划时代的发展,进行通俗文学各种门类的研究的队伍很大。以其中的通俗小说为例:从王国维研究《红楼梦》始,胡适、鲁迅、阿英、郑振铎、茅盾、俞平伯等写出了不少关于

---

① [英]弗朗西斯·马尔赫恩编:《当代马克思主义文学批评》,刘象愚等译,北京大学出版社 2002 年版,第 203、203、206 页。

② 李益荪:《简论葛兰西的通俗文学思想》,《当代文坛》1998 年第 3 期。

③ [英]弗朗西斯·马尔赫恩:《当代马克思主义文学批评》,刘象愚等译,北京大学出版社 2002 年版,第 203、203、206 页。

通俗小说研究的专著,研究通俗小说的论文更是不计其数。从研究者的队伍和数量看,可谓蔚为壮观。然而,有学者指出:鲁迅之后的通俗小说研究,最大的遗憾是:"史的观念不强,研究者过分密集地去研究'四大奇书'和'六大名著',对次要作品和文化史料重视不足。"据陈大康的统计,自 1950 年到 1993 年,明代小说研究论文中关于《水浒传》的 2456 篇,《三国演义》的 950 篇,《西游记》的 582 篇,《金瓶梅》的 861 篇,除了《封神演义》和冯梦龙、凌濛初的作品,其他作家作品的只有 172 篇。[①] 而清代的《红楼梦》则是研究的最大热点。实际上,许多研究者们往往在不由自主之中在迫使这些通俗小说向"文学"定位,在他们心目中这些已经不是通俗文学了;他们的内心深处对于通俗文学还是不屑的。

直至今天,一些正在从事通俗文学研究的理论工作者,虽然在自己所从事的研究领域里兢兢业业地工作着,但是,有的时候他们仍会不由自主地流露出对自己所研究的对象的怀疑。2007 年初,影视文化研究者仲呈祥教授在川大给文新学院的学生做讲座时说:"我经常出现在那块没文化的屏幕上。"也许是谦虚,但也许更是一种彷徨。但至少我们能分明看出来自中国传统的经典的文学、文化观对于通俗文学及其研究者的巨大的压力。更有甚者,是坚决抵触的一类。比如,有些研究者认为,作专人研究者最好去研究文学史上的大家,对于文学史上无名无姓的作家作品最好少去染指。

四、通俗文学在文学史中地位的展望

当然,近年来还是有一部分学者站在了一个比较公允的角度,以客观的眼光来重新面对通俗文学。范伯群教授领导的苏州大学文学研究群体的行动和实绩起到了很好的典范性的作用,他们"十几年如一日,打破成见,以非凡的热情来关注、钻研中国近现代通俗文学,显示出开拓文学史空间的学术勇气和科学精神"。他们的研究成果、皇皇百万字的《中国近现代通俗文学史》(上、下册,江苏教育出版社 2000 年初版)获得了第二届王瑶学术奖优秀著作奖一等奖。《现代文学三十年》的作者之一的吴福辉先生为其撰写的获奖评语是:"这部极大填补了学术空白的著作,实际已经构成对所谓'残缺不全的文学史'的挑战,无论学界的意见是否一致,都势必引发人们对中国现代文学史的整体性和结构性的重新思考。"[②]此书能够获此殊荣这件事实也表明,今天的学术界对于通俗文学的态度已经开始慢慢转变。

将文学分为文学和通俗文学的观点大致认为,审美性是文学的最高圭臬,而娱乐性则是通俗文学的最大特征。人们往往重视文学的审美性而贬低文学的娱乐性,因此,总会自然地觉得通俗文学的价值极小乃至毫无价值可言。对此,李益荪教授有过精彩的论述:"这其实是一个认识的误区。按照马克思主义的闲暇理论,人们生活方式中的娱乐、闲暇成分的多少和高低,实际上是衡量社会文明程度的基本的标尺,而人的全面发展,正是以充裕的闲暇和多元化的娱乐活动作为标志的。所以娱乐性也是文学的一种优秀的特质,它关系到人的全面发展,关系到人性的完美程度,从这个意义上看,娱乐性的重要意义和价值其实一点也不比审美性逊色,所以不必贬低一个而抬高另一个。"[③]

---

① 陈大康:《明代小说史》,上海文艺出版社 2000 年版,第 7 页。

② 吴福辉:《第二届王瑶学术奖获奖评语》,《中国现代文学研究丛刊》2007 年第 3 期。

③ 李益荪:《文学概论》,四川大学文学院内部资料。

可以说,这些学者们的实际行动和思考给予我们更多的启示。的确,作为当下语境中的研究者我们本应该放下偏见,突破文学史的窠臼和囿限,秉着客观的态度,重新审视所谓的通俗文学,将其还原到历史现场,去努力挖掘其多方面的价值,比如民俗学的、思想史方面的价值。正如陈平原先生所指出的:"并非所有的文学形式革新、文学思潮激荡、文学流派诞生都具有思想史方面的意义。'俗文学'之所以非同寻常,值得认真关注,就在于其超越文学,与思想潮流乃至政治运动直接挂钩。"①我们不应该抱有单一的文学观,而应该以更包容客观的态度来对待原本丰富多彩的文学事实。

此外,通俗文学要想在未来有更好的发展,文学史格局的变化亦非常重要。最新出版的《中国现当代文学简史》②当中,不但没有将传统观念中认为的通俗小说家张恨水、还珠楼主、包天笑、王朔等人与鲁、郭、茅、巴、老等人的小说排座而写,而且,将鸳鸯蝴蝶派的小说也视作中国文学现代转型的前奏之一。范伯群先生主编的《中国近现代通俗文学史》与此书对于通俗文学的发展,意义非同小可。我们期待此"砖"之后,会有更多的"玉"出现,则通俗文学的真实面目的呈现及其在文学史上本该拥有的地位在未来将可望有较大的改观。

（原载《青海社会科学》2008 年第 2 期）

---

① 陈平原:《现代学术史上的俗文学》序言,湖北教育出版社 2004 年版。

② 杨剑龙主编:《中国现当代文学简史》,华东师范大学出版社 2006 年版。

图书在版编目(CIP)数据

中国当代文学史料丛书.文学史与学科史料卷 / 吴
秀明主编;付祥喜本册主编.—杭州:浙江大学出版社,
2017.9

ISBN 978-7-308-16610-2

Ⅰ.①中… Ⅱ.①吴… ②付… Ⅲ.①中国文学—当代
文学—文学史—史料 Ⅳ.①I209.7

中国版本图书馆 CIP 数据核字(2017)第 008193 号

中国当代文学史料丛书·文学史与学科史料卷

主　　编	吴秀明
本册主编	付祥喜

策 划 者	袁亚春　黄宝忠　曾建林　宋旭华
责任编辑	宋旭华
文字编辑	唐妙琴
责任校对	蒋红群　杨利军
封面设计	续设计
出版发行	浙江大学出版社
	(杭州市天目山路 148 号　邮政编码 310007)
	(网址:http://www.zjupress.com)
排　　版	杭州林智广告有限公司
印　　刷	浙江海虹彩色印务有限公司
开　　本	787mm×1092mm　1/16
印　　张	27
字　　数	657 千
版印次	2017 年 9 月第 1 版　2017 年 9 月第 1 次印刷
书　　号	ISBN 978-7-308-16610-2
定　　价	70.00 元